Ngũgĩ wa Thiong'o
Devil on the Cross

•

십자가 위의 악마

창비세계문학

51

·

십자가 위의 악마

·

응구기 와 티옹오
정소영 옮김

창비

차례

•

십자가 위의 악마
7

작품해설 / 풍자로 버무려진 탈식민주의
426

작가연보
442

발간사
445

일러두기

1. 이 책은 Ngũgĩ wa Thiong'o, *Devil on the Cross* (Heinemann 1987)를 번역 저본으로 삼았다.

2. 본문 중의 각주는 옮긴이의 것이다. 원문에 있던 각주는 '원주'라고 밝혀두었다.

3. 외국어는 가급적 현지 발음에 준하여 표기하되, 일부 우리말로 굳어진 것은 관용을 따랐다.

4. 이 작품은 처음에 기쿠유어로 쓰였는데 몇몇 단어와 문장은 영어가 사용되었다. 응구기 자신이 영어로 번역하면서 기쿠유어본에서 영어로 쓰인 단어나 문장을 이탤릭체로 구분하였고 이 책 역시 그에 따라 고유명사를 제외하고 해당 부분들을 이탤릭 서체로 구분했다. 스와힐리어나 라틴어로 쓴 부분 역시 이탤릭체로 구분하고 각주에 원문을 그대로 옮겨 적었다.

제국주의의 신식민 단계에 맞서 싸우는
모든 케냐인들에게 바칩니다.

제1장

1

일모로그, 우리의 일모로그에 사는 어떤 이들이 말하기를, 이 이야기는 너무나 창피스럽고도 치욕스럽기 때문에 깜깜한 어둠속 깊숙이 숨겨서 영원히 나오지 못하게 해야 한다고 했다.

또다른 사람들은 주장하기를, 너무나 슬프고 마음 아픈 일이기 때문에 우리가 다시 눈물 흘리는 일이 없도록 그냥 가슴속 깊이 꾹꾹 눌러놓아야 한다고 했다.

내가 그들에게 물었다. 앞마당에 깊은 구멍이 있는데 그걸 풀이나 낙엽 등속으로 대충 덮어놓고는 이제 우리 눈에 구멍이 보이지 않으니 아이들이 마음껏 여기서 뛰어놀아도 된다고 얘기할 수 있단 말인가요?

자신의 앞길에 있는 구덩이를 알아차리고 그걸 피할 수 있는 사람이 행복한 법이다.

여행을 하면서 자신의 앞을 가로막는 그루터기를 볼 수 있는 사람이 행복한 법이다. 걸려 넘어지는 일이 없도록 그것들을 뽑아버리거나 비켜갈 수 있을 테니까.

우리를 유혹하여 마음이 눈멀고 정신이 귀먹게 만드는 악마를 십자가에 못 박아야 한다. 그리고 그의 추종자들이 악마를 다시 십자가에서 내려, 사람들이 사는 이 땅을 다시금 지옥으로 만들지 못하도록 거듭 주의를 기울여야 하느니……

2

나 역시도, 정의의 예언자인 나조차도 처음에는 이 임무에 너무나 버겁게 짓눌리는 느낌이었고, 그래서 내가 말했다. 마음의 숲에서 모든 나무가 깨끗이 잘려나가는 법은 없다. 한 집안의 비밀은 낯선 사람에게 들려주는 게 아니다. 일모로그는 우리의 집안이나 마찬가지다.

그런데 새벽이 밝아올 무렵 와링가의 어머니가 내게 와서는 눈물로 애원했다. 기산디 공연자여, 내가 말할 수 없이 사랑했던 내 아이의 이야기를 사람들에게 들려주세요. 실제 일어난 일이 뭔지 낱낱이 밝혀서 오직 진실을 전부 알고 난 다음에야 판단을 내리도록 말이에요. 기산디 공연자여, 감춰진 진실을 밝혀주세요.

처음에는 이런 의문이 들며 망설여졌다. 내가 누구이기에? 제 살 깎아먹는 자? 영양#±은 자기 모습을 본 자보다 소리를 질러서 그렇게 발각되게 만든 자를 더 미워한다고 하지 않던가?

한꺼번에 애원하듯이 울부짖는 수많은 목소리가 들린 것은 바로 그때였다. 기산디 공연자여, 정의의 예언자여, 지금 어둠에 가려 보이지 않는 진실을 드러내 보여주세요.

애원하는 목소리들이 나의 마음을 몹시도 심란하게 했으므로 나는 이레 동안 먹지도 마시지도 않은 채 단식을 했다. 그럼에도 여전히 스스로 묻지 않을 수 없었다. 내가 보는 게 아무 실체도 없는 환영일 뿐이거나 내가 듣는 게 아무 소리도 없는 침묵의 메아리일 수도 있지 않을까? 내가 뭐란 말인가—제 살 깎아먹는 자? 영양은 소리를 질러서 그렇게 발각되게 만든 자를 더 미워한다고 하지 않던가?

그리고 이레가 지나자 땅이 흔들리고 번개가 번쩍하며 하늘을 가르더니 내 몸이 들려서 지붕 꼭대기에 놓였다. 눈앞에 많은 것이 나타났고, 엄청난 천둥이 치듯 나를 책망하는 소리가 들렸다. 예언이 오직 너만의 것이고 너 혼자 간직하는 거라고 누가 그러더냐? 무슨 이유로 부질없는 핑곗거리를 계속 지어내고 있단 말이냐? 그런 식으로 한다면 눈물과 애원의 절규로부터 영원히 자유롭지 못할 것이다.

그 목소리가 잦아들자마자 무엇인가 내 몸을 잡아 올리더니 화롯가의 잿더미로 내동댕이쳤다. 난 재를 그러쥐어 얼굴과 다리에 바르고는 외쳤다.

받아들이겠습니다!
받아들이겠습니다!
마음의 절규를 달래주겠습니다.
마음의 눈물을 닦아주겠습니다.

이 이야기는 정의의 예언자인 내가 지붕 위에 올려졌을 때 두 눈으로 똑똑히 보고 두 귀로 똑똑히 들은 것을 기록한 것이다……

난 받아들였으니.
난 받아들였으니.

민중의 목소리는 신의 목소리다.

그래서 내가 받아들였으니.
그래서 내가 받아들였으니.

하지만 나는 왜 강둑에서 여전히 미적거리고 있는가?

몸을 담그려면 옷을 모두 벗어야 한다.
수영을 하려면 물속으로 뛰어들어야 한다.
정말 좋구나 그러니……
오라,
오라, 나의 친구여,
와서 함께 사리를 따져보자.
와서 지금 함께 사리를 따져보자.
와서 함께 자신타 와렁가에 대해 사리를 따져보자
우리의 아이들에 대해 판단을 내리기 전에……

제2장

1

어느 일요일, 일모로그의 이시시리 구역에 있는 골프장에서 악마가 자신타 와링가 앞에 나타나서는 말했다. 이런 잠깐, 얘기가 너무 앞서가버렸다. 와링가의 곤경은 일모로그에서 시작된 게 아니었다. 좀더 앞으로 되돌아가보자⋯⋯

불운과 곤경이 와링가를 쫓아다닌 것은 그녀가 나이로비를 떠나기 훨씬 전부터였다. 거기서 그녀는 *국가 기록원* 건물 근처 톰 음보야 가의 챔피언 건설회사 사무실에서 (타자와 속기 등을 하며) 비서로 일하고 있었다.

불운은 쏜살같은 정령보다도 빠르게 오고 하나의 곤경이 연이어 또다른 곤경을 낳는 법. 회사의 이사이자 그녀를 고용한 상사인 *보스 키하라*가 자신에게 접근하는 걸 거부했다는 이유로 와링가는 금요일 아침 해고되었다. 그날 저녁에는 애인인 존 킴와나가 그녀가 보스 키하라의 정부라고 비난을 하면서 그녀를 차버렸다.

토요일 아침, 그녀가 세 들어 사는 나이로비의 오파파 제리코에 집주인이 찾아왔다. (도대체 집인지 새 둥지인지. 바닥은 구멍이 숭숭 뚫리고 벽에는 온통 금이 가 있으며 천장에선 물이 샜다.) 집주인은 세를 올려달라고 말했다. 그녀는 그 이상은 못 내겠다고 했다. 그러자 당장 짐 싸서 나가라는 것이었다. 그녀가 이런 문제는 *임대료 재판소*에서 해결을 봐야 한다고 주장하며 못 나가겠다고 버텼다. 집주인은 자신의 메르세데스 벤츠에 올라타더니 차를 몰고 가버렸다. 그러더니 와링가가 눈도 깜짝하기 전에 시커먼 썬글라스를 쓴 세명의 깡패를 데리고 다시 나타났다. 그러고는 와링가로부터 좀 떨어진 곳에 팔짱을 끼고 서서는 비아냥거리며 말했다. "자, 내가 *임대료 재판소*를 아예 이리로 데리고 왔지." 그들은 와링가의 물건을 집 밖으로 마구 던져버리더니 집에 새 자물쇠를 채웠다. 집주인의 심복 중 하나가 그녀에게 종잇조각 하나를 던져주었는데 거기엔 다음과 같이 적혀 있었다.

우리는 데블스 에인절스다: 개인 사업가들
이 문제에 정부 당국을 끌어들이려는 낌새라도 보이면
신의 왕국이나 사탄의 왕국으로 가는 승차권, 그러니까
천국이나 지옥으로 가는 편도 승차권이 발행됨.

그들은 모두 메르세데스 벤츠에 올라타고는 사라져버렸다.

와링가는 그 종잇조각을 잠시 들여다본 뒤 가방에 욱여넣었다. 상자에 앉아 손에 머리를 묻고 속으로 이렇게 물었다. 도대체 왜 항상 나인 거지? 어떤 신의 노여움을 사기라도 한 건가? 그녀는 손가방에서 작은 거울을 꺼내 건성으로 얼굴을 살피며 마음속으로 많은 문제들을 이리저리 굴려보았다. 자기 자신을 책망하고, 태어난 것을 증오했다. 그녀는 스스로에게 물었다. 불쌍한 자신타, 이제 어디에 의지해야 하니?

부모님에게 돌아가야겠다는 결심을 하게 된 것은 바로 그때였다. 그녀는 일어나 물건을 주섬주섬 다 모아서 음캄바 출신의 여성이 사는 옆방에 쌓아두었다. 그러곤 여행을 떠날 준비를 하기 시작했는데 온갖 근심 걱정이 마음속에서 들끓는 것이었다.

와링가는 자신의 외모가 모든 문제의 근원이라고 확신했다. 거울 속의 자신을 들여다볼 때면 언제나 못생겼다는 생각이 들었던 것이다. 무엇보다 가장 싫은 것은 그 검은 색깔이었다. 그래서 앰비라든가 스노우파이어 같은 미백 크림으로 온몸을 망쳐놓곤 했다. 검게 태어난 존재는 결코 하얗게 될 수 없다는 속담을 잊어버린 채 말이다. 그래서 지금 그녀의 몸은 진하고 옅은 부분으로 얼룩덜룩한 것이 꼭 뿔닭 같았다. 머리카락은 끝이 갈라져 망가졌고, 발갛게 달궈진 쇠빗으로 계속 잡아 편 탓에 두더지 거죽처럼 갈색으로 바래버렸다. 와링가는 자신의 치아 또한 너무 싫었다. 약간 누르께한 게, 원하는 만큼 하얗지가 못했다. 그걸 감추고 싶을 때가 많았고 그래서 그녀는 대놓고 웃는 법이 거의 없었다. 혹시 실수로 크게 웃다가 치아에 생각이 미치면, 순간 입을 다물고 조용해지거나 손으로 입을 가렸다. 남자들은 가끔 그녀를 뿔난 와링가라고 부르며 놀렸는데, 거의 언제나 입술을 꼭 다물고 있기 때문에 그랬다.

그러나 와링가가 아주 기분이 좋아 하얀 치아가 변색되었다거나 피부가 검다는 것을 잊고 거리낌 없이 마음껏 웃을 때면 사람들은 그 웃음에 완전히 녹아내렸다. 그녀의 목소리는 향유처럼 부드러웠고 눈은 밤하늘의 별처럼 반짝거렸다. 몸은 또 얼마나 보기 좋은지. 종종 스스로를 의식하지 않은 채 길을 걸어갈 때면 볼록한 가슴이 마치 산들바람에 흔들리는 잘 익은 과일처럼 흔들렸고, 그러면 모든 남자들이 걸음을 멈추는 것이었다.

하지만 그녀는 결코 자기 몸의 빛나는 광채를 알지 못했다. 다른 사람들의 아름다움만을 탐내고 따라 함으로써 자신을 바꿀 수 있기를 열망할 뿐이었다. 다른 여성들이 옷 입는 대로 따라 하느라 정신이 없었다. 그게 자신의 피부색이나 몸매에 어울리든 말든 그녀가 옷을 고르는 기준은 오직 유행뿐이었다. 때로는 다른 여성이 걷는 법을 따라 하려고 자세와 몸가짐까지 이상하게 망가뜨리기도 했다. 뱁새가 황새 쫓아가려다 가랑이 찢어진다는 속담은 생각도 못하고 말이다.

그 토요일 일모로그의 부모님 집으로 가는 마타투[1]를 타기 위해 나이로비의 거리를 따라 버스 정류장 쪽으로 걸어 내려가는 와링가는 끈덕진 자기의심과 참담한 자기연민에 짓눌려 있었다.

그로부터 며칠이 지나 전혀 상상도 못했던 방향으로 삶이 변해버린 뒤에도, 와링가는 자신이 어떻게 해서 강변로를 쭉 따라 내려가 로널드 응갈라 가를 건넌 뒤 레이스코스 로의 끝자락 쎄인트피터스 클레이버스 교회와 재봉틀 가게 사이에 있는 카카 호텔 버스 정류장에 서 있게 되었는지 그 자신도 알 수가 없었다.

시내버스가 맹렬하게 그녀 쪽으로 달려오고 있었다. 와링가는 눈을 감았다. 몸이 부들부들 떨렸다. 울컥 치밀어오르는 것을 애

---

1 케냐 등지에서 개인이 운행하는 소형 승합 버스.

써 삼키자 마치 기도의 리듬에 맞추듯 가슴이 두방망이질 쳤다. 고난의 시기에, 오 하느님, 저를 외면하지 말아주세요. 슬픔이 가득한 이 순간, 제가 당신의 얼굴을 볼 수 있게 해주세요…… 자, 이제…… 저를 받아주세요……

갑자기 와링가의 머릿속에서 어떤 목소리가 울렸다. 너는 왜 또다시 네 목숨을 끊으려 하느냐? 이 땅에서 네가 할 바를 다 마쳤다고 누가 얘기하더냐? 네게 주어진 시간이 이제 끝났다고 누가 말하더냐?

와링가는 번쩍 눈을 떴다. 그러곤 좌우를 살펴보았다. 목소리의 주인공은 보이지 않았다. 그제야 자신이 뭘 하려던 참이었는지 떠오르면서 머리끝에서 발끝까지 온몸을 전율이 휩쓸고 지나갔다.

바로 현기증이 일었다. 나이로비 전체가, 사람들과 건물, 나무, 자동차, 거리가 눈앞에서 빙빙 돌기 시작했다. 귀가 막혀버린 듯 모든 소음이 일순 멈추며 도시 전체가 거대한 침묵 속으로 멀어졌다. 다리에서 힘이 풀렸다. 관절마다 힘이 몽땅 빠져나갔다. 와링가는 자신이 몸의 균형을 잃고 의식 또한 흐려지고 있음을 깨달았다. 하지만 그녀가 막 쓰러지려는 찰나, 누군가 그녀의 오른팔을 붙들며 잡아 세웠다.

"거의 쓰러질 뻔했어요." 그녀를 붙든 남자가 말했다. "이쪽으로 와서 건물 그늘에 좀 앉아요. 햇빛에서 나와요."

와링가는 이를 거부할 수도 없을뿐더러, 심지어 자신에게 말하는 사람이 누군지 알아볼 경황도 없는 상황이었다. 그가 잡아끄는 대로 그냥 카카 헤븐리 마사지 앤드 헤어드레싱 쌀롱의 계단 쪽으로 갔다. 쌀롱의 문은 닫혀 있었다. 와링가는 두번째 계단에 앉았다. 손을 둥글게 말아 고개를 받치자 손가락이 귓불에 닿았다. 벽에 기대앉았다. 마지막 힘마저 순식간에 모조리 빠져나가면서 그녀는 저 깊은 어둠속으로 가라앉았다. 고요함. 그러더니 휘파람 소리가 들렸고, 또 휘파람이 아닌 소리도 들렸다. 먼 곳에서 들려오는 노랫소리, 바람을 타고 들려오는 소리 같았다.

나는 내 몸을 애도하네,
전지전능하신 하느님이 내게 주신 몸.
나 자신에게 묻나니,
이 몸을 언제 땅에 묻을는지,
내 무덤엔 누가 함께 묻힐는지……

그러더니 그 소리는 이제 노래가 아니었고, 목소리도 누구의 것인지 알 수가 없어졌다. 산산이 부서져서 불협화음이 되더니 아무 의미도 없는 소음만이 거품처럼 부글거리며 솟아올랐다.

그리고 이제 *나쿠루 데이 쎄컨더리* 학교 시절 홀리 로저리 교회에 다닐 때 간혹 꾸었던 악몽이 다시 그녀에게 찾아왔다.

처음엔 아무것도 없이 캄캄하다가 한쪽에서 어둠이 갈라지며 허공에 걸린 십자가가 나타났다. 그러곤 누더기를 걸친 사람들이 악마를 십자가 쪽으로 몰면서 빛 속으로 걸어 들어왔다. 악마는 실크 양복 차림에 접힌 우산처럼 생긴 지팡이를 짚고 있다. 머리에는 일곱개의 뿔이 나 있는데 그것은 지옥의 영광에 대한 찬송가를 울려대는 일곱개의 트럼펫이기도 하다. 하나는 이마에, 또 하나는 뒤통수에, 악마는 두개의 입을 가지고 있다. 금방이라도 세상의 모든 악을 낳을 듯 불룩한 배가 축 처져 있다. 피부는 돼지처럼 분홍빛이다. 십자가에 가까워지자 악마는 부들부들 떨기 시작하면서, 마치

빛 때문에 눈이 타들어가는 기분인지 어둠 쪽으로 시선을 돌렸다. 악마는 신음하며 자신을 십자가에 매달지 말라고 사람들에게 애원했다. 자신의 추종자들과 함께 사람들이 사는 이 땅을 지옥으로 만들어버리는 짓은 이제 절대 하지 않겠다고 맹세하면서 말이다.

그러나 사람들이 한목소리로 외쳤다. "네놈의 교활함을 감추고 있는 그 예복의 비밀을 이제는 다 안다. 살인을 저질러놓고서 연민의 예복을 입은 채 과부와 자식 들에게 가서 얼굴의 눈물을 닦아준다는 것을. 한밤중에 사람들의 가게에서 물건을 훔쳐놓고서 새벽녘에 자선의 예복을 입은 채 그 피해자에게 찾아가 네가 훔친 곡물이 담긴 조롱박을 건네주는 것을. 오직 네놈의 욕구를 채우기 위해 음탕함을 부추겨놓고서 의로움의 예복을 입은 채 사람들에게 회개하라 하고, 순결의 길을 보여줄 테니 자신을 따르라 하는 것을. 남의 재산을 가로채놓고서 우호의 예복을 입은 채 재산을 강탈한 악당을 잡는 데 함께하자고 설교한다는 것을 말이다."

그러고서 사람들은 그 자리에서 곧장 악마를 십자가에 매달았고, 승리의 노래를 부르며 가버렸다.

사흘 뒤 양복에 넥타이를 맨 다른 사람들이 와서는 어두운 벽 쪽에 딱 달라붙은 채 악마를 십자가에서 내렸다. 그러곤 그 앞에 무릎을 꿇고 큰 소리로 기도를 하면서, 교활함의 예복을 조금씩 나누어달라고 간청했다. 그러자 그들의 배가 부풀어 오르기 시작했고, 그들은 일어나 와링가에게 걸어와서는 자신들의 배를 두드리며 그녀를 비웃는 것이었다. 그 배가 이제 이 세상의 모든 악을 다 물려받았으니……

와링가가 화들짝 정신을 차렸다. 그러곤 주변을 둘러보았다. 먼 여행이라도 떠났던 것처럼 그녀의 정신이 천천히 돌아왔다. 자신이 아직 레이스코스 로에, 아직 쎄인트피터스 클레이버스 교회 근처 카카 호텔의 버스 정류장에 있고, 자신이 들었던 소리는 단지 차들이 빵빵거리며 쌩하니 달려가는 소리일 뿐임을 알았다. 그녀는 생각했다. 내가 어떻게 여기 있는 거지? 무슨 바람에 실려 이쪽으로 온 거지? 오파파 제리코에서 78번 버스를 탄 건 기억이 나는데. 그 버스가 예루살렘 로와 바하티 로를 지나 조고 로로 들어서서 마사쿠 *시외버스 정류장*을 지났고…… 그리고…… 아, 그래…… 내 사랑 존 킴와나를 마지막으로 한번 보려고 대학교에 찾아가는 길이었지…… 화이트 로즈 세탁소 근처 *국가 기록원* 건물 바깥쪽의 버스 정류장에서 내렸어. 톰 음보야 가를 따라 내려갔고 쿤자 모스크를 지나쳤지. 지밴지 가든을 가로질러 가든 호텔을 지나쳤고, 해리 수쿠 로와 대학가가 만나는 모퉁이에 멈춰 *중앙 경찰서*를 마주 보고 서 있었지. 거기서 다시 되돌아왔던가? 대학 건물들, 특히 공과대학 건물을 보고 있자니, 바하리니 *프라이머리와 나쿠루 데이 쎄컨더리*를 다니던 때 내가 가졌던 꿈들이 떠올랐잖아. 그리고 나중에 그 꿈이 어떻게 응고리카의 '돈 많은 노인네'에게 짓밟혀 먼지 속에 처박혔는지도 생각이 났지. 그 기억이 존 킴와나, 곤경에 빠져 허우적거리는 나를 간밤에 매몰차게 차버린 그에 대한 생각과 뒤섞이면서 갑자기 머리와 심장이 고통으로 참을 수 없이 화끈거리고 분노가 솟구쳐 올라 숨이 막힐 지경이었어…… 그럼, 그다음엔 뭘 했더라? 내가 어디를 간 거지? 아, 맙소사, 내 손가방이 어디 있지? 어디다 둔 거지? 일모로그로 가는 차비를 어디서 구해야 하지?

다시 한번 와링가는 주변을 둘러보았다. 바로 그때, 그녀의 눈이 오른팔을 붙잡아 마사지 가게 계단에 앉혀준 남자의 눈과 마주쳤다.

"여기요. 가방 여기 있어요." 남자가 말하면서 팔을 뻗어 한쪽이 얼룩말 가죽 조각으로 장식된 검은색 손가방을 그녀에게 건네주었다.

그냥 앉은 채로 와링가는 손가방을 받았다. 그녀가 물어보듯 그를 바라보았다. 체형은 젊은데 얼굴에서는 성숙함이 엿보이는 사람이었다. 숱 많은 새카만 머리에 작은 염소수염이 있었다. 검은 두 눈은 저 멀리 숨겨진 많은 것들을 볼 수 있는 지혜의 빛으로 반짝거렸다…… 카키색 바지와 갈색이 섞인 가죽 재킷을 입고 왼쪽 옆구리에는 검은 가죽 가방을 끼고 있었다. 그는 자신이 어떻게 와링가의 손가방을 갖고 있게 되었는지 설명했다.

"강변로에 있는 은예리와 무랑아의 마타투 정류장인 티룸 근처에서 떨어뜨렸어요. 내가 그걸 집어서 당신을 쫓아갔지요. 오늘 당신 정말 운이 없는 날이에요. 자칫하면 차에 치일 뻔했으니까요. 마약을 하고 대책 없는 무모함으로 가득 찬 장님 모양으로 차들을 피하면서 길을 건너더군요. 도로 경계석에서 휘청거리는 걸 내가 붙잡았죠. 당신 팔을 잡아서 여기 그늘로 데리고 왔어요. 그때부터 그냥 일없이 여기 선 채, 당신이 마음의 시련 때문에 넘어가버렸던 다른 세상에서 돌아오기를 기다리고 있었죠."

"제가 딴 세상에 가버린 걸 어떻게 알았어요?" 와링가가 물었다.

"얼굴과 눈과 입을 보고 알았죠." 젊은이가 대답했다.

"가방을 찾아서 정말 다행이에요." 와링가가 말했다. "이걸 떨어뜨린 것도 몰랐어요. 게다가 수중에 있는 돈이라고는 거의 한푼도 없거든요."

"열어서 있을 게 다 있는지 봐요. 특히 돈이 있는지." 젊은이가 그녀에게 말했다.

"돈이라면 얼마 있지도 않은걸요." 그녀가 서글프게 대꾸했다.

"그렇더라도 확인은 해봐야죠. 보통 교수형에 처해지는 도둑들이 겨우 25쎈트를 훔쳤기 때문이라는 거 몰라요?"

와링가가 손가방을 열고 심드렁하게 안을 들여다보더니 말했다. "다 그대로 있어요." 의문 하나가 떠올라 그녀를 심란하게 했다. 찻길로 막 뛰어들려고 했을 때 자신을 가로막았던 목소리의 주인공이 이 남자였을까? 내 생각을 어떻게 헤아렸단 말인가? 이번이 그녀의 첫번째 자살 시도가 아닌 걸 어떻게 알았단 말인가? 그녀가 물었다. "제가 기절하기 직전에 저한테 말을 건 게 당신이었어요?"

그가 고개를 저었다. "난 당신이 막 쓰러질 때 왔어요. 어디 아픈가요?"

"아니요." 와링가가 바로 대답했다. "그냥 나이로비에 신물이 날 뿐이에요. 심신이 다요."

"신물이 날 만도 하죠." 젊은이가 말했다. "나이로비는 거대하고 타락한데다 정붙일 데라곤 없으니까요." 그가 약간 와링가 가까이로 다가와 벽에 기대서더니 말을 이었다. "하지만 이런 식으로 망가지는 게 나이로비만은 아니에요. 최근 식민주의의 사슬에서 벗어난 모든 나라의 모든 도시들이 다 마찬가지죠. 그 나라들은 도대체 가난을 벗어나기가 힘든데, 그건 그저 경제를 운영하는 법을 미국 전문가들에게서 배우겠다고 나섰기 때문이에요. 그래서 사리사욕의 체계와 그 원칙을 배우는 반면, 공동체의 선이라는 개념을 칭송하는 옛날 노래들은 다 잊어버리라고 교육받은 거죠. 돈벌이를 찬양하는 새로운 노래, 새로운 찬가만을 배워온 거예요. 그게 바로 오늘날 나이로비가 다음과 같이 가르치는 이유죠."

올곧은 자에게 삐뚤어짐을,

착한 자에게 비열함을,

사랑 가득한 자에게 증오를,

선한 자에게 악을.

오늘날의 춤곡은 이렇게 선언하고요.

모이를 쪼는 자는 절대 하나라도 더 찾아 쪼려 하지 않고,

손으로 주워 모으는 자는 절대 하나라도 더 찾아 주워 모으지 않고,

길을 떠나는 자는 절대 하나라도 더 찾으려 여행을 떠나지 않는다.

하나라도 더 찾고자 나서는 이는 어디 있단 말인가?

이 문제를 마음속으로 잘 생각해보고 스스로에게 물어봐요. 저런 식의 노래라니, 그로 인해 우리는 어디로 가게 될까요? 우리 안에 어떤 마음씨를 키워낼까요? 우리의 아이들이 쓰레기통에 버려진 음식을 두고 악다구니처럼 싸우는 것을 보면서 배꼽을 잡고 웃게 만드는 마음씨?

현명한 자 또한 지혜를 배울 수 있으니,

내 그대들에게 말하노라.

기쿠유가 말하기를, 말은 사랑으로 가는 길.

오늘은 내일의 보고.

내일은 오늘 우리가 뿌린 것을 거두어들이는 날.

그러니 스스로에게 물어보자.

탄식과 신음, 거기서 누가 이득을 얻은 적 있단 말인가?

씨를 바꾸자, 박은 한가지 이상의 씨를 담고 있으니!

스텝을 바꾸자, 노래는 하나 이상의 리듬을 가지고 있으니!

오늘의 *무옴보코* 춤은 두 스텝 가고 한번 도는 것!

젊은이가 갑자기 말을 멈췄다. 하지만 그의 목소리와 말이 와링가의 귀에서 계속 울렸다.

젊은이의 불가사의한 말이 암시하는 것들을 모두 이해할 수는 없었다. 하지만 그 말이 자신이 언젠가 가졌던 생각과 가깝다는 느낌이 간간이 들었다. 그녀가 한숨을 쉬고는 말했다. "당신의 말은 그 의미를 숨겨놓은 채 드러내지 않는군요. 하지만 당신 말이 맞아요. 이제 고난이 그냥 참아낼 수 있는 정도를 넘어섰어요. 거기서 벗어나기 위해서라면 기꺼이 변화를 받아들이지 않을 사람이 누가 있겠어요?"

얘기하다보니 갑자기 말이 술술 나오는 기분이 들었다. 마치 가슴에 얹힌 무거운 짐을 덜어내기라도 하듯 말이 이어졌다. 그녀는 너무 거칠지도 않고 너무 낮지도 않은, 숨가쁘게 이어지는 것도 아니고 자꾸 끊기는 것도 아닌, 차분한 목소리로 얘기를 이어갔다. 하지만 그것은 고통과 슬픔, 눈물로 얼룩진 목소리였다.

2

"나 같은 여자애를 예로 들어봐요." 와링가가 마치 혼잣말을 하듯이 바닥 한곳을 물끄러미 바라보며 말했다. "아니면 나이로비에 있는 어떤 여자애라도 좋아요. 이름이 마후아 카렌디라고 해보죠.

그녀가 작은 마을이나 정말 촌구석에서 태어났다고 쳐요. 교육을 많이 받지 못했겠죠. 아니면, 그래요, 어쩌면 CPE²를 통과해서 고등학교에 갔다고 해보죠. 심지어 가난한 사람들이 돈은 돈대로 내지만 교실에 제대로 된 선생님도 없는 그런 하람비³ 학교가 아니라 정말 좋은 학교라고 가정해봐요.

그런데 폼 투⁴에 이르기도 전에 다 끝장이 났어요. 임신을 한 거예요."

"누가 그런 건가요?"

"학생이라고 해두죠. 그 학생은 가진 돈이 한푼도 없어요. 그들의 친분이라는 건 제임스 해들리 체이스나 찰스 망구아, 데이비드 마일루 등⁵의 소설을 서로에게 빌려주는 정도고요. 짐 리브스⁶나 로런스 은드루⁷의 음반에 있는 노래를 같이 부르기도 하고요. 그녀, 카렌디는 이제 누구에게 의지를 해야 하는 걸까요?

아니면 아기 아빠가 시골의 한량이라고 생각할 수도 있겠죠. 그 건달은 직업도 없고, 심지어 발 뻗고 누울 자기 방 하나 없어요. 그들의 데이트는 기타를 치거나 마을에서 열리는 저녁 댄스파티에 가는 게 고작이죠. 헛간을 빌리거나, 어두워진 뒤에 그냥 들판에서 사랑을 나누면서요. 어린 카렌디, 누구에게 도움을 청해야 하나요? 아기에게 먹일 음식과 입힐 옷이 있어야 하는데.

---

2 초등교육을 마쳤다는 자격증으로, 일종의 초등교육 검정고시.
3 케냐의 전통문화로서 공동체의 자립을 위한 모금 활동. 그 운동의 일환으로 공동체 내에 많은 고등학교를 지었다.
4 Form Two. 우리나라로 치면 고등학교 2학년에 해당한다.
5 제임스 해들리 체이스는 영국의 소설가이며, 망구아와 마일루는 케냐의 작가다.
6 미국의 작곡가 겸 가수.
7 케냐의 가수.

어쩌면 그 한량이 사실은 도시에서 일을 하고 있을 수도 있어요. 그런데 월급이라고 받는 게 한달에 5실링 정도죠. 그들의 사랑은 브루스 리와 제임스 본드 영화를 보면서 다져졌어요. 그리고 마타투를 타고 집에 오기 전에 싸구려 호텔에서 오분간 사랑을 나눴죠. 이제 카렌디의 눈물을 닦아줄 사람이 누가 있을까요?

아니면 아기 아빠가 돈 많은 사람이라고 해보죠. 그게 요즘 유행하는 남녀 관계 아닌가요? 돈 많은 남자는 물론 아내가 있어요. 그들의 사랑은 일요일 메르세데스 벤츠 안에서 이루어졌죠. 카렌디가 학교로 되돌아가기 전에 그에게서 받는 약간의 포켓 *머니*가 그 관계의 연료가 되었어요. 마을에서 멀리 떨어진 호텔에서 마신 독한 술이 윤활유가 되었고요.

학생이든, 한량이든, 돈 많은 사람이든, 카렌디가 자신의 상황을 알렸을 때 그들의 반응은 똑같아요. '뭐라고! 카렌디, 지금 누구한테 그걸 뒤집어씌우는 거야? 내가 그랬다고? 어떻게 그런 일을 꾸밀 수가 있지? 그 말도 안되는 망상으로 사람을 들볶으려거든 가서 다른 사람을 찾아보라고. 아무한테나 다리 벌리는 카렌디, 10쎈트만 주면 살 수 있는 카렌디. 눈물이 드럼통에 차고 넘치도록 울어봐라──아무 소용 없어…… 카렌디, 아무하고나 뒹굴다가 임신을 해놓고는 어쩌다 내가 어느날 너를 집적거렸다고 나한테 책임을 뒤집어씌우면 안되는 거잖아!'

그렇게 당하면서 아무 말도 못하고 있을 카렌디가 아니라고 해보죠. 그러니까 팔짱을 끼고 거기 떡 버티고 서서 어제까지 애인이었던 남자에게 마구 해대는 거예요. '네가 뭐 설탕이라도 되는 줄 알아? 그럼 차라리 설탕을 안 넣고 차를 마시겠다. 네가 버스라고 생각해? 그럼 차라리 걸어가겠어. 네가 번듯한 집인 것 같아? 차라리 한데서 잠을 자겠다. 아니면 혹시 침대? 그럼 차라리 바닥이 낫겠어. 말만 번드르한 제비족을 믿는 일은 절대 없을 거야.' 하지만 카렌디는 그저 아무렇지도 척 담대해 보이려 했을 뿐이에요. 속을 들여다보면 가슴은 분노로 걷잡을 수가 없었죠.

카렌디가 마약은 절대 하지 않았다고 해봐요. 아기가 엄마의 자궁에서 죽은 채 태어나는 건 정말 끔찍한 일이니까요. 그렇다고 태어난 아기를 변소 구덩이에 집어 던지지도 않았고 버스 안이나 길가에 버리지도 않았다고요. 숲 속이나 쓰레기장에 갖다 버리지도 않았어요. 카렌디는 이 아기를 키우는 일을 엄마와 할머니에게 맡겼어요. 그 부모가 아직 준비도 안되었고 그래서 축복해주지도 못했는데도 세상에 태어난 그 아기를요. 카렌디의 엄마와 할머니는 이런 일이 또 일어나서는 절대 안된다고 단호하게 말했어요. '지금부터는 정신 바짝 차려야 한다, 카렌디. 남자들은 우리의 살을 좀먹는 포악한 침을 가지고 있어서 그것에 한번 찔리면 그 독이 절대 사라지지 않는다는 사실을 기억해라.'

다른 사람의 죄를 대신 뉘우치는 사람은 아무도 없다는 사실을 이제 카렌디는 사무치게 깨우쳤어요. 결과만 한탄하지 시작부터 돌이켜보는 사람이 없다는 것도, 자길 보고 웃는다고 해서 그게 다 사랑은 아니라는 것도요. 그래서 카렌디는 마음을 단단히 먹고 다시 학교로 돌아가요. 꾸준하게 계속 나아가서 폼 포에 이르죠. 케임브리지 자격증 시험이나 *학력 자격시험*을 치르고 EACE[8]를 따게 되죠. 영어와 스와힐리어, 종교 과목에 합격했다는 자격증 말이에요.

거기까지는 좋아요.

---

8 동아프리카 학력 자격증.

하지만 곤경은 날개가 달려서 다른 데로 날아가버리거나 하질 않아요. 카렌디의 부모님들은 또다시 주머니에 있는 돈이란 돈은 다 끄집어내야 하는 거죠. 혹시 예상치 않게 쥐가 튀어나오면 때려잡으려고 준비해둔 막대기처럼 만약의 사태에 대비해 아껴두었던 돈까지 남김없이 다 말이에요. 말하자면 이제 그런 쥐가 나타난 거니까요. 부모님들은 재빨리 카렌디를 *나이로비 비서 대학*에 등록시켜 타자와 속기를 배우게 했어요. 아홉달이 지나자 카렌디는 타자로 일분에 서른다섯자를 치고 속기도 아주 전문가가 되었죠. 일분에 팔십 단어를 적을 수 있는 정도에 이르렀으니까요. 눈에 보이는 글자는 귀로 듣는 말과는 다르거든요. 타자와 속기라는 피트먼[9]의 두 기술이 카렌디의 재산이 된 거죠.

카렌디는 이제 일자리를 구하러 나이로비 구석구석을 다 찾아다녀요. 피트먼의 기술로 무장을 한 채 사무실이란 사무실은 다 들어가보는 거죠. 한 사무실에서 *미스터 보스*를 만나는데, 그는 아주 푹신해 보이는 사무실 의자에 편하게 기대앉아 있어요. 카렌디를 머리끝에서 발끝까지 훑어보더니 물어요. '용건이 뭐야? 일자리? *좋아*. 내가 지금은 아주 *비지*하거든. 5시에 다시 와봐.' 카렌디는 안절부절못하며 그 시간을 기다려요. 그러곤 숨을 헐떡거리며 사무실로 뛰어 들어가죠. 이제 *미스터 보스*는 그녀에게 미소를 지으며 앉으라고 의자를 권해요. 그러곤 이름이 뭐냐고, 태어날 때 지어준 이름과 나중에 지은 영어 이름을 다 물어요. 그리고 그녀로선 좀 불편한 질문을 계속해대고는 주의 깊고 참을성 있게 그녀의 대답을 들어요. 그러더니 *미스터 보스*는 손가락이든 펜이든 그걸로

---

9 속기를 개발한 영국인.

책상을 톡톡 두들기며 말하죠. '아, 카렌디, 요즘에는 일자리 구하기가 여간 힘든 게 아니야. 그래도 너 같은 여자라면…… 네가 할 만한 일을 찾기가 그리 어렵진 않을 거야. 하지만 카렌디, 이런 문제는 사무실에서 최종 결정을 내릴 수가 없는 법이지. 길 건너 모던 러브 *바 앤드 로징*에서 좀더 자세한 얘기를 나눠보자고.' 그러나 카렌디는 예전에 찔려봤던 그 독이 가득한 침을 떠올려요. 한번 경험한 다음부터는 보면 알고, 조롱박에 담긴 술을 먹어본 사람이라면 거기 얼마나 들어가는지 아는 법이잖아요. 그래서 카렌디는 현대식이건 구식이건, 사랑을 나누기 위한 호텔에서 만나자는 제안은 모두 거절해요. 그리고 다음날이면 다시 도시를 이 잡듯이 뒤지고 다녀야 하는 거죠.

그녀는 다른 사무실에 들어가요. 거기서 다른 *미스터 보스*를 만나죠. 똑같은 미소에 똑같은 질문에, 만나자는 곳도 똑같아요. 그리고 원하는 건 여전히 카렌디의 다리 사이일 뿐이고요. 모던 러브 *바 앤드 로징*은 젊은 여성을 위한 주요 직업소개소가 되고, 여성들의 가랑이는 계약서가 놓이는 테이블이죠. 과거 달콤한 유혹의 바다 깊이 빠져봤던 처녀 카렌디. 하지만 우리의 새로운 케냐가 카렌디에게 들려주는 노래는 단 한가지예요. 자매 카렌디, 바보들의 송사는 해결을 보려면 시간이 아주 오래 걸린단다. 자매 카렌디, 모든 법정이 열릴 때에는 일단 잔치부터 하는 법이란다. 자매 카렌디, 먹은 것도 없는데 손가락 빠는 사람은 없단다. 나한테 잘해주면 내가 너를 잘 보살펴줄게. 현대의 문제들은 네 가랑이 사이만 있으면 해결된단다. 잠을 자고 싶으면 알아서 자리를 준비해야지.

카렌디는 잠자리 같은 건 준비하지 않겠다고 결심해요. 차라리 자기 송사가 해결이 되지 않는 편이 낫다고 생각하죠. 그런데 하느님은 사실 우갈[10]을 먹는 그런 보통 사람은 아니어서 어느날 아침 카렌디는 현대적 사랑을 나누기 위해 호텔에 가지 않고도 일자리를 구할 수 있게 돼요. *미스터 보스* 키하라가 그 회사의 이사예요. 중년의 남자로 아내가 있고 자식도 여럿 있죠. 무엇보다 그는 '천국의 교회'를 운영하는 위원회의 위원이기도 해요. 카렌디는 자신의 업무를 아주 꼼꼼하게 해나갑니다.

한달이 지나기 전에 카렌디에게 '카몬고녜'[11]가 생기게 돼요. 그 젊은이는 대학생으로 근대적이고 진보적인 시각을 지니고 있죠. 자신이 낳은 애가 고향에 있다는 사실을 고백했을 때 카몬고녜는 사랑의 입맞춤으로 그녀의 말을 막아요. 카렌디에게 말하기를, '아이는 사람을 해치는 표범이 아니에요. 게다가 애를 낳았으니 당신은 자식을 못 낳는 노새가 아니네요!' 이 말을 들으며 카렌디는 행복의 눈물을 흘려요. 그 자리에서 바로 그녀는 온 마음을 다해 그에게 헌신하겠다고 맹세해요, '내가 운이 정말 좋아서, 그토록 찾아다니던 카몬고녜를, 근대적 생각을 가진 청년인 카몬고녜를 만나게 되었으니 나 카렌디는 절대 그를 화나게 하지 않을 것이고 어떤 문제로도 그와 다투지 않을 것입니다. 그가 내게 소리를 질러도 조용히 있을 것입니다. 수줍은 표범처럼, 풀을 뜯는 양처럼 그저 고개만 숙이고 있겠습니다. 그의 생활비를 보조해서 그가 어려움 없이, 늦어지는 일도 없이 학업을 끝낼 수 있도록 돕고 견고한 기반을 지닌 가정을 함께 이루도록 하겠습니다. 다른 사람은 절대 처다보지

---

10 옥수숫가루로 만든 음식. 아프리카 여러 지역의 주된 탄수화물 공급원이다.
11 기쿠유 설화의 한 인물. 한 젊은 여성이 돈 많고 나이 많은 남자인 와이고코와 결혼하라는 아버지의 명령을 어기고 자신이 사랑하는 가난한 젊은이 카몬고녜와 결혼한다.

도 않겠습니다.'

카렌디의 친구들인 다른 여자애들이 그녀를 시기해서 충고랍시고 이러쿵저러쿵 떠들어요. '카렌디, 사는 법을 좀 바꿔봐. 조롱박 안의 씨가 다 똑같은 종류는 아니야.' 그러면 카렌디가 대답하죠. '들썩대는 아이는 집에서 염소를 잡기 직전에 못 참고 고기를 찾아 집을 나서는 법이야.' 하지만 친구들이 또 얘기해요. '친구야, 지금 케냐는 예전의 케냐가 아니야. 내일을 위해 지금 뭔가 따로 마련하지 않으면 안된다고. 약간의 식량을 아껴두면 나중에 굶주리는 법은 절대 없지.' 그러면 그녀가 대답해요. '너무 많이 먹으면 속을 버리는 법이야.' 그들이 그녀를 놀리죠. '맨날 같은 것만 먹으면 재미 없잖아.' 카렌디는 이 말을 부인하죠. '목걸이를 빌리는 데 재미가 들면 자기 것을 잃어버리게 될걸.'

자, 자신의 삶이 아주 순조롭게 풀려간다는 생각이 카렌디에게 들기 시작할 때쯤 *미스터 보스 키하라*가 조심스럽게 말을 고르며 그녀를 떠보기 시작합니다. 어느날 그녀의 사무실로 들어와요. 타자기 옆에 서더니 카렌디가 막 타자로 쳐놓은 종이들을 살펴보는 척해요. 그러곤 이렇게 말하죠. '*그나저나, 미스 카렌디, 이번 주말에 무슨 계획 있나? 간단한 사냥에 같이 갔으면 하는데―어떻게 생각해?*' 카렌디는 정중하게 거절하죠. 거절이라도 예의를 갖춰서 하면 반감이 생기지 않을 테니까요. 보스 키하라는 카렌디가 결국에는 승락을 하겠지 싶어 기다려요. 너무 서두르면 일을 망치는 법이니까. 한달 뒤 그가 다시 카렌디를 자기 방으로 불러요. '*미스 카렌디, 오늘 저녁에 파라다이스 클럽에서 각테일파티가 있는데.*' 다시 한번 카렌디는 정중한 말로 그의 제안을 거절하죠.

드디어 *보스 키하라*가 혼자서 다음과 같이 따져보는 때가 와요.

'사냥감에 접근할 때 너무 조심스럽게 굴면 마지막에 사냥감을 놀래 놓쳐버릴 위험이 있지. 뭘 달라고 할 때도 끊임없이 전략을 바꿔야 해. 목욕을 하려면 옷을 다 벗어야 하는 법이고.' 그래서 그는 대놓고 카렌디에게 요구하죠. '*그나저나, 미스* 카렌디, 오늘 내가 할 일이 좀 많거든. 답장을 써야 할 편지들이 쌓여 있는데, 전부 아주 중요하고 아주 급하단 말이지. 5시 이후에도 사무실에 남아 일을 좀 했으면 하는데. *오버타임* 수당은 지급을 하지.'

카렌디는 기다려요. 5시. *보스* 키하라가 아마 자기 방에서 답장을 손으로 쓰고 있겠지. 6시. 다른 사람들은 모두 퇴근했어요. *보스* 키하라가 카렌디를 부릅니다. 얘기를 좀 하게 자리에 앉으라고 하죠. 잠시 뒤 *보스* 키하라는 일어나서 책상 끝에 걸터앉아요. 그러곤 음흉한 미소를 지어요. 카렌디가 정신을 차리고 말을 해요. '플리즈, *미스터* 보스, 제가 타자로 칠 테니 편지 내용을 읽어주세요. 오늘 저녁에 약속이 있는데 벌써 어두워지고 있잖아요.'

'걱정 마, 카렌디. 너무 늦게 되면 내 차로 집까지 데려다줄게.'

'*생큐*, 하지만 정말로 그런 폐는 끼치고 싶지 않습니다.' 카렌디가 치밀어오르는 짜증을 감추면서 차분하게 말하죠.

'아, 폐 될 거 전혀 없어. 집에 전화 걸어서 *내 개인 운전사*에게 나 대신 너를 집에까지 태워다주라고 할 수도 있어.'

'전 버스 타고 가는 게 좋아요. 플리즈, 편지는 어디 있어요?'

보스 키하라가 약간 카렌디 쪽으로 몸을 기울여요. 눈에서 어떤 빛이 반짝하는가 싶더니 그가 목소리를 깔고 말해요.

'카렌디, 이 예쁜 것, 내 편지는 마음에서 직접 나오지.'

'마음에서요?' 카렌디가 그 속뜻을 못 알아듣는 척하며 곧바로 대꾸해요. '그런 편지를 직원을 시켜 타자를 치게 하는 게 현명한 처사일까요? 편지를 받을 사람 말고 다른 사람이 그 비밀을 읽는 일이 없도록 직접 치시는 게 낫지 않겠어요?'

'아름다운 카렌디, 내 마음의 꽃송이. 그걸 타자로 칠 사람은 너 말고는 아무도 없어. 왜냐하면 네 마음의 우편을 통해 네 마음의 주소로 그 편지를 보내서, 네 마음의 눈으로 그걸 읽고 이후로도 계속 마음속에 담아둔 채 영원히 나오지 못하도록 꼭꼭 간직하기를 바라니까. 그리고 이렇게 간청하는데, 그 편지를 받으면 *발신자에게 반송*이라고 적지 말아줘. 이 예쁜 것, 내 마음의 꽃송이, 너에 대한 사랑 때문에 내가 얼마나 물러졌는지 알겠어?'

'미스터 보스, 써, 플리즈⋯⋯!' 카렌디는 어떤 말이든 해보려 하죠. *보스* 키하라의 숨이 가빠지는 걸 보니 한편으로는 겁이 나지만, 다른 한편으로는 *보스*의 입에서 쏟아져나오는 말이 머리가 동그랗게 빠져 훤하게 반짝이는 정수리와 얼마나 안 어울리는지 웃음이 나올 것도 같아요. 카렌디는 어떤 말을 해서 이 아저씨에게 무안을 줄 수 있을까 생각을 해요. '이런 말을 하시는 걸 사모님께서 들으시기라도 하면 어쩌시려고요?'

'우리 집사람은 중요하지 않아. 댄스파티에 가는데 아무런 향도 나지 않는 향수를 뿌리고 가는 사람이 어딨나. 플리즈, 카렌디, 내 마음의 앙증맞은 과일, 내 말 잘 들어봐. 내가 정말 멋진 얘기를 들려줄게. 푸라하 리오 지구나 시내의 케냐타 가, 아니면 이 도시 아무 데나 원하는 곳에 집을 하나 얻어줄게. 원하는 아파트든 단독주택이든 아무거나 얘기만 해. 빠리와 런던, 베를린, 로마, 뉴욕, 토오꾜오, 스톡홀름, 홍콩, 그 어디서든 가구와 카펫, 매트리스, 커튼을 사서 집을 꾸며줄게. *수입 가구와 가정용품* 말이지. 옷도 사줄게. 네가 런던의 옥스퍼드 대로나 빠리의 *오뜨 꾸뛰르*에서 파는 최신

유행의 옷들로 치장했으면 하니까. 이딸리아 로마에서는 하이힐과 밑창이 두꺼운 구두들을 사고 말이지. 너희 여자들이 '딱히 갈 데도 없는데 바쁠 게 뭐 있겠어?'라는 별칭으로 부르는 그 구두를 신고 네가 거리에 딱 나섰을 때 나이로비의 모든 사람들이 돌아서서 널 쳐다보며 휘파람을 불면 좋겠거든. 쟤가 바로 *보스* 키하라의 *슈가 걸*이야, 하면서 말이야. 내가 이런 식의 즐거움을 계속 누리고 세속적인 기쁨이란 기쁨은 모두 맛볼 수 있게 해준다면 시장 갈 때나 쇼핑하러 갈 때, 혹은 일요일에 소풍이라도 갈 때 탈 작은 장난감도 하나 사줄게. 알파로메오가 새 신부들이 타기엔 아주 적격이지. 카렌디, 내 앙증맞은 과일, 앙증맞은 오렌지, 내 마음의 꽃, 내게 와서 가난 같은 거랑은 이제 *바이바이* 하라고……'

카렌디가 이제 정말 어렵사리 웃음을 참아가며 물어요. '*미스터 보스*, 뭐 하나 여쭤봐도 될까요, *플리즈*?'

'당연히, 얼마든지!'

'저하고 결혼하고 싶다는 말씀이세요?'

'아! 무슨 말인지 다 알면서 뭘 그렇게 모르는 척을 하나? 모르겠어? 내 앙증맞은 과일, 내게 와서 내 여자가 되라고.'

'싫어요. 유부남 *보스*와 연애하는 건 한번도 원한 적 없어요!'

'내 앙증맞은 과일, 뭐가 두려운 거야?'

'게다가 당신의 가정을 깨고 싶지 않아요. 괜히 남의 목걸이 탐내다가 제 것만 잃어버린다고 했어요.'

'케케묵어서 이젠 아무 향도 안 나는 향수를 뿌리고 춤추러 가는 법은 없다고 말했잖아. 카렌디, 내 새 목걸이, 버려진 농장의 비옥한 땅에서 자라난 내 토마토! 뭐가 두려운 거야? 뭐가 문제냐고?'

'저한테는 사귀는 카몬고네가 있어요. 젊은 애인요.'

'하하, 카렌디, 웃기는 소리 좀 하지 마. 정말 그렇게까지 올드패 션드한 거야? 자기가 무슨 남자라도 되는 듯 행세하는 그 조무래기들 말이야? 그 애송이들, 할례는 받기나 했대?'

'내가 직접 파낸 고구마는 흠집이 없다고 했어요. 내가 직접 뽑은 사탕수수에는 덜 익은 부분이 없고요. 사랑하면 그가 사시여도 사시처럼 보이지 않죠. 당신이 할례도 안 받았다고 주장하는 그 젊은이가 바로 나의 사랑이에요.'

'이것 봐, 카렌디. 내가 이 말은 해줘야겠군.' 보스 카하라가 숨을 헐떡이며 그녀에게 말해요. 테이블에서 내려오더니 카렌디에게로 다가오죠. '가슴에 털이 덥수룩한 진짜 남자인 와이고코와 젊은 애인인 카몬고녜 사이에서 선택하는 문제도 이젠 전혀 고민할 문제가 아냐. 와이고코 가슴의 수북한 털을 깎아온 것은 돈이니까…… 하지만 마음이란 오직 스스로 선택한 것만을 열망하는 게 사실이니 더이상 내 정부가 되어달라고 강요하진 않겠어. 넌 지금 멋진 집을 거부했고 비싼 옷도 거부한 거야. 쇼핑 갈 때 타고 다닐 것도 그렇고. 좋아. 좋으실 대로. 하지만 이 한가지 요구는 들어줘. 나를 거부하지 말라고.'

'천국의 교회 신자가 아니신가요? 성경을 읽긴 읽으셨어요? 집에 가시거든 로마서 13장 14절을 읽어보세요. 육체의 정욕을 만족시키려는 생각은 아예 하지 마라……'

'하지만 같은 책에 다음과 같은 얘기도 있지. 구하라 그리하면 너희에게 주실 것이요, 찾으라 그리하면 찾아낼 것이요, 문을 두드리라 그리하면 너희에게 열릴 것이다. 구하는 이마다 받을 것이요 찾는 이는 찾아낼 것이요 두드리는 이에게는 열릴 것이니…… 내 앙증맞은 과일, 내 사랑, 우린 방 같은 걸 찾아다닐 필요도 없잖아.

이 사무실 바닥이면 딱이니까. 사무실에 혹시 입이라도 달렸다면 할 얘기가 아주 많을걸. 미끈한 시멘트 바닥이 환상적인 침대가 되어주는 거지. 등이 쫙 펴져서 목뼈까지 척추의 모든 뼈가 쭉 뻗는다니까.'

'제 등이 쫙 펴지는 것 따위는 원하지 않아요!' 카렌디가 더이상 분노를 삭이지 못하고 매몰차게 대꾸해요.

*보스 키하라*는 이제 카렌디를 껴안으려 해요. 두 사람은 의자에 걸려 넘어질 뻔하죠. 카렌디는 일어나서 손가방을 어깨에 메고 뒷걸음질을 하기 시작해요. *보스 키하라*는 그녀를 잡으려 하죠. 그들이 '나 잡아봐라' 식으로 춤이라도 추듯 사무실을 빙빙 돌아요. *보스 키하라*는 체면을 차리던 지금까지의 모습을 벗어던지죠.

갑자기 *보스 키하라*가 카렌디에게 몸을 던져요. 한 팔로는 허리를 감싸쥐고 다른 손으로 몸을 더듬기 시작하죠. 카렌디는 그 남자의 손아귀에서 빠져나오려고 발버둥을 치면서, 주먹으로 그의 가슴을 때립니다. 손가방을 열어 평소에 지니고 다니는 접이식 칼을 꺼내려 해보지만 허사죠. 그들이 숨을 헐떡거리는 소리가 사무실에 가득 차요. 카렌디는 자신이 금방이라도 힘에 눌릴 것임을 직감합니다. 그래서 엉겁결에 이 남자가 자신의 *보스*라는 사실을 잊고 소리를 쳐요. '당장 놔주지 않으면 소리쳐서 사람을 부를 거예요!'

*보스 키하라*가 멈칫해요. 자신의 부인과 아이들을 떠올린 거죠. 그리고 일요일이면 자신이 종종 천국의 교회에서 제단에 올라가 성경을 읽기도 한다는 사실도요. 또 때때로 결혼식 주례를 보면서, 부모와 자식들은 사랑으로 화목하게 함께 살아야 한다고 신랑 신부에게 조언을 건넨다는 것도요. 이 모든 것들이 동시에 그의 머리에 떠올라요. 자신이 비서를 강간하려 했다는 죄로 기소라도 되면

지역사회에서 어떤 경멸을 받게 될지 상상해보죠. 불타오르던 욕구가 홀연히 잦아들고 열정도 뒷걸음을 쳐요. 그래서 카렌디를 놓아줍니다. 주머니에서 손수건을 꺼내 땀을 닦아요. 카렌디를 바라보더니 뭔가 말을 할 것처럼 하다가 그만둡니다. 어떤 말을 해서 다시 체면을 살려볼까 궁리해요. 한번 웃어보지만 곧 머쓱해서 그것도 그만두죠. 무슨 말이라도 할 요량으로 그가 물어요. '그럼 고향에서 널 집적댄 사람이 아무도 없었다는 뜻인가, 카렌디? *어쨌든*, 괜히 어떤 속단도 내리지 말았으면 해. 그냥 딸 같아서, 예뻐서 장난한 거니까. 이제 가봐. 편지는 내일 아침 일찍 처리하도록 하지.'

카렌디는 집으로 가면서 딸 같아서 그랬다는 그 말을 생각해요. 그게 무슨 뜻인지 아주 잘 알죠. 표범이 염소한테 예뻐서 그랬다는 거나 마찬가지라고나 할까……

아침이 되어 여느 때처럼 카렌디는 출근을 해요. 오분 늦게 사무실에 도착하죠. 와보니 *보스 키하라*는 이미 사무실에 나와 있어요. *보스 키하라*가 그녀를 자기 방으로 부르고 카렌디가 들어가죠. 간밤의 그 법석이 떠올라서 좀 어색한 기분으로요. 하지만 *보스 키하라*는 책상 위의 신문만 들여다볼 뿐 들어온 그녀에게 눈길도 주지 않아요.

'*미스 카렌디*, 요즘 보면 자네가 여기서 제일 윗사람인 것 같아.'

'죄송합니다. 버스가 늦게 와서요.'

그제야 *보스 키하라*가 신문에서 눈을 들고는 의자에 등을 기댑니다. 눈빛에 빈정거림을 가득 담아 뚫어지게 카렌디를 쳐다봐요.

'젊은 놈이랑 밤에 재미 보느라 정신이 나가서 그런 거라고 그냥 인정하지그래? *미스 카렌디*, 자네는 별로 일할 마음이 없는 것 같아. 그래서 자네 마음이 가는 대로 따르게 해줘야겠다는 생각이야. 당분간 집에서 쉬라고. 다른 여자들처럼 자네도 일을 해야겠다는 생각이 들면, 내 사무실 문은 언제든 열려 있어. 여기 이번달 월급하고, *미리 통지를 안한 대신* 다음달 월급도 주지.'

그래서 이제 우리의 카렌디는 직장을 잃었어요. 또다시 일을 찾아 거리를 헤매죠. 그러고는 조용히 슬픔에 젖어 집으로 돌아가요. 저녁때까지 방에 앉아 젊은 애인이 오기를 기다립니다. 젊은 애인의 목소리를 떠올리자 그녀의 심장이 행복하게 콩닥콩닥 뛰어요. 누구나 자기가 사랑하는 사람은 귀하게 여기기 마련이죠. 그녀의 카몬고녜는 사랑의 말로 이 슬픔을 이겨낼 수 있는 힘을 그녀에게 줄 거예요. 한참을 기다려 드디어 카몬고녜가 집에 옵니다. 카렌디는 가슴에 덥수룩하게 난 털을 돈으로 깎는다는 와이고코의 얘기를 모두 그에게 털어놓아요. 현대의 여성으로서 카몬고녜 때문에 와이고코의 돈을 거절하다니, 이것보다 더 큰 사랑을 보여주는 게 어디 있을까요! 카렌디는 얘기를 다 마치고 상대방이 그녀와 공감하며 한숨을 쉬기를 기다려요. 그가 자신의 눈물을 닦아 없애줄 키스를 해주리라 생각하면서요.

하지만 아니에요.

카몬고녜는 수줍은 표범이나 풀을 뜯는 양처럼 눈을 내리깔아요. 하지만 그것은 위선에서 비롯된 태도예요. 그는 카렌디에게 설교를 하기 시작해요. 그녀가 와이고코 키하라의 침대 속에 기어들어간 걸 다 알고 있다고, 심지어 카렌디의 가랑이 사이 맛을 본 게 키하라가 처음이 아니라는 것도, 그리고 돈이 주는 기쁨을 한번 맛본 여자는 절대 그걸 끊지 못한다는 사실도 알고 있다고 말해요. 사람이란 한번 맛을 보면 그 맛에 점점 더 빠져드는 법이라고요. 카멜레온은 무슨 짓을 해도 카멜레온인 법이니까. 심지어 학교에

다니는 학생일 때 아버지뻘 되는 남자랑 놀아나기 시작해서 졸업도 하기 전에 애까지 낳았으니 어떻게 그 짓을 그만둘 수가 있겠냐면서요. '아무한테나 다리 벌리는 카렌디, 한번 말해보라고. 와이고코가 네 가랑이 사이에 그 시커먼 거시기를 비벼대게 놔뒀으면 네가 이렇게 나한테 얘기했겠어? 아니지. 이따위 얘기를 지어서 하는 이유는 그저 와이고코가 현대적 사랑을 나누던 호텔에서 침대 정돈하는 일을 이젠 그만두라고 했기 때문인 거지.'

카렌디는 기가 막혀 말이 나오지 않아요.

눈물만 두 뺨을 타고 흐르는데 닭을 생각조차 하지 않죠. 쓰디쓴 분노가 가슴속에서 끓어올라요.

카렌디는 속으로 수많은 질문을 하지만 답은 하나도 없어요. 개량종 젖소가 더이상 우유를 만들어내지 못하면 이제 잡는 수밖에는 없는 걸까요?

카렌디에게 칼은 양쪽 면이 다 날카롭게 번득여요. 처음 출발했던 곳에 다시 서게 된 거죠.

그러니 내가 또 쓰러지지 않도록 내 손을 잡고 있는 당신이 말해봐요. 이 얘기는 결국 오늘날 케냐의 모든 카렌디들이 몸에 그저 단 하나의 기관만 지니고 있다는 뜻일까요? 카렌디들이 그 유명한 카인의 여동생이라도 되는 양 거리를 헤매지 않을 수 있는 길은 뭘까요?

오늘날 카렌디들은 다음과 같은 것들의 차이를 상관하지 않기로 결심했어요.

곧은 것과 구부러진 것,
삼키는 것과 뱉는 것,

올라가는 일과 내려가는 일,

가는 일과 돌아오는 일.

그래요, 이제부터는 절대 이런 것들을 구별할 수 없을 거예요.

뒤틀린 것과 올곧은 것,

어리석은 일과 현명한 일,

어둠과 빛,

웃음과 눈물,

지옥과 천당,

사탄의 왕국과 신의 왕국.

이 땅에 사는 인간의 삶에는 오직 두 종류의 날들만 있을 뿐이라
고 누가 그랬나요?

꿀같이 달콤한 날과 산(酸)처럼 부식되는 날,

웃음 가득한 날과 눈물 가득한 날,

출생의 날과 죽음의 날만 있다고.

현대 케냐의 카렌디들에게는 어떤 날이든 다른 날과 다 똑같지
않나요? 왜냐하면 그들이 태어난 날이란 결국 단 한 부분만 빼고
자기 몸의 다른 부분들은 몽땅 묻어버리는 날이니까요. 단 하나의
기관만 남는 거죠. 그러니 현대 케냐의 카렌디들이 그 얼굴에서 눈
물을 닦아낼 수 있는 날이 언제일까요? 도대체 언제쯤이면 웃음이
란 걸 알게 될까요?"

3

와링가는 이야기를 마치자 고개를 들어 젊은이의 표정을 살폈다. 그러고는 쭉 뻗은 레이스코스 로를 멀리까지 바라다보았는데, 사람들은 여전히 일에 쫓겨 바쁘게 오가고 차들은 여전히 쌩쌩거리며 서로를 지나치고 있었다. 그녀가 오파파 제리코의 셋집에서 쫓겨난 이후 나이로비는 전혀 변한 게 없었다.

바로 그때 쎄인트피터스 클레이버스 교회에서 신자들에게 삼종기도 시간임을 알리는 종소리가 울리기 시작했다. 와링가와 젊은이는 종소리가 나는 쪽으로 고개를 돌렸다. 마치 종소리가 찬송가를 부르기라도 하는 양 와링가에게는 이런 노랫소리가 들렸다.

오라, 이리로 오라.
너의 쟁기를 꼭 붙들고
뒤는 돌아보지 마라.
오라, 이리로 오라……

그녀가 생각했다. 계속 들리는 이 목소리, 이건 어디서 나는 거지? 어디로 나를 이끄는 거지? 교회에 안 들어가본 지가 한참 되었는데, 그녀는 어느새 기도를 중얼거리고 있었다.

오, 하느님의 어머니이자 우리의 어머니이신 성모마리아님,
그리고 그대, 성 요셉,
그리고 그대, 나의 수호천사,

그리고 모든 성스러운 존재들이시여,

저를 위해 기도해주소서

제게 정해진 이 땅에서의 삶을 마치기도 전에

스스로 목숨을 버리고자 하는 이 죄를

벗어던질 수 있도록.

오늘 저를 굽어살펴주소서

그리고 제가 살아가는 매일매일

제가 죽는 그날까지.

아멘.

쎄인트피터스의 종소리가 그치자 와링가는 젊은이를 보며 말했다. "이렇게 진득하게 제 얘기를 들어주셔서 고마워요. 예전에 성당 신부님에게 고해를 하고 났을 때처럼 마음이 가벼워졌어요."

"어쩌면 제가 아직 서품을 안 받은 신부일 수도 있지요…… 제가 속한 교단은 케냐 민중의 가난을 덜어주기 위해 복무하라는 부름을 받은, 좀 다른 종류이긴 하지만요. 당신의 얘기가, 그러니까 카렌디와 와이고코, 카몬고녜의 이야기가 마치 창처럼 내 마음속 깊이 박혔어요. 당신 말처럼 케냐에는 수많은 카렌디들이 있죠. 하지만 앞으로 우리의 아이들은 웃음이 뭔지 모르고 살 거라는 당신 말엔 동의하지 않아요. 무슨 일이 있어도 절망해서는 안됩니다. 절망은 용서받을 수 없는 죄예요. 우리 민족과 앞으로 올 세대로부터 결코 용서받을 수 없는 죄이지요. 어디로 가는 길인가요? 목적지가 어디예요?"

"일모로그요."

"일모로그? 거기서 태어난 거예요?"

"예, 일모로그가 제 고향이에요. 왜요?"

"왜냐하면…… 음…… 아니, 별뜻 아니에요. 그냥 물어본 거예요. 하지만 일모로그로 가는 버스는 여기 서지 않아요. 이곳 카카 정류장에는 키암부와 은둠베리, 팅앙아, 웅겜와, 이키누, 카리아이니, 기퉁구리로 가는 버스만 있어요. 일모로그로 가는 마타투는 나쿠루로 가는 버스가 서는 저쪽 은야마키마에 있지요."

"알아요. 사실은 그리로 가는 길이었어요. 도대체 무슨 이상한 바람이 불어서 이쪽으로 오게 되었는지 모르겠네요."

와링가는 마치 끔찍한 백일몽에서 깨어나기라도 한 사람처럼 자리에서 일어나 손가방을 어깨에 걸쳐 멨다. *"그럼, 살펴 가세요."* 와링가가 젊은이에게 말했다. 그녀는 홀가분한 마음이 들었지만 좀 부끄럽기도 했다.

"몸조심해요. 또 현기증이 생기지 않았으면 좋겠네요."

와링가가 은야마키마 쪽으로 몸을 돌려 걸어가려는데 젊은이가 그녀를 불렀다. "잠깐만요……"

와링가는 걸음을 멈추고 뒤를 돌아보며 속으로 생각했다. 저 사람 역시 쉽게 넘어가는 카렌디를 만났다고 생각하는 또다른 카몬고녜인가?

그 남자가 들고 있던 가방을 열었다. 그러고는 속을 뒤져 카드를 한장 꺼내더니 그것을 와링가에게 내밀며 말했다. "카렌디와 와이고코, 카몬고녜에 대한 우화라 할 만한 당신의 이야기가 내 마음 깊이 박혔다고 했죠? 현대판 카렌디와 와이고코를 양산하는 게 무엇인지 더 알고 싶으면 일모로그에 도착해서 그 카드가 광고하는 잔치에 찾아가봐요."

그러고서 남자는 가버렸다. 와링가는 레이스코스 로를 걸어 내

려가 에소 주유소 마당을 가로지른 뒤 강변로를 건너 은야마키마
로 갔다. 혹시 남자가 따라오는 건 아닐까 하며 단 한번 뒤를 돌아
보았을 뿐이었다. 그는 보이지 않았다. 이름을 물어보지도 않았네,
와링가가 생각했다. 나한테 준 카드에 있을지도 모르겠다. 하지만
남자들은 이 사람 저 사람 할 것 없이 다 말만 번드르르한 흡혈귀
들이야. 잔치에 가라고 했지. 난 잔치 같은 덴 가고 싶지 않거든. 누
굴 사귈 마음은 전혀 없다고. 가슴에 털이 수북한 늙은 와이고코든,
젊은 애인인 카몬고녜든 말이야.

은야마키마에 가보니 일모로그나 나쿠루로 가는 마타투는 보이
지 않았다. 와링가는 은야마키마 술집 근처, 양파와 감자를 파는 가
게 벽에 기대섰다……

얼마 안 있어 와링가는 자신이 아까 받은 카드를 만지작거리고
있음을 깨달았다. 그제야 아직 읽어보지도 않았다는 생각이 들었
다. 잠깐 사이를 두었다가 주머니에서 그것을 꺼내 꼼꼼히 살펴보
았다. 카드에는 이렇게 쓰여 있었다.

악마의 향연!

직접 와서 보시라—
악마의 후원 아래
도둑질과 강도질의 일곱 권위자를 선발하는 경연 대회
넘치도록 많은 상!
트라이 유어 럭.
컴피티션 투 츄즈 더 쎄븐 클레버리스트
시브스 앤드 라버스 인 일모로그.

프라이즈 갤로어!
헬스 에인절스 밴드 인 어텐던스!

서명: 지옥의 대왕
사탄
장소: 도둑과 강도의 소굴
일모로그 골든 하이츠

마치 면도칼이 복부 깊이 푹 박히는 느낌이었다. 자기가 정말로 은야마키마에 있는 건지 아니면 꿈을 꾸고 있는 건지 확인하기 위해, 좌우로 앞뒤로 두리번거리며 주변을 둘러보았다. 벌떼가 주변에서 마구 웅웅거리듯이 수많은 질문들이 그녀의 마음속에 떠올라 아우성쳤다. 그리고 때로 단 한마리의 벌이 무리에서 떨어져 혼자 남는 것처럼, 특히 하나의 질문이 와링가의 마음에 깊이 박혔다. 내 손을 잡아줬던 그 젊은이는 도대체 누구지? 그럼 도둑이 내 손가방을 훔쳐갔다가 돌려줬다는 얘긴가? 몸이 부들부들 떨렸다. 카드를 다시 만지작거렸다. 그러고는 쓰러지지 않기 위해 양파와 감자를 파는 가게의 벽에 다시 기댔다.

하지만 가슴은 마구 방망이질 치고 있었다. 일모로그에서 악마의 향연이! 일모로그에서 도둑과 강도 들의 경연 대회가! 일요일인 내일? 그런 말도 안되는 일을 누가 믿는단 말인가?

제3장

1

　나이로비의 다른 많은 마타투 정류장과 버스 정류장처럼 은야마키마는 사람들과 차들로 무척 혼잡했다. 무슨 종류의 자동차든 필요한 부품은 틀림없이 찾을 수 있다고 알려진 그로건 밸리로 오가는 사람들과, 노동자와 농부, 특히 시골에서 올라온 사람들이 토요일과 일요일에 주로 장을 보러 가는 거리로 알려진 강변로를 지나는 사람들. 그저 감자나 양파, 수쿠마 위키[12]를 사러 온 사람들도 있고 집으로 돌아가기 전에 술집이나 식당에 들러 맥주를 한잔하거나 배를 채우는 사람들도 있다. 카리오코나 이스트레이, 품와니, 샤우리 모요, 바하티, 마칸다라, 오파파 제리코, 카리오방이, 단도

---

12 아프리카 지역에서 먹는 채소로, 우리에게는 케일로 알려져 있다.

라 같은 곳 말이다. 하지만 대부분은 나이바샤와 길길, 올칼루, 은야후루루, 나쿠루, 루우와이니, 일모로그로 가는 마타투를 기다리는 사람들이었다. 사람과 차로 가득할 때면 은야마키마는 일곱개의 시장에서 울려오는 소음으로 시끌시끌했다.

그 토요일에는 루우와이니와 일모로그로 가는 차량이 많지 않았다. 덜컹거리며 들어오는 마타투 소리가 들릴 때마다 혹시나 하는 마음으로 올려다보았지만, 나쿠루나 은야후루루로 가는 손님을 부르는 소리만 들릴 뿐이었고 그럴 때마다 그녀의 가슴은 내려앉았다. 6시가 되자 그녀는 스스로가 가엾어져서 조용히 기도를 하기 시작했다. "오, 천주의 성모마리아시여, 저를 불쌍히 여기소서. 전단 하룻밤도 더 나이로비에서 묵고 싶지 않습니다. 제게 버스를 보내주세요. 당나귀 마차도 괜찮고, 나이로비에서 벗어나 일모로그의 집으로 갈 수만 있다면 그 무엇도 상관없습니다. 성자와 성부와 성령을 찬양하나니, 처음이 그랬듯이 지금도 그렇고 앞으로도 영원히 그럴 것입니다. 아멘."

그녀가 기도를 끝마치기가 무섭게 일모로그로 가는 마타투가 도착했다. 하지만 그걸 쳐다본 그녀는 질겁을 했다. 아니, 이건 그로건 밸리의 폐차장에서 막 꺼내온 건가? 두말할 나위 없이, 너무나 고물이었다. 하지만 차 주인은 그 사실을 어떻게든 가려보려고 양옆에 온갖 정신 사나운 광고 문구를 칠해놓았다. 가십거리나 소문을 듣고 싶으면 음와우라의 마타투 마타타 마타무를 타십시오. 당신이 가는 길이 곧 내가 가는 길. 너무 서두르면 일을 망치는 법. 좀 느릴 수도 있지만 안전하게 도착합니다. 사랑하는 내 고향.

와링가가 광고 문구를 채 다 읽기도 전에 운전사가 차에서 뛰어내렸다. 다 망가져가는 차의 모습을 사람들이 눈치채지 못하게끔

갖은 말과 노래로 사람들의 주의를 끄는 것이었다.

"자, 타세요, 마타투 마타타 마타무 모델 T 포드에 타세요. 그러면 눈을 두번 깜빡하기도 전에 리무루와 쌔털라이트,[13] 나이바샤, 루우와이니, 일모로그에 가 있을 겁니다. 청년들이 이런 노래를 하는 걸 내가 들었거든요.

　하느님의 왕국이 가깝다면,
　내가 너희 창녀들을 법정으로 데려갈 것이니.
　하느님이 공짜로 너희들에게 준 것을
　너희들은 20실링에 팔고 있으니.

젊은이들, 내가 비밀 하나 말해줄까요? 하느님의 왕국은 바로 음와우라의 마타투 마타타 마타무 모델 T 포드에 의해 더 가까워져요. 악마가 사는 곳을 찾아가는 것도 음와우라의 마타투 마타타 마타무 모델 T 포드한테는 아무것도 아니죠. 타요, 타시라고요! 일모로그가 바로 요기라니까요. 눈에서 코까지 거리도 안됩니다."

그가 '악마'를 입에 올리자 와링가는 다시금 불쾌하고 으스스한 기분이 들었다. 자신이 받은 악마의 향연, 도둑질과 강도질 경연 대회의 초대장이 떠올라 그녀는 속으로 생각했다. 도대체 무슨 종류의 향연이지? 경연 대회에서는 뭘 하는 거지? 나한테 그렇게 잘해준 사람이, 그런 사람이 어떻게 도둑과 강도 무리에 속해 있을 수가 있단 말이야? 내 가방은 왜 훔치지 않은 거야? 하지만 음와우라의 입에서 청산유수처럼 쏟아져 나오는 말을 듣고 있자니 자신의

---

13 Satellite. 개발 붐을 타고 나이로비 근교에 생긴 '콘자'라는 위성도시를 가리키는 말로 추측된다.

마음을 짓누르는 짐을 잠시나마 잊을 수 있었다.

그 무렵 술집이며 상점에서 나온 수십명의 사람들이 마타투의 주인을 직접 보려고 도로 경계석에 몰려서서 그를 부추기고 있었다. "그래그래! 어디 한번 다 얘기해보라고!"

2

차 번호 MMM 333, 음와우라의 마타투 마타타 마타무 모델 T 포드의 모양새는 거의 이 지구 상에서 맨 처음으로 만들어진 자동차라 할 만했다. 엔진에서는 이가 나간 수백개의 도끼를 한꺼번에 갈기라도 하는 듯한 그르렁 소리와 쩨지는 소리가 터져 나오고, 몸체는 바람에 흔들리는 갈대처럼 정신없이 흔들렸다. 어기적거리며 도로를 달리는 모습은 흡사 오리가 뒤뚱거리며 산을 타는 것 같았다.

그날 아침 출발하기 전에, 이 마타투는 구경꾼들에게 대단한 볼거리를 안겨주었다. 엔진은 그르렁거리다가 목구멍에 금속조각이 하나 걸리기라도 한 듯 기침을 해대더니 그다음엔 천식이라도 걸린 듯 쉿소리를 냈다. 그럴 때면 음와우라는 일부러 과장스러운 몸짓으로 엔진 덮개를 열어 여기저기를 쿡쿡 찌르거나 이 선 저 선을 건드려보고 나서 마찬가지로 과장스러운 몸짓으로 덮개를 닫고는 운전석으로 돌아갔다. 거기서 오른발로 가속기를 살살 밟아주면 엔진은 마치 그가 배를 부드럽게 문질러주기라도 한 양 낮은 소리로 그르릉거렸다.

음와우라는 마타투의 홍보 담당관이나 마찬가지였다. 사람들은 그에게 묻곤 했다. 음와우라, 이 차는 무슨 노아 시대 때 만들어지기라도 한 거요? 그러면 음와우라는 웃으며 고개를 젓고는 차에 기대서서 이 차의 품질이 얼마나 뛰어난지를 늘어놓아 사람들의 혼을 빼놓곤 했다.

"진짜 사실대로 하는 얘긴데, 구조상으로 말하자면 요새 나오는 차 중에서 모델 T 포드를 따라갈 차가 없어요. 그저 차체가 얼마나 번쩍거리는지만 비교하면 안돼요. 요즘 차들을 만드는 데 들어간 금속은, 그러니까 뿌조든 토요타든, 미쯔비시 캔터든, 심지어 볼보나 메르세데스 벤츠까지도, 그것들은 비에 젖은 종이처럼 금방 너덜너덜해진다고요. 하지만 모델 T 포드는 안 그래요, 절대 안 그렇죠! 여기 쓰인 금속은 다른 차를 뚫을 수도 있는 그런 종류거든요. 그래서 난 이 옛날 모델을 가지고 있는 편이 좋아요. 세월을 겪으며 단단해진 돌은 빗물에 깎이는 법이 없으니까요. 남의 목걸이 탐내다가 제 것을 잃어버리기 십상이잖아요. 새로운 모델은 일본과 독일, 프랑스, 미국에서 수입되죠. 한두달은 아주 신나게 잘 달릴지 모르지만 금방 다 부서져서 도로에는 모델 T 포드만 남게 될 겁니다."

하지만 음와우라의 목표는 최대한 빨리 돈을 모아 더 많은 손님들을 태울 수 있는 더 큰 차를 사는 것이었다. 그래야 더 많은 돈이 그의 주머니 속으로 들어올 테니까 말이다.

음와우라는 재물의 신을 숭배하는 사람 중 하나였다. 곧잘 말하기를, 돈으로 주조된 그 신에게 충성스럽게 복종하기 위해서라면 못 찾아갈 세상이 없고 못 건널 강도 없으며 못 넘어갈 산도 없고 못 저지를 범죄도 없다는 것이었다.

하지만 보아하니 신은 그의 기도를 들어줄 마음이 없고 심지어 별로 탐탁하게 여기지도 않는 듯했다. 왜냐하면 사람들이 보통 은 양위수라고 부르던 어떤 유럽 사람에게 받은 그 마타투 외에 음와우라는 다른 차라고는 가져본 적이 없기 때문이다. 이따금 음와우라는 슬픔에 빠져 혼잣말을 하곤 했다. "내가 지금껏 내내 이 길을 달려오면서 겪은 일이라는 게, 성공의 열매가 바로 눈앞에서 대롱대롱하다가도 잡으려고 손만 뻗으면 저만치 달아나 심지어 깨금발을 해도 닿을 수 없이 멀어진 게 아니었던가?"

음와우라는 사람들에게 말하곤 했다. "유럽 사람들이 여기 들여온 이 돈은 완전히 사악한 겁니다. 성모마리아의 아들이 유대인이 믿는 하느님의 장자였음에도 불구하고 바로 그 돈 때문에 십자가에 못 박힌 걸 보면 할 말 다 한 거 아니겠어요? 나로 말하자면, 좋은 가격만 쳐서 받을 수 있다면 내 엄마라도 팔아버릴 수 있어요!" 사람들은 그 말을 그저 속 편한 장사꾼의 일없는 허풍으로 치부했다. 음와우라가 돈 문제에 있어서라면 절대 농담 같은 건 안한다는 사실을 아는 이는 딱 한 사람뿐이었으나, 그는 와서 그 얘기를 해줄 수 있는 처지가 아니었다. 그는 5실링을 놓고 음와우라와 다퉜더랬다. 그는 돈을 못 내겠다고 했을 뿐 아니라, 나아가 음와우라에게 악담까지 해댔다. "넌 비에 젖은 똥 속에서 버둥대는 말똥구리처럼 매번 그럭저럭 살아갈 뿐, 절대 큰돈을 만지는 법은 없을 거다!" 음와우라가 말했다. "너도 아다시피 이 차를 75실링에 빌리기로 같이 합의를 해놓고는 겨우 내가 다른 승객 두 사람을 더 태웠다는 이유로 5실링을 안 주겠다는 거야? 네가 자리를 빌린 거야, 차를 통째로 빌린 거야? 넌 내 돈을 떼먹고 도망간 거나 진배없어. 네 앞에 있는 이 음와우라는 마체테처럼 한쪽에만 칼날이 있는 게 아니야."

어느날 아침 그 남자는 집에서 목을 매달고 죽은 채 발견되었다.

근처에 종잇조각이 있었는데, 거기에는 다음과 같이 적혀 있었다. 절대 다른 사람 재산 가지고 장난치지 마라. 우리는 *데블스 에인절스—개인 사업가들.*

그러나 음와우라는 차 번호 MMM 333의 마타투 마타타 마타무 모델 T 포드를 몰고 다니는 사람으로 가장 잘 알려져 있었다.

3

새가 날다가 지치면 아무 나무에나 앉는다는 속담이 있다. 와링가는 일모로그로 가는 차편이 그것 말고는 하나도 없음을 깨닫고 음와우라의 차에 올랐다. 와링가가 올라타는 것을 보자 음와우라는 더 신이 나서 노래를 하고 떠들어댔다.

젊은 처자들이여, 내가 간청하거든,

애를 가지면 어쩌냐는 그런 말은 하질 마요,

모터사이클에 브레이크 거는 법을 내가 아는데,

당신 일에 브레이크를 못 걸 거라 생각하는 건가요?

그가 말을 멈추더니 한숨을 내쉬었다. 주변에 빙 둘러선 사람들을 살펴보았다. 엉덩이에 손을 얹고 선 채로 미소를 지었다. 그러더니 고개를 절레절레 흔들며 그는 말했다. "건달들의 브레이크는 가짜 브레이크예요. 마타투 마타타 마타무 모델 T 포드에 달린 브레이크에 버금갈 만큼 강력한 건 없다니까요……"

사람들이 배꼽을 잡고 웃어대면서 요란스레 휘파람을 불어댔다.

음와우라는 계속해서 자랑을 늘어놓으며 사람들을 불러 모았다. "……리무루, 나이바샤, 루우와이니, 일모로그! 자, 갑시다. 잊지 마세요. 당신이 가고자 하는 곳이 내가 가는 곳입니다……"

그 토요일에 음와우라는 리무루와 나이로비 구간을 오갔는데 손님이 얼마 안되어서 심지어 기름값도 못 건질 지경이었다. 그래서 일모로그로 가는 기름값이라도 댈 승객들을 태울 수 있을지 은 야마키마에 한번 가봐야겠다고 오후 늦게서야 결심을 한 것이었다. 그가 그렇게 목청껏 소리 높여 고함을 지르는 것은 그 때문이었다. "……잊지 마세요. 여긴 당신들의 나라예요, 이건 당신들의 마타투입니다! 길에서 통통거리며 다니는 저 뿌조 따위는 잊어버려요! 그런 걸 타면 우리 여성들 애 떨어질 겁니다. 좀 느리긴 하지만 꼭 도착한다니까요……"

또다른 승객이 버스에 올랐다. 그는 무릎과 팔꿈치가 닳아빠진 푸른색 작업복을 입고 있었다. 신발에는 허옇게 잿가루가 앉아 있었다. 그가 와링가를 마주 보고 앉았다. 음와우라도 차에 올라 운전석에 앉더니 가속기를 살짝 밟아주었다. 그러곤 그렇게 엔진이 공회전하도록 놔둔 채 다시 밖으로 나갔다. 모든 게 허사가 된 기분이었다. 겨우 승객 두명이라니……

그가 짜증스럽게 혼잣속으로 물었다. 정말 나는 양처럼 매매거리다 그냥 죽게 되려나? 다른 사람들처럼 새 차 한번 사볼 수 있는 때가 나한텐 절대 오지 않을 건가? 요즘엔 손수레를 밀고 다니거나 노새 마차를 끌고 다니는 사람들, 아니면 길에서 여행객들에게 토끼나 과일이나 양가죽 같은 걸 팔거나 옥수수를 구워 파는 사람들이 나보다 더 많이 번다니까. 이러다 결국 어떤 꼴이 되겠어, 로빈 음와우라? 오늘밤 운행은 그만두는 게 낫겠다. 나이로비에서 방 하나 빌려 밤을 보내고 내일 아침에 일모로그로 가야겠어.

　그러나 이미 기름값을 버렸다는 사실을 기억해내자 날카로운 칼이 가슴에 꽂히는 느낌이었다. 음와우라는 반짝거리는 동전이 길바닥에 떨어진 걸 그냥 보고 지나치는 일은 절대 하지 못하는 그런 사람이었다. 그게 겨우 5쎈트짜리 동전이라도 말이다. 그걸 건지기 위해서라면 구덩이로 뛰어드는 것도 마다 않을 사람이었다. 그가 속으로 중얼거렸다. 내가 이 두 사람의 차비를 포기한다고? 절대 안되지! 리무루에 도착하기 전에 밤에 길을 헤매는 사람들을 만날 수도 있고, 무타라콰 스테이지 정류장에는 보통 OTC 버스[14]를 기다리는 사람들이 좀 있으니까, 나의 감언이설로 잘 꼬셔봐야지. 게다가 오늘밤은 정말이지 일모로그에서 밤을 보내고 싶단 말이야. 그래야 내일 일착으로 거기 도착할 수가 있을 테니까. 주의 깊게 찾아다니면 꼭 찾게 되지 않겠어?

　돈을 벌 수 있다는 희망이 순식간에 되살아나자 심장이 격하게 뛰기 시작했고, 그래서 그는 열정적으로 소리를 질러댔다. "이제 금방이면 기회는 사라집니다! 마타투 마타타 마타무가 곧 떠나버리면 기회는 날아갑니다! 제가 잘 모시겠습니다. 하느님의 왕국이든 사탄의 왕국이든 쏜살같이 모셔다드릴 테니 분부만 내리시라고요! 평화가 있기를! 우린 이제 가야겠어요. 나중에 소문만 듣고 이러쿵저러쿵하지 않도록 일모로그에 직접 가보는 게 좋을 텐데. 일모로그에 가서 직접 보고 직접 들어야 하는데 말이야⋯⋯ 행운이란 바로 저 덤불 너머에 숨어 있단 말이에요! 당신을 행운으로부터 가로막는 저 덤불 너머로 이 마타투가 당신을 데리고 가겠다 이거

---

14 영국과 합작한 케냐의 버스회사.

예요! 자, 이제 시간이 되었습니다. 우리는 이제 일모로그로 갑니다. 행운은 금방 불운이 될 수 있어요. 게다가 행운이 이렇게 일찌감치 찾아오는 일은 두번 다시 없을 겁니다……"

"저 사람은 도대체 출발을 하긴 할 건가? 밤새도록 우릴 여기 붙잡아둔 채 저렇게 계속 떠들어대려는 건 아니겠죠?" 푸른 작업복을 입은 남자가 말을 걸었다.

"마타투는 가십거리와 소문과 하잘것없는 얘기들의 온상이잖아요." 와링가가 대답했다.

음와우라가 차에 올라 부릉부릉 소리를 내더니 경적을 울리고는 차를 빼기 시작했다.

갑자기 사방에서 사람들이 높고 낮게 휘파람을 불어대며 운전자에게 멈추라는 신호를 보냈다. 음와우라가 브레이크를 밟았다.

여행 가방을 든 한 청년이 버스 쪽으로 달려와서는 숨을 헐떡거리며 차에 올라, 푸른 작업복의 남자와 와링가와 함께 자리를 잡았다. "이 차 일모로그로 가죠?" 그가 가쁜 숨을 몰아쉬며 물었다.

"맞아요, 맞아, 고향 일모로그로!" 음와우라가 유쾌하게 말했다.

"아, 간신히 잡았네!" 여행 가방을 든 청년이 말했지만 아무도 대꾸하지 않았다. 잠깐 침묵이 흘렀다.

"일행이 있나요?" 음와우라가 물었다.

"아니요!" 여행 가방을 든 청년이 대답했다.

그는 가방을 무릎에 얹었다. 와링가가 흘깃 그것을 쳐다봤는데 가방 뚜껑에 그의 이름과 주소가 적혀 있었다. 미스터 가투이리아, *아프리칸 스터디스, 유니버시티 오브 나이로비.*

나이로비 대학! 와링가는 배 속에서 뭔가 툭 떨어지는 듯 퍼뜩 불쾌한 느낌이 들었다.

와링가와 가투이리아, 그리고 푸른 작업복의 남자, 그렇게 세 사람을 태우고 음와우라는 버스를 몰았다. 마사쿠와 기차역 근처 버스 정류장을 지나갔지만 더 태운 승객은 없었다. 하일 쎌라시 로를 따라 내려가 웅공 로로 들어섰다. 그는 더이상 승객이 있으리라는 희망을 버렸다.

가투이리아라는 남자가 가방을 열더니 세권의 책을 꺼냈다. 『위대한 작곡가들의 생애』, 해럴드 숌베르그 저, 『캄바 음악 입문』, P. 카뷰 저, 『동아프리카의 악기』, 그레이엄 히슬로프 저. 그러곤 각각을 들여다보더니 『위대한 작곡가들의 생애』를 읽기 시작했다.

누군가 가지게 되어 있는 것은 결국 그에게 오는 법. 음와우라가 와네 씨족 마을 근처 다고레티 코너에 이르렀을 때 한 여자가 버스를 세웠다. 그녀가 걸친 키텡게[15] 웃옷이 손에 들고 있는 싸이잘삼[16] 바구니까지 덮고 있었는데, 발은 신발도 없이 맨발이었다.

"일모로그?" 그녀가 물었다.

"얼른 올라타요!" 음와우라가 기분 좋게 말했다. "어머니, 어서 타셔. 출발합니다. 또 탈 사람 있어요?"

"없어요." 여자가 말하면서 차에 올랐다. 자리에 앉자 그녀는 왼손으로 턱을 받쳤다. 음와우라는 휘파람을 불며 차를 몰았다.

골프 클럽 근처 시고나 정류장에서 음와우라는 한 사람을 더 태워 총 다섯명이 되었다. 마지막 승객은 회색 정장에 빨간 꽃무늬 넥타이를 한 남자였다. 오른손에는 반짝거리는 알루미늄 테두리를 두른 가죽 재질의 작은 검은색 여행 가방을 들고 있었다. 새까만 썬글라스를 써서 눈은 보이지 않았다.

---

15 아프리카 여성들이 옷으로 만들어 입거나 두르는 데 사용하는 천.
16 용설란과에 속하는 식물로, 잎섬유를 이용해 로프나 깔개 천 등을 만든다.

음와우라는 가슴이 벅차올랐다. 조금만 더 가면 한 다섯명은 더 태워서 열명은 될 거고, 그럼 기름값은 하고도 남겠다. 그가 속으로 계산했다.

하지만 리무루의 무타라콰에 도착해서 그는 절망감에 사로잡혔다. 서쪽으로 가려는 사람은 단 한 사람도 없었다. 그는 다시금 확신이 서지 않아 어쩔 줄을 몰랐다. 겨우 다섯명의 승객 때문에 내가 이 밤에 일모로그로 가야 하나? 그가 곰곰 생각했다. 차가 고장났으니 카미리투에서 자고 내일 다시 출발하자고 거짓말을 해야 할까? 그러나 그에게 또다른 목소리가 들려왔다. "음와우라, 굴러들어온 행운을 걷어차지 마라. 네가 쿨쿨 자는 동안 행운은 생각이 달라져 가버릴 수도 있다. 얼마 되지 않는 동전이라고 우습게 보지 마라. 방귀 소리가 의자랑 맞부딪치면 커지는 법이다. 얼마 안되는 음식이라도 여러번 배 속에 들어가면 그럴듯한 한끼 식사가 된다. 재산을 잘 모으는 사람에게는 티끌이 모여 태산이 되는 법이다."

음와우라는 가속기를 밟아 와링가와 가투이리아, 푸른 작업복의 남자, 키텡게 웃옷을 입고 바구니를 든 여성과 썬글라스를 쓴 남자, 이렇게 다섯명의 승객을 태우고 일모로그로 향했다.

집을 나서면 그렇게 여행이 시작된다.

4

처음 말을 꺼낸 것은 키텡게 옷에 바구니를 든 여자였다. 마타투가 응구이루비를 지나 키네니로 막 들어설 때, 여자가 목소리를 가다듬었다. "운전사 양반!" 그녀가 소리쳐 불렀다.

"로빈 음와우라라고 불러요." 음와우라가 아주 쾌활한 목소리로 말했다.

"이봐요, 너무 멀리 가버리기 전에 내 문제를 얘기해야 할 것 같군요."

"두드리라, 그리하면 열릴 것이니." 보통 마타투에서 많이들 나누는 그런 얘기를 아마 시작하려나보다 생각하며 음와우라가 대답했다. "아무리 대단한 지혜도 마음속에만 가둬두면 결코 소송에서 이길 수가 없는 법이죠." 그가 덧붙였다.

"바로 그거예요. 우리가 사는 이 세상에서는 서로 돕는 것만큼 중요한 게 없지요. 내가 지금 당신 차를 타고는 있지만 차비를 낼 돈이 단 한푼도 없어요." 여자가 서글프게 말했다.

"뭐라고?" 음와우라가 고함을 쳤다.

"차비가 없다고요!"

음와우라가 급작스럽게 브레이크를 밟았다. 썬글라스를 쓴 남자가 앉아 있던 쪽의 문이 휙 열렸다. 푸른 작업복을 입은 남자의 재빠른 반사 신경이 아니었으면 썬글라스를 쓴 남자는 차 밖으로 튕겨나가 키네니의 비탈 아래로 떨어졌을 것이다. 위험을 알아차리고 몸을 던져 그 남자를 잡아챈 것이 바로 그였으니 말이다.

음와우라가 갓길에 차를 세웠다.

"당신, 이 남자를 죽이려는 이유가 뭐요?" 푸른 작업복을 입은 남자가 음와우라에게 묻고서 이렇게 덧붙였다. "그의 원수가 죽여달라고 뇌물이라도 줍디까?" 썬글라스를 쓴 남자는 너무나 경황이 없어서 음와우라에게 호통을 치지도, 푸른 작업복을 입은 남자에게 고맙다고 인사를 하지도 못했다.

"그건 다 저 여자 때문이라고요!" 음와우라가 곧장 대꾸하면서 여자 쪽을 보았다. "괜히 실랑이하고 싶지 않아요. 이 차가 오줌으로 굴러가는 것도 아니고."

"일모로그까지 가기만 하면 누구한테든 돈을 빌려서 꼭 차비를 줄게요."

"케냐에 공짜가 어디 있어요? 케냐는 탄자니아도 아니고 중국도 아니라고."

"이보세요, 난 지금까지 남한테 공짜 덕을 보고 산 적이 한번도 없어요…… 하지만 내가 이 나이로비라는 곳에서 무슨 일을 보고 겪었는지 당신이 안다면……"

음와우라가 그녀의 말을 잘랐다. "외눈박이 괴물 얘기 같은 건 듣고 싶지 않아요. 돈을 뱉어내든지, 아니면 내려요."

"이 허허벌판에 정말 날 내려놓고 가겠다는 거예요?"

"이봐요, 내려서 일모로그까지 걸어서 가라고요. 다시 얘기하지만 이건 오줌으로 굴러가는 차가 아니라니까."

"내가 이 두 손으로 이 나라의 독립을 위해서 싸운 사람이에요. 정말로요. 그런 내가 이 캄캄한 숲에 맹수들하고 같이 섞여서 밤을 보내야 한단 말이에요?" 여자가 무거운 마음으로 물었다. 마치 수도 없이 스스로에게 물었지만 여태껏 답을 찾지 못한 질문을 하는 느낌이었다.

"요즘 세상에선 땅을 개간한 사람이 아니라 말끔히 개간된 다음에 온 사람이 보상을 받는 겁니다." 음와우라가 말했다. "독립이란 옛날얘기가 아니라 내 주머니에 돈이 들어오는 소리라고요. 괜히 나한테 쓸데없는 소리 늘어놓을 생각 마세요. 당장 내리든지, 아니면 갈 길을 계속 가게 동전 짤랑거리는 소리를 들려주든지."

이 분쟁을 해결한 것은 푸른 작업복을 입은 남자였다. "그냥 갑시다, 운전사 양반. 짐승이 아파서 울음소리를 낼 때는 분명 상처를 입었단 얘기예요. 그 차비는 내가 내겠소."

가투이리아라는 남자도 입을 열었다. "그래요, 이제 시동 걸고 가시죠. 나도 그 차비에 몇 쎈트 보탤게요."

"저도 좀 보탤게요." 강변로에서 손가방을 잃어버렸다면 자신도 차비가 없었을 거란 생각이 떠올라 와링가가 재빨리 덧붙였다.

"각자 너무 부담이 되지 않게 차비를 셋이 나눠서 내기로 합시다. 힘들고 큰 일이라도 각자 자기 몫을 하려 하지 않을 때만 버거운 짐이 되는 법이죠." 푸른 작업복의 남자가 말했다.

음와우라는 다시 시동을 걸고 키네니를 벗어났다.

그들은 잠시 아무 말이 없었다. 여자가 고맙다는 말을 하며 침묵을 깼다.

"정말 얼마나 기쁜지 모르겠어요. 하지만 당신들의 도움에 대해 내 마음이 어떤지 보여줄 방법이 없네요. 내 이름은 왕가리예요. 일모로그가 고향이에요. 은제루사 마을요. 일모로그에 도착하면 어떻게든 돈을 마련해서 갚도록 할게요. 어쨌든 내 메마른 가슴도 조금은 촉촉해졌네요. 여러분들의 앞길이 모두 풍요롭고 평탄하길 바라요."

"내 돈은 안 갚아도 돼요." 푸른 작업복의 남자가 말했다. "우리가 서로 돕지 않는다면 짐승과 다를 바 없게 될 거예요. 마우마우[17] 시절에 우리가 이런 서약을 하며 맹세한 것도 바로 그 때문이잖아요. 절대 혼자서 먹지 않을 것이며……"

---

17 1952년 케냐의 최대 부족인 키쿠유족이 영국의 식민지 지배에 저항해서 일으킨 마우마우 봉기를 말한다. 1960년 비상사태를 해제할 때까지 탄압과 색출 작업이 계속되었다.

"이븐 마인……아이 민, 그러니까 제 것도요, 포겟 잇, 쏘리—아이 민, 제가 낸 돈도 안 갚으셔도 된다고요." 가투이리아가 말했다. 가투이리아는 자신이 영어와 기쿠유어를 섞어 쓰는 걸 항상 부끄러워했고, 그래서 안 그러려고 무척 애썼다. "저도 이분 말씀에 동감이에요." 가투이리아가 덧붙였다. "그런데 이름이 어떻게 되세요? 계속 '이분'이라고 부르기는 좀 그러니까…… 마이 네임…… 아이 민, 제 이름은 가투이리아예요."

"내 이름은 무투리입니다." 푸른 작업복을 입은 남자가 대답했다. "난 노동자요. 목수 일이나 석재, 배관 일 등이 전문이지요. 그러니까 난 플러머, 카펜터 앤드 메이슨이지요. 하지만 그것 말고도 이 두 손으로 하는 일이라면 무엇이든 다 할 수 있어요. 노동이 곧 삶이니까."

"젊은 처녀, 당신은요?" 왕가리가 와링가에게 물었다.

"전 와링가라고 해요. 자신타 와링가. 그리고 저도 일모로그가 고향이에요."

"일모로그 어디?" 왕가리가 물었다.

"뉴 예루살렘 은제루사 근처 응가인데이티아라는 마을요." 와링가가 대답했다.

"그런데, 아까 말씀하신 게……" 가투이리아가 무투리를 향해 말을 꺼냈다. 잠깐 말을 멈추더니 목을 가다듬고는 물었다. "캔 유 플리즈 텔 미, 아이 민, 설명을 좀 해주실 수 있을까요……" 묻고 싶은 게 뭔지 확실하지 않은 듯 그가 또 말을 멈췄다. 그러곤 다시 물었다. "하람비의 이념이 마우마우의 취지와 목표에 뿌리박고 있었다고 말할 수 있을까요?"

"하람비?" 무투리가 살짝 웃으며 대답했다. "하람비요? 은야키뉴아 춤꾼들이 부르는 노래를 못 들어봤나요?

지금 보이는 하람비는,
지금 보이는 하람비는
소문을 지어내고 퍼뜨리는 사람들이 입에 올릴 말이 아니라네.

그러니 현대 하람비와 관련된 무슨 얘기든 이러쿵저러쿵 떠들어대거나 말을 옮기는 건 내가 할 바가 아니에요. 요즘 하람비? 흠, 더이상 말을 말죠. 침묵의 나라에서 온 민족이 과거에 침묵으로 구원을 받았다니까. 하지만 누군가 내게 조언을 구한다면 은야키뉴아 춤꾼들에게 이렇게 노래하라고 하겠어요.

돈의 하람비는,
돈의 하람비는
부자와 그 무리들을 위한 것이라네.

우리가 독립을 쟁취하기 위해 싸웠을 때 하람비에는—아니면 그냥 조직체라고 해봅시다—거긴 두개의 다른 형태가 있었어요. 지역 민병대와 제국주의자들의 조직이 있었고, 마우마우의 지도 아래 모인 애국자들이 있었지요. 애국자들의 조직은 이런 노래를 불렀어요.

위대한 사랑을 거기서 보았네
여자들과 아이들 사이에서.
콩 하나가 땅에 떨어지면—

우린 그걸 잘라 나눠 먹는다네.

지역 민병대와 제국주의자들의 조직의 노래는 이러했어요.

이기심과 팔아먹는 기쁨이 있네
이 땅의 반역자들 사이에서.
우리는 민중들에게서 콩을 빼앗아—
누가 그걸 다 차지할지 서로 드잡이를 하지.

여러분, 지역 민병대와 제국주의자들의 하람비는 야만성을 부추기기 위해 조직된 거랍니다. 제국주의자들에게서 떨어지는 콩가루와 찌꺼기를 얻어먹으려고 몰려갈라치면 아이들과 장애인들 같은 건 거리낌 없이 불구덩이에 집어 던지라고 말이에요. 마우마우의 하람비는 인도주의를 퍼뜨리기 위한 조직이었어요. 그 조직원들은 아이들과 장애인들을 보호하기 위해 목숨을 내놓았거든요. 지역 민병대 조직은 우리나라를 외국인들에게 팔아먹으려 했고, 마우마우는 우리나라를 지키려 했어요. 이봐요, 젊은이! 내 말하는데, 요즘 하람비에 대해서라면 난 아무 얘기도 않겠어요. 요즘 하람비는 딴 사람들 거니까."

무투리가 말을 뚝 끊었다. 자기 작업복을 기어오르는 파리를 손으로 때려잡았다. 차 안에는 다시금 깊은 정적이 자리 잡았다. 차가 리프트 밸리 아래쪽으로 내려감에 따라 음와우라는 키네니의 구불구불하고 경사진 도로를 조심스럽게 운전해 지나갔다. 어둠이 짙게 내려앉기 시작해 음와우라는 전조등을 켰다.

왕가리가 쯧 하고 혀를 차더니 헛기침을 한번 하고 비통함이 가득한 목소리로 입을 열었다. "콩 한쪽이라도 땅에 떨어지면 그걸 함께 나눠 먹는다고 했어요? 우리 아이들을 배부를 때까지 먹이고 따뜻하게 옷을 입히고 빈대가 우글거리지 않는 그런 침대에서 잠을 재우기 위해, 우리 케냐의 민중과 마우마우의 것이었던 위대한 운동을 위해, 민중들의 운동을 위해 우리가 피를 흘렸다고 했어요? 우리 아이들이 민중을 위한 부를 창출하는 법을 배울 수 있게 하려고요? 얘기해봐요. 바보나 반역자 아닌 다음에야 그렇게 영광스러운 목표를 위해 자신의 피를 바치지 않을 사람이 누가 있겠어요? 내가 말이에요, 당신들 앞에 있는 이 왕가리가 그때는 그저 어린 소녀였어요. 하지만 내 이 다리로 수많은 총탄과 수많은 총을 숲 속의 우리 전사들에게 날라다줬답니다…… 그래도 겁을 먹었던 적은 한 번도 없었어요. 심지어 적과 지역 민병대 연합군들의 전선을 몰래 통과해야 했을 때도 말이에요. 여러분, 지금에 와서 그 일들을 떠올리면 가슴이 무너지고 통곡이라도 하고 싶은 기분이에요. 무투리, 뭐라고 했어요? 요즘 하람비는 부자와 그 무리를 위한 거라고요?

말 한번 정말 잘했네,
말 한번 정말 잘했어,
우유라도 있으면,
그걸로 당신을 씻어주고 싶구먼.

상관없어요…… 상관없어요…… 하지만 여러분, 난 자꾸 궁금증이 나는 거예요. 이 돈이 말이에요, 매일 거기 수도 없이 기부금으로 들어오는 돈이 말이에요, 도대체 얼마나 산더미같이 쌓인 데서 나오는 걸까요? 매일매일 수십만 실링을 그냥 쥐버릴 수 있는 거라면 자신과 자기 자식들을 위해 쌓아놓은 건 대체 얼마나 되는 걸까요? 절대 마르는 법이 없는 이 샘물은 도대체 어떤 샘물이에요? 그리고 그자의 친구들, 절대 눈에 띄게 밖으로 나오는 법이 없는 이 친구들은 또 누군가요? 절대 대중들에게 그 이름을 공개하지 않는 친구들 말이에요. 오직 정체를 알 수 없는 상태에서만 돈을 내는 사람들, 그들은 어떤 사람인가요? 하지만 어떤 비밀스러운 행동이든 종국에는 산꼭대기에 놓인 듯 그 모습이 만천하에 드러나서 모든 사람들이 보게 될 거예요. 내가 하고 싶은 얘기는 이거예요. 우리가 독립을 위해 싸웠을 때 그건 돈 때문이 아니었다는 거예요. 사랑 때문이었어요. 우리 조국인 케냐에 대한 사랑 때문에, 적들의 총탄에 우리 젊은이들이 풀잎처럼 우수수 쓰러질 수도 있는 상황에도 용맹하게 맞설 수 있었던 거죠. 풀잎 베이듯 쓰러져도 뿌리는 땅에 박고 있었던 거니까. 우리가 독립을 위해 싸웠을 때는 누군가의 옷차림을 보고 이런 식의 말을 하지는 않았어요. '이 사람 옷은 누더기에 아주 봐줄 수가 없네. 감옥에 처넣어야겠다.' 사실 누더기 차림의 사람들이 바로 최전방에 섰던 사람들이고 그들은 후퇴라는 걸 몰랐어요. 그런데 정장에 넥타이를 맨 사람들은 전선에서 싸우는 우리의 전사들과 예비군들이 쏜 총알에 제국주의자들의 모자가 날아가기라도 하면 그걸 주으러 뛰어나간다고요! 이런 소리를 한다고 해서, 여러분, 내가 술에 취했거나 무슨 대마초라도 피운 거라는 생각은 하지 마세요. 전혀 아니에요. 내가 이런 얘기를 하는 이유는 지금 우리가 막 떠나온 나이로비에서 온갖 고초를 당했기 때문이에요. 요즘의 하람비…… 그게 도대체 우리 케냐의 민중들을 어디로 이끄는 건지 난 모르겠어요……"

왕가리가 말을 멈췄다. 무투리와 와링가, 가투이리아는 왕가리의 목소리에 담긴 비통함과 슬픔을 감지하고 측은한 마음이 들었다. 썬글라스를 쓴 남자는 자기 자리에 더욱 깊숙이 몸을 쑤셔넣었다. 음와우라는 그들 모두를 왕가리의 이야기로부터 쌩하니 벗어나게 하고 싶은 듯 속력을 높였다.

"얘기해보세요, 나이로비가 도대체 뭘 어쨌길래 당신 마음을 그렇게 무겁게 한 건가요?" 무투리가 물었다.

"그걸 경악스럽다고 해야 할지, 아니면 심신이 다 부들부들 떨릴 만큼 무시무시하다고 해야 할지 모르겠네요." 왕가리가 바로 대꾸했다.

그러더니 왕가리는 케냐의 수도인 나이로비에서 자신이 겪은, 형언할 수 없을 정도로 끔찍스러운 일에 대해 얘기하기 시작했다.

"그놈의 나이로비, 사실 내가 뭔 귀신에 홀려서 일모로그를 떠나 나이로비로 가게 되었는지 그건 지금도 모르겠어요. 이제 와서 가난한 사람이 어떻게든 가난을 벗어나보겠다고 찾아갈 수 있는 곳이 어디 단 한구석이라도 남아 있나요? 어느 산골 오지라도 말이에요. 일모로그든 몸바사든, 나이로비, 나쿠루, 키수무, 어디나 할 것 없이 우리 농민과 노동자는 마시지도 못할 만큼 물맛이 쓰디쓰게 변했죠……

개량종 암소를 어떻게든 계속 키워보려고 어쩔 수 없이 받았던 대출금을 갚지 못하자 케냐 이코노믹 프로그레스 뱅크는 곧장 내가 가진 손바닥만 한 2에이커의 땅을 경매에 내놓았죠. 대출금이 5000실링이었어요. 그걸로 말뚝과 둘러칠 철사를 샀어요. 새끼를 밴 지 육개월 된 암소도 샀죠. 대출금 일부로 아들 녀석의 학비도 냈고요. 암소는 수소를 낳았어요. 암소에게서 짠 우유로 버는 돈은 매달 대출금의 이자만 갚기에도 빠듯했어요. 그러다 암소가 유행

열에 걸렸어요. 수의사는 암소가 죽어서 땅에 묻고 난 다음에야 나타났지요. 아직 빚을 반의 반도 못 갚았는데 말이에요.

그래서 내 땅이 팔리게 되었고, 이젠 경작할 땅도 없고 일모로그에서 일자리를 구할 수도 없겠다는 걸 깨달았어요. 케냐의 수도로 가서 일자리를 찾아봐야겠다는 생각이 들었죠. 왜냐고요? 다른 나라에서 빌린 돈을 나이로비와 다른 큰 도시를 건설하는 데 다 쓰잖아요. 농부들이 작물을 기르면 그건 다 나이로비와 다른 큰 도시로 가죠. 적어도 농부들의 경우를 보자면 죽어라 일해서 나이로비와 다른 큰 도시만 살찌우고 있는 꼴이에요. 그래서 성냥갑 같은 내 집에 혼자 앉아 생각한 거예요. 나이로비에서는 어떤 일자리든 틀림없이 구할 수 있겠지. 하다못해 사무실 청소를 할 수도 있고 애기들 똥 기저귀라도 빨 수 있을 거야. 무슨 일이든 상관 안해. 고기 한조각을 겨우 얻게 된 사람이 기름이 많네 적네 할 수는 없는 거니까. 그리고 어쩌면 나이로비에는 밤낮을 가리지 않고 일모로그의 노동자 농민을 들볶고 괴롭히는 그런 도둑놈이나 강도 들이 없을지도 몰라.

그래서 얼마 안되는 푼돈을 옷에 잘 붙들어 매고 길을 떠났어요. 정말이지! 그렇게 많은 차들이 들판을 쓸고 가는 홍수처럼 아스팔트 도로를 물밀듯이 지나다니는 건 생전 처음 봤어요. 그리고 구름을 만질 수 있었다는 그 전설 속의 카인보다도 더 큰 건물들하며. 나이로비는 마치 돌과 타르와 차로 이루어진 커다란 정원 같아요. 수많은 상점과 호텔과 차 들을 보니까, 우리 케냐가 정말 발전을 하긴 했구나 하는 생각이 절로 들더라고요. 여기선 분명 일자리를 구할 수 있을 거야. 그래서 처음 눈에 띈 가게로 들어갔지요. 옷집이었는데, 온갖 형형색색의 옷들로 번쩍번쩍했어요. 들어가보니

주인이 인도인이더라고요. 가게 청소 일을 할 수 없겠냐고 물었어
요. 자기 가게에서 그런 일을 할 사람은 따로 필요 없다고 하더군
요. 그럼 애들 돌보는 일이라도 하게 해달라고 애원했어요. 그 일도
안된다고 하더군요. 난 다시 거리로 나와 아주 크고 높은 건물을
찾아다녔어요. 그래서 호텔에 들어가게 되었죠. 케냐 산만큼이나
거대한 호텔이었죠. 거기 테이블에 앉은 사람은 온통 유럽 사람뿐
이었어요. 사무실에 들어갔더니 거기도 유럽 사람이 앉아 있더군
요. 일자리는 없다고 내게 말했어요. 메뚜기떼처럼 가득 들어찬 저
백인들의 신발을 닦는 일도 마다 않겠다고 내가 말했죠. 그가 웃으
면서 그건 안된대요. 그럼 백인들을 위해 화장실을 청소하는 건?
안돼요. 그래서 여전히 일자리 없이 다시 거리로 나왔죠.

그다음에는 흑인들이 일하는 상점을 찾아 뒤지고 다녔어요. 자
기 가족 같은 사람이나 비슷한 연배의 사람들을 매몰차게 잘라내
는 법은 없으니까요. 우리는, 우리 흑인들은 다 한 핏줄이고 하나의
동족이잖아요? 가재도구와 원예용품 가게로 보이는 곳으로 들어
갔어요. 호미와 마체테, 갈퀴, 주전자, 냄비 등이 선반에 잔뜩 들어
차 있었어요. 흑인 남자. 가게에 흑인 남자가 있었고 내 마음은 희
망으로 부풀어올랐죠. 제 어려움을 털어놓았어요. 근데 이게 말이
돼요? 거의 배꼽을 잡고 웃느라 정신을 못 차리는 거예요! 그러더
니 말하기를, 여기서 내가 할 수 있는 일이란 오직 다리를 벌리는
일밖에 없대요. 성숙한 몸을 가진 여자니 그런 일에는 도가 텄을
거라면서요. 나도 모르게 눈물이 뚝뚝 떨어졌어요.

뭘 어떻게 해야 할지, 어디로 가야 할지 모른 채 거리를 방황했
어요. 그때 또다른 호텔이 눈에 띄었죠. 바로 들어가서 직원을 불러
달라고 했어요. 흑인 남자가 나오길래 일자리를 부탁했지요. 그가

말하길, '이봐, 아줌마, 당신 좀 전에 여기 왔다 가지 않았어? 그래서 여기 유럽인 사장님이 당신 같은 사람이 할 일은 없다고 말했잖아?' 난 너무나 놀란 나머지 겁이 덜컥 났어요. 한바퀴를 빙 돌아서 아까 그 호텔로 다시 돌아왔던 거예요. 그곳을 나서는데 그 남자가 날 불러 세웠어요. 잠깐 앉으라고 하더니, 나 같은 사람을 위한 일거리가 언제나 마련되어 있는 곳에 전화를 걸어주겠다고 하더군요. 너무 기뻐서 가슴이 콩닥거렸죠. 우리나라가 정말로 *인디펜던스*를 얻었구나. 낚시를 하는 사람처럼 끈기를 가지고 거기 앉아 행운이 오기를 기다렸어요.

아, 여러분, 무슨 말을 할 수 있을까요? 눈 깜짝할 새 경찰들이 들이닥치는 거예요. 나와 마찬가지로 흑인인 그 남자가 나를 경찰에 넘긴 거죠. 내가 호텔을 염탐하고 있다면서요. 그리고 경찰이 유럽인 사장을 부르자 그 사람도 똑같은 얘기를 했어요. 하루 종일 호텔 주변을 계속 얼쩡거리는 게, 도둑질을 할 의도가 있는 게 분명하다고요. 그는 흑인 남자의 어깨를 툭툭 두드리면서 코맹맹이 소리로 말했어요. '잘했어, 무과테, 아주 잘했어.' 뭐, 그런 비슷한 말이었죠. 그리고 경감이라는 자는 계속 이런 말을 해대는 거예요. '*예스, 예스*, 요즘에는 도둑과 강도 들이 바로 이런 여자들을 고용해서는 상점이나 호텔, 은행을 염탐하라고 시킨답니다.'

그러고는 날 경찰차에 쑤셔박더니 감방으로 데리고 갔어요. 근데 그게 감방이긴 한 건지, 아니면 모기와 이, 벼룩, 빈대가 득시글거리는 굴인지. 그 감방에서 사흘 밤을 있었어요. 누구한테서 감자한알 훔쳐본 적이 없는 나 왕가리가 말이에요! 나라를 위해 청춘을 바친 나 왕가리가 말이에요! 키텡게 차림에 바구니를 들고 지금 여러분 앞에 있는 이 왕가리가 똥오줌 냄새로 숨 쉬기도 힘든 거기서 사흘 밤을 보냈다고요!

바로 오늘 아침에 재판을 받으러 갔어요. 나이로비 시민도 아니고 직장도 없고 집도 없고 허가증도 없으니, 뭔가 훔칠 의도를 가지고 나이로비 시내를 배회한 혐의를 받았죠. 부랑죄라나 뭐라나, 그러더라고요. 하지만 여러분, 생각해보세요. 케냐에서 태어난 나 왕가리가, 무슨 외국인도 아닌데 도대체 어떻게 내 나라에서 부랑자 혐의를 받을 수 있단 말인가요? 난 그 혐의를 모두 부인했어요. 일자리를 구하러 다니는 건 죄가 아니잖아요.

판사는 유럽 사람이었는데, 피부가 돼지처럼 분홍빛이더군요. 코는 무슨 도마뱀이라도 되는 듯 허물이 벗겨지고 있었어요. 다리가 큼지막한 안경을 썼고요.

호텔의 유럽인 사장이 증인으로 나왔어요. 그 외국인의 노예인 무과테 역시 증인으로 나왔죠.

판사가 제게 물었어요. '판결을 내리기 전에 이 법정에서 마지막으로 할 말이 있나요?'

어디서 갑자기 그런 용기가 솟았는지 지금도 잘 모르겠어요. (그게 용기였을까요, 고통이었을까요?) 어쨌든 판사에게 말했죠. '저를 찬찬히 잘 보세요. 전 당신 같은 외국인이 아닙니다. 여기 케냐에서 떠돌아다니는 부랑자가 아니에요. 여기 케냐에서 전 절대로 외국인이 될 수도 없고 떠돌이 부랑자가 될 수도 없어요. 케냐는 제 조국입니다. 여기서 태어났어요. 신이 우리에게 이 땅을 주셨고, 우리가 피를 흘려서 적들로부터 되찾았습니다. 지금은 우리가 거적때기나 걸치고 있는 것처럼 보이겠지만, 노동자 농민인 우리는 키마티[18] 시

18 마우마우 봉기의 지도자.

대 때 있었던 그들과 똑같은 사람들입니다. 자, 다시 한번 저를 찬찬히 보세요. 전 도둑도 아니고 강도도 아닙니다. 진짜 도둑과 강도 들이 어디 있는지 알고 싶으면 저를 따라오세요. 제가 일모로그에 있는 그들의 소굴을 알려드리죠. 제게 경찰 몇명만 붙여주면 지금 당장 가서 늘 우리의 골칫거리였던 그 도둑과 강도 무리를 잡아들일 수 있어요. 나이로비나 다른 곳은 어떤지 모르겠지만 일모로그에서는, 우리의 일모로그에서는 도둑과 강도 들이 아예 숨을 생각도 안 하거든요.'

그런 다음 자리에 앉았어요.

판사가 안경을 벗었어요. 빨간색 손수건으로 그걸 닦더니 허물이 벗어지는 코에 다시 얹더군요. 그러곤 나를 뜯어보기 시작했어요. 난 속으로 계속 중얼거렸어요. 예스, 땅을 가는 농부 왕가리의 말을 한번도 들어본 적 없었다면, 지금 나를 제대로 잘 봐라. 우리가 사는 지금이 그 예전 시절만 같았어도 넌 지금 네 코앞에 디밀어진 총구를 보고 있을 게다, 악마 같은 놈. 그가 일모로그의 도둑과 강도에 대해 했던 얘기를 다시 해보라고 하더군요. 내가 말했죠. '정말이라고요! 내가 왜 거짓말을 하겠어요? 그 도둑과 강도 들이 감옥에 들어가 이를 갈게 됐다는 얘길 들으면 당신 기분이 더 좋겠어요, 내 기분이 더 좋겠어요? 경찰 몇명만 붙여달라니까요. 그럼 도둑들이 맨날 어디서 어슬렁거리는지 알려줄 테니.'

이 나라의 도둑과 강도를 뿌리 뽑는 일에 경찰과 협력하겠다고 했으니 날 감방에 가두지는 않겠다고 판사가 말했어요. 허가증 없이 나이로비 시내를 배회해서 부랑자법을 위반했으니 벌금만 물면 된다고 하더군요.

도대체 그게 말이 되나요? 여러분도 한번 잘 생각해봐요. 내가 나이로비에 들어가는 데 허가증이 있어야 된다는 게 말이 되는 거예요? 우리를 박해하던 그 못된 유럽 놈들이 통행권을 들고 다니라고 시켰던 그 비상사태 시절[19]처럼 말이에요.

판사는 일모로그의 모든 도둑과 강도 들을 잡아들일 수 있게끔 조치를 취하라고 경찰서장에게 말했어요. 나는 기꺼이 협력하겠다고 했기 때문에 육개월 감방살이를 면한 셈이죠.

그들은 일단 나를 법정에서 경찰서로 데리고 갔어요. 보세요, 그러더니 이젠 온갖 사탕발림으로 나를 달래고 아첨을 해대기 시작하는 거예요. *올 더 씨티즌*이 나만 같아서 참마와 그 버팀목 모양으로 경찰에 협조한다면 나라 전체에서 도둑질이나 강도질, 혹은 그 비슷한 범죄들을 완전히 뿌리 뽑을 수 있고, 그럼 돈 많은 부자들이 평화롭게 자신들의 부를 즐기며 걱정 없이 잠을 잘 수 있을 거라고 말이죠.

일단 내가 혼자 일모로그로 돌아가서 정확히 언제 어디서 도둑과 강도 무리가 모이는지 알아내기로 합의를 했어요. 그에 대한 정보를 입수하면 일모로그 경찰서에 가서 신고를 하기로 했죠. 나이로비 경찰 쪽에서 일모로그 경찰서의 우두머리인 가코노 서장에게 연락을 해서 내 이름과 앞으로 있을 일을 알려주고, 내가 신고를 하면 즉각 행동에 들어가도록 하겠다고 했어요.

그렇게 하고는 헤어졌죠. 그런데 내게 버스비로 단 한푼도 주질 않은 거예요!

얘기했다시피 가진 돈 200실링을 몽땅 다 법정에 내야 했어요. 그러곤 일모로그까지 걸어가라고 무일푼으로 쫓겨난 거죠. 그러니

---

19 마우마우 봉기로 인해 영국에서 선포한 비상사태.

신의 뜻에 의해 당신들을 만나지 못했다면 내가 오늘밤을 어디서 보냈겠으며 뭘 먹을 수라도 있었겠어요?

오늘, 당신들과 내가 이렇게 함께 앉아 있는 바로 오늘, 만약 누군가 하늘에서 뚝 떨어져서 돈의 하람비를 칭송하는 노래를 부르라고 한다면, 그가 평생 잊지 못할 두세 마디 말을 해줄 수 있을 텐데……"

마치 경찰서 감방과 법정, 판사와 경찰들에 대한 생각이 아직도 머릿속에 맴도는 듯 왕가리는 문득 말을 멈췄다.

와링가가 카카 버스 정류장에서 받았던 초대장을 꺼낼 셈으로 가방을 열 것처럼 손을 움직였다. 왕가리는 도둑질과 강도질을 칭송하는 일모로그 악마의 축제에 대해 알고 있는 걸까? 생각이 여기에 미치자 동작을 멈췄다. 그녀가 왕가리를 바라보며 약간 떨리는 목소리로 물었다. "저기요…… 정말로 일모로그에 도둑과 강도 들이 들끓는 동굴이며 소굴이 있다는 거예요?"

"뭐라고? 아니, 그러고도 일모로그 은제루사 출신이라고 말할 수가 있는 거예요! 은제루사 어디죠?" 왕가리가 대답 대신 물었다.

"그게…… 저는 그냥 정말 몰라서……" 와링가가 주저하며 대답했다.

"그럼 이젠 진실을 알게 된 거지." 왕가리는 이렇게 말하더니 입을 닫아버렸다.

5

왕가리의 이야기든 와링가의 질문이든, 덧붙일 말이라곤 없다는 듯 다른 승객들은 모두 잠자코 앉아 있었다. 하지만 버스가 그렇게 침묵 속에서 달린 지 얼마 안되어 무투리가 다시 입을 열었다.

"이 나라는, 지금 우리나라는 마치 임산부와 같아요. 무엇을 낳게 되는지는 하느님만 아시겠죠…… 생각을 해봐요! 우리 노동자의 자식들은 벌거벗은 채 땡볕에 나앉아 배고프고 목이 타는데도 나무에서 익어가는 열매를 그저 바라만 보고 있어야 할 운명이에요. 뭐 좀 달라고 아우성치는 배를 달래기 위해 그걸 따 먹을 수가 없죠. 식당에서 음식이 보글보글 끓고 있는 걸 보면서도 냄비에 조롱박 국자를 집어넣어 요만큼도 떠먹을 수가 없게 되어 있어요. 밤에는 잠 못 이룬 채 눈물 젖은 이야기를 서로에게 들려주고, 날마다 똑같은 수수께끼를 맞혀보라고 할 수밖에 없는 운명이라고요. '아, 그거 한조각만 먹었으면!'"

"잘 익은 바나나!" 자신에게 수수께끼를 내기라도 한 양 왕가리가 대답했다.

"아, 그거 조금만 먹었으면!" 무투리가 말했다.

"다른 사람 소유의 동굴에 있는 차가운 약수!" 왕가리가 다시 대답했다.

"왕가리, 당신의 얘기를 들어보니, 우리나라인 이 나라는 이미 한참 전에 후손을 낳았어야 했던 것 같아요." 무투리가 아까 했던 말을 다시 꺼냈다. "지금은 산파가 없어서 그런 거죠." 그가 덧붙였다. "문제는 이거예요. 그게 누구의 자식인가?"

"그건 악마의 짓입니다." 갑자기 로빈 음와우라가 끼어들었다.

음와우라는 자신이 키네니에서 그렇게 못되게 굴었던 일 때문에 좀 면구스러운 상태였다. 그래서 무투리와 와링가와 가투이리아가 왕가리의 차비를 대신 내주겠다고 한 다음부터 어떻게든 왕가리와 그녀의 곤경이라는 문제에서 벗어나 이야기를 딴 데로 돌려보려고 줄곧 애쓰던 참이었다. 그가 노래를 부르기 시작했다.

난 악마를 퍽퍽 때려눕히리.
난 악마를 퍽퍽 때려눕히리.
이렇게 말하리. 가만 내버려둬
난 악령의 것이 아니야!

그날 자신에게 일어났던 일이 한꺼번에 머릿속에 떠오르면서 와링가는 온몸이 확 달아올랐다. 그녀가 혼잣속으로 생각했다. 오늘 왜 같은 일이 계속 반복되는 것 같지? 그냥 말만 그런 건가?

마치 음와우라가 노래를 계속하기를 바라기라도 하듯이 가투이리아가 운전사를 쳐다보았다. 가투이리아는 왕가리의 얘기를 듣고 무척이나 마음이 심란해져서 계속 속으로 자문하고 있었다. 오늘날 케냐에서 정말 그런 일이 벌어질 수 있단 말인가? 그러다가 케냐에 부랑자법이 있는 게 사실임을 기억해내고는 왕가리의 이야기를 믿게 되었다. 하지만 음와우라가 노래를 계속 불러줬으면 한 이유는, 자신의 마음에 지니고 있는 짐과 가방에 지니고 있는 또다른 짐과 관련이 있었다.

썬글라스를 쓴 남자는 구석 자리에 더욱 깊숙이 몸을 쑤셔넣었다. 그의 눈에는 한통속으로 여겨지는 다른 승객들이 자신을 급습할까봐 염려하듯이 말이다.

음와우라가 갑자기 노래를 딱 멈추더니 더 이어가지 않았다.

무투리가 물었다. "아니! 그런 식으로 중간에 끊어버리는 법이 어디 있어요?"

"아니지, 당신에게 넘긴 거죠." 음와우라가 대답했다.

무투리가 말했다. "우린 예전에 그 노래를 이렇게 불렀는데. 아니, 그 곡조에 이런 가사를 넣어 불렀다고 해야 할까요."

난 백인들을 퍽퍽 때려눕히리.
난 백인들을 퍽퍽 때려눕히리.
이렇게 말하리, 너희 나라로 돌아가!
케냐는 제국주의자의 것이 아니야!

무투리가 그다음 구절을 막 부르려는 참에 왕가리가 끼어들었다. 그래서 두 사람이 함께 노래를 불렀는데 같은 종류의 향수가 섞여들듯 목소리가 멋지게 어우러졌다.

케냐는 너희 것이 아니야, 이 제국주의자들아!
케냐는 너희 것이 아니야, 이 제국주의자들아!
당장 짐 싸서 가버리라고!
이 땅의 주인이 지금 오고 있으니!

무투리와 왕가리는 진짜 가수들처럼 중창을 마쳤다.

음와우라가 말했다. "나로 말하자면, 당시에 내가 부르지 못할 노래는 없었어요. 심지어 지금도 내가 못 부를 노래는 없죠. 근데 이 세상이 둥글게 생겼잖아요. 세상이 저쪽으로 기울면 나도 같이 그쪽으로 기울고, 세상이 발을 헛디뎌 넘어지면 나도 넘어지죠. 세상이 구부러지면 나도 같이 구부러지고, 꼿꼿이 서 있으면 나도 꼿꼿이 서 있고. 으르렁거리면 나도 으르렁거리고, 입 다물고 있으면 나도 입 다물고 있고. 하이에나 제일의 법칙은 이렇습니다. 까탈 부리지 말고 있는 건 다 먹어라. 내가 어쩌다 아쿠리누파[20]에 섞여 있으면 나도 아쿠리누파가 되고, 구원되었다는 자들과 함께 있으면 나도 구원받는 거고. 이슬람교도와 함께 있으면 이슬람교도 받아들이죠. 이교도들과 함께 있으면 나도 이교도가 되고 말이에요."

"기쿠유가 말씀하시기를 솥 두개로 한꺼번에 음식을 끓이면 그 중 하나는 꼭 태우게 된다고 했어요." 무투리가 말했다. "그런데 음와우라 당신은 몇천개 솥을 놓고 동시에 음식을 만들 수 있을 것 같군요! 정말 그 모든 솥의 음식을 잘 살펴볼 수 있겠어요? 결국 다 타서 바닥에 눌어붙게 되는 거 아닐까요?"

"제 살 파먹는 입!" 음와우라가 웃으면서 말했다. 대화가 왕가리와 그녀의 곤경에서 다른 주제로 넘어가는 순간부터 그의 마음은 밝고 가벼워졌다. "그 속담이 만들어진 게 우리 마타투 운전사들 때문인 것 같아요. 우리가 원래 입이 걸고 엄청 떠벌리기로 유명하거든요. 왜냐고요? 낚시꾼들이 정확히 어디에서 고기가 잡힐지 모르니 낚싯줄을 여기저기 던지잖아요. 우리 마타투 운전사들에게는 혀가 낚싯바늘인 셈인데—"

"돈을 낚는 낚싯바늘요?" 무투리가 그의 말을 자르며 물었다.

"그렇죠, 돈을 낚는 거죠." 음와우라가 바로 동의했다. "그리고 사람도 낚고요. 아니면 돈과 사람을 함께 낚는 미끼라고 해둡시다. 돈이란 사람에 딸려서 오는 거니까. 그러니까 우리가 하는 말에 너무 정신을 팔면 백주에 혼이 나가버릴 수도 있어요. 여기 이 아줌마를 보세요. 내가 앞서 저 아줌마를 숲 속에다 버리고 가겠다고

---

20 케냐 종교의 한 분파.

했을 때 아마 내가 진심으로 하는 말이라고 생각했겠죠. 아닙니다, 그냥 겁만 좀 주려고 했던 거예요. 우리를 속이려는 사람들이 있기 때문에 일부러 격분한 것처럼 보이려고 할 때가 종종 있어요. 난 보통 주머니를 두개 가지고 다니거든요. 감언이설 주머니와 악담 주머니."

"삶과 죽음의 주머니인가요?" 무투리가 살짝 비꼬는 투로 다그쳤다.

"정확히 짚었어요." 음와우라는 비꼬는 투를 눈치채지 못한 듯 순순히 대답했다. "그럼 뭘 가지고 우리가 이 길에서 살아남을 수 있겠습니까?"

"당신 말이 사실인 것 같군요." 무투리가 말하고는 공격적으로 덧붙였다. "은야마키마에 있을 때 당신은 노래 부르기를, 돈만 벌 수 있다면 승객을 태우고 안 가는 데가 없다고 했으니까요. 하느님의 천국이든 악마의 지옥이든. 하지만 말해봐요, 어느 편입니까?"

"하느님과 악마 중에서요?"

"바로 그 얘기죠." 무투리가 대답했다.

"난 어느 쪽과든 똑같이 편하게 잘 지냅니다. 내가 두개의 솥을 동시에 끓이는 사람이라고 지금 막 얘기하지 않았어요? 딱 맞는 얘기예요. 단지 어느 쪽 솥도 태워먹고 싶지 않을 뿐이에요. 하느님과 사탄의 얘기로 다시 돌아가봅시다. 난 그 어느 쪽도 내 눈으로 본 적이 없어요. 하지만 어쨌든 둘 다 존재한다고 칩시다. 각각 나름의 힘을 지니고 있겠죠. 그리고 둘 다 항상 이 땅에서 어떻게든 표를 얻으려고 애를 쓰고요. 인간의 마음이 던지는 표 말이에요. 그러면 둘 다 이 땅에서 당신에게 행운을 줄 수도 있고 불운을 줄 수도 있다는 거 아니겠어요? 선거 기간 동안 후보자들이 표를 얻어보려고 서로 경쟁하는 것과 마찬가지로, 우리 사업가들은 하느님과 악마가 서로 맞붙게 만듭니다. 둘 중 어느 쪽의 노여움도 사고 싶진 않아요. 둘 다를 경배하는 거죠."

"당신이 하는 말은 꼭 여행 중에 길을 잃은 사람 같군요. 어느 누구도 두 군주를 섬길 수 없다는 말 못 들어봤어요? 심지어 선거를 할 때도 결국엔 하나의 정치인만 뽑게 되어 있잖아요."

"사업가에겐 군주가 아주 많아요. 그래서 그 모두를 섬겨야 하죠. 이분이 부르면 이쪽으로 달려가고, 저분이 부르면 또 저쪽으로 달려가고."

그러고서 둘 다 말이 없었다. 길이 구불구불하고 험했기 때문에 음와우라는 긴장한 채 말없이 조심해서 차를 몰았다. 석탄과 감자, 채소 등을 실은 트레일러와 유조 차량, 대형 트럭 등이 엄청나게 많이 지나다니는 길이었다.

그들은 키자비 선교원과 제2차세계대전 중 이딸리아 죄수들이 지은 교회로 이어지는 길을 지나서, 이제 리프트 밸리 아래쪽으로 내려가는 중이었다.

무투리는 다른 질문으로 음와우라를 다그쳤다. "믿는 게 아무것도 없어요? 선하거나 악하다고 마음으로 느껴지는 게 전혀 없단 말예요?"

음와우라는 그 질문을 제대로 못 들은 척하며 처음에는 아무 대꾸도 하지 않았다. 그러나 속으로는, 내가 지금 '예수는 나의 구세주시니' 하는 부류의 무슨 광신도를 태우고 가는 건가 하는 생각이 들었다.

다른 승객들은 아무 말 없이 음와우라의 대답을 기다렸다. 왜냐하면 그들 역시 마음속으로 무투리의 질문을 곰곰 생각하고 있었기 때문이다.

음와우라도 다들 자신의 대답을 너무나 고대하고 있다는 걸 알 아차렸다. 그래서 헛기침을 한번 하고 말했다. "내 믿음에 대해 물어본 거죠? 마음[21]과 관련한 일은 정말이지 헤아리기가 힘들죠. 사람의 마음이란 게 무슨 두더지 구멍처럼 다른 사람한테 열어 보일 수도 없는 거니까요. 마음의 일은 오히려 빽빽한 숲과도 같아서 아무도 뚫고 지나갈 수가 없는 겁니다. 우선, 스스로 한번 물어봐요. 마음이란 무엇인가? 그건 어디에 자리를 잡고 있나? 마음이란 살로 이루어진 장기인가, 아니면 그저 숨결인가? 내가 어렸을 때 한번은 할머니가 당나귀의 심장을 먹고 병이 나았다는 사자 얘기를 들려준 적이 있어요. 그 얘기를 듣고 난 아주 슬펐죠. 할머니에게 이렇게 물었어요. '예수님이 오셔서 죽은 자들을 다 깨우실 때 그 당나귀는 어떻게 돼요?' 할머니가 말씀하셨죠. '그런 하잘것없는 소리로 귀찮게 하지 마라. 동물들은 부활하지 않아.'

사람은 버리고 떠난 농장으로 다시 돌아오게 되어 있다지요. 얼마 전에 『타이팔레오』 신문을 읽다가 어렸을 때 가졌던 바로 그 의문이 다시 떠올랐어요. 요즘엔 이 사람한테서 심장을 떼어다가 저 사람 몸에 심을 수 있다는 거예요. 그러니까 내 의문은 이거예요. 그 사람은 그럼 전과 똑같은 사람인가, 아니면 새 심장을 받았으니 새로운 사람이 된 건가? 최후 심판의 날이 오면 두 몸이 모두 그 심장을 자기 것이라고 할 텐데, 그럼 그 두 사람은 어떻게 되는 건가? 두개의 몸이 공유하는 하나의 심장을 생각해봐요. 그리고 그 심장이 강직하고 순종적이고 깨끗하다고 가정해봐요. 두 몸이 그걸 서

---

21 기쿠유어로 '마음'이라는 단어는 영혼, 정신, 양심, 마음, 내적 본질 등 다양한 의미를 지니고 있다 — 원주.

로 갖겠다고 아귀다툼을 하는 걸 무슨 수로 막겠어요?

나로선 그게 심히 의심스러워요. 심장이 이 몸에서 저 몸으로 옮겨질 때, 원래 몸의 고결함이나 사악함도 몽땅 같이 옮겨가는 걸까요, 아니면 옮겨간 몸의 타락을 그대로 취하게 될까요?

자, 부자와 가난한 사람 들이 바글바글한 어떤 나라를 생각해봅시다. 부자는 온갖 종류의 악한 짓은 다 하고 살았겠죠. 그런데 죽을 때쯤 되어 병원에 가서 가난하지만 올곧은 사람의 심장을 사는 겁니다. 그러면 가난한 사람의 정직함으로 인해 그 부자는 천국에 가고, 가난한 사람은 부자의 사악함 때문에, 아니면 이젠 아예 영혼이라곤 없으니까 지옥으로 떨어지는 거죠. 하하하!"

음와우라가 갑자기 웃음을 터뜨리면서 혼자 떠들던 얘기가 끊겼다. 뭔가 재밌는 얘기를 하려던 참이었는데 너무 웃겨서 혼자 웃느라 말을 못하는 사람처럼, 그는 계속 웃어댔다. 그렇게 여전히 웃으면서 음와우라가 다시 말을 이었다. "심장 관련 사업을 시작하고 싶다니까요. 인간의 심장을 파는 시장, 심장을 파는 가게, 심장을 파는 *슈퍼마켓, 퍼머넌트 쎄일*…… 내 심장이라면 돈을 얼마나 받을 수 있으려나 몰라?"

그 말과 함께 음와우라는 다시 포복절도하며 웃었다.

하지만 따라 웃는 승객은 아무도 없었다.

그 무렵 그들은 나레 응가레와 나록으로 가는 길을 지난 참이었다. 왼편에 위성방송국이, 오른편에는 키자비 언덕이 있었다. 저 앞쪽으로는 롱고놋 산이 보였다. 주변은 온통 어둠이 깊이 내려앉아 있었다. 하지만 음와우라의 모델 T 포드의 전조등 불빛과, 같은 방향이나 반대 방향으로 오가는 차량의 전조등이 어둠을 가르며 길을 밝혔다. 반대편 차량의 불빛으로 잠시 아무것도 볼 수 없게 되면 음와우라는 어머니를 들먹거리며 욕을 하거나, 입에 담기 힘든 말로 한참이나 그 운전자에게 악담을 퍼부었다. 이런 식이었다. "돈 받고 파는 저런 운전면허증 때문에 길에서 운전하고 다니는 게 점점 위험해진다니까! 요즘엔 500실링만 내면 심지어 걷지도 못하는 아기도 면허증을 꿰찰 수 있다는 게 이해가 돼요? 운전대를 본 적도 없을 텐데 말이에요!"

"물이 다 썩었다니까요!" 무투리가 그에게 말했다.

"그리고 사람들의 마음속은 텅 비어버렸죠!" 왕가리도 거들었다. 그러곤 왕가리와 무투리는 함께 노래를 하기 시작했다.

이 땅에 기근이 점점 심해지지만,
그건 이제 다른 이름으로 불리죠,
먹을거리를 전부 어디에 숨겨놓은 건지
사람들이 알아차리지 못하도록.

돈 많은 여자 두 명이
가난한 집 아이들의 살을 뜯어 먹었어요.
그 아이들이 사람이라는 걸 알 수가 없죠
그들의 마음속은 텅 비었으니.

수많은 집들과 드넓은 땅
그리고 산더미처럼 쌓인 훔친 돈 ─
이것들은 평화를 가져다줄 수가 없어요,
전부 다 가난한 사람들한테서 뺏은 거니까.

이제 돈 많은 사람들에게서 눈을 돌려
가난한 사람들을, 저 아이들을 보아요.
그들은 모두 고속도로 위를 비틀비틀 걸어가죠
그들의 마음속은 텅 비었으니.

무투리의 차례. "부자들은 너무 먹어서 제대로 못 걷고 허청대요."
이어서 왕가리의 차례. "가난한 사람들은 허기져서 허청대죠."
그리고 마지막은 함께. "……그들의 마음속이 텅 비었으니……"
음와우라는 다시 생각했다. 도대체 내가 어떤 이상한 광신도들
을 떠맡게 된 거람? 저들 다 딥 워터파 같은 사이비 신도들인가?
"인간 마음의 문제로 다시 돌아가버린 거요?" 무투리와 왕가리
에게 짜증이 난 기색이 역력한 목소리로 음와우라가 물었다. "그
놈의 마음, 마음, 마음! 마음이 뭔데요? 산들바람이나 바람의 숨결
이나 목소리 같아요? 아니에요! 마음은 그저 공중에 떠가는 구름
인데, 가난에 찌든 사람들이 하느님의 천국으로 타고 올라갈 수 있
는 황금 사다리나 그 적들이 지옥으로 떨어지도록 만든 벌겋게 타
오르는 석탄 사다리로 바꿔버린 것뿐이죠. 얼마든 원하는 가격에
내 심장을 바보에게 팔 수 있는 시장이 어디 있을까요?"
말이 떨어지기 무섭게 무투리가 말했다. "인간의 마음이 뭐냐고
요? 산들바람이나 바람의 숨결, 공중에 떠가는 구름이냐고요? 가
난에 잠 못 드는 사람들이 상상으로 만들어낸 사다리라고요? 아
뇨! 인간의 마음은 육체적이면서 또한 육체적인 게 아니에요. 인간
을 인간이게 하면서 동시에 인간에 의해 생겨나죠. 몸에 의해 생겨
나지만 다시 그 몸이 됩니다. 인간에게는 심장이라는 기관이 있어
요. 몸의 모든 동맥과 정맥에 피를 보내는 일종의 엔진으로, 그로써

동맥과 정맥 들이 몸의 모든 세포에 영양을 공급하고 찌꺼기는 없애버립니다. 그 기관은 몸속 다른 모든 기관과 협동을 해요. 인간이 보고, 듣고, 만지고, 냄새 맡고, 맛보고, 말하고, 팔을 흔들고, 걷고, 자신의 삶을 건설할 수 있도록 그 모든 기관들이 함께 힘을 합쳐 일하는 거라고요.

그 자신이 건설하는 것은 또다른 마음입니다. 또다른 마음이란 우리가 우리의 눈과 귀, 코와 입의 도움을 받아 우리 손으로 만들어내는 인간성이에요. 또다른 마음은 정신의 인도를 받아 우리가 일하고 실천해서 만들어내는 산물이지요. 비를 피할 집이나 뙤약볕과 추위를 막아줄 옷, 우리 몸을 자라게 할 음식이나 다른 많은 욕구를 충족하기 위해 자연을 변형하여 물건을 만들면서 우리가 하는 일과 실천 말이에요.

그 인간성은 다시 여러 사람들이 자기들 손으로 함께 일하는 데서 생겨나요. 기쿠유가 말씀하셨다시피 손가락 하나로는 이 한마리도 잡아 죽이지 못하니까요. 통나무 하나로는 밤새도록 꺼지지 않을 불을 피울 수가 없고요. 아무리 힘이 좋은 사람도 혼자서는 강을 건널 다리를 만들지 못해요. 여러 사람이 힘을 합하면 아무리 무거운 물건이라도 들 수 있지만요. 우리가 협동하여 땀 흘림으로써 우리는 더이상 자연의 법칙에 노예처럼 종속되지 않고 그 법칙을 변형해서 우리 삶의 요구에 맞춰 활용할 수가 있게 되는 거라고요. 그래서 기쿠유께서 이런 말씀도 하신 거죠. 변형하라, 조롱박의 씨는 다 한가지가 아니니.

자연을 정복하기 위해 우리가 몸과 마음을 합쳐 일을 한 결과인 그 인간성이 바로 짐승이나 나무, 혹은 자연의 왕국에 존재하는 모든 다른 존재와 인간을 구분해주는 것입니다.

말해보세요, 바람과 물, 번개, 증기를 붙잡아 부릴 수 있는 다른 존재가 어디 있나요? 그 사지를 사슬로 묶어서 가둬놓고, 우리의 필요에 순종하며 따르는 죄수로 만들 수 있는 존재가 말이에요. 없죠. 인간의 본성과 동물의 본성은 상당히 다릅니다. 동물들은 자연 앞에 몸을 납작 숙이고, 마치 어린아이들이 불 속에 이리저리 굴리는 쏘시지처럼 자연이 하는 대로 이리 뒤집히고 저리 뒤집혀요. 그러나 인간은 자연과 씨름을 하고 자연을 장악해서 이용하려고 애쓰지요.

많은 사람들이 함께 일해서 생겨난 결과를 봐요. 도로와 철길, 차와 기차, 그리고 산토끼는 물론이고 숲 속의 가장 빠른 동물보다도 더 빨리 움직일 수 있도록 해준 여러 종류의 바퀴 달린 이동 수단을 말이에요. 비행기는 하늘을 나는 어떤 새의 날개보다도 더 강력하고 빠른 날개를 인간에게 달아주었죠. 소리와 번개보다도 빠른 미사일. 갈릴리의 베드로처럼 가라앉기는커녕 깊은 바다 위를 기적같이 떠다니는 크고 무거운 배. 전화, 라디오, 텔레비전 그리고 인간의 목소리와 실체를 담아내서는 심지어 육체가 죽어 땅에 묻히고 썩은 뒤에도 얼굴과 목소리는 살아 있는 듯 존재하게 하는 기기들. 그보다 경이로운 게 또 어디 있겠어요? 우리 손으로 세운 도시들을 봐요. 몸바사, 나이로비, 나쿠루, 엘도렛, 키탈리, 키수무, 루우와이니 그리고 일모로그를요. 한줌의 씨에서 우리가 길러낸 커피와 차, 사탕수수와 목화, 쌀과 콩, 옥수수 등을 봐요. 자연의 해와 달과 별들이 잠자러 들어간 다음에도 우리 마을과 우리 집에는 해와 달과 별들이 계속 있을 수 있도록 불빛을 잡아둔 구리선, 루이루 강과 아티 강과 세이건 강에서부터 쭉 뻗어 나오는 그 선들을 봐요. 그 협동의 산물을 기생충 종족들이 가로채지만 않았다면, 오늘날 우리 생산하는 종족이 어떻게 되어 있을 것 같아요? 그래도 우리가 여전히 춥고 배고프고 목마르고 헐벗은 채로 살고 있을까요?

그 인간성이 바로 인간의 심장이며 마음이에요. 인간의 마음은 인간 본성의 성장과 떼려야 뗄 수 없이 연결되어 있으니까요. 자, 그래도 마음의 가격이 얼마나 하는지 말할 수 있겠어요, 천박하고 어리석기 짝이 없는 장사꾼 양반?"

열변을 토하며 머릿속에 가득한 생각을 뱉어내느라 무투리는 약간 숨이 가빴다. 그런 생각을 머릿속에서 굴려본 적은 많았지만 한 번도 이렇게 입 밖에 내어 얘기한 적은 없었다. 그런 철학적인 생각이 도대체 어디서 나왔는지 스스로도 알 수 없어 놀랄 정도였다.

음와우라가 약간 항의하는 투로 무투리에게 말했다. "당신의 관점에 따르면 선한 마음과 악한 마음은 없는 거잖아요. 다 우리 인류와 인간성의 일부니까. 근데 봐요, 우리는 선과 악에 대해서 얘기를 하고 있었다고요. 그러니까 당신 견해와 내 견해가 똑같은 거지. 이 세상에 선과 악이란 없다. 선한 마음도 악한 마음도 없다. 마음은 그저 마음이다. 천국이니 지옥이니 하는 건 애들 겁이나 주려고 만들어낸 이야기일 뿐이다. 그러니 우리가 싸울 이유가 뭐가 있어요? 평화가 있을지니! 돈이 있을지니!"

"천국과 지옥 말인가요?" 무투리는 곧바로 논쟁을 재개했다. "둘 다 존재하죠. 그리고 선과 악, 선한 마음과 악한 마음이 서로 다르듯이 그 둘도 서로 다르고요. 자, 들어봐요. 우리의 삶은 우리의 인간성을 지키겠다고 맹세한 세력과 인간성을 벗겨버리기로 마음 먹은 세력이 끊임없이 겨루는 싸움터와도 같아요. 인간성을 지키기 위한 벽을 세우려는 세력과 그걸 무너뜨리려는 세력. 인간성을 빚어내려는 세력과 그걸 부숴버리는 데 매진하는 세력. 우리로 하여금 눈을 뜨고 우리 아이들의 미래가 어떤 식이어야 할지 물으며 빛을 따라 미래를 바라보게 하려는 세력과, 우리를 살살 달래서 눈을 감기고는 우리나라의 앞날 같은 건 생각 말고 그저 오늘 내 배 불릴 생각만 하게 만들려는 세력 말입니다.

그건 관중이 없는 싸움이에요. 왜냐하면 모두가 각각 둘 중 하나에 속해 있기 때문이지요. 우리 인간 본성을 살찌우고 하느님의 본성을 취해서 우리 자신의 천국을 만들어내기 위해 창조하고 건설하며 우리의 인간성이 자라나 꽃을 피우도록 하는 일에 동원된 사람, 즉 생산자 종족의 세력이 한쪽이고, 건설하고 창조하는 사람들을 괴롭히거나 억압하면서 파괴하고 해체하는 세력, 사탄의 본성을 취해서 우리 스스로의 지옥을 만들어내도록 인간성을 억누르고 우리를 짐승으로 만들어버리려는 세력, 곧 기생충 종족이 다른 한쪽이죠. 이 두 세력은 각각 자기 종족의 본성을 반영하는 마음을 지어냅니다. 그러니까 두 마음이 존재하게 되는 거죠. 기생충 종족이 빚어낸 사악한 마음과 생산자 종족이 빚어낸 선한 마음.

우리가 어느 편에 서 있는지, 그래서 어떤 마음을 빚어내고 있는지를 보여주는 건 우리의 행동이에요. 우리의 손, 우리 몸의 기관들, 우리의 육체와 에너지는 잘 드는 칼과 마찬가지거든요. 이 칼이 생산자의 수중에 들어가면 땅을 갈아 농작물을 길러내고, 경작자들이 흘린 땀의 결실과 축복을 다른 누가 억지로 빼앗아가지 못하도록 지키는 일을 해요. 하지만 똑같은 칼이 기생충의 수중에 들어가면 농작물을 다 망치고 생산자들이 노력해서 얻은 결실을 빼앗는 데 이용되지요.

불에 달궈진 칼이 생산자의 손에 있으면 이로운 일을 행할 수 있지만, 기생충의 손에 있으면 사악한 일만 저지릅니다. 그것이 행하는 바에 따라 달궈진 칼의 본성이 선한지 악한지를 알 수 있는 거죠. 우리 몸으로 하는 노동의 경우도 마찬가지고요.

기쿠유께서 말씀하시기를, 표범이라도 할퀴는 법을 원래 알지 못했다, 습득했을 뿐이다, 하셨죠. 사실이에요. 하지만 표범은 언제나 발톱과 그걸로 할퀼 수 있는 힘을 지니고 있었어요. 표범이 할퀴어 죽이는 게 자기 새끼인가요, 아니면 적인가요?

한가지는 확실해요. 엎지른 물을 주워 담을 수 없다는 것. 우리 행동은 선한 마음이나 악한 마음을 건설하기 위해 우리가 사용하는 벽돌이라고 할 수 있어요.

거꾸로 마음은 우리가 이 땅에서 행한 일과 우리 스스로를 들여다볼 수 있는 거울이 됩니다. 선과 악을 모두 비출 수 있는 거울을 원하지 않는다면 이 땅에 당신이 설 자리는 없어요. 당장 시장에 당신의 심장을 갖다 팔아요. 그럼 껍데기만 인간으로 남을 겁니다. 당신들이 잘 알고 있는 그 시절에 우리가 부르던 노래가 있었어요. 이런 식이죠.

당신이 저지른 죄 때문에
눈물 흘리고 통곡할지라도,
이 민족을 위해 애국의 봉사를 시작하지 않는다면
결코 평화를 찾지 못하리.
길을 잃어, 삶에 이르는
길이 보이지 않을 때,
안내자는 오직 하나의 길을 가리키곤 했으니,
조직된 민중의 단합.

운전사 양반! 세상엔 두개의 길이 있어요. 민중을 죽음으로 이끄는 길과 삶으로 이끄는 길. 내게 삶으로 이르는 길을 보여줘봐요. 그럼 내가 죽음에 이르는 길을 보여줄 테니. 자신이 원하는 마음을 어떻게 지어내느냐에 따라 그 둘이 모든 사람들의 행동에서 만나게 되니까요…… 음와우라, 당신 아까 하이에나 제일의 원칙에 대해 얘기한 거죠? 하나 물읍시다. 하이에나가 두 길을 동시에 걸어가려고 하면 결국 어떻게 되겠어요? 음와우라, 하나의 길을 골라서 그걸 고수해요." 무투리가 말을 마쳤다.

"난 아주 오래전에 이미 내 길을 정했는걸요." 음와우라가 대답했다.

"어느 쪽인데요?" 무투리가 물었다.

"죽음으로 가는 길이죠!" 마치 농담이라는 듯 음와우라가 살짝 웃으면서 말했다. "그럼 당신 생각엔 우리가 지금 어디로 가는 것 같아요?" 음와우라가 빈정거리며 물었다. 마타투 안은 순식간에 정적에 휩싸였다.

6

마치 모기가 들어가기라도 한 듯 와링가의 머릿속에서 웅웅거리는 소리가 들렸다. 그리고 나이로비의 씨티 파크에 있는 '쥐덫'이라는 미로에서 하루 종일 나가는 길을 찾아 헤매다니기라도 한 사람처럼 가슴이 두방망이질 했다. 음와우라와 무투리의 논쟁이 어디서 시작되어서 어떤 결론에 이르렀는지, 그녀는 제대로 따라갈 수가 없었다. 그 논쟁을 듣다가 불현듯 자신의 문제로 다시 돌아와 있음을 깨달은 까닭이다. 존 킴와나와 *보스* 키하라, 직장에서 해고당해 일자리는 없고 집에서 쫓겨난 일, 자살을 기도했던 일, 자신을 잡아준 청년과 그가 준 악마의 향연, 즉 도둑질과 강도질 경연 대회의 초대장 그리고 지금 벌어지는 삶과 죽음과 영혼에 대한 이야기들. 그녀는 생각했다. 언제쯤이면 집에 도착해서 내 몸과 마음을 편히 누일 수 있을까? 내 곤경은 언제나 끝날까? 언제 이 모든 문제가 시작된 거지? 어디서? 누구로 인해?

와링가는 오래전 나쿠루의 응고리카에 살던 돈 많은 노인네를 떠올렸고, 그러자 쓰라린 통증이 그녀의 온몸을 쓸고 지나갔다……

그때 가투이리아가 와링가의 생각의 흐름을 끊었다. "저, 잠깐만요!" 그가 큰 소리로 말했다.

무투리와 왕가리, 와링가, 그리고 썬글라스를 쓴 남자까지 모두 그를 쳐다봤다. 음와우라는 고개를 약간 돌렸다가는 다시 운전대와 도로로 시선을 돌렸다.

가투이리아가 목소리를 약간 낮추고 말했다. "*플리즈*, 질문 하나만 하게 해주세요!"

가투이리아는 아주 중요한 문제의 핵심에 이르고 싶어 미치겠는데 어떻게 시작해야 할지 모르는 사람처럼 곧바로 말을 꺼내지 못하고 망설였다.

"질문 있으면 어서 해보라고요!" 음와우라가 그를 부추겼다. "뭐 물어봤다고 붙잡혀가는 일은 없을 테니까!"

"아, 요즘 같은 케냐에서 과연?" 무투리가 중얼거렸다.

"걱정 마요." 음와우라가 그를 안심시키며 독려했다. "음와우라의 마타투 마타타 마타무 모델 T 포드에 타고 있는 이상은 민주주의의 한복판에 있는 셈이니까요!"

"아, 그래요, 그건 맞아요." 왕가리가 그를 두둔하며 말했다. "사람들이 무엇이든 자유롭게 얘기할 수 있는 장소로 남아 있는 건 마타투가 유일하죠. 마타투에서는 자기 생각을 말하기에 앞서 누가 내 말을 듣고 있지는 않나 어깨 너머로 둘러보지 않아도 된다고요."

"내 마타투를 타고 있는 동안은 감옥이나 무덤 속에 들어 있다고 봐도 돼요. 하지 못할 얘기는 전혀 없다고요."

"지금 하신 논쟁이, *쏘리*, 지금 하신 토론이…… *익스큐즈 미*……" 가투이리아가 다시 말을 멈췄다. 가투이리아의 기쿠유어 수준은 케냐의 많은 식자들과 비슷했다. 그들은 외국어로는 유창하게 대화할 수 있지만 모국어를 할 때는 아기처럼 떠듬거리는 것이다. 차이가 있다면 가투이리아는 적어도 그런 언어의 노예가 곧 정신의 노예이므로 절대 자랑할 게 못된다는 사실을 알고 있다는 점이었다. 그럼에도 열띤 토론이 벌어질 때면 기쿠유어를 하다가도 말을 멈추거나 주저하거나 영어가 튀어나오는 것을 어쩌지 못했다.

"의견이 다르면 증오가 생겨난다고들 하죠. 하지만 갈등이 생기는 곳에서 진실의 싹이 솟아나는 경우가 종종 있어요." 왕가리가 용기를 줄 셈으로 그에게 말했다.

가투이리아는 목청을 가다듬고는 다시 말을 시작했다. "저로서 잘 알 수 없는 게, 그 *디퍼런스가*…… *쏘리*, 그러니까 두분 사이의 견해 차이가…… *렛 미 애스크*…… *쏘리, 아이 민*, 여쭤보고 싶은 건 이거예요. 두분은 하느님과 사탄이 존재한다고 믿으시는 건가요? *아이 민*, 여기 있는 우리가 존재하듯이 말이에요."

"하느님이 존재한다면," 음와우라가 곧바로 대답했다. "그럼 사탄도 존재하는 거지. 하지만 개인적으로 난 모르겠수다."

"하지만 믿는 문제라면 어떤가요? 무엇을 믿으세요?" 가투이리
아가 물고 늘어졌다.

"나 말이에요? 이봐요 젊은이, 난 당신이 다니는 교회에 다니질
않아요. 내 신전은 돈벌이요, 돈이 바로 나의 하느님이지. 하지만 뭐
다른 하느님이 있다고 해도 난 상관없어요. 옛날에 욥에게 하신 일[22]
을 내게 하실 마음이 생기지 않도록 가끔 그 하느님의 신전에 술을
따라 바치기도 하니까. 난 세상일을 그렇게 꼼꼼하게 따지지 않아
요. 내가 아까 뭐랬어요? 세상이 이쪽으로 기울면 나도 이쪽으로 기
운다니까. 지구는 둥그니까 만사는 계속 바뀌는 거예요. 그래서 기
쿠유께서도 태양은 지는 쪽으로 떠오르지 않는다고 하셨잖아. 미리
조심하는 게 겁이 많아서는 아니에요. 난 별로 요구하는 것도 없다
니까. 그냥 내게 돈만 보여줘, 그럼 그리로 데려다줄 테니까!"

"아저씨는요?" 음와우라가 이렇게 자기 입장을 밝히자 가투이
리아가 무투리에게 물었다.

"나? 난 믿어요."

"뭐를요?"

"하느님이 존재한다는 걸."

"그리고 우리처럼 살아 계시다는 것도요?"

"그래요."

"그리고 사탄도?"

"그래요, 사탄도 존재하죠."

"그리고 역시 살아 있고요?"

"그렇지, 이렇게 살아 있지."

---

22 욥이 고난을 받으면 하느님을 버릴 것이라며, 사탄이 하느님의 허락을 받아 욥
에게 온갖 고난을 가했던 일을 뜻한다.

"정말 그런 걸 믿으시는 거예요?"

"정말로 믿어요."

"하지만 실제 두 눈으로 그들을 본 적은 한번도 없잖아요?" 음와우라가 무투리에게 물었다.

"이 젊은이가 물은 건 믿음에 대해서예요." 무투리가 대답했다. "내가 믿는 바는, 하느님과 사탄이란 우리가 먹을 것과 입을 것, 그리고 내리쬐는 태양과 추위와 바람으로부터 몸을 피할 곳을 구하는 과정에서 보편적으로는 자연, 특정적으로는 인간 본성을 붙들고 고군분투할 때 우리의 뇌 속에 존재하는 우리 행동에 대한 이미지라는 거예요. 하느님의 본성은 우리가 이 땅에서 행하는 선의 이미지고, 사탄의 본성은 우리가 이 땅에서 행하는 악의 이미지죠. 문제는 이거예요. 무엇이 악한 행동이고 무엇이 선한 행동인가? 젊은이, 방금 전에 설명해서 다 끝낸 얘기를 또 끄집어내게 만드는구먼. 두 종류의 인간이 있다고 했잖아요. 자신의 땀과 노동으로 사는 사람과 다른 사람의 땀과 노동으로 사는 사람. 자, 풀어야 할 수수께끼는 거기 있으니까 이 '벌금'[23]을 받고 우리 대신 그걸 한번 풀어보라고. 보아하니 책도 많이 읽은 것 같은데."

"너는 이마에 땀을 흘려야," 마치 바로 앞에 성경책이 펼쳐져 있기라도 한 듯이 왕가리가 말했다. "이마에 땀을 흘려야 먹을 것을 먹으리라. 다시 흙으로 돌아갈 때까지." 왕가리가 마음속에 펼쳐져 있던 성경책을 덮고 가투이리아 쪽을 보았다. "그게 또다른 수수께끼니 그것도 풀어서 우리에게 그 답을 알려줘야겠어요. 내 벌금도 받아요."

---

23 기큐유어로는 '키가사와'라고 하는데, 수수께끼를 풀지 못한 사람이 수수께끼를 낸 사람에게 물어야 하는 상상의 벌금을 말한다 — 원주.

"동족끼리 벌금을 너무 많이 받고 싶지는 않은데요." 가투이리아가 약간 웃음기를 보이며 말했다.

"오, 그래서 당신이 그렇게 기쿠유어를 잘하는 모양이군. 그저 '좋은 아침' 같은 그 나라 말만 하는 줄 알았더니." 왕가리가 농담처럼 가볍게 말했다.

가투이리아는 좀 긴장이 풀리는 느낌이었다.

"예전에는 수수께끼 시합 방송을 자주 듣기도 했는데," 가투이리아가 대답했다. "이젠 이렇게 간단한 것도 풀지를 못하네요. 여러분하고 시합을 하면 벌금으로 가진 걸 다 내고 난 빈털터리가 되겠는걸요. 하지만 문제의 핵심으로 돌아가보죠. 두분이 하시는 얘기를 들으니 제가 오랫동안 생각해왔던 어떤 의문과 상충하는 생각들이 떠올랐어요. *아이 민*, 도저히 풀리지 않는 매듭이 마음에 있는데 그걸 완전히 풀거나 좀 느슨하게라도 하는 데 도움을 주신다면 저로선 아주 기쁘겠습니다."

가투이리아가 다시 말을 멈췄다.

와링가는 가투이리아의 말투가 달라졌음을 알아챘다. 정확히 짚을 수는 없지만 그 목소리를 오래전에 어디선가 들은 적이 있는 듯했고, 그러자 별안간 불안한 느낌이 들었다. 하지만 그 불안감은 가투이리아를 괴롭히는 문제가 뭔지 너무나 궁금해서 생겨난 것이리라 단정하고 넘어갔다.

다른 모든 승객들도 빨리 그 이야기를 듣고 싶어 열심히 귀를 기울이고 있었다. 마치 가투이리아의 매듭이 자신들 각자 마음속에 지닌 것과 비슷하지는 않을까 염려하듯 말이다.

가투이리아가 다시 한번 목을 가다듬었다. 그러곤 무투리를 바라보며 말했다. "제가 대학에 있다는 걸 알고 계시는 듯 말씀하셨는데, 사실 그렇습니다. 지금 대학에서 문화에 대한 일종의 연구생으로 일하고 있어요. *아프리카 문화 전임 연구원*이죠. *아워 컬처……쏘리, 아이 민*, 우리의 문화는 지금까지 서구의 제국주의적 문화에 의해 지배당해왔습니다. 영어로 하면 *컬처럴 임퍼리얼리즘*이죠. 문화제국주의는 정신과 육체의 노예화를 낳았어요. 자기 땅에서 외국인들이 이래라저래라 하는 게 아무렇지도 않을 만큼 정신적으로 눈멀고 귀먹은 상태를 초래하고, 우리 민족의 문제를 대하면서 외국인들의 귀와 입으로 행세하게 만든 게 바로 문화제국주의입니다. 황야에서 직접 살아본 사람만이 그게 어떤지를 안다는 격언을 잊어버린 셈인데, 사실 그에 따르면 외국인은 절대 다른 민족의 진정한 인도자가 될 수 없죠. 이 노래가 바로 지금 우리 세대에 대한 내용이라고 봐요.

　　귀먹은 사람, 귀먹은 사람,
　　귀먹은 사람은 우리 민족을 위한 게 뭔지 들을 수 없는 자라네!
　　눈먼 사람, 눈먼 사람
　　눈먼 사람은 우리 민족을 위한 게 뭔지 볼 수 없는 자라네!

　주변을 한번 둘러보세요. 우리 민족의 언어가 지금 어떻게 되었나요? 우리의 언어로 쓰인 책들은 다 어디 갔나요? 우리만의 문학은 어디 있나요? 우리 조상들의 앎과 지혜가 지금은 다 어디로 갔나요? 우리 조상들의 철학은요? 예전에 우리 민족이라는 집안의 대문을 지키던 지혜의 고갱이들이 다 허물어져버렸어요. 지혜의 불꽃이 스러지도록 내버려둔 거죠. 그 모닥불이 있던 자리 주변에는 온갖 잡동사니를 집어던져 쓰레기 더미로 만들었고요. 집을 지키던 문지기가 있던 자리는 다 박살 나고 민족의 젊은이들은 방패와 창을 창고 안에 던져버렸어요. 우리나라의 역사를 배울 수 있는 곳이 아무 데도 없다는 건 비극입니다. 인생사를 상담해줄 부모님이 없는 아이처럼 말이죠. 그러니 외국의 형편없는 음식을 우리 민족의 맛있는 음식으로 착각하는 걸 막을 방도가 어디 있겠어요?

우리 이야기, 우리 수수께끼, 우리 노래, 우리 관습, 우리 전통, 우리 민족의 유산과 관련한 모든 것을 잃어버렸어요.

이제 누가 우리를 위해 기산디를 공연하며, 누가 조롱박에 쓰인 시들을 읽고 해석해줄까요? 이제는 누가 한줄짜리 현악기 완딘디를 연주할 수 있을까요? 사랑하는 여자가 들에서 콩을 수확하고 돌아올 때, 혹은 계곡의 동굴에서 물을 길어 오거나 산중턱에서 칡뿌리를 캐거나 사탕수수를 수확해서 돌아올 때 그녀에게 구애하는 청년의 목소리를 그 악기로 낼 수 있는 사람이 누가 있느냐 말이죠. 달빛이 온 동네를 환히 비추는 밤, 함께 차조밭으로 새들을 쫓으러 가는 젊은 남녀의 가슴이 똑같이 쿵쾅쿵쾅 뛰는 그 소리를 대나무 피리로 연주할 수 있는 사람은 있을까요?

바로 그 때문에 대학에서 몇몇 학생들과 교수들이 우리 문화의 뿌리를 찾아내려고 하는 거예요. 케냐 민족문화의 뿌리는 케냐의 모든 소수민족들의 전통 속에서만 찾아낼 수 있거든요.

예를 들어 저는 음악 분야에서 일을 하는데, 거기서는 음악과 악기와 그 활용 등에 관심을 가지죠. 제가 공부하는 건 주로 북이나 피리, 종, 딸랑이, 오릭스 뿔피리 같은 전통악기, 그리고 수금豎琴이나 한줄 바이올린 같은 온갖 종류의 현악기예요.

전 작곡가이기도 해요. 저의 포부이자 꿈은 타악기, 목관악기, 금관악기, 현악기 등 모두 우리 민족의 악기로 이루어진 오케스트라와 함께 많은 사람들이 합창을 할 수 있는 그런 곡을 만드는 거예요. 지금까지 작곡한 노래가 굉장히 많죠. 하지만 제가 꿈꾸는 음악의 곡조나 주제를 아직 찾지 못했어요. 밤낮을 가리지 않고 그 곡조와 주제를 찾으려 애쓰고는 있지만 허사였어요.

제가 마음속에 담고 있는 이 고통이 어떤지 모르실 거예요.

풀과 고사리로 지붕을 이은 오두막에 혼자 있는 날 비가 내린다든지 바람이 불 때면, 혹은 달빛이 교교히 내리비치는 밤에 혼자 있을 때면 이미 사라진 많은 목소리들과 지금 살아 있는 목소리, 그리고 앞으로 올 목소리들이 속삭이듯 나직한 소리로 모두 함께 노래 부르는 소리가 종종 들리곤 해요. 그럴 때면 내가 항상 꿈꿔 왔던 그 음악의 리듬과 곡조와 주제가 금방이라도 잡힐 것 같은 기분이 드는 거예요. 하지만 모두 바람에 실려 순식간에 어디론가 사라지고 말아요.

또다른 경우, 가지를 활짝 뻗은 나무의 그늘에 누워 있거나, 넓은 들판이나 바닷가를 혼자 거닐 때면 들판에서 일하는 양치기 무리의 피리와 나팔 소리가 곧잘 내 마음의 귀에 들려와요. 온 나라가 북을 두들겨대며 청년들을 전장으로 부르는 소리가, 그다음엔 우리 민족적 영웅들이 승리의 노래를 부르면서 흔들어대는 수천 개의 종이며 딸랑이 소리가, 승리한 아들들을 칭송하며 큰 소리로 부르짖는 여성들의 목소리가 들리죠. 그러다가 홀연히 우리 민족의 뿔피리가 울리며 승리를 찬양하고, 오릭스 뿔피리와 다른 악기들이 환희에 차서 그에 화답하는 거예요. 그러고 나면 민족의 영웅적 위업을 가슴 벅차게 찬양하는 지상의 천사들의 합창처럼 모든 사람들과 모든 악기늘이, 수많은 다른 목소리지만 한목소리로, 한목소리이지만 또한 수많은 다른 목소리로 함께 노래 부르며 대미를 장식하는 거죠.

전 급히 종이와 펜을 찾아서 그 목소리들이 바람에 실려 날아가버리기 전에 기록해보려 애를 써요.

여러분, 어떻게 표현할 수 있을까요?

메마른 계절, 해는 쨍쨍 내리쬐고 목은 바짝바짝 타는데 바로 머리 위쪽에 과일이 달려 있는 게 보여요. 그런데 그 과일을 따서 타는 듯한 목마름을 달래보려고 손을 뻗자 그것이 천천히 멀어지더니 아예 저편으로 사라져버리는, 그런 꿈을 꾸신 적 있나요? '나 여기 있어요! 여기 있다고요! 근데 당신이 도대체 날 따려 하지 않으니 이제 가버려야겠네요……' 어쩌면 그런 말을 하는 것도 같아요. 감질나게 약만 올려 식욕과 욕망만 한껏 돋우어놓는 거죠. 제게 들리는 목소리와 악기 소리도 바로 그런 식으로 저의 욕망을 돋우어요. 그런데 그 음악을 적어보려고만 하면, 아아, 음악도 나팔 소리도 모두 사라지고 없는 거예요.

상관없다고 생각하려 애쓰며 스스로를 달래요. 우는소리 해봐야 뭐가 나오겠어요?

그러곤 다시 처음부터 찾기 시작해요. 수십번도 더 했던 질문을 다시 던지면서요. 케냐를 위한 진정으로 민족적인 음악을 창작하려면 어떻게 해야 할까? 케냐라는 나라를 이루는 모든 종족의 악기로 이루어진 오케스트라가 음악을 연주하고, 우리들 케냐의 자손들이 수많은 목소리 깊이 자리한 하나의 목소리로 노래할 수 있는 음악, 즉 *하모니 인 폴리포니*라 할 음악을 창작하려면 무엇을 해야 하지?

많은 밤을 잠 못 이루며 보냈어요. 자기 음악의 곡조와 주제와 리듬을 잡아낼 수 없는 작곡가는 빈껍데기일 뿐이에요.

외국에 있다 귀국한 후 한달여 동안 저의 모습은 뭉툭한 나무 막대기로 유칼립투스 나무를 뿌리채 뽑아내려고 애쓰는 농부와 매한가지였어요. 제가 추구하는 그 뿌리의 맨 아래까지 도달할 수가 없었던 거죠……"

가투이리아는 음악을 향한 자신의 끝없는 여정에 대한 이야기를 하다가 그렇게 갑자기 멈췄다. 아무도 말이 없었다.

와링가는 괜히 불안해서 안절부절못했는데 왜 그런지는 스스로도 알 수 없었다. 가투이리아의 이야기 때문일까, 아니면 이야기를 하는 방식 때문일까? 아니면 그냥 그의 목소리 때문에? 그의 목소리는 며칠 동안 깊은 근심거리를 한짐 지고 다녔거나, 며칠 밤을 잠 못 이루며 도저히 답을 찾을 수 없는 질문들과 씨름해온 사람의 목소리였다. 그는 자신의 이야기를 왜 그렇게 마쳤을까? 그 의문이 와링가의 머릿속을 떠나지 않았다. 풀 수 있게 도와달라고 한 그 매듭은 대체 무엇일까?

그녀의 생각을 읽기라도 한 듯 가투이리아가 와링가 쪽으로 고개를 돌렸다. 그런데 그가 다시 이야기를 이어가기 전에 썬글라스를 쓴 남자가 영어로 물었다. *"그래서, 당신 대학교에서 일하는 거예요?"*

그 목소리에 모두가 깜짝 놀랐다. 그가 시고나 버스 정류장에서 마타투에 탄 이래 처음으로 입을 연 것이다. 지금까지 내내 그는 마치 음와우라의 마타투에서 누가 자신을 죽이기라도 할 것처럼 구석에 가만히 박혀 있던 터였다.

"네, 네, 연구 부서에서 일하고 있어요." 가투이리아가 영어로 대답했다.

"그럼 프로페서 응가리쿠마와 프로페서 가트위 가이툼비를 아나요?"

"예, *프로페서* 웅가리쿠마는 정치학과에 계시고, *프로페서* 가트위 가이툼비는 상업 및 경제학과에 계십니다."

"*프로페서* 키메니우게니는요?"

"역사학과에 계세요. 유럽 역사밖에는 모르시지만요."

"그럼 *프로페서* 바리퀴리는요?"

"영문학과에 계시죠. 하지만 이따금 철학 및 종교학과에서도 강의를 하세요."

"그렇군, 알겠어요." 썬글라스를 쓴 남자가 내심 안도했다는 듯한 목소리로 말했다.

그가 무슨 질문을 또 할까, 혹은 무슨 말이라도 더 할까 사람들은 기다렸지만, 그는 더이상 말이 없었다. 하지만 이제 불안감이 훨씬 덜한 듯 긴장을 풀고 편안히 앉아 있었다. 가투이리아가 다시 이야기를 시작했다.

"드디어 어느날 돌파구를 마련할 수 있겠다는 생각이 들었어요. 나쿠루의 바하티 마을에서 온 어떤 어르신께서 —"

"바하티라고 했어요?" 음와우라가 큰 소리로 물었다. "바하티? 나쿠루의 바하티?"

"예." 가투이리아가 대답했다. "왜 그러세요?"

"아무것도…… 별것 아니에요. 이야기나 계속해봐요." 음와우라가 걱정스러운 목소리로 말했다.

"*애니웨이*, 나쿠루의 바하티에서 온 한 어르신이 제게 방도를 알려주셨어요. 제가 그분에게 가서 사정을 했더랬죠. '어르신, 옛날 얘기를 좀 해주세요. 사람 잡아먹는 거인이나 동물들 얘기 말이에요.' 처음엔 아무 말도 없이 저를 바라보시더군요. 그러더니 한번 웃고는 제게 말씀하셨어요. '옛날이든 요즘이든 다른 건 아무것도 없네. 이야기는 이야기일 뿐이야. 모든 이야기가 다 옛날이야기이고 모든 이야기가 또 다 새롭지. 모든 이야기가 다 내일의 이야기이고. 그리고 이야기란 사람 잡아먹는 거인이나 동물이나 이런저런 사람들에 대한 것이 아닐세. 모든 이야기는 인간에 대한 거야. 젊은이, 자네가 요즘 들어 받은 교육이라는 것이나, 그렇게 수년에 걸쳐서 외국에서 얻으려 했던 학식이 뭔지 나로서는 알 수가 없네. 몇 년이나 있었지? 십오 년? 거기서 문학이 민족의 보물이라는 사실을 가르쳐주던가? 문학이란 민족의 영혼을 담은 꿀과 같아서 후손들이 한번에 조금씩, 영원히 맛볼 수 있도록 보존되어 있는 것이네. 기쿠유께서 말씀하시기를, 무엇이든 따로 남겨놓는 사람은 절대 굶주리지 않는다고 했지. 기쿠유가 바보라서 그런 말씀을 하신 것 같나? 자신의 문학을 내동댕이치는 민족은 영혼을 팔아버려서 껍데기만 남은 민족이야. 하지만 나를 찾아온 것은 잘한 일이네. 자네만 좋다면 내가 기억하는 이야기를 들려주도록 하지.'

그때가 해가 질 무렵이라 금세 캄캄하게 어둠이 내려앉았어요. 유리막이 없는 주석 램프의 불길이 붉은 깃발처럼 바람에 흔들리자, 우리 두 사람의 그림자가 네모진 어르신 방의 벽에서 노닐었죠.

그 어르신은 맨 처음으로 사람 잡아먹는 거인을 등에 지고 다니던 농부 얘기를 해줬어요. 거인은 농부의 목과 어깨에 긴 손톱을 박아넣고 있었죠. 들에 나가 먹을거리를 구해 오고, 계곡에 가서 물을 길어 오고, 숲에 가서 불 땔 나무를 해 오고, 밥을 짓는 것은 농부였어요. 거인이 하는 일이라고는 먹고 마시고, 그러곤 농부의 등에서 쿨쿨 잠만 자는 거였죠. 농부의 몸이 여위고 마음이 침울해져가면 갈수록 거인은 점점 번창하고 원기 왕성해지더니, 급기야는 농부에게 이 땅에서의 고난을 꿋꿋하게 참고 견디면 나중에 천국에 들어가 안식을 얻을 수 있다는 찬송가를 신나게 불러대기에 이르렀죠. 어느날 농부가 점쟁이를 찾아갔어요. 점쟁이는 말하기를, 단 하나의 해결책이 있는데 기름을 팔팔 끓여서 거인이 곤히 잠든 사이 그의 손톱에 기름을 들이붓는 것이라고 했어요. 농부가 말했죠. '그러다가 내 어깨랑 목까지 데면 어쩌라고요?' 점쟁이가 대답했어요. '어떤 좋은 결과도 완전히 당신 좋은 대로만 생겨날 수는 없는 거야. 돌아가.' 그 농부는 점쟁이가 시키는 대로 했기 때문에 겨우 죽을 고비를 넘길 수가 있었어요.

두번째는 약간 벌어진 앞니가 아주 매력적인 새까만 피부의 소녀에 대한 이야기였어요. 이름이 은얀지루 카냐라리인데, 그렇게 불리게 된 이유는 세가지래요. 아주 새카맣고, 정말로 아름답고, 그 나라의 어떤 남자가 구애를 해도 다 거절했기 때문이죠. 그런데 어느날 소녀는 외국에서 온 어떤 청년을 보고는 바로 그 자리에서 그가 자신이 내내 기다려온 남자라고 선언했어요. 그러곤 그를 쫓아다녔죠. 그런데 어떻게 되었게요? 젊은 외국인은 사실 사람을 잡아먹는 거인이었어요. 그래서 은얀지루의 사지를 하나씩 뜯어내서 다 먹어치웠죠.

세번째 이야기는 제 마음에 절대 지워지지 않는 인상을 남겼어요. 이 이야기를 어떤 식으로 하면 좋을까요? 그분이 했던 방식과 비슷하게라도 들려주면 좋을 텐데. 예를 들면 목소리를 높였다 낮췄다 하는 그런 것 말이에요. 하지만 안되겠어요. 아예 생각도 말아야죠. 백인들이 우리에게 물려준 교육 방식 탓에 우리의 능력은 날개 아래쪽이 잘려서 상처 입은 새처럼 어기적거리게 되었다니까요. 바하티의 어르신이 들려주신 이야기를 그냥 간략하게 전해드릴게요. 제가 말한 매듭이 어떻게 생겨나게 되었는지 알 수 있도록요.

어르신은 몇개의 격언으로 이야기를 시작하셨어요. 그게 다 제대로 기억이 나지는 않아요. 하지만 모두 탐욕과 자만에 대한 거였죠. 그분이 말씀하시길, 비록 부자들은 방귀를 뀌어도 냄새가 나지 않으며 금단의 신성한 성지를 개간하는 것까지 가능하다고들 하지만, 그래도 예전에 춤을 추던 사람들이 이젠 다른 사람 춤추는 걸 쳐다보는 것밖에 못하고 예전에 냇물을 뛰어 건널 수 있던 사람들이 이젠 물살을 헤치며 건너가는 것밖에 못한다는 사실을 모두가 알아야 된다는 거예요. 너무 많이 가지게 되면 자만심이 생기기 마련이고, 가진 게 너무 없으면 생각을 하게 된다고 하셨죠. 탐욕이 너무 많으면 싼값에 쉽게 자신을 팔아버린다고도요. '젊은이,' 그분이 말씀하셨어요. '재물을 쫓아다니려면 그렇게 하게. 하지만 하느님께 벌거벗은 몸을 보이거나 사람들을 경멸하는 일은 절대 해서는 안되네. 민중의 목소리는 하느님의 목소리야.' 이런 얘기를 왜 하느냐고요?

옛날 옛적에 은딩구리라는 노인이 살았어요. 은딩구리는 가진 게 별로 없었어요. 하지만 아주 풍요로운 영혼을 타고났죠. 적들이 마을을 공격할 때마다 용맹하게 맞서고 마음에 지닌 생각이나 하는 말이 지혜로웠기 때문에 사람들은 그를 아주 존경했어요. 그는 자기 민족의 문화를 보전하려 하고 그에 따른 제례를 모두 지켰어요. 염소를 잡아 바치고 선한 정령들을 위해 땅에 술을 따르면서, 자신이 뭔가를 제대로 못해서 초래되는 악이나 사악한 귀신들이 앙심을 품고 이 집안에 들어올 수 있을 모든 악에서 자신을 구원해 달라고 빌었어요. 그는 게으른 사람이 아니었기에, 자신과 가족들이 먹을 음식과 입을 옷은 충분히 벌 수 있었어요. 다른 사람의 가축을 뺏는다든지, 자기 종족의 것이든 다른 종족의 것이든 자기 것이 아닌 땅을 차지하고 싶어하는 탐욕 같은 건 그에게서 찾아볼 수 없었지요. 그렇게 욕심이 없는데다 베풀기도 잘하는 터라 그는 모은 돈이 하나도 없었어요. 마을의 다른 원로들은 돈을 그러모아 손가락에 가락지를 여럿 낀 채, 밭을 갈고 가축을 먹이는 일은 노예나 하인, 소작농, 일꾼, 부인들이나 자식들에게 맡기고 매일 꿀로 빚은 술만 퍼마시는데 말이에요. 자기 손을 쓰고 살아야 사람이 되지, 은딩구리는 그렇게 믿었어요.

하지만 어느날 괴이한 역병이 마을을 휩쓸었어요. 그 역병으로 은딩구리는 그나마 가진 것을 모두 잃었고, 따로 우리를 만들어 특별히 키우고 있던 염소까지 죽고 말았어요. 은딩구리는 이제 어찌해야 할까요? 그는 자문했어요. 선한 정령들에게 항상 염소를 잡아 바치고 그들을 위해 술을 빚어 바쳤는데, 도대체 왜 그들은 내게 이런 식으로 등을 돌린단 말인가? 이제 다시는 그런 일을 하지 않으련다.

어느날 이른 아침, 새벽이 밝기도 전에 은딩구리는 악령들이 산다는 한 동굴로 찾아갔어요. 입구에서 거인의 모습을 한 악령과 마주쳤지요. 악령은 두더지색 머리털을 여자애들처럼 어깨까지 길게 늘어뜨리고 있었어요. 입이 두개였는데 하나는 이마에, 다른 하나는 뒤통수에 달려 있었죠. 뒤통수의 입은 긴 머리에 가려서 머리가 바람에 날릴 때만 보였지만요. 악령이 그에게 말했어요. '빈손으로 여기 동굴에 있는 나를 뭐하러 찾아왔지? 물건을 팔러 시장에 가는 사람이 빈 바구니를 들고 가나? 네가 항상 제를 올렸던 그 정령들한테 버림을 받았나? 제사상에 올라오는 고기와 반주를 우리는 안 좋아하는 것 같아?' 은딩구리는 자신이 가진 게 하나도 없으며 바로 그래서 찾아온 거라고 대답했어요. 그 가난한 이의 관대함은 아직 마음속에 고스란히 남아 있었죠. 악령이 음흉하게 웃으며 말했어요. '들은 바로는 네가 아주 풍요로운 영혼을 가지고 있다면서? 어떤 좋은 일도 완전히 너 좋은 대로만 생겨날 수는 없는 법이지. 내가 너를 부자로 만들어주겠다. 그 대신 너는 영혼을 내게 넘기고, 선한 정령들에게 제를 올리는 일을 다시는 하지 마라. 선과 악이란 절대 사이좋은 관계가 될 수 없으니까.' 은딩구리가 속으로 생각했어요. 영혼이 뭐라고? 그냥 속삭이는 목소리일 뿐이잖아. 그래서 악령에게 말했죠. '내 영혼을 가져요.' 악령이 말했어요. '이제 네 영혼은 내 것이다. 그만 돌아가. 집에 돌아가거든 다음 세가지를 꼭 지켜라. 첫째, 네가 영혼이 없다는 사실을 아무에게도 말하지 마라. 둘째, 집에 도착하거든 네가 가장 사랑하는 자식을 붙잡아라. 목의 경동맥에 구멍을 내어 몸에서 한방울의 피도 남지 않을 때까지 그 피를 다 빨아 마시고 그 몸을 익혀서 먹어라. 은딩구리, 내가 너를 인간의 살을 먹고 인간의 피를 마시는 자로 만들었다.' 은딩구리가 말했어요. '뭐라고요! 어떻게 그런 일이? 눈에 넣어도 안 아픈 자식을 먹어 없애라고요?' 악령이 말했어요. '넌 이제 영혼이 없다는 사실을 벌써 잊었느냐? 재물을 위해 그걸 팔았다는 사실을 말이야. 이제 돌아가라, 집으로 가. 다른 사람들의 그림자를 집어삼켜라. 그게 바로 내가 다시 데리러 갈 때까지 네가 수행해야 할 임무이니라!'

그때부터 은딩구리에게는 방귀를 뀌어도 돈, 똥을 싸도 돈, 재채기를 해도 돈, 긁적거려도 돈, 웃는 것도 돈, 생각하는 것도 돈, 꿈꾸는 것도 돈, 말하는 것도 돈, 땀 흘리는 것도 돈, 오줌 싸는 것도 돈이었어요. 다른 사람의 수중에 있던 재물이 획 하더니 어느샌가 은딩구리의 손바닥 안에 있었죠. 사람들이 이상하게 여기기 시작했어요. 우리 재산이 손가락 사이로 술술 빠져나가 다 은딩구리의 수중에 들어가니 어찌 된 일이지? 게다가 그는 이제 손가락에 쇠가락지까지 끼고 있어서 일도 못하는데 말이야.

은딩구리의 성격과 태도가 돌변했어요. 사람이 비열하고 잔인해졌죠. 다른 사람들의 땅을 빼앗아 자신의 재산을 점점 더 불려나갔기 때문에 항상 소송에 휘말렸어요. 친구도 없었죠. 그의 비열함이 고구마 싹처럼 여기저기서 툭툭 튀어나왔어요. 사람들이 기근으로 죽어갈 때가 은딩구리에겐 가장 행복한 때였어요. 왜냐하면 그럴 때야말로 사람들이 깨진 냄비 내놓듯이 가진 재산을 기꺼이 내놓았으니까요.

마을 사람들에게 의문이 생기기 시작했어요. 그의 친절한 말투와 마음씨는 어디로 간 거지? 저자가 마녀처럼 한밤중에 혼자 먹는 건 도대체 뭘까? 다른 사람의 재물을 보면 입에 흥건히 침이 고이고, 그걸 자기 것으로 차지하고 나면 침이 싹 말라버린단 말야. 우리 그림자는 갈수록 점점 작아지는데 저자의 그림자는 점점 거대해지는 걸 보라고. 그의 그림자가 우리 그림자를 집어삼켜서 결국 우리가 하나씩 죽어 나자빠지게 되는 건 아닐까?

은딩구리와 비슷한 연배의 원로들로 꾸려진 대표단이 그를 찾아갔어요. 마을 앞마당에 그렇게 깊은 구멍을 뚫으면 종국에는 자기 자식도 거기 빠지게 될 거라고 얘기해주기 위해서였죠. 그들이 말했어요. '카하하미의 아들 은딩구리, 사람들이 말하는 소리를 듣게. 귀에 밀랍을 바른 것도 아니잖나. 혹시 그런 거면 나뭇조각 하나 주워다가 그걸 떼어버리고.

마을 사람들의 목소리는 저 산등성이의 목소리요, 이 나라의 목소리네. 민족의 목소리이자 민중의 목소리지. 이보게 은덩구리, 민중의 목소리는 하느님의 목소리야. 우린 자네에게 전할 말이 있어서 왔네. 마녀와 살인자의 길을 멀리하게. 재물의 광휘에 눈이 멀다 보면, 곧 악령의 광휘에 눈이 멀게 되는 걸세. 하지만 우리 민족의 영광을 따르면 하느님의 얼굴을 볼 수 있을 거야. 자기 민족의 그림자를 기꺼이 지키려는 사람은 행복한 법이네. 그러면 절대 죽지 않고 그 이름이 민중의 가슴속에 영원히 살아 있을 테니까. 그러나 민족의 그림자를 팔아먹는 자는 천벌을 받게 될 거야. 앞으로 올 모든 세대들이 그의 이름을 영원히 저주할 것이고, 그는 죽으면 악령이 될 테니까 말이지.'

은덩구리는 그저 웃기만 하더니 그들에게 물었어요. '마을이 뭔가? 민족은 뭔가? 민중은 또 뭔가? 그런 얘기나 하려거든 가서 딴 사람이나 찾아봐. 자네들은 왜 제 한 몸과 그림자도 건사하지 못하나? 얼마나 게을러빠졌으면 몸을 구부려 다리에 붙은 진드기 하나 떼내지 못하는 건가? 비가 쏟아지거나 하늘이 무너질 때까지 떠들 테면 실컷 떠들어봐. 그래봤자 다 바람에 쓸려버릴 테니. 자, 보라고, 지금 나한텐 모든 게 완벽하네. 내 방귀는 냄새나는 법이 없어. 왜냐고? 내 얘기해주지. 재물이야말로 위대한 창조자이자 위대한 재판관이기 때문이야. 재물로 인해서 반항하던 자가 복종하게 되고, 사악한 게 선한 것으로 바뀌고, 추한 게 아름다워지고, 증오가 사랑이 되고, 비겁함이 용맹함이 되고, 악덕이 미덕이 되는 걸세. 재물만 있으면 안짱다리도 이 땅의 내로라하는 미인들이 갖고 싶어 안달하는 그런 다리가 될 수 있다고. 재물만 있으면 고약한 냄새도 향기로워지고 썩은 냄새도 없어지지. 부자들은 상처가 나도 곪는 법이 없네. 방귀를 뀌어도 냄새나는 법이 없고. 돌아들 가. 염치 좋게 집이라고 부르는 그 판잣집으로 돌아가라고. 염치 좋게 농장이라고 부르는 그 손바닥만 한 땅으로 말이야. 그것조차 할 수가 없게 되거든 나한테 찾아와서 수없이 많은 내 농장에서 임금 받고 일하든가. 자네들이 카하하미의 아들 은딩구리에게 할 수 있는 건 아무것도 없어! 왜냐하면 난 영혼이 없으니까!'

그 얘기를 듣고 마을의 원로들은 소스라치게 놀라서 미심쩍은 눈길로 서로를 쳐다보았어요. '그럼 우리가 우리 마을에 마귀를 숨겨두고 있었던 거야? 몸속에 이를 키우고 있었던 거냐고. 이 작자는 이 땅에 피 한방울 남지 않을 때까지 모든 사람들의 피를 다 빨아 마실 거야.' 그들은 바로 그 자리에서 그를 붙잡아 마른 바나나 잎으로 둘둘 말아서는 집과 함께 태워버렸어요.

그날 이후로 그 마을에서 악은 사라지고 사람들의 그림자는 다시 건강해졌대요. 말할 수 없이 무거운 짐을 많은 사람들이 힘을 모아 들어올린 거죠!"

가투이리아가 다시 말을 멈췄다.

마타투 마타타 마타무는 여전히 뒤뚱거리며 달리고 있었다. 그 무렵 버스는 나쿠루로 가는 길에서 벗어나 방향을 바꾼 뒤, 루우와 이니와 일모로그를 잇는 트랜스아프리카 고속도로에 올라 있었다. 차 안에는 정적이 감돌았다. 모두들 그 이야기에 대한 각자의 생각에 빠진 채, 가투이리아의 매듭이 이야기의 어디에 들어맞는지 알아내려 애쓰고 있었다. 가투이리아가 다시 말을 이었다.

"그 이야기를 듣자마자 바로 새로운 생각이 떠오르면서, 그걸 중심으로 새로운 노래를 지을 새로운 주제를 찾아내게 되었어요. 하지만 그게 정말 새로운 것일까요? 아니면 사실 제가 내내 찾아 헤매온 바로 그 주제였을까요? 그때 제가 하고 싶었던 것은 그 이야기를 음악으로 풀어내는 거였어요. 바하티에서 온 어르신이 들려 준 그 이야기보다 더한 게 뭐가 있겠어요? 그보다 더 훌륭한 주제 를 가진 게 어디 있겠으며, 현세의 재물에 눈이 멀어 영혼을 팔아 버린 사람의 얘기보다 더 중요한 교훈을 줄 수 있는 게 또 어디 있 겠어요? 은딩구리 와 카하하미의 그 이야기를, 서른개의 은화를 위 해 영혼을 팔았던 유대 문헌 속의 유다와 비교하고 싶었어요.

전 영국 제국주의가 케냐에 들어오기 전의 한 마을을 음악의 배 경으로 삼고 싶었어요. 마을의 기원을 설명하면서 음악을 시작하 는 거죠. 봉건시대 이전에 그곳으로 유목인들이 이주해오는 장면 을 한 무리의 악기와 노래로 표현하는 거예요. 또다른 무리의 노래 는 그 마을에서 각각 어떤 방식으로 부를 창출하고 분배했는지를 표현해요. 그러니까 한편에서는 유목민들을, 다른 한편에서는 농 부들을, 또다른 한편에서는 광산에서 일하는 노동자들을, 그런 식 으로요. 그다음에는 다른 방식으로 노래와 악기를 사용하여 기근 과 질병과 가난과 봉건적 지배의 시작을 표현하게 될 거예요. 그러 고 나서 카하하미의 아들 은딩구리의 이야기를 들여오는 거죠……

전 엄청난 불길이 제 안에서 활활 타오르는 걸 느끼며 작곡을 시 작했어요…… 그런데 몇줄 적고 나자 그 불길이 다 잦아들더니 완전 히 재만 남아 불꽃이라고는 요만큼도 찾아볼 수가 없게 된 거예요.

'왜지? 도대체 이유가 뭐야?' 딱히 누구에게랄 것 없이 부르짖 었죠.

전 마음속으로는 거인이나 귀신, 혹은 이곳이 아닌 다른 세상에 서 온다는 어떤 존재도 딱히 믿지를 않았어요. 그러던 어느날 밤 제 안에서 불꽃이 죽어버린 진짜 이유가 뭔지 속삭이는 목소리를 들었죠. '네가 작곡하는 음악의 주제를 이루는 존재를 너 스스로

믿지도 않으면서 어떻게 작곡을 할 수 있다는 거지?'

믿음…… 믿음…… 믿음을 어디서 구할 수 있다는 건가요? 시장에서 파는 것도 아니잖아요. 마음속으로 이렇게 사리를 따져봤지요. 제국주의의 지배가 있기 이전인 과거에 우리에게는 연령집단이나 확대가족, 씨족집단과 그 안의 하위 씨족집단 등의 체계가 있었다. 당시에는 여러 유형의 대중조직이 있었던 것이다. 예를 들면 우자마 와 음와프리카, 영어로 하면 *아프리칸 쏘셜리즘*도 있었다. 그럼 인간을 잡아먹고 사람들을 잡아 죽이는 자들은 대체 어디서 왔을까? 가슴이 쿵쾅거리며 뛰기 시작했어요. 선하건 악하건 귀신은 존재하지 않는다. 다른 세상에서 찾아오는 존재도 없다. 우리나라인 케냐에 인간을 잡아 죽이고 잡아먹는 자들이나 피를 빨아 마시고 다른 사람들의 그림자를 빼앗아가는 자는 없다. 요즘 피를 마신다거나 사람을 뜯어먹는 그런 일은 없다…… 귀신이나 거인이나 다른 세상의 존재들, 그런 것들은 이미 오래전에 다 사라졌으니까…… 자기 나라를 칭송하는 음악을 창작하기를 원하거든 진정한 이야기들 속에서 뿌리와 주제를 찾아라!

그때부터 계속 그런 상태예요. 수만가지 질문들이 안에서 난리를 치고 마음은 계속 들썽들썽하고……

여러분, 어제 편지를 넣고 찾아가는 학교 우편함에 갔다가 제가 얼마나 놀랐는지 상상도 못하실 거예요…… 아, 이 얘기를 어떻게 해야 할까요? 바람에 정신없이 흔들리는 갈대처럼 그렇게 부들부들 떨었다는 사실을 숨겨야 할까요? 이 마타투에 앉아 있는 지금도 여전히 제 눈으로 본 걸 믿지 못하겠어요……"

도대체 가투이리아가 본 게 뭔지 알고 싶어서 견딜 수가 없어진 왕가리가 끼어들었다. "도대체 얼마나 요상하고 기가 막힌 걸 봤길래 하던 말이 뭐였는지도 잊은 채 말을 하다 마는 거예요? 하느님이 백성들에게 말을 전하라고 보냈는데 미적거리느라 끝내 그 말을 전하지 못한 카멜레온 같구먼."

"거기 제 우편함에," 가투이리아가 황급히 말을 이었다. "내일 일모로그에서 열리는 악마의 향연에 초대하는 초대장이 있더라고요. 카드엔 이렇게 적혀 있어요." 가투이리아가 외투 주머니에서 카드를 꺼내 큰 소리로 읽었다.

악마의 향연!

직접 와서 보시라—
악마의 후원 아래
도둑질과 강도질의 일곱 권위자를 선발하는 경연 대회
넘치도록 많은 상!
트라이 유어 럭.
컴피티션 투 츄즈 더 쎄븐 클레버리스트
시브스 앤드 라버스 인 일모로그.
프라이즈 갤로어!
헬스 에인절스 밴드 인 어텐던스!

서명: 지옥의 대왕
사탄
장소: 도둑과 강도의 소굴
일모로그 골든 하이츠

와링가가 비명을 지르며 무투리 쪽으로 쓰러졌다. 음와우라가 고개를 획 돌려 뒤를 보았다. 그러는 바람에 차가 길에서 좌우로 마구 쏠렸다.

"차를 세워요! 불 가진 사람 있어요?" 무투리가 소리쳤다.

"뭐예요? 무슨 일이에요?" 왕가리가 물었지만 아무도 대답하지 않았다.

"손전등이 없는데!" 트랜스아프리카 고속도로의 갓길에 마타투를 세우며 음와우라가 말했다.

"성냥은 있어요." 가투이리아가 말했다.

"불을 좀 밝혀봐요! 성냥을 켜요!" 무투리가 그에게 말했고, 이제 그들 모두 마치 무덤가에 서 있기라도 한 것처럼 입을 다문 채 아무 말이 없었다.

7

일모로그로 오가는 차들이 길 위에서 서로 지나쳐가며 리프트밸리의 평원을 잠깐씩 비추곤 했다. 그러나 불빛의 뒤로 그 전보다 더 짙은 어둠이 곧바로 내려앉았다. 썬글라스를 쓴 남자는 꼼짝도 않은 채 자기 자리를 지켰고, 음와우라도 여전히 운전석에 있었다. 나머지 세 사람이 몸을 굽혀 와링가를 살폈다.

성냥의 불꽃이 잠깐 와링가의 얼굴을 밝히는가 싶더니 금세 깜박거리면서 꺼져버리자 가투이리아는 성냥 하나를 더 켰다. 곧 와링가가 눈을 떴고, 그녀가 아직 숨을 쉬고 심장도 뛰고 있음을 확인하자 다들 각자 의견을 피력하며 떠들기 시작했다.

"이 처녀가 병에 걸린 것 같은데요." 무투리가 말했다. "말라리아나 폐렴일 수 있어요."

"심장이 굉장히 빨리 뛰어요." 가투이리아가 말했다.

"여자들한테 생기는 병일 수도 있어요." 음와우라가 말했다. "상상이 돼요? 최근에 한 여자가 바로 이 마타투 안에서 애를 낳았다니까요."

"차 밖으로 데리고 나가서 바람을 좀 쐬도록 하는 게 어때요?" 음와우라의 얘기를 잘라버리고 싶은 듯 왕가리가 재빨리 말했다.

그때 혀가 어디 먼 데라도 가 있는 것처럼 아주 가느다란 목소리로 와링가가 말했다.

"*쏘리*, 갑자기 현기증이 심하게 났을 뿐이에요." 그녀가 말을 이었다. "이제 가도 돼요. *플리즈*, 여기서 벗어나자고요."

모두 자기 자리로 돌아갔다. 음와우라는 다시 시동을 걸려 했는데, 시동이 걸리지 않았다. 무투리와 왕가리, 가투이리아 그리고 썬글라스를 쓴 남자가 나가서 차를 밀었다. 부르릉거리며 시동이 걸렸다. 그들은 다시 차에 올라탔고, 다들 입을 다문 채 얼마간을 달려갔다.

왕가리가 와링가의 현기증 문제로 다시 돌아갔다. "그렇게 현기증이 생긴 게 우리가 하던 얘기 때문이었나요?"

"그것과 관련이 좀 있어요…… 그래요, 그 얘기가……" 와링가가 대답했다.

"그 얘기가 무서웠어요?" 무투리가 물었다.

"그렇기도 하고…… 아니기도 하고." 와링가는 확신이 서지 않는 듯 대답했다.

"걱정 마요." 왕가리가 말했다. "그런 건 이제 존재하지 않아요.

거인이니, 사람을 잡아먹는 괴물이니, 선한 정령, 악한 정령, 일곱 개의 뿔이 달린 악마 같은 것들 말이에요. 그런 건 다 말 안 듣는 애들한테 겁을 줘서 버릇을 고치고, 착한 애들은 계속 좁고 올바른 길로 가도록 하려고 만들어낸 얘기에 불과하니까."

음와우라가 휘파람을 불기 시작했는데, 자신은 그와 생각이 다르다는, 혹은 그에 대해 아는 바가 있지만 가슴속에 꼭꼭 숨겨둔 얘기를 굳이 꺼내고 싶지 않다는 투였다. 그러더니 노래를 부르기 시작했다.

아가씨, 내가 부탁하면 좀 들어줘요,
너무 비싸게 굴지 말고,
그러면 나중에 당신이 애를 뺐다고 얘기할 때,
나랑은 상관없다고 오리발 내밀지 않을게.

이렇게 하면 승객들이 재밌다고 웃으면서 딴 얘기로 넘어가서 살인자라든지, 사람 잡아먹는 괴물, 귀신이니 악마, 도둑질과 강도질 경연을 위한 잔치 등에 대한 얘기를 그만두리라 생각했던 것이다. 하지만 놀랍게도 와링가가 다시 그 문제로 돌아갔다.

"하지만 그런 것들이 진짜 존재한다면요? 그저 저녁나절에 아이들에게 들려주는 이야기가 아니라면요? 어쩌시겠어요? 말해주세요. 만약에 선한 귀신과 악한 귀신이 정말로 존재하고, 악마도 정말로 존재하고, 그래서 그 악마가 케냐에 와 이 땅에서 잔치를 벌이고 이승의 추종자들을 위한 경연 대회를 준비한다면 어쩌시겠어요?"

"나 말이에요?" 그 질문이 마치 자기를 향한 것이기라도 한 듯 음와우라가 놀라서 펄쩍 뛰었다. "나라면 어쩌겠냐고요?" 그가 확실히 하고 싶은 듯 다시 물었다. 그러더니 대답을 듣기도 전에 말을 이었다. "말해두지만, 난 지금까지 희한한 일들을 수없이 겪었어요. 글쎄 한번은 바로 이 차 안에서 사기꾼들한테 붙잡혔다니까요. 근데 그자들이 정말 멋지게 옷을 차려입은 세 청년이었으니 그냥 사기꾼이라고 해도 될지 모르겠네요. 리무루의 파머스 코너에서 그들을 보았더랬죠. 어둠이 깔리기 시작하는 저녁나절이었어요. 키쿠유 마을에 가고 싶다고 하더군요. 그들을 보자마자 난 호박이 넝쿨째 굴러들었다고 생각했죠. 그래서 차비도 올려 불렀다니까요. 그런데 무타라콰쯤 이르렀을 때 말하는 걸 듣자 하니 낌새가 이상한 거예요. 그들이 권총을 꺼내서 내 뒤통수에 갖다 박더니 말하더군요. '이 총알로 머리가 박살 나고 싶지 않거든 얼른 키네니 숲으로 차를 모시지. 그리고 옆이나 뒤로 머리를 돌리기만 해봐.' 내 분명히 얘기하지만 거기서 가진 돈과 옷가지까지 몽땅 털렸다니까요! 완전히 벌거벗겨져서 딱 이 세상에 태어났던 그 상태였어요! 다행히 차 열쇠를 훔쳐가지는 않았지만요.

또 어느날은 미국인 관광객이 이 차를 대절했어요. 정말 나이가 많은 사람이었죠. 얼굴이 깊게 팬 주름 천지였어요. 몸의 다른 부분은 피부가 늘어져 겹겹이 물결을 이루며 접혀 있었고요. 아프리카 여자애와 같이 타더군요. 여자애가 얼마나 조그만지 아마 학생이었던 것 같아요. 그들이 맨 뒷좌석에 앉았어요. 난 그들을 태우고 한시간가량 나이로비를 돌아다녔죠. 그들은 말도 별로 없었고, 딱히 하는 일도 별로 없었어요. 그 남자가 한 일이라고는 여자애 허벅지를 계속 누르고 꼬집고 하는 것이었고 여자애는 남자 얼굴을 쓰다듬었죠. 가끔은 손가락이 완전히 살에 파묻히기도 하더라고요. 여자애가 엄살을 부리면서 살짝 비명을 지르면 그 미국인의 눈이 행복감으로 반짝하는 거예요. 입 한쪽으로 게거품이 흐르면서 마치 진짜로 그걸 하기라도 하는 양 신음까지 하더라니까요. 뉴 스탠리 호텔 앞에 그들을 내려주자, 미국인이 100실링짜리 지폐를 꺼내 여자애에게 주었고, 여자애는 갈 길을 가버렸어요. 미국인은 그 자리에 여전히 선 채로, 내가 무슨 케냐의 주인장이나 되는 것처럼 케냐가 이러이러해서 좋은 나라라고 늘어놓더라고요. '*케냐는 정말 훌륭한 나라예요…… 사냥할 수 있는 기막힌 야생동물에…… 그다음에는 기막힌 여자들, 정말 아름다워…… 심지어 나같이 늙어빠진 사람도 영계랑 해볼 수 있다니까요…… 관광객들을 더 모아서 다시 와야겠어요. 그들이 케냐의 야생동물과 여자들을 직접 볼 수 있게…… 정말이지 아름다운 나라야…… 안정적이고…… 발전 중이고……*' 그러고는 호텔로 들어가버렸어요. 어쨌든 차비는 두둑하게 줬죠.

그러니 이 세상엔 온갖 희한한 일이 잔뜩 있는 거죠. 아무 데도 돌아다니지 않는 사람은 산과 들에서 목초를 캐서 요리하는 사람이 자기 엄마밖에 없는 줄 알지만…… 악마의 향연에 초대받으면 어쩔 거냐고 물었나요? 나라면 가겠어요. 나는 남들이 이러쿵저러쿵하는 얘기로는 절대 만족을 못하는 사람이니까. 직접 보고 만지는 것만 믿는다 이거예요. 난 현대판 토마[24]예요. 나 음와우라는 본 것도 많고 한 일도 많아요. 그러니 날 내버려둬요! 떠오를 때의 태양은 질 때와는 다른 법이니……"음와우라는 여러가지를 암시하면서 동시에 많은 것을 감추는 듯한 투로 말을 마쳤다.

"당신은요?" 와링가가 무투리에게 물었다. "당신이라면 어쩌겠

<hr>

[24] 직접 보고 만져서 알기까지는 예수의 부활을 믿지 않겠다고 한 사도 토마를 뜻한다.

어요?"

"일단 말할 수 있는 건, 그게 대답하기 쉽지 않은 문제라는 거예요." 무투리가 대답했다. "기쿠유께서 말씀하셨죠. '한방울의 빗방울이라도 업신여기지 마라.' 또 '아무리 깜짝 놀랄 일이라도 인간이 감당하지 못할 일은 없다.' 우리 노동자들에겐 집도 없고, 마을이라 할 것도 없고, 심지어 나라도 없어요. 이 땅 전체가 우리에겐 집이라 할 수 있죠. 왜냐하면 우리에게 있어 문제는 누군가가 우리의 노동을 사고, 그래서 몇푼 벌어 밀가루 한줌과 싸구려 채소를 사는 것이니까요. 하지만 우리가 이 땅을 건설했다는 사실은 변함없어요. 그런데 어떻게 악마와 악한 귀신들과 그 추종자들이 하고 싶은 대로 마음껏 하라고 우리의 땅을 그들에게 넘겨줄 수가 있겠어요? 현대판 수수께끼 하나를 낼게요 ─ "

"제가 옛날판과 현대판을 구별이나 할 수 있을까요?" 와링가가 말했다.

"난 이쪽으로도 걷고 저쪽으로도 걸어요!" 무투리가 말했다.

"사냥꾼의 길." 와링가를 대신해서 왕가리가 대답했다.

"틀렸어요!"

"자, 여기 벌금!"

"답은 집 짓는 사람들의 길이죠! 다른 걸 낼 테니 대답해봐요!"

"좋아요!"

"난 이쪽으로도 걷고 저쪽으로도 걸어요!"

"집 짓는 사람들의 길."

"틀렸어요. 벌금 이리 내요."

"여깄어요."

"답은 노동자들의 길이에요. 또 갑니다."

"해봐요."

"난 이쪽으로도 걷고 저쪽으로도 걸어서 혁명을 향해 가요."

"노동자들의 길."

"그렇기도 하고 아니기도 해요. 나한테 벌금을 줘야 하지만, 반은 맞힌 셈이니까 다 받지는 않을게요."

"좋아요."

"답은 저항의 길이에요…… 그리고 그 길은 노동자들이 만들죠. 내가 이 얘기를 왜 하느냐고요? 이 여성분이 제게 어려운 질문을 했으니까요. 하지만 그건 간단한 질문이기도 해요. 어려운 것이 사실 간단한 것이기도 하니까요…… 그리고 간단해 보이는 것이 정말 어려운 것이기도 하고요. 자, 내가 할 수 있는 얘기는 내가 일했던 곳의 사장보다 더 악독한 악마는 본 적이 없다는 거예요. 아시다시피 난 목수 일도 하고 석재나 배관 일, 페인트칠도 해요. 사실난 공사장을 관리하는 십장이었어요. 사장은 수천만 실링짜리 공사 계약을 따내곤 했어요. 계약을 수주하는 위원회에 그가 아는 사람이 있어서 그를 위해 압력을 넣어줬죠. 하지만 그 수천만 실링의 값어치를 창출해내는 사람들의 임금은 *그야말로 껌값*이었어요. 고작해야 200실링에서 300, 500실링, 그보다 많지는 않았죠. 그런데 물가는 얼마나 올랐는지 알잖아요. 임금 50실링 인상과 함께 앞으로는 물가 상승률에 맞춰서 올려달라고 요구하면서 우리의 곤경은 시작되었어요. 물가는 올라가는데 임금은 계속 제자리면 사실상 임금이 떨어지는 것과 매한가지라는 걸 이해 못하는 사람들이 있는 거 알아요? 하지만 물가가 올라감에 따라 고용주들의 이윤은 같은 비율로 상승하죠—사실 이윤율이 가격 상승률보다 더 높을 때도 간혹 있어요. 그래서 물가가 올라가면 고용주들의 이윤은 올라가지만 노동자의 상황은 악화되는 거죠. 우리가 파업을 하기로 결의했을 때 사장이 헐떡거리며 우리에게 왔어요. 아주 정중하게 얘기하기를, 우리의 모든 불만과 요구를 다 고려해보겠으니 일단 다시 일터로 돌아가라는 거예요. 일주일 뒤에 보고서를 통해 모든 사항을 알려주겠다면서요. 우리에게 보고서를 주기로 한 날, 그는 총과 곤봉, 철제 방패로 무장한 경찰들을 대동하고 나타났어요. 얼마나 악담을 해대는지 마치 전날밤 마누라와 한바탕한 사람 같더라고요. 대통령령에 의해서 모든 파업은 불법이라고 하더군요. 그러면서 밖에 일자리를 찾아다니는 실업자들이 쎄고 쎘으니 일하기 싫은 사람은 집에 가라고 했어요. 파업의 주동자들은 해고되었죠. '케냐에서 우리가 뭐 땅 파서 장사하는 줄 알아? 그리고 무투리, 당신 말이야, 너무 중뿔나게 나서지 마. 자네와 관련해서 *공안부*가 가지고 있는 기록이 이만큼이야. 게다가 당신이랑 함께하는 놈들이 있다는 것도 알아.' 그렇게 파업은 해산되었어요. 총에는 총으로 맞서야지, 맨손으로 맞설 수는 없는 거니까요. 바로 그 때문에 내가 지금 일자리를 구하러 여기저기 다니는 겁니다. 그것도 단지 노예나 받을 만한 임금을 거부했다는 이유 때문에요. 나이로비에서 한 달에 300실링의 임금으로 살 수 있을지 상상해보라고요."

"어느 회사에서 일했어요?" 와링가가 물었다.

"챔피언 건설회사요."

"챔피언 건설회사요?" 와링가가 되물었다. "*보스 키하라가 경영하는 그 회사요?*"

"그래요. 근데 왜요? 왜 그렇게 놀라요?" 무투리가 와링가에게 물었다.

"저도 그 회사에서 일했거든요."

"시내 사무실에서요?"

"예, 키하라가 *마이 보스*였어요. *근데 그 보스라는 자는 정말!* 이젠 저도 일자리를 찾아 거리를 헤매고 있죠."

"당신도 파업을 했어요?" 가투이리아가 물었다.

"아뇨, 그의 *슈가 걸*이 되지 않겠다고 했어요." 와링가가 말했다.

"그것도 말하자면 파업을 한 거네요. 상사의 침실이 휘두르는 폭정에 맞서서." 질문이 자신에게 던져진 양 왕가리가 말했다.

"알겠죠? 이제 이해하겠죠?" 무투리가 물었다. "이 땅을 악마에게 넘겨줘서 제 맘 내키는 대로 이리저리 휘두르게 할 수 없는 까닭이 뭔지 알잖아요! 악마의 향연이라고? 내가 가서 악마와 맞서고 싶군!"

와링가가 가투이리아 쪽으로 시선을 돌리며 물었다. "당신은요? 그런 향연이 정말 있다고 믿어요?"

"내가 지금 거기 가는 길인걸요." 가투이리아가 천천히 대답했다. "내일 악마의 향연이 열린다니까요."

"내일? 일요일에?" 왕가리가 물었다.

"예, 내일요. 10시에 시작한대요."

"무섭지 않아요?" 와링가가 물었다.

"뭐가요?"

"악마요. 뿔이 일곱개나 달린 거 아닌가요?"

"그게 바로 내가 얘기한 매듭의 핵심이에요. 악마가 정말 존재하는가, 아닌가? 가서 내 의심을 다 뿌리 뽑고 싶어요. 그래야 작곡을 계속해나갈 수 있을 테니까요. 이렇게 한도 없이 의심에 시달리는 마음으로는 일을 할 수가 없거든요. 평화! 작곡가는 마음이 평화로워야 한다고요!"

"오, 그럼요, 우리 모두의 가슴속에 평화가 깃들기를!" 왕가리가 대답했다.

"당신은 어때요?" 와링가가 왕가리 쪽으로 고개를 돌렸다.

"아직도 답을 찾고 있는 거예요?" 왕가리가 물었다. "나로 말하자면, 초대를 받았건 안 받았건 그 잘나빠진 악마를 만나게 되면 건설하는 이 땅의 진정한 민중들을 절대 억압하지 못하도록 혼쭐을 내주겠어요! 하지만 그런 건 왜 묻는 거죠? 무슨 고민이 가슴을 짓누르고 있는 거예요?"

다른 사람들도 같은 의문을 품고 있던 터였다. 이 여자는 뭐 하는 사람이지? 나이로비를 떠나 한참을 가도록 별말 없이 가만있다가 갑자기 비명을 지르더니 기절을 했다. 그러더니 이제 정신을 차리고 나서는 계속 질문을 해대지 않는가.

"그래요, 정말이지 왜 똑같은 질문을 우리 모두한테 하는 거죠?" 가투이리아가 물었다.

와링가가 대답했다. "왜냐하면 저 역시 마음속에 매듭이 있어서예요."

"매듭?" 왕가리와 가투이리아가 동시에 말했다.

"저도 당신 것과 비슷한 초대장을 받았는데, 어쩌다가 그게 제 손에 들어오게 되었는지조차 잘 모르겠어요."

"무슨 말이에요? 찬찬히 설명을 해봐요."

"저도 내일 일모로그에서 열리는 악마의 향연에 초대를 받았어요. 오늘 하도 이상한 일을 많이 겪어서 이젠 제가 꿈을 꾸고 있는 건지, 아니면 그냥 아파서 의식이 혼미해진 건지 그것조차 모르겠어요. 나이로비의 카카에서, 그러니까 쎄인트피터스 클레이버스 교회 근처에서 한 남자를 만났어요. 저는 그때…… 그냥 몸과 마음이 모두 안 좋은 상태였다고 해두죠. 그가 바로 이 손가방을 돌려주었어요. 제가 그걸 강변로에서 떨어뜨리고도 몰랐던 거예요. 그런데 그의 얼굴과 눈빛, 그리고 목소리가 저로 하여금 바로 그 자리에서 마음을 털어놓게 했어요. 그래서 제 고민을 다 얘기했죠. 얘기를 마칠 때쯤 되니 마음이 한결 가벼워졌어요. 그러고서 헤어지려는 참에 그가 카드 한장을 주었어요. 은야마키마쯤 왔을 때나 되어서 거기 뭐가 적혀 있나 읽어봤죠. 여기 이거예요!"

와링가가 손가방에서 카드를 꺼냈다. 가투이리아의 것과 비슷한 카드였다.

"이럴 수가! 이건 그냥 장난이 아닌걸!" 왕가리가 말했다. "게다가 한방울의 빗방울도 무시하면 안되잖아요. 내가 경찰과 얘기를 한 게 바로 오늘 아침 아니었어요? 그런데 이 초대장에 따르면 도둑과 강도 들이 악마의 향연을 준비하기 위해 모인다는 거잖아요. 다들 모이라지!"

왕가리는 협박 같기도 하고 한숨 같기도 한 으르렁거리는 소리를 내뱉더니 노래를 하기 시작했다.

모두모두 오라,
와서 저 멋진 광경을 보라,
악마와 그 추종자 일당을
우리가 몽땅 쫓아버릴 테니!
모두모두 오라!

음와우라가 큰 소리로 말했다. "이봐요! 내 돈을 다 훔쳐가고 옷까지 벗겨간 그 무뢰한들도 내일 거기 다 왔으면 좋겠네요!" 하지만 다른 사람은 모르는 뭔가를 알고 있다는 듯, 그의 말투에는 약간 비꼬는 투가 느껴졌다. 무투리 역시 악마의 향연으로의 초대에 대해 그다지 놀라는 기색이 아니었다.

음와우라는 입을 다물었다. 다른 사람들도 일모로그가 이제 멀지 않음을 의식하며 다들 말이 없었다. 그리고 차 번호 MMM 333인 음와우라의 마타투 마타타 마타무 모델 T 포드는 길 위를 부드럽게 굴러가면서 이렇게 말하는 듯했다. 너무 서두르면 일을 망치는 법. 끈기를 가져야 부자가 될 수 있느니. 안전하게 도착하는 게 더 낫답니다. 마타투 마타타 마타무를 타고 가는 게 더 안전하답니다. 다른 어떤 마을보다 일모로그를 좋아하게 될 거예요…… 우리는 악마의 향연에 참석하러 간다네……

8

썬글라스를 쓴 사내가 마치 성경에 나오는 발람[25]의 나귀처럼 입을 연 것은 바로 그때였다. "실례합니다만!" 그가 말했다.

음와우라를 뺀 나머지 사람들 모두 그가 무슨 말을 하려나 싶어 고개를 돌렸다.

"그 초대장을 좀 보여주세요." 그가 가투이리아와 와링가에게 말했다.

....
25 토라의 예언자. 그는 유대인들을 저주하라는 발락 왕의 요청에 따라 하느님의 허락이 떨어지지 않은 상태에서 이른 아침 나귀를 몰고 떠났다. 하느님이 그를 막기 위해 천사를 보내는데, 천사는 나귀의 눈에만 보였다. 천사를 피하려고 나귀가 이리저리 허둥대자 발람이 나귀에게 채찍질했고, 그러자 기적처럼 나귀가 말을 하며 부당함을 호소했다.

가투이리아가 초대장을 꺼내 그에게 주었다. 그가 성냥을 좀 켜 달라고 부탁했다. 초대장을 살펴보더니 와링가를 보며 말했다. "당신 것도 좀 봅시다."

와링가가 손가방을 열어 자신의 초대장을 꺼냈다. 그런데 그것을 꺼내면서 그날 아침 *데블스 에인젤스*가 던져주고 간 종잇조각이 딸려 나왔다. 종이는 무투리의 발치에 떨어졌는데 와링가는 알아차리지 못했다. 그녀는 초대장을 썬글라스를 쓴 남자에게 건넸다.

남자는 그것을 꼼꼼히 살펴보더니 가투이리아가 준 것과 비교해보았다. 그러더니 자신의 가방을 열어 또다른 카드를 꺼냈는데, 가투이리아와 와링가의 것과 같은 크기였다. 그는 그것을 가투이리아에게 건네주고는, 잘 살펴본 뒤 사람들에게 큰 소리로 읽어주라고 말했다. 와링가가 성냥갑을 받아 가투이리아를 위해 성냥불을 밝혔다. 가투이리아가 읽은 내용은 다음과 같았다.

대규모의 향연!

직접 와서 보시라—
현대판 도둑질과 강도질의 일곱 권위자를
선발하는 경연 대회
은행 융자와
몇몇 금융회사의 이사직이
부상으로 주어집니다.
트라이 유어 스킬스!

트라이 유어 럭!

현대판 도둑질과 강도질의 우승 트로피,

바로 당신의 차지가 될 수도 있습니다!

컴피티션 투 츄즈 더 쎄븐 클레버리스트

시브스 앤드 라버스.

프라이지즈 인 개런티드 뱅크 론스

앤드 디렉터십

오브 원 오어 쎄브럴 어소시에이션스

오브 파이넌스 하우지즈!

헬스 에인절스 밴드 인 어텐던스!

서명: 대회 주최자

장소: 도둑과 강도의 소굴

일모로그 골든 하이츠.

"이 초대장과 당신들 것 사이에 무슨 차이가 있는지 알겠어요?" 남자가 가투이리아에게 물었다. "지금 내가 준 그 초대장이 진짜 예요. 거기에 악마니 사탄이니 하는 얘기는 전혀 없다는 걸 눈치 챘겠죠. 한마디 더 합시다. 그 행사에 참석할 사람들 대부분이 하느님을 믿는 사람들이에요. 예를 들어 나는 일요일마다 토고토에 있는 PCEA[26] 교회인 토치 교회에 나가죠. 가짜 초대장을 만든 사람들은 현대적 발전의 적들이에요. 그저 그 행사를 망치고 싶은 거죠."

---

26 Presbyterian Church of East Africa. 동아프리카 장로교.

"그럼 행사를 망치려는 그 사람들이 도대체 누구죠?" 가투이리아가 물었다.

"누구냐고요? 내 생각엔 대학생들이 틀림없어요. 점잖은 사람들을 대상으로 이런 식의 유치한 흑색선전을 할 생각을 하는 게 학생답잖아요."

"내가 보기엔 두 초대장 사이에 무슨 차이가 있는지 모르겠네요!" 왕가리가 말했다. "학생들이 흠집을 낼 만한 평판이 애초에 도둑과 강도 들에게 있기나 한가요?"

"이게 악마의 향연이라고 주장하는 게 바로 그거죠. 그리고 지옥의 대왕인 사탄이 이 경연 대회를 주최했다고 말하는 것도 그렇고요. 게다가 그들의 초대장은 이 대회가 현대판 도둑질과 강도질의 경연 대회라는 사실을 적시하지 않았잖아요."

"나로서도 무슨 차이가 있는지 모르겠는데요." 무투리가 말했다. "도둑질은 도둑질이고 강도질은 강도질이죠."

썬글라스를 쓴 남자는 무투리와 왕가리의 태도에 맘이 상한 듯했다. 그는 신앙을 잃은 사람에게 설교를 하는 투로 이야기하기 시작했다.

"내 이름은 음위레리 와 무키라이입니다. 난 서양식 이름을 참을 수가 없어요. 그래서 얼마 전에 존이라는 이름을 버렸죠. 좀 아까 말했듯이 난 일모로그로 가는 길이에요. 내 차 뿌조 504(揮發油車)가 키쿠유에서 시동이 꺼져버렸어요. 그래서 운디리 호텔 바깥에 그냥 세워뒀죠. 시고나까지는 프렌드가 태워다줬어요. 그 경연 대회에 참석하는 주요 인사들을 오늘 저녁에 만날 수 있지 않을까 생각했었는데 아무도 못 만났어요. 대부분 내일 아침에 갈 거라더군요. 하지만 술을 마시는 사람들 사정이 어떻게 되는지는 절대 확신할 수 없기 때문에 마타투를 타고 먼저 가기로 한 거예요.

난 시리아나 중등학교와 마케레레 대학을 다녔어요. 아민[27]이 망쳐놓은 지금 대학이 아니라 진짜 마케레레였을 때요. 마케레레에서 *이코노믹스*를 공부했어요. 한 나라의 부를 어떻게 창출할 것인가를 연구하는 학문이자 *싸이언스*조. 우간다에서 *이학사(경제학)*로 졸업했어요. 하지만 거기서 멈추지 않았죠. 여기 대학에 다시 입학했어요. 여기서도 아주 잘해나갔고 상업 부문 학위를 받았어요. *상학 학사* 말예요. 그러고 나서도 계속 전진. 미국으로 가서 그 위대한 대학 하버드에 들어갔어요. 거기서 경영학 관련한 건 모두 공부했어요. 그래서 또 학위를 받았죠. *이학 석사(경영학)*. 그래서 내 이름을 전부 얘기하자면 음위레리 와 무키라이, *이학사(경제학)(런던 대학), 상학 학사(나이로비 대학), 이학 석사(경영학)(하버드 대학)*라고 할 수 있죠. 이렇게 쭉 나열될 수 있는 목록이 얼마나 중요한 의미를 가지는지 가투이리아는 분명 알 거라고 봐요. 당시 나의 포부는 대학에서 학생들을 가르치는 거였어요. 심지어 지금도 내 친구 중에는 *프로페서*가 여럿 있죠. 그런데 주변을 좀 살펴봤더니 *사업을 하는 케냐인들 중에서 제대로 교육받은 사람이 너무 없다*는 사실을 깨닫게 되었어요. 그래서 상업 쪽에서 일을 하기로 결정한 거죠.

왜 이렇게 요란스럽게 자랑을 하면서 내 소개를 하느냐고요?

지금까지 당신들이 하는 얘기를 다 들었어요. 여러분들의 논쟁하며 한편에서 제기한 의문들도요.

툭 까놓고 말하죠. 이 나라를 망치는 게 바로 당신들이 하는 그

---

27 이디 아민 다다(Idi Amin Dada)는 1971년부터 79년까지 우간다의 대통령을 지냈으며 같은 시기 마케레레 대학의 총장으로 있었다.

런 얘기들이에요. 그런 식의 얘기는 공산주의에 뿌리를 두고 있어요. 고의로 비관적인 마음이 들게 하여 사람을 들쑤셔놓을 심산이죠. 그런 얘기 때문에 우리 흑인들이 방향을 잃고 헤맬 수 있어요. 우리가 얼마나 독실하게 하느님과 기독교를 믿는지 알잖아요. 케냐는 기독교 국가예요. 그래서 우리가 이렇게 축복받은 거고요.

우선 가장 중요한 얘기부터. 이 축제는 악마의 향연도 아니고 사탄이 주최한 것도 아니에요. 이 축제는 서구 세계, 특히 미국, 영국, 독일, 프랑스, 이딸리아, 스웨덴, 일본 등지의 도둑과 강도 들의 조직인 *국제 도둑 및 강도 협회*라는 조직의 손님들이 방문하는 것을 기념하기 위해 일모로그의 현대판 도둑질과 강도질 조직이 마련한 행사예요.

두번째로, 우리 대학생들이 점점 오만해지고 있어요. 이제는 현대판 도둑질과 강도질이 뭔지 제대로 알아보기도 전에 도둑질과 강도질을 헐뜯는 일까지 생각해내더라고요. 이런 학생들이 방금 왕가리와 무투리가 한 그런 식의 얘기를 퍼뜨리고 다니는 거예요. 그러니까 도둑질과 강도질이 없어져야 한다는 얘기 말이에요.

그래서 내가 하고 싶은 말은 이거예요. 사람이 무슨 이빨도 아니고, 모두 다 똑같을 수는 없다는 게 내 생각이에요. 인간 본성 자체가 평등을 받아들일 수가 없어요. 보편적인 본성이 벌써 평등이라는 말도 안되는 생각을 거부한다고요. 천국에 계신 하느님만 봐도 알잖아요. 하느님은 왕좌에 앉아 계시죠. 그 오른쪽엔 외아들 예수가 서 있어요. 왼쪽엔 성령이 있고요. 발치에는 천사들이 앉아 있죠. 천사들의 발치에는 성인들이 앉아 있고, 성인들의 발치에는 예수의 제자들이 있고, 그런 식으로 계속 한계단씩 지위가 내려가서 여기 이 땅의 신도들에 이르는 거예요. 지옥도 마찬가지로 구성되어 있어요. 지옥의 대왕이 직접 나서서 불을 지피고 땔감을 해 오고 불 속에서 타고 있는 것들을 뒤집고 하는 게 아니에요. 절대 아니죠. 그런 허드렛일은 천사들이나 감독관, 제자들이나 하인들에게 맡겨두고—"

"그런데요," 무투리가 끼어들었다. "천국에 가보기나 했어요?"

"안 가봤죠."

"지옥에는요?"

"거기도 안 가봤죠."

"그럼 지금 우리한테 그려 보이는 그 광경은 어떻게 알게 된 거죠? 그건 나무의 그림자나 마찬가지로 그냥 그림 아닌가요? 나무 자체는 어디 있나요?"

"세상 돌아가는 걸 잘 보면 내 말이 아주 합당한 얘기라는 걸 알게 될 거예요." 음위레리 와 무키라이가 재빨리 대꾸했다. "키가 큰 사람도 있고 작은 사람도 있죠. 백인도 있고 흑인도 있고요. 재산을 모으는 문제에 있어서 어떤 사람은 마법이라도 쓰듯 잘나가는가 하면, 어떤 사람은 하다못해 10쎈트짜리 하나 생기지 않을 만큼 운이 지지리도 없죠. 어떤 사람은 태어나면서부터 게을러빠졌고 또 어떤 사람은 태어나면서부터 부지런하고요. 천성적으로 VIP여서 돈을 관리하는 능력을 타고난 사람도 있고, 천성적으로 돈을 다 탕진하는 쓰레기 같은 인간도 있죠. 모든 일을 계획적으로 잘하는 사람이 있는 반면 자기 몸 하나 건사하지 못하는 사람도 있어요. 어떤 사람들, 사실 대부분의 사람들은 그저 목줄에 매이거나 코뚜레에 꿰인 듯 억지로 근대사회에 질질 끌려들어오는 반면, 소수의 다른 사람들은 타고나기를 그 줄을 잡아끌도록 되어 있는 거예요. 모든 나라에는 두가지 유형의 인간이 있어요. 관리하는 사람과 관리

되는 사람. 그러니까 차지하는 사람과 남은 찌꺼기나 바라는 사람, 주는 사람과 받기만을 기다리는 사람 말이죠."

"선생님," 왕가리가 끼어들었다. "그 상태로 영원히 지속될 수는 없다는 것 모르세요? 기쿠유께서 오래전에 하신 말씀도 못 들어봤나요? 예전에 춤을 추던 사람이 지금은 그저 다른 사람 춤추는 것만 본다거나, 예전에 펄쩍 뛰어 강을 건너던 사람이 지금은 물살을 힘겹게 헤치며 겨우 걸어갈 뿐이라는 말씀 말이에요. 유목민은 한 곳에만 머무르지 않아요. 변화하라, 조롱박에 든 씨가 모두 같은 것은 아니니!"

"지금 내가 얘기하는 건 오랫동안 아주 빈틈없이 연구해온 결과예요." 음위레리가 왕가리에게 말했다. "사업과 경제의 문제로 돌아가서 한번 질문을 해봅시다. 도둑질과 강도질이 시간과 장소를 불문하고 모든 사람들에게 나쁜 걸까요?

내 말을 믿어요. 도둑질과 강도질은 한 나라의 발전을 나타내는 척도라고요. 도둑질과 강도질이 융성한다는 건 빼앗고 훔칠 게 그만큼 많다는 뜻이니까요. 그리고 강도를 당한 사람들이 가진 것을 그렇게 뺏기고도 얼마간이나마 남기려면 부를 생산하기 위해 더 열심히 일을 해야 하는 거죠. 도둑질과 강도질을 기초로 세워지지 않은 문명이 지금까지 하나도 없었다는 건 *히스토리*만 봐도 알 수 있어요. 도둑질과 강도질이 아니었다면 지금 미국이 어떻겠어요? 영국은요? 프랑스는 또 어떻고, 독일이나 일본은요? 서구 세계의 발전을 가능하게 한 게 바로 도둑질과 강도질이에요. 사회주의자들이 떠들어대는 헛소리에 놀아나지 말자고요. 한 나라에서 도둑질과 강도질을 쫓아내는 건 발전을 억압하는 일이에요.

그러니 끝으로 이 말만 합시다. 그 민족 중에서 성공한 사람, 그러니까 심지어 자면서도 재산을 관리하는 능력을 타고난 사람들의 수중으로 부가 들어가는 게 맞아요. 이 나라가 쓰레기들의 수중으로 떨어지면 어떤 일이 벌어질지 상상해봐요. 아무것도 하는 일 없이 부를 탕진하는 게을러빠지고 형편없는 것들, 얼마나 무기력한지 몸을 구부려 발가락에 붙은 진드기를 떼기도 힘들고, 허리띠 아래의 이를 잡아 죽이거나 벼룩을 털어내는 것도 힘든 그런 것들한테 말이에요. 값비싼 진주를 돼지한테 던져주는 거나 매한가지 아니겠어요? 그래봐야 그걸 밟아서 진흙 속에 처박기나 할 텐데요. 오래전에 무숭와 춤꾼들은 이렇게 노래했었죠.

약골들로부터 춤꾼의 종을 빼앗아야 하네.
그것을 위대한 영웅에게 주어야 하네.

문제는 이거예요. 현대의 영웅이란 누구인가? 바로 우리죠. 돈이 있는 자들. 돈과 재산을 강탈하는 문제에 있어서 외국인 도둑과 강도 들을 이길 수 있다고 판명 난 사람들이 바로 우리라고요. 이제 우리의 시야는 확 트였고, 근대적 진보와 발전의 진정한 기반이 도둑질과 강도질이라는 사실도 분명히 알게 되었어요. 내가 일모로 그의 경연 대회가 상당히 중요하다고 보는 이유도 바로 그 때문이죠. 대학생 애송이들이 뭘 모르고 비난하는 그 경연 대회 말이에요. 그리고 바로 그 때문에 여러분들도 직접 두 눈으로 보시도록 모두를 내일 대회에 초대하고 싶습니다. 누구라도 그 분야에 참가하여 자신의 기술을 선보이고 싶은 마음이 들면 마음대로 그렇게 해도 돼요. 개인적으로 난 뭐든 차지할 능력이 있는 사람들이 마음껏 차지해야 한다는 민주주의적 원칙을 믿어요. 내가 그러쥐는 걸 당신들이 막지 않고, 나도 당신들이 그러쥐는 걸 막지 않고. 당신도 그러쥐고 나도 그러쥐고, 그럼 그 경기에서 누가 이기는지 알게 되겠지요. 베어 먹을 수 있는 사람들 중에서 과연 누가 가장 날카로운 이빨을 가졌는지 확실히 하려면 경기장에서 만나야 하는 겁니다. 몰래 비밀스러운 방식으로 다른 사람들의 행복을 파괴하는 식의 일은 모두 그만두어야 한다고요. 대학생들이 인쇄한 그 가짜 초대장일랑은 던져버려요. 내가 진짜 초대장을 주리다."

음위레리 와 무키라이가 말을 멈췄다. 주머니에서 손수건을 꺼내서는 얼굴을 한번 문지르고 코를 닦았다. 다른 승객들로 말하자면, 자신들 귀로 직접 들은 얘기인데도 믿기지 않는다는 듯 아무 말이 없었다.

모두가 그렇게 망연해 있던 중 맨 먼저 정신을 차린 것은 왕가리였다. "마음에 상처를 입는다고 죽지는 않는다는 말이 맞긴 하네요. 정말로 우리를 대놓고 '쓰레기'라고 부르는 거예요? 뻔뻔스럽게도 우리 농부와 노동자 들을 '돼지'라고 부른 거예요? 우리가 이 땅의 보석들을 다 빼앗겨야 한다고 주장하는 거예요? 땅을 갈아 그 보석을 만들어낸 게 누군데요? 씨를 뿌리고 수확하는 사람은 누구고, 다른 사람이 공들여 키운 것을 먹기만 하는 사람은 누군가요? 그 둘 중에서 누가 게으른 사람이에요? 그 둘 중에서 가장 빛나는 이 땅의 보석을 생산하는 사람이 누구냐고요?"

"당신!" 무투리가 말을 보탰다. "당신, 교육을 엄청나게 많이 받은 사람이긴 하지만 내 이 말 한마디만 합시다. 원숭이한테서 그 새끼를 떼어가면 보답으로 적어도 먹을 건 잔뜩 주는 법이에요. 근데 당신네들은 해도 해도 너무한 겁니다. 우리 손으로 생산해낸 생산품을 다 빼앗아가면서 심지어 요만큼도 떼어주질 않잖아요. 우리

사는 곳 위쪽에 댐을 세워서 이쪽으로는 물 한방울 흘러내리지 못하게 하는 식이죠. 당신들 장딴지가 얼마나 튼튼한지, 하느님은 그런 거 알아볼 시간 따위 전혀 없어요. 지구는 끊임없이 돌고 있으니까 절대 한곳에 머무르는 법이 없다지요. 살아 있다는 건 피가 돌고 있다는 거예요. 혈관이 막혀 피가 흐르지 못하면 그게 바로 죽음이죠. 생명은 심장이 뛰는 거고 죽음은 심장이 멈춘 거예요. 엄마 배 속의 태아가 그 안에서 움직이며 놀면 유산되는 일은 없겠다는 걸 알고요. 당신 말이에요! 간밤에는 없던 어떤 새로운 것이 새벽녘에 생길 수도 있어요. 대중을 얕잡아보지 마요. 이레기 세대[28]가 저항 정신을 지닌 채 여전히 살아 있어요. 예전에 가수들이 뭐라고 했던가요? 너희들 조심하는 게 좋을 것이다—그때 키마티와 함께 거기 있었던 게 바로 우리니까."

음위레리 와 무키라이는 왕가리와 무투리가 분노에 차서 쏟아낸 말에 별 신경을 쓰지 않았다. 목소리를 좀 높이더니, 마치 제단에 서서 성경책을 앞에 펴놓은 채 가득 모인 군중을 향해 설교를 하는 듯한 투로 말을 했다.

"왜 그렇게 놀란단 말입니까?" 그는 이렇게 말을 꺼냈다. "선교사들이 우리에게 가져다준 하느님의 책, 영생의 책을 읽어보지도 못했나요? 이 모든 게 성경에 다 예언되어 있지 않나요? 말하건대, 눈이 있는 자 볼 것이고, 귀가 있는 자 들을 것이며……"

자신타 와링가와 가투이리아, 음와우라, 무투리, 왕가리가 한마디라도 놓칠세라 몸을 앞으로 기울였다. 차 번호 MMM 333의 마타투 마타타 마타무 모델 T 포드는 어느새 교회나 다름없었다. 현

---

28 저항의 세대.

대판 도둑질과 강도질의 위대한 경연 대회가 열리는 일모로그를 향하여 그들을 싣고 덜커덕거리며 트랜스아프리카 고속도로를 달려가는 버스의 시끄러운 소리조차 승객들에겐 들리지 않았다.

무투리가 발치에서 종잇조각이 바스락거리는 소리를 들었다. 몸을 숙여 그것을 집어서는 주머니에 넣은 뒤 다시 귀를 기울였다.

음위레리 와 무키라이가 목소리를 낮췄다. 승객들의 영혼과 정신을 잠재우기 위해 자장가라도 부르듯이 조용조용한 목소리로 느릿느릿 말을 이어갔다……

"*왜냐하면 하늘나라는 여행을 떠날 때 종들을 불러서 재산을 맡긴 사람과 같기 때문입니다. 어떤 사람에게는 다섯 달란트를, 어떤 사람에게는 두 달란트를, 또 어떤 사람에게는 한 달란트를 맡기고……*"

제4장

1

……왜냐하면 세속적 교활함의 왕국은 자유를 위해 싸우는 게 릴라 전사들과 민중에 의해 자신이 조만간 나라에서 쫓겨날 때가 올 것을 미리 예상한 통치자와 같기 때문이다. 그동안 그 나라에서 축적해둔 재산을 어떻게 보호해야 할지, 또 어떤 다른 방식을 써서 그곳 원주민을 계속 통치할 수 있을지 고심하느라 그는 마음이 무척이나 심란했다. 그가 자문했다. 어떡해야 하지? 내가 지금까지 군림하며 통치했던 저들이, 내가 빼앗았던 그들의 농장과 공장에서 나를 막 몰아내려 하는데? 더이상은 내가 직접 그 밭을 일굴 수 없겠군. 내 손으로 일을 할 수는 없겠어. 더욱이 계속 이대로 있다가 곤봉과 총칼에 의해 이 나라에서 쫓겨난다면 이후로 나는 계속 치욕스럽게 살아야 할 거야. 내 장갑차와 폭탄이 가진 천하무적의

힘에 대해 무시무시한 이야기들을 떠벌린데다가 백인종이 흑인종에게 지배당하는 일은 절대 없을 거라고 항상 각인을 시켜왔으니 말이야. 그리고 게릴라들이 승리해서 이 나라의 핵심을 장악하게 되면 농장과 산업을 다시 차지할 수 있는 길은 영영 없어지겠지. 이 차와 이 쌀, 이 면화와 이 커피와 보석 들도, 이 호텔과 상점과 공장 들도, 그들이 피땀 흘려 생산한 이 모든 것들과 다른 것들까지 전부 잃어버리게 되겠지. 하지만 뭘 어떻게 해야 할지 이제 알겠어. 생각대로만 되면 결국 앞문을 통해 내 나라로 돌아갔다가 뒷문으로 여기 다시 돌아올 수 있는 셈이야. 그땐 대접도 잘 받을 수 있을 것이고, 전에 심었던 것보다 더 탄탄하게 뿌리내릴 씨를 심을 수 있을 거야.

그가 충성스러운 노예와 하인을 불러들였다. 그러고는 그들에게 자신이 알고 있는 모든 세속적 교활함을 다 가르쳐주었다. 특히 도둑질과 강도질에 너무나 달콤한 향수를 뿌리는 속임수와 독을 사탕나무 잎으로 감싸는 속임수, 그리고 종족이나 종교에 호소하거나 매수를 함으로써 노동자들과 농민들을 분열시키는 여러 속임수들을 가르쳤다. 교육을 마친 뒤 그는 자신이 잠시 집을 떠나 해외로 나갈 거라고 그들에게 말했다.

그들의 높으신 주인님께서 곧 떠날 거라고 하자 충성스러운 노예와 하인 들은 자기 옷을 잡아뜯고 몸에 마구 재를 바르고는 무릎을 꿇고 읍소했다. "어떻게 우리를 여기에 고아처럼 내던져버리고 가버리실 수가 있단 말입니까? 우리가 지금껏 주인님의 이름으로 얼마나 민중들을 박해하고 온갖 죄를 저질렀는지 잘 아시면서요. 절대 이 땅을 떠나는 일은 없을 거라고 맹세하셨잖아요? 어떻게 저희를 민족주의 게릴라들 손에 버려두고 떠나실 수가 있단 말입니까?"

높으신 주인님께서 그들에게 말했다. "그렇게도 믿음이 없단 말이냐? 근심할 필요 전혀 없다. 내가 너희에게 가르쳐준 하느님을 믿고, 또 하느님의 뜻을 풀이하여 일러주는 나를 믿어야 한다. 이 땅에서 내가 원하는 것을 이룰 수 있는 여러 방안이 있다. 그게 아니었다면 너희들에게도 애국자들에게 붙잡히기 전에 어서 도망을 가든가 스스로 밧줄을 구해 목이라도 매달든가 하라고 얘기해줬겠지. 하지만 내가 지금 하고자 하는 바는 너희에게 지도자의 자리를 마련해주어서, 내 식탁에서 얻어먹던 빵 부스러기보다 좀더 가질 수 있게 하려는 것이다. 그러고 있으면 내가 나중에 많은 돈과 여러 은행을 가지고 다시 돌아올 것이고, 장갑차와 총과 폭탄과 비행기도 더 갖다줄 것이다. 내가 너희들과 함께하고 너희들도 나와 함께하고, 그래서 우리가 항상 서로를 사랑하며 먹는 것도 함께할 수 있도록 말이지. 나는 진귀한 음식을 배가 터지도록 먹고, 너희는 거기서 남는 소중한 찌꺼기를 거둬 먹고."

통치자는 자신의 나라로 돌아가기 직전에 다시 하인들을 불러 모았다. 그러고는 그 나라의 곳간 열쇠를 주며 이렇게 말했다. "애국적 게릴라들과 이 땅의 민중은 너희가 자기들과 마찬가지로 피부가 검다는 데 현혹되어 이렇게 소리 높여 외칠 것이다. '보아라, 이제 우리 흑인들이 우리나라의 열쇠를 가졌다. 보아라, 이제 우리 흑인들이 운전석에 앉았다. 우리가 지금껏 싸워온 것이 이것을 위해서가 아니었던가? 이제 무기를 내려놓고 우리 흑인 주인님을 위해 찬양의 노래를 부르자.'"

그다음 그는 자기가 가진 물건과 자산을 나눠주며 잘 관리하고, 나아가 불리고 증식하라고 했다. 한 사람에겐 50만 실링에 해당하는 자산을 주고, 그다음 사람에겐 20만 실링, 또 다음 사람에겐 10만 실링에 해당하는 자산을 주었으며, 나머지 모두에게도 얼마나 충실하게 주인을 섬기면서 주인의 믿음을 함께 따르고 주인의 세계관을 공유했는가에 따라 자산을 나눠주었다. 그러고서 주인님은 대문을 나서 사라져버렸다.

50만 실링의 자산을 받은 하인은 그 즉시 나가 시골 농부들에게서 물건을 싸게 사들인 다음 그것을 도시 노동자들에게 비싸게 팔기 시작했고, 그런 식으로 50만 실링의 수익을 올렸다. 20만 실링의 자산을 받은 사람도 마찬가지 일을 했다. 생산자에게서 물건을 싸게 사들여 소비자에게 비싼 값에 팔았고 그래서 20만 실링의 수익을 얻었다.

하지만 10만 실링의 자산을 받은 사람으로 말하자면, 그는 자신이 똑똑하다는 생각을 하고 있었다. 그래서 자신의 삶과 그 땅의 민중 대다수의 삶, 그리고 지금 막 외국으로 가버린 자기 주인님의 삶을 살펴보았다. 주인은 늘 자신이 가지고 온 얼마 안되는 자본만으로 이 나라를 발전시켰다고 떠벌리며 자랑하곤 했다. "자본! 자본!"이라고 소리치면서 말이다. 노동자들의 땀으로 거기 물을 주지 않고도, 혹은 농민과 노동자의 값싼 노동 없이도 과연 자본이 수익을 낼 수 있을지 한번 보자. 만약 자본이 스스로 수익을 창출한다면 이 나라를 발전시킨 것이 과연 돈이라는 사실은 의심할 바 없이 확실해질 것이다. 그래서 그는 10만 실링을 깡통에 담고 위를 잘 막았다. 그러곤 바나나 나무 아래 땅을 파서 깡통을 묻었다.

며칠 지나지 않아 주인님이 자신이 두고 간 자산이 어떻게 되었는지 확인해보려고 뒷문으로 몰래 들어왔다. 그는 하인들을 불러 모아 자신이 주고 간 돈이 얼마가 되었는지 세어보라고 했다.

50만 실링을 받았던 자가 나와 말했다. "높으신 주인님, 주인님께서는 제게 50만 실링을 주고 가셨습니다. 제가 그걸 배로 늘렸습니다." 그러자 주인님은 정말로 놀라워하면서 외쳤다. "100퍼센트의 수익을 얻었다고? *정말 놀라운 수익률인걸!* 아주 잘했군. 자넨 훌륭하고 충실한 하인이야. 자네에게 자산을 좀 맡겨도 괜찮다는 걸 증명해 보였어. 앞으로 여러 사업의 감독을 맡기도록 하겠네. 자네 주인님의 행복과 번영을 함께 누려보라고. 내가 소유한 은행의 이곳 지사 *매니징 디렉터* 자리를 주고 다른 회사의 이사로도 임명을 하지. 그 회사에서 약간의 배당을 받을 수 있을 거야. 오늘부터 난 웬만하면 내 모습을 드러내지 않을 거네. 이 나라에서는 자네가 나를 대표하게."

그다음엔 20만 실링을 받은 자가 나와서 주인님에게 말했다. "높으신 주인님, 주인님께서는 제게 20만 실링을 주고 가셨습니다. 보십시오! 주인님의 자산이 20만 실링을 더 낳았습니다." 그러자 주인님이 말했다. "놀라워, 이건 정말 놀라워! 이 정도의 수익률이라니! 정말이지 투자를 할 만한 안정적인 나라야. 훌륭하고 충실한 하인이여, 잘했구나. 자네에게 자산을 좀 맡겨도 괜찮다는 걸 증명해 보였군. 앞으로 여러 사업의 감독을 맡기도록 하겠네. 자네 주인님의 행복과 번영을 함께 누려보라고. 내가 가진 보험회사의 이곳 지사 *쎄일즈 디렉터* 자리를 주고 다른 회사 지사의 이사 자리도 주도록 하지. 그 회사에서 명목상의 배당을 약간 받을 수 있을 거야. 오늘부터 난 내 모습을 아예 감추겠네. 장막 뒤에만 있을 테니까 현관문이나 창문에는 자네가 서서, 밖에서 보이는 건 앞으로 항상 자네 얼굴이 되게 하자고. 자네는 이 나라에서 내 투자를 감시하게 될 거야."

이제 10만 실링을 받은 자가 앞으로 나와 주인님에게 말했다.

"백인종의 일원이신 높으신 주인님이시여, 전 당신의 속임수를 알아냈습니다! 당신의 진짜 이름도 알아냈지요. 제국주의자! 그게 당신의 진짜 이름이고 당신은 악독한 주인입니다. 왜냐고요? 씨를 뿌린 적도 없는 곳에서 수확을 했으니까요. 거기에 땀 한방울 흘리지 않았으면서 그것들을 차지했죠. 그것들을 생산하는 일에는 전혀 보탬이 되지 않았으면서 그것을 분배하는 자임을 자처했으니까요. 어째서요? 그저 당신이 자본을 소유하고 있었기 때문이죠. 그래서 전 저나 다른 사람의 피땀으로 거기에 거름을 주지 않고도 당신이 준 돈이 과연 무엇이든 생산을 할 수 있는지 보려고 돈을 땅에 파묻어두었어요. 보십시오! 여기 당신의 10만 실링이 그냥 그대로 있습니다. 이제 당신의 자본은 돌려주겠어요. 한푼이라도 모자라지 않는지 한번 세어보십시오. 가장 놀랄 만한 사실은 이것입니다. 나 스스로 땀 흘려 일하면 먹을 음식과 마실 물과 내 몸을 누일 안식처를 마련할 수 있다는 거죠. 하! 생명 없는 자본의 신 앞에 무릎 꿇는 일은 이제 절대 하지 않을 겁니다. 더이상 노예로 살지 않겠어요. 이제 난 눈을 떴어요. 오늘 스스로 땀 흘려 일하기로 한 다른 모든 사람들과 함께 손잡는다면 우리는 우리나라와 민족을 위해 막대한 양의 부를 생산할 수 있을 겁니다."

눈에는 앙심을, 가슴속에는 쓰라림을 가득 담은 채 주인은 그를 바라보았다. 그러더니 그에게 말했다. "반란족의 하나가 된 이 배은망덕하고 게을러빠진 못된 놈! 그 돈을 은행에 넣어두든지 돈놀이하는 사람한테 맡겨둘 생각도 못했느냐? 그럼 내가 와서 단돈 얼마라도 이자는 챙길 수 있었잖아! 내 자산을 무슨 시체처럼 무덤 속에 파묻어두다니, 그게 내게 얼마나 큰 상처가 되는지 알기나 해? 그리고, 내 정체의 비밀을 누가 까밝히더냐? 씨도 뿌리지 않고 수확물을 차지하고 땀 한방울 안 흘리고도 그 물건에서 이윤을 얻는다는 그런 이유로 나를 버리라고 꼬드긴 놈이 대체 누구야? 수확물을 차지하고 관리하는 건 힘든 일이 아니라고 누가 그러더냐? 아니지! 너희 흑인 놈들은 그런 반항적인 생각을 할 수가 없어! 그럴 리가 없지! 너희 흑인 놈들은 주인에게 단단히 묶여 있는 밧줄을 어떻게 끊어버릴지 그 방법을 짜내고 계획을 세울 깜냥이 못돼. 그러니까 분명 공산주의자들한테 현혹되어 잘못된 길에 빠졌구나. 그런 위험한 생각은 노동자와 농민의 정당에서 나온 게 틀림없어. 그래, 너 공산주의 사상에 물든 거구나. 공산주의…… 이때까지 나와 이 지역에 있는 나의 대리자, 그리고 여기 이 자산 관리자들의 눈에 이 나라는 평화롭고 안정적이었는데 이제 너희들이 정말로 그걸 위협하는 존재가 되었군. 내 진짜 이름을 영영 잊어버릴 정도로 뜨거운 맛을 보여주겠다. 다른 노동자와 농민 들에게 저 못된 생각을 퍼뜨리기 전에, 내 장갑차와 폭탄이 아무리 강해도 단합된 조직체의 힘을 이길 수 없다는 사실을 알리기 전에 당장 저놈을 잡아 가둬라! 얼마 안되지만 저놈이 가진 것을 빼앗아 너희들끼리 나눠 가지도록 해. 가진 자는 점점 더 많이 갖게 되고 가난한 자는 겨우 아껴놓은 얼마 안되는 것마저 다 빼앗기게 되어 있는 법이니까. 그것이 나의 명령 중에서 가장 중요한 것이다. 왜 그러고들 서 있는 거야? 당장 경찰과 군인을 불러와서, 감히 노예가 되는 걸 거부한 이놈을 붙잡아가라고 해. 감옥이든 영원한 암흑 속이든 당장 처넣으라고! 가족들이 할 수 있는 거라고는 눈물을 짜고 이를 가는 일밖에 없게 말이야.

굿! 굿! 아주 잘들 했어. 반항하는 놈들을 다 저렇게 처리하면 다른 노동자들은 이제 겁이 나서 임금을 올려달라고 파업을 한다든지 노예제의 사슬을 끊기 위해 무기를 든다든지 할 수 없을 거야.

자네들, 앞으로 공적인 자리에서 자네들을 노예나 하인으로 부르는 일은 없을 걸세. 우리는 이젠 정말 동료라고 할 수 있지. 왜냐고? 내가 자네 나라의 곳간 열쇠를 넘겨준 이후에도 자네들은 계속해서 내 명령을 수행하고 내 자산을 보호하게 될 테니까. 내가 직접 열쇠를 가지고 있을 때보다 내 자본이 더 높은 수익률을 낼 수 있도록 말이야. 그러므로 이제 자네들을 하인이라고 부르는 일은 없을 거라고. 하인이란 주인의 목표나 생각을 알지 못하니까. 이제 자네들은 이 나라에서 내가 하고자 하는 일이 뭔지 알게 되었고 앞으로도 계속 알게 될 테니 대신 동료라고 부르는 거야. 그리고 내가 번 것의 얼마간을 자네들에게 주겠어. 그래야 '민중'이 어쩌고 하며 조금이라도 진지하게 떠드는 놈들이 있으면 그 머리통을 날려버릴 힘과 이유가 자네들에게도 생길 테니까.

평화와 사랑, 그리고 나와 내 지역 대리인의 단합이 영원하기를! 그게 뭐 그리 문제지? 자네들은 두번 베어먹고 난 네번 베어먹고 어리바리한 민중을 등쳐먹자고. *발전을 위한 안정이여 영원하라! 이윤을 위한 발전이여 영원하라! 외국인과 외국에서 온 전문 인력이여 영원하라!*"

2

사회자가 이렇게 우화를 마치자 경연 대회를 위해 동굴에 모인 도둑과 강도 들이 모두 일어나 박수를 쳐댔는데, 어찌나 열정적이었는지 꼭 천둥이 울리는 것 같았다. 누군가 소리를 쳤다. "나무랄

데 없이 발에 꼭 맞는 신발 같은 이야기군…… 양말도 필요 없겠어." 어떤 사람은 다른 사람의 셔츠와 소맷자락을 잡아당기며 속삭였다. "들었어요? 더 많은 걸 갖게 될 사람은…… 우리와 외국인의 단합에 대해 사회자가 한 얘기가 정말 맞는 말이잖아요. 그들은 살을 먹고, 우리는 뼈다귀를 빨아먹고…… 뼈다귀라도 가진 개가 아무것도 없는 개보다 나은 거죠…… 하지만 오해하면 안돼요. 이건 살이 좀 붙어 있는 뼈다귀라고요…… *댓츠 트루 아프리칸 쏘셜리즘*…… *아프리카의 토착적 사회주의*[29]…… 니에레레[30]나 그와 비슷한 중국인 친구들과는 다르죠. 그건 순전한 시기심의 사회주의이고 누구든 뼈다귀를 못 가지게 하려는 *우자마*[31]니까요…… 중국의 방식이 우리나라에 들어오는 건 원치 않아요. 우린 기독교를 원하죠……"

사회자가 모두 자리에 앉아달라고 부탁하자 박수 소리와 시끄러운 말소리는 잦아들었다. 그는 살집이 있는 몸에 멜론처럼 둥그런 볼을 지녔다. 커다란 눈이 자두처럼 빨갛고 목은 바오밥 나무 줄기처럼 엄청나게 굵었다. 배가 목보다 약간 더 굵을 정도였다. 아래쪽 이에 두개의 금니가 있는데, 말을 할 때마다 금니가 보이도록 입을 쩍쩍 벌렸다. 입고 있는 비단 정장은 빛의 강도라든지 각도에 따라 다른 색깔을 띠며 번쩍거렸다. 그가 경연 대회에 대해 좀더 자세한 설명을 시작했다.

"모든 참가자는 단상에 올라와서 어떻게 도둑질과 강도질을 시

---

29 (스와힐리어) Ujamaa wa Asili Kiafrika.
30 줄리어스 니에레레(Julius Nyerere, 1922~99)는 탄자니아의 독립운동가이자 초대 대통령이다. 사회주의적 개혁을 이끌고 스와힐리어를 공용어로 지정했다.
31 (스와힐리어) Ujamaa. 사회주의.

작하게 되었는지, 또 어디서 훔치고 강도짓을 했는지 설명하고, 도둑질과 강도질의 기술을 더욱 발전시키기 위해 어떻게 해야 할지에 대한 자신의 생각을 간략히 얘기하면 됩니다. 하지만 그보다 더 중요한 것은, 외국인과의 관계를 어떻게 더 돈독히 해서 외국 상품과 다른 훌륭한 것들이 넘쳐나는 천국에 빨리 오를 수 있을지를 보여줘야 한다는 겁니다. 이 자리에 모인 관객 여러분들이 심판이 되어주십시오. 각 연사가 들려주는 세속적 교활함의 이야기가 얼마나 감동적이고 고무적인지에 따라 박수를 쳐주시면 됩니다.

자, 현대판 도둑질과 강도질 협회 일모로그 지사의 지사장으로서 말씀드리는데, 다음 사항들에 주목해주시길 바랍니다. 오늘의 경연 대회는 우리가 서로 단합하여 평화롭게 다른 사람들이 가진 것을 베어먹을 수 있도록 송곳니와 발톱을 더욱 날카롭게 하기 위한 숫돌입니다. 아시다시피 문 앞에 숫돌을 놓아둔 집에는 절대 뭉툭한 칼이 없는 법이지요. 따라서 경연 대회에서 떨어진 분들도 낙심해서는 안됩니다. 그분들도 도둑질과 강도질을 계속 연마하고 우승자에게서 새로운 속임수를 배워야 합니다. 이미 많이 아는 사람도 여전히 지혜를 터득할 수 있습니다. 표범은 목동들에게 배운 다음에야 어떻게 발톱을 써서 사냥을 하는지를 알게 되는 거니까요.

자 이제, 물러나기 전에 국제 도둑질과 강도질 협회, 즉 IOTR[32]에서 나오신 사절단 단장님을 모셔 한 말씀 들어보도록 하겠습니다. 협회의 본부는 미국 뉴욕에 있지요. 우리가 IOTR의 *정식 회원* 자리를 이미 신청했다는 사실을 여러분 모두 알고 계시리라 믿습니다. 이 사절단이 이렇게 찾아주신 것, 게다가 선물과 우승자를 위

---

32 International Organization of Thieves and Robbers.

한 왕관까지 들고 오신 것은 훨씬 더 생산적인 협력의 시기가 시작되었음을 뜻합니다. 그들로부터 배울 것이 많을 것입니다. 우리가 그들보다 많이 알지 못한다고 인정하는 일을 절대 두려워해서는 안됩니다. 외국 지식의 샘물에서 물을 마시는 걸 부끄러워해서도 안됩니다. 그러니 우리가 나아가는 길에 하느님께서 무한한 축복을 주시길 청하는 마음으로 가슴에 온통 침을 흘려봅시다!"

사회자가 도둑질과 강도질 협회 해외사절단 단장을 단상으로 불러 대회에 모인 관중들을 위해 한 말씀 해달라고 했다. 단상의 계단을 오르는 해외사절단 단장을 향해 일제히 기립 박수가 쏟아졌는데 그 소리가 천둥보다 컸다. 사회자가 단장에게 단상의 자리를 내주었다. 단장이 목을 가다듬더니 말을 시작했다.

"*타임 이즈 머니*라고 처음 말한 사람은 영국인이었습니다. 우리 미국인들도 똑같은 생각입니다. 시간은 돈입니다. 따라서 괜히 말을 길게 해서 여러분 시간을 낭비하지는 않겠습니다. 사회자께서 들려주신 우화에 강조해야 할 가장 중요한 요점들이 다 담겨 있으니까요.

우리는 세계 방방곡곡에서 모였습니다. 미국을 비롯하여 영국, 독일, 프랑스, 그리고 스칸디나비아 반도의 국가인 스웨덴과 노르웨이, 덴마크 또 이딸리아와 일본. 그럼, 잠깐만 이 점을 함께 생각해봅시다. 나라도 다르고 언어도 다르고 피부색도 다르고 종교도 다르죠. 그러나 단 하나의 믿음과 목표를 가진 하나의 조직으로 뭉쳤습니다. 바로 도둑질이죠.

우리는 여러분이 우리 동료이자 또한 우리의 투자를 관리하는 지역 관리자라고 생각하기에 여기 왔습니다. 각 지역의 도둑과 강도 들이 모이는 동굴과 소굴을 많이 다녀봤는데, 여러분이 이룬 것을 보니 아주 만족스럽습니다. 여러분이 아주 최근에야 현대판 도둑질과 강도질의 길에 들어섰다는 점을 감안하면, 핵심적인 점들을 정말 빨리 파악하고 통달한 것 같습니다. 이런 식으로만 계속 잘해준다면 서구 세계의 우리들과 마찬가지로 현대판 도둑질과 강도질의 진정한 전문가가 될 수 있으리라 생각합니다.

우리는 일곱명의 제자를 뽑고자 합니다. 그들은 우리 대표들의 대표이자, 다른 도둑을 가르치는 도둑, 다른 강도를 가르치는 강도, 전문가를 가르치는 전문가가 될 것입니다. 우리가 저 테이블에 함께 앉아 있을 때 사회자께서 말씀하신 바와 같이, 여러분들에게는 쇠도 뚫을 수 있는 무쇠 도구가 있다는 속담도 있지 않습니까. 일곱 제자가 되면 다음과 같은 혜택이 주어집니다. 일단 우승자 중에 들면 우리의 모든 은행과 보험회사, 그러니까 모든 금융 관련 회사 지사의 모든 문이 활짝 열리게 될 것입니다. 현대판 도둑질과 강도질에 대해 잘 아는 사람이라면 오늘날의 산업이든 다른 어떤 사업이든 그 모두를 지배하는 것이 바로 이 금융 제도라는 사실은 잘 아실 겁니다. 이런저런 사업이 어디에 자리를 잡을지, 이런저런 사업이 확장될지 말지 등을 좌우하는 것이 바로 이 금융회사들이니까요. 누가 소유할 것이며 얼마나 성장할 것인지를 좌우하고, 이 사업을 카마우가 할 건지 온양고가 할 건지, 더 확장을 할 건지 아예 문을 닫을 건지를 결정합니다. 이 금융회사의 귀족들이야말로 오늘날 세계를 주무르는 존재입니다. 돈이 세계를 지배하나니! 이 회사들은 또한 여기저기서 긁어모은 자산들을 맡겨놓을 수 있는, 유일하게 믿을 만한 안전한 금고이기도 합니다. 일곱 제자들의 임무는 남의 것을 가로채고 차지하는 가장 좋은 방법과, 먹고 마시고 코 골며 자는 가장 좋은 방법, 그리고 여러분들이 말하길 냄새도 안 난다는 부자 방귀를 뀌는 가장 좋은 방법을 다른 도둑과 강도들, 특히 *익스피어리언스*가 별로 없는 자들에게 알려주는 일이 될 것입니다.

그럼, 자리로 돌아가기 전에 도움이 될 얘기 몇 마디 하겠습니다.

도둑질과 강도질이 미국과 서구 문명의 초석이라는 사실을 모르는 분은 없으리라 봅니다. 돈은 서구 세계를 계속 움직이게 하는 펄떡이는 심장입니다. 우리 식의 위대한 문명을 건설하고 싶다면 돈의 신 앞에 엎드려 경배하십시오. 자식들이나 부모, 형제자매의 사랑스러운 얼굴 같은 건 다 무시하십시오. 오직 휘황찬란한 돈의 얼굴만을 바라본다면 잘못되는 일은 절대, 절대로 없을 것입니다. 한발자국이라도 뒤로 물러나느니 당신 일가친척의 피를 마시고 그들의 살을 먹는 게 훨씬 나을 것입니다.

왜 이런 얘기를 하느냐고요? 바로 우리가 직접 겪은 바가 있기 때문이죠. 그게 바로 우리가 미국과 서구 세계에서 해온 일이니까요. 아메리카 인디언들이 우리의 침탈에 맞서 돈과 자산을 지키려고 했을 때, 우린 총과 칼로 그들을 다 쓸어내버렸죠. 한줌 정도만 남겨서 나중에 우리 역사를 기억할 수 있게 보호구역에 몰아넣었어요. 그리고 아직 그들을 끝장내기도 전에 당신들의 아프리카로 와서 몇백만명의 흑인을 잡아다 노예로 삼았습니다. 유럽과 미국을 지금의 모습으로 만든 것은 바로 여러분 종족들의 피였지요. 여러분이 이제 우리 동료가 되었으니 이런 사실을 숨길 이유가 뭐 있겠습니까? 오늘날 미국과 서구 유럽, 그리고 일본의 도둑과 강도인 우리들은 전지구를 돌아다니면서 모든 걸 빼앗아 차지할 수 있습니다. 물론 동료들을 위한 부스러기야 항상 남겨두지만요. 우리가 어떻게 해서 이런 일을 할 수 있게 되었을까요?

그것은 바로 우리의 선조께서 그들의 노동자와 농민이 흘린 피바다, 다른 나라의 노동자가 흘린 피바다에서 뒹구는 것을 마다하지 않았기 때문입니다. 오늘 우리는 도둑질과 강도질의 민주주의를 믿습니다. 우리 노동자의 피를 마시고 살을 먹는 민주주의 말이죠. 여러분들도 우리처럼 되고 싶다면 연민 같은 건 개나 줘버리세요. 그럼 노동자와 농민이 두려워지는 일은 절대 없을 겁니다. 하지만 사회자께서 적절하게 지적하셨듯이, 우선은 사탕발림으로 그들을 속일 필요가 있습니다. 사회자가 어떤 표현을 쓰셨더라? 오, 예스, '독약을 사탕나무 잎으로 싸는 법'을 배울 필요가 있는 거죠. 하지만 우화에 등장한 나쁜 하인처럼 그들이 스스로 주인보다 더 똑똑하다고 생각하며 고집불통으로 말을 안 들으면, 그땐 땅에 박아놓고 징 박힌 구두로 밟아 작살을 내야 합니다.

마지막으로 여러분은 도둑질할 자유를 향상시켜야 합니다. 그것을 지킬 수 있도록 우리 수중에 있는 모든 무기를 동원해 여러분을 돕겠습니다. *여러분의 앞길에 행운이 있기를.*"

해외사절단 단장이 자리에 앉자, 사람들의 고함 소리와 천둥 같은 박수 소리가 쩡쩡 울려서 동굴 전체가 혼이 나갈 듯 시끄러웠다. "저 신발엔 양말이라곤 필요 없어! 양말이 무슨 필요야! 발에 저렇게 딱 맞을 수가 있나! 아주 맞춘 것 같아! 저 외국인 양반, 마침맞은 신발을 만드는 솜씨가 대단하구먼!"

헬스 에인절스 밴드가 음악을 연주하는 동안 관중들은 목을 축이며 얘기를 나누었다. 아주 신이 나서 옆 사람의 어깨를 치는 사람이 있는가 하면 애인들의 입과 코와 눈에 연신 입을 맞추는 사람도 있었다. 연주곡은 신나는 노래가 아니라 오히려 찬송가와 비슷했다. 몇분이 지나자 모든 사람들이 밴드 쪽을 바라보며 마치 교회에 있기라도 한 듯 함께 노래를 부르기 시작했다.

복음이 왔다네
우리나라에!
복음이 왔다네
우리의 구원자의 소식이!

3

와링가가 가투이리아 쪽으로 고개를 돌리며 물었다. "저렇게 값비싼 옷을 차려입은 사람들이 정말 도둑이고 강도일 수가 있는 거예요?"

"뭔 일이 벌어지고 있는 건지 저도 전혀 모르겠어요." 가투이리아가 대답했다.

"저들이 도둑이지! 암, 도둑이고말고!" 왕가리가 말했다.

"현대판 도둑들이죠." 무투리가 덧붙였다.

"저 외국인들 피부가 정말 빨갛네요." 일곱명의 외국 도둑들이 앉아 있는 쪽을 바라보며 와링가가 말했다.

"저 단장이 하는 소리 못 들었어요?" 왕가리가 묻더니, 목소리를 낮춰 속삭였다. "자기들 자식과 우리 아이들의 피를 마셔서 그런 거라잖아요!"

"그리고 그 피로 목욕을 하고요." 무투리가 말했다. 와링가와 가투이리아, 무투리, 왕가리, 음와우라는 동굴의 가장 뒷쪽 테이블에 앉아 있었다. 그래서 그 외국인들을 제대로 볼라치면 와링가는 매번 목을 잡아 빼야 했다.

외국인들이 앉은 테이블은 맨 앞, 단상 한쪽에 놓여 있었다. 단상 바로 앞에는 긴 다리가 달린 작은 테이블이 있었는데 연사들은 거기에 자리를 잡았다. 단상의 오른편 구석, 뒤편으로 헬스 에인절스 밴드가 자리를 잡고 있었다.

해외사절단장이 앉은 의자는 다른 사람들 것보다 좀 높았다. 그의 오른편으로 세명의 외국인, 왼편으로 세명의 외국인이 앉았다. 그들을 자세히 살피던 왕가리는 그들의 피부가 돼지 살 색 혹은 뜨거운 물에 살갗이 홀딱 벗어지거나 염산에 덴 흑인의 살처럼 정말 발갛다는 걸 알았다. 심지어 팔과 목에 난 털조차 나이 든 수퇘지의 짧은 털처럼 뻣뻣하게 솟아 있었다. 두더지 가죽 같은 갈색빛 머리카락은 태어난 이래로 깎거나 밀어본 적이 한번도 없는 것처럼 어깨까지 길게 늘어져 있었다. 머리에는 왕관처럼 생긴 모자를 쓰고 있었다. 각 왕관에는 뿔처럼 생긴 일곱개의 금속 장식이 붙어 있는데, 어찌나 번쩍거리며 빛나는지 눈이 부실 정도였다. 왕관은 다 똑같이 생겼지만 단장의 것이 조금 더 컸다. 이리저리 휜 뿔 끝은 각 사절단의 국적 머리글자를 나타냈다.

그들이 입고 있는 정장은 각각 달랐다. 단장이 입은 것은 달러로 만들어졌고, 영국 대표의 것은 파운드, 독일 대표의 것은 도이치마르크로, 프랑스 대표의 것은 프랑으로, 이딸리아 대표의 것은 리라로, 스칸디나비아 지역 대표의 것은 크로나로, 그리고 일본 대표의 것은 엔으로 만들어져 있었다. 각 정장에는 스카우트들이 다는 것과 비슷한 배지가 여럿 달려 있었다. 금속 재질이었는데 마치 네온사인처럼 번쩍거리면서 그 위에 새긴 글씨를 드러냈다. 각 배지에는 슬로건이 한두개씩 적혀 있었다. *세계은행, 세계상업은행, 세계*

착취은행, 돈 잡아먹는 보험 계획, 광물 산업 흡입가, 해외 수출을 위한 값싼 제품, 인간 피부 거래자, 돈 빌려주고 이윤 남겨먹기, 쇠줄 원조, 살인 무기, 국내 허영의 시장 및 해외에서의 더 많은 이윤을 위한 자동차 조립 공장, 멍청이들을 의존적인 노예의 사슬에 계속 매어둘 수 있는 훌륭하고 멋진 모든 제품, 위문 노예를 원하면 저랑 거래하시죠, 그밖에 비슷한 종류의 것들이 있었다.

가투이리아와 와링가, 무투리, 왕가리, 음와우라가 앉은 테이블은 음위레리 와 무키라이가 있는 곳에서 좀 떨어진 자리였기 때문에 그들에게는 그의 정수리밖에 보이지 않았다. 전날밤, 일모로그로 오는 길에 그들은 경연 대회에서 만나 직접 그것을 지켜보기로 결정했더랬다. 초대장 없이는 아무도 들어갈 수가 없다면서 진짜 초대장을 준 것도 음위레리 와 무키라이였다. 가보니 정말 그랬다. 일요일 아침 10시에 그 앞에서 만났더니, 문 앞에 경비가 떡하니 지키고 서서 동굴에 들어가기 전에 초대장을 보여달라고 했다.

그런데 그게 사실 동굴일까, 아니면 저택―그것도 너무나 훌륭한 저택일까?

바닥은 끊임없이 닦아 광택을 낸 것처럼 미끈거렸다. 얼마나 반짝거리고 미끈한지 아래를 내려다보면 거의 얼굴이 비칠 정도였다. 연한 베이지색으로 칠해 반짝이는 천장에는 유리로 만든 과일처럼 샹들리에들이 주렁주렁 매달려 있었다. 거기에 형형색색의 종이테이프 장식이 늘어져 있었다. 종이테이프들은 풍선과 함께 천장에도 매달려 있었다. 풍선 역시 형형색색이었다. 녹색, 파란색, 갈색, 빨간색, 흰색, 검은색, 고동색.

여자 바텐더가 테이블과 테이블을 옮겨다니며 음료 주문을 받았다. 그들은 모두 검은 모직으로 된 캣슈트[30]를 입었다. 옷은 몸에 딱 맞는 것이었는데, 얼마나 찰싹 달라붙는지 몸의 윤곽이 다 드러나 멀리서 보면 알몸이라고 생각할 수도 있을 것이었다. 엉덩이에는 토끼 꼬리처럼 생긴 조그마한 하얀색 솜이 달렸고, 가슴에는 두 개의 플라스틱 과일이 핀으로 꽂혀 있었다. 모두들 머리에 띠를 두르고 있었는데 거기에는 영어로 *아이 러브 유*라고 적혀 있었다. 그 여자들은 마치 딴 세상에서 온 유령 같아 보였다.

와링가는 탄산수를 섞은 위스키를 마셨다. 가투이리아와 무투리, 음와우라는 터스커 맥주[34]를 골랐고, 왕가리는 탄산음료 환타를 주문했다. 돈은 가투이리아와 무투리가 냈다.

정말이지 향연이라 할 만했다. 그날의 임무는 양껏 마시고 지폐를 마구 뿌리면서 마음껏 즐기는 것이었다. 대부분의 참가자들이 그 임무에 환호했다. 모두에게 자기 재력을 과시할 기회가 생긴 셈이니 말이다. 자기 차례가 되면 참석자들은 모두에게 차고 넘칠 만큼의 음료를 주문하곤 했다. 큰 병에 든 위스키, 보드카, 브랜디와 진, 혹은 맥주 한짝씩을 안기는 식이었다. 그들이 자리 잡은 이 테이블에서는 독한 양주 몇모금이나 맥주 한병씩만 주문한다는 사실을 알면 분노하며 입술을 깨물지도 모른다. 맥주 한병이나 독한 술 몇모금을 주문하는 건 보통 비천한 것들의 술 마시는 습성으로 통했으니 말이다.

참석자 중 많은 수가 *슈가 걸*인 젊은 여자들을 대동하고 있었는데, 그들은 진주나 루비 목걸이를 목에 걸고 금은 반지를 손가락에 끼는 등 무척 값비싼 장신구를 여기저기 걸치고 있었다. 동굴에 있는 여성들은 마치 패션쇼나 보석 진열을 위해 치장을 한 것만 같았

---

33 전체가 하나로 이어져 온몸에 꼭 붙는 옷.
34 동아프리카 양조장의 브랜드로 케냐에서 가장 많이 마시는 맥주.

다. 남자들은 애인을 위해 샴페인만을 주문하며 이렇게 떠벌려댔다. "샴페인이 루이루 강처럼 거품을 내며 흐르게 하라! 다 못 마시면 그걸로 목욕을 할 테니."

"언제나 시작할까요?" 와링가가 가투이리아에게 물었다.

"지금 준비 중인 모양이에요." 가투이리아가 대답했다.

왕가리는 속으로 이런저런 생각을 하고 있었다. 난 얼마나 운이 좋은지 몰라. 전반적인 공공의 이익에 이바지하는 일에 나름의 소임을 다하기 위해 도둑과 강도의 소굴을 찾아내 알려주겠다고 하고 경찰에서 풀려난 게 겨우 어제인데 말이야. 마치 내가 이 행사에 대해 미리 알고 있었던 것 같잖아. 어떻게 이런 행운이! 겨우 스물네시간 만에 그 소굴을 찾아내다니. 여기 이 사람들이 다 악당들 아니면 뭐겠어? 외국에서 온 동료들과 함께 여기 동굴에 모인 이 사람들 말이야. 경찰이 이 사람들을 몽땅 잡아서 감옥에 처넣는다면, 일모로그에서 도둑질과 강도질이 사라지고 나라 전체에서 사람 잡아먹는 자들이 없어지지 않겠어? 좀더 지켜보면서 저들이 무슨 얘기를 하는지 들어봐야겠다. 저들의 계획이 뭔지 알아내야, 나중에 가코노 경위와 경찰 부대를 부르러 갔을 때 증거를 충분히 댈 수 있을 테니까. 보아하니 무투리가 한마디라도 놓칠세라 모든 걸 지켜보면서 열심히 듣고 있군. 증거를 대야 할 때 그가 좀 도와줄까 모르겠네.

그래서 그에게 도움을 청할까 하다가 그만두었다. 간밤에 음와우라의 마타투에서 불렀던 노래의 리듬을 따라 그녀의 가슴이 쿵쾅쿵쾅 뛰었다.

모두모두 오라,

와서 저 멋진 광경을 보라,
악마와 그 추종자 일당을
우리가 몽땅 쫓아버릴 테니!
모두모두 오라!

밴드가 콩고 노래를 연주하기 시작했다.

바반다 낭가 바키미 나 모발리
모발리 오요 보토 야 마테마
나케이 콜루카 모발리 낭가에……

갑자기 어떤 생각 하나가 퍼뜩 떠올라, 무투리는 음와우라 쪽으로 몸을 돌려 조용히 물었다. "음와우라, 당신은 자칭 데블스 에인절스라는 살인 집단과 무슨 관계가 있는 거예요?"

음와우라는 벌겋게 달궈진 바늘에 푹 찔리기라도 한 듯 놀라서 펄쩍 뛰었다. "어떻게 알았지? 어떻게 알았어요?" 눈에 공포를 가득 담고 그가 물었다.

바로 그 순간 밴드가 문득 연주를 멈췄다. 그러자 떠들썩한 소리도 순식간에 잠잠해졌다. 동굴에는 완전한 정적만이 감돌았다. 모든 사람들이 단상 쪽을 바라보고 있었다.

경연 대회가 곧 시작될 것이었다.

4

첫번째 선수가 성큼성큼 앞으로 나오더니 단상으로 뛰어올랐다. 다른 도둑들은 한결같이 경악스러운 표정으로 서로를 바라보았다.

이 선수는 '후들후들 갈대풀'이라고 이름 붙일 법한 옷을 입고 있었다. 다림질이라고는 한번도 해본 적이 없는 것 같았다. 그는 키가 크고 삐쩍 말라 비리비리했지만 눈은 엄청 큰 것이, 길고 가느다란 유칼립투스에 전구 두개가 매달린 모양새였다. 팔도 길었는데, 팔을 어떻게 해야 좋을지 모르는 사람처럼 이리저리 흔들어댔다──주머니에 넣어야 할지, 차렷 자세를 하고 선 군인처럼 꼿꼿하게 펴야 할지, 아니면 반항하는 분위기로 팔짱을 끼고 있어야 할지 말이다. 그는 이 자세들을 하나씩 번갈아 해보았다. 머리를 긁적거리기도 하고 손가락을 뚝뚝 소리 나게 꺾기도 했다. 마침내 그는 가슴팍에 팔짱을 끼기로 결정하고는, 이야기를 시작하기에 앞서 무대 공포증을 떨쳐버리려는 듯 낮게 웃었다.

"제 이름은 은다야 와 카후리아입니다. 제가 지금 영 불안하고 뻘쭘해 보인다면 그건 단지 이렇게 많은 청중 앞에 서는 게 익숙하지가 않아서 그렇습니다. 하지만 여러분들이 보시는 이 손은……" 그러면서 그는 손바닥과 손가락이 보이도록 손을 쫙 펴서 앞으로 뻗었다. "……여기 이 손은 다른 사람들의 주머니를 들락거리는 데 노련하지요. 이 긴 손가락이 여러분의 주머니로 스르륵 들어가도 여러분은 전혀, 아무것도 느끼지 못할 거라 장담할 수 있습니다. 장터나 버스에서 여성들의 지갑을 어떻게 채가는지, 혹은 시골에서 남의 닭을 어떻게 몰래 훔치는지 그런 문제와 관련해서 한수 가르쳐줄 테니 이리 나와봐, 제게 이렇게 말할 수 있는 사람은 이곳을 다 통틀어 단 한 사람도 없을 겁니다.

하지만 하늘에 계신 하느님을 걸고, 그래요, 그 무엇보다 큰 그 진리의 말씀을 걸고 맹세하건대, 제가 남의 것을 훔치는 건 오직 배가 고프고 입을 옷이 필요해서, 다른 일자리가 없고 밤에 이 작은 몸 하나 누일 곳이 없어서입니다.

어쨌든 간에 제가 훔치는 기술 하나는 기가 막히다는 걸 증명하기 위해 시골에서 닭을 어떻게 훔치는지 보여드리겠습니다……"
처음의 무대공포증은 온데간데없이 은다야 와 카후리아는 자신이 어떻게 옥수수 알에 구멍을 뚫고 줄줄이 나일론 줄에 엮어서 한쪽 끝을 잡은 채 그걸 닭들에게 던져주는지 구구절절 늘어놓기 시작했다. 닭들이 더 잘 모이도록 "쿠루쿠루쿠루, 쿠루쿠루쿠루" 이렇게 노래를 부르기도 한다는 것이었다. 그러더니 바로 그 자리에서 은다야 와 카후리아는 단상 위에 몸을 납작 구부리고는 팔을 이러저리 흔들며 마치 눈앞에 진짜 닭이 있기라도 한 듯 "쿠루쿠루쿠루, 쿠루쿠루쿠루" 하며 닭을 부르기 시작했다. 그러나 그가 얘기를 채 끝내기도 전에 모인 사람들 중 일부가 불평을 하며 소리를 질러댔고, 다른 사람들은 은다야가 단상에서 해 보이는 시연에 혐오감을 표시하며 휘파람을 불어대기 시작했다. 또다른 사람들은 역정이 나서 발로 바닥을 굴러가며 고함을 질렀다. "도대체 어떻게 저런 형편없는 도둑이 여기 들어와서 저렇게 한심한 소리를 늘어놓을 수가 있는 거야?"

사회자가 단상으로 뛰어올라 사람들을 진정시켰다. 그러곤 관중을 향해 이 경연 대회는 도둑들과 강도들의 대회로서, 진짜 도둑과 강도들, 그러니까 *국제 표준*에 이른 진짜들을 위한 행사라고 말했다. 시골 헛간의 자물쇠를 딴다든지 가난한 시장 여자들의 지갑을 빼앗아 달아나는 그런 이야기는 도둑질과 강도질의 진정한 전문가 들이 보기에는 수치스럽기 짝이 없으며, 이 자리에는 국제적인 도둑과 강도 들이 모여 있기 때문에 더욱 그렇다고 했다. 그저 배가 고파서, 혹은 입을 옷이나 일자리가 필요해서 도둑질을 하는 사람들을 만나보자고 외국인들이 이렇게 먼 곳까지 찾아온 것은 아니라는 얘기였다. 그런 좀도둑이나 조무래기 강도들은 *범죄자*일 뿐이니 말이다. "여기 이 동굴에 있는 우리는 배가 그득하기 때문에 도둑질을 하는, 그런 사람들에게만 흥미가 있습니다." 사회자가 자신의 배를 두드리며 말했다.

이제 부끄러움이고 두려움이고 다 사라진 은다야 와 카후리아 는 사회자에게 열변을 토하기 시작했다. "도둑이면 다 같은 도둑이지 무슨! 어떤 도둑한테만 특전이 주어진다는 건 있을 수 없는 일입니다. 도둑이면 도둑이지 동기가 뭐가 중요합니까? 누구나 대회에 참여할 자격을 가지고 자유롭게 겨뤄야 합니다. 강도는 다 같은 강도이고……"

동굴에 모인 도둑과 강도 들이 사방에서 목소리를 높여 이의를 제기했고, 그중엔 화가 나서 소리를 버럭버럭 지르는 사람도 있었다. "이 방면에 내로라하는 사람들이 서야 할 그 단상에서 당장 그싸구려 옷을 치우라고! 은다야 와 카후리아, 우린 '후들후들 갈대풀' 같은 건 보고 싶지 않아. 밖에 나가서 바람에 덜덜 떨든지! 내쫓아버려! 닭이나 훔치는 특기 같은 건 은제루사에나 가서 보이라고 해! 사회자, 일 좀 제대로 해요! 못하겠거든 얘기를 하든지. 그럼 이런 걸 처리할 수 있을 사람으로 바꿔버릴 테니까."

사회자가 문간의 경비를 손짓해 불렀다. 그들은 곤봉을 휘두르며 달려와서는, 이건 차별이라며 고래고래 소리 지르는 은다야 와 카후리아를 문 쪽으로 몰았다. 은다야 와 카후리아는 경연장에서 쫓겨났다. 나머지 도둑과 강도 들은 큰 소리로 웃고 즐거워하며 휘파람을 불어댔다. 사회자가 다시 한번 좌중을 조용히 시킨 뒤 다음과 같이 말했다.

"이 대회는 *시브스 앤드 라버스 인터내셔널*, 말하자면 국제적인 경지에 이른 도둑과 강도를 위한 경연 대회입니다. 따라서 초짜나 아마추어가 와서 우리 시간을 낭비하는 걸 원하지 않습니다. *시간은 돈, 그리고 모든 시간은 도둑질할 시간이죠.*

그러니 지금부터 이 경연 대회에 적용할 규칙에 대해 합의를 하기로 합시다. 오늘 여기 우리가 이렇게 모인 이유는 한쪽에서 생각하는 것처럼 그렇게 단순하지 않습니다. 그냥 웃자고 하는 일도 아닙니다. 그래서 이 점을 확실히 하고 싶습니다. 고작 수백, 수천 실링 정도 훔치는 사람이 괜히 단상에 오르는 일이 없어야 할 것입니다. 쓸데없이 우리 인내심만 시험하게 될 테니까요."

다들 큰 박수로 이 말에 동의했다.

"그것이 첫번째 규칙입니다. 여러분들의 박수가 명백히 자발적이고 진정한 것이니 그로써 첫번째 규칙이 승인된 것으로 하겠습니다. 앞으로는 적어도 한번이라도 수백만 실링을 세어서 챙긴 도둑이나 강도 들의 얘기만을 듣는 겁니다.

두번째 규칙은 이것입니다. 불룩한 배와 통통한 얼굴을 가진 사람이 아니라면 굳이 여기 올라와 시간 낭비를 하지 말아야 할 것입니다. 배와 얼굴 크기가 그 사람의 재산을 나타내는 진정한 척도가 아니라고 어느 누가 주장할 수 있겠습니까?"

불뚝한 배를 자랑하는 도둑들이 기립 박수로 열렬하게 호응했다. 마른 도둑들은 고함을 치며 그의 말을 막았다. 동굴에 모인 사람들은 둘로 갈렸고, 살찐 족속들과 마른 족속들 사이에 열띤 논쟁이 벌어졌다.

특히나 호리호리한 남자 하나가 벌떡 일어나 자신은 두번째 규칙에 전혀 해당되지 않는다고 주장했다. 그는 얼마나 화가 나 있는지, 속사포같이 말을 쏟아놓을 때마다 목울대가 오르락내리락 춤을 췄다. 도둑과 강도 들이 워낙 잘 먹는 터라 대부분이 불룩한 배와 통통한 얼굴을 가지고 있는 건 사실이지만, 재산이 엄청나게 많기 때문에 생겨나는 문제들에 대해 고심하느라 볼이 쑥 꺼지고 배가 홀쭉해지는 사람도 있다고 그가 주장했다. "그래요, 바로 그 엄청난 양의 재산 때문에 생기는 문제 말이죠!" 그렇게 말하더니 그는 덧붙였다. "그러나 그렇다고 해서 그들이 도둑질과 강도질의 전문가가 아니라고 할 수는 없습니다. 단순히 말랐다고 해서 차별을 받아서는 안됩니다. 경연 대회에 참가하자고 배를 하나 더 붙여달라거나 임신한 부인의 빵빵한 배를 빌려 올 수도 없는 노릇 아닙니까. 호리호리한 것은 가진 게 없이 비참해서 삐쩍 마른 것과는 다릅니다…… 그리고 장딴지 두께를 보고 영웅을 가리진 않는 법 아닙니까." 그렇게 말을 마치고 그가 자리에 앉았다. 마른 족속들은 열렬하게 박수를 쳐댔고 살찐 족속들은 고함을 치며 맞섰다.

방금 얘기한 그자가 은댜야 와 카후리아만큼이나 삐쩍 말라 비리비리하다고 어떤 뚱뚱한 도둑이 큰 소리로 얘기하는 바람에 거의 싸움이 날 뻔했다. 모욕을 받은 남자가 벌떡 일어나 날카롭게 외쳤다. "날 은댜야 와 카후리아라고 부른 자식이 누구야? 어떤 녀석이 날 거지 취급했어? 겨우 몇백, 몇천 실링을 훔치는 좀도둑하고 날 비교한 게 누구냐고? 당장 이리 나와! 당장 내 앞으로 나와 한판 붙자고! 내가 이래 봬도 *수백만 실링*을 다루는 사람이란 걸 똑똑히 보여줄 테니."

그때 뚱뚱하지도 마르지도 않은 남자가 일어섰다. 그는 다음과 같이 주장함으로써 문제를 해결했다. "말랐든 뚱뚱하든, 피부가 하얗든 까맣든, 키가 크든 작든, 그런 건 신경 쓰지 말기로 합시다. 너무 작아서 사냥을 못하는 맹금류는 없잖습니까. 얼마든지 감당할 수 있다고 스스로 생각한다면 누구든 나와서 다른 참가자와 경쟁할 수 있어야 한다고 봅니다. 남의 재산을 빼앗아먹는 데 있어서 누가 결정권을 쥐는가 하는 문제와 관련한 모든 의문은 포식자들이 직접 싸움터에 나와서 해결하면 되는 겁니다. 저기 해외사절단들을 봐도 금방 알 수 있잖아요. 뚱뚱한 분도 있고 날씬한 분도 있습니다. 붉은색 머리를 가진 분도 있고 머리색이 그렇게 붉지 않은 분도 있고 말이죠. 아시아의 일본에서 온 분이 있고, 다른 분들은 유럽에서 오셨고, 또 단장님은 미국분이십니다. 그들이 하나의 연령집단이자 하나의 가족, 하나의 종족, 하나의 탯줄, 한 부류인 이유는 말랐거나 뚱뚱하거나 같은 언어를 써서가 아닙니다. 아니고 말고요. 저분들을 하나로 묶고, 동족의 성원으로 단결하도록 하는 것은 바로 도둑질, 온 들판 구석구석까지 뻗어가는 덩굴식물처럼 전지구에 걸쳐 촉수를 뻗는 도둑질인 것입니다. 따라서 지역 파수꾼인 우리 역시 하나의 탯줄, 하나의 연령집단, 한 가족이자 한 종족, 한 부류입니다. 오늘 여기 모인 우리는, 그게 루오든 칼렌진이든 음카바든 음스와힐리든 음마사이든 음키쿠유든 음발루히야든, 모두 도둑질과 강도질의 형제들입니다. 외국 전문가들과의 관계를 통해 우리도 서로서로 연결이 되어 있으니까요. 사회자님! 우린 모두 하나의 조직에 속해 있습니다. 항상 일치단결합시다. 종족에 따라 나누고, 종교에 따라 나누고 하는 일은 그 재산을 빼앗아야 하는 민중들에게나 하는 겁니다. 그래야 그들이 강력한 통합 조직을 만들어 우리에게 저항하는 일이 없을 테니까요. 여러분, 불을 너무 세게 지피면 기름이 튀면서 고기가 다 밖으로 튀어나가 음식을 망치는 법입니다!"

그가 말을 마치자, 우레 같은 박수가 쏟아졌는데, 얼마나 우렁차게 동굴을 뒤흔들었는지 벽과 천장이 다 무너져내릴 것 같았다. *"시원하구먼! 속이 다 후련해! 어려운 문제를 해결했군!"* 그의 말이 너무나 맘에 들었던지 누군가 소리쳤다.

잠깐 더 논의가 이어진 뒤 키나 몸무게, 종교, 종족, 피부색은 이 대회에 참가하는 데 아무 문제가 되지 않고 도둑질과 강도질의 기술과 교활한 술책에 기반해서만 경쟁해야 한다는 데 모두가 동의했다. 그러나 풋내기들과 초짜들을 막을 필요는 있으므로 다음과 같은 규칙에 합의했다.

규칙 1   모든 참가자는 자신의 이름을 밝혀야 한다.

규칙 2   모든 참가자는 자신의 주소를 밝혀야 한다.

규칙 3   모든 참가자는 부인이든 정부든 가진 여자가 몇명인지 밝혀야 한다.

규칙 4   모든 참가자는 자신이 모는 차의 차종, 그리고 부인과 애인(들)이 각각 소유한 차의 차종을 밝혀야 한다.

규칙 5   모든 도둑질과 강도질 이력을 간략히 밝혀야 한다.

규칙 6   모든 참가자는 우리나라에서 어떻게 하면 도둑질과 강도질을 더 발전시킬 수 있을지에 대한 의견을 피력해야 한다.

규칙 7   모든 참가자는 외국인과의 유대를 어떻게 더 돈독히 할 수 있을지에 대한 의견을 피력해야 한다.

　사회자가 위와 같은 규칙을 읽어준 뒤 자리에 앉자 더욱 우레 같은 박수가 쏟아졌다.
　"나도 대회에 참가하고 싶은데." 음와우라가 무투리에게 말했다.
　"당신 도둑놈이에요?" 무투리가 음와우라에게 물었다. "그럼, 내 이윤이 어디서 나오는 줄 알았어요?" 음와우라가 대꾸하고는 농담이라는 듯 곧바로 껄껄 웃기 시작했다. 그러다 무투리가 아까 데블스 에인절스에 대해 자신에게 물었던 일이 불현듯 떠올랐다. 그의 웃음이 잦아들었다. 그는 왕가리 쪽을 바라보며 속으로 생각했다. 무투리가 나에 대해 아는 걸 저 여자도 알까?
　왕가리는 불끈 치솟는 용기와 극도의 혐오를 번갈아 느끼며 가만히 앉아 있었다. 한편으로는 벌떡 일어나 비난과 욕설을 퍼부으며 저들의 입을 다물게 하고 싶었으나, 일모로그 경찰서에 가기 전까지 가능한 한 많은 증거를 모으기 위해서라도 꾹 참고 이 대회를 지켜보겠다는 자신의 결심이 떠올랐다. 도둑과 강도 들이 정신 나간 듯 사회자에게 박수를 쳐대면서 자기들끼리 난리굿을 하는 소리를 어떻게든 듣지 않으려고 그녀는 약 이분 동안 귀를 막았다.
　그러다가 왕가리는 순식간에 자신의 몸이 어젯밤 타고 있던, 음와우라의 일모로그행 마타투로 옮겨진 듯한 느낌이 문득 들었다. 바다 건너 먼 곳으로 떠나기 전에 하인들을 불러 모아서 그들에게 달란트 다섯개, 달란트 세개, 달란트 한개를 주었다는 이야기로 그들을 잠재웠던 음위레리 와 무키라이의 목소리가 들리는 것이었다…… 그리고 나서 다섯개의 달란트를 받은 자는 가서 같은 가격을 붙여 거래를 했고 그래서 달란트 다섯개를 더 벌었다. 마찬가지

로 두개를 받은 자도 역시 두개를 더 얻었다. 그러나 한개를 받은
자는 가서 땅을 파고는 주인님의 돈을 파묻었다. 한참이 지난 뒤
그들의 주인님이 돌아와서 그들과 셈을 했다…… 달란트를 받은
자가……

기투투 와 가탕구루의 이야기

다음은 현대판 도둑질과 강도질에 대해 기투투 와 가탕구루가
이야기한 내용이다. 기투투의 배는 얼마나 불쑥 튀어나와 있는지
바지에 달린 멜빵이 잡아주지 않았다면 땅에 닿을 수도 있을 정도
였다. 배가 팔다리와 그밖의 다른 기관들을 다 빨아들여버린 것만
같았다. 기투투는 목이 없었다. 적어도 눈에 보이지는 않았다. 팔다
리는 끝만 남은 나무 꽁다리 같았다. 머리는 쪼그라들어 겨우 주먹
만 했다.

그날 기투투 와 가탕구루는 짙은색 정장에 프릴이 달린 셔츠를
차려입었더랬다. 거의 턱에 달라붙은 듯한 검은색 나비넥타이가
목이 있어야 할 자리를 대신 차지하고 있었다. 순금 장식이 된 지
팡이를 들었는데, 말을 하는 동안 기투투는 왼손으로는 배 옆쪽을
툭툭 치고 오른손으로는 지팡이를 흔들었다. 또 말하는 내내 무거
운 짐을 메고 가는 사람 모양으로 숨을 헐떡거렸다.

기투투 와 가탕구루의 발언은 다음과 같다.

"제 이름을 말씀드리자면, 기투투 와 가탕구루입니다. 전통 케냐
식 이름이 그렇습니다. 제 유럽식 이름, 아, 기독교식 이름이라고
해야 할까요? 아무튼 그게 제 세례명이기도 한데, 그 이름은 로튼

*버러 그라운드플레시 시틀랜드 내로우 이스머스 조인트 스톡 브라운[35]*입니다. 유럽 사람들이 제 이름 전체를 들으면 처음에는 기겁을 하면서 좀 이상한 눈으로 절 빤히 쳐다봅니다. 어떤 사람은 고개를 절레절레 흔들기도 하고, 또 어떤 사람은 대놓고 큰 소리로 웃기도 하지요. 왜냐고요? 심지어 그 사람들도 그렇게 특이한 이름은 들어본 적이 없으니까요! 여러분, 유럽 사람들이 정말 저를 무서워한답니다.

내 식솔들로 말하자면 부인 한명에 자식이 다섯입니다. 아들 셋에 딸 둘이죠. 아들 녀석 하나는 아프리카에 있는 대학이란 대학은 다 마친 다음 지금은 똑같은 짓을 외국에서 할 목적으로 나가 있습니다. 그 아래 아들은 막 대학에 자리를 잡았고요. 셋째 아들과 딸 자식들은 아직 학교에 다니며 책과 씨름을 하고 있죠. 내가 가진 이런 식의 교활함이 우리 아버지에게 있었다면 나 자신이 받을 수 있었을 교육이란 교육은 죄다 자식에게 해주고 싶다고 저는 항상 얘기합니다. 자식들 모두 예전에 유럽 아이들이 다녔던 아주 비싼 학교에 다닙니다. 그 학교에서는 지금까지도 유럽 사람들만 선생을 하지요.

가족 얘기를 마치기 전에, 제게는 마누라 ─ 토고토 선교 교회에서 부부의 연을 맺었습니다 ─ 말고도 두명의 정부가 있다는 말씀을 드리고 싶군요. 아시다시피 뭐든 따로 쟁여놓는 사람은 절대 굶는 법이 없다는 속담도 있잖아요. 유럽 사람들은 나이가 들수록 영계를 좋아한다는 말도 있고요.

---

35 Rottenborough Groundflesh Shitland Narrow Isthmus Joint Stock Brown. ~borough, ~land 등 지역 이름에 많이 붙는 접사에 'rotten'(썩은) 'shit'(똥) 등을 붙이고 'Joint Stock'(합자) 등을 엮어 지은 풍자적 이름.

저의 이 복스러운 배가 엄청 늘어져 있는 것을 보면서, 그리고 말할 때 제가 숨을 헐떡거리는 걸 들으면서 여러분 중에는 이렇게 생각하는 분도 있을 겁니다. 가탕구루의 아들 기투투는 저 몸으로 어떻게 마누라 하나에 젊은것 둘까지 감당을 하는 거지? 여러분, 그런 식의 의심을 품는 분께 저는 이런 질문을 드리고 싶습니다. 우리에게 이런 속담이 있는 걸 잊으셨나요? 춤꾼이 춤출 자리를 고르고 있으면 그건 춤추는 데 일가견이 있으니까 그러는 겁니다. 코끼리는 아무리 거대하고 무거운 상아라도 거뜬하게 달고 다니지 않습니까? 게다가 요즘 세상에 돈 싫다는 사람이 있다면 그건 그냥 구제불능인 거죠.

제가 사는 곳으로 말하자면, 여기 일모로그의 골든 하이츠가 제 진짜 집입니다. '진짜'라고 말하는 이유는 바로 아내와 자식들이 사는 곳이기 때문입니다. 그러니까 일종의 본부라고 볼 수 있죠. 하지만 나이로비와 나쿠루, 몸바사 등지에 다른 집이 또 많습니다. 저는 호텔에서 지내는 게 정말 마음에 들지 않거든요. 밀수 관계된 일 때문에 나가 있을 때도 전 기투투 와 가탕구루의 이름이 박힌 집에서 밤을 보내고 싶은 사람입니다. 물론, 그건 다 마누라가 알고 있는 집이에요. 하지만 몰래 지낼 수 있는 은신처도 나이로비에 따로 몇 개 있습니다. 저랑 제 *슈가 걸*을 위한 은신처지요.

그리고 제 차로 말하자면, 전 주로 *운전사*가 모는 메르세데스 벤츠 280으로 다닙니다. 하지만 그것 말고도 뿌조 604와 레인지로버도 있지요. 그건 *개인 용도*를 위한 거예요. 마누라는 토요타 카리나를 몰고 다닙니다. 시장 볼 때 물건 싣고 다니는 그냥 조그만 쇼핑용 차라고 할 수 있죠. 탱크로리나 트랙터처럼 사업상 필요한 다른 차량도 있습니다. 시간도 아까운데 그런 건 굳이 열거하지 않겠습니다. 아! 내 어린 예쁜이들을 빼먹을 뻔했네요. *슈가 걸* 하나에게는 크리스마스 *기프트*로 토요타 코롤라를 주었고요, 다른 *슈가 걸*에게는 생일 선물로 닷선 1600 SS를 주었습니다. 짠돌이 노릇을 했다가는 금방 맘이 변하는 게 현대판 사랑이니까요!

자, 동료 여러분! 이렇게 축복을 넘치도록 받아 온갖 행운이 쏟아져 들어온 걸 보셨으니 제가 현대판 도둑질과 강도질을 찬미하고 칭송하는 게 어찌 놀랍겠습니까?

현재 저는 가시밭길도 아니고 자갈길도 아닌, 땀 흘릴 필요 없는 널찍하고 평탄한 대로에서 슬슬 돌아다니고 있습니다. 제 손이 거의 없어져버리다시피 한 것 안 보이세요? 손으로 할 일이 없으니까요. 그리고 배만 끝없이 과하게 일을 하고 있으니 이렇게 점점 거대해지고 있는 거죠!

전 아침에 일어나면 버터 바른 빵 한두조각에 계란 몇개를 우유 한잔과 함께 먹습니다. 오전 10시쯤 되면 한두근 정도의 양고기를 먹어치우지요. 정오가 되면 포도주에 푹 담갔다가 숯불에 아주 잘 구워낸 소고기(*안심 스테이크*) 네근 정도를 홀떡합니다. 그것과 함께 마침맞게 차가운 맥주를 마시지요. 6시에는 단지 위스키를 마시기 전에 배를 좀 채울 요량으로 닭고기를 약간 먹습니다. 저녁에 다시 *정찬*을 들어야 하니까요.

전 좀 아까 사회자께서 들려주신 하느님의 교리문답을 믿습니다. 특히 하느님이 그의 종들에게 내린 계명을 말이죠. 네가 전혀 씨를 뿌리지 않은 곳에서 거두어들이고 네 땀방울이라고는 한방울도 흘리지 않고 거둔 것을 먹으며 다른 사람이 길어 온 물을 마셔라. 기둥 세울 나무 하나, 지붕 이을 짚 한단 옮기지 않은 오두막에 들어가 비를 긋고 다른 사람이 지은 옷으로 몸을 감싸라.

여기 계신 동료분들을 제가 마음속 깊이 사랑하니까 드리는 말씀인데, 저 계명을 따르기 시작한 바로 그날부터 저의 모든 일이 아무 문제 없이 순탄하게 풀리기 시작했던 겁니다.

제 부친은 식민지 시대에 흑인들이 들어갈 수 있었던 유일한 재판정인 *원주민 재판소*의 상급 판사셨습니다. 당시 재판이 열리던 곳은 이시시리 구역의 루우와이니였어요. 그 법정에서 판사직을 맡고 계시던 바로 그 기간 동안 부친께서는 어떻게 여기서 법을 똑바로 폈다가 저기서는 구부리면 되는지, 특히 어떤 목적에 부합하도록 여기저기를 구부릴 수 있는지를 터득하셨죠. 그렇게 남들의 땅을 빼앗아 차지했습니다. 그때 재판에 있어서 제 부친을 이길 수 있는 흑인은 단 한 사람도 없었어요. 이런 식으로 생각해봅시다. 키암부의 쿠라부터 시작해서 무랑아와 은예리까지, 그 법정의 일원들이 모두 부친의 절친한 친구분들이었다고요. 맥주를 마시러 예사로 우리 집을 드나들었죠. 그럴 때면 부친은 그들을 대접하려고 가장 좋은 양을 잡으셨어요. 한두번인가는 심지어 황소 한마리를 때려잡았다니까요! 그 결과 부친은 아무 염려 없이 남의 땅을 빼앗아 거대한 땅을 차지하게 되었죠. 부인도 몇명인가를 두셨어요. 아주 오만한 분이셨죠. 장작을 메고 지나가거나 밭에서 일을 하고 돌아가는 예쁜 여자를 마주쳤다 하면 바로 사람을 보내 그 여자를 데려오라고 했어요. '아무개네 딸년을 내 앞에 대령해.' 하지만 *가족 계획*이라 할 만한 건 완전히 등한시하셨죠. 아버지에게서 나온 자식들이 얼마나 많은지 그 엄청난 땅으로도 감당을 할 수가 없었어요. 제가 부친으로부터 물려받은 거라곤 딱 세가지입니다. 글을 익힌 것, 제게 들려주신 교훈들, 그리고 부친이 유럽 친구분들로부터 받았던 편지들.

전 키암부 구역, 토고토의 마암베레에서 교육을 받았습니다. *주니어 쎄컨더리*를 마쳤죠. 선생이 되어 그 학교에서 거진 두해 동안 학생들을 가르쳤습니다. 그러고 나서는 나이로비의 고등법원에서 *법원 서기 겸 통역사*로 일을 했어요. 옛말 틀린 게 하나 없다니까요. 염소 새끼 도둑질 솜씨가 그 어미랑 같다잖아요. 저도 결국 부친이 하던 일로 돌아간 거죠.

비상사태가 선포되었을 때 전 법정에 있었습니다. 부친은 식민주의자들이 마우마우 추종자들을 소탕하기 위해 부려먹었던 상급 판사 중 하나였어요. 하지만 저로 말하자면, 어느 쪽 편을 들어야할지 잘 몰랐어요. 뜨거운 것도 아니고 차가운 것도 아니고. 그렇게 계속 뜨뜻미지근한 채로 살인 사건에 연루된 사람들을 위해 통역을 해주며 법정에 박혀 있었죠.

우후루 운동이 시작되었을 때도 여전히 그 법정에서 쥐꼬리만한 월급을 받으며 시간만 죽이고 있었어요. 그러다 잠깐 지구가 어느 쪽으로 돌고 있는 건지, 바람은 어느 방향으로 부는지 알아봤죠. 그러곤 상점이나 호텔 같은 변변찮은 사업을 몇개 시작했습니다. 하지만 잘된 게 하나도 없었어요. 당시 전 아직 서로 먹고 먹히는 이 사회의 신성한 계명을 제대로 터득하지 못했던 겁니다.

과식이라는 병으로 세상을 뜬 부친의 말씀이 떠오른 것은 바로 그때였습니다. 부친께서는 저를 집으로 불러 이렇게 말씀하셨었죠. '상점과 호텔을 연 것은 잘한 일이다. 유목민은 절대 한자리에 머무르는 법이 없다는 옛말이 있다. 여행 중에 다른 사람 몫의 음식까지 챙기는 사람은 없다. 각자 자기 먹을 것을 챙길 뿐이지. 부양해야 할 가족이 있는 사람에게 월급은 아무것도 아니다. 그러나 동시에 우리 흑인들은 끈기를 요하는 하찮은 장사 나부랭이는 할 수가 없어. 그런 종류의 끈기를 가진 건 인도 사람들뿐이지. 아들아, 이 아비가 네게 해주는 말을 귀담아들어라. 네가 배운 게 많다는 건 안다. 하지만 먼저 실제로 보고 경험한 사람에게서 교훈을 얻는 편이 현명하다. 도둑질과 강도질은 스스로 성인이라 자부하는 사람이라면 누구든 할 수 있는 유일한 직업이다. 백인들에게서 배워라. 그럼 절대 잘못되는 일이 없을 거야. 백인들은 도둑질과 강도질을 능가할 만한 사업은 하나도 없다고 믿고 있지. 툭 까놓고 얘기하마. 백인들은 왼손엔 성경을, 오른손엔 총을 들고 이 땅에 들어왔어. 민중들의 비옥한 땅을 강탈했지. 세금이니 벌금이니 하는 명목으로 소와 염소 들도 모두 빼앗았어. 민중들의 손으로 일군 걸 다 빼앗은 거야.

그로건과 델라미어[36]가 어떻게 부자가 되었을 것 같아? 자신들이 흘린 땀으로 그렇게 부자가 된 거라고 믿느니 차라리 네 엄마랑 잠자리를 같이하겠다. 비록 우리가 지금 독립을 하기는 했지만 우리나라 사람 중에서 백인과 비교할 수 있을 만큼 부자인 사람이 누가 있어? 난 네게 물려줄 거라고는 없다. 널 학교에 보내긴 했지만. 그러니 이제 도움이 될 만한 얘기를 해주마. 이건 예전에 나와 함께 일했고 그 일을 아주 만족스럽게 여겼던 몇몇 백인들이 보낸 편지다. 난 그들의 동료였고, 그들도 내 동료였지. 혹시 어려운 상황에 처하거든 그들이 날인한 이 편지를 들고 누구든 찾아가라. 가탕구루의 아들이라고 말하고 도움을 청해.'

아버지의 이 말씀을 떠올리면서 전 그 자리에 주저앉아 생각을 했습니다. 자기 피땀만으로 부자가 되는 사람이 어디 있나? 월급만

---

36 케냐에서의 부동산 거래와 택지 개발로 유명한 영국인 이워트 그로건(Ewart Grogan)과 델라미어(Delamere) 남작 집안.

가지고 부자가 될 수 있는 사람이 어디 있단 말인가? 아버지가 월급으로 땅을 구입하신 적은 한번도 없었어. 간계를 부려서 그렇게 하신 거지. 간계여, 내 수호천사가 되어주십시오! 이 한심한 시골 가게에서 성냥 두갑이니 담배 두갑, 25쎈트짜리 티백이니 설탕 한 포대, 소금도 한포대, 기름 한통, 이런 *재고*를 쌓아둔들, 그런 걸로 부자가 되는 사람이 누가 있겠어? 아무도 없지. 간계여, 제 수호천사가 되어 제 오른손을 붙들고 밤이고 낮이고 언제나 저를 인도해주십시오.

문득 아버지의 말씀이 떠오른 이유는 우후루 운동 이후 몇몇 흑인들이 마우마우가 싸워서 얻은 땅을 사들이기 시작했기 때문이라고 봅니다. 정말 놀라운 사실이자 바로 얼마 전 우후루 소식을 듣고 기겁을 한 사람으로서는 아주 흡족한 점이 있는데, 그게 뭐냐면 자유를 두고 벌어진 싸움에서 어느 편에 있었던가 하는 문제는 중요하지 않다는 거였어요. 열혈 투사였건 냉담한 사람이었건 뜨뜻미지근했건 문제가 안되었던 거죠. 땅을 빼앗아 차지하는 문제에서 예전에 열혈 투사였는지 냉담했는지 뜨뜻미지근했는지는 전혀 상관이 없었다니까요. 그 상황에서 중요한 건 실제로 상당한 액수의 돈을 가지고 있어야 한다는 거였는데, 그런 돈은 땀 흘려 일해서 벌 수 있는 게 아닌 겁니다. 머리를 잘 굴려서 계략을 짜내야 얻을 수 있는 거죠. 계략이 열심히 일하는 것보다 훨씬 수익성이 크다니까요.

그래서 일은 그만하기로 했습니다. 무릎을 꿇고 정성을 다해 간절히 기도했어요.

간계여, 저의 안내자가 되어

언제나 저를 인도해주시옵소서.
잠을 잘 때나 깨어 있을 때나,
그리고 어디를 가든,
일용할 양식과
마실 물과
입을 옷가지까지
제게 내려주시길 바랍니다.

그때부터 전 절대 물러나지 않았고, 후회를 한 적도 없습니다. 수중에 가진 거라곤 거의 동전 한푼이 있을까 말까였어요. 독립의 자랑스러운 깃발을 높이 올리고 난 뒤 나라 돌아가는 꼴을 잘 보고 있자니, 확실히 죽을 때까지 남의 재산만 강탈해서 먹고살 수도 있겠다는 확신이 들더군요. 머릿속으로 그런 전망을 계속 이리저리 굴리니 그 말이 노래가 되어 나오는 거예요.

여기는 새로운 케냐!
열정적이었건 냉담했건
지난 얘기는 꺼내지 마라.
새로운 춤을 추는 일에 묵은 향수는 어울리지 않으니
정신이여, 간계를 생각해내라!
간계여, 할 일을 시작하여라!

이리저리 잘 살펴보니 우리나라에서 가장 강렬한 욕구가 바로 땅에 대한 목마름과 굶주림이더군요. 그래서 이렇게 자문했죠. 목마름과 굶주림을 곱하면, 답이 뭐지? 내 마음속의 펜과 종이를 꺼내서 이런 식으로 식을 적었어요.

굶주림 × 목마름 = 기근
민중들에게 만연한 기근 = 교활함을 지닌 자의 재산

하! 바보들은 소송을 하면 합의를 보지 못하고 오랫동안 질질 끌기 마련입니다. 양봉을 하면서 꿀 거두는 걸 자꾸 미루다보면 어느날 벌집이 다 무너져내리기 마련이죠. 말을 곧 행동으로 옮기는 것, 그게 바로 오늘날의 좌우명입니다.

그래서 어느날 아침 일찍 전 아버지께 물려받은 편지를 모두 챙겼습니다. 먼저 '가테루', 즉 턱수염쟁이라는 별명을 가진 유럽인의 집으로 갔어요. 그가 가테루라고 불리게 된 건, 비상사태 당시 그가 사람들의 턱수염을 살과 함께 뜯겨나갈 때까지 죽어라 잡아당겼기 때문이지요. 가테루는 제 부친과 같은 반反마우마우 소탕팀에 속해 있던 식민주의자 중 한 사람입니다. 충성스럽게 임무를 수행했다며 제 부친을 칭찬하는 그 편지는 식민주의자들의 반마우마우 서약식 기간 동안 작성된 것이었죠. '자네는 피부만 검을 뿐 마음은 유럽 사람일세'라는 말로 편지는 끝을 맺습니다. 제게 정말 필요한 것이 땅이라고 가테루에게 말했어요. 제가 가탕구루의 아들이라는 말을 듣자 가테루는 다른 보증 같은 건 굳이 요구하지 않더군요. '자네 부친은 아주 훌륭한 분이셨지. 마우마우를 아주 작살을 냈다니까. 내가 자넬 도와주지.'

나이로비 근처에 팔려고 내놓은 땅이 100에이커 정도 있다고 그가 말하더군요. 그걸 1에이커당 100실링을 받고 팔겠다는 거예요. 요즘하고는 다르게 그때는 땅값이 쌌거든요. 전부 다 하면 1만 실링이었죠. *현금이든 수표든 그 돈을 가지고 다시 찾아올 날짜를 잡았어요.*

　그의 집을 나선 뒤 친구 하나를 찾아갔어요. 예전에 은행에서 일하던 젊은 친구죠. 1만 실링을 대출받고 싶다고 했어요. 걱정이 가득한 내 얼굴을 보더니 그가 껄껄 웃더군요. 고작 1만 실링? 제가 그렇다고 했죠. 그러자 다시 웃는 거예요. 그러더니 조금도 걱정하지 말라고, 자신이 막 우후루 열매를 얻었다고 하더군요. *지금 자신이 안정적인 아프리카 중산층 창출에 일조하기 위해 전도유망한 아프리카 사업가에게 자금을 빌려주는 일을 하고 있다는 거예요.* 대출 담당? 제 가슴이 기대에 부풀어 콩닥거리기 시작했어요. 그가 제게 이렇게 말하더군요. '하지만 기억하게. 이 세계에 공짜는 없어. 나한테 뭐든 내놔라, 그럼 나도 준다, 그게 현대의 좌우명이지. 그게 바로 달라진 새로운 케냐라고. 나한테 내놔라, 그럼 나도 주겠다. 자네에게 1만 5000실링을 대출해 주겠네. 거기서 1만 실링은 자네 거고, 거기 얹힌 5000실링은 내 것일세. 이런 식의 거래가 마음에 들지 않으면, 문은 저쪽이니까 그리로 나가면 되네.'

　그 말을 듣자 갑자기 분노가 치밀어 숨이 턱 막히는 거예요. 뭐라고! 나한테 1만 5000실링을 대출해주고 거기서 5000실링은 제가 꿀꺽하겠다고? 그 돈을 갚는 데 도움 주는 것도 전혀 없이? 제가 챙기는 이득이 내 빚 아닌가? 그러다 갑자기 웃음이 터져나와 전 큰 소리로 웃고 말았습니다. 결국 그의 시각과 제 시각이 똑같다는 걸 알게 된 거죠. 경제적 부란 자기 손으로 열심히 일해서 나오는 게 아니라 머리를 잘 굴려 짜낸 계책에서 나오는 거다. 사람들로부터 자유의 과실을 강탈할 수 있는 자유시장경제 속의 계책에서 말이다! '딱 좋네.' 제가 말했어요. '뭐 하나 덧붙이거나 덜

것도 없겠어.'

일주일 뒤 전 한쪽 주머니에는 1만 실링을, 다른 한쪽 주머니에는 1만 5000실링이라는 빚을 갖게 되었습니다. 그 길로 유럽인 은인에게 달려갔죠. 그가 돈을 세어서는 자기 몫을 주머니에 넣었습니다. 그러고는 함께 가테루의 농장에 갔지요. 아! 그곳은 풀 한포기 나지 않는 불모지였습니다. 거기에 뭐든 심어본 적이라고는 없었을 거예요. 집 한채 세운 적도 없고요. 개밀과 가시풀과 자갈만이 가득한 못쓰는 땅이었어요.

애니웨이, 그로부터 일주일 뒤 전 100에이커의 자갈밭에 대한 부동산 권리증을 갖게 되었죠. 그동안 나의 공식과 그 답에 대해서는 한순간도 잊은 적이 없었습니다. 굶주림에 목마름을 곱하면 대다수 사람들의 기근이 나오고, 사람들의 기근은 계책을 써서 차지하는 자의 부의 원천이다. 대중의 손실은 소수의 이득이다. 가난한 자들에게서라도 여기서 한술, 저기서 한술, 이렇게 빼앗다보면 배 속에 한끼의 식사라고 할 만한 게 들어차는 법이다.

곧 땅에 대한 갈구가 우리 마을을 휘어잡았습니다! 전 100에이커짜리 땅을 잘게 나눠 2에이커짜리 땅뙈기 쉰개를 만들었습니다. 그러곤 오직 이 마을 거주자만이 땅을 살 수 있다고 공표를 했어요. 뭔가 개시할 수 있는 행운을 잡는 건 언제나 농장 정도는 가진 집 자손이죠. 또 누구도 한뙈기 이상은 살 수 없다고 못을 박았어요. 기투투 와 가탕구루는 땅을 마구 긁어모으는 사람과는 거래하고 싶지 않다고 말입니다.

그 땅을 한뙈기에 5000실링씩 받고 팔았어요. 한주 만에 남은 땅뙈기는 하나도 없이 다 팔렸어요. 심지어 내 것도 안 남았죠. 하긴, 자갈과 잡초만 무성한 땅을 내가 가져서 뭐에 쓰겠어요?

이제 내 주머니에선 25만 실링이 흥겹게 짤랑거리고 있었습니다. 은행 빚을 다 갚고 다른 모든 비용을 다 제하고도 22만 실링이라는 이득이 고스란히 남았죠. 게다가 그 모든 일에 한달이 채 걸리지 않았어요.

제 명성이 마른 들판의 불길처럼 삽시간에 퍼져나갔어요. 말한 건 꼭 지키는 사람으로 가난한 사람들을 위해 땅을 사들일 능력이 있는데다 그 땅을 싸게 판다고들 했죠. 민중을 얼마나 아끼는지 심지어 본인 땅도 안 남겨놓는다고요. 민중에 대한 사랑이 가득한 자, 가탕구루의 아들이라고 부르며 다들 저를 칭송하기 시작했어요. 교활함을 이용하면 어떤 일을 해낼 수 있는지 아시겠죠? 사람들은 제 부친이 가테루의 지역 의용대였고 나 자신도 마우마우 지지자들을 기소하여 사형선고를 내린 법정에 조용히 박혀 있었다는 사실 따위는 벌써 다 잊어버린 겁니다.

여기서 제가 배운 게 있습니다. 교활함의 옷을 입기 전까지 제가 가진 거라고는 동전 한푼 없었어요. 그런데 교활함의 옷을 입은 지 겨우 한달밖에 안되었을 때 벌써 은행에 제 이름으로 몇십만 실링이 생기고, 이 나라를 위해 피를 흘린 그 누구보다도 더 큰 명성을 획득하게 된 겁니다. 게다가 내가 팔아치운 그 땅에 땀 한방울 흘리지 않고도 말이죠.

문제는 이거예요. 땅도 내 것이 아니었고, 땅을 사기 위해 지불했던 돈도 내 것이 아니었고, 그 땅에 내가 뭐 한 거라고는 아무것도 없는데 22만 실링이라는 돈이 대체 어디서 생긴 걸까요? 민중의 주머니에서 나온 거죠. 그래요, 땅도 원래는 민중 거였고, 내가 땅을 산 그 돈도 민중한테서 나왔으니까요! 내가 한 일이라고는 그것들을 이 사람 손에서 저 사람 손으로 옮겨놓은 것뿐이죠. 약간의 곱셈을 한 뒤 거기서 나온 대답을 내 주머니에 챙긴 겁니다.

내가 그렇게 저글링 같은 묘기를 부리고 곱셈을 하고, 거기서 나온 답을 내 것으로 챙기는 데 소질이 있다는 사실을 깨달은 것이 바로 그때였습니다. 리프트 밸리의 땅을 매입하는 *協會*를 설립했죠. 거기서 제가 했던 일은 이렇습니다. 리프트 밸리에 가서 약 1000에이커 정도 되는 땅이 있나 둘러봅니다. 얼마에 거래를 할 건지 땅 주인과 합의를 봅니다. 그러고는 마을 중심부, 더 정확히 말하자면 내가 사는 마을이나 우리 집 근방으로 돌아가는 겁니다. 거기서 토질이 어떠어떠하고 크기는 얼마만 한 땅을 찾아냈으니, 땅을 구입할 목적으로 조직된 *協會*를 통해 주어진 몫만큼 구입하라고 공고를 내는 거죠.

수부키아의 한 농장이 생각나네요. 정말이지 지금의 나를 만든 게 바로 그 농장이었다니까요! 1000에이커 정도 되는 농장이었는데 그 안에 셀 수도 없이 많은 소를 키우고 있었어요. 흑인들이 통치하는 케냐에서는 절대 살지 않겠다고 맹세하던 어떤 보어인이 농장주였죠. 그래서 새로운 케냐에 콩고식 사회 혼란이 발발하기 전에 남아프리카로 급히 이주할 요량으로 농장을 싼값에 팔아넘기려는 거였어요. 가테루가 그를 소개했죠. 1에이커에 250실링을 주고 농장을 샀으니 농장 전체에 25만 실링이 들었어요. 당시 내가 하던 방식대로 농장을 똑같이 이등분해서, 절반인 500에이커는 *協會*의 몫으로 했어요. 그리고 나머지 절반을 2에이커 크기로 다 나누면 *協會* 회원들이 자기 몫을 사서 그 땅의 주인이 되는 겁니다. 전부 250개의 몫이 있고, 한 몫을 5000실링에 팔았으니, 회원들이 낸 돈이 전부 해서 125만 실링에 이르게 되죠. 농장 주인 보어인에게 25만 실링을 주고도 내겐 100만 실링이 고스란히 남는 겁니다.

그 돈을 전부 내 은행 *계좌*에 넣었죠. 농장을 나눠주니 사람들이 좋아하더군요. *協會*의 회장직을 맡아달라고 간청을 했지만 전 거절했어요. 회장직은 그들 중 누군가 맡아야 한다면서요. 물론 돈에 눈이 멀지 않은 정직한 사람을 회장으로 뽑아야 한다는 조언도 잊지 않았죠. 내 일은 단지 사람들을 위해 땅을 찾아주는 것이고, 그걸 운영하는 건 그들 스스로 알아서 해야 한다고 말입니다.

저의 명성이 방방곡곡으로 퍼져나갔어요. 은행 *계좌*도 불어났죠. 나중에 커피와 차, 밀 농장이라든가 목장 같은 수많은 농장을 구입하는 데 쓴 푼돈들도 마찬가지로 귀 얇고 어리숙한 사람들한테서 나왔답니다.

이제 전 이딸리아 출신의 외국인 몇분과 손을 잡고 일하게 될 겁니다. 그들은 메루와 엠부의 한 구역을 통째로 사서 쌀과 사탕수수를 재배할 계획이지요. 하지만 아직 땅 투기라는 수익성 좋은 사업을 그만둔 건 아닙니다.

앞으로 해보고 싶은 계획으로는 두가지가 있습니다. 하나는 땅에 대한 굶주림과 목마름이 온 나라에서 점점 더 심해지도록 하는 방법과 관련이 있지요. 그것이 심해지면 기근을 낳게 되고 그러면 사람들은 최고 수준의 거물을 길러낼 겁니다. 자, 이런 방식이 될 거예요. 땅에 대한 굶주림과 목마름이 지금 수준을 한참 넘어서면 땅을 소유한 우리는 냄비나 깡통에 흙을 담아 파는 겁니다. 그러면 적어도 사람들은 거기에 씨를 심어서 자기 집 지붕에 매달아둘 수 있겠죠!

동료 여러분, 냄비나 깡통에 흙을 담아 파는 수준에 이르면 우리는 진짜로 돈다운 돈을 벌게 되는 겁니다! 누구랄 것 없이 전부 쟁반이나 접시, 바구니 등을 들고 그 흙 좀 얻겠다고 집 앞에 늘어서는 모습을 상상해봐요! 그러고는 한줌도 안되는 그 흙을 지붕이나 베란다에 걸어두고 감자 몇개 심은 다음 우는 아이들 달래는 데 쓰겠죠.

제가 앞으로 해보고 싶은 또 하나는, 우리 최고 거물들이 어떻게 이 허공의 공기를 깡통에 담아 그걸 농부와 노동자 들에게 팔 수 있을까 하는 겁니다. 지금 물이나 석탄을 팔듯이 말이죠. 숨 쉴 공기를 깡통에 담아 그 많은 사람들에게 판다면 얼마나 많은 이윤이 남을지 생각을 해보세요! 계량을 해서 판다면 더 좋겠죠. 나아가 외국에서 공기를 들여다가 *수입산* 공기라고 해서 비싼 가격에 팔 수도 있다는 거죠! 아니면 우리 공기를 깡통과 병에 담아서 외국으로 수출을 할 수도 있고요. 그래요, 외국의 기술은 무척이나 발달했으니까요! 그러곤 *메이드 인 유에스에이, 메이드 인 웨스턴 유럽, 메이드 인 재팬, 이것은 외국에서 제조되었음* 따위나 다른 광고를 붙여서 다시 우리가 수입하는 겁니다!

동료 여러분, 저의 발상을 잘 생각해보십시오. 농민들과 노동자 들이 가만히 있지 못하고 들썩거리면서 우리 군대로도 어떻게 해볼 수 없을 정도로 강력해질 경우엔, 그들이 우리 앞에 무릎을 꿇을 때까지 그냥 공기를 안 주면 그만이에요! 대학생들이 좀 법석을 떨면, 그들한테도 공기를 안 주면 되는 거고요! 대다수 사람들이 불평을 하기 시작하면, 공기를 안 주면 된다니까요! 강도를 당하고 가진 걸 빼앗기는 일을 더이상 묵과하지 않겠다고 나오면, 그냥 공기를 끊어버리면 되는 겁니다. 그러면 종국에는 우리를 찾아와 머리를 조아리며 애원하겠죠. '제발 우리 것을 빼앗아가주세요. 인정 사정 볼 것 없이 강탈해주세요……'" 말을 맺을 때쯤 기투투 와 가탕구루는 기운이 빠져 숨을 헐떡거렸다. 땀방울이 바닥으로 뚝뚝 떨어졌다. 불쑥 튀어나온 배는 풀려나와 바닥으로 떨어져버리고 싶은 듯 바들바들 떨고 있었다.

연설의 정점에 이르러 이제 목청껏 "나는 도둑과 강도의 왕이다!"라고 외치더니, 기투투는 완전히 기진맥진하여 비틀거리다가는 쓰러져버렸다.

사회자가 다른 두 사람과 함께 어기적거리며 단상으로 올라가서는 그가 정신을 차릴 때까지 손수건으로 그의 얼굴에 부채질을 해댔다. 그러자 동굴에 있는 사람 절반 정도가 일어나 기립 박수를 보냈다.

"뭐가 어째! 저들은 우리가 다 잊어버렸다는 착각에 빠져 있는 거예요?" 왕가리가 무투리에게 속삭였다.

"우리가 사탕을 물려주면 조용해지는 애들이라고 생각하는 것 같군요." 무투리가 대답했다.

"게다가 그 사탕도 결국 우리 주머니에서 훔쳐간 거면서 말이죠." 왕가리가 덧붙였다.

무투리와 왕가리가 서로 속닥거리는 걸 보며 음와우라는 안절부절못했다. 무투리가 왜 나한테 데블스 에인절스에 대해 물어본 거지? 그가 생각했다. 나에 대해 뭘 알고 있는 거지? 무투리란 자는 어떤 자인 거지? 왕가리는 또 어떤 사람이지? 기투투 와 가탕구루는 두 사람의 부축을 받으며 자기 자리로 돌아가는 중에도 여전히 소리를 질러대고 있었다. "난 교활함의 왕국에서 왕 중의 왕이다! 주인님들, 제가 달란트를 가지고 어떤 일을 해냈는지 보세요……"

……그리고…… 달란트를 받은 하인이……

키하후 와 가테사의 이야기

그리고 다음은 현대판 도둑질과 강도질 경연 대회를 위해 일모로그의 도둑 동굴에 모인 사람들에게 키하후 와 가테사가 들려준 경험이다.

키하후는 키가 크고 호리호리한 남자였다. 긴 팔다리에 손가락도 길고 목과 입까지도 길었다. 입은 물총새의 부리처럼 가늘고 날카로웠다. 턱과 얼굴, 두상은 윈뿔 모양이었다. 그의 모습은 어디를 보나 군살 없이 말랐고 예리한 교활함을 드러냈다.

그날 키하후는 검은색과 회색 줄무늬 바지에 흰색 셔츠와 검은 넥타이, 그리고 검은색 연미복으로 차려입었다. 단상에 서니 180쎈티미터짜리 사마귀나 모기처럼 보였다.

우선 목을 가다듬더니 키하후는 다음과 같이 말을 시작했다.

"전 할 얘기가 그렇게 많지는 않습니다. 뭐든 너무 많으면 독이 되는 법이죠. 반면 약간이라면 감미로울 수 있고요. 제 목표, 혹은 제 *모토*는 말한 그대로 행동하는 겁니다. 제 행동은 도둑이자 강도로서의 제 능력을 소리 높이 울리는 나팔인 셈이죠. 사실 저야말로 바로 앞서 우리가 기억했던 속담을 가장 잘 보여주는 실례라고 할 수 있습니다. 키가 크다고 해서 운이 없는 게 아니며, 영웅은 장딴지 굵기만으로 알아볼 수 있는 게 아니라는 사실 말이지요. 정말이지 우렁찬 목소리로 아침을 알리면 다른 닭들은 찍소리도 못하는 그런 수탉이 바로 저란 말씀입니다. 한번 으르렁거렸다 하면 코끼리들이 질질 오줌을 싸는 숲 속의 사자요, 공중으로 휙 솟구쳤다 하면 매들도 기겁을 해서 둥지로 도망가는 독수리입니다. 바람으로 치면 시원찮은 산들바람 따위는 모두 쓸어 없애는 그런 바람이지요. 어떤 빛도 눈이 멀 정도로 환하게 번쩍이는 벼락이자 모든 소리를 잠재우는 천둥입니다. 낮에는 하늘에 떠 있는 태양이며 밤에는 별 중의 별인 달입니다. 전 현대판 도둑질과 강도질의 왕 중 왕입니다. 이제 새로운 왕이 통치를 시작할 때가 되었으니 제게 금관을 씌워주시지요.

제가 그냥 제 자랑이나 하자고 이런 얘기를 하는 게 아닙니다. 우린 현대판 도둑질과 강도질을 위한 회의를 개최하고자 여기 모였습니다. 제가 자화자찬을 이렇게 늘어놓는 것은, 그래야 외국에서 오신 손님들께서 감동을 받아 저를 감독관 중의 감독관, 감시자 중의 감시자, 심부름꾼 중의 심부름꾼으로 임명해주게 될 것이기 때문입니다. 말만 하십시오, 정말 경이로운 이야기를 들려드릴 테니까요.

기투투 와 가탕구루가 방금 얘기한 그런 종류의 기술은 내게는 칫솔만큼의 쓸모도 없는 것입니다. 자기 농장에서 기를 건강한 소를 가장 먼저 다 챙기는 방식으로 토지를 구입한다거나 공공자금을 개인 용도로 돌려쓴다거나 조합이나 회사를 설립하고 그 땅을 *담보* 삼아 은행에서 돈을 빌리는 것─그건 제가 도둑질과 강도질에 입문하며 배운 간단한 속임수들입니다. 영어로 하자면 *아마추어리시 트릭*, 곧 초짜들의 기술이라고 할 수 있죠.

제 이름은 키하후 와 가테사입니다. 외국식 이름은 게이브리얼 블러드웰-스튜어트-존스 경卿이죠. 가족 관계로 말하자면, 저에게는 아내만 두명이 있습니다. 한 사람과는 부자가 되기 전에 결혼을 했고, 자산을 많이 모아 *칵테일파티*에 초대를 받기 시작하면서 다른 사람과 결혼을 했죠. 향기가 다 빠진 묵은 향수는 외국어로 이루어지는 현대판 댄스파티에 어울리지 않는다는 사실을 여기 계신 여러분들에게 굳이 설명할 필요는 없겠죠. 여자가 보조를 맞춰주지 못하면 그게 여러분들의 미래를 위험에 빠뜨릴 수도 있어요. 그래서 제 두번째 아내는 영어를 할 줄 알고, *칵테일파티*를 위해 값비싼 옷과 보석으로 치장하는 일 외에 달리 하는 일이 없습니다.

자식들로 말하자면 꽤 많은 편입니다. 영국에서 태어나서 자란 사람과 아주 똑같이 다들 코맹맹이 소리로 영어를 할 수 있죠. 그 아이들이 기쿠유어나 스와힐리어로 말하는 걸 들으면 아마 너무 웃겨서 웃다가 오줌을 지릴 겁니다. *잇 이즈 쏘 퍼니*. 말하는 게 꼭 로마에서 갓 도착한 이딸리아 신부 같다니까요. 사제복을 입지 않은 신부 말이에요. 하지만 어쨌든 내 자식들이니, 모국어를 이딸리아 외국인처럼 한다 해도 난 상관없습니다.

슈가 걸 얘기를 해보자면, 전 절대 어린 학생들을 쫓아다니지 않습니다. 그런 어린 여자애들은 위험 그 자체거든요. 병을 옮길 수도 있는데, 페니실린을 맞는다든지 일을 치르기 전에 예방용 약을 삼킨다든지 할 *타임* 같은 건 내겐 없거든요.

전 다른 사람들의 아내가 좋습니다. 통쾌한 승리감을 맛볼 수 있으니까요. 그것 역시 또다른 종류의 도둑질 아닌가요? 제가 특히 상류층 여자들 꼬시는 일을 잘한답니다. 뻗대는 법이 없거든요. 허세 같은 것도 없고요. 원하는 건 오직 한가지 뿐이죠. 그쪽에서 한두번으로 만족하지 못하는 경우도 좀 있습니다—남편들이 항상 애인들하고 나이트클럽에서 놀아나기 때문이지요. 게다가 그들 대부분은 계속 *비지하게* 해야 할 일도 없고요. 요즈음 그들은 한목소리로 이렇게 노래합니다. '바꿔보자, 하나의 박에 다 좋은 씨만 있는 건 아니니까.' 여자 거시기는 쓰면 녹아서 사라지는 소금이나 비누가 아닙니다. 난 그들에게 '바로 넘어오는'이라는 이름을 붙였어요. 돈이 많이 들지도 않아요. 하지만 전문직 여성도 하나 있었습니다. 가지고 있는 학위를 펼쳐놓으면 여기서 저기까지 이를 정도였어요. 그녀는 저 때문에 남편과 헤어졌고, 전 공습을 나가서 승리하고 돌아온 기분이었지요. 하지만 물론 댓가는 치러야 했습니다. 리무루 근처 티고니에 10에이커의 땅을 사주느라 150만 실링이 들었거든요…… 길거리에서 얼쩡거리는 게 눈에 띄기라도 하면 아주 다리몽둥이를 분질러버리겠다고 제 아내한테 항상 엄포를 놓는 이유도 바로 이 때문입니다!

차로 말할 것 같으면, 제가 타보지 않은 차라고는 없을 정도입니다…… 전 옷을 갈아입듯이 차를 바꿔 타요. 메르세데스 벤츠만 한 것이 없지만, 그게 싫증이 나면 씨트로앵이나 다임러, 레인지로버 등을 삽니다. 두명의 아내와 다 큰 아이들에게 토요타나 닷선, 뿌조 같은 장난감도 사주지요.

제가 하는 스포츠로는 저녁에 돈 세기, 토요일과 일요일에 골프치기, 그리고 물론 *타임*이 좀 생기면 '바로 넘어오는'의 다리 사이에서 놀기 등이 있습니다.

지금 제가 사는 모습을 과거 도둑질과 강도질의 길로 들어서기 전의 삶과 종종 비교해보곤 합니다. 그러면 마치 잠과 죽음을 비교하는 듯한 느낌이 들어요. 오래전, 우후루 이전에 전 먼지털이와 분필을 손에 들고 루우와이니 *프라이머리* 스쿨에서 아이들에게 ABC를 가르쳤습니다. 아, 얼마나 끔찍한 시절이었는지! 우갈리에 소금을 쳐서 수프처럼 먹거나, 운이 조금이라도 좋은 날이면 10쎈트 치 채소와 함께 먹었더랬죠. 분필 가루가 기관지에 얼마나 쌓였는지 하루 종일 기침을 하고 다녔어요. 그러면서도 타는 듯 쓰린 속을 달래줄 기름기라고는 사 먹을 여유가 없었습니다.

지금에 와서 생각해봐도 어떻게 그런 일이 생겼는지 모르겠는데, 그냥 어느날 교실 창문을 열고 밖을 내다보았더니 저쪽에서 내 나이쯤 되는 많은 사람들이 정신없이 우후루 열매를 따고 있더라고요. 그때 누군가 내 귀에 대고 속삭이는 소리가 들렸어요. 가테사의 아들 키하후, 네 또래의 다른 사람들은 모두 저기 밖에서 자유의 열매를 맛보고 있는데 너는 어찌 바보같이 코에 분필 가루가 잔뜩 낀 채 여기 이러고 있단 말이냐? 뭘 기다리고 있는 거야? 다른 이들이 다 자기 몫을 챙겨가면 네 걸로 뭐가 남아 있겠어? 먹어치우는 데는 도가 튼 사람들이 지나간 자리에는 주워 먹을 콩고물도 없다는 걸 기억하라고.

그러자 갑자기 눈에서 콩깍지가 벗겨져버린 겁니다. 이제 아주 분명하게 볼 수 있게 된 거죠. 그래서 가테사의 아들인 저는 분필을 창밖으로 던져버린 다음 긴 외투를 걸치고는, 내 인생에서 가장 커다란 *전환점*을 돌며 교직 생활과 *바이바이*를 했어요. *아프리카의 자유*라는 이 열매가 어떤 맛인지 저 역시 알고 싶었던 거죠.

너무 서두르면 일을 망치는 경우가 많습니다. 들어보세요. 전 바보같이 제가 마주친 맨 첫번째 열매에 덥석 달려들었던 겁니다. 다른 사람들에게 속아넘어가서 눈을 감은 채 열매를 따느라 결국 익지 않은 풋열매만 따고 말았다는 동화 속 여자아이처럼 말이죠. 그 열매의 맛은 쓰디썼죠. 진짜 사과인 줄 알고 꽃사과 열매를 땄단 말인가?

제가 저지른 실수 얘기를 하고 싶습니다. 우리가 여기 모인 것이 단지 우리 능력을 과시하기 위해서만이 아니라 *우리 경험을 공유하기* 위해서이기도 하니까요. 교사 생활을 하는 중에도 전 이미 우리나라의 가장 커다란 갈망이 교육에 대한 갈망이라는 사실을 알고 있었습니다. 이 교육에 대한 갈망이 대다수 민중들을 압박했지만, 선택된 소수에게는 부의 기초가 되어주었죠. ABC도 읽고 쓸 줄 모르는 자들조차 사립 중등학교를 세워서 그 사업에서 나온 돈으로 메르세데스 벤츠 한두대는 몰고 다닐 수 있는 거예요. 건물은 대충 진흙으로 짓고, 선생들은 고물상에서 일하는 사람 중에서 구하고, 목재 자투리로 책상을 만들고, 길가에 떨어져 있는 문방구를 주워다가 학교를 운영해도, *여전히* 학교 소유주에게는 이윤을 안겨줄 수 있다는 거죠. 가테사의 아들인 나 역시 그 방면에서 제대로 된 것 하나 건져봐야겠다고 생각했어요. *너서리 스쿨*을 새로 시작하기로 했지요. 거기엔 초기 투자 비용이 많이 들지 않으니까요. 은행에 가서 대출을 받았죠. 제가 가진 작은 농장을 담보로 해서요. 나이로비에 마땅한 장소를 물색했어요. 그러곤 CPE를 통과하지 못한 아프리카 여자애를 하나 찾아 애들을 돌보게 했죠. 같이 놀아주고 10시에 우유를 좀 먹이고 노래도 좀 가르쳐주라고 말이죠. 그러곤 신문에 커다랗게 광고를 냈어요.

VIP 케냐인의 아이들을 위한
뉴 블랙 뷰티 유아원.
전적으로 케냐인이
소유하고, 경영하고, 가르칩니다.
스와힐리어 사용.
케냐 노래와 케냐 자장가 등등.
싼 보육비에 높은 질 보장.
데려오세요, 모두 데려오세요.

우리에겐 우리 것. 우리 민족 케냐를 건설합시다.

자, 단 한명의 아이도 오지 않더군요. 하다못해 장애가 있는 애도 없었어요.

여기 쏟아부은 돈을 생각하며 전 주저앉아 울었습니다. 무모하게도 덜컥 담보로 맡겨버린 손바닥만 한 땅을 은행이 경매에 넘겨버릴 것임을 잘 알았으니까요. 그러면서 생각하고 또 생각했습니다. 혹시 내가 우후루 나무를 제대로 살펴보지 않았던 건 아닐까? 그래서 달콤한 딸기 대신 쓰디쓴 열매를 딴 것 아닐까? 하지만 전 다시 다짐했습니다. 돈을 추구하는 사람을 좌절하게 하는 상황이란 계속 역전되어오지 않았나.

실제 상황이 어떠한지 알아보기 위해 좀더 조사를 해봤습니다. 케냐의 어떤 저명인사도 대농장을 얻게 되었을 때 케냐인을 관리인으로 고용하는 경우는 없다는 사실을 곧 알게 되었지요. 유럽인만을 쓰는 거예요. 큰 사업을 성공적으로 해나가는 저명한 케냐인 역시 관리인이나 회계사로 케냐인을 쓰는 경우는 없었습니다. 유럽인이나 인도인만을 고용해서 쓰죠. 대화를 할 때 케냐인들은 절대 모국어를 쓰지 않습니다. 외국어로만 대화를 하죠. 케냐인들이 이러이러한 일을 할 때면 항상…… 그렇게 주의를 기울여 잘 관찰해보니 드디어 눈앞이 밝아지더군요. *외국 것이 우월하고, 케냐의 것은 열등하다.* 그게 현대 케냐 상류층들이 돈을 버는 기초였습니다.

은행이 독촉을 하기 전에 전 급히 유아원으로 돌아갔습니다. 우선 이름을 바꿨죠. 모던-데이 너서리 스쿨이라는 이름을 지었습니다. 그러곤 *교장*을 맡을 백인 여성을 구했는데, 다행히도 한 사람을 찾을 수 있었죠. 눈도 잘 안 보이고 귀도 먹은데다 항상 꾸벅꾸벅 조는 늙어빠진 노파였어요. 내 학교의 교원이 되어 꾸벅꾸벅 조는 일을 학교에서 하자고 합의를 했죠.

　다음으로 나이로비의 상점을 찾아갔습니다. 어린아이 마네킹을 샀어요. 그, 사람 모양 플라스틱 인형 말입니다. 그러곤 비싼 옷을 입혔죠. 머리에는 빨간색 가발을 씌우고요. 그 플라스틱 배 속에 전기장치를 넣고 플라스틱 발에는 바퀴를 달았습니다. 스위치를 켜면 진짜 아이들이 놀고 있는 것처럼 마네킹이 마루를 돌아다녔죠. 심지어 길가에서도 학교 건물의 커다란 유리창을 통해 마네킹이 돌아다니는 모습을 볼 수 있었어요. 그러곤 신문에 다시 커다랗게 광고를 냈습니다.

모던-데이 너서리 스쿨.

경험 많은 유럽인 교장.

그동안은 유럽 아이들만 들어왔으나

이제 케냐 아이들도 몇명 받게 되었습니다.

전과 마찬가지로 외국의 기준에 맞춰

우리 민족의 언어, 우리 민족의 노래, 우리 민족의 이름 금지.

외국어, 외국 노래, 외국 장난감 등등.

영어 교육 매체 사용.

선착순으로 몇 자리만.

전화 주시든지 차로 직접 방문하세요.

피부색은 상관없습니다.

학비가 비싸므로 돈이 문제일 뿐.

　아, 그러자 부모들이 자기 아이들 자리를 예약하려고 밤이고 낮이고 전화를 해대기 시작하는 겁니다. 전화가 울릴 때마다 전 유럽인 교장에게 달려가 그녀를 깨워서는 전화를 받게 했죠. 하지만 대부분의 부모들은 자식들을 보낼 만한 곳인지 확실히 알아보기 위해 직접 차를 몰고 왔습니다. 와서 백인 여성을, 그리고 창문으로 마네킹이 돌아다니는 걸 보고는 바로 그 자리에서 *학비*를 내곤 했죠. 그 이상은 학교에 대해 알아볼 생각도 안하더군요.

전 아이들을 백명까지만 받았습니다. 교장한테 그렇게 하라고 시켰다고 해야 할까요. 한명당 한달 학비가 2500실링이었죠. 그 얘기는 곧 매달 제 주머니에 25만 실링이 들어온다는 거니까 저로선 뛸 듯이 기뻤습니다. 줄고 앉아 있는 교장과 보조들의 월급, 임대료까지 제외하고도 매달 20만 실링 이상이 제게 떨어졌습니다. 그리고 중요한 건 바로 이겁니다. 지금까지 전 땀 한방울 흘리지 않았고, 분필이나 지우개에서 떨어지는 먼지 하나 삼키지 않았다는 거죠. 저에게 있어서 이 특별한 나무의 열매는 쓰지 않았습니다—전혀요.

전 열매를 따고 또 땄습니다. 늙어빠졌거나 심지어 절름발이인 백인 여성을 교장으로 삼고 진짜 백인 아이들이 있는 것처럼 마네킹을 사는 똑같은 수법을 이용해서 나이로비에 네개의 유아원을 열었죠. 심지어 여기 일모로그와 루우와이니에도 같은 방식으로 몇개의 유아원을 열었고요.

그 나무에서 딴 열매는 확실히 넘쳐날 정도로 많았고 정말이지 아주 잘 익기도 했어요. 게다가 아주 달았고요! 그건 또다른 얘기지만요. 자, 유럽인들이 우리에게 해주는 말에 따르면 가진 계란을 모두 한바구니에 담아서는 안된다고 하죠. 그래서 전 다른 나무의 열매는 맛이 어떨까 한번 알아봐야겠단 생각이 들었습니다. 기투투 와 가탕구루가 얘기한 방식으로 조합이나 회사를 만들어 농장을 구입한다든가 다른 방식으로 땅 투기를 해서 훔치고 강탈한 모든 열매들을 전부 기쁜 마음으로 먹어봤죠.

하지만 그 어떤 우후루의 열매보다도 더 달콤하고 잘 익은 열매를 제게 주었던 나무는──잠깐, 이 특별한 나무 얘기는 맨 처음부터 해야겠습니다. 그래야 도둑질과 강도질의 기술에 있어서 제가 초짜가 아니라는 사실을 여러분들도 알 수 있을 테니까요.

대다수 사람들이 가진 교육에 대한 갈망과 땅에 대한 굶주림을 먹고 자란 두 나무에서 아주 많은 열매를 따고 난 뒤, 전 다른 사람들은 무슨 열매들을 따 먹나 둘러보기 시작했습니다. 부를 축적하기만 하면 사람들이 모두 *의회*에 들어가고 싶어한다는 사실을 알게 되었죠. 선거 비용을 대기 위해서 농장도 다 팔아치우고 심지어 아름다운 부인까지 경매에 내놓는 사람을 정말 제 두 눈으로 봤다니까요. 그래서 잠깐 생각을 해봤죠. 도대체 저기 뭐가 있길래 기꺼이 수백만 실링의 지폐를 뿌리고 부인이며 딸이며 농장을 다 팔아치우면서까지 차지하겠다고 저렇게들 드잡이를 하는 거지? 혹시 이 나무에 다른 어떤 나무보다 더 많은 열매가 열리는 걸까?

그래서 정치 분야에 들어가 직접 한번 알아보자고 마음을 먹었습니다. 나무에 사는 검은 개미들이 뭘 먹는지 알 수 있는 건 결국 나무 아래 앉은 사람뿐이니까요. 하지만 전 너무 서두르면 일을 망친다는 속담 역시 잘 알았기에 국회의원에 출마하지는 않기로 결심했습니다. 아시다시피 그 자리는 경쟁이 너무 치열해서 피를 보기도 하니까 말이죠. 그래서 우선은 루우와이니 구 이시시리 *카운티 의회*에 출마하기로 했습니다.

말은 곧 행동, 그리고 채소를 팔려면 싱싱함이 사라지지 않도록 가능한 한 일찍 내놓아야 하는 법. 전 주변 사람들의 주머니에 말 그대로 돈을 마구 넣어주었습니다. 전 뭘 하겠다고 마음을 먹으면 화끈하게 하는 사람이거든요. 어정쩡하게는 절대 안하지요. 은야키뉴아 여성 합창단을 모아서 저를 찬양하는 노래를 부르라고 시켰습니다. 제가 어떻게 자유를 위해 싸웠고 민중들에게 땅과 교육을 제공했는지 지어내고, 그리고 뭐 다른 거짓말도 보태서 말이죠. 제 사진이 박힌 색색의 유니폼을 사서 은야키뉴아 여성들에게 입혔습니다.

그런 다음엔 청년단을 고용했습니다. 제 경쟁자의 재산을 파괴하고 저에 대해 불평을 늘어놓는 사람들을 박살 내는 게 그들의 일이었죠. 경쟁자가 다섯명이 있었어요. 그중 두 사람은 따로 불러내서 5만 실링씩 주고 매수를 했습니다. 두 사람 다 영웅 가테사를 지지하며 후보직에서 물러난다고 공식적으로 발표를 했어요. 세번째는 돈으로 살 수가 없더군요. 그래서 어느날 밤 두명의 청년단원이 그를 납치해 루우와이니 숲으로 끌고 가서는 총을 들이댄 채, 목숨을 부지하고 살지 선거에 나갈지 양단간에 선택을 하라고 했어요. 현명하게도 목숨을 부지하는 쪽을 선택하더군요. 네번째 작자는 매수도 안되었을 뿐 아니라 심지어 총구를 앞에 놓고도 굴하지 않고 소리를 지르더군요. 청년단원을 몇명 보내서 두 다리를 분질러 버렸죠.

마지막 작자는 영리한 놈이었어요. 재빨리 수하의 깡패들을 보내 차로 길을 막아서더군요. 자기들 두목에게 괜히 장난질하려고 했다가는 그땐 눈에는 눈, 이에는 이, 다리에는 다리, 피에는 피로 나가겠다고 경고를 하더라니까요. 무슨 얘긴지 알아들었습니다. 그냥 하는 소리가 아니었던 거죠. 그래서 알겠다고 했습니다. 다른 사람의 재산을 먹어치우는 자들끼리 누가 더 고수인지를 결정하려면 전장에서 만나야 할 거라고, 가서 두목에게 전하라고 했어요. 그러니까 누가 한수 위인지에 대한 의혹을 이참에 끝장내기 위해서라도, 선거라는 전장에서 만나자는 데 동의를 해야 할 거라고 말이죠. 그동안은 서로 상대방의 목숨을 위협하는 일은 없어야 할 거라고 경고했습니다. 여기선 돈이 힘이니까 그의 돈과 내 돈이 전장에서 만나 싸우게 해야 하는 거라고요. 결국 우리는 그렇게 합의를 보았습니다. 누구의 무기가 상대방의 방패를 뚫고 이길지, 서로 부딪쳐보자는 데 생각을 함께한 거죠.

그래서 이제 전장은 우리 두 사람의 것이 되었어요. 돈이 알아서 하도록 내버려두면서 누가 더 많이 훔치는지를 보여준 겁니다. 저로 말하자면 술통이란 술통은 다 꽉꽉 채우라고 지시를 했어요. 술을 마시는 자라면 누구든 마시고 싶은 대로 마음껏 마시고 가테사에게 표를 던져야 한다는 사실만 기억하도록 했죠. 다시 말씀드리지만, 제가 안해본 짓이 없습니다. 돈으로 표를 사는 일까지도 말이죠. 그 선거운동에 총 200만 실링을 쏟아부었어요. 저쪽도 만만한 상대는 아니더군요. 그는 150만 실링을 썼죠. 하지만 결국 그 자리는 여러분 앞에 서 있는 바로 이 사람에게 왔습니다.

카운티 의회에 정식으로 자리를 잡기도 전에 전 어떻게 하면 선거운동에 쓴 엄청난 돈을 되찾을 수 있을지 궁리하기 시작했습니다. 하지만 현대판 춤판에 들어가 제대로 해보려면 계속 돈으로 군불을 때야 한다는 사실은 그때쯤엔 벌써 터득을 했더랬죠. 이것저것을 시도해봤습니다. 한두주 동안 이 의원 저 의원을 만나고 다니느라 거의 잠도 못 잤죠. 두번째 선거운동에 5만 실링이 더 들었습니다. 그 결과 전 *이시시리 카운티 의회 주택위원회 위원장* 자리에 임명되었습니다. (어쩌면 '선출'되었다고 해야 할지도 모르겠네요.) 그 위원회는 임대주택을 건설하고 분양하는 일을 담당할 뿐 아니라 개인이나 기업에 공장 부지나 상가 부지 등을 할당하는 일도 맡고 있습니다.

이제 가테사의 아들인 저는 드디어 고지에 이르렀음을 알았습니다. 내 세상이 온 거예요. 약삭빠른 자는 공공의 재산으로 배를 불리는 법입니다.

빈민을 위한 값싼 주택의 건설 자금을 마련하기 위해서 의회가 미국인 소유의 *월드 뱅크*, 혹은 유럽이나 일본의 은행으로부터 돈을 빌려야 할 경우가 이따금 생깁니다. 그게 정말 짭짤한 수입원이에요. 의회가 루우와이니의 한 판자촌을 철거했던 때가 생각나네요. 거기에 주택 천채를 지으려는 계획이었죠. 그 비용은 의회가 이딸리아 은행에서 융자를 받았습니다. 주택 건설의 입찰을 따낸 회사는 이딸리아 회사였어요. 하지만 당연히 먼저 제게 200만 실링이라는 약간의 뒷돈을 건네주었더랬죠. 그 돈을 제 계좌에 집어넣고 나자 선거운동에 든 비용을 되돌려받았다는 생각이 들더군요. 다음엔 위원장 자리를 위해 투자했던 돈을 회수할 차례였지요.

제 바람을 이룬 것은 주택들이 다 지어진 뒤였습니다. 임대주택을 원하는 사람이라면 일단 제게 2000실링짜리 차를 대접해야 했죠. 그렇게 해서 200만 실링을 더 벌었고, 그 돈은 은행에 잘 쌓아두었습니다.

두해가 지나자 선거운동에 투자했던 몇백만 실링이 꽤 두둑한 자산을 만들어주었다는 건 굳이 말씀드릴 필요도 없겠죠. 게다가 아시다시피 땀 한방울 흘리지 않고도 말입니다. 제게 들어온 돈은 모두 제게 표를 던진 사람들의 주머니에서 나왔어요. 어떻게 그렇게 되느냐고요? 바로 그들의 세금으로 외국 은행에서 빌린 돈을 갚아야 했으니까요.

어떻게 생각하세요? 여러분이 제 입장이라면 무엇에 비할 바 없이 달콤한 그 열매를 베어먹는 일을 그만두겠어요? 전 절대 그러지 않았습니다. 계속해서 따고 또 따 먹었죠. 과즙이 입가에서 줄줄 흘러나올 때쯤에야 약간 절제하는 법을 배우게 되었어요.

요즘에는 그 알량한 돈 좀 먹자고 의회가 주택을 건설하기를 기다리고만 있지 않습니다. 이딸리아 사람들과 함께 아예 *루우와이니 주택 개발*이라는 건설회사를 차렸죠. 의회에서 입찰을 따내는 건 주로 제 회사예요. 하지만 회사에서는 전체 *주택단지*를 짓기 위해 은행에서 돈을 빌린 다음 집을 다 짓기도 전에 팔 수도 있습니다. 여러분! 집에 대한 사람들의 갈망을 과소평가하면 안됩니다. 회사에서는 각기 다른 계층에 적합한 집을 짓습니다. 예를 들어 돌로 짓는 집은 그다지 수익성이 좋지 않아요. 진흙과 나무로 지은 저 판잣집을 보셨나요? 저런 판잣집을 지어서 노동자와 농민 들에게 임대를 하면, 제가 장담하는데 거기서 제대로 한몫 잡을 수 있습니다.

외국 회사의 지사장을 맡아달라는 요청이 들어오기 시작하더군요. 여기서는 *지분*을 좀 받고, 저기서는 *참석 수당*, 그러니까 이사회에 참석한 뒤 받는 일종의 뒷돈을 챙겼죠. 그런저런 데서 나온 걸 다 치니 매달 말일에는 얼마간의 푼돈이 생기더군요. 여기서 조금, 저기서 조금, 이런 식으로 키하후 와 가테사의 배 속(이렇게 말랐어도 말입니다)에 들어가다보니 나중에는 상당한 금액이 되는 거죠.

케냐의 민중에게 감사하는 게 바로 이겁니다. 그렇게 눈이 멀고 무식하고 자기 권리를 주장할 줄도 모르는 그들 덕에 사람 잡아먹는 우리 족속들이 불편한 질문을 너무 많이 받지 않고도 그들의 땀으로 먹고살 수 있는 거 아니겠습니까.

하지만 안일하게 여기에 만족하거나 민중들이 언제나 그렇게 우매할 거라고 생각해서는 안됩니다. 외국인들이 저를 그들 회사의 지사장으로 임명하게 된 것도 상황이 바뀔 가능성 때문이었으니까요. 노동자 농민 대중의 분노로부터 자신들을 보호하기 위해서 말이죠. 그런 임무라도 전 상관없습니다. 아주 짭짤하니까요.

바로 그 때문에 요즘에 전 하람비 기부를 할 기회가 생기면 절대 그냥 지나치지 않습니다. 여기에 1만 실링, 저기에는 5000실링이나 1만 실링, 그리고 또다른 데 2만 실링, 이렇게 말이죠. 액수는 기분에 따라 달라집니다. 하지만 정말로 사람들에게 깊은 인상을 심어주고 싶을 때는 우선 여러 외국계 회사들을 찾아가요. 그들이 눈먼 대중을 매수할 돈을 항상 준비해둔다는 건 다들 아실 겁니다. 그들에게 1000실링이든 10쎈트든 5쎈트든 돈을 좀 기부하라고 부탁한 다음, 단상에 올라가 제가 이렇게 후하다는 사실을 만방에 알리는 겁니다. '여기 자루에 담긴 몇십만 실링은 저와 제 친구들이 드리는 것입니다.' 그러면 예의 은야키뉴아 여성 합창단이 저에게 경의를 표하기 위해 아들이 태어났을 때처럼 구호를 다섯차례 소리 높여 외칩니다. 제가 뭐랬습니까? 오늘날 얼마만큼의 박수갈채를 받는지는 주머니에 얼마나 들어가느냐에 달린 겁니다. 돈이면 산도 깎을 수 있다는 거죠. 요즘에 키마티 같은 사람을 찬양하는 노래를 부를 사람이 누가 있나요?

대중들이 오직 주머니 크기만 보고 찬양의 노래를 부르는 지금 이 상태가 영영 계속되기를! 그래야 우리가 앞으로도 이 땅에서 영양가를 쪽쪽 빨아먹을 수 있을 테니까요. 게다가 아시겠지만, 이미 안전하게 배 속에 들어가 있는 건 아무리 눈에 불을 켜고 귀를 쫑긋 세운 채 찾아봐도 그 정체가 나타나지 않는 법입니다. 개인적으로 전 왼손에는 당근을, 오른손에는 나무 작대기를 드는 통치 원칙을 신봉합니다. 하람비에 기부하는 건 당근인 셈이지요. 그런데 대중들의 눈에 씐 콩깍지를 벗겨야 한다는 소리를 건방지게 떠들고 다니는 불한당들이 좀 있어요. 여러분 모두 잘 아시는 그놈들과 마찬가지로 그렇게 대중의 의식을 깨우려는 작자들에겐 채찍 맛—구금이나 수감 같은—을 보여줘야 합니다. 하지만 전 그렇게 고집스러운 놈들한테는—물론 마약이나 술, 돈 같은 걸 계속 안겨준 다음에 말이죠—제 수하의 깡패를 보내서 휙 들어다가 응공 힐의 하이에나나 아티 강의 악어들에게 던져줘버립니다. 하이에나나 악어(여러분들도 잘 아시는 그 친구들 같은 놈들이죠)의 배 속에서 하던 일을 계속 하라고 말이죠. 전 민주주의니 뭐니 하는 그런 잡소리는 전혀 믿지 않습니다. 아침에 눈을 뜨면 하는 얘기가 민주주의, 저녁에도 민주주의. 민주주의가 밥 먹여준답디까? 내가 대학에 있는 애송이들을, 그 난쟁이 똥자루만 한 선생들하고 한꺼번에 붙잡기만 하면…… *후회막심하게 될 거예요*…… 비행기에 다 쓸어 넣은 다음에 공산주의 헛소리는 중국이나 소련에 가서 떠들라고 보내버릴 테니 말이죠.

아, 미안합니다, 여러분! 그런 족속들에게 너무 분개한 나머지 당면한 관심사에서 잠시 벗어나버렸네요. 하던 얘기를 계속하겠습니다. *오, 예스*, 주택을 이용한 도둑질과 강도질에 대해 얘기하고 있었죠. 저의 경우엔 주택에 기초한 도둑질과 강도질을 그만둔 적이 없습니다. 집에 대한 사람들의 갈망과 허기만큼 엄청난 이윤을 창출하는 건 이 세상에 또 없거든요. 그래서 그 욕구가 손톱만큼이라도 줄어드는 건 절대 바라지 않아요. 사실 온 나라 전체에 그 허기와 갈망을 더욱 부채질할 방법과 수단을 강구하느라 뜬눈으로 밤을 새울 때도 많습니다. 부동산 기근이 심해질수록 그만큼 집값은 폭등하고, 마치 기름기 많은 고기 쪽으로 불길이 확 몰리듯이 이윤도 그만큼 올라가는 법이니까요. 그런 기근이 정말로 심각해지면—물론 우린 그걸 기근이라고 부르지 않고 좀 순화해서 부르지만요—땅의 영양을 쪽쪽 빨아먹는 우리는 가만히 앉아서 그걸 우리끼리 어떻게 나눠 가질지 방법을 고안해볼 수 있겠죠.

제가 가진 방안은 이겁니다. 기근이 더이상 견딜 수 없을 만큼 심각해지면 새 둥지만 한 집만 짓는 겁니다. 마치 텐트처럼 접을 수도 있는 방식으로 만드는 거예요. 자기 몸 하나 누일 자리를 찾는 게 절박한 사람들이라면 어쩔 수 없이 우리한테서 그 둥지를 사야 할 겁니다. 그래서 그걸 접어 어깨에 메고 다니든지 주머니에 넣고 다니는 거예요. 언제 어디서든 어둠이 내려앉으면 그냥 아무 데나 길거리에 둥지를 세우고 몸을 누이면 되는 거죠. 상상해보세요. 자신의 눈과 귀와 입술과 코 등등을 위해 안식처를 세워준 마음씨 착한 주택 공급자들을 축복해달라고 밤새도록 그는 하늘을 보며 기도를 올리겠지요⋯⋯

그런 둥지를 만들어서 얼마나 많은 돈을 벌 수 있을지 상상만 해보시라니까요! 한 사람당 둥지 하나! 하하하! 하하하! 농민들이 다 둥지에서⋯⋯ 하하하! 노동자들도 다 둥지에 코를 박고⋯⋯ 하하하! 노동자와 농민 들이 공중에 집 지을 자리를 놓고 새들과 다투게 될 겁니다!

여러분, 제게 승리의 관을 씌워주십시오. 잠깐만! 혹시 저의 능

196

력에 대해 여전히 의심을 품고 있는 분이 계시다면, 둥지를 만드는
데 들어가는 풀과 노끈은 미국이나 유럽, 일본 등 외국에서 수입하
게 될 거라는 말씀을 드리고 싶습니다. 아예 다 만들어진 둥지를
수입할 수도 있겠죠.

제 말씀은 여기까지입니다. 우승자의 관을 제게 주십시오!"

반박

단상에서 내려온 키하후 와 가테사는 아무도 자기에게 박수를
보내지 않자 말할 수 없이 당황스러웠다. 미처 자리에 앉기도 전에
키하후는 기투투 와 가탕구루가 단상으로 올라가는 것을 보았다.
기투투는 분기탱천한 모습이었다. 입술은 부들부들 떨리고 입꼬리
에서는 침이 줄줄 흐르고 있었다.

"미스터 체어맨, 우리는 서로에게 모욕을 주려고 여기 모인 게
아닙니다. 서로를 업신여기며 빈정거리려고 모인 게 아니란 말입
니다. 지저분한 쓰레기 같은 소리나 듣자고 여기 오지 않았습니다.
현대판 도둑질과 강도질의 과학적인 기술에 있어서 누가 가장 뛰
어난지 그걸 밝히는 대회에 참여하려고 이 동굴에 모인 것입니다.
우승의 행운을 차지하는 사람은 외국 소유의 금융회사나 공업회사
의 관리인으로 임명될 것이고, 그렇게 해서 외국인 주인의 자산을
늘려주면서 동시에 자기 배도 불릴 수 있을 겁니다. 여기서 누가
이기게 되는지는 전적으로 행운의 여신의 손에 달려 있는 것이므
로 모욕을 던지는 식으로 그 결과를 미리 재단해서는 안된다고 봅
니다.

그런데 누가 가장 지저분하게 모욕을 주고 빈정거릴 수 있는지를 알아내려는 목적으로 이 경연 대회가 마련된 거라면, 지금 분명히 그 사실을 밝혔으면 합니다. 여기 있는 우리 중에는 할례를 받은 사람이 있고, 그 성년식 중에 이루어지는 학대와 모욕적인 언사로부터 배운 게 좀 있습니다.

또 우리가 여기 모인 게 청년단을 이용해서 다른 사람을 협박하는 실력이 얼마나 좋은지 자랑하기 위해서라면, 여기 이 기투투와 가탕구루 역시 그 어떤 청년단보다 더 무시무시한 청년단을 고용해왔다는 사실을 이 자리에서 분명히 하고 싶습니다. 그들은 내가 지시하는 일이라면 무슨 일이든 처리합니다. 감히 나의 도둑질과 강도질에 끼어들어 방해하려는 자를 이 땅에서 흔적도 없이 없애버리는 일까지 포함해서 말이죠. 내 수하의 깡패들은, 아니 아마 용병들이라고 불러야겠네요, 그들은 아주 독한 대마초를 엄청나게 좋아합니다. 요즘에는 프랑스나 영국에서 유럽 용병들을 수입할까 하는 생각도 있지요.

하지만 여기 이 자리에 저랑 한판 붙어보고 싶어 안달이 난 사람이 있다면, 이 사람 기투투 와 가탕구루는 당장 총을 꺼낼 준비가 되어 있습니다. 언제든지 환영이에요.

왜 이런 얘기를 하느냐고요? 저기 서 있는, 키하후 와 가테사라는 이름의 저 말라빠진 작자가 주장하길 내가 도둑질과 강도질의 기술에 있어 그저 초짜일 뿐이라고 했기 때문이에요. 뭐가 어째! 가테사의 아들! 기투투 와 가탕구루가 어떤 사람인지 당신이 정말 알기는 알아? 아니면 그저 사람들이 내 이름을 들먹이는 걸 들었을 뿐인가? 하늘에 대고 맹세하는데, 넌 내 수하에 들어와서 무릎을 꿇어야 할 거야. 그러니까 내게 이렇게 거대한 배를 갖게 해준 도둑질과 강도질의 *기본*부터 배울 수 있게 ABC부터 다시 시작해야 한다고.

미스터 체어맨, 팔다리만 길게 늘어진 저자가 자랑스럽게 떠벌린 도둑질과 강도질이 도대체 뭡니까? 카운티 의회 선거에서 다른 후보자에게 뇌물을 먹여서 물러나게 한 일? 국회의원 선거라도 되면 혹시 좀 말이 될지도 모르지. 자랑하며 떠들어댄 게 또 뭐였죠? 플라스틱으로 된 유럽인 인형을 사서 그게 진짜 유럽 애들인 것처럼 사람들을 속인 일?

저자가 과연 이 땅의 도둑질과 강도질의 발전을 위해 어떻게 기여를 하겠다는 건지 그 문제로 돌아가봅시다. 팔다리만 길어빠진 저자가 고작 하나 생각해냈다는 게 참새 둥지 같은 집을 짓자는 건데, 정말 웃기지 않습니까? 겨우 코와 입만 집어넣자고 둥지를 사겠다고 할 사람이 도대체 누가 있겠습니까? *미스터 체어맨*, 가테시 와 키후히아(아니, 키히히 와 가테시였나요?)라고 스스로를 소개한 저자는 노동자와 농민 들이 우리에게 맞서 무기를 들도록 선동을 하고 싶은 겁니다. 노동자들이 너무나 격분한 나머지 콩깍지가 눈에서 떨어져나가서, 총과 칼, 곤봉을 들고 우리에게 맞서 일어나기를 바라는 거라고요. 무기를 들고 나서는 일이라면 우리들이 얼마나 신물이 나는지 가테시 와 키하후란 자는 정말 모르는 걸까요? 뭐 하자는 건지 알겠어요. 저자는 중국식 공산주의를 이 땅에 들이려는 겁니다.

미스터 체어맨, 저의 개발 계획이 비교할 수 없을 만큼 더 그럴듯합니다. 코딱지만 한 그릇에 흙을 담아 팔고 공기를 담아서 깡통이나 미터 단위로 파는 것 말입니다! 노동자와 농민 들은 숨을 쉬려면 말을 제대로 들어야 할 겁니다. 우리 말을 말이죠! 이 땅의 모

든 흙과 주변의 모든 공기를 차지하는 것이야말로 노동자와 농민들이 영원히 우리에게 복종하도록 만드는 가장 확실한 방법입니다. 그들이 불만이 있다고 입이라도 벙긋할 때 그냥 공기를 끊어버리면 바로 우리 앞에 와서 무릎을 꿇을 테니까요……

동료 여러분! 우리들이 맥주 한잔에 넘어가 표를 던져주는 그런 종류의 사람들이 아니라는 걸 저 와세케 와 가테사에게 확실히 보여주어야 합니다. 지금 어느 자리에 앉아 있든 간에, 나 기투투 와 가탕구루는 전장에서 도망쳐 삐쩍 마른 족속들에게 승리의 관을 넘겨주는 그런 사람이 절대 아니란 사실을 알아야 할 겁니다. 제아무리 경쟁자의 다리몽둥이를 부러뜨리는 일에는 도가 튼 선수라도 말이죠. 승리는 나의 것입니다!"

기투투 와 가탕구루가 뒤뚱거리며 자기 자리로 돌아가 앉기도 전에 다른 사람이 앞으로 뛰어나왔다. 이자는 굳이 단상에 오를 마음도 없었다. 기투투 와 가탕구루가 그랬던 것처럼 입꼬리에서 침이 질질 흘러나오지는 않았지만 이 사람 역시 분명 화가 잔뜩 나 있었다.

"*미스터 체어맨*, 저도 한마디 보태고 싶습니다. 아무리 좋은 말이라도 맘속에만 담아두면 아무 쓸모도 없다고 하니까요…… *쏘리!* 저는 이테 와 음부이라고 합니다. 제가 이해한 바에 따르면, 우리가 이 동굴에 모인 목적은 자기 자랑을 하면서 가난한 자들로부터 훔치고 빼앗는 좀더 효과적이고 교활한 방법을 서로에게 알려주는 거라고 알고 있습니다. 그런데 지금 막 단상에 올랐던 저자는―그러니까 모기처럼 말라빠진 저자는―거기서 벗어나도 아주 한참 벗어났습니다.

가테사의 아들, 부끄럽지도 않나? 여기 우리 앞에 서서 너와 같은 계급의 사람들을 속였던 일을 떠벌리고 너와 같은 계급의 사람들의 돈을 훔쳤던 일을 파렴치하게 자랑하는 게 민망하지도 않아? 우리가 서로를 속이고 서로에게서 빼앗고 훔치기 시작하면 한 계급으로서의 단합은 어떻게 뿌리를 내릴 수 있단 말인가?

저로서는 말할 수 없이 수치스럽고, 또한 내 자식들이 모두 저러한 소위 *모던* 유아원을 다녔기 때문에 무척 서글프기도 합니다. 내 자식들이 유럽의 아이들이 다니는 것과 똑같은 학교를 다녔다고 항상 믿어왔거든요. 그런데 그들이 가짜 유럽인이었다고요? 가발을 쓴 플라스틱 유럽인 인형이었다고요? 플라스틱 피부와 돌로 만든 뼈에, 전기장치를 심장으로 단 유럽인들과 어울리게 하려고 몇십만 실링을 쏟아부었다는 사실을 생각해보세요. 뭐가 어째? 그러니까 내 아이들이 집에 와서는 유럽 친구들과 놀았다고 얘기한 건 지금까지 줄곧 플라스틱으로 된 유럽인 전자 기계와 놀았다는 얘기라는 건가?

지금까지 살면서 이렇게 형언할 수 없는 사악함은 본 적이 없습니다. 키하후 와 가테사 같은 다 큰 어른이 아무 댓가도 없이 거저로 다른 사람의 돈을 그냥 꿀꺽하는 걸 상상이나 하겠어요? 바로 그 때문에 우리 아이들이 진짜 유럽 아이들처럼 코맹맹이 영어를 못하는 거였군요? 사람들이 영어로 말을 거는데 우리 애들이 아무렇지도 않게 기쿠유어로 대답을 하는 바람에 같은 계급 사람들 앞에서 창피한 적이 얼마나 많았는지 생각만 하면!

게다가 애들 엄마인 은이나 와 음부이가 간혹 내게 이렇게 얘기를 했었지요. '이테 와 음부이, 저 유럽인들이라는 애들이 진짜 영국 애들이 아닌 것 같아요. 아니, 항상 똑같은 놀이만 한다니까요. 온종일 왔다 갔다 하면서 하루를 다 보낸다고요.' 그러면 전 이렇게 그녀를 안심시키곤 했죠. '은이나 와 음부이, 영국인이란 아일랜드인, 미국인, 독일인, 프랑스인, 스코틀랜드인 등 여러 다른 종류의 백인들을 다 합해서 이르는 거요. 그리고 그들은 무척이나 규율이 잘 잡힌 인종이라 하루가 멀다 하고 바꿔가며 이거 했다 저거 했다 하지를 않아요. 그리고 뛰어나니며 노는 걸 아주 좋아하지. 정말이지, 기본적으로 뛰어다니게 되어 있는 *풋볼과 럭비, 크리켓*을 처음 만든 게 영국 사람 아니오. 은이나 와 음부이, 진정한 영국 관습을 배울 수 있도록 애들은 그냥 그 학교에 보냅시다. 유럽인은 심지어 기형이 되었어도 유럽인인 거요. 중요한 건 피부색이 하얗다는 것이지!' 그런데 이제 와서 보니 아내 말이 *옳았다*는 거 아닌가요? 남자들은 너무 늦어 소용없을 때에야 여자 말을 믿는다는 게 정말 맞는 소리라니까.

미스터 체어맨, 가난한 사람들을 속이고 그들한테서 훔치고 도둑질하는 건 올 *라잇*입니다. 거기가 아니면 어디서 우리 재산이 생겨나겠습니까? 제구실을 하는 사람이라면 누구도 그런 세상사에 의문을 제기하지 않을 겁니다. 세상은 지금까지 그렇게 돌아갔고 앞으로도 계속 그럴 테니까요. 그런데 자기 계급 사람을 속이고 그들에게서 훔치고 빼앗는 저 사람, 저 사람은 대체 어떤 종류의 도둑이고 강도란 말입니까? 이런 식의 도둑질은 도대체 이해 불가라는 건 대체로 합의된 바 아닙니까? 그런데 저자는 감히 우리 앞에 서서 실속 없이 떠벌리면서 우승자의 왕관을 달라고 하다뇨! 우승자의 왕관이라니! 집에 가서 엄마 거나 쓰든지!

키하후, 오늘부터 내 자식들은 당신 학교 근처에 얼씬도 하지 않을 거요. 바로 은이나 와 음부이에게 가서 *인터내셔널* 학교를 찾아보라고 할 거라고. 그녀는 고등교육을 받아서 심지어 케임브리지를 다니기도 했으니까. 키하후 와 가테사, 내 말 들었나? 넌 이제 끝이야! 앞으로 이테 와 음부이와 은이나 와 음부이의 소유인 것은 그 무엇도 훔쳐 먹지 못할 거야. *인터내셔널* 영어가 쓰이는 *인터내셔널* 유럽인을 위한 *인터내셔널* 학교를 찾아갈 거라고. 어디가 모자란 할망구 교장도 없고 전자 심장에 앰비 제품으로 하얗게 만든 피부를 가진 플라스틱 유럽인도 없는 그런 학교 말이야. 우리가 원하는 건 *인터내셔널* 피부색이라고!"

그런 다음 이테 와 음부이가 채 자리에 앉기도 전에 또다른 남자가 일어나 말을 시작했다. 그는 너무나 화가 나 있어서 말을 하면서도 줄곧 손톱과 입술을 물어뜯었다. 배가 얼마나 튀어나왔는지 거의 무릎께까지 늘어져 있었다.

"*미스터 체어맨*, 제 이름은 파토그 마루라 와 키멩게멩게입니다. 짧게 말하겠습니다. 전 키하후 와 가테사를 이 경연 대회에서 제명할 것을 제안합니다. 도대체 어떻게 감히 이 자리에서 와서 다른 사람들의 부인과 재미를 봤다고 자랑질을 할 수 있단 말입니까? *미스터 체어맨*, 제 아내는 사실상 집을 나갔습니다. 이제 보니 어디로 갔는지 알겠군요. 다른 사람들의 가정을 더럽히고 파괴한 오입쟁이가 누군지도 이제 알겠어요. 그건 바로 당신이야, 키하후! 맹세코 내가 여기 총만 가져왔다면, 그래, 나를 낳아준 어머니를 걸고 맹세하는데, 그랬으면 네가 오늘밤 잠자리에 들 때 하람비처럼 다른 사람들의 부인에게 기부했던 너의 거시기는 사라지고 없었을 거다. *미스터 체어맨*, 키하후가 그저 가난한 자의 아내나 못사는 집안의 학생들을 데리고 놀았다면 전 상관 안했을 겁니다. 하지만…… 하지만……!"

이쯤에서 고통으로 인해 울컥하며 말문이 막혀버린 파토그 마루라 와 키멩게멩게는 너무나 화가 치밀어 속수무책으로 손톱과 입술만 물어뜯으며 자리에 앉았다. 이제 동굴은 분개해서 떠드는 소리로 귀가 멍멍할 지경이었다. 분노는 대부분 키하후 와 가테사 를 향한 것이었다.

그러자 기하후 와 가테사가 일어나 스스로를 변호하기 시작했다.

"*미스터 체어맨*, 지금 나와서 얘기한 자들이 저를 헐뜯고 모욕했지만 저는 참을성 있게 가만히 듣고 있었습니다. 하지만 이제 *의장석으로부터의 보호를 요청합니다*. 무슨 사달이 나든 저도 할 말은 솔직하게 해야겠으니까요. 여기 있는 여러분들 모두 지금 당장 집으로 돌아가 부인들의 보지에 튼튼한 자물쇠를 채우고 열쇠를 은행 *금고*에 갖다 맡기세요. 그러면 여러분들이 잔뜩 발기가 되어 이제 받아도 되겠다 싶을 때까지 거기서 안전하게 보관해줄 테니까 말이죠. 제가 나서서 여러분들 부인들에게 *슈가 마미*가 되어달라거나 '바로 넘어오는' 협회에 가입하라고 한 게 아닙니다. 하지만 당신의 부인 같은 여자는," 그러면서 키하후는 손가락으로 마루라 와 키멩게멩게를 똑바로 가리켰다. "내 하늘에 대고 맹세하는데, 그런 여자는 절대 건드리지 않아요. 심지어 그녀가 길 한가운데서 다리를 벌리고 누워 있거나 불도 없이 캄캄한 집 안에 단둘이 갇혔다 한들 말이죠. 도대체가 그걸 갖겠다고 조무래기들이나 어중이떠중이들하고 다툴 마음이 나야 말이지……

여기 있는 누구든 총에 대해 자랑질 하지 말라는 얘기도 꼭 해야겠습니다. 내 집에 가면 *라이플*이 세자루에 *머신 건*이 두자루가 있고 차에는 *경기관총*도 있어요. 혹시 이 외투가 좀 불룩하다는 걸 눈치챘다면 그게 괜히 그런 게 아니란 사실을 알려주고 싶군요. 어디를 다니든 전 머리끝부터 발끝까지 무장을 하고 다닙니다. 누구든 이리 올라와 날 무장해제시키려고 하기만 하면, 대낮에 별 구경을 하게 해줄 거요……

미스터 체어맨, 기투투 와 가탕구루 역시 저를 모욕했습니다. 모든 참가자가 어떤 방식이든 원하는 대로 자신의 도둑질과 강도질 능력을 자랑하기 위해 우리는 여기 모였습니다. 전 진실만을 얘기했을 뿐 어느 누구도 모욕한 적이 없어요. 내가 한 얘기는, 땅 투기로 (그것도 그들이 차지하려고 기를 쓰는 그 땅 말입니다) 대중의 돈을 빼앗는 방식은 저 역시 좀더 고급한 방식으로 올라가기 전에 거쳤던 단계라는 것일 뿐이에요. 전 이제 땅을 사는 회사라거나 조합 같은 건 취급하지 않습니다. 도둑질을 한 다음에도 계속 그 자리에 눌러앉아 약탈품을 먹어대는 일은 해서는 안됩니다. 조만간 그 땅을 산 사람이 치고 올라올 테니까요.

단 하나 정말 진심으로 내 모가지를 걸고 내가 부정하는 사실은, 내가 이 땅에 중국식 공산주의가 생겨나는 원인을 제공할 수 있다고 한 기투투 와 가탕구루의 말입니다. 뭐가 어째요? 내가 노동자 농민 정당에 의한 통치를 받아들인다고? 내가 이 땅에서 도둑질과 강도질의 체계를 뿌리 뽑기 위해 온 힘을 당하는 정당의 통치를 받아들인다고? 내가 다시 내 손을 움직여 일하는 삶으로 돌아간다고? 다른 사람들의 땀에 의해 생산된 것들은 전혀 건드리지 못한 채 그저 나 스스로 땀 흘려 생산한 것만 먹어야 한다고? 지우개와 분필을 쥐고 사는 그런 삶으로 다시 돌아간다고? 말도 안되는 소리하지 마시오, 기투투 씨……

오히려 반대로 전세계의 모든 흙과 공기를 다 차지하겠다는 당신의 계획이야말로 중국식 공산주의라는 질병을 퍼뜨릴 수 있는 *위험한* 계획이라고 봅니다. 이런 까닭에서 그렇습니다. 사람들이 숨 쉬는 걸 못하게 되었을 때 그들이 곤봉과 총칼을 들고 나오는 걸 무엇으로 막겠습니까? 그거야말로 당신이 얼마나 대중들을 경멸하는지 보여주는 행위 아닌가요? 은밀하고 교묘한 비열함이 더 나은 겁니다. 거짓말로 위장된 도둑질 체계가 더 낫다고요. 그게 아니라면 우리 제국주의 동료들이 우리에게 뭣 때문에 성경을 가져다줬겠습니까? 노동자 농민 들에게 눈을 감고 기도하라고 하면서 세속적인 것들은 다 헛된 거라고 설교하는 게 그들이 바보라서 그런 것 같아요? 하람비 모금 활동을 하는 교회란 교회를 내가 뭣 때문에 다 쫓아다닌다고 봅니까?

기투투, 날 건드리지 마쇼. 그래도 군이 나와 총으로 결투를 하자고 나설 심산이라면 나야 기꺼이 응하겠소. 당신의 그 불룩한 배가 완벽한 과녁이 되어줄 테니, 내가 총알 한두방으로 그 풍선 같은 배를 꺼뜨릴 수 있을지 한번 보고 싶군. 그것 말고 우리 용병들끼리 싸움을 붙이고 싶다면, 그것 역시 당신 무리와 내 무리 중에서 어느 쪽이 더 강력한 대마초를 피우는지 알아낼 기회가 될 거요. 나 역시 할례를 받았어요. 여자들한테 잘 수소문해보면 내 자지 끝에 피부 조각이라고는 하나도 안 붙어 있다는 걸 알게 될 거라고!

마지막으로 내가 우리 계급 사람들에게서 돈을 뺏는다고 불평한 이테 와 음부이의 비난에 대해 대답하고 싶습니다. 그에 대한 제 대답은 이렇습니다. 당신은 도대체 어떤 종류의 도둑이며 강도요? 같은 강철이라도 다른 강철을 쉽게 뚫을 수 있는 강철이 있다는 기본적인 진실도 배우지 못한 자가 도대체 왜 이 경연 대회에 와 있는 거냐 말이오. 이테 와 음부이에게 내 이 말을 하고 싶어요. 다른 도둑들을 능가하는 도둑이 있는 법입니다. 다른 강도들을 능가하는 강도가 있는 법이고요. 다른 왕들을 능가하는 왕이 있는 거예요. 이테 와 음부이가 이 사실을 모르는 거라면, 당장 짐 싸서 집에 돌아가 은이나 와 음부이가 아궁이 옆에서 감자 까는 거나 도와주면서 불이 어떻네 숯이 어떻네 하는 얘기나 나누는 게 좋을 겁니다. 강철도 뚫을 수 있는 강철, 그거야말로 그 강철이 특별한 성질을 지녔으며 특별하게 강한 것임을 말해주지 않나요? 그게 아니면 여러분이 원하는 게 뭡니까? 우승자 자리는 내 겁니다. 괜히 시간 낭비하지 맙시다. 내게 우승자의 왕관을 씌워주세요!"

그의 이 마지막 언사로 그에 맞서는 사람들이 더욱 많이 생겨났다. 몇몇 사람들이 동시에 단상에 뛰어올라, 누구는 키하후나 기투투나 이테 와 음부이를, 또 다른 누구는 파토그 마루라 와 키멩게멩게를 지지하며 서로에게 고함을 질러대기 시작했다. 동굴은 일곱개의 시장을 한꺼번에 합쳐놓은 것처럼 아수라장이 되었다.

그러다 동굴 안이 삽시간에 조용해졌다. 키하후와 기투투, 이테 와 음부이가 각자 총을 꺼내 든 것이다.

사람들은 가만히 의자를 밀고 일어나 총알이 미치지 않는 곳으로 멀찍이 물러나기 시작했다. 몇분 동안 심지어 기침이나 재채기 소리도 들리지 않았다. 들리는 것이라고는 앉아 있던 사람들이 의자와 테이블을 밀치고 일어나는 소리뿐이었다. 언제 총알이 날아오나 궁금해하면서 말이다.

총격전이 벌어지기 전에 사회자가 단상으로 뛰어올라 사람들에게 자리로 돌아가라고 있는 힘을 다해 고함치지 않았다면 행사는 몽땅 엉망진창이 되었을 것이다. 키하후 와 가테사, 기투투 와 가탕구루, 이테 와 음부이 역시 여전히 서로에게 눈알을 부라리면서 자리로 돌아가 앉았다. 그러자 갑자기 또다시 동굴 안이 소란스러워지기 시작했다. 사회자가 팔을 흔들어대며 사람들을 조용히 시키

려고 애썼다. 그러고는 구슬리고 달래는 듯 부드러운 말투로 말을
했다.

"총을 집어넣으세요. 여러분의 뜻은 알겠으나 오늘 우리가 여기
모인 목적이 뭔지 기억을 해주시기 바랍니다. 우린 결투를 하려고
모인 게 아닙니다. 오직 현대판 도둑질과 강도질 경연 대회에 참석
하려는 목적으로 온 것입니다. 또 여기 손님을 모시고 있다는 사실
도 상기시켜드리고 싶습니다. 우리가 하는 말이며 행동을 모두 지
켜보기 위해 이 자리에 오신 *국제 도둑질과 강도질 협회*의 특사 일
곱분 말입니다. 외국에서 오신 손님들 앞에서 치부를 다 드러낼 작
정인가요? 벌건 대낮에 서로 총질을 하겠다고 으르렁대는 이 난리
통을 보고 그분들이 이제 우리를 어떻게 생각하겠습니까? 우리의
이 행동으로 그들은 신뢰를 잃어버리고 자신들의 입장을 다시 생
각하게 될 겁니다. 이 사람들이 이 나라에서 우리가 도둑질과 강도
질로 얻은 것들을 정말 잘 관리할 수 있는 걸까? 우리의 금융회사
와, 거기서 돈을 대는 모든 상업과 공업을 감독할 능력이 이들한
테 정말 있기는 한 건가? 만약 그들의 찌꺼기를 다른 마을로 옮겨
버리면 우리가 입을 손실이 얼마나 될지 상상해보세요. 일모로그
에 얼마나 큰 손실이겠습니까! 그래도 탓할 사람이 우리 자신 말고
또 누가 있겠어요? 탁 까놓고 얘기하겠습니다. 옛말에도 있듯이 사
랑하는 사이여도 서로에게 해를 입힐 수 있습니다. 너무 센 불꽃은
오히려 고기의 향미를 망칠 수 있고요⋯⋯

이렇게 간청하고 부탁합니다. 플리즈, 제발 참으세요. 모든 참가
자는 이 단상에 올라와 자신의 주장을 펼치고 도둑질과 강도질의
기술을 뽐낼 기회를 가질 것입니다. 다른 사람을 무시하지 맙시다.
증언은 증언일 뿐이에요. 각 증언을 물고 늘어져 서로 공격하며 헐

뜯어서는 안됩니다. 현대의 방식에 있어서 사냥하기에 너무 작은 매라는 건 없으니까요.

하지만 우리 심신의 평화를 되찾기 위해 잠깐 여기서 휴식을 가지며 배를 채우면 어떨까 합니다. 도둑과 강도의 배는 먹을 게 쌓여 있는데 가만히 있을 정도로 멍청하지 않지만 한두입만 먹여주면 또 금방 조용해지는 법이니까요. 여기 동굴 안에서 점심을 사 드셔도 되고—특별한 *인터내셔널 디시*가 마련되어 있습니다— 일모로그의 다른 곳에서 드셔도 됩니다. 하지만 여기에 2시 반까지 다시 모일 수 있도록 부디 신속히 점심을 마쳐주시기를 부탁드립니다. 아직도 들을 증언이 많이 남았거든요.

점심식사를 하기 전에, 부인이든 정부든 애인이든 이 자리에 계신 모든 여성분들에게 다시 알려드리고 싶습니다. 경연 대회가 끝난 후에는 패션쇼가 벌어질 예정이니 여러분께서는 금이나 다이아몬드, 은, 루비, 탄자나이트, 진주 할 것 없이 치장하고 계신 모든 보석류를 자랑할 기회를 가질 수 있을 겁니다. 우리는 우리 *컬처*를 발전시켜야 하는데, 한 문화가 다다른 경지를 보여주는 것이 여성들이 착용하는 옷과 보석류라는 건 여러분도 잘 아실 겁니다. 그러니 다시 모이실 때는 목걸이와 귀걸이, 반지, 브로치 등으로 잘 차리고 오십시오. 그래야 외국에서 오신 손님들에게 강한 인상을 주고 우리 역시 현대 문명의 길을 나아가고 있음을 보여줄 수 있지요. 자, 기억하십시오, *칼같이 2시 반! 지금으로서 제가 원하는 건 그뿐입니다. 맛있게 드십시오, 여러분!*"

사회자가 말을 마치자 모두 일어나 기립 박수를 보냈다. 사람들은 마음이 흡족해져서 가벼운 기분으로 얘기를 나눴다. 헬스 에인절스 밴드가 콩고 음악을 연주하기 시작했다.

바반다 낭가 바키미 나 모발리
모발리 오요 토토 야 마테마
나케이 콜루코 모발리 낭가에……

얼마간의 사람들은 자리에 남아 술을 마시며 여차하면 벌어졌을 총격전에 대해 얘기를 나누었고, 다른 사람들은 문 쪽으로 움직였다.

키리에, 키리에 엘레이손
키리에, 키리에 엘레이손……

가투이리아가 와링가의 손을 잡더니 말했다. "우리도 나갑시다. 밖으로 나가야지 안 그러면 숨 막혀 죽을 것 같아요!"

"그래요, 저도 구역질이 날 것만 같네요." 와링가가 일어서며 대답했다. "키하후 와 기투투가 상품으로 만들어버리기 전에 밖으로 나가 마음껏 신선한 공기를 마시자고요." 동굴을 나서며 그녀가 덧붙였다.

키리에, 키리에 엘레이손
키리에, 키리에 엘레이손……

음와우라가 무투리 쪽으로 고개를 돌리며 물었다. "데블스 에인절스를 어떻게 아는 겁니까? 그들과 무슨 관계가 있지요?"

무투리는 나이로비의 집에서 와링가를 내쫓은 깡패들이 그녀에게 건네주었던 종잇조각을 꺼냈다.

"이걸 봐요." 종잇조각을 음와우라에게 건네며 무투리가 말했다. "당신 것이 아닌가 싶은데."

음와우라가 그걸 받아 읽어보더니 눈살을 찌푸렸다. "이건 어디서 난 거요?" 그가 물었다.

"어젯밤 당신 버스 안에 있더군요." 무투리가 대답했다.

음와우라가 경계의 눈빛으로 무투리를 매섭게 노려보았다. 이 사람은 여기서 뭘 하는 거지? 잠시도 가만있지 못하는 저 눈길로 누구를 쫓고 있는 거지? 혹시 나인가? 뭣 때문에 이런 걸 쓴 거지? 그냥 이걸 차에서 발견한 척하려고? 아니면 그걸 보고 내가 어떤 표정을 보이는지 알아보고 싶어서인가? 무투리란 이자는 누구지? 왕가리는 또 누구고? 무투리는 바로 그 순간 왕가리 쪽으로 고개를 돌렸기 때문에 음와우라의 눈에 담긴 매서움을 보지 못했다.

"우리도 나가죠." 무투리가 왕가리에게 말했다.

헬스 에인절스는 여전히 같은 콩고 음악을 연주하고 있었다.

　　나카이 콜루카 방강가
　　포 야 코송기사 모발리 낭가이……

도대체 누가 보내서 일모로그에 온 거냐고 무투리와 왕가리에게 물어봐야겠다는 결심이 문득 음와우라에게 들었다. 자신이 그들의 비밀스러운 임무에 대해 알고 있다는 걸 보여줘야겠다고 생각한 것이다. 간밤의 그 되지도 않는 소리에 어리숙하게 넘어갈 내가 아니라는 걸 보여줘야지.

"이것 봐요!" 그는 이렇게 말을 꺼냈지만 마음속에 있던 생각을 다시 눌러놓은 다음 아무렇지도 않게 보이려고 다른 질문을 끄집 어냈다. "왕가리, 가서 금이며 다이아몬드, 진주 등속의 보석들로 치장을 할 생각인가요?"

왕가리와 무투리, 음와우라가 함께 웃었다. 여전히 웃으면서 그 들은 함께 동굴을 나섰고, 그러자 음와우라는 마음이 놓이는 느낌 이었다. 무슨 괜한 걱정을 하고 있었단 말인가?

"차라리 마른 옥수숫대로 만든 귀걸이를 차겠네요." 왕가리가 대답했다. "단 한가지 문제라면, 아직껏 귀를 뚫지 못했다는 거죠."

"왜요?" 무투리와 음와우라가 물었다.

"우리 때는 꽃이니 목걸이로 몸을 장식하고 다니는 시절이 아니 었으니까요. 케냐의 자유를 위한 투쟁에 나서 몸에 총탄이 숭숭 박 히는 그런 시절이었죠!" 자신이 젊었을 때 한 일이 케냐의 역사를 바꿔놓았음을 알았기에 왕가리는 자랑스럽게 말했다.

음와우라가 별안간 웃음을 멈췄다. 마음이 심란해지면서 얼굴색 이 어두워졌다. 심장이 두방망이질 하며 스스로에게 이렇게 묻는 것 같았다. 마치 몸에 이를 붙이고 다니듯이, 내 목숨을 위협하는 존재를 내 마타투에 태우고 다녔던 건 아닐까?

반면에 무투리는 한순간 자랑스러움과 행복감으로 가슴이 그득 해지는 것을 느끼며 왕가리를 바라보았다. 우리나라의 영웅인 왕 가리, 이 땅의 영웅인 모든 왕가리들! 우리가 서로 도움이 될 수 있 도록 내가 오늘 어떤 임무를 가지고 여기 오게 되었는지 알려줘야 할까? 아니야, 아직은 때가 아니야. 좀더 그녀를 지켜보도록 하자. 여전히 왕가리에게 시선을 둔 채로 무투리는 생각했다. 하지만 나 중에는…… 나중에는…… 그가 낮게 혼잣말을 했다. 그러다가 동 굴의 떠버리들이 다시 떠오르자 울고 싶은 기분이 되었다. "빨리 여기서 벗어납시다." 그가 왕가리와 음와우라를 재촉했다. "빨리 뜨자고요!"

제5장

1

와링가와 가투이리아는 동굴 밖으로 나와 난간에 잠시 서 있었다. 일모로그의 산등성이와 평원을 비추는 햇빛에 눈이 부셨다. 이 땅이 고요하게 펼쳐져 있었다. 춥지도 않고 바람도 불지 않고. "전깃불이 휘황찬란하게 비추는 곳에 있다가 나온 게 방금 전인데도 마치 평생 암흑 속에서 살았던 것 같은 기분이 드네요." 와링가가 한숨을 쉬더니 곧 목소리에 가락을 넣어 덧붙였다. "하느님의 태양을 경배하라! 하느님의 빛을 찬양하라!"

"우리나라의 빛을 찬양하는 노래를 불러야 할 것 같은데요." 가투이리아가 말했다.

"우리가 방금 벗어난 저 동굴의 빛 말인가요, 아니면 다른 종류의 빛 말인가요?" 와링가가 약간 비꼬는 투로 물었다.

"아니요, 우리가 방금 벗어난 저 동굴에 있던 사람들이 곧 꺼버릴 빛 말이에요." 가투이리아가 대답했다.

그들은 아무 말 없이 천천히 대로 쪽으로 발길을 옮겼다. 그러고는 얘기를 나누기 시작했지만 딱히 대화라고 보기는 힘들었다. 그보다는 주문을 외우는 것에 가까웠는데, 마치 꿈속에서 기억해낸 시구를 암송하는 낭송 대회에 함께 참여하고 있는 것만 같았다.

가투이리아 만세, 우리 땅이여!
만세, 케냐 산이여!
만세, 우리 땅이여,
물이 풍부하고 어디 가나 푸른 들판이 펼쳐지네.

와링가 만세, 이 땅의 찬란함이여!
만세, 깊은 호수 사이로 산등성이가 늘어선 이 땅,
투르카나에서 나이바샤까지,
남롤웨에서 몸바사까지!

가투이리아 만세, 만세, 이 땅을 감싸 지키는 것들이여,
케냐 산부터 음비루이루 산맥까지,
키안자히 산등성이부터 은얀다루아 산등성이까지,
와이레라 산부터 엘곤 산까지!
만세, 이 땅을 수호하는 자연의 존재들!

와링가 그리고 이 땅의 부름에 귀를 귀울이세!
강은 동쪽으로 흐르네,
루이루, 사니아, 사가나,
타나 강, 아티 강, 케리오 강,
이제 동쪽으로 흐르며 소리쳐 우리를 부르네:

오라, 이리 오라! 어서 오라! 와서 이 땅을 찬양하라!

가투이리아   비싼 댓가를 치러 이 땅을 되찾았으니,

피와 눈물로 되찾았으니……

와링가   여자와 남자들의,

부모와 아이들의 피와 눈물로.

이렇듯 꿈꾸듯이 읊조리다가 먼저 정신을 차린 것은 가투이리 아였다. 쓰라린 감정이 잔뜩 묻어나는 목소리로 그가 말했다. "그리고 바로 이 땅이 이제 외국인들에게 경매로 넘어가려 한다네!"

그에 대꾸를 않고 와링가는 간밤에 음와우라의 마타투를 타고 올 때 왕가리와 무투리가 함께 불렀던 노래를 부르기 시작했다.

케냐는 너희 것이 아니야, 이 제국주의자들아!

당장 짐 싸서 가버리라고!

이 땅의 주인이 지금 오고 있으니!

"하지만 주인이 도착해보니, 집이 몽땅 팔려버렸다는 거죠!" 가투이리아가 말했다. "그래, 저런 파괴 행위가 백주에 벌어질 수 있는 게 사실인 거죠?"

"그래요, 가해자들이 축배를 드는 것처럼 너무나 아무렇지도 않게 말이에요!"

"그래요, 그들이 골프를 치는 것처럼 아무렇지도 않게요."

"그리고 *한증막* 목욕을 하러 값비싼 호텔에 가는 것처럼."

"그리고 그들 전용의 나이트클럽에 춤추러 가는 것처럼."

"그리고 그들의 동굴과 소굴에서 자랑질 하며 노래를 부르는 것

처럼." 와링가가 말했다. "하느님, 케냐를 굽어살피소서. 내가 왜 이러죠? 가슴이 터질 듯한 게 울고 싶은 마음이에요. 이 문제를 이런 식으로 생각해본 적이라고는 없었는데……"

"어쩌면 위스키를 마셔서 그럴 수도 있죠." 가투이리아가 대답했다. "구운 염소 고기를 먹을 데가 있는지 가서 찾아봅시다."

"여기 골든 하이츠에서요?" 와링가가 물었다.

"아뇨, 쪼끄만 조롱박에 공기를 담아 팔고 싶어하는 사람들이 있는 여기 말고도 먹을 곳이 있지 않겠어요?"

"유럽에서 방금 가져온 신선한 공기를 사세요!" 형체 없는 공기를 사려는 사람들에게 하듯이 와링가가 소리쳤다.

가투이리아와 와링가가 서로를 바라보더니 눈으로 이야기를 나누었다. 그러곤 함께 웃었다. 와링가는 한결 마음이 가벼워진 기분이었다.

"은제루사에 가요!" 와링가가 제안했다.

"거기 식당이 있나요?" 가투이리아가 물었다. "은제루사라…… 내가 그 이름을 전에 어디서 들어봤을까요?"

와링가가 웃었다. 함께 천천히 길을 걸어 내려가면서 그녀가 그에게 일모로그에 대해 좀더 설명해주기 시작했다.

일모로그에는 일곱개의 마을이 있다. 맨 바깥쪽 마을부터 시작해보자. 거기엔 농부들이 살고, 또 아직 은행이 팔아버리거나 돈 많고 힘센 사람들이 집어삼키지 않은 손바닥만 한 땅을 가지고 있는 사람들이 있다. 쇼핑 구역도 있어서 포목상과 식료품점, 철물점 등 온갖 종류의 가게들이 있다. 은행 역시 그 동네에 있다. 다른 구역은 공업 구역이다. 거기에 대규모 양조장인 텡에타 브루어리가 있다.

"주택단지는 두 구역으로 나뉘어 있어요. 하나는 *일모로그 골든 하이츠 레지던셜 에어리어*예요. 예전에는 케이프타운이라고 불렀더랬는데, 요즘은 골든 하이츠로 알려져 있고, 그냥 하이츠라고도 해요. 공기가 맑고 깨끗해서 일모로그에서 내로라하는 사람들은 모두 거기에 살죠. 돈 많고 힘센 사람들의 집이 거기 자리 잡고 있어요. 근데 그걸 집이라고 해야 할까요, 대저택이라 해야 할까요! 그냥 집이라고 해야 할까요, 대단한 장관이라고 해야 할까요! 은지루에서 날라온 돌로 벽을 쌓아올렸고요, 지붕은 붉은 벽돌로 지었어요. 창문은 구름 한점 없는 하늘이나 호수처럼 짙은 푸른색이에요. 그리고 여러가지 종류의 꽃 모양으로 만들어진 철제 창살로 장식이 되어 있죠. 고급스러운 티크 목재로 만들어진 문에는 온갖 멋진 문양이 새겨져 있어요. 바닥엔 마루청을 깔았는데, 어찌나 윤을 내서 매끈거리고 반짝거리는지 얼굴이 비칠 정도여서, 머리를 매만질 때 거울로 쓸 수도 있을 거예요. 골든 하이츠 사람들은 언제나 서로 경쟁을 하며 살아요. 누가 굴뚝 열개에 방이 열개나 딸린 집을 하나 지으면, 그다음 사람은 스무개의 굴뚝에 방이 스무개인 집을 짓죠. 누가 인도에서 카펫을 들여오면, 누구는 이란에서 카펫을 사들이고, 등등.

주택단지의 다른 쪽은 은제루사의 *뉴 예루살렘*이라고 불러요. 노동자와 실업자 들이 사는 곳이죠. 가진 것 없는 불쌍한 케냐인들 말이에요. 근데 그걸 집이라고 해야 할까요, 아님 키하후 와 가테사의 말마따나 제비 둥지라고 해야 할까요? 판잣집의 벽과 지붕은 함석판과 오래된 방수포, 비닐봉지 등으로 대충 때웠어요. 여기가 일모로그의 슬럼이지요. 그리고 바로 거기서 마텡에타, 창아, 치부쿠와 그밖의 불법 맥주들이 주조돼요—노동자들이 바로 뻗어버릴 수 있게 퀴닌[37]과 아스피린제를 더해서 독하게 만든 맥주지요. 은제루사가 바로 성경에 묘사된 지옥이 아닌가 하는 생각이 들 때가 간혹 있어요……"

"왜요?" 가투이리아가 물었다. "그곳이 어떻길래요?"

"케냐에 사는 외국인이라도 되는 것처럼 어떻게 그런 걸 물어볼 수가 있어요? 나이로비의 슬럼가에 한번도 가본 적이 없어요? 끝이 안 보이도록 새까맣게 벽을 오르내리는 벼룩들과 빈대들의 그 놀라운 광경하며, 거무죽죽한 물과 똥오줌이 가득 고여 있어 보기만 해도 역겨운 길가의 배수로, 그 더러운 물에서 수영하며 노는 발가벗은 어린애들을 직접 본 적이 없단 말이에요? 슬럼은 슬럼이지요. 여기 은제루사 슬럼엔 배수 시설이 없어요. 사람의 똥오줌과 죽은 개와 고양이의 시체들, 그런 모든 것 때문에 그 자체가 순전한 부패인 양 냄새가 진동을 하죠. 이렇게 썩어가는 것들에 공업지역에서 날아오는 독성이 있는 가스까지 더해봐요—그게 다 바람을 타고 은제루사로 날아오거든요. 그것만이 아니라 공장에서 나오는 모든 쓰레기와 폐기물이 다 거기에 버려지기도 하고요. 그럼제가 왜 은제루사를 지옥에 비유하는지 알겠죠. 벼룩과 이, 빈대가그득한 구멍에 사람이 파묻혀 있는 것, 그보다 더한 지옥이 어디있겠어요?" 와링가가 비통한 목소리로 말을 마쳤다.

"벼룩, 모래벼룩, 빈대…… 일모로그 슬럼에 가면 그런 것들이 우리가 막 자리를 뜬 저 동굴에 있던 인간 기생충보다 더 많이 있나요?" 가투이리아가 혼잣말을 하듯이 느릿느릿 물었다.

바로 그때 그들 눈에 전속력으로 달려오는 작은 마타투가 보였

---

37 해열, 진통, 말라리아 예방 등의 효과가 있는 알칼로이드제.

다. 와링가가 손을 흔들어 차를 세웠다. 차가 멈췄고 그들은 올라탔다. 일이분 만에 그들은 눈이 하나뿐인 툼보라는 이름의 남자가 주인장으로 있는 뉴 일모로그 정육점에 도착했다. 가투이리아가 염소 고기 3파운드를 주문했다. 갈비는 좀 주고 내장은 빼달라고 부탁했다. 툼보가 하나의 눈으로 그를 뚫어지게 쳐다보더니, 나 툼보는 내장을 섞지 않고는 절대 누구에게도 고기를 파는 법이 없다고 말했다. 당신은 지금 돈 많은 사람과 함께 골든 하이츠에 있는 게 아니라 민중들의 장소인 은제루사에 있다는 걸 기억해야 한다고 말이다. 가투이리아가 그럼 곱창 말고 간을 좀 섞어달라고 부탁하자 툼보는 그러마고 했다.

가투이리아와 와링가는 툼보의 정육점과 붙어 있는 가게 뒤쪽으로 갔다. 그곳의 앞쪽은 정육점이고 뒤쪽은 술집이었다. 빈 맥주 통에 앉아 맥주를 마시는 손님이 많았다. 중앙 홀은 손님으로 꽉 차 있었지만 바텐더가 가투이리아와 와링가를 빈방으로 안내했다. 그들도 맥주 통 위에 앉았다. 바텐더가 터스커 맥주 두병을 가져왔다. 그들은 고기가 나오길 기다리면서 맥주를 병째로 마셨다.

"동굴에서의 연설을 들으니까 너무 기가 막혀서 아무 생각이 안 나던데요." 와링가가 말했다.

"솔직히 말하면 내가 정말로 케냐에 있는 건지 믿기질 않았어요." 가투이리아가 말했다. 그러더니 고개를 흔들면서 혼잣말을 하듯 말을 이었다. "현대판 도둑질…… 현대판 강도질…… 그러니까 발전이라는 건물이 인간의 시체 위에 세워진다는 말이 사실이라는 건가?"

"찾아다니던 악마는 찾았나요?" 와링가가 웃으면서 물었다.

"당신 음악을 위한 괜찮은 주제를 찾아서 여기에 온 거라고 간밤에 얘기했던 걸 잊은 건 아니겠죠? 아니면 음위레리 와 무키라이가 우리에게 준 초대장 때문에 당신의 악마는 거기서 사라져버린 건가요?"

"내가 너무 정신없이 달려온 것 같아요." 가투이리아가 말했다. "그 다른 초대장에 너무 과도한 믿음과 희망을 걸었나봐요. 믿음이라는 건 그냥 믿는 거라서, 그걸 확고히 하기 위해 눈에 보이는 증거를 찾을 필요가 별로 없거든요. 정말 중요한 건 음악적 주제를 발전시킬 수 있는 아이디어라고 할 수 있죠."

"그래서 악마를 하나도 못 찾았다는 거예요? 예를 들면 외국인 중에서도요?"

"제 말은 악마가 정말로 존재하든, 아니면 그저 세상의 어떤 이미지일 뿐이든 그건 별로 중요하지 않다는 거예요."

"그럼 당신을 괴롭히던 그 꼬인 매듭은 어떻게 된 거예요?" 와링가가 계속 그를 몰아댔다. "아님 바닥이 돌바닥이라 춤을 못 추겠다고 우기는 가련한 춤꾼처럼 되어버린 건가요?"

"*꼭 그런 건 아니지만……*" 가투이리아가 말을 꺼냈다가는 와링가의 질문에 머릿속이 어지러워진 듯 말을 멈췄다. "*알다시피 음악은……* 아니, 작곡이라고 하죠……" 하고 싶은 말이 뭔지 확신이 안 선다는 듯 그가 다시 말을 멈췄다. "제가 보는 방식은 이래요. 음악적 창작은 사랑으로부터 영감을 받아야 해요…… 자기 나라에 대한 사랑…… 자기 나라의 아름다움과 통일성, 용기, 성숙함, 용감함, 관대함에 대한 찬가를 부를 수 있도록 고무하는 사랑 말이에요…… 베토벤이 나뽈레옹을 기리며 *에로이카 씸포니*를 작곡하고, 쎄르게이 쁘로꼬피예프가 러시아의 민족적 영웅인 알렉산더 네프스끼의 업적에 기반한 *오라토리오*를 작곡한 것처럼, 나도 민족적 영웅들을 찬양함으로써 우리 민족의 영웅적 업적을 기리는 음악을 작곡하기를 항상 꿈꿔왔어요. 우리 민족의 영혼과 열망과 꿈을 표현하는 음악을 작곡하고 싶은 거죠…… 그런데 동굴에서 우리가 들었던 얘기는 뭔가요? 애국적인 나라 사랑의 새싹을 삽시간에 얼려 죽이는 아침 서리 아니겠어요?"

"아니에요!" 와링가가 재빨리 대답했다. "저런 얘기는 오히려 비와 같아서 묻혀 있던 자기 나라에 대한 사랑이 땅을 뚫고 싹트게 해요. 증오와 결부되지 않은 사랑은 없어요. 무엇을 증오해야 할지를 알지 못하고서야 무엇을 사랑할지 어떻게 알겠어요? 아직 말도 못하는 아기를 생각해봐요. 아기의 울음소리는 좋아하고 싫어하는 걸 표현해요. 동굴을 나서면서 우리 둘이 우리나라에 대해 찬가를 부르지 않았던가요? 케냐에는 애국주의적 음악을 창작하도록 영감을 불어넣을 애국자와 영웅 들이 충분히 있어요! 키마티도 케냐 어머니로부터 태어나지 않았나요? 당신 안에 가장 심하게 엉킨 매듭은 바로 지금까지 증오가 뭔지 알지 못했기 때문에 사랑도 없었다는 점이에요. 돌봐줄 부모님이 있는 아기는 당연히 똥을 집어먹는 일은 없겠지만, 지나친 보호의 막에 둘러싸여 살면 아무것도 배우지 못할 테니까요. 더러움과 깨끗함이 어떻게 다른지, 증오와 사랑은 어떻게 다른지 절대 배우지 못할 거예요…… 검은색을 알 수 있게 해주는 건 바로 하얀색이에요. 좀 전까지 우리가 있었던 동굴에 있던 사람들이 바로 우리 땅의 진짜 영웅이 누구인지를 알려주는 거라고요."

"아니, 아니, 당신은 지금 굉장히 여러가지를 혼동하고 있어요." 와링가가 자기 마음속의 민감한 부분을 건드리기라도 한 듯 가투이리아가 재빨리 말했다.

"그렇다면, 당신이 증오하는 게 뭔지 말해줘요. 그럼 뭘 사랑해야 하는지 내가 알려줄게요. 혹시 자기 생각이 뭔지도 모르는 건가요?"

"아, 아가씨, 잊고 싶은 내 고향과 그 기억들을 왜 다시 끄집어내려는 거예요?" 가투이리아가 물었다.

"고향이 어딘데요?"

"나쿠루요. 아버지는 재계의 거물이에요. 나쿠루에 몇 개의 상점이 있고 리프트 밸리에 농장도 엄청 많죠. 그외에도 신발이나 섬유, 꽃, 묘목 같은 것들을 수출하고 수입하는 다른 사업도 셀 수 없이 많아요. 무슨 사업이든 누가 입만 뻥긋하면, 아버지는 바로 거기에 손을 대죠. 이 수많은 수출과 수입 사업을 위해 특별 비행기도 운영해요. 난 외아들이에요. 나를 미국에 보내 자산과 이윤을 관리하는 법을 배우도록 하는 게 아버지의 목표였지요…… *경영학*…… 어젯밤에 음위레리 와 무키라이가 자랑하던 그런 종류의 교육 말이에요. 하지만 나로 말하자면 아버지의 뒤를 잇고 싶은 생각이 전혀 없어요."

"왜요?"

"왜냐하면 난 항상 아버지의 차 농장에서 일하는 노동자들과 마음이 맞았거든요. 나에게 아름다운 노래를 불러주고 신나는 얘기를 들려준 사람들이 그분들이었어요. 기타나 대나무 피리를 연주해줄 때도 많았죠…… 그들이 사는 판잣집과 형편없는 음식, 누더기 같은 옷을 보고 그들의 풍요로운 노래와 광범위한 지식이 그 가난과 얼마나 대비되는지에 생각이 미치면 아버지에 대한 걷잡을 수 없는 증오에 사로잡히곤 했죠. 노동자도 우리와 똑같은 사람들 아닌가요? 때로 아버지는 그들에게 매질을 하고 학대를 하고 바보

멍청이라고 욕을 해댔어요. 게다가 정말이지 한번은 너무 나이 많은 사람을 때리지 말라고 만류하는 엄마까지 때리는 것을 본 적도 있죠. 나중에 내가 이런저런 것을 물어보니 아버지는 내게 막대기를 들이밀며 노동자들이 사는 곳에는 얼씬거리지도 말라고 으름장을 놓더군요. 하지만 난 계속해서 노동자들을 찾아갔죠. 바로 그때문에 아버지가 나를 한참 어렸을 때 미국으로 보내버린 것 같아요."

"미국에는 얼마나 있었어요?"

"십오년요."

"십오년이나! 외국에서!"

"CPE를 마치고 곧장 미국에 갔다고 얘기 안했나요? 장학금도 없었어요. 아버지가 모든 경비를 다 댔죠."

"그렇게 오랫동안 뭘 공부했던 거예요?" 와링가가 물었다.

"온갖 것을 했죠. 하지만 결국 *피아노나 오르간, 클라리넷, 리코더, 트럼펫* 같은 악기를 연주하면서 음악을 전공하게 되었어요. 작곡도 공부했고, *16세기*의 바흐와 헨델의 시대부터 최근의 차이꼬프스끼와 1971년에 작고한 이고르 스뜨라빈스끼에 이르는 서양 음악사도 공부했어요. 지휘도 배웠죠. 뭐 그런 것들이에요. 내가 가장 감동을 받은 건 바흐의 *B 마이너 미사곡*과 *마태 수난곡*, 헨델의 *메시아*, 그리고 멘델스존의 *엘리야*예요. 그 많은 대학들을 돌아다니고도 결국 경영학 공부는 안하고 음악을 전공하게 되었다는 얘기를 듣자 아버지는 끝이 안 보이는 긴 전보를 보냈어요. 노래 부르는 것 따위로 학위를 받아 나쿠루의 본데니 구역에서 빈둥거리는 불한당들처럼 어깨에 기타나 걸치고 다니라고 내 교육에 수천 실링을 쏟아붓는 일을 더이상은 계속할 수 없다고 하셨죠. 음악을 선택해서 평생을 정처 없이 떠돌아다니든지, 경영학을 공부해서 아버지의 아들로 당당히 돌아오든지 양단간에 결정을 하라는 거예요. 웰, 삼백년 전쯤 노예로 미국에 끌려온 아프리카인의 후손들에게 미국의 부자들이 하는 걸 보니 그게 아버지가 농장 노동자에게 하는 것과 완전히 똑같더라는 사실을 어떻게 아버지에게 설명할 수 있겠어요? 미국에 오래 있다보니 아버지의 계급이 케냐를 얼마나 암울한 암흑 속으로 몰고 가는지 알게 되었다는 말을 어떻게 하겠냐고요. 아예 답신을 하지 않았어요. 하지만 돈이 절대 내 인생을 좌우할 수 없도록 음악을 선택했죠.

그때 아버지는 교회에 다니지 않았어요. 그런데 미국에서 돌아와보니 아버지가 교회의 주요 인사시더라고요. 교회의 앞쪽, 제단 바로 앞에 가족 특별석까지 갖고 계셨죠. 자신의 말을 거역한 배은망덕한 내 행동을 아버지는 절대 용서하지 않았어요. 이렇게 묻더군요. '이 땅에서 어떻게든 가지려고 기를 써야 할 게 돈 말고 뭐가 있단 말이냐? 배은망덕한 못된 하인처럼 너의 달란트를 어떻게 그냥 땅에 묵혀둘 수 있는 거냐고!' 그러곤 바로 그 자리에서 성경책을 집어들어서는 간밤에 음위레리 와 무키라이가 마타투에서 들려준 바로 그 이야기를 읽어주시는 거예요. 그걸 다 읽으셨을 때 제가 물었어요. '아버지, 제가 어떻게 굶주린 사람의 입에서 먹을 것을 가로챌 수 있겠어요? 목마른 사람에게서 어떻게 물을 훔칠 수 있겠냐고요.' 아버지가 쏘아붙였어요. '뭐가 어째! 얼마 전에 새로 교회에 오셔서 우리에게 달란트에 대해 설교했던 빌리 그레이엄 목사보다 네가 더 잘났다는 얘기냐, 지금? 빌리 그레이엄 신부의 신발을 닦을 자격도 없는 녀석이!'

다음으로 아버지가 알게 된 사실은 내가 특히 음악을 중심으로 우리의 문화와 전통, 관습 등을 연구하고 조사하는 일로 대학에 자리를 잡게 되었다는 사실이었고, 그때 한계에 이르게 되셨죠. 다시한번 저를 불러들이더니 이렇게 말하시더군요. '넌 어떻게 전 교회 신자들 앞에서 나를 홀랑 발가벗길 수 있는 거냐? 하느님 앞에 발가벗기고, 심지어 갓난아기까지 내 발가벗은 모습을 보게 할 수가 있느냔 말이다. 노아의 벗은 모습을 보고도 아무런 조치를 취하지 않았던 그 옛날의 함을 생각해봐. 하느님이 그래서 어떻게 하셨는지 알아? 저주를 내리셔서 그의 자손들은 영원히 어둠의 자손들이 되었지. 나중에 자비를 베풀어 셈의 아이들을 여기 아프리카로 보내주시지 않았다면 함의 자손인 우리가 지금 어떻게 되었겠니? 당장 나가라. 함이 걸었던 길을 따라가. 가서 세상을 떠돌다가, 네 달란트라는 진주를 돼지한테 던져주고 그 돼지와 한솥밥을 먹는 그런 일을 청산하거든 그때 집으로 돌아오너라.'

이제 집에는 전혀 갈 일이 없어요. 아버지가 내 학비를 대느라 쓴 돈을 갚아 남아 있는 모든 의무감에서 벗어나기 위해 요즘 돈을 모으고 있죠."

"그건 정말 야심 찬 계획이네요." 와링가가 한숨을 쉬었다. "아버지 존함이 어떻게 되시죠? 알 수도 있을 텐데. 제가 나쿠루에서 자란 것 알아요?"

"그렇다면 더욱 얘기하지 않을래요." 가투이리아가 곧바로 대답했다. "내 아버지가 누군지 당신이 알게 되는 게 달갑지 않네요. 나까지 미워할 수도 있으니까. 게다가 당신이 아무 말 안하더라도 당신 눈을 똑바로 쳐다보지 못할 거예요. 당신을 볼 때마다 당신이 내 아버지를 알고 그럼 나에 대해서도 안다는 생각이 항상 들 테니까요. 난 아버지 성을 쓰지도 않아요. 아버지의 그늘에서 완전히 벗어나 이 세상에서 독립적인 삶을 꾸려가고 싶어요."

와링가가 그에 대해 뭐라고 대답하기도 전에 그들이 기다리던 고기가 잘게 잘려 나무 접시에 담겨 나왔다. 이어서 양파와 고추, 정향이 산더미같이 쌓인 접시도 나왔다.

그들은 아무 말 없이 고기를 먹기 시작했다. 가투이리아는 이런저런 것들을 마음속으로 따져보았다. 간밤에 음와우라의 마타투에서 처음 만나 은야마키마에서 일모로그까지 함께 왔고 오늘 아침에 다시 만났을 뿐인데, 내 마음속에 그렇게 오랫동안 담고 있었던 모든 비밀을 이 여자에게 다 얘기하고 있다니. 동굴에서의 일이 무슨 영향이라도 준 것일까?

와링가도 비슷한 생각을 하고 있었다. 지난 스물네시간 동안 그녀에게 일어난 일은 정말이지 놀랍기 그지없었다. 그녀는 자신이 어떻게 애인 존 킴와나에게 버림받았는지 떠올렸다. 몸을 내주기 아까워했다는 이유로 *보스* 키하라가 어떻게 자신을 해고해버렸는지도. 집주인이 어떻게 자기를 집에서 쫓아냈는지, 데블스 에인절스의 서명이 있는 협박 편지를 어떻게 받게 되었는지도. 그 일들이 다 떠올랐다…… 그래서 와링가는 그 편지를 꺼내 부자들이 어떻게 깡패들을 고용하는지 보여주려고 바로 손가방을 집어들었다. 그런데 가방 안을 아무리 이 잡듯 뒤져도 편지를 찾을 수가 없었다. 상관없어, 와링가는 생각하고는 가투이리아에 대해, 그리고 아들과 아버지 사이의 갈등에 대해 하던 생각을 계속 이어가기로 했다. 그는 왜 내가 자기를 미워하기를 원하지 않는다고 했을까? 그녀로서는 의아한 일이었다. 우리가 뭐 이제 매일 만나기라도 할 거라고 생각하나? 자기한테도 '바로 넘어가는'이 생겼다고 여기는 건가?

와링가는 가투이리아의 목소리를 듣고 이런 생각에서 퍼뜩 깨어났는데, 그 소리가 마치 물에 빠지지 않기 위해 허우적거리는 사람의 말처럼 들렸다.

"뭐라고! 내가 우리 문화에 대한 관심을 접고 쪼끄만 조롱박에 공기를 담아 가난한 사람에게 파는 그런 백일몽에 함께하겠다는 생각을 할 것 같아?"

"하느님이 모두에게 주신 공기를 팔아먹으려는 백일몽에!" 와링가가 맞장구를 쳤다. "허공에다 백합을 심어 구역을 정하고는 '여기서부터 저기까지, 이만큼이 허공에서의 내 구역이야'라고 공표하는 백일몽에!"

"집주인과 은행만 엄청난 이득을 보려고 제비 둥지만 한 집을 지어 가난한 사람에게 팔겠다는 백일몽에!" 가투이리아가 말했다.

"수십 명의 여자 친구를 거느리겠다는 백일몽에." 와링가가 울먹이는 목소리로 말했다. "도대체 얼마나 많은 사람의 가슴을 산산이 부숴놓았는지 알기나 하는 걸까요? 얼마나 많은 몸을 짓밟고 얼마나 많은 삶을 더러운 땅바닥에 내팽겨쳤는지, 그래서 그 여자애들이 모두 자기 몸을 바라볼 때마다 남자들에게서 옮은 더러운 병만을 보게 되었다는 걸. 요즘 여성들의 청춘은 썩어가는 시체가 되었어요. 몸의 온기는 자신의 삶을 태워 없애는 불길이 되고, 그 여성성은 생식력을 묻어버리는 무덤이 되었죠…… 얼마나 많은 여자애들로 하여금 아기를 낳아 변기에 던져버리거나, 미처 태어나지도 않은 자궁 속의 아이를 죽이게 만들었는지 그들은 알기나 할까요?

들어봐요. 한창 젊은 나이일 때 여자들은 남편이랑 자식들이랑 자기 집에서 행복한 가정을 이루어 영원히 사는 아름다운 꿈을 꾼답니다. 할 수 있는 한 최고의 교육을 받겠다는 꿈이나 직장에서 어려운 업무를 해내겠다는 꿈을 꾸는 사람도 있고, 나라를 위해 영웅적인 일을, 후세의 사람들이 '오, 위대한 어머니, 자수성가한 민족의 영웅!'이라며 칭송할 그런 영웅적인 일을 해낼 꿈을 꾸는 사람도 있지요. 가슴이 채 자라지도 않은 그때 여자아이는 영웅적인 행동들로 가득한 밝은 미래를 꿈꾸는 거예요. 하지만 그 가슴이 다 자랄 때쯤, 볼이 홍조를 띨 때쯤 돼봐요. *보스 키하라* 같은 인간들이 휘파람을 불어대며 자기 메르세데스 벤츠로 *태워다줄 테니* 나이바샤와 몸바사의 휘황찬란한 밤거리에 가자며 접근할 때까지 기다려보라고요. 아, 그래요, 나이로비의 고급 호텔에서 보내는 그 매혹적이고 경이로운 저녁과 밤 시간을 맛보기만 하면, 그 처녀는 어느날 아침 눈을 떴을 때 자신의 모든 꿈이 마치 박살 난 도자기처럼 바닥에 산산이 흩어져 있는 꼴을 보게 될 거예요. 모래 깔린 그 바닥에 자기 환상의 조각들이 처참히 널부러져 있는 거죠. 민중의 문화를 조사하고 연구하고 있다니 얘기해봐요. 도자기 그릇이 깨어지면 그걸 고칠 방법이 있나요? 옛날에 여자아이의 생명을 돌려주었다는 이야기 속 비둘기처럼, 산산이 조각난 젊은 여성의 꿈을 다시 맞춰 붙여놓을 수 있는 장인은 어디 있나요? 안돼요, 안된다고요! 남자아이들이 무투 노래에서 어떻게 그 얘기를 하며 춤을 췄던가요?

놀라운 광경이어라,
도자기 그릇이 이제 깨졌구나!
내가 나이로비에서 왔을 때는,
상상도 못했네.
'엄청난 용기의 생산자'라는

이름의 아기를
낳을 줄이야.

같은 부족 사람들이여, 이리 와서 함께 통탄해요! 이리 와서 현대의 놀라운 광경을 보라고요. 오늘 우리는 영웅이 될 아이를 낳는 사람이 아니라 저주받은 아이를 낳는 사람일 뿐이에요. 아니요, 안돼요. 도자기 그릇이 깨어지면 절대 고칠 수가 없어요. 바로 그렇게해서 우리 *슈가 걸*들의 꿈이 *슈가 대디*들로 인해 완전히 망가지게된 거죠……"

가투이리아는 난데없이 와링가의 눈에서 눈물이 솟아 뺨을 타고 흘러 바닥으로 떨어지는 것을 보았다.

"와링가! 와링가, 무슨 일이에요?" 가투이리아가 놀라서 물었다. 내가 무슨 잘못이라도 한 걸까?

와링가는 가방을 집어 손수건을 꺼내더니 눈물을 닦았다. 미소를 지어보려고 애를 썼지만 잘 되지 않았다. 그녀가 여전히 슬픔가득한 목소리로 말을 이었다.

"별것 아니에요…… 별것일 수도 있지만…… 무슨 얘기를 어떻게 하겠어요? 생판 모르는 사람인 당신에게 말이에요. 하지만 남들이 모르는 비밀스러운 점이라고는 없어요. 아무에게도 한 적 없는 얘기긴 하지만, 사실 케냐의 모든 여자아이들에게 벌어지는 일이니까요. 당신의 사연을 듣고 있자니 나 자신의 삶이 떠오르며 화가 치밀어올랐어요. 내 꿈이 무투 춤과 노래에서 남자아이들이 얘기하던 도자기 그릇처럼 산산조각 난 게 어느 지점에서였는지 이제는 알 수 있으니까요. 무슨 말을 어떻게 해야 할까요? 어디서 시작해야 할까요?

정말이지 여기 이렇게 앉아 있는 지금도, 혹은 혼자서 조용히 이런저런 생각을 마음속에 떠올리고 있을 때도, 혹은 타자를 치거나 그냥 거리를 걸어갈 때도, 나쿠루에서 닥친 모든 어려움에서 벗어나길 기다리며 서 있던 나를 향해 달려오던 기차의 엄청난 굉음이 귀에 들려요. 나쿠루 58구역의 카바시아 단지 옆 건널목 근처 기찻길 한가운데 난 서 있었죠. 일요일 11시경이었어요. 기차가 내 쪽으로 달려오고 있었어요. 증기를 뿜어내고 씩씩거리며 이렇게 노래하는 것 같았죠.

우간다-로-가는
우간다-로-가는
우간다-로-가는
가-는
가-는
가
가
가
가―우―!

눈을 감고 수를 세기 시작했어요. 하나, 둘, 셋, 넷…… 자, 나를 데려가……"

와링가가 손으로 얼굴을 가렸다. 정말 기차 앞에 서 있기라도 한 듯 온몸이 마구 떨렸다. 금방이라도 기차가 그녀를 덮쳐 깔아뭉개기라도 할 것처럼 이마에 땀방울이 송글송글 맺히기 시작했다. 가투이리아가 재빨리 자리에서 일어나 손으로 그녀의 어깨를 쥐고는 살짝 흔들며 물었다. "왜 그래요, 와링가? 뭔데 그래요?"

2

자신타 와링가는 1953년 기퉁구리 키아 와이레라의 캄부루에서 태어났다. 당시 케냐는 비상조치라는 이름의 무척 억압적인 법 아래 영국 제국주의자가 통치하고 있었다. 그리고 키마티 와 와시우리가 이끄는 애국주의자들이 단결을 맹세하고, 사람은 어차피 죽을 목숨이므로 이 땅에서 모든 고문과 억압을 끝장낼 때까지 영국 테러리스트들(암호명 조니스Johnnies)에 맞서 싸우겠다고 선언했다. 은얀다루아와 케냐 산에서 울리는 총성과 폭탄 소리가 천둥처럼 울렸다. 충성스러운 케냐 앞잡이들인 민병대 — 저희들 배만 불리겠다고 나라를 팔아먹은 고자 새끼들 — 와 함께한 영국 테러리스트들은 마우마우 게릴라 부대에 패할 날이 얼마 남지 않았음을 깨닫자 온 나라에서 농부와 노동자 들에 대한 무차별한 억압과 고문을 더해갔다.

1954년, 와링가의 아버지가 끌려가 마냐니에 구금되었다. 일년 뒤에는 엄마마저 끌려가 랑가타와 카미티 감옥에 수감되었다.

그때 와링가는 겨우 두살이었다. 나쿠루에 살던 이모가 와서 그녀를 데려갔다. 그때 이모부는 철도청에 근무하고 있었는데, 나중에는 나쿠루 시의회에서 일했다. 와링가는 사촌과 함께 나쿠루에서 자랐다. 초반에는 *랜드 파냐 에스테이트*에서 살다가 독립이 다가오면서 *58구역*의 시립 주택으로 옮겼다.

와링가는 *샤우리 야코 에스테이트* 근처의 *바하리니 풀 프라이*

머리 스쿨을 다녔다. 하지만 그녀의 사촌은 마젱고와 본데니 근처의 *58구역* 바로 아래 있는 본데니 DEB[38]에 다녔다. 그녀는 시립 도축장 근처에 극빈자들을 위해 짚으로 엮어 만든 오두막을 따라 쭉 내려가곤 했다. 그러곤 본데니를 가로질러 수업 시작 종이 마지막으로 울리기 전, 아침 행진을 하기 위해 자리를 찾아 서는 것이었다. 방과 후나 주말이면 이따금씩 와링가는 사촌들과 함께 본데니를 쏘다니며 여자들이 남자를 꼬시러 돌아다니거나 남자들이 칼을 들고 서로 싸우는 광경을 보았다. 다른 때는 키지와니, 칼로레니, 키붐비니, 샤우리 야코, 암봉고레와(소말리 캠프라고도 알려진) 등 근처에 있는 모든 주택가란 주택가는 다 찾아다니며 지나가는 사람들과 집과 상점을 구경했다. 어떤 때는 메넹가이 회관에서 음악회나 연극을 보았고, 또 어떤 때는 카무쿤지에서 하는 공짜 영화를 보러 가기도 했다. 어떤 날은 레이크 나쿠루 로를 따라 호숫가까지 걸어 내려가서, 홍학과 다른 새들 구경도 하고 경기장에 가서 차와 오토바이 경주를 보기도 했다.

하지만 와링가가 무엇보다 좋아했던 것은 창녀들이 남자들을 두고 서로 싸우거나 술 취한 사람들이 길가 배수로에 토하고 오줌 누는 걸 구경하는 게 아니었다. 그랬다, 그녀가 가장 좋아했던 것은 교회에 가서 기도를 하고 설교를 듣는 것이었다. 일요일마다 이모는 그녀를 홀리 로저리 교회의 아침 미사에 데리고 가곤 했다. 와링가는 홀리 로저리 교회에서 세례를 받았고, 거기서 자신타라는 이름을 받았다. 와링가가 안 보려고 무진장 애를 쓰면서도 자꾸 시선이 향하는 걸 막기 힘들었던 것이 있었는데, 그건 바로 홀리 로

---

38 District Education Board의 약자로, 과거 공립학교의 명칭이다.

저리 교회의 벽과 창문에 붙어 있는 그림들이었다. 성모마리아의 품에 안겨 있는 예수님이나 십자가에 박힌 예수님 그림이 대부분이지만 악마를 그린 그림들도 있었다. 소뿔 같은 뿔이 머리에 솟아 있고 원숭이 꼬리 같은 꼬리가 달린 악마가 다리 하나를 들고 악의 춤을 추는 동안 그의 추종자들이 벌겋게 달아오른 쇠스랑으로 불 속의 인간들을 이리저리 뒤집는 그림이었다. 성모마리아와 예수님과 천사들은 유럽 사람처럼 흰색 피부였는데, 악마와 그 추종자들은 시커맸다. 밤마다 와링가는 계속 같은 꿈에 시달렸다. 본데니에서 보았던 사람들처럼 누더기를 걸친 사람들이, 예전에 한번 리프트 밸리 스포츠 클럽 근처에서 보았던 아주 뚱뚱한 유럽 사람처럼 피부가 하얀 악마를 예수님 대신 십자가에 매다는 꿈이었다. 그런데 사흘이 지나 악마가 거의 죽을 지경에 이르면 정장에 넥타이를 맨 흑인들이 그를 십자가에서 내려 다시 살려내고, 그러면 악마는 와링가를 비웃는 것이었다.

와링가의 부모님은 우후루가 시작되기 삼년 전인 1960년에 풀려났는데, 나와보니 캄부루에 있던 얼마 안되는 땅은 이미 식민지 정부가 민병대에게 팔아넘긴 뒤였다. 그들은 소작할 땅과 오두막이라도 지을 곳을 찾아 일모로그로 왔다.

와링가가 나쿠루의 바하리니에서 학교를 다니고 있다는 것을 알게 된 부모님은 그녀에게 거기 그냥 있으라고 했다. 그들은 그녀가 학업을 조속히 마치고 언젠가 자신들을 가난의 사슬에서 꺼내줄 수 있기를 기도했다. 와링가는 공부를 잘해서 반에서 일등을 할 때가 많았다. 사실 사촌들에게 종종 수학을 가르쳐준 것도 와링가였다. 사촌들 학년이 더 높았음에도 말이다. CPE 결과가 발표되었을 때 와링가는 상위에 속해 있었다. 그녀는 *나쿠루 데이 쎄컨더리*

스쿨에 들어갈 수 있었다.

그때가 와링가의 삶에서 가장 행복한 때였다. 파란 치마에 하얀 블라우스, 하얀 스타킹에 검은 신발을 교복으로 차려입은 자신의 모습을 보았을 땐 너무나 기쁜 나머지 눈물이 나올 정도였다.

폼 원과 폼 투 시절도 마찬가지였다. 순전히 배움에서 얻는 즐거움과 우등생으로 학교를 마치고 싶다는 욕심 말고는 다른 생각이나 걱정거리가 없었으니까. 한 손에 책과 자, 펜을 들고 짚으로 지붕을 이은 오두막을 지나 라디즈 로까지 마구 달려가곤 했다. 시립 병원을 지나 오른쪽으로 틀어서는 왼편으로는 본데니, 오른편으로는 시내로 가는 교차로를 지나 로널드 응갈라로 들어섰다. 그쪽으로 가면 홀리 로저리 교회 근처 아프리카 수녀들의 거주지를 거쳐 갈 수 있었다. 거기서 오깅가 오딩가 로를 건너면 *나쿠루 데이*에 도착하는 것이었다.

저녁에 집에 갈 때는 오깅가 오딩가 로를 쭉 따라 아프라하 *스타디움*을 지난 뒤 *메넹가이 하이 스쿨*에서 옆길로 빠져 언덕으로 올라가 병원과 도축장을 지나쳐 *58구역*으로 갔다. 하지만 때로 시내에 심부름이라도 갈라치면 법정과 시립 사무실을 거쳐 시내로 가곤 했다.

하지만 와링가는 중간에 쓸데없이 미적거리는 일이 절대 없었다. 당시 그녀가 다녔던 곳은 학교와 집, 단 두 곳뿐이었다.

아침에 학교로 가거나 저녁에 집으로 돌아올 때, 그 길들을 따라 걸으며 종종 와링가는 자신이 나쿠루의 배움의 여왕이라는 기분이 들곤 했다. 피어나는 젊음의 뜨거운 피와 순수한 마음을 비롯해 스스로의 어린 육체를 한껏 즐기며 달콤한 꿈에 빠져 살았던 것이다. 하지만 무엇보다 가장 커다란 꿈은 학교를 좋은 성적으로 마치고 대학에 입학하는 것이었다. 그녀의 희망은 전기공학이나 기계공학, 건축공학을 공부하는 것이었다. 눈을 감고 자신의 미래를 그려보다가 '기술자'라는 단어만 떠오르면 가슴이 마구 쿵쾅거렸다. 오로지 남자들에게만 맡겨둘 뿐 그런 어려운 일에 도전하려는 여자들이 왜 별로 없는지 와링가는 이해할 수가 없었다. 단단히 결심을 하고 자신이 할 수 있다는 사실에 믿음을 가지면 여자라고 못할 일은 하나도 없지 않은가. 다른 여학생들에게 그런 얘기를 하면 그들은 어떻게 그런 무모한 생각을 하느냐며 비웃을 뿐이었다. 하지만 그들도 와링가라면 공학 과정을 성공적으로 마칠 수 있으리라 확신했다. *나쿠루 데이*에서 수학으로 그녀를 앞서는 사람은 남자건 여자건 하나도 없었으니까. 그녀의 수학 실력은 거의 전설적이어서, *아프라하나 쎄인트조지프, 쎄인트사비에르, 크레이터, 레이크 나쿠루 쎄컨더리* 같은 근방의 학교뿐 아니라 더 멀리 *나쿠루 하이* 같은 학교에서도 그녀의 이름만 대면 모두가 알았다.

밤낮으로 공부하고 일요일마다 교회에 가고, 시의회에서 경작을 허가한 *메넹가이 크레이터* 근처 바리와 킬리마니의 밭에서 일하는 이모를 돕는 것, 그것이 월요일부터 일요일까지 와링가가 늘 하는 일이었다. 밭에서 열심히 일하고 어떤 일을 하든 부지런한데다 정직한 성품까지 갖춘 그녀의 명성은 *58구역*의 어디에나 자자했다.

그러던 어느 토요일 4시쯤, 사촌들과 함께 *메넹가이 크레이터* 근처 밭에서 집으로 돌아가는 길에 그녀는 난생처음 죽음을 목격했다. 그들은 나쿠루 종합병원의 *부속 건물*을 지나고 나쿠루나이 로비 로를 건너 이제 막 *58구역*을 향해 가는 중이었다. 기차 건널목 주변에 사람들이 무리 지어 있는 것이 보였는데, 그 한가운데 선로에는 기차에 깔려 완전히 박살이 난 시체가 있었다. 하지만 그게 정말 시체라고나 할 수 있는 걸까? 아니면 그냥 다 뭉개진 살과 피와 뼈가 선로에 흩어져 있었다고 해야 할까? 그 사람이 도대체 누구인지, 살아생전엔 어떤 모습이었을지 얘기할 수 있는 사람은 아무도 없을 터였다. 와링가는 위장이 면도칼로 마구 베이는 느낌이 들었다. 구역질이 심하게 나면서 토할 것 같았고, 그래서 사촌들을 그 끔직한 사고 현장에 내버려둔 채 혼자 마구 집으로 달려왔다. 와링가는 항상 피를 무서워했다. 누가 죽었다든가 장례식을 치른다든가 하는 얘기만 들으면 삶의 역설과 씨름하며 며칠 밤을 새우곤 했다. 하지만 한 사람의 형체가 기차에 의해 완전히 박살 난 광경을 목격한 것, 그래서 마치 그 사람이 아예 이 세상에 존재한 적도 없는 듯한 상황은 그녀로서 상상조차 못했던 것이었고, 그 끔직한 광경으로 인해 와링가는 그날 이후 그 건널목을 이용할 수가 없었다.

그렇게 와링가는 나쿠루에서 자랐다. 올곧게, 자신의 앎과 경험의 빛에 비추어 항상 도덕적으로 선한 길만을 찾으면서. 정말 그랬지, 와링가! 정말 그랬잖아, 자신타! 그래, 정말 그랬다. 그녀가 폼스리[39]에 이르렀을 때까지는 말이다.

그때쯤 그녀의 가슴이 성숙해졌다. 윤기가 흐르는 검은색 머리는 길게 자랐다. 뺨은 발그레한 것이 잘 익은 제철 과일처럼 먹음직스러웠다.

와링가로 하여금 농부들이 다니는 길에서 벗어나 넥타이를 매고 다니는 소시민 계층의 길에 발을 들여놓게 만든 사람은 바로 그

------

39 고등학교 2학년에 해당한다.

녀가 '엉클'이라고 불렀던 이모의 남편이었다.

이모부는 제 목숨 부지하려고 충실하게 백인들을 섬겼던 사람들 중 하나였다. 케냐가 독립한 후 그 사람들이 그대로 백인들의 뒤를 이었다. 특히 땅과 사업에 있어서 그랬다. 하지만 이모부는 다른 사람들처럼 운이 좋지 못했다. 그의 봉급으로는 자신이 야심 차게 바라는 계층 상승의 사다리를 올라갈 수가 없었다. 그저 먹을 것과 입을 것을 사고, 세금이나 다른 집안일에 필요한 일들에 쓰면 그만인 정도였으니 말이다. 하지만 그렇게 보잘것없는 상황에서도 그는 분수에 맞지 않는 생활을 즐겼다. 생활수준이 한참 높은 사람들과 계속 어울렸던 것이다. 그가 어울리는 사람들 중에는 은조로와 응고리카의 부자들도 몇몇 있었다. 그의 부자 친구들은 술을 마셔도 스태그스 헤드 호텔의 *스포츠맨스 코너*나, 리프트 밸리 스포츠 클럽처럼 전에는 유럽 사람들만 드나들 수 있었던 클럽과 호텔에서 마셨다.

이모부는 부자들이랑 같이 다니면 자기도 부자가 될 수 있고, 부지런하게 찾아다니면 결국엔 한몫 잡을 수 있으며, 부자들은 방귀를 뀌어도 절대 고약한 냄새가 나지 않는다고 믿는 사람이었다. 그래서 그는 그들이 이래라저래라 한다든지 악수를 할 때 손끝만 슬쩍 대고 말아도, 그리고 식민주의 이전 봉건시대의 반지 낀 군주들이 하인들 대하듯 이리저리 심부름을 보내도 개의치 않았다.

어쩌면 그렇게 부자들의 방귀 냄새를 맡고 다니는 것도 개의치 않았기 때문에 얼마간의 콩가루가 그에게 떨어진 때가 온 건지도 모른다. 응고리카의 한 부자가 *할부 구입* 방식으로 *페이즈 투의 키바시아 에스테이트* 바로 옆에 집을 하나 얻어주었고, 은행 지점장도 소개해서 그가 처음에 내야 할 보증금을 대출해주었다. 응고리카의 그 부자는 또한 *삼부고 스킴* 근처에 있는 작은 땅뙈기도 주었다.

받는 게 있으면 주는 것도 있는 법. 세상사가 그렇지 않은가. 좋은 대접을 받았으면 나도 좋은 대접을 해줘야 한다. 이모부 역시 그런 행운을 공짜로 그냥 땅 파서 얻은 것이 아니었다. 그래, 그게 아니었던 것이다. 그는 응고리카의 부자 친구에게 '송아지'나 '영계'를 갖다 바치겠다고 약속했다. 와링가가 바로 그 영계가 될 것이었다. 하나씩 둘씩 털을 뽑아 살이 다 드러나 이제 거칠 것이 없어지면 이빨 빠진 노인네도 먹을 수 있는 부드러운 음식이 될 그런 영계 말이다. 백인들은 나이가 들면 어린 동물 고기를 먹지 않는가.

그러나 와링가는 자신이 이미 팔린 몸이라는 사실을 알지 못했다. 막 떠나려는 버스를 잡아타려고 전속력으로 달리는 사람이나 자전거에 훌쩍 뛰어오르는 사람처럼 그렇게 그들이 그녀를 쫓아와 덮친 건 아니었기 때문이다. 그들은 뜨거운 음식을 먹을 때처럼 가장자리부터 시작했다. 처음엔 조심스럽게 야금야금 먹다가 결국엔 후루룩 삼켜버리는 식이었다.

처음에 이모부는 와링가에게 학교가 끝나면 의회 사무실에 들러서 이런저런 것들을 챙겨 집으로 가져가달라고 부탁했다. 그런데 사무실에 가서 이모부와 몇 마디 말을 주고받기만 하면 어느샌가 응고리카의 '돈 많은 노인네'가 나타나는 것을 와링가는 알아차렸다. 나중에 돈 많은 노인네는 *58구역*까지 그들을 *태워다주거나* 와링가를 데리고 시립 도축장까지 드라이브를 하기도 했다.

어느날 학교 친구가 와링가를 바하티의 파티에 초대했다. 거기에 가니 이모부가 있었다. 응고리카의 돈 많은 노인네도 있었다. 그날밤 돈 많은 노인네는 와링가를 메르세데스 벤츠에 태워 집에 데려다주었다.

와링가는 돈 많은 노인네와 점차로 가까워지게 되었다. 그는 지칠 줄 모르고 끈질기게 그녀를 쫓아다녔다. 저녁때마다 학교를 나서면 오깅가 오딩가 로의 홀리 로저리 교회 근처에 어김없이 메르세데스 벤츠가 서 있는 걸 볼 수 있었다. 돈 많은 노인네는 집까지 태워다주겠다고 하고는 도축장 근처의 시립 진료소 쪽으로 가기 전에 우선 나쿠루의 거리들을 차로 이리저리 구경시켜주거나, *메넹가이 크레이터*나 *나쿠루 호수*나 경마장으로 드라이브를 하곤 했다.

그러더니 그는 그녀에게 *포켓 머니*를 주기 시작했고, 영화나 경마, *나쿠루 농산물 품평회* 등을 보러 갈 돈도 주었다. 애초에 그가 웃으면서 다가올 때 그를 뿌리치지 않았기 때문에 와링가는 갈수록 점점 약해져서 나중엔 아무것도 거절할 수가 없게 되었다. 에로스 영화관에서 두번을 만났고, 또 한번은 오데온 극장에서 만났다.

이제 와링가의 삶은 확 달라졌다. 예전엔 있는 줄도 몰랐던 나쿠루라는 곳으로 가는 문이 활짝 열린 느낌이었다. 갑자기 세상이 환하게 밝아졌다. 휘황찬란한 빛이 환하게 밝히는 넓고 아름다운 길이 보였다. 향수 내음을 풍기며 말할 수 없이 부드러운 말투로 그녀에게 속삭이는 사랑의 말을 들었다. "사랑스러운 와링가, 달콤한 별미와 과즙이 풍부한 잘 익은 과일, 그리고 가슴이 뛰고 몸이 따뜻해지게 만들어줄 다른 많은 놀라운 것들이 케냐 어디에든 널려 있는데 넌 어떻게 그렇게 바보같이 책만 파고 있을 수가 있니?"

와링가에게 날개가 생겼다. 그 날개를 한번 퍼덕거려보았고 '돈 많은 노인네'와 함께 한번 날아보았다. 기분이 좋았다. 그래서 계속계속 날았고 그게 계속될수록 메르세데스 벤츠의 놀라움도 배로 늘어나는 것 같았다. 돈 많은 노인네는 듣기 좋은 말로 그녀를 구워삶았다. 전혀 걱정할 필요가 없다고, 와링가의 가랑이 사이와 가슴을 위해 지금 당장이라도 부인과 이혼할 수 있다고 했다. 와링가는 이제 언제라도 날아오를 준비가 되어 있었다.

학교가 싫어지기 시작했다. 자유롭게 떠올라 영원한 행복이라는 저 하늘 높이 한껏 날아보고 싶은데 그녀의 날개를 꺾고 쇠사슬로 잡아매어 다시 땅으로 끌어내리는 것이 바로 학교임을 믿어 의심치 않았기 때문이다. 열심히 배워서 대학에 들어가 공학으로 학위를 따고 싶다는 그녀의 꿈은 햇살에 스러지는 아침 이슬처럼 흔적도 없이 사라졌다. 교실에서는 하루하루가, 매시간이, 심지어 일분일초가 빨리 지나갔으면 하고 조바심쳤고, 그저 얼른 토요일이 와서 진짜 *사는 것 같은* 자유로움을 만끽하며 날아오를 수 있기를 바랐다. 그녀는 또한 거짓말하는 데 선수가 되었다. 부모님을 만나러 일모로그에 가는 것처럼 이모를 속인 것이 한두번이 아니었다.

그때마다 나쿠루 버스 정류장에서 돈 많은 노인네가 와링가를 태우고 나이바샤로 가는 포장 고속도로를 쌩쌩 달려가곤 했다. 나이바샤에서는 모터보트를 타고 호수를 돌든가, 어부들이 일하는 걸 구경하며 호숫가를 따라 걸었다. 그러면서 돈 많은 노인네는 큰 고기를 잡기 위해 어떻게 작은 고기를 미끼로 쓰는지, 그리고 큰 물고기들이 어떻게 작은 물고기를 먹고 사는지에 대해 와링가에게 연설을 하곤 했다. "그렇다니까, 작은 물고기 같은 건 그냥 통째로 삼켜버리지." 돈 많은 노인네는 이렇게 덧붙이며 껄껄 웃었다.

때로는 사냥을 한다는 명목으로 핫 스프링스에 가기도 했다. 사냥 허가증도 없으면서 말이다. 동물을 사냥하는 대신 그들은 사냥꾼과 사냥감 놀이를 하곤 했다. 사냥꾼이 총을 들고 사냥감을 계속 쫓아다니다가 결국 지쳐 쓰러진 사냥감을 잡은 뒤 허공에 대고 총을 쏴 승리를 알리는 놀이였다.

오른손에 총을 들고 나무 사이로 와링가를 쫓아다니는 건 주로 돈 많은 노인네였다. 와링가는 젊고 날렵한 몸을 지녔기 때문에 돈 많은 노인네를 쉽게 따돌릴 수 있었다. 그러곤 덤불에 몸을 숨긴 채 그가 기진맥진해서 절망적이고 짜증스러운 목소리로 그녀를 소리쳐 부를 때까지 기다리다가 그런 기미가 보이면 힘들어 죽겠는 척을 했다. 그러면 돈 많은 노인네는 그녀를 따라잡은 뒤 허공에 대고 총을 쏘면서 행복감으로 얼굴이 달아오르는 것이었다. 그다음엔 와링가가 총을 받아 들고 나무 사이로 그를 쫓아갔다. 심지어 정말로 피곤할 때라도 일단 손에 총을 들기만 하면 어디서 갑자기 없던 힘이 생겨나는지 와링가로서도 매번 새삼스럽게 놀랄 정도여서, 그녀는 쏜살같이 쫓아가 그를 따라잡고는 승리의 총성을 울리곤 했다. 어느날인가 그녀는 이 놀이가 하나같이 다 지겨워졌다. 그녀는 그를 잡기도 전에 총을 쐈다. 진짜로 무슨 일이 벌어졌던 건지 그녀는 제대로 알 수 없었다. 총을 쏘려고 팔을 휘둘러 올릴 때 나뭇가지가 총을 건드린 건지도 모른다. 어쨌든 총알이 거의 그를 스쳐 지나가 새끼를 밴 영양을 맞췄고 영양은 그 자리에서 죽어버렸다.

돈 많은 노인네는 진땀을 흘리며 부들부들 떨었고 와링가는 울음을 터뜨렸다. 뭔가를 자기 손으로 죽이기란 난생처음이었다. 사냥꾼과 사냥감 놀이를 그만두자고 돈 많은 노인네에게 말했다. 그는 괜히 대담한 척 웃으며, 그 놀이는 절대 끝나는 법이 없다고 말했다. 하지만 그녀에게 총을 맡기는 게 위험하다는 사실을 알았으므로 앞으로는 그녀가 자신을 사냥해서는 안된다고 했다. 항상 자신이 사냥꾼을 하겠다는 것이었다.

"하지만 아저씨가 총을 잘못 쏘면 어떻게 해요?" 와링가가 물었다.

"아니, 난 너랑은 다르지. 너를 못 맞히는 일은 없을걸." 돈 많은 노인네가 농담처럼 말했다.

그들은 함께 웃었다. 돈 많은 노인네는 그 놀이에 완전히 빠져 있었다.

돈 많은 노인네는 호숫가를 따라 자리 잡은 호텔에 항상 방을 잡아놓았다. 잘 먹고 마신 뒤 밤에 호텔 방으로 들어가 신나는 밤을 보냈다. 그러곤 다음날 그는 와링가를 일모로그로 데려다주었다. 버스 정류장에 내려주면 와링가는 집으로 달려갔다. 서둘러서 부모님에게 대충 인사를 하고는 다시 사랑하는 돈 많은 노인네가 기다리는 곳으로 달려왔다. 그러면 그들은 다른 호텔로 횡하니 가서 또 신나게 삶을 즐기는 것이었다.

단것이 입에도 달고 배 속에서도 달지만 독침을 가지고 있기도 하다는 말이 있다. 어느날 학교에 가다가 아프리카 수녀들의 숙소에 미치기 바로 전에 그녀는 어지럼증을 느꼈다. 그대로 주저앉아서 토하기 시작했다. 어지럼증이 좀 가라앉은 뒤 와링가는 배탈이 났나보다 생각하며 다시 가던 길을 갔다. 그러나 날이 갈수록 구토와 어지럼증은 점점 심해졌고 자주 아프기도 했다. 한달이 지났는데 생리가 시작되지 않았다. 가끔 그럴 때도 있지, 그녀가 스스로를 안심시켰다. 다시 한달이 지났고, 여전히 생리는 없었다.

와링가는 공포에 휩싸였다. 여자애들이 임신을 했다는 얘기는 많이 들었지만 그런 일이 자신한테 생기리라고는 꿈에도 생각해보지 않았더랬다. 이젠 의심의 여지가 없었다. 자신에게 생길 수 있다고는 절대 생각하지 않았던 일이 이제 생긴 것이었다.

엎지른 물을 다시 담을 수는 없어. 그녀가 생각했다. 어떻든 간에 자신의 입지는 단단하고 확고했다. 돈 많은 노인네는 관례에 맞춰 그녀와 결혼을 할 거라고, 지금 부인과 이혼한 뒤 제대로 된 교회 예법에 따라 새로운 젊은 부인과 결혼식을 올릴 거라고 누구이 말했으니까. 그래서 자신의 상태를 그에게 알린다 해도 그는 전혀 놀라거나 하지 않을 거라고 그녀는 확신했다. 어쨌든 결혼 전에 임신하는 일이 요즘엔 신식 추세니까 말이다. 주변을 둘러보면 임신한 지 여덟달, 어떤 때는 심지어 아홉달이 되어 식장에 들어가 결혼반지를 끼는 여자들도 흔했다. 내일 당장 애가 나오게 되어 오늘 결혼하는 경우도 있었다. 교회에서 결혼식을 올리다가 애를 낳았다는 얘기도 들었다. 또 어떤 경우엔 결혼식을 하러 교회에 가다가 애가 태어나 신부님과 신랑이 오지 않는 신부를 하염없이 기다렸다는 얘기도 있었다. 아, 와링가는 전혀 겁이 나지 않았다. 사랑하는 사람을 믿으면 모든 두려움이 사라지는 법이니까.

어느 토요일 저녁, 나이바샤의 한 호텔에서 와링가는 그에게 모두 얘기했다. 돈 많은 노인네는 전갈에게 엉덩이를 물리기라도 한 사람처럼 흠칫하더니 곧바로 평정을 되찾았다. 그리고 그날밤에는 탄식하는 소리나 불평 같은 건 한마디도 입 밖에 내지 않았다. 와링가는 만사가 잘되었다고 생각했다. 그날밤 그녀는 학교와 선생님, 시험의 굴레에서 벗어나 쾌락의 물결을 타고 영원히 떠다니는 꿈, 새로운 케냐의 얕은 물에서 노를 저으며 내일의 학교 생각에 가슴이 무거워지는 일 없이 끊임없이 하고 싶은 대로 즐기는 꿈을 꾸었다.

돈 많은 노인네가 와링가에게 평생 절대 잊지 못할 훈시를 늘어놓은 것은 다음날 아침이었다. 그는 그녀에게 왜 다른 여자아이들처럼 제대로 관리를 하지 않았느냐고 물었다. *피임약*을 먹는다든가 몸에 루프를 넣는다거나 주사를 맞는 일을 도대체 뭣 때문에 안 한 거냐? 그리고 임신했다는 걸 알게 된 그달에 바로 사실을 알리지 않은 이유는 뭐지? 그건 분명 애 아빠가 누군지 확실치가 않아서겠지.

"만나는 남자가 나뿐이라면 어떻게 그렇게 금방 임신을 할 수 있다는 거지? 가서 너를 이 지경에 빠뜨린 젊은 녀석을 찾아내 결혼을 해주든지 아니면 숲 속이든 어디든 가서 낙태를 시켜달라고 해. 결혼을 해서 노쇠한 내 몸을 어루만져주면 좋겠다는 생각이 들 만큼 별문제가 없는 단정한 여학생을 만나고 있다고 내내 생각했었는데 말이야. 그런데 대신 '금방 넘어오는' 카렌디가 걸렸던 거잖아, 아닌가?"

와링가는 울어야 할지 악을 써야 할지 항변을 해야 할지 알 수가 없었다. 갑자기 벙어리라도 된 것처럼, 혹은 유명한 무당 카미리에게서 받은 강력한 약을 먹고 영원한 침묵에 빠지는 마법에 걸리기라도 한 것처럼 아무 말 없이 잠자코 앉아 있었다. 그녀 앞의 세상이 순식간에 적대적으로 돌변했다.

지금까지 눈앞에 있는 줄 알았던 휘황찬란한 불빛은 사라지고 없었다. 아름답고 넓은 길이라고 생각했던 길이 홀연히 가시덤불 가득한 좁은 길로 변해버렸다. 천국으로 가는 일이라 여겼던 길이 이제 그녀를 지상의 지옥으로 인도하고 있었다. 그럼 쾌락의 바다는 사실 내내 화염의 바다였던 걸까? 그녀가 지금껏 밟고 다녔던, 꽃이 주단처럼 깔린 길은 사실 가시덤불의 길이었던 걸까? 날개를 달고 있다고 생각했는데 사실은 그게 쇠사슬이었던 걸까?

와링가는 어떻게 나쿠루로 돌아왔는지 기억이 나지 않았다. 그녀의 젊음과 고결함, 처녀성을 묻어버린 무덤인 메르세데스 벤츠에서 내린 것도 기억이 나지 않았다. 돈 많은 노인네가 시동을 걸고는 바퀴 네개 달린 무덤을 뒤로 돌려 응고리카의 자기 저택으로 돌아가는 모습조차 눈에 들어오지 않았다.

아무것도 제대로 들어오지 않는 시선으로 와링가는 자신의 미래가 사라지는 것을 지켜보았다. 완전히 혼자인 채, 마음이라는 발이 자진해서 그녀를 지옥으로 데려간 지금 그 발꿈치며 발바닥이며 발가락은 온통 가시덤불에 찢겨 엉망이었다.

하지만 자신이 정말 그 지옥을 원했던 걸까, 아니면 그리로 억지로 떠밀렸던 걸까? 이제 어디로 가야할지 모른 채 버스 정류장에서서, 나쿠루 기차역 너머 엘도렛, 아미고 바, 케냐타 가 그리고 온갖 가게들로 이어진 길 쪽을 망연히 바라보며 와링가가 생각했다. 천천히 버스 정류장을 지나고 나쿠루 마을 장터를 통과해서는 은조로 호텔로 들어갔다. 저 구석의 작은 테이블에 앉아 차를 주문한 뒤 몸과 마음을 추스르려고 애썼다. 맙소사, 이제 어디로 가야 하지? 그녀가 속으로 묻고 또 물었다.

그녀는 이모나 이모부, 사촌들에게도, 선생님이나 학교 친구들에게도 도움을 청할 수 없다는 걸 알았다.

"와링가, 널 도와주러 이렇게 내가 왔다"하며 그녀 앞에 짠 하고 나타날 만한 친척이나 친구도 전혀 없었다.

58구역의 집에 도착해서 그녀는 바로 잠자리에 들었다. 자기 전에 기도를 하려 했지만 할 수가 없었다. 울고도 싶었지만 눈물조차 나오지 않았다.

고통에 시달리던 그 나날 동안 와링가를 위로해줄 만한 사람은 하나도 없었다. "진정해라, 아가. 지금의 그 어려움에서 벗어날 방도를 알려주마"라고 말해줄 사람이 없었다. 집에서 슬퍼하거나 자기연민에 빠져 있는 모습이 조금이라도 눈에 띄지 않도록 무진장 애를 써야 했기 때문에 고통은 더욱 가중되었다. 오직 밤에 혼자 잠자리에 들었을 때만 그나마 내키는 대로 눈물을 쏟으며 이렇게 탄식할 수 있었다. 내 몸에 든 이 버거운 짐을 없애려면 어떻게 해야 할까? 의문은 너무 많았지만 답을 해줄 사람은 그녀 주변에 전혀 없었다.

학교에서 다른 여학생들의 조언을 들어보려 했다. 하지만 문제의 당사자가 자신이 아니라는 듯 주제와는 거리를 두고 간접적으로 물어봐야 했다. 그리고 그렇게 해서 나온 얘기들, 예를 들어 차와 퀴닌, 아스피린, 그외 여러가지를 섞어서 만든 약을 마신 뒤 정신이 나가버렸다는 여자애의 얘기 같은 것을 들으니 온몸이 오싹해지면서 마음만 더 무거워졌다.

짐을 덜어줄 수 있는 친구도 친척도 와링가에게는 없었다.

그래서 와링가는 이런저런 방책을 생각해보고, 이런저런 해결책을 마음속으로 궁리하고, 수많은 방법을 놓고 어떤 게 좋을까 비교해보고, 어떻게 하면 학교에서나 나쿠루에서나 케냐에서나 전혀 눈에 띄지 않도록 이 땅 위에서 흔적도 없이 사라져버릴 수 있을까 방도를 찾아보려 애쓰며 혼자서 몸부림쳤다.

그러던 어느날 그녀는 나쿠루에서 불법 낙태 수술을 잘하기로 유명한 의사 파텔을 찾아가야겠다는 생각을 했다.

토요일 아침이었다. 돈 많은 노인네에게서 받은 것 중 아껴두었던 얼마 안되는 돈을 가지고 그녀는 집을 나섰다. 이모에게는 학교 선생님에게 책을 좀 빌리기로 했다고 거짓말을 했다.

자신만의 비밀을 안고 그녀는 혼자 길을 걸었다. 초가집이 늘어선 곳을 지나 라디즈 로에 다다랐는데, 거기서 응갈라 가 쪽으로 길을 건너 *나쿠루 데이 쎄컨더리* 방향으로 가지 않고 시내 쪽으로 방향을 틀었다. 예전에 학교 가는 길에 그녀의 영혼을 가득 채웠던 온갖 꿈 대신 지금은 쓰라림만이 가득했다. 막 피어나기 시작하는 순결한 소녀의 꿈은 한순간에 만개했다가는, 메마른 계절의 꽃처럼 또 그렇게 한순간에 시들어 땅에 떨어질 수 있는 것이다.

그녀는 우체국과 *스태그스 헤드* 방향으로 케냐타 가를 따라 걸었다. 케냐 상업은행 앞에서 걸음을 멈추고 주변을 둘러보았다. 그러곤 왼쪽으로 방향을 틀어 뒤 한번 돌아보지 않고 서둘러 사람들과 건물 사이를 지나갔다. 마운트 케냐 서점에 이르자 안으로 들어가서 책을 살펴보는 척하며 둘러보다가는 다시 나왔다. 자기가 파텔의 병원으로 들어가는 게 혹시라도 아는 사람의 눈에 띄지 않도록 서점 앞에서 잠시 선 채 기다렸다. 자신이 뭘 하려는지 나쿠루 사람들이 다 아는 것만 같았다. 부엉이가 울듯이 가슴이 두방망이질 하는 소리가 들렸다.

와링가는 마음을 다잡고 병원 쪽으로 걸어갔다. 그런데 문으로 막 들어서기 직전에 길 아래쪽을 슬쩍 살펴봤더니 *58구역*에 사는 이웃 여자가 근처의 재봉 학교에서 나오는 것이 보였다. 와링가는 도둑질을 하다 들키기라도 한 것처럼 온몸이 화끈 달아올라 정신 없이 달아났다.

다른 토요일 오후 4시쯤, 와링가는 바하리니 초등학교와 *나쿠루 데이*를 계속 함께 다녔던 친구에게 도움을 청하기로 했다. 그 친구는 폼 투를 마친 뒤 학교를 그만두고 지금은 나쿠루 종합병원에서 수습 간호사로 일하고 있었다.

*부속 건물*로 찾아갔더니 다행히 그 친구 혼자 방에 있었다. 와링가는 학교와 선생님들, 다른 학생들과 시험 등 이런저런 얘기로 수다를 떨면서 자신의 문제를 털어놓을 기회를 살폈다. 그런데 속 얘기를 꺼내려는 순간 뭔가 울컥하는 게 목에 걸리는 느낌이 들어 도저히 비밀을 털어놓을 수가 없었다. 그 대신 자신도 병원에서 수습 간호사로 일할 생각이 있다는 듯 *메디컬 스쿨*에 대해 물어보았다. 한동안 그렇게 얘기를 나눈 뒤 와링가와 친구는 나쿠루나이로비로를 따라 *지역 의회 의사당* 쪽으로 함께 걸어갔다.

친구가 다시 병원 쪽으로 돌아가자 와링가는 갑자기 다리에서 힘이 쭉 빠졌다. 이 길에 자기 혼자 두고 가지 말라고 소리 질러 그녀를 부르고 싶은 심정이었다.

그녀는 독주를 마구 들이켰거나 아편이라도 피운 사람처럼 나이로비를 향해 걸었다. 몸이 제 기능을 하지 않았다. 차들이 나이로비 쪽으로 가는 건지 나쿠루 쪽으로 가는 건지 알 수가 없었다. 어느새 사위가 어두워져서 가로등이 들어온 것도 몰랐다. 어디로 가는 건지도 모른 채 그냥 계속 걸어갈 뿐이었다. 한번은 나무를 들이받을 뻔하기도 했다.

자신이 바하티로 꺾어지는 곳에 이르렀다는 사실을 불현듯 깨닫게 된 것도 사고를 당할 뻔했기 때문이었다. 바하티로 가는 길을 따라가다가 *나쿠루 하이 스쿨*에 둘러친 산울타리를 빙 돌아가야겠다고 생각했다. 길을 따라 쭉 올라가 *메넹가이 크레이터*로 가서, 옛날에 동굴로 몰려들어가 죽었다는 인디언들처럼 움푹 파인 거대한 구멍 아래 몸을 던지겠다고 결심했다.

와링가는 어렸을 때 귀신들이 *크레이터*에 자주 찾아온다는 얘기를 들었더랬다. 이른 아침 면도날 같은 걸로 숲의 나무와 덤불을 몽땅 깎고 일년에 한번씩 주변의 풀밭과 나무에 불을 지른다는 것이었다. 전설에 따르면 인디언이 *크레이터*에 몸을 던질 때 귀신들이 나무를 깎고 풀숲과 나무 위를 여기저기 다니며 노는 것을 목격할 수 있는데, 그러면 인디언은 귀신들에 의해 구멍 속으로 빨려 들어간다고 했다.

와링가는 아무나, 심지어 귀신이라도 나타나 자신을 붙잡아 나쿠루로부터, 이 땅으로부터 멀리 데려가주기를 염원했다.

그때 *나쿠루 하이* 스쿨에 수영장이 있다는 사실이 떠올랐다. 와링가는 이 밤에 혼자 *크레이터*까지 먼 길을 가느니 수영장에서 이 비참한 생을 끝내자고 결심했다. 그녀는 학교로 들어가 건물 바깥쪽으로 난 길을 따라갔다. 창문으로 전깃불 아래 책을 읽는 학생들의 모습이 보였고, 지금 자신의 처지를 떠올리자 고통으로 몸과 마음이 온통 타오르는 듯했다. 학생이나 선생님과 마주치지 않기를 바라며 그녀가 걸음을 빨리했다.

식민지 시대에 *나쿠루 하이* 스쿨은 유럽인의 아이들만이 다닐 수 있었다. 그러나 독립 후에는 케냐인들을 위한 값비싼 학교로 바뀌었다. 남녀공학 기숙학교로 저녁에는 모든 학생들이 야간 자율학습을 해야 했다.

와링가가 창문을 통해 본, 책상에 고개를 박고 공부하는 학생들이 바로 그 학생들이었다. 와링가는 남학생 기숙사로 가는 길을 벗어나 수영장 쪽으로 들어섰다. 가는 길에 건물 밖에서 서성이는 사람은 아무도 없었다. 하느님께서 자신의 기도를 들어주셨나보다고 생각했다.

학교 경내의 맨 끝 교실까지 간 다음 수영장 쪽으로 방향을 틀었다. 가장 가까운 교실의 불빛도 거기까지는 미치지 않았기 때문에 주변은 상당히 어두웠다. 와링가가 수영장으로 들어가려는 찰나, 어디선가 난데없이 남자의 목소리가 들렸다. "학생, 교실에서 자율학습 안하고 여기서 뭐 하나요?"

*메넹가이 크레이터*의 귀신이 그녀를 잡으러 산에서 내려왔나 하는 생각에 와링가가 깜짝 놀라 주변을 둘러보았다. 그럼 정말 귀신이 있는 걸까? 그러나 그것이 학교 경비의 목소리임을 곧 알 수 있었다. 작은 울타리에 반쯤 가려 보이지 않았는데, 그는 와링가를 학생으로 여긴 것이 분명했다. 와링가가 거짓말을 했다.

"학교에 아는 사람을 찾아왔어요. 카마우 선생님이 제 오빠예요. 이번주에 오빠랑 여기서 함께 지내는데, 전 그냥 심심해서 산책을 하는 중이에요."

"아, 그렇군요." 경비가 말하고는 수영장 쪽으로 걸어갔다.

와링가는 경비가 자신의 말을 안 믿은 게 아닌지 의심스러웠다. 그녀는 잠깐 그 자리에 서 있다가 다시 큰길 쪽으로 발길을 돌려 나이로비로 가는 길을 걸어 내려갔다.

나는 가시밭길을 영원히 걸어가야 하는 운명인 걸까? 가슴속에 이 무거운 짐을 영원히 지고 가야 할 팔자인 걸까? *58구역* 쪽으로 걸어가는 와링가의 머릿속에 그런 질문을 비롯해 온갖 생각이 가득했다. 자살하는 것조차 이렇게 힘든 걸까? 사는 일이 너무나 버겁게 느껴지는데 스스로 목숨을 끊는 일조차 할 수 없다면 한 인간이 알아서 할 수 있는 일이 이 세상에 도대체 뭐가 있을까? 기차 건널목에 이르렀을 때까지도 와링가는 여전히 마음속으로 이런 의문들을 떠올리고 있었다.

그런데 그 순간 예전에 사촌과 함께 목격했던 사람, 기차에 완전히 박살 난 채 선로에 놓여 있던 그 사람이 떠올랐다. 완전히 뭉개져 누군지 전혀 알아볼 수 없는 모습이었다는 기억이 났다. 그의 이름은 완전히 묻힐 것이었다. 아예 태어난 적도 없는 것처럼. 와링가는 자신이 누군지 아무도 추측조차 못할 게 분명한 그런 죽음이 야말로 자신에게 딱 맞는다는 느낌이 들었다. 무슨 일이 있더라도 다음날 여기 와서 달리는 기차에 몸을 던지리라 결심을 했다.

바로 그 건널목에서 기차가 오기를 기다리다가 달려오는 쇠바퀴 앞에 몸을 던질 것이다. 그래서 아예 태어난 적도 없고 이 땅에 발을 디딘 적도 없는 것처럼 흔적도 없이 사라질 것이다. 처음으로 와링가는 기도를 할 수 있게 되었다. 전심을 다해 성모마리아에게 청했다. 성모마리아시여, 제 기도를 들어주시옵소서. 예수님의 성흔을 제 영혼에도 남겨주시옵소서. 아멘.

응고리카에 사는 돈 많은 노인네에게서 몹쓸 병이 옮은 뒤 처음으로 와링가는 마음의 평화가 찾아왔음을 느꼈다. 심지어 행복할 때 부르곤 했던 찬송가를 혼자 나지막이 불러보려 했다. 지금은 슬픔에 차서 부르는 것이긴 했지만.

평화, 내 마음의 평화.
예수님이 부활하실 때
내 마음의 평화를 위해 기도합니다.
예수님의 부활의 이름으로
내 마음의 평화를 위해 기도합니다.

와링가가 딱히 육체나 영혼의 부활을 바란 것은 아니었다. 그녀가 바라는 건 단지 자신의 이름이 이 지구 상에서 완전히 없어져버리는 것이었다. 태어나지도 않았던 것처럼 완전히 사라져버리는 일. 그녀가 기도로 원했던 것은 그저 죽음의 천사가 그녀를 찾아와 천국과 지상의 모든 장부에서 자신의 이름을 없애버리는 것뿐이었다.

> 배고픈 자를 먹이시는 당신,
> 피곤에 지친 자의 짐을 덜어주시는 당신,
> 목마른 자의 갈증을 식혀주시는 당신,
> 저를 죽음의 강 건너로 데려다주십시오.

다음날은 일요일이었다. 이모가 와링가에게 아침 미사에 가겠느냐고 물었다. 와링가는 안 가겠다고 했고, 이모는 사촌들과 함께 홀리 로저리 교회로 갔다. 와링가는 혼자 집에 남아 식사 준비를 하겠다고 했다. 하지만 아무것도 만들지 않았다. 그녀는 멀리 여행을 떠날 사람처럼 목욕을 하고 머리를 잘 매만졌다.

10시 반쯤 되어 와링가는 기차 건널목으로 갔다. 주변을 둘러보니 근처에는 아무도 없었다. 그런데 몇분 지나 *나쿠루 하이*의 경비가 *58구역* 쪽으로 가는 게 보였다. 그들의 눈이 마주쳤다. 경비는 걸음을 멈추고 와링가에게 무슨 얘기를 하려다가 마음을 바꾼 듯 기찻길을 넘어 건너편으로 지나갔다. 와링가는 속으로 비웃듯이 말했다. 내 앞을 또 가로막는 일은 없을걸…… 내가 무슨 일을 하든 당신이 그걸 못하게 할 방도는 이제 없을 거라고……

그러자 문득 나이로비로 향해 가는 기차가 저쪽에서 모습을 드러냈다. 어렸을 때 기차가 부르는 노래라고 생각했던 노래를 지금 저 기차가 불러준다는 생각이 들었다.

우간다-로-간다!
우간다-로-간다!
우간다-로-간다!

기차의 노래에 맞춰 그녀의 심장이 뛰었다.

우간다-로-간다!
우간다-로-간다!
우간다-로-간다!

기차는 계속 다가왔다. 증기를 뿜으며, 피와 죽음을 뱉어내며, 그녀를 대신하여 나쿠루의 모든 사람들에게 작별 인사를 건네며.

간다……
간다……
간다……

와링가가 앞으로 나아가 선로 위에 섰다. 눈을 감고 속으로 숫자를 세기 시작했다…… 하나…… 둘…… 셋……

간다……
간다……
간다……

……넷…… 다섯…… *성모마리아여, 제게 자비를 베푸소서*……

기차는 여전히 달려오고 있었다. 그 움직임에 선로가 침목 위에서 함께 덜컹거리며 흔들렸다. 엄청난 굉음에 와링가의 몸과 마음이 함께 떨렸다. 기차가 죽음을 몰고 와링가를 향해 달려오면서 천둥 치는 소리를 냈고 그 소리에 땅도 함께 우르릉거렸다.

가라!
가라!
가라!

······여덟······ 아홉····· *성모마리아여*····· 가자-가자-가자······ 열····· 이제 나를 데려가······

그때 갑자기 누군가 자신을 선로에서 확 잡아채더니 옆쪽 땅바닥으로 내동댕이치는 것이 느껴졌다. 와링가는 정신을 잃었다.

그리고 기차는 그녀를 지나쳐 나이로비로 계속 달려갔는데, 나쿠루의 하늘 높이 울리는 기적 소리는 마치 성을 내며 와링가가 어떻게 자신의 무자비한 바퀴에서 벗어났는지 묻는 듯했다.

그렇게 열망하던 죽음으로부터 자신을 구해준 것이 누군지 와링가는 알지 못했다. 어떻게 결국 *58구역*으로 돌아왔는지조차 알 수 없었다. 눈을 떴을 때 와링가는 침대에 누워 있었고, 이모가 연민 가득한 눈길로 그녀를 바라보며 곁에 앉아 있었던 것이다.

와링가는 이모에게 모든 걸 다 얘기했다······ 응고리카에 사는 돈 많은 노인네와의 관계에 대해서 모두······

제6장

1

와링가와 가투이리아가 현대판 도둑질과 강도질 경연 대회의 오후 일정을 보러 돌아온 것은 3시경이었다. 좀 늦은 것 같았다. 로빈 음와우라가 출입문 근처 동굴 벽에 기대어 서 있었다. 기다리기라도 한 듯이 그들을 불렀다.

"아, 당신들이 다시 안 오는 줄 알았네." 뭔가를 감추는 듯한 말투로 음와우라가 말했다.

"왜요? 벌써 시작했어요?" 가투이리아가 물었다.

"아니, 아직."

"무투리와 왕가리는 어디 있어요?" 와링가가 물었다.

음와우라는 곧바로 대답을 하지 않았다. 와링가와 가투이리아 사이에 끼어들어 그들 어깨에 손을 얹고는, 뭔가 따로 긴히 할 얘기가 있기라도 한 양 왔던 길로 돌려세웠다. 몇발자국 걸어가는 동안 음와우라는 아무 말도 하지 않았다. 그러다가 길이 꺾이는 지점에 와서야 아무도 듣는 사람이 없는지 확인하듯 주위를 둘러보았다.

"이 자리를 뜨자고, 당장 말이야!" 음와우라가 낮은 목소리로 말했다.

"왜요?" 가투이리아와 와링가가 동시에 물었다.

"왜냐하면…… 왜냐하면 여기서 싸움이 일어날 거거든."

"싸움요? *벗 와이?*" 두 사람이 다시 물었다.

"간밤에 정신병자 둘을 데려온 책임을 져야 할 수도 있다고!" 음와우라가 불쑥 얘기를 꺼냈다. "키네니에 닿기도 전에 이미 왕가리와 무투리는 믿을 만한 사람이 못된다는 예상은 했지. 그리고 오늘 아침 내 뜻대로 할 수만 있었으면 무투리와 왕가리는 이렇게 권위 있는 해외의 유명 인사들이 모이는 장소에 얼씬거리지도 못했을 거야. 무투리 같은 인간들은 유명 인사들에게 말도 못할 골칫거리만 될 뿐이거든…… 그리고 분명 저 둘 말고도 같이하는 사람이 있다고!"

"우리가 점심 먹으러 간 사이에 도대체 무슨 일이 있었던 거예요?" 가투이리아가 물었다. "은다야 와 카후리아처럼 동굴에서 다 쫓겨난 거예요?"

"왕가리와 무투리는 어디 있고요?" 와링가가 조바심으로 달아올라 물었다. "하느님이 말씀을 전하라고 세상에 보냈더니 말씀 전할 생각은 안하고 딴청만 피우는 카멜레온처럼 왜 딴소리만 하는 거예요?"

"그럼 내가 처음부터 다 얘기를 할 테니 어떻게 해야 할지 생각해보자고." 음와우라가 대답하고는 무슨 일이 일어난 건지 설명하기 시작했다.

2

"오전 일정이 다 끝났을 때 당신들 둘은 알아서 따로 갔잖아. 우리도 곧 자리를 떴고, 가면서 이런 말을 했지. '큰길로 나가서 꼬르륵거리는 배를 달래줄 만한 게 뭐 없나 찾아봅시다. 은제루사에 가서 고기를 좀 먹죠. 이 동굴에서 먹을 만한 돈은 없으니까.' 그러곤 내 마타투에 올라탔지. 곧 은제루사 중심가에 도착했어. 파리가 득시글거리는 작은 정육점으로 들어갔지. 근데 이름은 어찌나 대단한지 '힐튼'이더구먼. 밖에 걸어놓은 간판에 히리토니에서 훌륭한 식사를이라고 적혀 있더군. 고기 4파운드를 주문했네. 무투리가 반을, 내가 나머지 반을 냈지. 그러곤 가게 뒤쪽으로 가서 마실 걸 마시면서 고기가 구워져 나오기를 기다렸어. 나는 터스커를, 왕가리는 타티노를, 무투리는 화이트캡을 마셨지.

얘기를 시작한 건 무투리였어. 동굴 밖에서 하던 얘기를 다시 끄집어내듯이 말을 하더군. '어젯밤 마타투에서 음와우라가 얘기했던 것처럼 나도 이 땅에 살면서 볼 건 다 봤어요. 케냐에서 안해본 일이 없고 안 가본 데도 없을 정도라, 우리나라에서 벌어진 온갖 일들을 목격했죠. 한번은 나쿠루의 어떤 학교에서 경비로 일할 때였는데, 한 여자애가 목숨을 끊으려는 걸 구한 적이 있었죠. 작은 산울타리 가까이로 몰래 걸어가는 걸 봤어요. 거기서 혼자 뭐 하는 거냐고 물었더니 학교 선생님인 오빠를 찾아와 며칠 함께 지내고 있다더군요. 그러곤 가버렸어요. 그런데 다음날 바로 그 여자애가 기차 선로 중간에 선 채 기차가 덮치길 기다리고 있는 거예요. 난 본데니로 가는 길이었는데, 처음엔 여자애가 선로 건너편에 서 있는 걸 보고 그냥 지나쳤더랬죠. 그런데 하느님의 뜻은 거스를 수가 없다니까요. 58구역 쪽으로 얼마간을 걸어가다가 뭔지 모를 힘이 나를 붙잡는 것 같아서 뒤를 돌아다보았어요. 정말로, 기차에 깔려 죽기 직전에 구했어요. 내 팔에서 정신을 잃더군요. 다행히 손가방 안에 58구역의 주소가 적힌 봉투가 하나 있었어요. 식구들이 있는 그곳에 그녀를 넘겨주고 난 본데니로 갔죠. 이런 얘기를 왜 하느냐고요? 이렇게 지금까지 온갖 믿을 수 없는 일들을 경험했지만 오늘 동굴에서 보고 들은 건 그에 비하면 아무것도 아니기 때문이에요.'"

가투이리아와 와링가는 각자 속으로 '어떻게 이런 기적 같은 일이!' 생각하며 마주 보았다. 음와우라가 얘기를 계속했다. "바로 그때 왕가리가 끼어들더니 이렇게 말하더군. '한 나라의 배에서 도둑과 마귀 둘 다 나온다는 게 그럼 맞는 얘기가 되나요? 나도 동굴에서 벌어진 일에 버금가는 일은 본 적이 없어요.'

난 가만히 있었지. 여기저기서 조금씩 슬쩍하는 게 뭐 그렇게 나쁜 일은 아니라는 생각이니까. 게다가 내가 도둑질하네 하고 떠벌리지만 않는다면 나쁠 것도 없는 거지.

어쨌든 무투리가 이렇게 묻더군. '도둑이나 강도가 마귀보다 더 나쁘다는 건 알았어요?'

난 그 말에는 절대 동의할 수 없으므로 이렇게 대답했어. '마귀가 도둑보다 더 나쁘죠. 도둑이야 재산만 훔칠 뿐이지 벌떡거리는 심장은 건드리지 않잖아요. 재산이야 앞으로 더 모으면 될 일이고. 하지만 마귀는 당신 목숨을 뺏어가는 바람에 재산까지 다른 사람

들이 전부 차지하게 만들죠. 도둑은 재산을 훔치지만 마귀는 목숨을 훔치는 거예요.'

이때 고기가 나무 그릇에 담겨 나왔어. 정말 맛있게 잘 구웠더군! 내가 칼을 들고 고기를 잘게 잘랐지. 먹으면서 무투리가 도둑과 마귀에 대한 이야기를 시작했어.

'옛날 옛적 어떤 마을에 아주 몹쓸 도둑이 살았어요. 마을 전체를 고통에 빠뜨리는 놈이었는데 어찌나 교묘하게 도둑질을 하는지 도대체 현장에서 잡을 수가 없었지요. 그리고 같은 마을에 아주 나쁜 마귀도 살았는데 그 주술이 카미리보다 더 강력했기 때문에 사람들이 아주 두려워했어요. 마을 장로들이 공회당에 모여 앉았어요. 마귀를 불러서 도둑을 죽음에 이르게 할 주문을 걸어달라고 부탁해보자고 결정을 했죠. 그런 건 누워서 떡 먹기라고 마귀가 큰소리를 쳤어요. 그러고는 강력한 묘약은 물론 주문을 걸기 위한 조롱박과 열매 등을 다 준비해놓고 잠자리에 들었죠. 다음날 아침 항상 일어나는 시간에 일어나 간밤에 준비해둔 마법 도구들이 있는 곳으로 갔죠. 이런! 도둑이 몽땅 훔쳐가버린 거예요. 마귀는 다시 한번 필요한 도구를 다 챙겼어요. 또다시 도둑이 몰래 숨어들어서는 다 훔쳐가버렸죠. 결국 마귀는 그 동네를 떠날 수밖에 없었어요. 도둑은 마귀까지 고향을 등지게 만들 정도로 흉악하다는 말이 거기서 나온 거예요. 게다가 도둑은 심지어 자기 엄마 것도 훔치잖아요. 그런 점에서 백인들하고 똑같아요. 백인들은 친한 친구가 없다고들 하니까요.'

거기서 왕가리가 끼어들었지. '하지만 현대판 도둑들이 더 흉악해요. 외국인들을 불러다가 자기 어머니 돈을 빼앗으라고 하고는 그 댓가로 떨어지는 공짜 떡고물을 좋다고 받잖아요. 하지만 당신들 둘 다 틀렸어요. 도둑은 마귀보다 나쁠 게 없고 마귀도 도둑보다 나쁠 게 없어요. 마귀가 도둑이고 도둑이 마귀니까요. 도둑이 당신 땅이며 집이며 옷가지를 몽땅 훔치면 그게 곧 당신을 죽이는 일 아닌가요? 그러니까 제 말은, 도둑이 곧 마귀고 마귀가 곧 도둑이라는 거예요. 기쿠유도 이걸 알았어요. 그래서 옛날에 도둑과 마귀에게 똑같은 형을 선고했던 거죠. 태워 죽이거나 벌통을 씌워 언덕에서 굴러떨어지게 하는 벌을 똑같이 주었잖아요.'

그동안 우리는 고기를 다 먹어치웠지. 그래서 오후 일정에 늦지 않게 서둘러서 동굴로 돌아가자고 무투리와 왕가리에게 말했어.

바로 그때 왕가리가 회까닥하기 시작한 거야. 동굴로 돌아가지 않고 대신 일모로그 경찰서로 가겠다고 하더군. 거긴 뭐 하러 가느냐고 내가 물으니. 이렇게 대답하더군. '약속은 약속이니까요. 저런 도둑과 강도 무리가 한곳에 모였다가 그냥 가게 내버려둘 수는 없다고요!' 내가 말했지. '아니, 그럼 간밤에 우리한테 한 얘기가 진심이었던 거요?' 왕가리가 자신은 착하고 충성스러운 시민으로서 도둑질과 강도질을 끝장내기 위해 경찰과 합심해야 한다고 말하더군. '시장 바닥에서 여성들의 손가방이나 낚아채는 소매치기는 물론이고 5실링 정도 슬쩍한다든가 시골에서 암탉을 훔치는 좀도둑들까지 잡아들이는 마당에, 엄청나게 많은 사람들에게서 돈을 훔치고 민족 전체를 강탈하는 저들을 보면 경찰이 어떻게 할 것 같아요?' 나로 말하자면, 그녀를 뜯어말리기 위해 할 수 있는 건 다 했어. '다른 사람들이 신나게 즐기는 축제를 망치지 마세요. 증거가 충분히 있기나 해요? 왕가리, 재판이 증인한테 불리할 수도 있다는 걸 기억하라고요.' 왕가리는 내 말에 반대하며 이러더군. '도둑이 도둑질하고 강도가 강도질하는 걸 볼 때마다 고개를 돌리거

나 눈을 감고 입을 닫아버린다면, 무슨 수로 이 땅에서 도둑질과 강도질을 끝장낼 수 있다는 거예요?'

그래서 그냥 두기로 했지. 바보들하고는 아무리 해봐야 해결을 볼 수가 없으니까. 게다가 똑똑한 사람도 바보랑 너무 오래 논쟁을 하다보면 나중엔 그 차이를 알 수가 없게 된다니까. 불운하게 살 팔자인 사람은 아무리 기를 써도 거기서 꺼내줄 수 없기 마련이야.

그동안 무투리는 위선자처럼 한마디 말도 없이 왕가리와 내가 논쟁하는 걸 듣고만 있더군. 그러더니 불쑥 끼어들어 왕가리가 도둑과 강도 잡는 일을 도와주겠다고 했을 때 내가 얼마나 놀랐을지 상상이나 할 수 있겠어? 어떻게 돕겠다는 거냐고 물었지. 그랬더니 은제루사를 돌며 노동자들과 실업자들을 깨워 일으켜서, 민중의 재산을 훔치고 강탈하는 자들이 모여 누가 더 많이 훔쳤나 경연 대회를 벌이고 있는 곳을 보여줄 테니 따라나서라고 하겠다는 거야. 빼앗긴 재산을 돌려달라고 효과적으로 요구할 수 있는 사람은 바로 강도 짓을 당한 피해자뿐이라면서 말이지.

난 사리에 맞게 무투리를 설득하려 했지. '무투리, 당신은 분별 있는 사람처럼 보이는데, 신식 여자들의 변덕에 휘둘려 괜히 정신 줄을 놓지 마세요. 은다야 와 카후리아가 동굴에서 어떻게 쫓겨났는지 생각해봐요. 은다야는 케이크나 더 먹어보자고 여기저기서 5실링씩 훔쳤을 뿐이에요. 그러니까 거기 있는 나머지 사람들은 굉장히 엄청난 도둑과 강도 들이라는 거지. *이름난 도둑들, 그들은 빵이나 닭 같은 걸 훔치는 조무래기가 아니에요.*[40] 그러니까 건드리지 말아야 한다고요.'

---

40 (스와힐리어) Wanyang'anyi Mashuhuri; wao si wezi wa mandazi na kuku.

무투리가 고개를 절레절레 흔들며 이렇게 말하더군. '나, 무투리는 입을 다물고 있어야 목숨을 부지한다는 말을 믿지 않아요. 왕가리의 말이 맞아요. 도둑질이나 강도질을 목격할 때마다 눈을 감아버리거나 고개를 돌려버린다면 그건 곧 우리가 도둑질과 강도질의 체제를 지지한다는 의미 아니겠어요? 예전에 기쿠유께서 말씀하시기를, 도둑질을 지켜만 보는 사람은 도둑놈과 별다를 바가 없다고 하셨지요. 은다야 와 카후리아가 동굴에서 쫓겨났다고 그랬죠. 그래요, 하지만 거기서 알 수 있는 게 뭔가요? 바로 기쿠유께서 하신 말씀이 옳다는 사실이에요. 누더기를 걸친 도둑이 종종 잘 차려입은 도둑의 희생양이 된다고 하셨잖아요. 기쿠유께서 왜 그런 말씀을 하셨겠어요? 왜냐하면 우리는 그들이 어쩌면 목마르고 배가 고파서 도둑질을 했을 거라는 사실은 잊은 채 누더기 입은 도둑에게만 손가락질을 하는 경우가 많기 때문이지요. 옛날에 무기쿠유는 단지 주린 배를 채우기 위해 도둑질을 한 사람에게 분풀이를 하는 법이 절대 없었어요. 옛날에는 다른 사람의 농장에 들어가 사탕수수를 꺾어서 그 자리에 앉아 먹거나, 혹은 허기를 채울 만큼의 고구마만을 캐서 불을 피우고 그 자리에서 바로 그걸 구워 먹는 경우, 그걸 가지고 뭐라 할 농장주들은 하나도 없었어요. 하지만 요즘의 도둑들은 어떤가요? 자기 손으로 씨 뿌린 적도 없으면서 다 거둬가고, 같이 거둬가자고 심지어 외국인들까지 불러들이고, 그렇게 수확한 곡식은 몽땅 외국의 곳간에 쌓아둬서 정작 농장주들은 배고파 죽을 지경이 되고, 양치기들의 양을 다 잡아서 그렇게 훔친 고기로 제 배만 불리고, 그들의 못돼먹은 짓거리가 해도 해도 너무한 지경 아닌가요? 그 도둑들과 강도들이 저 동굴에 전부 모여 살찐 배때기를 흔들고 자랑하며 우리한테 경멸을 쏟아붓고 있으니 우리 노동자들이 가서 그들을 붙잡자고요. 음와우라, 증거가 더 필요하다고 했나요? 아니에요, 자꾸 시간만 끌다보면 벌집을 망치게 되죠. 해가 떠올라 채소가 마르고 시들기 전에 시장에 빨리 갈수록 좋은 법이고요.

모두모두 오라,
와서 저 멋진 광경을 보라,
악마와 그 추종자 일당을
우리가 몽땅 쫓아버릴 테니!
모두모두 오라!

왕가리, 내 생각엔 경찰서에서 별 도움을 받을 수 있을 것 같지 않아요. 하지만 조롱박에 든 술은 마셔보기 전까지는 얼마나 담겨 있는지 알 수 없는 법이니까, 하고 싶은 대로 해요. 난 내 할 일을 할게요. 하지만 우리의 목적은 같아요. 각자의 부대를 이끌고 동굴 앞에서 만납시다.'

그렇게 말을 마치더니 무투리가 싸움이라도 거는 듯한 눈초리로 나를 쏘아보는 거야. 하지만 이래 봬도 나 음와우라 역시 사내라고. 그래 나도 그를 똑바로 쳐다보면서, 이 땅에 분쟁을 일으키게 될 어떤 행동도 나는 절대 지지하지 않겠다고 단호하게 말했지. 이렇게 얘기했네. '제 꾀에 제가 넘어간다고 했어요. 이봐, 무투리, 왕가리, 한번 시작한 일은 돌이킬 수 없다는 걸 잘 알 테니 저 사람들을 그냥 내버려둬요. 도둑이 활개를 치고 다니는데도 잡히지 않으면 그건 훔칠 만한 걸 훔쳐서 그런 거예요.' 무투리가 바로 대꾸하더군. '*맞아요, 맞아요,*[41] 바로 그래서 그들을 다 잡아들여야 하는

거예요……'

그렇게 해서 그 두 정신 나간 사람들하고 헤어지게 된 거야. 얼른 동굴로 돌아가 자네들에게 이 얘기를 다 해줘야겠다고 생각했지. 그래야 아무것도 모르고 앞으로 벌어질 극적인 사건과 혼란에 말려들지 않을 테니까. 그러니 당장 함께 나이로비로 돌아가자는 말이야. 그럼 적어도 기름값은 함께 부담할 수 있을 테니까. 그리고 경찰과 노동자에게 붙들리기 전에 이 대회를 끝내라는 말을 사회자에게 전할 수 있도록 음위레리 와 무카라이도 찾는 중이었지. 무투리와 왕가리, 그 둘만 있는 게 아니라니까!"

로빈 음와우라는 그렇게 말을 마치더니 경찰과 노동자가 난데없이 들이닥치기라도 할까봐 두려운 듯 다시 주위를 둘러보았다. 가투이리아와 와링가는 서로를 바라보았다. 기뻐해야 하는 건지, 왕가리와 무투리를 불쌍히 여겨야 하는 건지 알 수가 없었다.

"걱정할 것 없어요." 가투이리아가 말했다. "안에 들어가서 일이 어떻게 되나 보도록 하죠."

"대회에 참가하고 있는 주최 측과 손님들에게 이러이러한 일이 벌어질 거라고 얘기해주는 게 좋지 않을까?" 음와우라가 물었다.

"아니요." 가투이리아가 곧바로 대답했다. "그냥 내버려두죠. 양쪽에서 어떻게 하든 그냥 두자고요. 우린 그냥 구경꾼이잖아요."

그들은 동굴 쪽으로 움직였다. 와링가가 생각에 잠겼다. 지구가 둥글다더니 이런 우연의 일치를 두고 하는 말일까? 내 목숨을 두번이나 구해준 사람을 이렇게 만나게 되다니. 그것도 이런 자리에서. 무투리란 사람은 누구지? 동굴 입구에 가까워졌을 때 음와우라가

---

41 (스와힐리어) Ndio, ndio.

가투이리아의 소매를 잡아당겼다. 두 사람이 멈춰 섰고, 와링가는 먼저 문 앞에 가서 그들을 기다렸다.

음와우라가 가투이리아에게 속삭였다. "이봐, 자네 말은 우리가 그저 구경꾼이지 누구 편을 들러 여기 온 게 아니라는 거지만, 실은 나도 대회에 참가하고 싶어."

"그래서 와링가랑 저만 구경꾼을 하라고요?" 가투이리아가 웃음을 참으며 물었다.

"그렇지." 음와우라가 말했다. "그게 좋은 수가 아니겠어?"

"우리를 버리고 나가서 도둑질과 강도질에 대해 증언을 하게요?"

"나는 단지 도둑질과 강도질의 기술에서 모든 교활함을 이길 수 있는 최고의 교활함을 보여줄 기회를 잡고 싶을 뿐이야. 어때? 그게 현명한 수 아니겠어?" 가투이리아의 생각이 어떤지 계속 다그치며 음와우라가 물었다.

"음, 전 그저 구경꾼일 뿐이라고 이미 얘기했잖아요. 기회를 잡을 수만 있으면 얼마든지 연단에 뛰어올라가서 한번 도전해봐요. 대회에 참가하기 위해 필요한 거라고는 단지 도둑질과 강도질의 재능으로 자신이 무슨 일을 했는지, 그리고 외국인들이 기회를 준다면 앞으로 어떤 일을 하겠는지를 보여주면 되는 거니까요…… 하지만 제가 나서서 이래라저래라 하지는 않겠어요. 하고 싶은 대로 해요. 결정은 당신이 하는 거니까." 삶의 고된 투쟁에서 진짜 자신의 위치가 어디인지를 숨기려 애쓰는 판사처럼 가투이리아가 대답했다.

하지만 음와우라는 가투이리아의 말이 아주 마음에 드는 눈치였다. 그의 목소리가 약간 높아졌다. "그래, 그게 맞는 얘기지. 그래서 내가 항상 배우는 게 좋다고, 배우는 게 아주 중요하다고 말하는 거라니까. 무투리와 왕가리였으면 나를 뜯어말리려고 했을 거라고. 왜냐고? 그 사람들은 배운 게 별로 없으니까. 세상이 어떻게 돌아가는지 전혀 모른다니까. 자네는 아주 공평무사하다는 걸 알겠어. 와링가의 경우엔 조심하라고! 그녀도 정신 나간 그 두 사람들 말에 지나치게 신경을 쓰는 것 같으니까. 하지만 자네는 어떻게 문제의 핵심에 이르는지 확실히 아는 것 같아. 그리고 표현도 아주 제대로 했지. 중요하게 생각해야 하는 건 달란트를 얼마나 가지고 있느냐가 아니잖아. 그럼, 아니지, 중요한 건 얼마나 좋은 기술을 가지고 있는지, 그리고 그것을 어떻게 사용하는지라고. 내가 원하는 걸 해야 한다고 말했지…… 하하! 간밤에 음위레리 와 무키라이가 내 마타투에서 한 말 기억하나? ……*만큼의 달란트를 받은 자 역시 앞으로 나와 말하기를*……"

음위레리 와 무키라이의 이야기

"백인들이 말하기를 *타임 이즈 머니*라고, *야니*,[42] 매시간이 돈과 마찬가지라고 했으니 몇분 만에 제가 가진 지혜의 핵심을 알려드리려 합니다.

여자로 말하자면 전 아내가 한명 있을 뿐입니다. 하지만 제 아내는 많이 배운 사람입니다. 홈 *이코노믹스*, *야니*, 가정에서 어떻게 돈 관리를 하며 문명화된 삶의 양식을 지켜나갈 것인가를 다루는

---

42 (스와힐리어) yaani. 그러니까, 즉.

학문의 학위를 받았죠.

여자 친구요? 전 하나도 없습니다. 아니, 이런 식으로 표현해보죠. 좀 즐기고 싶은 마음이 들 때면 백인 여성이나 인도 여성을 찾습니다. 여자 문제라면 종족이든 인종이든 어떤 *차별* 같은 건 전혀 없습니다. 여성은 어느 연령대에도 속하지 않고, 어느 종족이나 나라에도 속해 있지도 않다고 전 항상 주장합니다. *여자란 누구에게나 다 좋으니까요.*[43] 그러니까 백인 여자애를 만나거든, 가지세요. 아시아 여자를 마주치거든, 그냥 가져요. '금방 넘어오는'이라 불리는 아리따운 여자애를 만나도, 가지세요.

제 자식으로 말하자면 아들 하나에 딸 하나가 있습니다. 더 낳을 생각은 없습니다. *가족계획*이란 걸 믿거든요—*아니*, 비싸고 맛난 음식을 먹으며 사는 안락한 생활이 불가능할 만치 계획 없이 아이들을 무더기로 낳는 것이 아니라 몇명의 아이들을 원하는지, 몇명을 부양할 수 있는지 부모들이 자유롭게 결정하는 출산 계획 말입니다. 전 출산을 조절하는 국제기구(*인터내셔널 플랜드 패어런트 후드 어소시에이션*이라고 합니다)의 회원으로, 그 본부는 미국의 뉴욕에 있습니다. 제가 드리고 싶은 말씀은, 아이들은 우리의 가장 큰 적이라는 겁니다. 인구가 조금이라도 증가한다는 건 우리의 이익에 반하는 일입니다. 전세계가 오로지 당신 부부의 것이라고 상상해보세요. *유 씨 왓 아이 민?* 우리에게 주어지는 최대의 위협은 먹을 것과 입을 것, 살 집을 달라고 요구하는 사람들의 수가 늘어나는 것입니다. 그 사람들이 일자리를 찾지 못하면, 먹을 것을 구하거나 입을 옷을 구하지 못하게 되면, 다들 곤봉과 칼과 총을 들고

---

43 (스와힐리어) Wanawake ni watumishi kwa wote.

나와 통통하게 살진 우리 배를 가르겠다고 달려들지 않겠어요? 그 걸 무슨 수로 막겠습니까? 플랜드 페어런트후드 어소시에이션에 소속된 우리가 바라는 건 단 하나, 민족 간의 갈등을 줄일 방법과 수단을 찾는 것입니다. 특히 부를 다 차지한 사람들과 부를 빼앗긴 사람들 간의 갈등 말이죠. 바로 그 때문에 어소시에이션 회원인 우리는 다음과 같이 주장하는 겁니다. 가난한 집 여자들은 우리가 그 집안 곳간에 남겨두는 음식이나 자신들이 버는 월급으로 부양할 수 있는 만큼의 아이들만 낳아야 한다고 말입니다. 일자리도 없는 데 거기 딸린 여자와 아이 들까지 떠맡아서는 안된다는 거죠.

제가 받은 교육으로 말하자면, 아, 이 점에 있어서는 여러분들의 양해를 구해야겠습니다. 제가 좀 잘난 체를 하는 것처럼 보여도 교만하기 때문에 그러는 거라고 받아들이지는 말아주세요. 교육으로 말하자면 제 수중에만, 아니 지금 여러분 눈앞에 있는 이 머릿속이라고 해도 되겠죠, 어쨌든 거기에 세개의 학위가 들어 있는 사람이 접니다. 영웅은 장딴지 크기로만 알 수 있는 게 아니고, 명성은 종종 사람 겉모습보다 훨씬 더 대단하며, 지혜란 타고나는 것이지 옷감처럼 갖다붙일 수 있는 게 아니라지요…… 혹시 못 믿겠다는 분이 계시면 제게 아직 남아 있는 비즈니스 카드를 보여드릴 수 있습니다. 거기 제 학위가 한줄로 쭉 써 있죠. 이학사(경제학)(마케레레 대학), 상학 학사(나이로비 대학), 이학 석사(경영학)(하버드 대학, 미국), MRSocIBM. 마지막 것은 딱히 학위는 아닙니다. 일종의 명예직으로 국제 경영관리 왕립협회 회원을 나타내지요. 명함을 보면 분명히 아시겠지만 저의 지식은 사업 경영과 경제 발전 분야에 집중되어 있습니다. 그 모든 기술과 지식이 지금 여러분의 눈앞에 있는 이 작은 몸에 다 담겨 있는 거죠. 그래서 제가 사람 생김새에

비해 명성이 대단할 수도 있다고 말씀드린 겁니다.

전 *외래 이데올로기*를 믿지 않습니다. 하지만 현대판 도둑질과 강도질이라는 *이데올로기*는 믿어요. 여러분들이 이해하시도록——"

그때 한 사람이 질문을 해도 되냐며 음위레리 와 무키라이의 말을 끊었다. 그가 오늘 아침 마타투에서 내리는 걸 자기가 봤는데, 그래서 그가 과연 도둑질과 강도질에 있어서 이 대회에 참가하는 데 필요한 자격 조건을 갖췄는지 심히 의심스럽다는 것이었다.

"*미스터 체어맨*, 단상에 있는 저 사람이 자기 학위에 대해서 아주 번지르르한 말을 쏟아내고 있는데, 뭐 좋습니다. 도둑질과 강도질의 체제에서도 많이 배운 사람은 필요한 법이니까요. 하지만 *미스터 체어맨*, 사랑하는 사람도 공격의 대상이 될 수 있다는 가정하에, 연사께서 우선 어떤 차를 몰고 다니는지 알려달라고 할 수 있을까요? 그게 바로 우리가 이해하는 바의 명성입니다. 교육을 얼마를 받았네 하는 얘기들은 다 뜬구름 잡는 얘기거든요."

그렇게 말하고는 남자가 자리에 앉았다. 사람들이 박수갈채와 환호를 보냈다. 음위레리 와 무키라이는 자신이 음와우라의 마타투에서 내리는 것을 누군가 봤다는 사실을 몰랐기 때문에 약간 당황해서 어디서부터 어떻게 얘기를 시작해야 할지 알 수가 없었다. 그러자 거기 모인 사람들이 구체적인 사실을 밝히라며 소리를 지르기 시작했다. "차 말이에요, 차, 차 얘기를 하라고 해요! *당신 정체를 밝히지 않으면 우리가 어떻게 알겠어……*" *신분증 내놔봐……*!"

"*미스터 체어맨*," 음위레리 와 무키라이가 말했다. "*미스터 체어맨*, 제 차는…… *아임 쏘리*, 그 얘기를 먼저 한다는 걸 깜박했네

---

44 (스와힐리어) Hatukujui bila kitambulisho chako……

270

요. 제 차로 말하자면, 한대밖에 없긴 한데, 뿌조 504(*휘발유 차*)입니다. 하지만 그 차가 엄청 빨라서 쏜살같이 달릴 수 있다는 말씀은 드릴 수 있습니다. 제 안사람도 같은 차를 쇼핑 다니는 데 쓰고 있죠. 하지만 *2톤짜리* 토요타 하이럭스 픽업 같은 작은 픽업트럭을 하나 사줄까 하는 생각을 하고 있습니다. 역시 쇼핑 다닐 때 타라고 말이죠."

아까 그 사람이 다시 음위레리의 말을 가로막았다. "*미스터 체어맨*, 음위레리 씨가 그래서 과연 뿌조 504(*휘발유 차*)를 타고 이 대회장에 왔는지, *플리즈*, 말해줄 수 있을까요? 아니면 쏜 화살이 그렇듯이 중간에 죽어버렸다고 봐야 할까요?"

사람들이 다시 박수갈채와 환호를 보냈다. 이에 더욱 힘입어 그는 빈정거림이 흘러넘치는 말투로 계속 물었다. "그래요, 오늘 아침 이 동굴까지 어떻게 온 걸까요? 어제 일모로그까지 그를 태워다준 차는 과연 무엇이었을까요? 혹시 차를 빌려 탄 걸까요? *미스터 체어맨*, 아무리 쏜살같이 날아다닌다 해도 차를 겨우 한대만 가진 사람이 이 원숙한 사람들을 앞에 놓고 현대판 도둑질과 강도질의 기술에 대해서 얘기하는 게 맞는 건가요? 그 잘난 학위들과 함께 음위레리를 이 자리에서 쫓아낼 것을 제안하는 바입니다. 은다야 와 카후리아처럼 쫓아버려야 한다고요!"

그러고서 남자는 자리에 앉았다. 음위레리 와 무키라이는 주머니에서 손수건을 꺼내 이마에 맺힌 땀을 닦았다. 그런 다음 목소리를 가다듬더니 도발적으로 사람들을 쏘아보았다. 그는 상처받은 자존심 때문에 솟아난 용기로 목소리를 높여 말했다.

"*미스터 체어맨*, 전 제 차로 여기 오지 않았습니다. 당신은, *미스터 체어맨*, 당신은 저를 알고, 제 차도 분명히 알 겁니다. 이곳의 초대장을 나이로비에 돌린 주요 인물이 바로 제가 아니었던가요?"

"음위레리 와 무키라이!" 사회자가 그의 말을 자르며 말했다. "지금 여기서 하는 얘기는, 차 없이는 그 사람에 대해 알 수가 없다는 말이었다는 걸 상기시켜드립니다. 차는 그 사람의 *아이덴티티*입니다. 한번은 제 안사람이 차를 집에 두고는 걸어오는 걸 마주쳤어요. 전혀 알아보지를 못했습니다. 그렇게 마주쳤다는 얘기를 그녀가 나중에 하더군요. 자, 차가 없이는 아내도 알아보지 못하는 마당에 당신이라고 예외겠어요? 다시 대회를 진행할 수 있게 이 어르신들에게 빨리 당신의 정체를 밝히세요."

"*미스터 체어맨*," 음위레리가 절박하게 소리쳤다. "*미스터 체어맨*, 제 차는 키쿠유에서 시동이 꺼져버렸어요. 그래서 그냥 온디리 호텔 앞에 세워뒀습니다. 호텔에 전화하면 앞마당에 뿌조 504가 세워져 있는지 아닌지 확인해보라고 할 수 있어요. 여기는 마타투 마타타 마타무라는 마타투를 타고 왔습니다. 차 주인을 불러서 내가 차 때문에 문제가 생겼다는 얘기를 한 게 사실인지 물어보세요. 내가 운송 수단으로 오로지 마타투만을 이용한다고 여러분들이 생각하는 건 원하지 않으니까요! 로빈 음와우라, 플리즈, 일어나봐요!"

로빈 음와우라가 만면에 미소를 띠고 일어났다. 음위레리 와 무키라이는 마치 음와우라가 법정에 나온 증인이라도 되는 양 그에게 질문을 하기 시작했다.

음위레리 이름이 뭔가요?

음와우라 로빈 음와우란두입니다. 줄여서 음와우라라고 하지요.

음위레리 마타투를 가지고 있습니까?

음와우라 네, 제 마타투가 있고 운전도 합니다. 마타투 마타타 마타무 모델 T 포드, 차 번호 MMM 333이죠. 표어는 이렇습니다. 소문이 궁금하면 마타투 마타타 마타무를 타세요. 사람들이 떠드는 얘기가 궁금하면⋯⋯

음위레리　지난밤 일을 기억합니까?

음와우라　네.

음위레리　여기 모인 현대판 도둑과 강도 들에게 어제 일어난 일을 말씀해주십시오.

음와우라　6시쯤 되었을 겁니다. 당신이 은조구이니 직전 키쿠유 근처에 있는 시고나 골프 클럽 앞 버스 정류장에 서 있는 것을 보았죠. 차에는 나이로비에서 태운 네명의 승객이 있었고요.

음위레리　제가 차에 대해 어떤 얘기를 했습니까?

음와우라　네. 뿌조 504(*휘발유 차*)가 키쿠유에서 시동이 꺼져버렸다고, 그래서 차를 온디리 호텔 앞에 세워뒀다고 했지요. 그래서 이 경연 대회에 늦지 않도록 *태워*줄 사람을 찾고 있었다고요.

다른 사람이 벌떡 일어나더니 자신들은 재판하는 걸 보러 여기 모인 게 아니라고 사회자에게 말했다.

"그냥 음위레리에게 자신의 도둑질과 강도질 얘기를 계속하라고 합시다. 보세요, 저 사람 얼굴이 이제 뿌조 504(*휘발유 차*) 모양으로 변해가지 않습니까? 그 차를 가진 게 아니라면 과연 저런 얼굴이 되었을까 싶어요." 그러곤 자리에 앉았다.

음위레리 와 무키라이는 그 말에 아주 기뻐했다. "이제 됐어요, 음와우라. 이분들이 이제 만족하신 모양이네요." 그가 음와우라에게 말했다. "이제 자리로 돌아가도 됩니다. 음와우라, 자리에 가서 앉아요."

하지만 로빈 음와우라는 계속 서 있었다. 사람들의 시선이 모두 그에게로 향했다.

"*미스터 체어맨*, 그리고 외국에서 오신 손님들과 어르신들," 음와우라가 말을 시작했다. "저도 한 말씀 올리는 걸 양해해주시기 바랍니다. 저 역시 이 경연 대회에 참가하고 싶습니다. 옛말에도 있듯이 누가 최고인지에 대한 의심을 씻어버리려면 직접 싸워서 패기를 시험해보는 게 마땅하니까요. 하지만 긴급조치 한참 전부터 시작된 저의 도둑질과 강도질에 대한 얘기를 시작하기에 앞서, 이 잔치 분위기를 망칠 수도 있는 사소한 문제 하나를 알려드리고 싶습니다. 2시경에 제가 음위레리 와 무키라이를 찾아서 그가 초대장을 준 사람 중 두 사람, 한 사람은 노동자고 한 사람은 농부인데요, 그 두 사람이 이 대회를 망칠 궁리를 하고 있다고 알려줬습니다. 음위레리 와 무키라이가 준 초대장으로 여기 들어올 수 있었다는 걸 생각하면 아주 배은망덕한 사람들이죠. 이 꿍꿍이를 뒤에서 조종하는 자는—"

여러 사람이 앞다투어 자리에서 일어나 말을 하려 했는데, 그중 한 사람이 모두의 말을 막으며 큰 소리로 얘기했다. 노동자와 농부 얘기 따위를 들으러 여기 동굴에 온 게 아니라는 것이었다. 따라서 그런 뜬소문 같은 건 굳이 들을 필요도 없으니 대회나 속개하라고 말이다. 아무도, 심지어 왕이라도 태양을 멈출 수는 없으니 말이다.

음와우라는 얼굴색이 어두워지며 무거운 마음으로 자리에 앉았다. 무투리가 곧 일을 벌일 심산인데 그를 막을 기회를 놓치고 말았구나. 음와우라가 혼잣말을 했다. 일단 왕가리와 무투리의 꿍꿍이 속을 선심 쓰듯 알려주고 나면 자신도 발언 기회를 잡을 수 있고 어쩌면 상금을 탈 수도 있으리라 기대했던 것이다. 그렇게 모욕적인 대접을 받았지만 음와우라는 실망하지 않았다. 세개의 속담을 떠올리며 스스로 용기를 북돋았다. 거지에게 부자의 방귀는 전혀 냄새가 나지 않는다. 아름다움을 사랑하는 자는 그것을 추구하는 과정에 대해 괜히 이러쿵저러쿵하지 않는다. 목마른 자가 우물 판다.

다른 사람들은 음위레리의 발언을 듣기 위해 참을성 있게 기다리고 있었다. 이제 그의 얼굴에서는 불안감이 많이 가시고 이마의 땀방울도 다 사라졌다.

다음은 이학사이자 상학 학사이자 이학 석사이자 국제 경영관리 왕립협회 회원인 음위레리 와 무키라이의 발언이다.

"아까 하던 부분에서 다시 얘기를 이어가도록 하겠습니다. 차를 몇대나 가지고 있는가에 너무 구애받지 말아야 합니다. 중요한 것은 차종이죠. 꿀벌이 벌집부터 만들기 시작하는 게 아니라는 걸 아시지 않습니까. 빈대는 고작해야 나뭇조각 틈새에 사는 동안에도 배를 불리고 살이 오릅니다. 우리가 관심을 가져야 하는 사실은 오직 각자의 믿음과, 한 민족의 부를 약탈하고 개발하는 데 있어서 자신이 차지하는 위치—*야니*, 자신의 입장일 뿐입니다.

제가 드릴 말씀은 많지 않습니다. 전 현대판 도둑질의 신과 현대판 강도질의 주인님을 믿습니다. 이런 말씀을 드리는 이유는 제가 많이 배워보니 지금까지 발전을 이루고 현대 *문명*에 기여해온 모든 나라와 민족이 약탈의 단계를 거쳤다는 사실을 알게 되었기 때문입니다. 그런 나라들에서 노동자와 농민이 가졌던 권력은 모두 강탈되어 도둑질과 강도질의 용사들에게 넘겨졌습니다. 영어로 하자면 *자본주의 사업 수완*를 가지고 있던 사람들이라고 할 수 있겠죠.

우리 현대의 용사들은 *창조적 투자*에 대해 아는 사람들, *야니*, 열매를 많이 맺으려면 자신들의 달란트를 어떻게 거래할지를 아는 사람들입니다. 간단히 말하면 이윤, *야니, 수익률*이라고 하는 진귀한 음식의 냄새를 아주 기가 막히게 알아차리는 사람들이지요. 그건 다시 이런 얘기가 됩니다. 만약 오늘 5실링을 훔쳤다고 한다면, 내일은 5실링 이상을, 예를 들어 10실링을 훔쳐야 합니다. 항상 전보다 더 많이 훔치고 더 많이 강탈해야 합니다. 오늘 5실링이면 내일은 10실링, 모레는 15실링, 그다음 날은 20실링, 그런 식으로 계속해서 마치 천국을 향해 지속적으로 올라가는 그래프처럼 이윤이 엄청난 속도로 증가해야 한다는 겁니다. 이윤 그래프는 항상 계속해서 올라가야 해요. 영어로 하자면, *수익률의 꾸준한 증가를 보장하는 조건을 찾아내야 한다*라고 말할 수 있겠죠. 따라서 여러분은 비옥한 땅에 대해 잘 알고 있어야 합니다. 수익률이 어제 수준에서 떨어지거나 그대로 정체해 있지 않을 것이 확실한 그런 땅 말이죠. 그런데 노동자와 농민의 땀방울 외에 다른 어디서 그런 비옥한 땅을 찾을 수 있겠습니까?

하지만 여러분, 현대판 도둑질에는 두종류가 있습니다. 먼저 국내의 도둑질이 있습니다. 혹은 민족 차원에서의 도둑질이라고 할 수도 있겠네요. 이 경우 한 나라의 전문적인 도둑들과 강도들은 자기 나라의 노동자와 농민을 대상으로 도둑질을 합니다. 하지만 외국인들이 연루되는 다른 종류의 도둑질이 있습니다. 이 경우에는 한 나라의 도둑들과 강도들이 다른 나라로 가서 그곳 대부분 사람들을 대상으로 도둑질을 하고는 그 약탈물을 자기 나라로 가져갑니다. 말인즉슨, 그런 도둑들과 강도들은 자기 나라의 노동자와 농민뿐 아니라 다른 나라의 노동자와 농민으로부터 역시 강탈을 한다는 겁니다. 자기 나라와 다른 민중의 나라라는 두 나라에서 단물을 빨아먹을 수가 있는 거죠. 예를 들면 현재 미국, 유럽, 일본의 도둑들과 강도들은 자기 나라 민중을 강탈한 다음 아프리카와 아시아, 라틴아메리카로 가서 그곳의 민중들이 가진 것을 빼앗고, 그렇게 획득한 약탈물을 자기네 곳간으로 가져갑니다. 물론 이들 외국인들은 그런 일을 하면서 그 지역 도둑과 강도 무리로부터 도움을 받죠.

때로 이 외국 도둑들과 강도들은 자기들이 약탈하는 나라에 상점과 곡식 창고를 짓고 그곳의 도둑들 몇을 고용해 그걸 관리하도록 합니다. 이게 다 무슨 얘기냐면, 바로 이겁니다. 지금 여기 와 있는 손님들 같은 외국인들이 우리나라에 와서 상점과 창고를 지을 때, 그들의 계획은 우리나라를 약탈하고 그렇게 해서 얻은 약탈품을 일본, 유럽, 미국으로 되가져가려는 것이지요.

이 사람, 음위레리 와 무키라이는 오직 첫번째 부류의 도둑질과 강도질만을 믿습니다. 즉, 자기 나라 백성으로부터만 훔치고 그렇게 얻은 약탈품을 바로 거기, 그 나라에서만 소비하는, 한 나라의 국민들을 대상으로 한 도둑질과 강도질 말입니다. 그러나 두번째 부류, 우리나라에 와서 일부 우리나라 사람들의 도움을 받아 여기에 자신들의 소굴을 만드는 외국 도둑들과 강도들의 도둑질에 대해서는, 전 단호하게 안된다고 말합니다. *하파나,*[45] *천번이고 만번이고, 안되고말고요!*

국내 도둑질과 강도질의 전문가인 우리는, 우리의 국부를 가로채고 우리 민족적 유산의 댓가로 그저 약간의 빵 부스러기만 던져준 채 나머지는 다 자기들 나라로 가져가는 외국인들과 합심하는

---

45 (스와힐리어) hapana. 안됩니다.

그런 일을 해서는 안됩니다.

그들을 위해 일하는 첩자나 관리인, 제자, 군인, 우리 땅에 있는 그들의 소굴과 상점의 감독관 같은 건 되지 맙시다. 우리 민족의 땅은 우리가 알아서 약탈하도록 내버려두라고요.

왜 이런 얘기를 하느냐고요?

무슨 일을 당하든 탁 까놓고 얘기하겠습니다. 지금 저렇게 평화롭게 담배나 파이프를 피우고 앉아 있는 걸 보면 전혀 믿기지 않겠지만, 저들은 위선자들입니다.

이 사람, 음위레리 와 무키라이는 노동자와 농민의 땀과 피를 강탈하는 것에 기반한 체제, 영어로 우리가 *캐피털리즘*이라 부르는 그 체제를 철저히 공부했습니다. 그 체제의 기본은 이렇습니다. 대다수 민중이 농사를 지으면 엄선된 소수(달란트를 가진 사람들)가 수확한다. 다섯명의 돈 많은 사람들이 노동자와 농민 쉰명의 살에 뿌리를 내립니다. 이건 제가 다 배워 깨우친 거라 다른 누구의 가르침도 더 받을 필요가 없어요. 여기 모인 우리는 우리 민중이 흘린 땀의 결실을 쌓아둘 우리 자신의 소굴과 가게를 세울 능력을 가지고 있다고 전 믿습니다. 우리 케냐의 도둑들과 강도들이 이제는 혼자 힘으로 설 수 있고, 우리의 약탈물을 외국인들과 나누는 이런 관습을 영원히 끝낼 수 있다고 확신합니다. 아무리 좋은 소리라도 마음속에 담아둬서는 소송에서 이길 수는 없다는 말도 있으니 다시 한번 말씀드리겠습니다. 우리의 노동자와 농민—사실 노예들이라고 부르는 게 옳다고 보는데요—에게서 기껏 열심히 빼앗아 놓고, 그 약탈물을 외국인에게 넘겨줘서 우리에게는 요만큼만 떼어주고 나머지를 몽땅 그들의 나라로 가져가게 하는 그런 일은 하지 말아야 합니다! 우리도 그들의 나라, 미국이나 유럽이나 일본에 가서 도둑질을 한 뒤 그 약탈물을 우리나라로 가져오는 그런 일은 왜 못하게 하는 겁니까? 우리도 그들의 나라에 소굴과 상점을 지어서 그들 민중이 흘린 땀의 결실을 분배하는 데 결정적인 역할을 하는 일을 왜 못하게 하는 거냐고요!

한 나라의 부가 그 나라에 남아 있도록, 가난한 천만명의 살에 열명의 케냐 백만장자들이 뿌리를 박을 수 있도록, 도둑질은 우리끼리만 하도록 합니다. 그러면 이런 말로 대중을 현혹할 수도 있을 겁니다. '국민 *여러분*,[46] 불평 같은 건 하지 마십시오! 외국인들이 와서 다 먹어치웠을 때 여러분들은 찍소리라도 했었나요? 꿈틀거리기라도 했어요? 여러분, 지금 이 나라에 만연한 역병은 유럽에 있는 것처럼 외래의 것이 아닙니다. 여러분의 땀과 피가 열명의 케냐인 백만장자를 만들어냈다는 사실에 환호해야 합니다.'

전 말을 장황하게 늘어놓는 사람이 아닙니다. 음식이 제대로 요리가 될 것인지는 처음 끓는 걸 보면 알 수 있다지요. 제 이야기는 간단합니다. 외국 도둑들과 강도들이 소유한 회사들에 맞서 싸워온 과정을 담고 있는 이야기지요.

학교를 졸업한 뒤 전 여러 제국주의 회사에서 일을 하기 시작했습니다. 제가 직원으로 일해보지 않은 외국계 회사는 거의 없을 겁니다. 정유회사, 제약회사, 커피와 차 제조회사, 금융회사, 숙박업소, 자동차회사에, 몇몇 농업 관련 회사까지 말이죠. 몇군데서는 *쎄일즈 매니저*로 일을 했고, 다른 데서는 인사 담당 *매니저*로 일하기도 했습니다. 하지만 대개는 홍보 *매니저*로 일했지요.

하지만 그 어떤 회사에서도 중추 세력의 내밀한 핵심에는 접근

----

46 (스와힐리어) Wananchi.

할 수가 없었습니다. 그러니까 중요한 진짜 결정이 내려지는 곳, 예를 들어 돈이나 이윤의 분배와 관련한 결정 같은 걸 하는 소규모 집단 말입니다. 그 중추 세력엔 유럽인들만이 들어갈 수가 있었죠.

하지만 나라에 무슨 위기 상황만 생겼다 하면, 그러니까 노동자들 사이에 불만이 들끓어서 다루기 힘들어지거나, 수익률의 지속적인 증가를 저해할 수도 있는 소득세 방안을 두고 의회에서 논쟁을 하거나, 혹은 내각이 외국인과 관련한 어떤 조치에 합의를 할 예정이거나 하면 외국인의 눈과 귀를 대신해서 행동하도록 파견되는 건 바로 저였습니다. 어떤 때는 위험한 불을 끄기 위해 맹목적 민족주의에 호소하기도 하고, 또 어떤 때는 근대론이라는 기름을 발라 쭈글쭈글해진 피부의 주름을 펴보려고도 했지요. 또다른 때는 결정권을 쥔 사람들에게 접대를 해서 마음을 바꿔보려고 했고요. 하지만 많은 경우 하람비에 기부를 함으로써 외국인들에 대해 사람들이 좋은 인상을 갖게 하려고 애썼습니다.

그러던 어느날 문득 이런 의문이 들었어요. 이 외국인들이 나를 하나의 개인으로 고용하고 있는 건가, 아니면 그냥 내 피부색 때문에 날 쓰고 있는 건가? 나를 고용한 이유가 내 능력 때문인가, 아니면 내가 흑인이어서인가? 그러자 불현듯 내가 허울 좋은 눈가림으로 이용되고 있다는 사실을 깨닫게 되었습니다. 외국인들을 찾아나선 우리 국민은 사업의 앞 유리창에 서 있는 제 모습을 보게 되겠죠. 그러면 거기에 자신들의 모습도 약간은 반영되어 있다고 생각하게 되고, 그래서 자신들도 조금씩 부자가 되고 있다는 믿음으로 외국인들의 도둑질을 계속 묵인하게 되는 겁니다.

혼자 곰곰이 따져보았어요. 한 나라의 부는 그 나라의 노동자들에 의해 생산됩니다. 노동자들의 손과 머리와 마음이 없다면 한 나라의 부도 없는 게 사실이니까요. 외국인들이 이 나라에 들어오는 건 뭔가요? 약간의 기계, 그리고 노동자들에게 첫달 월급을 지불할 정도의 돈입니다. 그게 말하자면 원숭이를 속이기 위해 던져주는 미끼 같은 것이어서, 그 때문에 원숭이는 자기 품의 새끼 원숭이를 빼앗아가도 그냥 내버려두는 겁니다. 기계는 일종의 덫이고 월급은 쥐덫에 넣어두는 고기 조각이라고 할 수 있죠. 혹은 기계가 낚싯줄이고 월급은 물고기를 유인하기 위해 거기 매다는 미끼라고도 할 수 있고요. 기계는 노동자들의 땀과 피, 에너지와 기술을 뽑아내기 위한 것이고, 은행은 그렇게 뽑아낸 것을 담아두는 그릇, 조롱박이나 깡통이나 드럼통 같은 겁니다.

그래서 저는 이렇게 자문했습니다. 음위레리 와 무키라이, 넌 어떻게 제국주의자들이 그들 나라와 네 나라에서 이윤을 다 뽑아가게 내버려둘 수가 있지? 민중들에게서 이윤을 뽑아내고, 그렇게 짜내는 동안 약간의 여물을 주며 노동자들을 무마할 수 있는 사람들이 우리나라에도 있지 않나? 그렇게 뽑아내는 기술을 가진 사람이 외국인밖에 없나? 오직 그들만이 다른 사람들이 생산한 것을 먹어치우는 법을 안단 말인가? 음위레리 와 무키라이, 네가 나서서 네 나라 백성들의 땀을 착취하고, 그 땀을 이용해서 물건을 생산하고, 그리고 그것을 다시 땀 흘린 자에게 되팔 수는 없단 말인가? 그러니까 그들이 우선 물건을 생산한 다음 다시 그것을 사고, 농작물을 애써 기른 다음 다시 그걸 제 돈 내고 사먹도록 말이지. 다른 사람들이 생산한 것을 먹어치우는 데 굳이 외국에서 사람들이 올 필요는 없지 않은가. 다른 사람들의 생산품을 먹어치우는 계급, 그래, 사람 잡아먹는 계급을 우리 자신의 땅에서 길러낼 수 있단 말이야.

전 마음껏 외국인에게 소리를 쳤습니다. 이제 뭐가 어떻게 돌아가는지 우리도 다 안다, 이 망할 자식들아! 이제 노동자들에게서 빼앗고 강탈하는 현대판 기술을 배우게 된 사람들이 우리에게도 있다는 사실을 당장 보여주겠어! 너희들은 너희네 나라로 돌아가 너희 엄마나 실컷 유린하라고! 우리 엄마 장딴지는 우리가 알아서 할 테니까!

전 더이상 직장을 구하지 않기로 했습니다. 하지만 아직 상황이 여의치 않았기 때문에 대출을 받기 위해서는, 그래요, 어쩔 수 없이 외국인 소유의 은행에 찾아가야 했습니다. 노동자들에게 줄 여물을 사야 했고, 게다가 그들의 땀을 짜낼 기계를 살 돈 역시 있어야 했으니까요.

전 야생 시금치를 이용해 식용유를 제조하는 공장을 차렸습니다. 아, 조용히 제 말씀을 더 들어주세요. 바로 거기서 온갖 문제가 생겨나기 시작했는데, 또한 그 덕에 제가 세상이 어떻게 돌아가는지 알게 되었던 겁니다. 자, 생산한 식용유를 팔러 시장에 나가봤더니 시장은 외국계 기업들이 수입한 식용유로 완전히 차고 넘쳤습니다. 게다가 설상가상으로 그것을 엄청 싸게 팔고 있었죠. 나, 음 위레리 와 무키라이가 당장 파산하게 되었다는 사실을 분명히 알 수 있었어요. 모든 장비와 함께 공장을 팔아넘겼습니다. 외국인들이 그것을 인수했죠.

그다음엔 피부색을 밝게 하는 크림을 만드는 공장을 시작했어요. 제 계산은 이랬습니다. 외국인들이 흑인들의 피부를 결딴내는 걸로 배를 불리고 있는데, 우리라고 똑같이 못할 건 뭐 있나? 결과는 똑같았습니다. 흑인들의 검은 피부를 작살낼 크림들이 말도 안 되는 가격으로 시장에 쏟아져나와 있다는 걸 알았죠. 파멸이 코앞에서 저를 노려보고 있었습니다. 다시 그 공장도 외국인에게 넘겼지요.

그러나 전 또다른 공장을 세웠습니다. 이번에 고무로 된 콘돔 공장이었죠. 뭔지 아시죠, 여자들이 임신을 하지 않도록 남자들의 거시기에 씌우는 것 말입니다. 이번에는 우리의 관습이 걸림돌이 되었습니다. 우리나라 남자들은 고무로 만든 그런 장치를 자기 거시기에 씌우는 걸 안 좋아합니다. 살과 살이 직접 닿는 걸 좋아하죠. 유럽과 아시아 사람들의 경우엔 자기들 나라에서 제조되어 수입된 상품을 더 원했죠.

이 사업 역시 외국인 차지가 되었습니다.

이 자리에서 장담하는데, 저는 온갖 다른 종류의 제조업으로 어떻게든 성공해보려 기를 썼습니다. 하지만 무슨 짓을 어떻게 해도 외국계 제조회사와 케냐의 협력자들이 똘똘 뭉쳐 제게 맞서는 거였어요. 제가 물건을 5실링에 팔면, 그들은 3실링에 팔아요. 그럼 당연히 사람들은 그걸 사겠다고 그쪽으로 구름처럼 몰려가죠. 어떤 때는 제가 특정한 종류의 기계를 살 수 없도록 손을 쓰기도 했습니다. 또 어떤 때는 제게 나온 지 한참 된 기계를 팔기도 했는데, 그나마 그것도 여기에 오기까지 부지하세월이었죠. 부속품을 구할 수 없거나 계속 늦어질 때도 있었고, 오는 도중에 온데간데없이 사라져 공장이 서서히 멈춰버렸던 때도 있었습니다.

바로 이런 경험을 통해 저는 외국인들이 아직 우리나라의 제조업체를 꽉 틀어쥔 채 놓지 않으려 한다는 사실을 깨닫게 되었습니다. 물론 그건 다 우리나라 노동자의 땀으로 돌아가는 거죠. 모든 이윤은 노동자의 땀에서 나오는 법이니까요. 당분간 제조업을 그만두어야겠다는 생각이 들더군요. 하지만 그건 단지 일시적인 패배였습니다. 미끄러지는 것과 넘어지는 건 다르잖아요.

전 다시 외국인 회사에 들어가 일했습니다. 도매업을 시작했어요. 그러니까 외국인들이 만든 물건을 파는 거죠. 괜찮은 사업이었습니다. 물건을 그냥 여기서 저기로 옮겨놓을 뿐 도중에 덧붙이는 건 아무것도 없는데도, 자기 땀은 한방울도 안 흘리면서 짭짤하게 챙길 수가 있거든요. 현재 제가 하는 일은 직물과 위스키류, 신발과 중고 의류, 그리고 가난뱅이들이 토끼나 쥐처럼 계속해서 새끼들을 낳지 못하도록 하는 약의 도매업이자 *수입업*입니다.

현재, 무키라이의 아들인 이 사람은 여전히 외국인 소유의 기업을 위해 일하고 있습니다. 그리고 여전히 외국인들이 모든 분야를 독점한 채 우리 노동자가 흘린 땀의 결실을 차지하고 있습니다. 하지만 전 그들을 여기서 다 몰아내겠다는 야망을 아직 포기하지 않았습니다.

바로 그 때문에, *미스터 체어맨*, 어떤 도둑이 가장 뛰어나고 이 땅에서의 도둑질과 강도질을 더욱 증진하기 위한 좋은 계획을 가지고 있는지를 결정하는 이 위대한 경연 대회의 소식을 널리 퍼뜨려달라는 편지와 함께 이 모임의 초대장을 받았을 때 전 너무나 기뻐서 정신이 나갈 지경이었던 겁니다.

자, 이제 잘 들으세요. 제가 비밀 하나를 알려드리겠습니다. 이 사람, 음위레이 와 무키라이는 지금까지 오래도록 이 중요한 비밀을 혼자 간직하고 있었습니다. 이 비밀은 우리가 도둑질과 강도질의 기술에 있어서 일본과 미국, 영국, 프랑스, 독일, 이딸리아, 덴마크 할 것 없이 모든 도둑들을, *자본주의적 서구 세계 전체*를 단숨에 뛰어넘을 수 있는 그런 것입니다. 이것에 통달하기만 하면 우리를 외국인들에게 묶어두는 사슬을 끊어버릴 수 있습니다. 이제 그 비밀을 여러분들과 공유하고자 합니다. 왜냐하면 제 계획이 효과적으로 성사되는 데는 *외래 이데올로기*로부터 벗어난 *진정한 토착 자본주의*를 건설하고자 하는 우리들 사이에 완벽한 단합이 요구되기 때문입니다.

비밀은 바로 이겁니다. 우리나라에는 철광석이 있습니다. 우리나라에는 금속을 다루는 노동자도 있습니다. 철광을 제련하여 선철銑鐵로 바꾸는 기술은 수많은 세대 동안 우리에게 있었던 것입니다. 제국주의 이전에는 바로 이 기술을 동원하여 창과 칼도 만들고, 호미나 여러 종류의 고리도 만들었으니까요. 금속 노동자들의 길드 조직은 보통 이 방법을 자기들끼리만 알고 있었습니다. 당시에는 공장에 모아놓은 노동자들의 땀과 피의 달콤한 맛을 알게 된 한줌의 지배계급이 아직 나타나지 않았을 때였으니까요. 외국인들이 우리나라에 들어왔을 때 그들은 자기들 나라의 산업 발전을 위해 우리가 외국에서 들여온 물건을 사지 않을 수 없도록 우리의 이 토착적인 금속가공 기술을 일부러 억압했습니다.

그래서 오늘 제가 이 말씀을 드립니다. 크든 작든 우리 모두 단합해서 우리 자신의 기계와 도구를 개발합시다. 우리 국민들의 땀과 피는 값도 쌀 뿐 아니라 언제든 차고 넘치니까요.

어느 누가 우리에게 철광석이 없다는 그런 소리를 해도 속아넘어가지 맙시다. 석유를 포함해서 우리나라에는 없는 자원이 없어요. 게다가 혹시 우리에게 풍부한 철광석이 없다고 할지라도 여전히 우리는, 영어로 하자면 *메인터넌스 테크놀러지, 야니,* 한번 쓴 철을 다시 쓸 수 있게 제련된 철로 바꾸는 기술을 발전시킬 수 있습니다. 일본이 공업 강국으로 살아남을 수 있었던 것이 무엇 때문이라고 보십니까?

우리 노동자들의 땀이라면 핀과 면도날, 가위, 마체테, 호미, 도끼, 대야, 수조, 깡통과 철판, 자동차, 트랙터, 증기기관과 디젤기관, 배와 비행기, 창과 칼, 총, 폭탄, 미사일, 미사일을 쏴올리는 로켓이나 사람을 우주 공간으로 날려 보내는 로켓 장치, 한마디로 지금 외국인들이 만드는 모든 것을 우리 스스로 만들 수 있는 기계를 제조할 수 있습니다. 그러고 나면 우리 역시 현대 과학기술로부터 혜택을 받을 수 있을지 알게 되겠지요.

생각해보세요, 여러분. *우리 케냐의 백만장자와 억만장자, 몇백만장자와 몇억만장자, 일본에 있는 것과 같은 케냐만의 산업자본주의자*…… 그런 사람들뿐 아니라 모든 것이 다 노동자들의 피땀으로 깨끗이 씻어낸 철광석이나 유지 기술로 만들어지는 겁니다. 더 바랄 게 뭐가 있겠어요?

우리 민족의 강도, 우리 민족의 도둑, 그것을 어떻게 이루어야 할지 제가 보여드렸습니다. 이제 여기 있는 모든 도둑들이 자신의 달란트를 집으로 가져가 자신의 어머니를 위해 쓰도록 합시다.

그럼 영광의 우승 트로피를 받을 사람은 누구겠습니까? 바로 음위레리 와 무키라이지요! 타고난 지혜와 배워서 얻은 지혜의 말을 여러분께 해드리지 않았습니까. 제가 그 많은 학교를 괜히 다닌 게 아닙니다. 제 말씀을 함성으로 마무리하겠습니다. 강도들이여, 모두 집으로 돌아가 자신의 어머니를 강탈하자! 그것이 바로 진정한 민주주의이며, *민족의 평등이다! 끝없이 영원토록. 아멘.*[47]

---

47 (라틴어) Per omnia saecula saeculorum. Amen.

제7장

1

꿈. 이건 분명 한낮의 꿈일 것이다. 꿈이 아니면 아프겠지, 하며 가투이리아가 자기 허벅지를 꼬집어보았다. 아팠다. 그래, 꿈이 아니구나. 하지만 그럼에도 불구하고 가투이리아는 자기 두 눈으로 똑똑히 보고 있는 그 광경이 실제 벌어지는 일이라고는 믿을 수가 없었다. 꿈속에서도 허벅지를 꼬집어 아플 수 있는 것 아닌가. 아니면 자신이 죽어가는 꿈을 꾸는 건지도 몰랐다. 정말로 죽어서 땅에 묻힌 뒤 천국이나 지옥으로 가는 자신의 모습을 바라보는 것일 수도 있었다.

가투이리아가 와링가를 건너다보았다. 손을 뻗어 와링가의 손가락을 잡고는 살짝 눌러보았다. 와링가가 실제로 거기 있음을 느낄 수 있었다. 그러자 가투이리아는 자신이 깨어 있고, 이 동굴도 말라리아 열병에 들뜬 환자에게 나타나는 환영이 아님을 믿을 수 있었다.

음위레리 와 무키라이의 발언에 이어 동굴에서 갑자기 폭발한 혼돈을 떠올리면 가투이리아는 심지어 지금도 온몸이 오싹해진다. 그의 말에 박수를 보낸 사람도 있기는 했다. 하지만 대부분의 사람들이 분기탱천하여 이를 부득부득 갈며 소리치고 고함을 질러댔다. 여성들도 마찬가지였다. 그를 지지하며 소리를 지른 약간의 무리가 있었지만 나머지 대부분은 항의성 고함이었다.

2

가장 먼저 나와 의견을 표명한 사람은 머리에 미국 대표의 표지를 단 해외사절단의 대표였다. 한마디라도 놓칠세라 사람들이 온 신경을 집중하면서 혼란스러운 소동과 소음은 차차 가라앉았다.

"*미스터 체어맨*, 나와 이 자리의 다른 해외 전문가들을 대표해서 지금 음위레리 와 무키라이가 우리에게 쏟아부은 망발과 모욕에 대해 경악을 금할 수 없다는 얘기를 드리고 싶습니다. 우리는 저런 망발과 모욕을 당하자고 여기 온 게 아닙니다. 그렇습니다, 우리가 여기 온 이유는 미국과 유럽, 일본의 도둑들과 강도들과 개발도상국의 도둑들과 강도들, 그러니까 최근에야 독립을 얻게 된 나라의 도둑들과 강도들 사이의 동업 관계를 강화할 방도를 찾기 위해서입니다. 선진국 사람인 우리들에게는 수십년에 걸쳐 쌓아온 현대판 도둑질과 강도질의 경험이 있습니다. 전세계의 여러 민족들에게서 지금까지 갈취해온 모든 자본을 차지하고 있는 금융회사와 상점, 곡식 창고도 다 우리 소유라는 점도 상기시켜드리고 싶군요. 지금 우리가 입고 있는 옷이 지폐로 만들어진 것을 여러분이 직접 보고 있지 않습니까. 오늘날 모든 산업과 교역은 돈이 지배합니다. 돈이야말로 이 지구 상의 도둑질과 강도질의 병력을 전부 이끄는 *총사령관인 거죠. 최고의 자리에 돈이 있습니다. 돈이 세계를 지배합니다.* 우리는 여기 이 나라에서 여러분들이 국제적인 도둑과 강도 사회의 눈과 귀가 될 수 있도록 우리의 비법을 좀 알려줄까 해서 온 것입니다. 그런데 이 자리에서 정치적으로 순진한 저따위 소리나 듣게 될 줄은 몰랐습니다. 아직 길 줄도 모르면서 걸어다니겠다고 나대는 도둑들과 강도들하며, 이 장사를 시작한 지 한참 된 사람들이 지금껏 다 훔쳐서 쟁여놓은 약탈품을 시샘하는 도둑들과 강도들이 떠드는 소리 말이죠. 우리가 여기에 왔을 때는, 전세계의 도둑들과 강도들은 연령이나 혈통이나 국적 등을 막론하고 하나의 계급에 속해 있으며 같은 이데올로기를 공유한다는 사실을 숙지하는 사람들을 만나게 될 거라고 기대했습니다. 우리는 *프리덤*을 믿습니다. 각자 능력에 따라 훔치고 강탈할 수 있는 자유 말입니다. 그게 바로 우리가 *각 개인별 주도성과 개별적 사업*이라고 부르는 겁니다. 그리고 우리가 *프리 월드*, 그러니까 도둑질에 있어서 어떤 장벽도 없는 그런 세계에 살고 있다고 누누이 주장하는 이유도 바로 그 때문이지요. 그런데 음위레리 와 무키라이는 어째서 여기에 구분을 두려고 하는 걸까요? 뭣 때문에 그는 도둑질에 두가지 종류가 있다고 생각하게 된 걸까요? 도둑질은 도둑질입니다. 그런데 왜 그는 여러분이 여러분 스스로의 미사일과 폭탄과 로켓을 제조해야 한다고 말하는 걸까요? 지금까지 남한과 브라질, 이스라엘, 남아프리카에서 언제나 그래왔듯이 우리가 여러분의 도둑질과 우리의 도둑질을 보호하고 지킬 능력을 지니고 있음을 믿지 않는 건가요? 같은 식탁에 앉아 먹고 마시고 즐기면서도 우리에 대한 신뢰가 전혀 없군요. 자, 음위레리 와 무키라이의 망발과 모욕적 언사를 참고 들어주고 보니, 이 잔치가 끝날 때까지 자리를 지킬 생각이 없어졌습니다. 우리는 지금 이곳을 뜰 것이고 가져온 선물도 전부 다시 가지고 갈 테니 당신 케냐인들은 철광석이든 음위레리가 열광해 마지않는 뭣이든, 그것 가지고 잘들 해보십시오."

그러고서 해외사절단 대표는 자리에 앉았다.

3

동굴의 분위기가 싸늘해졌다. 많은 도둑들이 자신에게 어떤 손실이 닥칠지 뼛속 깊이 느끼기 시작했다. 모두 분노에 찬 시선으로 음위레리 와 무키라이를 노려보았다.

다시 한번 이 위기를 모면할 수 있었던 것은 사회자 덕분이었다. 그가 단상에 올라와서는, 이 동굴 안 모든 사람을 통틀어 지구 상의 도둑질과 강도질 체제의 영광을 더욱 드높이기 위해서 그토록 *중요한* 손님들과의 관계를 개선할 방법과 수단을 열심히 강구하지 않는 도둑이나 강도는 단 한 사람도 없으므로 지금 들은 얘기는 제발 마음에 담아두지 마시라고 진심 어린 참회를 담아 읍소했던 것이다. 모든 나라의 도둑들과 강도들이 자립심을 가지고 각자의 자리에서 독립해야 한다는 음위레리 와 무키라이의 주장은 그저 하룻강아지가 뭣도 모르고 떠드는 소리라면서 말이다.

그러고서 사회자는 이 지역에서 음위레리 와 무키라이의 생각을 지지하는 도둑이나 강도는 단 한 사람도 없다고 하늘에 대고 맹세했다. 바로 그날 아침 자신이 개회사를 하면서 인용했던 우화를 기억해달라고 했다…… *먼 나라로 여행을 떠나게 되어 하인을 불러 모으고는 자신의 재산을 그들에게 넘긴 사람에 독립의 깃발을 비유할 수 있으니……*

그렇게 우화를 다시 끄집어냈다가는 중간에 얘기를 끊더니, 외국 도둑들 쪽을 향해 금니를 드러내며 알랑거리는 미소를 만면에 띄우고 단호하게 주장하는 것이었다. "저명하신 내빈 여러분, 우린 여러분의 노예입니다. 우리 민족 중에서 자칭 자유를 위한 전사랍시고 나대던 자들을 효과적으로 진압한 것에 대한 고마움의 표시로 우리에게 내려주셨던 달란트, 그것을 우리가 어떻게 잘 관리하고 있나 알아보러 다시 오신 거잖습니까. 좋은 일입니다. 오늘날까지도 우리는 민중으로 하여금 여러분이 정말로 우리나라를 떠났다고 믿게 하려고 여전히 눈가림을 하고 있다는 점을 기억해주셨으면 합니다. 우리가 여러분을 외국인이라거나 제국주의자, 혹은 백인 도둑이라고 부르지 않는 이유도 그 때문입니다. 우리는 여러분을 동료라고 부르잖습니까. 그러니 이렇게 간청드리겠습니다. 제발 참을성을 가지고 좀더 머물러서 사람 잡아먹는 놈들의 다른 이야기도 마저 들어주십시오. 음위레리 와 무키라이는 신경 쓰지 마세요. 저희가 알아서 잘 처리하겠습니다. 그의 운명은 오늘 이 자리에서 결정 날 겁니다. 저의 이 사죄 말씀이 충분하다고 느끼셨으면 좋겠습니다. 나머지는 행동으로 보여드려야겠지요."

그가 자리에 앉았다. 도둑과 강도의 해외사절단 대표는 그의 사과를 받아들이고, 그 사죄의 행동을 한번 기다려보겠다면서 이렇게 말했다. *정의는 실현되어야 할 뿐 아니라 모두가 그 실현을 볼*

수 있어야 합니다. 감사합니다.

그러자 동굴에 천둥소리 같은 박수갈채가 터져 나왔는데, 천장과 사방의 벽이 무너져내릴 것만 같았다.

4

가투이리아가 와링가의 손을 잡았다. 여전히 꿈속을 헤매는 기분이었다. 와링가도 그의 손을 꼭 쥐었다. 그들은 각자의 생각에 빠진 채 아무 말 없이 앉아 있었지만, 둘 다 잡은 손을 놓기라도 하면 동굴의 암흑 속에 잠겨버릴 것 같은 기분이었다.

가투이리아는 자신의 생각을 논리적으로 결론지을 수 없었다. 하나의 생각이 머릿속에 떠올라서 잠시 정신없이 휘젓고 다니다가, 다시 새로운 생각이 떠오르며 그 자리를 차지했다. 그러면 그 새로운 생각도 잠시 머릿속에서 왔다 갔다 하다가 또다른 생각에 밀려나는 식이었다. 자신의 음악에 걸맞은 주제를 찾고자 했던 그 끊임없는 열망은 이제 흔적도 없이 사라져버린 듯했다. 지금 그에게 가장 걱정스러운 것은 와링가가 과거에 겪었던 고통들과 관련한 것이었다. 그러나 마음속으로 와링가의 이야기를 이리저리 생각하는 중에 왕가리가 경찰을, 무투리가 노동자를 데리러 갔다는 사실이 갑자기 떠오르며 그를 심란하게 했다. 그 모든 세력이 동굴 안에서 마주치면 어떻게 될 것인가? 음위레리 와 무키라이의 발언으로 촉발된 소란한 난장판 역시 근심스러웠다. 게다가 그가 도둑질과 강도질 체제 자체를 규탄한 것도 아니었는데 말이야. 그가 한 얘기라고는 모든 도둑들이 자기 나라에서만 도둑질을 해야 한다는 것뿐이었는데. 그러니 무투리 같은 사람이 여기 와서 도둑질과 강도질 체제 전체를 거부하고 나서면 어떻게 되겠어?

그러자 갑자기 가투이리아는 여기서 당장 벗어나자고 와링가에게 얘기하고 싶었다. 그의 마음속에 떠오른 장면들로 몸이 부들부들 떨릴 지경이었기 때문이다. 그리고 그 장면 한가운데 음와우라가 있었다.

음와우라가 집어삼킬 듯 탐욕스러움이 가득한 눈길로 자신을 바라보는 것이 느껴졌다. 그리고 곧 그런 식으로 그를 바라보는 것이 비단 음와우라만이 아님을 깨달았다. 주변의 모든 사람들이 똑같이 그런 표정을 하고 있었다. 어느 한 도둑이 입을 벌리며 하품만 해도, 가투이리아의 눈에는 그의 이빨이 피로 범벅이 된 송곳니로 변하여 자신과 와링가가 앉아 있는 쪽을 향해 번득이는 듯했다. 이자들은 인간의 살을 뜯어먹는 놈들이야. 이자들은 인간의 피를 마시는 놈들이야. 이들이야말로 현대판 은딩구리야. 이 여자를 데리고 여기를 벗어나야 해.

하지만 마음속 다른 한편에서는 도망가지 말아야 한다는, 이 잔치가 어떤 식으로 끝장났는지 나중에 사람들이 지어내는 소리나 듣지 않으려면 끝까지 자리를 지켜야 한다는 소리가 들렸다. 세상에 여전히 전문적인 살인자들과 인간 살을 뜯어먹는 자들이 있다는 얘기를 듣는다면 가투이리아 자신도 믿지 않을 것이었기 때문이다. 결국 나쿠루의 바하티에 살던 노인이 해준 얘기는 진정 현대판 괴물의 얘기였단 말인가?

생각이 계속 이 방향으로 빠져들지 않도록 가투이리아는 고개를 흔들었다. 주변 사람들의 얼굴에서 보았던 무시무시한 모습에 다시 눈길이 가지 않게끔 단상 쪽만 뚫어지게 바라보았다.

그는 음위레리 와 무키라이에 대해 생각하기 시작했다. 그가 간밤에 해준 이야기, 먼 나라로 떠나면서 하인들에게 각각 다섯 달란트, 두 달란트, 한 달란트를 맡기고는 한동안 자리를 비운 뒤 돌아와 다시 하인들을 불러 모았다는 그 이야기를 그 자신의 발언과 비교해보았다.

그러자…… 달란트를 받은 자가 나와 말했다……

은디티카 와 웅군지의 이야기

은디티카 와 웅군지는 아주 뚱뚱했다. 머리가 산처럼 어마어마하게 컸다. 거대한 배는 허리띠 위로 오만하게 늘어져 있었다. 눈은 커다란 빨간색 전구만 했는데, 창조자 하느님이 서둘러 딴 일을 해야 해서 급하게 되는대로 얼굴에 붙여놓은 것만 같았다. 가운데 가르마로 나뉜 양쪽 머리가 흡사 아스팔트 길 양옆에서 마주 보는 둔덕 같았다. 옷은 검은색 정장이었다. 연미복 꼬리 부분이 구덩이를 파서 만든 변소나 썩어가는 쓰레기에서 흔히 볼 수 있는 초록과 파랑의 커다란 똥파리 날개 모양이었다. 셔츠 앞자락에는 주름 장식이 죽 달려 있었다. 그리고 검은색 나비넥타이를 맸다. 말을 하면서 박자에 맞추어 눈알을 굴려댔다. 두 손을 배에 얹고는, 사람들 앞에서 그렇게 오만하게 튀어나오지 말라고 달래기라도 하듯이 살살 두드렸다.

"할 말이 많지는 않습니다. 전 타고 다닐 게 고작 마타투밖에 없는 주제에 가진 학위만 신나게 꼽아대는 그런 짓은 안하니까요. 외국인들을 모욕하는 일이란, 잔뜩 잡아먹어 배가 빵빵한 사람들 앞에서 내세울 거라고는 외국인에 대한 증오밖에 없는 그런 불쌍한 놈들이나 하는 거지요.

제 이름은 응군지 와 은디티카—아, 죄송합니다. 은디티카 와 응군지입니다. 부인으로 말하자면 한명밖에 없습니다. 여자 친구요? 그냥 온몸이 몽땅 거기 빠져 있지요. 제게는 두가지 병이 있습니다. 그거랑 먹는 건 아무리 줄창 하고 먹어도 이제 됐다 싶은 생각이 안 든다는 거죠. 좋은 음식은 멋지고 건강한 몸을 만들고, 젊은 여자의 부드러운 허벅지는 멋지고 건강한 영혼을 만들죠.

차로 말하자면 여러대가 있습니다. 메르세데스 벤츠부터 레인지로버, 볼보부터 뿌조 604에 이르기까지 말이죠. 여자애들을 꼬시러 나갈 때는 BMW(*'비 마이 위먼'*의 준말이죠)를 몰고 나갑니다. 젊은 여자들이 BMW만 탔다 하면 절대 거절하는 법이 없다는 게 진짜라니까요! 집사람이 쇼핑 다닐 때 몰고 다니는 차는 피아뜨 1600입니다. 그런데 여자가 어떻게 고리버들 바구니만 들고 다니냐, 싸이잘삼 바구니도 있어야지, 하며 엄청 불평을 해대길래 얼마 전에 마쯔다를 하나 더 사줬지요.

아이들은 말을 탑니다. 한때 그로건과 델라미어의 소유였던 *나이로비 하이클래스 라이딩 스쿨*에서 승마를 배웠습니다. 독립 이전에 흑인들은 학교 시설 근처에도 갈 수가 없었죠. 여러분, 여기저기 호텔을 돌아다니며 '아직 우후루가 없다'고 낯 두껍게 떠들고 다니는 돌대가리들을 생각해보세요! 도대체 무슨 우후루가 더 필요하다는 겁니까? 저로 말하자면, 제가 아무 차든 몰고 지나가는데 아이들이 말을 타고 가다가 길에서나 집 근처에서 마주쳐서 딱 유럽 아이들처럼 손을 흔들고 혀를 내밀며 '아빠! 아빠!' 하고 부를 때 정말 기분이 좋습니다. 우후루우우!

그 모든 즐거움이 현대판 도둑질과 강도질에서 자라났죠. 예를 들어 저는 현재 은조로와 엘부르곤, 키탈레에 농장을 몇개 가지고 있습니다. 농장 노동자들에게 주는 임금이 매달 75실링에, 매일 밀가루 하루 할당량, 매주 탈지유를 한병씩 주고 있어요. 하하하! 근데 그거 알아요? 어느날 그놈들이 임금을 올려달라며 파업을 벌이는 거예요! 결국 정신이 빠져 달아날 정도로 혼쭐이 나고 말았지만요. 당장 모두 잘라버렸거든요, *예고 같은 것도 없이* 말이에요. 그러곤 마을로 가서 새로 사람들을 고용했어요. 하하하! 마을들이 말하자면 *산업예비군*이 쌓여 있는 곳간이잖아요! 하하하! 왜 이렇게 웃어대느냐고요? 잠깐 실례하겠습니다. 웃느라 눈물이 다 나왔으니 눈물 좀 닦을게요. 제 농장에서 잡초를 뽑던 노동자들 대부분이 바로 예전에 자유를 위해 싸우겠다며 잘 들지도 않는 무딘 칼과 직접 만든 총을 들고 나섰던 바로 그 사람들이란 얘기를 들으면 여러분도 웃음이 나올 겁니다. 그리고 말입니다, 심지어 그때도 전 그들 앞에서 내 생각을 전혀 감추지 않고 얘기했더랬습니다. '긴급조치 시절에 우리가 너희들 위에 군림하고 있으니, 자유가 온다 해도 계속 너희들 위에 군림할 거다!' 그러면 그들은 업신여기는 말투로 대꾸했죠. '말도 안되는 소리 집어치워! 넌 가슴에 총알이 박혀도 할말 없어!' 그런 그들이 이제 모자를 벗고 손을 공손하게 뒤로 모은 채 임금을 받으러 사무실로 들어오는 걸 보면, 그리고 날 조롱하던 그때를 떠올리면 웃겨 죽을 지경이라니까요. 하하하!

하지만 그건 다 지나간 얘기입니다. 우리 모두가 서로 다른 방식으로, 서로 다른 편에서 자유를 위해 싸웠잖아요. 지금 세상 돌아가는 게 뭐 어떻단 말입니까? 과거는 다 잊자고요. 자유를 위해 싸운다고 그 난리를 쳤던 건 그저 몹쓸 꿈, 무의미한 악몽이었을 뿐입니다. 남의 것을 차지하고, 갈취하고, 몰수한다는 세가지 목적을 위해 함께 손을 맞잡읍시다. 도둑질의 성스러운 삼위일체인 차지하고, 갈취하고, 몰수하는 일을 위해 말입니다. 민중들이 뭐라도 가진 게 있다 싶으면 절대 그냥 놔두지 마세요. 내 앞가림 내가 해야지 그걸 대신 해줄 사람이 누가 있습니까?

제가 도둑질과 강도질에서 거둔 성공은 밀수와 암시장 쪽에 한정되어 있습니다. 간단히 설명을 드리죠. 저에겐 진주나 금, 탄자나이트 같은 비싼 보석과, 표범이나 사자의 가죽 같은 희귀한 동물가죽, 코끼리 상아나 코뿔소 이빨, 뱀의 독, 그외 다른 많은 것들을 구할 수 있는 줄이 있습니다. 모두 국가 소유의 탄광과 동물 보호구역에서 나오는 거죠. 전 그것들을 수출합니다. 일본과 독일, 홍콩에서 특히 많이들 주문을 하는데 거기서 나오는 이득이 아주 짭짤해요. 그러니 저로서는 불만 같은 건 전혀 없습니다. 이 거래란 바로 대규모 숙박 시설과 다른 관광사업 등을 소유한 외국인들과의 동업 관계를 통해서만 가능하니까요. 그들은 *세관*이라든가 해운회사, 항공 화물 운송회사 등을 다루는 데 아주 전문가들입니다. 해외에서 물건을 받는 사람들과도 줄이 아주 잘 닿아 있지요. 우리나라 사람들은 백인들이 밀수에 관여한다거나 암시장에서 일을 한다는 것은 상상도 못합니다. 하지만 전 그렇게 어리숙한 사람이 아니므로 수익성이 좋은 관계를 그들과 맺게 된 것입니다. 바로 그 때문에 아까 저 사람이 하듯 여기 나와서 외국인에게 우리나라에서 사라지라고 오만방자하게 주장하는 걸 들으면 드는 생각이…… 아, 마타투 대학 학위 같은 얘긴 그만둡시다!

제가 이웃 나라와 해외로 밀수출하는 다른 상품으로는 소금과 설탕, 옥수수, 밀, 쌀, 커피와 차가 있습니다. 개인적으로 말하자면,

아민이 그만두는 바람에 정말 손해가 막심했습니다. 그의 재임 기간 동안에는 우간다 커피로만 5000만 실링 이상을 벌 수 있었거든요. 또 아랍과 유럽에 소고기를 수출하기도 했습니다. 몸바사에 저의 특별한 선박이 있어서 스물네시간 대기를 하고 있죠.

하지만 제게는 돈이 들어오는 다른 많은 *사업*들도 있습니다. 이따금 추수 때 농작물을 사들입니다. 그게 돈을 주고 산다고 해야 할지, 그냥 거저 주워 온다고 해야 할지 모르겠지만 말이죠. 그러고는 기근이 나라를 휩쓸 때 그 농작물을 기른 장본인들에게 다시 비싸게 파는 겁니다. 하지만 이걸 파는 거라고 해야 할까요, 갈취라고 해야 할까요? 기투투 와 가탕구루가 한 말이 맞습니다. 나라 전체의 기근은 돈 많은 사람에게는 꿀단지 같은 기회지요!

또 예산안 상정하는 날이 가까워질 때면, 그게 국회 서기가 되었든 누가 되었든 그 정보에 가까이 있는 사람들로부터 어떤 상품의 가격이 올라갈지에 대한 정보를 기를 쓰고 빼냅니다. 그리고 그 물건을 엄청나게 사들여서 쌓아두는 거죠. 새로운 가격이 고시되면 그걸 대량으로 시장에 쏟아냅니다. 때로는 내가 물건을 산 바로 그 가게에다 이튿날 다시 팔기도 한다니까요. 물론 이문을 남겨서요.

이런 식으로 부를 축적하는 데 있어서 안 좋은 점은 완전히 *확실하지가* 않다는 거예요. 한번은 이런 일이 있었어요. 서기가 제게 말하기를 통후추와 가루 후추의 가격이 모두 올라갈 거라는 겁니다. 그래서 두종류의 후추를 온 나라가 일년을 먹고도 남을 만큼 사들였죠. 여러분, 지금도 그 생각만 하면 눈물이 납니다. 가격이 올라가기는커녕 오히려 떨어진 거예요. 후추를 몽땅 태워 없앨 수밖에 없었죠. 지금도 무슨 종류든 후추라면 꼴도 보기 싫고 냄새도 맡기 싫습니다.

자, 이런 모든 일을 해가면서 전 정말로 눈을 뜨게 되었고, 중요한 진실도 깨닫게 되었어요. 책에서 배우는 건 음위레리 와 무키라이가 그렇게 기를 쓰고 주장한 만큼 중요하지 않습니다. 교육은 재산이 되지 않아요. 예를 들어 저를 보세요. 전 중등학교도 못 나왔지만, 지금 어떻습니까? 예술 전공 대학원생을 내 직원으로 부린다고요. 게다가 그들의 학위는 옛날 방식의 믿을 만한 BA이지, 요즘처럼 그저 그 귀한 외국 이름을 버리고 와,[48] 올레, 아라프, 우오드, *이렇게 저렇게* 이름을 바꾸기만 하면 대단히 교육을 잘 받았다고 생각하는 사람들이 나이로비에서 막 던져주는 그런 학위가 아니거든요. 내 여자 친구는 다 대학을 나온데다 케임브리지 수준이라고요! 그러니 음위레리 와 무키라이가 학위니 교육이니 하며 떠들댔던 그딴 소리는 다 집어치워야 해요. 어디 그 학위 가지고 나랑 같이 여자들 꼬시는 시장에 한번 나가봅시다. 그렇게 자랑스럽게 떠들던 유럽 여자와 아시아 여자 들 시장도 포함해서 말이에요. 난 내 BMW(*비 마이 위먼*)를 몰고 갈 테니 결국 누가 더 많은 여자를 꼬시는지 어디 한번 보자고요.

저는 교육을 너무 많이 받으면 일종의 바보가 될 수도 있다고까지 얘기합니다. 예를 들어 지금 음위레리 와 무키라이가 주장한 게 뭡니까? 고물상과 쓰레기 더미 같은 데를 뒤져서 낡은 깡통을 모아 마타투나 만드는 데 있는 시간을 다 쏟아부으라는 얘기잖아요? 현대판 도둑질과 강도질에서 자립을 해야 한다고요? 그럼 도둑질하는 기술에 있어서 *인터내셔널한* 기술은 어디 가서 배운단 말인가요? *메인터넌스 테크놀러지*라는 고물상과 쓰레기 하치장에서요?

---

48 wa. 전통적인 아프리카 이름의 중간에 들어가 누구의 자식인지를 나타내는 단어.

음위레리, 농담하는 거겠지!

제가 할 얘기는 사실 다른 분들이 앞서 다 말한 얘기입니다. 우리에게 이득이 되는 것이 바로 외국인과의 동업 관계라는 거죠. 그 관계를 더욱 강화합시다. 자, 마타투 학위 같은 게 없기는 하지만, 전 최근 부유한 우리 삶의 질을 더욱 나아지게 할 수 있는 기막힌 발상이 떠올랐어요. 하지만 이 발상은 외국인들이 함께해주지 않으면 실현될 수가 없습니다. 왜냐하면 *현대 기술에 대한 지식*을 가지고 있는 사람이 바로 그들이니까요. 그들의 *기술*을 빨리 *이전*해주거나 우리에게 *적합한 기술*을 팔아달라고 백인들에게 항상 요구하는 사람들과 생각을 함께하는 것도 그 때문입니다.

그럼 저야말로 노예에게 주는 우승 상패를 받을 만한 유일한 사람임을 보여드리기 위해 그 기막힌 발상을 여러분에게 들려드리겠습니다!

그 발상은 어느날 밤 누워서 자고 있던 중 갑자기 떠올랐어요. 가슴이 기쁨으로 벅차오르는 게, 우리 부자들에게 새로운 인생을 가져다줄 비밀이 저에게 계시처럼 나타난 느낌이었죠.

그게 *프로페서 버너드*가 방문했을 때였는데요. 아시죠, 남아프리카 출신의 보어인 친구 말입니다—그분이 *인간 신체*의 생체 이식에 대한 얘기를 했어요. 그가 케냐타 병원에서 의사들에게 강연을 할 때 저도 그 자리에 있었죠. 바로 그때 늘 저를 괴롭혀왔던 근심이 다시 절 사로잡았어요.

이 사람 은디티카 와 응군지는 엄청나게 쌓아둔 재산을 생각할 때마다 슬픈 마음으로 이런저런 질문을 던진답니다. 이 모든 재산을 쌓아두고는 있지만 한 인간으로서 내가 지닌 것 중에 노동자나 농민, 가난뱅이 들이 못 가진 게 뭐란 말인가? 가난뱅이와 마찬가지로 입이 하나밖에 없고, 가난뱅이와 마찬가지로 배도 하나고. 너무너무 가난한 사람과 마찬가지로 심장도 하나고. 그리고…… 음, 무슨 얘기인지 아시잖아요, 그런 점에선 찢어지게 가난한 자와 다를 바가 없다는 거죠.

제겐 천명의 사람을 먹이고도 남을 돈과 재산이 있는데, 누구나 다 그렇듯이 한접시만 먹으면 배가 찬단 말이에요. 백명이 입을 정장을 한번에 살 수 있는 돈이 있는데 내가 입을 수 있는 건 누구나처럼 바지 한벌에 셔츠 한장, 웃옷 한벌뿐이죠. 생명이란 걸 시장에서 판다면 오십명분의 생명을 살 만한 돈이 있는데, 역시 누구나 다 그렇듯 심장도 하나에 생명도 하나밖에 없는 겁니다. 매일밤 열명의 여자를 사서 즐길 수 있는 돈이 있는데, 한 여자와 한번만 하고 나면 힘이 다 빠져서 그걸로 만족한 채 그냥 곯아떨어진단 말이에요.

그러니 내게 입도 하나, 배도 하나, 심장도 하나, 거시기도 하나뿐임을 생각하면 돈이 많아봤자 가난뱅이하고 뭐가 다르겠어요? 열심히 남을 강탈해봐야 뭐하냐고요.

그런데 이 나라에 입이나 배, 심장 등, 인간 신체를 예비 부품처럼 만드는 공장을 만들어야겠다는 생각이 그날밤 계시처럼 떠올랐던 겁니다. 이 얘기는 뭐냐면, 그걸 살 수 있을 만큼의 돈만 있으면 입도 두세개, 배도 두세개, 거시기도 두개, 심장도 두개씩 지닐 수 있다는 거예요. 첫번째 입이 씹다 씹다 지치거나 첫번째 배에 더이상 음식을 밀어넣을 수 없을 지경이 되면 예비 입과 배가 다음 순서로 나서는 거죠. 나처럼 나이 든 사람이 *슈가 걸*과 재미를 볼 때도 첫번째 연장이 덜덜거리며 멈춘다고 그냥 곯아떨어지는 게 아니라 그냥 다른 연장에 시동을 걸어서 하던 일을 마저 하면 되는 겁니다. 두 연장을 잘 조절해서 밤새도록 잘 쓰고 나면 아침에 일어났을 때 심신의 긴장이 완전히 풀렸다는 느낌을 받게 되겠죠. 새로운 격언을 하나 만들어낼 수도 있을 겁니다. 돈 많은 사람의 청춘은 절대 끝나지 않는다. 심장을 두개 갖게 된다면 그건 사실상 인생을 두번 사는 셈입니다. 그러니까 돈이 많으면 절대 죽지 않을 수 있는 거죠. 그러면 또하나의 격언이 생길 수 있겠죠. 돈 많은 사람은 절대 죽지 않는다. 우리는 영생을 돈으로 사고 죽음이란 건 돈 없는 자들의 특권으로 줘버리는 겁니다.

전 이 발상이 너무나 마음에 들었어요. 그런데 그걸 집사람에게 말해버리는 실수를 저질렀습니다. 너무 서두르면 일을 망친다고 했는데 말이죠. 여자들이란 비밀을 모르잖아요.

처음에 집사람은 그 발상이 아주 마음에 든다면서 저를 꼭 안고는 영어로 찬사를 보내고("*마이 클레버 리틀 달링*") 마구 입을 맞춰댔어요. 그 발상이 실현되어 결실을 맺으면, 부잣집 여자와 가난한 집 여자가 금방 구분될 테니 얼마나 멋지겠냐고 하면서요. 요즘에는 옷을 *대량생산*하는 탓에 돈이 많든 적든 겉모습이 다 비슷비슷하다는 거예요. 그런데 그런 공장이 생기고 나면 부잣집 여자들은 입이 두개, 배도 두개, 심장도 두개 이상, 그리고 다리 사이의 그것도 두세개, 그렇게 가난한 집 여자와 달라질 거라는 거죠.

집사람이 여성만의 신체 기관을 입에 올리며 그걸 두개쯤 가져야겠다는 말을 듣는 순간 저는 기겁을 했습니다. 그래서 바로 대놓고 말했죠. 입을 두개 가지든, 배를 두개 가지든, 다른 어떤 부분을 몇개를 가지든 전혀 개의치 않는다. 하지만 그것 두개라니…… 안돼, 절대 안돼! *그런 가당찮은 얘기는 꿈도 꾸지 말라고 했지요.* 그랬더니 마구 따지고 들면서, 경우가 그렇다면 내가 거시기를 두개

가지는 꼴도 절대 못 본다고 하더군요. 그래서 화가 잔뜩 나서 제가 물었죠. '그게 왜 두개나 필요한데? 말해봐, 그걸 두개나 가져서 뭐하려고?' 그녀가 대꾸하기를, '당신은 그럼 왜 두개가 필요한데? 두개나 가지고 뭐하려고? 당신이 두개 가질 거면 나도 두개 있어야겠어. *남녀가 평등해야 하잖아.*'

이때쯤 저는 화가 너무 치밀어서 참을 수가 없었어요! 그런 *평등* 같은 건 유럽이나 미국에 가서 얘기하라고 했죠. *여기 있는 우린 아프리카 사람들이야*, 그러니 우리는 *아프리카 문화를 따라야 한다고요.* 그러면서 얼굴을 한대 후려쳤죠. 집사람이 울기 시작하더군요. 한대를 더 때렸죠. 세번째로 얼굴을 날리려는 순간 항복하더라고요. 세개를 갖든 열개를 갖든 마음대로 하라고 하면서요. 자기는 그냥 하나로 만족하겠다고.

여러분, 그런 미래를 상상해보세요! 돈 많은 사람이 모두 입 두개, 배도 두개, 거시기도 두개, 심장도 두개, 그러니까 인생도 두번 사는 걸 말예요! 우리 돈으로 영생을 살 수 있는 겁니다! 죽음 같은 건 가난한 자들이나 찾아가라죠! 하하하!

제게 우승 상패를 주십시오. 마침내 우승자 자리에 오를 적임자를 찾지 않았습니까!"

제8장

1

와링가는 동굴의 광경을 더이상 참고 볼 수가 없었다. 연사들의 발언이 장작더미처럼 가슴에 둔탁하게 내려앉았다. 그들의 입 냄새가 썩은 콩이며 너무 익어 문드러진 바나나를 잔뜩 먹은 사람의 방귀나 오소리 방귀보다도 더 고약했다. 토할 듯한 역겨움이 갑자기 밀려왔다. 가투이리아에게는 화장실에 가야 해서 자리를 좀 비우겠다고 거짓말을 하고 일어섰다. 하지만 그녀가 무엇보다 원했던 것은 맑고 신선한 공기였다.

와링가가 동굴의 뒤쪽으로 돌아 나갔다. 잔디가 깔린 마당을 가로질러 장미 울타리 사이를 지났다. 그렇게 울타리 건너편으로 가서 골프장이 시작되는 경계를 이루는 작은 덤불 쪽으로 슬슬 걸어갔다. 거기서 아카시아 나무에 몸을 기대고 잔디에 앉아, 가슴에 얹힌 짐이 좀 덜어진 듯 길게 숨을 내쉬었다. 하지만 가슴속 통증은 여전했다.

괜히 동굴에 돌아와 오후 일정을 봤다는 생각이 들었다. 도둑들의 발언과 차림새, 잘났다고 떠들어대는 소리며 모든 것들이 응고리카의 돈 많은 노인네로 인해 임신을 해서 아기를 낳은 이후 자신이 줄곧 마주해야 했던 문제를 다시 떠올리게 했다.

아, 왐부이……

당시 와링가의 부모님은 캄부루를 떠나 일모로그에 자리를 잡고 아이도 몇명을 더 낳았더랬다. 왐부이를 돌보는 일은 여전히 와링가의 부모님이 떠맡고 있었다. 하지만 그들은 와링가를 때린 적이 없는 건 물론이고, 결혼도 하기 전에 애를 낳은 일에 대해서든 기차에 몸을 던지려고 했던 일에 대해서든 그녀를 책망하는 일도 없었다. 오히려 그녀가 자살을 시도했다는 사실에 깊이 상처를 받고는, 연민이 가득한 눈으로 그녀를 바라보았다. 와링가는 그때 엄마가 해준 말을 항상 기억했다. "조상님들 말씀에 죽은 엄마의 젖을 빠는 건 바보밖에 없다는 얘기가 있어. 와링가, 아이를 너무나 갖고 싶은데도 갖지 못하는 여자들이 얼마나 많은 줄 아니? 아기는 남녀에게 특별한 선물이란다. 결혼하지 않은 여자에게도 마찬가지야. 아기를 가질 수 있다는 건 저주가 아니야. 그러니 그 때문에 목숨을 끊을 생각 같은 건 앞으로 절대 하지 마라."

왐부이를 낳은 다음에도 와링가는 원격으로 대학 수업을 듣기 위해 여전히 부모님께 손을 벌려야 했다. 그렇게 일년을 집에서 공부했다. 중등교육 수료 자격시험을 치렀는데, 결과가 나오고 보니 겨우 사등급에 들어갔을 뿐이었다. 그런 뒤 곧장 그녀는 나이로비에서 비서 과정을 밟았고, 일자리를 찾아 거리란 거리는 다 쏘다닌

끝에 챔피언 건설회사에 고용되었던 것이다. *보스 키하라*의 접근을 거절했다는 이유로 곧 해고되었지만 말이다.

골프장의 아카시아 나무에 기대앉은 채 와링가는 해고된 이후 벌어진 일들을 하나하나 되짚어보았다. 존 킴와나…… 집주인…… *데블스 에인절스*…… 나이로비를 정처 없이 헤매다닌 일…… 손가방을 잃어버린 일…… 카카 호텔 앞 버스 정류장…… 갑자기 정신이 나간 듯 시내버스 앞에 몸을 던지고 싶었던 일…… 모르는 사람이 그녀를 구해줬던 일.

그 사람은 지금 어디 있을까? 여기 행사에는 왜 오지 않았을까?

와링가는 그 모든 일이 마치 수년 전 딴 사람에게 일어났던 것 같은 느낌이 들었다. 하지만 그 일이 벌어진 지 채 이틀도 지나지 않았음을 깨닫자 갑자기 불안감이 밀려왔다. 전날밤 가투이리아와 무투리, 왕가리, 음위레리 와 무키라이와의 만남이 마음속에 떠올랐다. 그들 모두 음와우라의 마타투를 타고 가며 서로에게 이야기를 들려주었던 일, 그리고 마치 옛날부터 알아온 사람들이라도 되는 듯 동굴에서 만났던 일을 그려보았다. 가투이리아와 점심을 먹으며 얘기를 나눴던 일을 떠올리자 마음이 다소 가벼워졌다. 갑자기 무슨 용기가 생겨서 응고리카의 돈 많은 노인네와의 일을, 가족 외에는 지금까지 그 누구에게도 말하지 않았던 그 일을 그에게 털어놓았던 것일까?

머릿속 카메라가 기차 바퀴에 깔릴 뻔했던 자신을 구해주었던 경비의 모습을 비추었다. 무투리가 바로 그 경비였다니, 도대체 그런 우연이 어디 있단 말인가! 무투리는 대체 어떤 사람일까? 일부러 누더기를 걸친 천사? 나이로비에서 버스에 치이는 걸 구해준 천사도 그였을까? 그러고는 가짜 초대장을 건네준 그 사람도?

아니야! 카메라 렌즈가 초대장을 건네줬던 그 사람의 모습을 가까이 비추었다. 그가 입었던 옷이며 목소리, 그가 했던 말이 떠올랐다. 와링가는 혼잣말을 했다. 그 사람이 여기에 오지 않았다 해도 초대장을 준 건 내게 분명 호의를 베푼 거야. 이 놀라운 광경을 직접 보았으니, 국민 모두를 못살게 굴기 위해 혈안이 된 이 악독한 인간들로 인해 내 목숨을 끊는 그런 일은 이제 절대 안할 테니까!

카메라에 은제루사의 모습이 비쳤다─판지와 비닐로 벽을 대충 두른 판잣집…… 시궁창. 그다음으로 그와 대비되는 골든 하이츠의 모습이 나타났다─널찍하고 훌륭하게 지어진 집들…… 맑고 깨끗한 공기…… 그러더니 카메라가 다시 그녀를 동굴로 데려가 일곱명의 해외사절단의 얼굴과 대회 참가자들의 탐욕스러운 얼굴을 비추었다. 그 모습을 보며 와링가는 생각했다. 무투리가 노동자들을, 왕가리가 경찰들을 데리고 동굴에 나타나면 무슨 일이 벌어질까?

와링가는 나무에 몸을 길게 기대고 팔을 쭉 뻗으며 하품을 했다. 모르는 새 잠이 그녀에게 찾아들었는지 졸음이 쏟아졌다. 그러나 정신은 아무 거리낌 없이 가고 싶은 곳은 아무 데나 쏘다니고 하고 싶은 건 무엇이든 다 할 수 있다는 듯 기이하게 또렷한 상태로 계속 돌아가고 있었다.

와링가가 큰 소리로 혼잣말을 했다. "*국내외의* 도둑들이 한곳에 모여 전국민으로부터 그들의 타고난 권리를 몽땅 빼앗을 방도와 수단을 논하고 있다니, 정말 지금까지 본 적도 없는 놀라운 구경거리잖아! 마치 자식이 엄마의 것을 강탈할 계획을 짜고는 다른 사람들한테 함께 그 범죄를 저지르자고 하는 꼴이라니까! 확실히 사람들 말이, 이 세상에 두개의 다른 나라가 있다는데……"

그 문장을 끝내기도 전에 와링가에게 갑자기 어떤 목소리가 들려왔다. "……그리고 세번째 혁명의 나라가 있지."

2

와링가는 소스라치게 놀라 주변을 둘러보았지만 아무도 보이지 않았다. 졸음이 가득한 눈에 들어오는 것이라고는 앞쪽으로 길게 굽이치며 뻗어나가 저 멀리 지평선의 손톱만 한 덤불 너머로 사라지는 골프장의 푸른 잔디뿐이었다. 와링가는 덜컥 겁이 났다. 일어서려고 했지만 눈에 보이지 않는 피로의 억센 끈이 몸을 땅과 나무에 붙들어 맨 듯 꼼짝도 할 수가 없었다. 기를 쓰기를 그만두었다. 그러자 갑자기 두려운 마음이 흔적도 없이 사라지면서 이런 생각이 떠오르는 것이었다. 무슨 일이 생기든 힘겨운 삶의 과정에서 도망치는 일은 이제 그만할 테다. 그러자 엄청난 용기가 솟아올랐고, 그래서 그녀는 보이지 않는 목소리를 향해 물었다. "거기 누구예요?"

목소리　난 떠돌아다니는 영혼이다. 이 땅을 돌아다니면서, 먹으면 선과 악을 구별할 수 있게 되는 앎의 열매가 열리는 나무를 심지.

와링가　유혹하는 자?

목소리　아, 그렇지, 넌 예전에 교회를 다녔었지. 나쿠루의 홀리 로저리 교회에, 그렇지?

와링가　그게 어쨌다고요?

목소리 그래서 내가 누군지 그렇게 금방 알아봤단 얘기지.

와링가 전 당신을 몰라요.

목소리 모른다고 할 셈인가? 나를 십자가에 매달려고 그렇게 항상 기를 썼으면서?

와링가 누군지 모른다고 말했잖아요. 누구세요?

목소리 말했잖아. 떠돌아다니면서 선과 악을 구별할 수 있게 해주는 앎의 열매를 나눠주는 영혼이라고. 유혹하는 자이기도 하고 판결을 내리는 자이기도 하지.

와링가 유혹하고, 판결도 한다고요?

목소리 그래, 영혼들을.

와링가 그럼 여기서 뭐 하는 거죠? 도둑질과 강도질의 기술을 놓고 경연을 벌이는 저들의 영혼을 시험해볼 생각인가요?

목소리 그러는 너는 여기서 뭘 하고 있는 거지? 타락한 사람들과 함께하면 거기 물드는 법이야.

와링가 정말이지 너무 놀라운 광경을 구경하러 온 건데─

목소리 도둑놈하고 옆에서 구경하는 놈하고 다를 게 뭐야?

와링가 일모로그는 제 고향이에요.

목소리 어떤 점에서 거기가 너한테 고향이지?

와링가 엄마와 아버지가…… 우리 집이…… 가족과 집이 여기 있으니까 고향이죠.

목소리 대단한 일을 하면 엄청 떠벌리게 되는 법이지만 엄청 떠벌린다고 해서 대단한 일을 하게 되는 건 아니지……

와링가 무슨 말을 하고 싶은 거예요? 일모로그가 내 고향이 아니라는 거예요?

목소리 일모로그를 자기 고향으로 여기는 사람들은 행동으

로 애향심을 보여주었지. 고향이 불타는 모습을 보고는 도와
달라고 큰 소리로 외치면서 도와줄 사람을 찾아 나섰다고.

와링가 그 사람들이 누군데요?

목소리 왕가리와 무투리지. 몰랐나?

와링가 난 도움을 요청할 만한 데가 없어요.

목소리 그건 네가 뜨뜻미지근하기 때문이야. 두개의 세계가
있다고 너 스스로 방금 말하지 않았어?

와링가 그냥 사람들 하는 말을 따라 했을 뿐이에요.

목소리 그 두 세계가 뭔지 모른단 말이야?

와링가 두 세계요? 몰라요!

목소리 많이 배웠다고 얘기하고 다니는 걸로 아는데.

와링가 그저 EACE를 마쳤을 뿐이에요. 어렸을 땐 세상에 있
는 모든 지식을 다 섭렵하겠다는 꿈을 꾸곤 했죠. 지식의 산을,
이 세상에서 가장 높은 산을 올라가보고 싶었어요. 계속 올라
가서 드디어 정상에 서서 온 세상을 발아래로 내려다보고 싶
었죠. 하지만 지금 제 교육이라고 해봐야 그걸로 하루 먹을거
리도 벌 수가 없는걸요.

목소리 EACE 수준이라도 어쨌든 배운 건 배운 거지. 잘못
된 건 가르치는 내용이야. 오늘날 아이들은 절대로 민중의 요
구를 보지 못하고 그들의 외침도 듣지 못하도록 모두 눈감고
귀 막는 것만 배우고 있으니 말이지. 전에는 소리를 들을 수 있
던 사람들도 귀가 먹어버렸지. 그래서 그런 학교를 나온 사람
들을 가리켜 다음과 같은 말을 하는 거라고. 이 세대에 재앙이
닥쳤으니, 눈이 있어도 볼 수가 없고 귀가 있어도 들을 수가 없
구나! 단 하나의 세계에 대해서만 보고 들으라고 지금껏 배워

왔으니 말이야. 두 세계에 대해서 아까 뭐라고 했었지? 빼앗는 자와 뺏기는 자의 세계를 말하는 거지. 도둑질의 명수들과 그 피해자들의 세계, 억압하는 자와 억압받는 자, 남들이 생산한 것을 먹어치우는 자와 생산하는 자의 세계.

와링가　당신 누구예요? 우리가 어젯밤 음와우라의 마타투에서 했던 얘기를 똑같이 하고 있잖아. 어젯밤 무투리가 했던 바로 그 얘기 아니에요?

목소리　그 두 사람은 평생 빼앗겨왔기 때문에 그에 대해 다 알고 있지.

와링가　무투리가 빼앗겼다고요? 뭘요? 그는 우리나라에서 부자라고 할 만한 사람이 아닌데.

목소리　내가 지금 뭐랬나? 넌 귀가 있어도 들을 수 없고, 눈이 있어도 볼 수 없다고 했지.

네가 받은 그런 교육이 생각을 뒤죽박죽으로 만드는 거야. *구름*이 *지구*이고, *지구*가 *구름*이라고 믿게 된단 말이야. 검은색이 흰색이고 흰색이 검은 색이고. *선*이 *악*이고 *악*이 *선*이라고 말이지.

무투리가 빼앗긴 게 뭐냐고? 그의 땀과 피는 아무런 가치가 없는 건가? 한 나라의 부가 어디서 생긴다고 가르치던가? 하늘에서 뚝 떨어진다고? 부자들의 손에서 나온다고?

동굴에 모인 저자들은 국부의 원천이 어디 있는지 너무나 잘 알아. 자신들이 직접 긷지 않아도 어디 가면 물을 마실 수 있는지 잘 안다고. 어디에 댐을 세워야 아래쪽 사람들에게 물이 흘러가지 않는지 잘 알지. 어디가 운하를 파야 강줄기가 바뀌어 물이 오직 자기네 비옥한 땅으로만 흘러들어가는지 다 안다고.

　바로 그래서 그들은 모이기만 하면 거리낌 없이 대놓고 얘기하는 거야. "난 이걸 먹을 테니 넌 저걸 먹어"하는 식으로 정보를 공유하는 거지.

　내 말을 못 믿겠다고? 동굴에 내내 앉아서 봤는데도? 네가 나랑 여기서 이렇게 얘기하는 지금 저들이 거기서 뭐라고 떠들고 있을 것 같아? 내가 말해줄 테니 들어보라고. 배움에는 끝이 없다고 하니까. 우리가 여기서 얘기하고 있는 지금, 키멘데리 와 카뉴안지가 단상에서 발언을 하고 있어. 그의 입은 빨간색 부리를 가진 찌르레기, 소의 진드기를 잡아먹는 그 새의 부리처럼 생겼어. 뺨은 갓난아기처럼 아주 보드랍지. 엄청 크고 몰골 사나운 다리를 가져서 거대한 바나나 나무 줄기 같기도 하고, 상피병象皮病 환자 같기도 해. 하지만 그가 걸린 병은 단지 너무 먹어서 생긴 흉측함일 뿐이지. 목은 비곗덩어리가 둘둘 말린 게, 털이 숭숭 난 구더기의 껍데기를 닮았어. 하지만 깜짝 놀랄 만한 이 몸을, 그 다리와 목을 하얀색 정장과 나비넥타이로 말끔하게 가려놓았지.

　그는 비상사태 때 키멘데리라는 이름을 얻었는데, 노동자와 농민을 죽을 만큼 들볶았기 때문이야. 그는 당시 세금 징수 관리였지. 사람들을 한줄로 땅에 죽 눕힌 다음에 자기 랜드로버를 몰고 그 위를 지나갔던 위인이야. 독립을 한 뒤, 키멘데리는 행정직의 사다리를 순식간에 타고 올라가 정무차관이 되었어. 그런 다음에는 외국계 회사, 특히 금융 관련 회사들과 일을 했지. 지금 가지고 있는 농장이 셀 수도 없을 정도야. 수출입 사업도 마찬가지로 수도 없이 많지. 유사시에 쓸 꼼수를 수십개나 숨겨두고 있다니까. 그의 도둑질과 강도질 기술은 십리 밖에서도 알아챌 정도라고.

오늘 현대판 도둑질과 강도질, 그리고 외국인에 대한 봉사에 있어서 우승자 자리는 키멘데리가 차지할 가능성이 높아.

다른 도둑과 강도 들을 누르고 그에게 승리를 안겨줄 그만의 방식을 보면, 노동자의 땀과 피가 부의 원천이라는 사실을 키멘데리가 제대로 이해하고 있음을 분명히 알 수 있지. 키멘데리는 그 사실을 굳이 숨길 생각조차 없어. 거기 모인 대표들에게 이렇게 말하는 거야. "노동자의 피를 빨아먹고 땀을 짜내고 머릿속의 생각을 먹어치우는 것—이 세가지 작용은 과학적인 근거에 기초해야 합니다." 그가 대략 그려 보인 과학적 계획은 이러해. 키멘데리는 장기적인 과정의 첫번째 단계로 이 방안을 가지고 실험을 할 연구용 농장을 세우고 싶은 거야. 방안 자체는 간단하면서도 동시에 복잡하지.

키멘데리는 그 농장에 가시철사를 단 담장을 두를 생각이야. 식민지 시절 케냐의 비상사태 때 임시 수용소에 담장을 두를 때 썼던 그런 철사 말이지. 그러곤 노동자를 동물처럼 거기에 가둬놓는 거야. 그다음엔 그들의 땀이나 땀을 흘리게 만드는 노동자의 힘, 그리고 그들의 피와 머리를 짜내기 위해서 전기로 작동하는 기계를 그들 몸에 박는 거지. 그렇게 생산된 세가지 상품을 외국에 수출해서 그곳의 산업을 먹여살리는 거야. 땀과 피, 뇌를 갤런 단위로 팔고 갤런당 정해진 비율의 수수료를 받아 챙기면서 말이야.

와링가　　그 세가지 상품을 어떻게 수출을 해요?

목소리　　송유관 같은 도관을 놓을 거야. 피를 거기에 부으면 기계가 펌프질을 해서 해외의 주요국들에 보내는 거라고. 딱 석유처럼 말이야! 그 일을 관리하는 회사의 이름은 *케뇨-쎅슨 수출회사: 인간의 피와 살이 되겠지.*

와링가　하지만 자신들의 몸을 그런 식으로 착취하도록 노동자들이 가만히 둘까요? 그렇게 생명을 강탈당하는 일은 거부하지 않을까요?

목소리　그런 너는 왜 지금까지 네 몸이 착취당하는 걸 그대로 두고 보았는데? ……*애니웨이,* 노동자들은 자신들에게 무슨 일이 벌어지는지 절대 모르게 되어 있어. 몸속에 박힌 기계나 관은 보이지도 않고 느낄 수도 없으니까. 그리고 혹시라도 그걸 알게 되더라도 그런 걸 달고 다니는 걸 별로 개의치 않을……

와링가　왜요?

목소리　이 땅의 키멘데리들은 네가 생각하는 것처럼 바보가 아니니까. 키멘데리는 노동자들에게 먹는 자의 세상과 먹히는 자의 세상, 단 두개의 세상만을 보여줄 거니까. 따라서 노동자들은 먹고 먹히는 체제 자체를 뒤집어엎는 혁명의 세계, 즉 제삼의 세계가 존재한다는 걸 알지도 못할 테니까. 먹는 자와 먹히는 자의 두 세계만이 존재한다고 믿으며 항상 그러려니 하고 살게 될 거야.

와링가　어떻게 사람들을 그렇게까지 속일 수가 있죠?

목소리　노동자들의 종교적 성향에 맞춰 농장에 교회나 모스크를 짓고 사제들을 고용하는 거야. 일요일마다 노동자들은 인간의 땀과 인간의 피와 인간의 머리를 짜내는 체제, 인간의 노동력과 기술을 강탈하는 이 체제가 신께서 정해놓으신 거라는, 그래서 그것이 종국에는 그들의 영혼을 구원하게 될 거라는 그런 설교를 듣게 되는 거지. 성경에 떡하니 써 있으니까. 애도하는 자는 복이 있나니, 저희가 위로를 받을 것이요, 의에 굶주리고 목마른 자는 복이 있나니, 저희가 배부를 것이다. 누구에게도 나쁜 마음을 품지 않는 자는 복이 있나니, 저희가 하느님을 보게 될 것이다. '살생하지 마라' '거짓말하지 마라' '도둑질하지 마라' '남의 것을 탐내지 마라'라는 네개의 계명을 매일 따르는 자는 복이 있나니, 저희가 천국에 들어 부유함을 누릴 것이다. 농장에서 부르는 *삼바 성가*를 봐.

너희 죄로 인하여
아무리 울부짖고 신음한들
십자가를 메고 가지 않으면
안식은 결코 얻지 못하리.

키멘데리는 또한 학교도 지을 텐데, 거기서 노동자의 자식들은 사람 피를 빨아먹고 살을 뜯어먹는 체제가 태초에 세상이 시작되었을 때부터 존재했고 세상이 끝날 때까지 존재할 거라고, 그래서 그 체제를 끝장내기 위해 사람이 할 수 있는 일은 하나도 없다고 배우게 될 거야. 사람 피를 빨아먹고 살을 뜯어먹는 체제를 칭송하는 그런 책만 읽을 수 있게 되지. 자기 삶의 처지나 부모의 삶에 대해 의문을 제기한다거나, 사람 피를 빨아먹고 살을 뜯어먹는 것이 정말 꼭 있어야 하는 신성한 일인지 의심을 품는 일은 허락되지 않아. 사람 피를 빨아먹고 살을 뜯어먹는 체제를 칭송하는 노래와 찬가만 부를 수 있고, 그런 글만 읽을 수 있는 거지.

키멘데리는 또한 강당도 지어서 사람들이 거기 모여 영화도 보고 콘서트나 연극을 즐기게 될 텐데, 그런 모든 오락거리들은 사람 피를 빨아먹고 살을 뜯어먹는 자들의 업적과 전통과 문화를 찬미하는 것일 뿐이야. 그런 식인 문화의 피해자들은 항상 삶에 만족하는 행복한 백성으로 그려질 테고.

키멘데리는 또한 신문도 발행할 건데, 그 역할은 인간 피를 빨아먹고 살을 뜯어먹는 체제에 반대하는 사람들을 비방하고 키멘데리와 그 동료들이 선심 쓰듯 던져주는 자선금을 찬미하는 거야. 신문 이름을 뭘로 할지 아직 결정은 안했지만 *샴바 타임스, 샴바 데일리 플래그, 샴바 위클리 뉴스 앤드 뷰* 중 하나가 적절하겠지. 키멘데리는 또한 양조장도 만들고, 위스키나 창아[49]나 라거 맥주 같은 술을 파는 술집도 열어서, 아직도 기독교와 이슬람교 의식에 완전히 빠지지 않은 사람들을 생각 없는 바보로 만들어버릴 거야.

이 얘기가 다 뭐냐면, 교회와 학교와 문학과 노래와 영화와 양조장과 술집과 신문 등이 모두 힘을 합쳐 민중을 세뇌시키는 독약의 역할을 할 것이고, 그 목적은 노동자들로 하여금 이 세상에 키멘데리 계급의 노예로 사는 것만큼 영광스러운 일은 하나도 없다고 진심으로 믿다 못해 심지어 자기가 죽어서 그 시신이 농장을 더욱 비옥하게 만들 비료가 될 날을 손꼽아 기다릴 정도로 만드는 것이지. 지적으로 정신적으로, 그리고 문화적으로 세뇌시키는 그 독약은 노동자들로 하여금 키멘데리 계급에 복종하는 일이 곧 하느님께 복종하는 것이고, 자신의

---

49 케냐에서 즐겨 마시는 독한 술.

주인님에 대항하거나 그분을 노하게 하는 건 곧 하느님에 대항하거나 하느님을 노하게 하는 일이라고, 말 그대로 믿게 만드는 거야.

그래도 만사를 확실히 할 필요가 있으므로 키멘데리는 감옥과 법원을 세우고 무장 병력도 고용을 하겠지. 그래서 누구라도 *샴바*의 법체계에 반대한다거나 농장의 경계 밖으로 나가려고 하면 감옥이나 빛 한줄기 들어오지 않는 깊은 구덩이 속에 가둬버리든지 아예 총살을 해서 응공 힐의 하이에나에게 던져주는 거지.

와링가 사람을 잡아먹는다니! 그게 가능해요?

목소리 자신타, 그게 네가 다니던 교회의 가르침이라는 걸 벌써 잊은 거야?

와링가 뭐가요?

목소리 사람 피를 마시고 살을 뜯어먹는 것이 이승에서나 천국에서나 축복받은 일이라는 얘기 말이야. 가슴을 세번 치고는 뭐라고 해?

세상의 모든 죄를 지고 가시는 하느님의 어린 양이시여,
우리에게 자비를 베푸소서.
세상의 모든 죄를 지고 가시는 하느님의 어린 양이시여,
우리에게 평화를 내리소서.[50]

와링가 아니, 아니에요! 그건 그런 얘기가 아니에요!

---

50 (라틴어) Agnus Dei, qui tollis peccata mundi, / Miserere nobis. / Agnus Dei, qui tollis peccata mundi, / Dona nobis pacem.

목소리   나쿠루의 홀리 로저리 교회에서 했던 성찬식 기억나, 와링가? 신부님이 네게 빵 한조각을 주면서 이렇게 말했잖아.

하느님의 어린 양을 보라
세상의 모든 죄를 지고 가시는……[51]

그러고는 예수님께서 이르신 대로 네게 이렇게 말하지.

받아먹으라, 이것이 나의 몸이다.
내가 다시 이 땅에 오는 날까지 이리하라.
예수 그리스도의 몸. 아멘.[52]

그런 뒤 바로 그 신부님이 이번엔 적포도주를 주면서 예수님께서 예전에 일렀던 대로 그걸 마시라고 해.

모두 마시라, 이것은 나의 피이니. 내가 다시 이 땅에 오는 날까지 이리하라.
주님께서 당신과 함께하시길.
영원토록.
아멘.[53]

와링가   그건 그냥 종교의식일 뿐이에요. 서로를 잡아먹는 게

---

51 (라틴어) Ecce Agnus Dei, / Ecce qui tollis peccata mundi……
52 (라틴어) Corpus Christi. Amen.
53 (라틴어) Dominus vobiscum, / Per omnia saecula saeculorum. / Amen.

아니라고요. 성찬식은 유월절의 축일을 상징하는 거예요.

목소리　유월절이 뭐지?

와링가　잘은 모르겠어요. 그냥 유대교와 기독교에서 여는 축제예요.

목소리　그건 됐고. 키멘데리 계급은 그저 기독교의 주요 상징을 실연할 뿐이야. 키멘데리들이야말로 진정한 기독교의 제자들이지.

와링가　그건 달라요……

목소리　뭐가 달라? 노예는 절대 주인과 동등할 수 없다고 주장하는 종교가 바로 그 종교 아닌가? 피억압자들은 눈에는 눈, 이에는 이라는 법칙을 따를 수 없다고 말하는 게 바로 그 종교 아니야?

와링가　눈에는 눈, 이에는 이라고요? 그런 식으로 폭력이 만연하면 세상이 어떻게 되겠어요?

목소리　하, 오직 가난한 사람들이 받은 대로 되갚아주겠다고 나설 때만 그게 폭력이 되지. 키멘데리가 나무 막대기로 가난한 자들의 눈을 후벼 파고 채찍질을 해서 몸을 만신창이로 만드는 건 어떤가? 개머리판으로 노동자들 얼굴을 후려쳐서 이빨을 다 날려버리는 건 또 어떻고? 그건 폭력이 아닌가? 바로 그 덕분에 키멘데리들과 기투투들, 응군지들이 수백만명의 노동자들을 계속 등쳐먹으며 살 수 있게 되는 거야. 그런데도 너희 민중은 계속 노예의 교리문답이나 들으러 매주 교회와 모스크에 다니고 있잖아.

내 너희에게 이르노니

악한 자를 대적하지 마라.

누구든 네 오른뺨을 치거든,

왼뺨도 돌려 대라.

또 누구든 너에게 송사를 걸어,

네 웃옷을 빼앗으려 하거든

외투까지 가지게 하라.

예를 들어 너 자신을 봐도 그래. 응고리카의 돈 많은 노인네
가 네 몸을 강탈했을 때 넌 어떻게 했지? 그에 맞서 싸우는 일
같은 건 하지 않기로 했잖아. 그가 네 몸을 강탈했으므로 네 목
숨까지 빼앗아갈지 모른다고 생각하면서 말이야.

와링가   그럼 제가 달리 뭘 할 수 있었겠어요?

목소리   빼앗긴 눈과 이를 돌려달라고 요구할 수 있었겠지.

와링가   전 여자예요. 힘이 없다고요. 할 수 있는 일은 아무것
도 없고 갈 곳도 없고 도움을 요청할 사람도 하나 없었다고요.

목소리   네가 바랐던 게 뭐야? 너를 잡아먹은 바로 그자가 너
스스로 옭아맨 노예의 자리에서 널 구해주는 것? 네 문제는
말이야, 와링가, 너 자신에 대한 믿음이 없다는 거야. 네가 어
떤 사람인지 지금까지 전혀 모르잖아! 네가 항상 바랐던 것이
라고는 *보스* 키하라 계급의 삶을 아름답게 장식할 예쁜 꽃으
로 남는 것이었지. 와링가, 자신타 와링가, 너 자신을 봐. 한번
잘 살펴봐. 너는 젊어. 인생의 모든 즐거움이 네 앞에 있지. 불
에 달군 빗으로 네 머리를 지지거나 앰비 같은 미백 크림으로
피부를 망가뜨리지 않았다면 네 몸에서 뿜어 나오는 그 찬란
한 빛만으로도 수많은 사람들의 마음을 끌어 너를 쫓아오게

만들었을 거야. 새카만 너의 피부는 아주 값비싼 향유보다도 더 미끈하고 부드러워. 검은 눈동자는 하늘의 별빛보다도 더 반짝거리고. 두 뺨은 블랙베리처럼, 잘 익은 과일처럼 탐스럽지. 흑단 같은 머리카락은 얼마나 부드럽게 찰랑거리는지 모든 남자들이 그 그늘 아래에서 햇빛을 피하고 싶은 마음이 들 정도잖아.

자, 그러한 젊음과 아름다움에 재산의 힘을 더해봐. 그러면 가난 때문에 생겨날 모든 골칫거리가 마음속에서 완전히 사라지겠지. 남자들이 모두들 네 몸 앞에 무릎을 꿇고, 심지어 어떤 이는 네가 밟은 흙이라도 만져보고 싶어 안달일 거야. 또다른 이들은 네가 지나갈 때 그림자라도 만져볼까 하여 길가에 줄을 서서 기다리겠지.

와링가　　그래서 제가 뭘 어떻게 해야 하는데요?

목소리　　자, 이리 와봐. 날 따라와, 그러면 저 높은 일모로그의 산 위로 데리고 가서 세상의 장관을 보여주지. 무지갯빛 형형색색의 꽃나무로 울타리를 두른 대궐 같은 집들을 보고, 파란 잔디가 융단처럼 깔린 골프장을 둘러보고, 날아다니는 새도 내려올 만큼 신나는 음악이 흐르는 나이트클럽으로 가본 뒤에, 향내 가득한 여성의 몸 위를 미끄러지듯 움직이는 청년처럼 우아하고 부드럽게 아스팔트 고속도로를 달리는 차를 타고 한바퀴 돌아보자고. 그 모든 화려함이 다 네 것이 될 거야……

와링가　　내 거라고요?

목소리　　내가 다 네게 주겠다고.

와링가　　저한테 다 준다고요?

목소리　　그래, 네가 내 앞에 무릎을 꿇고 나를 찬양하는 노래를 불러준다면.

와링가   당신 이름이 뭔데요?

목소리   억압자. 착취자. 거짓말쟁이. 약탈자. 다른 사람들이
애써 생산한 물품을 제멋대로 처분하기를 좋아하는 사람들이
나를 숭배하지. 네 영혼을 내게 주면 내가 잘 지켜줄게.

와링가   동굴에서 소리 높여 자화자찬하는 노래를 부르던 목
소리들, 그 목소리들이 바로 당신에게 영광을 바치던 거였어
요?

목소리   아, 그거. 그들은 다 내 추종자들이지. 그들의 교활함
은 내가 선물로 준 거고, 그 댓가로 그들은 자기들 영혼을 다
내게 맡겼지. 그래서 그들이 과거에 무슨 짓을 했는지, 지금은
또 뭘 하고 있는지, 내일은 뭘 할 건지, 내일모레, 그리고 앞으
로 몇년 후엔 또 뭘 할 건지 다 알 수 있어. 왜 갑자기 몸을 사
리는 거지?

와링가   저리 가! 나한테서 꺼져, 사탄! 네 음흉한 계략 같은
건 너를 숭배하는 똘마니들한테나 써먹어! 너한테 영혼을 줘
버리면 나한테 남는 게 뭐란 말이야?

목소리   내 말을 안 믿는군, 그렇지? 그 모든 얘기를 네 귀로
직접 듣고 모든 광경을 네 눈으로 직접 본 다음에도 말이야. 동
굴에 있었잖아?

와링가   있었지.

목소리   그리고 음위레리가 발언하는 것도 들었지?

와링가   들었어.

목소리   그리고 어젯밤에 같은 차를 타고 왔지?

와링가   그래. 그래서 그의 발언을 듣고 깜짝 놀랐지. 왜냐하

면 마타투에서 그 우화를 들려준 게 그 사람이었으니까. 한 남
자가 먼 길을 떠나게 되어 하인을 불러 모아서는 자신의 재산
을 나누어주었다. 한 사람에게는 달란트 다섯개를 주고, 다음
사람에게는 두개를 주고, 세번째 사람에게는……

목소리　……한개를 주었지. 나도 다 알아. 난 성경을 아주 열
심히 읽거든. 그리고 이 세상에서 내가 보지 못하는 것은 하나
도 없지. 하늘나라에서 싸움이 벌어진 그 시초에 내가 거기 있
었으니까. 하느님과 난 쌍둥이야. 그는 하늘나라의 주인이고
난 지옥의 주인이지. 이 세상은 우리의 싸움터고. 그러니까 인
간 영혼을 차지하기 위해 그와 내가 싸우는 곳이지.

와링가　증거, 증거를 보여줘.

목소리　오늘 난 음위레리 와 무키라이를 기다리고 있어. 내
축복을 받으려고 기를 쓰는 사람들이 그를 곧 내 왕국으로 집
어 던질 거거든.

와링가　뭐라고?

목소리　이 땅에서 음위레리 와 무키라이를 보는 일은 이제
없을 거야.

와링가　그분이 살해당한다고? 왜? 누가 그런 짓을?

목소리　입을 잘못 놀리면 목숨이 날아가기도 하니까. 도둑질
과 강도질에 있어서 민족적 자립을 추구해야한다고 주장한 게
그놈 아니었나? 한 민족의 도둑과 강도 들은 자신의 약탈품을
외국인들과 나눠 먹어서는 안되고 모든 도둑들은 오직 자기
어머니 주머니만 털어야 한다고 주장한 게 말이야. 미국과 유
럽, 일본에서 온 외국 도둑들이 그 말을 듣고 아주 노하여 서로
이런 말을 나누었지. "아니, 현대판 도둑질과 강도질을 처음

이 나라에 도입한 게 우리 아니었나? 바로 우리가 현대판 도둑질과 강도질의 모든 기술을 이들에게 알려준 거잖아. 근데 이제 와서 저 음위레리라는 놈이 우리를 배반하고 자기 엄마는 자기들한테 맡겨두라는 저딴 소리를 떠들어? 그 여자를 정부情婦로 삼은 게 바로 우린데? 물론 처음에 일단 겁탈을 해야 했던 건 맞지만 말이지. 그래도 여전히 정부로 잘 데리고 있잖아. 근데 이제 와서 음위레리가 우리한테 자기 엄마 다리 사이는 자기들한테 맡겨두고 짐 싸서 떠나라고 하다니." 그 외국인들이 맡겼던 달란트와 식탁에 남겨주던 음식 찌꺼기를 몽땅 가져가버리지 않도록 그들을 달래기 위해서는 음위레리 와 무키라이가 희생될 수밖에 없다고 결정이 난 거지. 음위레리를 오늘 살해할 자는……

와링가 누군데?

목소리 로빈 음와우라.

와링가 음와우라? 마타투 마타타 마타무 주인 음와우라 말이야, 아니면 다른 음와우라를 말하는 거야?

목소리 음와우라는 *데블스 에인절스*의 일원이야.

와링가 *데블스 에인절스*? 음와우라가? 어떻게 그럴 수가? 지금까지 있었던 놀라운 일도 이것에 비하면 아무것도 아닌 걸! 어제 제리코의 집에서 날 쫓아낸 그 불한당 집단이라고?

목소리 뭘 그렇게 놀라나? 음와우라가 그런 짓을 못할 인간이라고 생각했던 거야? 놀랄 것 없어. 하나도 놀랄 것 없다고. 음와우라가 종종 맡아서 하는 일이 그런 일이지. 비상사태 때부터 해온 일이야. 당시에는 무지하게 잔인한 민병대였지. 리프트 밸리에서 사람들을 공포에 떨게 하던, 은양위수라는 별

명으로 불리던 유럽인이 이끄는 살인 부대와 함께 일을 했어. 하지만 은양위수의 부대에 합류하기 전에는 키멘데리가 이끄는 다른 살인 부대에서 일을 했는데, 아까 동굴에서 제 자랑을 떠들어대던 바로 그자이지. 음와우라는 마우마우 추종자들의 모가지 하나당 5실링을 받았더랬지. 주로 밤에 마을을 뒤지고 다녔어. 나이 든 사람이고 아이들이고, 어린 남자고 어린 여자고 가리지 않았지. 어차피 마우마우 단원이라고 무슨 이름표를 달고 다니는 것도 아니니까. 날이 밝아 그 모가지들을 들고 은양위수에게 가면 그가 잘 죽였다고 두둑하게 챙겨주는 거지. 사실, 지금 마타투로 사용하는 차를 음와우라에게 준 것도 바로 그자야. 자, 생각해보라고. 당시에 5실링만 줘도 사람을 죽였던 자가, 키멘데리가 새 차를 마련해주겠다고 약속한 지금 그걸 마다할 이유가 뭐겠어?

와링가   믿을 수가 없어. 아무것도 믿을 수가 없어. 난 무엇보다 잠을 좀 자야 하는데 지금 잠도 못 자고 시달리게 이런 얘기로 내 마음을 괴롭히는 이유가 도대체 뭐야? 나흘 동안 거의 잠을 못 잤다고.

목소리   왜냐하면…… 왜냐하면 너한테 일자리를 주려고 그러지.

와링가   일자리? 어디에?

목소리   나쿠루. 응고리카에.

와링가   싫어! 싫다고! 저리 꺼져, 사탄……

3

공포로 온몸이 빳빳해진 채 와링가가 번쩍 눈을 떴다.

"여기서 이렇게 평화롭게 잠을 자고 있었군요. 그것도 모르고 당신을 찾아 온 사방을 뛰어다녔잖아요." 가투이리아가 말했다.

눈을 떴을 때 옆에 서 있는 가투이리아의 모습이 보인 그 순간처럼 행복했던 적은 여태 없었다.

"이 나무에 기대앉아 있었는데, 나도 모르게 곯아떨어졌나봐요." 와링가가 하품을 하며 말했다. 그녀는 일어나서 기지개를 펴며 한 번 더 하품을 했다. 그러곤 주위를 둘러보았다. "어젯밤에 잠을 제대로 못 잤어요. 집에 도착해서 엄마랑 늦게까지 얘기를 했거든요."

"어젯밤에 먼 거리를 달려오기는 했죠." 가투이리아가 말했다. "게다가 음와우라의 마타투는 완전 느림보 거북이었고요."

와링가는 방금 꾼 이상한 꿈 얘기를 가투이리아에게 할까 하다가 그만두었다. 꿈은 꿈일 뿐이고 가끔 악몽에 시달리지 않는 사람은 없으니까.

"행사는 끝났나요?" 무서움을 떨쳐버릴 셈으로 와링가가 웃으며 물었다.

"아니요, 하지만 갑시다." 가투이리아가 말했다. "*레츠 고.*" 그가 영어로 다시 말했다. "불쏘시개까지 다 타버렸어요."

"뭐라고요?"

"동굴이 완전히 아수라장이라고요." 가투이리아가 침울하게 말했다. "경찰이 왔어요."

"그래서 기투투랑 가테사랑 다 잡아갔나요?" 와링가가 반색을 하며 물었다. "아, 그럼 정말 신나는 일일 텐데요!"

"아니요." 가투이리아가 목소리를 낮춰 대답했다. "왕가리를 잡아갔어요."

"왕가리요? 왕가리를 잡아갔다고요? 경찰을 부르러 간 게 왕가리잖아요!"

"그래요. 왕가리는 자기 양을 훔친 도둑놈의 똘마니한테 가서 양을 찾아달라고 하는 실수를 저지른 거죠." 가투이리아가 화가 난 목소리로 말했다. "그들이 왕가리의 팔에 수갑을 채워 *블랙 마리아*[54] 뒷좌석에 처넣는 걸 막 보고 오는 길이에요."

"하지만 왜요?" 와링가가 물었다.

"그들 주장으로는 왕가리가 헛소문을 퍼뜨리고 증오를 조장하여 평화롭고 안정적이어야 할 나라에 갈등의 씨앗을 뿌렸기 때문이래요."

와링가는 방금 꾼 꿈을 떠올렸다.

"무슨 평화요?" 와링가가 물었다. "누구의 평화요? 가난한 사람들이 빼앗긴 눈과 이를 돌려달라고 할 때만 나라의 평화가 박살 나는 거래요?"

와링가의 질문이 가투이리아의 마음을 꿰뚫고 지나갔고, 그래서 강둑의 약한 부분을 단숨에 허물어뜨리며 한꺼번에 밀려드는 강물처럼 그에게서 말이 쏟아져 나왔다.

"아, 거기서 일모로그 경찰들이 힘없는 여자한테 달려드는 꼴을 직접 봤어야 해요. 평화의 수호자는 무슨! *경찰서장* 가코노의 지휘 아래 무슨 전쟁이라도 난 것처럼 방패를 앞에 들고 곤봉을 치켜든

---

54 죄수 수송용 경찰차를 일컫는 은어.

채 안전장치가 풀린 총을 조준하면서 말이에요. 와링가, 내가 그 자리에서 모든 일을 내 눈으로 직접 보지 않았다면 절대 믿지 못했을 거예요. 들어봐요. 키멘데리 와 카뉴안지가 막 단상을 내려가자마자——"

"잠깐만요!" 와링가가 가투이리아의 말을 막았다. "누구라고요? 키멘데리 와 카뉴안지요? 정말로 그런 이름의 사람이 있었다는 거예요? 꿈을 꾼 게 아니고요?"

"차라리 꿈이었으면 좋겠네요." 가투이리아가 대답했다. "키멘데리 와 카뉴안지는 분명 거기 있었는데, 그자가 정말 사람인지, 아니면 부리가 달리고 털이 숭숭 난 살찐 벌레인지 구분할 수 없었죠. *애니웨이*, 일이 터진 건 키멘데리가 자기 얘기(당신이 들으면 저게 얘긴지, 입으로 설사를 싸는 건지 묻게 될걸요)를 막 끝냈을 때였어요. 자기가 얼마나 부자인지를 일일이 늘어놓더니 다음엔 실험용 *농장*을 세우고 싶다고 큰소리를 쳤죠. 도관을 놓아 우리 노동자들의 노동력을 외국으로 수출하거나, 케냐와 외국 부자들 농장의 생산성을 계속 높일 수 있도록 그들 몸을 비료로 만드는 게 현실적으로 가능할지 연구해보고 싶다고요. 그러자 갑자기 동굴에 있는 사람들이 전부 입을 떡 벌리더니 인간의 살과 피에 굶주린 표정으로 절 바라보는 거예요. 공포가 삽시간에 밀려와 필사적으로 빠져나갈 통로를 찾기 시작했죠……"

"*플리즈*, 좀 앉죠." 와링가가 소리쳤다. "다리가 너무 후들거려요."
가투이리아와 와링가는 잔디에 앉았다. 가투이리아가 얘기를 계속했다.

"경찰이 도착한 것이 바로 그때였어요. 왕가리가 앞장서서 들어왔고 *경찰서장*이 바로 그 뒤를 따랐죠. 아, 그렇게 용감한 여성은 한번도 본 적이 없어요! 왕가리는 차분하게 단상으로 올라가더니, 마치 불이 이글이글 타오르는 듯한 눈길로 좌중을 조용히 시켰어요. 그러곤 두려움이라고는 조금도 찾아볼 수 없는 목소리로 도둑들을 고발하기 시작했죠. '이들은 우리에게 먹을 것도 입을 것도 몸을 누일 곳도 주지 않고 항상 우리를 억압해온 자들입니다. 와이야키 와 힌가 및 키마티 와 와시우리, 그리고 케냐를 해방시키기 위해 피 흘린 모든 용감한 애국자들이 우리에게 물려준 유산을 강탈한 자들입니다. 제국주의자들의 앞잡이이자 악마의 자식들이죠. 저들의 팔을 묶고 다리를 묶어, 이만 부득부득 갈 뿐 영영 나오지는 못할 감옥에 집어 던지십시오! 바로 그게 우리나라를 세운 조상님들과 애국자들의 유산을 외국인들에게 팔아넘긴 자들이 받아야 할 댓가니까요!'

와링가, 어떻게 해야 그 장면을 제대로 묘사할 수 있을까요? 동굴에 있던 모든 사람들이 왕가리의 말이 가진 마력 같은 힘에 완전히 얼어붙은 것 같았어요. 아, 분명히 말하지만 왕가리는 얼마나 아름답던지. 오, *예스*, 그렇게 우리 앞에 서 있는 동안 얼굴이 환하게 빛나는 게, 그 용기로 인해 그녀의 몸이 몇년은 젊어지면서 새 삶을 얻은 듯이 보였어요. 얼굴의 그 빛이 거기 있던 모든 사람들의 마음을 밝히고 그 목소리가 민중의 심판자로서의 힘과 권위를 전하는 것 같았죠.

그랬는데 사회자가 일어나더니, 아무 말 없이 꼼짝 않고 옆에 서 있던 *서장* 쪽을 쳐다봤어요. '이게 지금 다 뭐 하는 짓이지, 가코노 *서장? 이게 지금 쿠데타를 하자는 거야, 뭐야?*' 격분하여 그렇게 소리를 지르더군요. 가코노는 바로 차려 자세를 하며 경례를 올려붙이더니 떨리는 목소리로 연신 죄송하다고, 용서해달라고 빌기 시작했어요. 공포가 살을 뚫고 뼛속 깊이까지 파고든 사람처럼 말을 하는데 도대체가 쉼표도 없고 마침표도 없더군요. '*아임 쏘리 써 트룰리 쏘리* 진심으로 말씀드리는 건데 여기 모여 계신 게 나리들인 줄 몰랐습니다 맨날 보는 은제루사의 조무래기 도둑과 강도 들인 줄 알았습니다 *유 노우* 나리들 재산에 손을 대거나 가끔 여기 모신 내빈 같은 외국인들 소유의 은행을 털러 들어가는 그런 놈들 말이죠 저 여자가 온 나라에 문제를 일으키며 나라를 파산시키는 도둑들과 강도들이 이 소굴에 숨어서 자기들 수훈에 대해 자랑질을 하고 있다고 신고를 하길래 플리즈 이게 제 잘못은 아니라고 말씀드리고 싶습니다 토요일에 나이로비에서 전화가 와서 여자 한명이 도둑들과 강도들에 대한 중요한 정보를 가져올 거라고 한데다 저기 저 여자가 들어오길래—'

'*됐고*,' 사회자가 그의 말을 막았어요. '그건 나중에 잘 알아봐서, 우리와 외국인 주인님들 사이에 불화의 씨를 뿌릴 작정으로 이 모든 일을 꾸민 게 누군지 꼭 잡아낼 테니까. *네 몸을 갉아먹는 건 네 옷 속에 있다*[55]고 했어. 우리가 더 *자립적*이어야 한다고? 우리보다 똑똑하고 잘났다고 생각하는 그놈들과 정면으로 승부해서 이참에 뿌리를 뽑아야겠어. 외국에서 오신 손님들 앞에서 이렇게 창피스러운 일이 벌어지다니 정말 민망해서 참을 수가 없군. 가코노 서장, 자네 할 일을 하게. *하던 대로 하라고*.[56] 화가 치밀어오를 때 하는 식으로 일을 처리한 다음 다시 돌아와 위스키 한잔 마시며 우리 외국 손님들을 접대하란 말이야.'

가코노가 휘파람을 불었어요. 곤봉과 총으로 무장한 경찰들이

---

55 (스와힐리어) Kitylacho Kimo Nguoni Zetu.
56 (스와힐리어) Wembwe ni ule ule.

동굴로 쏟아져 들어왔죠. 가코노가 왕가리를 손으로 가리키자 단상 위로 돌진하여 그녀를 덮치더니 손에 수갑을 채우더군요. 하지만 운명이 적대적으로 나왔을 때조차 왕가리는 두려운 기색 하나 없었어요. 여전히 차분한 목소리로 그저 이렇게 물었죠. '그래서, 너희 경찰력은 오직 한 계급만 받든다는 건가? 그런데 난 바보같이 애국심을 기꺼이 집어삼키는 저 기만적인 쥐새끼들한테 가서 우리나라를 향한 내 사랑을 맡겼다니!' 그러곤 그들이 그녀를 짓밟고 곤봉과 몽둥이로 후려치고 침을 뱉어대는 중에도 쩡쩡 울리는 목소리로 노래를 불렀어요.

> 뚝, 뚝, 뚝 하는 소리를 들은 적이 있다면
> 천둥 치며 비 쏟아지는 소리라 여기지 마라.
> 그래, 그건 우리 땅을 지키기 위해 싸우면서
> 우리 농민들이 피를 흘리는 소리니까!

여전히 그렇게 맞서 노래를 부르며 그녀는 끌려 나갔어요. 수갑 찬 손을 머리 위로 높이 들어올린 채 노래를 불렀는데, 수갑이 마치 목에 건 용맹함의 훈장처럼 환히 빛났죠. 왕가리, 우리나라의 영웅!"

왕가리의 용맹한 목소리가 다시 귀에 울리기라도 하는 듯 가투이리아가 말을 멈췄다.

"왕가리, 우리나라의 영웅!" 가투이리아가 천천히 다시 말했다. "바로 그때, 내가 눈앞에서 벌어지는 극악무도한 행위에 아연하여 앉아 있는 그때, 가코노가 동굴로 다시 들어왔어요. '미친년 같으니라고, 완전히 미친년일세!'라고 중얼거리며 사회자와 외국에서 온 내빈들이 앉아 있는 테이블로 가더니, 거기에 자리를 잡고 앉아 위스키를 마시며 웃고 떠들기 시작하는 거예요. 음위레리 와 무키라이가 자리에서 일어나 사회자가 좀 전에 자신을 향해 한 비난조의 말에 대해 변호할 기회를 달라고 했어요. 그러나 그런 기회는 주어지지 않았어요. 그가 화가 나서 씩씩대면서 돌아 나오더니 음와우라의 테이블 앞에 멈춰 서더군요. 당장 오늘 저녁에 그의 마타투 마타타 마타무를 타고 다시 돌아가야겠으니 그린 레인보우 호텔로 따라오라고 했어요. 차를 빌리는 값은 두둑하게 주겠다고 약속하면서요.

음위레리 와 무키라이는 막 나가려던 참에 나를 보더니 걸음을 멈추고 잔뜩 화가 난 목소리로 말했어요. '저런 여자를 믿는 게 얼마나 위험한지 이제 알겠지! 절대로 돼지한테 진주를 던져줘서는 안된다고!'

그러곤 미처 대답도 하기 전에 바로 가버리더군요. 그러자 갑자기 내 안에서 화가 확 치밀어오르는 거예요. 그 때문에 주먹다짐을 하게 되더라도 몇 마디 해줘야겠다 싶어서 바로 쫓아 나갔죠. 하지만 어디로 갔는지 찾을 수가 없었어요.

음위레리 와 무키라이가 어디로 간 걸까 하며 닭 쫓던 개처럼 서 있는데, 로빈 음와우라가 사회자랑 키멘데리 와 카뉴안지랑 함께 무슨 막역한 사이라도 되는 것처럼 화기애애하게 얘기를 나누며 나오더라고요. 키멘데리가 음와우라에게 이렇게 말하는 게 들렸어요. '그래그래, 너를 딱 보자마자 내가 알았잖아. 네가 은양위수 쪽에서 일을 하기 전에 어떤 일을 했었는지 기억이 났지……' 그러면서 좀더 가서는 걸음을 멈추고 무슨 얘긴지 비밀스럽게 쑥덕거리더라고요. 하는 얘기를 다 알아들을 수는 없었지만 몇 마디는 바람을 타고 내가 서 있는 곳으로 들려왔어요. '데블스 에인절스……
개인 사업가…… 그중 하나다…… 오늘…… 오늘밤…… 전화를 해
서…… 그래, 가다가 그들을 만나라고…… 키네니……' 더이상은
듣고 싶은 생각이 없었어요. 그래서 당신과 함께 여기서 벗어나려
고 당신을 찾아다니기 시작했죠. 지금까지 본 것만 해도 감당하기
힘들 정도예요!"

가투이리아가 말을 멈췄다. 와링가로 말하자면, 동굴에서 일어
난 일과 자신의 꿈에서 일어난 일이 사건 하나하나며 말 한마디 한
마디까지 정확히 일치했기 때문에 가슴이 걷잡을 수 없이 뛰기 시
작했다. 그럼 그게 꿈이 아니라 혹시 계시 같은 것이었을까?

"무투리와 그가 데리러 간 사람들은 어떻게 되었어요?" 와링가
가 가투이리아에게 물었다.

"내가 그 자리를 뜰 때까지 무투리는 오지 않았어요." 가투이리
아가 대답했다.

"지금 동굴에 오면 그들도 잡혀가지 않겠어요?" 와링가가 물었다.

"모르겠어요. 이젠 뭐가 뭔지 하나도 모르겠어요." 가투이리아
가 말했다. "솥에서 끓는 죽처럼 모든 게 머릿속에서 부글거리다
터져버리기만 해요."

그건 가투이리아의 머리만 그런 게 아니었다. 와링가도 머릿속
에서 여러가지를 이리저리 궁리하고 있었다. 수많은 질문이 떠올
랐다. 가투이리아에게 꿈 얘기를 해야 하나? 무투리가 묶여서 경찰
서에 끌려가지 않도록 하려면 어떻게 해야 할까? 로빈 음와우라와
데블스 에인절스 일당이 음위레리 와 무키라이를 살해하는 걸 막
으려면 어떻게 해야 하지? 결국 꿈이었을 뿐인데, 무엇이든 어떻게
확신할 수 있단 말인가?

와링가는 가투이리아에게 꿈 얘기를 하지 않기로 마음을 정했
지만, 음위레리가 그날밤 음와우라의 마타투를 타고 돌아가는 일
을 막기 위해 있는 힘껏 애써보기로 했다. 지금 당장은 무투리가
동굴에 오는 걸 막아야 했다.

"가서 무투리를 만나 위험이 닥칠 거라고 알려줘요!" 와링가가
제안했다. "너무 늦기 전에 그도 왕가리 신세가 되는 걸 막아보자
고요."

4

가투이리아와 와링가는 각자 자기만의 생각과 의문을 가슴에
가득 담고서 은제루사를 향해 걷기 시작했다.

가투이리아는 팔다리가 묶인 채 경찰서 유치장에 갇혀 있을 왕
가리의 모습을 떨쳐낼 수가 없었다.

와링가의 머릿속을 꽉 채운 것은 이야기를 들려주던 음위레리
와 무키라이의 목소리였다. 먼 길을 떠나야 했던 남자의 이야기, 돌
아와서는 다시 하인들을 모두 불러 모아 자신이 남겨주고 간 달란
트가 어떻게 되었는지 셈해보았다는 남자의 이야기……

*그러자 하나의 달란트를 받은 자가 나서서 말했다. 주인님, 난
이제 당신을 압니다. 당신이 직접 뿌리지도 않은 것을 거둬들이고
직접 거둬들이지도 않은 걸 차지하는 모진 사람이라는 걸요……*

와링가가 문득 걸음을 멈추더니 가투이리아의 소매를 잡아끌었
다. 가투이리아가 걸음을 멈추고 물었다. "왜요?"

"사람들이 새로운 노래를 부르고 있어요!"

제9장

1

칼과 창의 반짝이는 금속에 불꽃이 반사되듯이 석양빛이 일모로그의 골든 하이츠에 내리꽂히고 있었다. 와링가와 가투이리아는 일모로그 골프장의 융단 같은 잔디에 선 채 귀를 쫑긋 세우고 은제 루사로 가는 길 쪽을 뚫어지게 바라보았다. 그쪽에서 노랫소리가 들려왔다.

모두모두 오라,
와서 저 멋진 광경을 보라,
악마와 그 추종자 일당을
우리가 몽땅 쫓아버릴 테니!
모두모두 오라!

"분명 무투리가 데리고 오는 사람들일 거예요." 가투이리아가 말했다.

"빨리 가봐요, 그럼." 와링가가 대답하고는 소리가 들려오는 쪽으로 뛰기 시작했다. 노랫소리가 점점 가까워졌다.

모두모두 오라,
와서 저 멋진 광경을 보라,
악마와 그 추종자 일당을
우리가 몽땅 쫓아버릴 테니!
모두모두 오라!

잠시 후 일모로그를 가로지르는 도로변에서 와링가와 가투이리아는 자신들 앞에 펼쳐진 기이한 광경에 걸음을 멈췄다.

그들의 눈에 들어온 것은 남녀노소 할 것 없이 모인 사람들의 긴 행렬이었다. 행렬이 길을 따라 굽이굽이 이어져 동굴 쪽으로 향하고 있었다. 아이들은 옆에서 뛰어가고 있었는데, 장난스럽게 폴짝거리기도 하고 노래를 따라 부르기도 했다.

"정말 길기도 하네요!" 가투이리아가 말했다.

"무투리가 은제루사 사람들을 몽땅 불러 모은 것 같아요!" 와링가가 대답했다.

"저기서 과연 무투리를 찾을 수나 있을까 모르겠네요." 가투이리아가 말했다.

"무투리가 우리를 볼 수 있게 그냥 여기 서서 기다리죠. 보면 이쪽으로 올 거예요." 와링가가 말했다.

"경찰이 와 있다고 얘기를 해도 달라질 건 없겠는데요." 가투이리아가 말했다.

"왜요?" 와링가가 물었다.

"이 사람들이 전부 돌아갈 것 같진 않으니까요!" 가투이리아가 대답했다.

그들은 길가에 선 채 긴 행렬을 바라보며 무투리를 기다렸다. 행렬은 여전히 끝이 안 보이게 이어졌다. 노래를 부르는 사람, 휘파람을 부는 사람, 싸구려 호각과 나팔을 부는 사람. 그러나 모든 게 노래에 맞춰서 이루어지고, 저벅거리는 발소리와 손짓도 노래와 박자를 맞추고 있었다. 누더기 옷을 걸친 사람도 있었고, 신발 없이 맨발인 사람은 더 많았다. 그런데 깨끗한 셔츠와 바지, 겉옷을 차려입은 작은 무리의 사람들이 행렬에 섞여 있었다.

갑자기 와링가는 심장이 멈춰버리는 느낌이었다. 눈으로 직접 보면서도 이걸 믿어야 하는지 알 수가 없었다. 시작도 없고 끝도 없는 꿈의 한가운데 다시 들어가버린 듯했다.

"저기 봐요, 저기!" 그녀가 가투이리아에게 소리쳤다. "저 사람 좀 봐요!"

"누구요? 뭔데 그래요?" 가투이리아가 곧바로 물었다. "무투리?"

"어젯밤에 내가 얘기했던 사람이에요! 어제 봤던 저 사람을 보라고요!" 독경이라도 외우듯이 와링가가 외쳤다.

"누구 말이에요?"

"카카 호텔 버스 정류장에서 나한테 가짜 초대장을 줬던 그 사람요! 저기 보여요?"

"어디요?"

"저쪽에요. 옷 입은 게 약간 나아 보이는 저쪽 무리에요. 염소수염을 한 사람요."

"*웨잇 어 미닛!*" 가투이리아가 말했다. "저 사람 누군지 알아요!"

"누구예요?" 와링가가 물었다.

"우리 대학 학생이에요!"

"학생요?"

"그래요. ILUSA, 그러니까 일모로그 *대학 학생회* 회장이에요."

"근데 저기 껴서 뭐 하는 거죠?" 와링가가 물었다.

"행렬에 참가하고 있는 거겠죠." 가투이리아가 대답했다.

"그러면 이걸 악마의 향연이라고 부른 가짜 초대장을 만든 사람들이 대학생들이라는 음위레리 와 무키라이의 말이 결국은 사실인 건가요?" 와링가가 물었다.

그러고는 그 자리에서 곧장 손가방을 열어 학생에게서 받은 초대장과 음위레리 와 무키라이가 준 초대장을 꺼내 보았다. 마치 처음 보는 것인 양 그 둘을 재빨리 비교하고는 다시 가방 안에 집어 넣었다.

"누가 그 가짜 초대장을 대학의 내 편지함에 넣어뒀는지 이젠 확실히 알겠네요!" 모든 걸 알았다는 듯이 가투이리아가 고개를 끄덕거렸다.

두 사람은 각자 생각에 잠겨 지나가는 행렬을 바라보았다.

여러가지 구호를 적은 플래카드를 든 사람들도 있었다. 우리는 도둑질과 강도질의 체제를 거부한다. 우리의 가난이 그들의 배를 불린다. 도둑과 마귀는 쌍둥이—착취라는 엄마에게서 태어났다. 도둑들과 강도들을 담아 죽음의 언덕 아래로 굴려버릴 벌집을 이미 노동자들이 지어놓았다. 제일 못된 도둑은 누구? 노동자들의 피땀을 강탈하는 도둑! 가장 못된 강도는 누구? 민중의 피를 빨아먹는 강도! 길가에 서 있는 그들로서는 제대로 읽을 수 없는 구호들이 그외에도 많았다. 플래카드를 들지 않은 사람들은 나무 막대기를 총처럼 어깨에 메고 있었다.

"이건 진짜 군대 같은데요!" 가투이리아가 말했다.

"노동자 군대요?" 와링가가 물었다.

"예. 그리고 농민이랑 소상인, 학생……"

"노동자가 선두에 서서……"

"동굴로 진격하는!" 가투이리아가 덧붙였다.

노동자 진영과 도둑과 강도 진영이 동굴에서 벌일 싸움을 떠올리며 와링가가 웃었다.

그때쯤에는 행렬의 선두 대부분이 이미 와링가와 가투이리아 곁을 지나쳤다. 와링가가 가투이리아에게 말했다. "무투리는 선두에 없는 걸까요?"

2

와링가의 질문에 대답이라도 하듯이, 바로 그때 무투리가 그들을 발견하고는 행렬에서 벗어나 그들이 서 있는 곳으로 왔다. 강물이 강둑을 무너뜨리며 마구 밀려드는 것처럼 무투리는 쉬지도 않고 빠르게 말을 쏟아냈다.

"싸움이 이제야 시작될 텐데 벌써 가는 거예요? 우리가 착취자 계급을 동굴에서 몰아내는 보기 드문 장관을 놓치고 싶은 건 아니겠죠? 민중의 부름에 답하듯이 우리들이 보무도 당당하게 행진하는 걸 봐요! 알고 보니 일모로그 노동자들이 이미 필요한 준비는

다 해놓았더라고요. 난 거기에 약간만 힘을 보탰죠. 옷을 잘 입은 저기 작은 무리 보여요? 일모로그 대학과 여기 근처 학교의 학생들이에요. 정말 신나고 놀라운 일이잖아요! 오늘의 일에 대해 미래 세대들이 지붕 위에서, 나무 위에서, 산꼭대기에서 찬가를 부를 거예요. 케냐에서 엘곤으로, 엘곤에서 킬리만자로로, 응공 힐에서 은 안다르와까지 방방곡곡에서요. 이 사람, 무투리 와 카호니아 마이토리가 가보니, 학생들과 노동자들이 이미 대열을 정비하고는 은제루사에 사는 사람들에게 함께 일어나 이 지역의 도둑들과 강도들, 그리고 그들의 외국인 친구들을 몰아내자고 독려하고 있더군요. 내가 수집한 정보들을 전달하자 나보고 사람들 모으는 걸 거들어달라고 했어요. 도둑들과 강도들이 동굴에서 자랑질 하는 걸 직접 보고 들었다고 전하기만 하면 누구든 당장 나무 막대기를 들고 나서서 노래 부르며 행진하는 대열에 참여하더군요. 더 할 얘기가 뭐가 있나요? 당신들도 나팔을 들고 행렬에 들어와 위대한 오늘의 영광을 소리 높여 알리자고요. 자, 함께 와서 기뻐합시다. 교육받은 우리 젊은이들이 귀를 열고 민중의 고통스러운 외침을 듣기 시작했으니 자랑스러운 마음으로 그들과 함께하자고요! 눈을 뜨고 노동자와 농민의 위대한 조직에서 뿜어져 나오는 빛줄기를 보기 시작했으니까요! 왕가리는 왔나요?"

"당신을 찾고 있었어요!" 끼어들 기회를 찾자마자 가투이리아가 말했다.

"왜요? 왕가리는 어디 있어요?"

"왕가리는 경찰에 연행되었어요." 와링가가 말했다.

"연행됐다고?"

"예. 폭력을 부추겨서 이 땅의 평화와 안정을 위태롭게 할 낭설을 퍼뜨리고 다녔다는 이유로요!" 가투이리아가 말했다.

"어디서 연행됐어요? 동굴에서?"

"예." 와링가가 대답했다.

그러자 무투리가 고통과 분노에 찬 목소리로 말했다. "법과 질서라는 공권력이 노동자들에게서 땀의 댓가를 강탈하고 농민들에게서 땅과 먹을거리를 빼앗는 자들의 편이라는 건 잘 알고 있어요. 나 자신이 노동자니까요. 그들이 무장한 차량으로 지키고자 하는 평화와 질서는 가난한 사람들로부터 강탈한 빵과 술로 잔치를 벌이는 부자들의 질서와 평화죠. 그래요, 목마르고 배고픈 사람들의 분노가 그들에게 미치지 않도록 그들을 보호하는 거예요. 고용주들이 노동자들의 임금을 올려주지 않는다고 무장한 경찰이 그들을 공격하는 거 봤어요? 그런데 노동자들이 파업을 일으키면 어떻게 되나요? 그러면서 뻔뻔스럽게 폭력이 어쩌고 떠들어대다니! 이 나라에 폭력의 씨앗을 심은 자가 누군데? 바로 그걸 왕가리가 직접 보여준 거예요. 조금이라도 미진하게 남아 있던 의혹이 완전히 사라지도록, 부자들을 조용히 시키려고 경찰이 출동한 경우를 과연 본 적이 있는지 스스로 자문하도록 말이죠."

"저기요," 가투이리아가 급히 말했다. "우리는 당신도 연행될지 몰라서 알려주러 온 거예요. 일모로그 경찰서장이 동굴에 있어요."

"그걸 알려주려고 일부러 와주다니 고마워요." 그들의 의도에 감명받은 것이 분명한 말투로 무투리가 천천히 말했다. "그래주다니 나로서는 정말 기뻐요. 우리는 고작 어제 마타투에서 처음 만난 사이일 뿐인데 날 위험에서 구해주겠다고 이렇게 온 거잖아요. 하지만 난 도망가지 않아요. 우린 도망치지 않을 거예요. 우리 노동자에게 물러섬이란 없어요. 도망갈 데가 어디 있나요? 들어봐요. 민중이 총과 곤봉에 겁을 먹는 한 도둑질과 강도질의 체제는 이 땅에서 절대 없어지지 않을 거예요. 우리는 두려움을 조장하는 문화에 맞서 싸우기 위해 노력해야 해요. 그리고 그걸 없애는 약은 단 하나밖에 없죠. 이제 눈을 뜨고 귀가 열린 모든 사람들과 함께하는, 이 땅의 노동자 농민이 세운 강력한 조직이 바로 그거예요. 저 용감한 학생들은 교육이 누구에게 봉사해야 하는지를 분명히 보여줬어요. 이봐요, 당신들도 우리와 함께합시다. 민중에게 등을 돌리지 말고, 당신들의 교육도 우리와 함께한다는 걸 보여줘요. 그 방법밖에는 없어요."

3

말을 마치자마자 무투리는 가투이리아와 와링가 곁을 떠나 노동자들의 대열 속으로 사라졌다.

와링가와 가투이리아는 서로를 바라보았다. 함께 싸우자는 무투리의 말에 두 사람 모두 상당한 동요를 느끼고 있었다.

좀 아까만 해도, 은제루사에서 함께 맥주를 마시며 고기를 먹고 있을 때만 해도 그들은 나무 막대기와 플래카드를 가지고 동굴을 덮치러 가는 누더기를 걸친 맨발의 노동자들의 행렬에 자신들이 함께하리라고는 전혀 생각지 못했을 것이다. 그러나 이제 노동자들의 목소리는 자신이 받은 교육을 어느 편을 위해 쓸 것인지 선택하라고 요구하고 있었다.

좀 아까만 해도 그들은 동굴에서 떠드는 소리에 토가 나올 지경이었지만, 사실 그런 것들은 자기들 삶과는 상관없이 그냥 세상에서 벌어지는 일이라고 여겼을 뿐이었다. 그러나 이제 노동자들의 목소리가 그들을 부르며, 두개의 길을 동시에 가는 일은 불가능하다고 말해주고 있었다.

좀 아까만 해도 그들은 다른 사람들이 춤을 추면 자신들은 구경이나 하면 그만이라고 생각할 뿐이었다. 그러나 민중들의 굿판이 시작된 지금 노동자들이 멀찍이 서서 구경만 하지 말고 그 판으로 들어오라고 촉구하고 있었다.

가투이리아는 자문했다. 노동자들과 더불어 사는 우리 지식인들, 우린 누구의 편인가? 생산자의 편인가, 아니면 남이 생산한 것에 빌붙어 사는 자들의 편인가? 노동자와 농민의 편인가, 아니면 착취자의 편인가? 아니면 어떻게든 양다리를 걸치며 살아보려는 하이에나 같은 존재인가?

와링가도 마찬가지로 감정의 동요를 겪으며 비슷한 질문을 하고 있었다. 서기나 타이피스트, 비서로 일하는 우리는 어느 편에 서 있는 걸까? *보스* 키하라나 그런 사람들을 위해 타자를 치고 말을 받아 적는 우리, 우리는 이 굿판에서 어느 편에 있는 걸까? 노동자의 편일까, 부자들의 편일까? 우린 누굴까? 어떤 존재들일까? 여자들이 "*우리* 회사가 이런 일을 하네, 저런 일을 하네"라거나 "*우리* 회사에서는 이만큼의 노동자들을 고용하고 그들에게 임금은 얼마를 준다" "*우리* 회사에서 이윤을 이만큼을 냈다"는 등의 얘기를 하는 걸 자주 들었더랬지. 그런데 그런 얘기를 하는 자기들은 정작 집에 타고 갈 버스비도 없었을 거야. 그래, 여자들이 자기네 *보스*에 대해 자랑하며 떠들어대는 걸 많이 들었지만, 정확히 뭐에 대해 자랑을 하는 건지 찬찬히 따져보면 사실 아무것도 없곤 했지. 자식도 있는 여자한테 한달에 고작 몇백 실링 주면서, 그게 무슨 대단한 월급인 양 생색을 냈다는 건가? 겨우 그 정도 돈을 받기 위해 우린 네가지를 희생했지.

첫째, 우리 팔. 그래, 그들의 온갖 문서와 편지를 타이핑하는 건 우리들이니까. 우리 손이 그들의 손이고, 우리의 힘이 그들의 힘이 된 거지.

둘째, 우리 머리. 그래, 자신만의 독립적인 생각과 독립적인 입장을 가진 여자를 쓰고 싶은 *보스*는 전혀 없으니까. 자꾸 이것저것 물어본다거나, 눈을 부릅뜨고 *보스* 키하라가 자신에게 무슨 짓을 하는지 똑똑히 보려는 여자를 맘에 들어하는 *보스*는 하나도 없으니까! *상사님은 항상 옳으십니다.* 손가락과 허벅지만 있으면 되니 머리 같은 건 개나 줘버리라고!

셋째, 우리 인격. 그래, *보스* 키하라나 그런 종류의 인간들은 자기들한테 무슨 안 좋은 일만 생기면 그걸 다 우리한테 쏟아부으니까. 집에서 마누라랑 싸우고 와서는 사무실에 와서 성질을 부리고, 사업상 뭐가 잘 안되어도 사무실에 와서 성질을 부리고, 화만 났다 하면 그걸 다 사무실에 와서 우리한테 풀지. 우리는 모욕감에 시달려도 말 한마디 못하고 잠자코 있어야 해. 우리는 웬만해서는 눈물을 짜거나 하지 않는 강철 심장을 가졌다고 생각들을 하니까.

넷째, 우리 허벅지. 그래, 정말 운 좋은 소수를 빼고는, 우리가 직장을 얻고 거기에 계속 붙어 있으려면 *보스* 키하라 같은 인간들이 우리 허벅지를 마구 탐하는 걸 그냥 둬야 하니까. 우리야말로 그들의 진짜 아내라니까…… 물론, 법적인 아내는 절대 아니지! 그래, 우리는 주말에 도살장으로 몰고 가는 BMW에 올라탄 아내들이라고! 어차피 잡아서 고기로 먹는 염소와 풀을 먹여 키우는 염소는 다른 법이니까.

우리는 누구지? 누구지? 어떤 존재지? 의문 가득한 그 질문에 맞춰 와링가의 가슴이 쿵쾅쿵쾅 뛰었다. 그에 대한 대답은 삶의 투쟁에서 그녀가 어떤 편에 설 것인지 스스로 내리게 될 결정에 달려 있는 것이므로 어느 누구도 그 대답을 대신 해줄 순 없었다.

4

와링가와 가투이리아가 도착했을 때 동굴은 온통 타고 남은 잔해들과 연기의 매캐한 냄새로 가득했다. 은제루사의 군중이 그곳을 완전히 둘러싼 채 여전히 노래를 부르고 있었다.

> 모두모두 오라,
> 와서 저 멋진 광경을 보라,
> 악마와 그 추종자 일당을
> 우리가 몽땅 쫓아버릴 테니!
> 모두모두 오라!

여러 도둑들과 강도들이 한꺼번에 몰려 그 살찐 배가 끼인 채 비집고 나가려고 북새통을 이루는 모습은 우스우면서도 안됐다는 느낌이 들었다. 겨우 비집고 나가는 데 성공한 도둑은 하마처럼 육중한 몸을 굴리듯이 자기 차 있는 곳으로 갔고, 살려달라는 절박한 기도와 함께 순식간에 먼지를 일으키며 쌩하니 사라져버렸다. 살찐 배가 없는 말라깽이 족속들은 창문으로 몸을 던졌고, 땅에 떨어져서는 벌떡 일어나 쏜살같이 도망갔다. 그러면 노동자들은 "저기 있다! 저기 있어! 저놈 잡아라! 저놈 잡아! 저기 도둑놈이다! 도둑놈 잡아라!" 하고 소리를 지르며 쫓아갔다.

와링가가 서 있는 자리에서는 사방에서 벌어지는 일들이 제대로 눈에 들어오지 않았다. 일모로그 골든 하이츠에 대궐 같은 집과 저택을 가진 부자들이 여기저기서 은제루사의 판자촌 사람들에게 쫓겨다니느라 안마당은 난장판이었다. 어쨌든 기투투와 가탕구루와 은디티카와 응군지가 도망가는 신기한 광경은 와링가도 목격할 수 있었다. 사람들이 뒤에 붙어 막대기로 엉덩이를 찰싹찰싹 때리는 와중에 그 둘은 마치 알을 잔뜩 품은 두마리의 거미처럼 도망가려고 기를 쓰고 있었다. 겨우 차에 다다랐을 때쯤 그들은 가쁜 숨을 몰아쉬었고, 고통과 힘겨움과 공포로 인해 솟아난 땀방울이 마치 억수같이 쏟아지는 비처럼 땅으로 줄줄 흘러내리고 있었다.

재미있어 웃고 있는 건 와링가만이 아니었다. 하이츠 주민들이 외투고 넥타이고 신발이고 허리띠고 할 것 없이 몸을 가볍게 하기 위해 뭐든지 집어 던지며 황급히 내빼는 모습을 비웃느라 은제루사 사람들이 껄껄대며 기분 좋게 웃는 소리가 사방에 가득했다.

그러나 동굴을 벗어나려는 외국인 도둑들의 모습이 눈에 띄자 웃음은 위협적인 함성으로 바뀌었다. 새끼를 빼앗겨 화가 잔뜩 난 수천마리의 사자처럼 모두들 천둥 같은 함성을 지르더니 나무 막대기며 곤봉, 쇠막대 등을 집어들고 지역 민병대들에 둘러싸인 외국인 도둑놈들 쪽으로 밀고 나갔다. 자국의 도둑놈 하나가 총을 꺼내 쏘았지만, 분노한 군중들의 야유 때문에 손이 부들부들 떨려 총알은 맥없이 공중으로 날아가버렸다. 사람들이 잠깐 멈칫했다. 그러더니 다시 물밀듯이 밀려갔고, 동시에 달리는 사람들의 발소리로 땅이 울릴 정도였다.

서양과 미국, 일본에서 온 일곱명의 외국 강도들이 사람들에게 붙잡혀 갈가리 찢길 위험을 간신히 넘긴 것은, 오직 그들의 차가 바로 옆에 있었으며 운전사들이 시동을 걸어놓고 기다린 덕에 재빨리 내뺄 수 있었기 때문이었다.

차가 있다는 것도 잊은 채 걸음아 날 살려라 도망간 두명의 도둑이 있었다. 사람들은 남은 두대의 차를 불태웠다. 잠시 뒤 동굴 주변에는 단 한 사람의 도둑이나 강도도 남아 있지 않았다. 갑작스러운 공포로 인해 날개가 돋아나기라도 한 듯, 한 사람도 빠짐없이 도망친 것이다.

5

사람들은 이제 동굴 밖에 모여 지도자들이 연설을 하거나 방향을 제시해주기를 기다렸다. 무투리 와 카호니아 마이토리가 처음으로 말을 했다.

"동료 여러분, 아니 그보다 동족 여러분이라고 불러야 할 것 같군요. 지금 여기 모인 우리들은 노동자라는 하나의 동족에 속해 있으니 말입니다. 오늘 우리 모두는 아이를 밴 것도 아닌데 잔뜩 튀어나온 배를 가진 자들이 여기 모여 우리를 경멸하는 믿을 수 없는 광경을 보았습니다. 그 배는 무슨 병이 있어서 그렇게 튀어나온 게 아닙니다. 우리의 피땀으로 맺은 결실로 살이 쪄서 그렇게 된 것이죠. 그 배는 아무것도 낳지 않고, 그 배를 가진 자는 아무것도 생산하지 않습니다. 하지만 우리 노동자들은 어떻습니까? 집은 우리가 짓는데 거기 사는 건 다른 사람입니다. 그리고 정작 집을 지은 우리는 비를 맞으며 한데서 잠을 자죠. 옷을 만드는 것도 우리입니다. 그런데 다른 사람들이 그걸 가져가 잘 차려입고, 옷을 지은 우리는 입을 옷도 없습니다. 먹을거리를 기르는 것도 우리입니다. 그런데 먹는 건 다른 사람들이고 우리는 밤새도록 배가 꼬르륵거리는 소리를 들으며 억지로 잠을 청하죠. 보세요. 좋은 학교를 짓는 것도 우리입니다. 그런데 그 학교엔 다른 사람들의 자식이 다니고, 우리 아이들은 먹을 것을 찾아 쓰레기장과 쓰레기통을 뒤지고 다녀요. 오늘 우리는 이에 당당히 맞섭니다. 오늘, 바로 이 자리에서, 우리는 요리는 다 하지만 맛은 전혀 못 보는 솥과 같은 존재로 살아가기를 단호히 거부합니다."

무투리가 물러났다. 군중들이 엄청난 박수갈채를 보내고 여자들은 환호했다.

다음으로 일모로그 학생 대표가 나섰다.

그를 보자 기묘한 느낌이 와링가를 사로잡았다. 어떻게 이런 일이 가능하지? 예전에 나쿠루에서 그녀가 기차에 깔려 죽는 걸 구해줬던 무투리 다음으로, 어제 나이로비에서 버스에 치일 뻔한 걸 구해주었던 남자가 단상에 오르는 이런 일이 어떻게 있을 수가 있지? 와링가는 그가 입을 움직이는 대로 따라 흔들리는 염소수염을 지켜보았다.

"초등학교든 중등학교든 아니면 대학교든, 일모로그의 학생인 우리들은 노동자들이 현대판 도둑질과 강도질의 체제에 대항하여 벌이는 투쟁을 전적으로 지지합니다. 노동자들은 제국주의의 마지막 단계인 신식민주의에 대항한 투쟁의 최전방에 있습니다. 케냐와 다른 나라의 도둑들이 여기에 모인다는 소식을 일모로그 노동자 조직이 듣게 되었고, 학생 조직인 우리에게 그 사실을 알려주었습니다. 그래서 우리 학생들은 함께 모여 앉아 의논을 했습니다. 노동자와의 연대를 보여주기 위해 우리가 할 수 있는 일이 무엇일까? 그렇게 해서 사람들에게 이 행사의 실체를 알려주기 위해, 그러니까 그것이 악마들의 대장인 사탄이 조직하는 악마의 향연임을 보여주기 위해 초대장을 인쇄해서 돌리기로 한 것입니다. 사람의 피를 빨아먹고 살을 뜯어먹는 일을 비롯하여 식신민주의 단계에서 제국주의자들이 자행하는 수많은 범죄에 대항하는 노동자들의 정당한 투쟁에 모두 함께합시다. 노동자들이 집 짓는 민중 모두에게 혜택이 돌아가는 집을 짓고자 투쟁할 때, 그들과 손을 맞잡읍시다. 우리가 받은 교육으로 할 수 있는 이보다 더 위대한 일이 뭐가 있겠습니까? 바로 그렇기 때문에 우리 학생들은 뒤처지지 말고 우리 민중들이 악마와 그 모든 추종자들을 몰아내는 이 놀라운 일에 함께 힘을 모아야 하는 것입니다!"

그 역시 우렁찬 박수갈채를 받았고, 여자들의 환호는 전쟁의 나팔 소리 같았다.

세번째로 나선 연사는 일모로그 노동자 대표였다. 그는 커다란 외투에 원뿔 모양의 모자를 쓰고 있었다. 말을 시작하기 전에 모자를 벗었는데 군데군데 흰머리가 있었다.

"우선 이 주변의 학교와 대학교의 학생들이 보여준 용기에 경의를 표하고 싶습니다. 젊은이들이 무기를 들고 싸우지 않는다면, 이 땅을 방어하는 일이 어떻게 되겠습니까? 우리 민족의 운명이 어떻게 되겠습니까? 또 나이로비에서 일모로그까지 우리의 외침에 귀 기울여준 모든 분들에게 감사의 말씀을 드리고 싶습니다. 우리 앞에는 노동자의 단결과 부자들의 단결이라는 두종류의 단결이 있습니다. 여러분은 어느 편에 서겠습니까? 양편이 각자의 신조를 가지고 있는데, 여러분은 어떤 원칙을 지지하겠습니까?

부자와 제국주의자들의 복은 이러합니다.

자기가 물어뜯고 그 상처를 달래주는 자는 복이 있나니,

절대 들통이 나는 법이 없을 테니.

다른 사람의 집을 홀랑 태워버리고는

다음날 아침 그의 슬픔을 함께 나누는 자는 복이 있나니,

사람들이 자비로운 사람이라고 말할 테니.

5실링을 강탈하고서

그에게 다시 소금을 사라고 반 실링을 주는 자는 복이 있나니,

사람들이 그를 인정 많은 사람이라고 부를 테니.

물어뜯기만 하고 달랠 줄은 모르는 자,

대중들로부터 빼앗기만 하고

사탕발림으로 그들을 속여넘기려 하지 않는 자,

그들에게 화가 있으라!

만약 민중들의 의식이 깨어나면

그런 자들의 멍청이 짓은 다 들통이 나고,

위선이라는 종교의 겉옷을 두른 채

사악한 행위를 가장할 수 있었던 우리에게까지

그들의 질병이 옮아올 수 있으니.[57]

노동자들의 교리문답은 다음과 같습니다.

----

[57] 마태오 복음 5장 3~11절에서 따온 내용이다.

우리 노동자들이 하나의 동족임을 나는 믿으니,

따라서 종교든 피부색이든 종족이든 무엇으로도

우리는 분열되어서는 안될 것이다.

우리의 힘이

노동자들의 조직에 존재함을 나는 믿으니,

조직된 자는 결코 길을 잃는 법이 없고

조직되지 않은 자는 총소리 한번에 다 뿔뿔이 흩어지기 때문이다.

따라서 노동자들의 단결을 나는 믿으니,

단결이 우리의 힘이기 때문이다.

제국주의와 이 땅에 있는 그들의 앞잡이들이 노동자 농민의 진보와 민족 전체의 진보를 가로막는 적임을 나는 믿으니,

항상 신식민주의에 맞서 싸울 것을 맹세하는 바이다.

신식민주의가 죽어가는 제국주의 최후의 악랄한 발버둥이므로.

자, 다 같이 노동자 찬가를 부릅시다!"

그가 노래를 부르기 시작하자 다른 모든 사람들이 따라 불렀고, 그렇게 하나가 되어 울리는 노랫소리가 와링가가 있는 곳까지 쩡쩡 울렸다. 노래가 계속되는 중에 와링가는 누군가 뒤쪽에서 자신의 옷을 잡아당기는 느낌이 들었다. 몸을 휙 돌려보니 무투리였는데, 그녀에게 뭔가 할 말이 있는 것 같았다. 그녀는 그를 따라서 동굴 뒤편의 한적한 장소로 갔다.

"들어봐요." 그녀 마음속의 숨겨진 구석까지 다 들여다볼 수 있다는 듯 와링가의 얼굴과 눈을 똑바로 쳐다보며 무투리가 바로 말을 꺼냈다. "내일까지 중요한 물건 하나를 맡아줄 수 있겠어요?"

"어떤 건데요?" 와링가가 물었다.

"치명적인 불과 연기를 뿜는 작은 금속 물건이지요." 여전히 와링가에게서 시선을 떼지 않은 채 무투리가 대답했다.

안될 게 뭐람? 와링가는 생각했다.

"그래요. 내일 분명히 다시 찾아가겠다고만 약속하면요." 와링가가 말했다.

"시간이 없어요." 무투리가 마음이 급한 듯 말을 이었다. "어젯밤 마타투에서도 지켜봤고 오늘 동굴에서도 내내 당신을 주목했는데, 당신한테라면 노동자인 나의 비밀을 털어놓아도 되겠다고 결정을 내렸어요. 길가에 서 있던 당신과 가투이리아를 남겨두고 자리를 뜬 뒤 난 곧장 민중에게로 가서 도둑들과의 싸움에 나섰어요. 민중이 뭉치면 얼마나 강해지는지 봤어요? 도둑들은 총을 가지고 있었지만, 민중의 눈초리와 함성으로 인해 겁에 질려 한놈도 총을 사용할 엄두를 못 냈지요. 키하후와 가테사만이 유일하게 내게 총을 쏘려 했어요. 지금 우리가 서 있는 이곳까지 내가 그를 쫓아왔거든요. 하지만 내가 워낙 빨랐기 때문에 총을 쏘기 전에 그의 팔을 내리칠 수 있었죠. 키하후는 아파서 소리를 지르더니 총을 떨어뜨리곤 걸음아 날 살려라 쏜살같이 달아나더라고요. 그가 나를 쏴 죽이려고 했던 이 금속 물건을 거기서 주웠어요. 바로 이거예요. 얼마나 조그마한지 한 손에 쏙 들어가고 셔츠 주머니에 넣을 수도 있어요. 반짝반짝하는 게 얼마나 예쁘장한지 봐요! 이건 노동자의 손으로 만든 거예요! 노동자를 지키는 건 아니지만요. 어쩌면 우리 노동자들이 만드는 것들마다 결국엔 우리를 억압하는 도구로 쓰이게 되는지! 하지만 노동자의 손으로 만든 이 물건이 다시 노동자의 손으로 돌아온 걸 봐요. 예전 식민지 상태에서 케냐를 구해낼 수 있었던 것도 바로 이러한 금속 물건이 노동자의 수중에 있었기 때문이지요. 지금도 이러한 총이 노동자의 수중에 있어야 해요. 그래야 나라의 단합과 자유와 부를 지켜낼 수 있을 테니까요. 아…… 설교는 이 정도로 하고. 오늘밤에 더 큰 소란이 있을 거예요. 이 총을 받아요. 그 손가방에 넣어요. 내일 아침 10시에 나이로비 버스 정류장에서 만납시다. 그리고 누구에게도 이걸 보여주거나 이 얘기를 하면 안돼요. 가투이리아에게도요. 그런 지식인들은 누구의 편에 서야 하는지 확신을 못할 때가 종종 있거든요. 냇물에 떠가는 이파리처럼 이리저리 왔다 갔다 하지요. 자, 이제 가요. 몸조심하고. 이 총은 언젠가 열릴 노동자의 잔치에 초대하는 초대장이에요."

무투리가 와링가에게 총을 건네주고는 돌아섰다. 와링가는 이상한 느낌이 온몸을 휩쓰는 것 같았다. 가슴이 벌렁거렸다. 그러나 곧 용기가 솟아났다. 눈을 부릅뜨고 맞서지 못할 위험은 이제 이 세상에 하나도 없는 것 같았다. 무투리가 자신을 믿고 맡긴 이것이 모든 의구심과 두려움을 순식간에 몰아냈다. 오래전에 나쿠루에서 기차에 깔릴 뻔한 자신을 구해준 그 일에 대해 물어볼까 하는 생각이 잠깐 들었다. 그러나 곧 다른 생각이 떠올라 무투리를 불렀다. 무투리가 가던 길을 멈췄다.

"가기 전에 물어볼 게 있어요." 와링가가 말을 꺼냈다. "당신은 뭐 하는 사람이에요?"

"나요?" 무투리가 대답했다. "난 나이로비 비밀 노동자 조직의 대표예요. 하지만 더 자세히는 묻지 마세요. 어디에 있건 난 그 조직을 위해 일하죠. 몸조심해요. 그리고 당신은 혼자가 아니란 걸 기억해요."

그들은 그렇게 헤어졌다.

와링가는 무투리의 비밀스러운 물건을 간직한 채 가투이리아에게 돌아갔다. 그리고 그걸 가지고 바로 집으로 가는 게 좋겠다고 결심했다.

노동자들은 여전히 노래를 부르고 있었다.

와링가는 너무 피곤해서 어두워지기 전에 집에 돌아갔으면 좋겠다고 가투이리아에게 말했다.

가투이리아는 가슴이 덜컥 내려앉았다. 얼굴도 어두워졌다. 와링가를 집에 데려다줄 수 있으리라 생각하고 있었던 그는 실망감이 이만저만이 아니었지만, 바래다주겠다는 얘기를 어떻게 해야 할지 알 수가 없었다. 그가 말했다. "난 여기서 벌어지는 일을 끝까지 남아서 볼까 해요. *그런데 내일 어떻게 만나죠?*"

그들은 다음날 12시에 썬샤인 호텔에서 만나기로 했다. 와링가는 새로운 삶이 시작되기 전날 밤 들었던 노래를 가투이리아에게도 들려주고 싶었다.

자, 이제 내가 보이죠!
자, 이제 내가 보이죠!
동이 트고 있어요!
삶과 죽음이 내겐 마찬가지예요
동이 트고 있으니까!

길을 따라 걸으면서 와링가의 마음은 새로 날개가 돋아 금방이라도 날아오를 듯했다. 잠깐 마타투를 기다려야겠다는 생각을 했다가 음와우라와 그의 마타투 마타타 마타무, 그리고 음위레리 와 무키라이에게 닥칠 운명이 불현듯 떠올랐다. 그래서 우선 그린 레인보우 호텔로 가서 음위레리 와 무키라이가 오늘밤 나이로비로 떠나는 걸 막아보기로 했다.

왜 그런 마음이 들었는지 와링가는 알 수 없었다. 하지만 모르는 사람이 두번이나 자신을 죽을 목숨에서 구해줬으니 왠지 빚을 갚아야 한다는 생각이 들었다. 아까 꾸었던 꿈이 떠올랐다. 그건 정말 꿈이었을까, 아니면 계시였을까? 아까 했던 질문을 다시 해보았다. 그 목소리는 진짜였을까, 아니면 그냥 환상이었을까?

아니, 그건 사탄의 목소리, 유혹의 목소리였어. 비록 이 나라에서 벌어지는 상황을 사실대로 그려 보였고 신식민지 케냐에 대해서 그럴듯한 설명을 했지만, 그 목소리가 신식민지의 삶이라는 감옥에서 탈출할 수 있는 길이라고 그녀에게 보여준 것은 그릇된 곳으로 향하는 것이었고 와링가의 목숨을 잃게 할 수도 있었다. 목소리는 자기만 잘살고 보자는 개인주의의 꽃이 융단처럼 깔린 넓고 곧은 길로 가자고 그녀를 유혹했다. 또다시 돈을 위해 몸을 팔라고 말이다! 내가 은딩구리 와 카하미처럼 악마에게 내 영혼을 내어주고 빈껍데기만으로 살 생각을 할 것 같아? 그까짓 돈 때문에? *맙소사, 갓, 노!* 한번 추락해본 것으로 충분해. 마치 무투리에게서 받아 간직하고 있는 비밀스러운 물건이 나라를 통째로 팔아넘기라고 애국자들을 꾀는 악마의 온갖 솔깃한 제안에 맞서 이길 불굴의 힘을 전해주기라도 한 듯, 와링가는 그렇게 단단히 결심했다.

그린 레인보우 호텔에 다다르기 직전에 와링가는 두대의 군용 트럭이 완전무장을 한 군인들을 가득 태우고 동굴 쪽으로 달려가는 것을 보았다. 무장한 차 세대가 군용 트럭의 뒤를 따랐다. 아, 이럴 수가, 이제 동굴에서 사람이 죽게 될 거야. 와링가가 생각했다. 동굴 밖에 모여 있는 노동자들을 생각했다. 가투이리아와 무투리, 그리고 모든 사람들의 목숨을 생각했다.

그러다가 자신이 가지고 있는 비밀스러운 물건이 떠올랐다. 다시 걸음을 재촉했다. 해는 이미 떨어졌지만 아직 완전히 어둠이 깔리지는 않았다……

마음속에서 걷잡을 수 없이 들끓는 생각들 때문에 와링가는 문득 밝은 네온사인이 눈에 들어왔을 때에야 음위레리 와 무키라이가 머물고 있는 그린 레인보우 호텔에 도착했음을 알았다.

"음위레리 와 무키라이 씨요?" 와링가의 질문을 제대로 못 들었다는 듯이 프론트 직원이 되물었다.

"예."

"방금 전에 나가셨는데요. 체크아웃 한 게 오분도 안되었어요."

"뭘 타고 갔어요?" 와링가가 물었다.

"마타투 마타타 마타무 모델 T 포드, 차 번호 MMM 333요. 그렇게 요상한 구호들로 뒤덮인 마타투는 생전 처음 봤네. '진짜 소문이 듣고 싶으면 마타투 마타타 마타무를 타세요' '쑥덕공론을 듣고 싶으면……'"

배를 잡으며 정신없이 웃어대는 직원을 뒤로하고 와링가는 그곳을 떴다.

이건 뭐지? 이게 다 무슨 일인 거야? 와링가는 생각했다.

갑자기 와링가의 피가 온통 순식간에 얼어붙었다. 일모로그에, 일모로그 전역에 총소리와 피로 범벅이 된 사람들의 비명 소리만이 가득했다.

7

다음날 와링가는 무투리를 만나러 버스 정류장으로 나갔다.

무투리는 나오지 않았다.

그다음에는 썬샤인 호텔로 가투이리아를 만나러 갔다. 은제루사든 일모로그든 어디 가나 들리는 소리는 오직 동굴에서 벌어진 잔치와 이후 일어난 일로 많은 사람이 죽었다는 얘기뿐이었으므로 와링가는 마음이 무거웠다. 스무명이 죽었다는 얘기도 있었고 쉰명이라는 얘기도 있었다. 또다른 사람은 백명이라고까지 했다. 하지만 모두가 한결같이 하는 얘기는 군대와 경찰이 사람들을 죽였고, *경찰서장* 카코노가 많은 사람을 연행했다는 사실이었다.

정확한 숫자를 알려준 건 가투이리아였다.

"부르주아의 법과 경찰력에 의해 죽은 사람은 다섯명이에요. 노동자들이 군인 두명을 죽였고요. 그리고 양편에서 아주 많은 사람들이 부상을 당했어요."

"그럼 무투리는요?" 와링가가 걱정스럽게 물었다.

"무투리요? 무투리는 학생 대표와 함께 연행되었어요. 노동자 대표는 다른 사람들에 섞여 찾을 수가 없었기 때문에 못 잡아갔죠. 잠수를 탔는데, 경찰에서는 아직도 수배 중이에요."

자식을 잃은 부모처럼 가투이리아와 와링가는 말이 없었다. 그들은 잔디가 깔리고 꽃이 가득한 호텔 정원에 놓인 야외 테이블에 앉아 있었다. 주문한 차가 입도 대지 않은 채 차갑게 식어갔다.

와링가가 할 말을 찾지 못하고 있을 때 가투이리아가 천천히 말했다. "하지만 내가 정말 화나는 건 이거예요. 오늘 아침 일모로그

라디오에서 다섯명의 노동자가 죽었고 수많은 사람이 중상을 입었다는 말은 아예 언급조차 되지 않더라고요. 군인이 두명 죽었고 음위레리 와 무키라이가 죽었다는 얘기는 전하면서요."

"음위레리 와 무키라이가요?"

"예. 어젯밤 나이로비로 가는 길에 키네니에서 교통사고를 당했대요."

"그럼 음와우라는요? 로빈 음와우라는요?" 와링가가 놀라서 얼이 빠진 표정으로 물었다.

"그는 안 죽었어요. 겨우 목숨을 건졌대요."

제10장

1

어느 토요일. 와링가가 일모로그의 골프장에서 사탄의 유혹을 뿌리친 지 이년이 지났다. 도둑들과 강도들의 소굴에서 악마의 잔치가 벌어지고 그것으로 인해 많은 사람이 죽고 감옥에 갇혔던 그날 이후 이년이 흐른 것이다. 그동안 와링가와 가투이리아의 삶에는 엄청난 변화가 있었다.

이년이라……

어디서부터 어떻게 얘기를 시작해야 할까? 아니면 이렇게 다른 사람들의 삶에 끼어드는 짓은 이제 그만둬야 할까?

다른 사람에 대해 이래저래 판단 내리길 좋아하는 사람은 다른 사람들이 자신에 대해 어떤 판단을 내리는지 알지 못하는 법이다.

영양은 자신을 찾아낸 사람보다 소리를 질러서 그렇게 발각되게 만든 자를 더 미워하는 법이고.

하지만 나 역시 나쿠루에 있었다. 내 눈으로 직접 보고 내 귀로 직접 들었다.

그렇게 직접 보고 들은 것을 어떻게 부정한단 말인가? 진실로부터 어떻게 도망칠 수 있단 말인가?

그것이 내게 확연히 드러났으니.

그것이 내게 확연히 드러났으니.

끊어진 얘기를 어떻게 다시 이어가야 할까?

자, 이년이 지났습니다⋯⋯

아니, 전과 같은 방식으로는 하지 않으련다. 같은 조롱박이라도 그 안의 씨가 한가지는 아니니 이야기의 방식과 속도를 바꿔봐야 겠다.

그러니, 오라 친구여. 친구들이여, 와링가가 걸어온 여정에 여러 분을 데리고 갈 테니 이리로 오라. 와서 그녀가 밟아온 길을 함께 되짚어가자. 온갖 뜬소문과 악의만을 가지고 성급하게 판단을 내리지 않도록, 우리 마음의 눈으로 그녀가 보아온 것을 보고 우리 마음의 귀로 그녀가 들어온 것을 듣자.

진실은 팽팽히 당겨진 활시위를 부러뜨릴 수 있으니!

그거 좋은 일일세, 친구.

그냥 내버려두세.

아, 내버려두세. 오라, 평화의 신이여!

서두르게, 친구. 그리고 정의를 갈망하는 당신들도 서둘러요. 채소들이 햇빛에 시들시들해지기 전에 일찌감치 시장에 가야 하니까 빨리 뛰어갑시다……

2

저기 와링가가 있네!

와링가는 이제 나이로비의 웅가라 구역에 살고 있다. 마라로 하우스라는 이름의 칠층짜리 건물의 사층에 있는 방 하나짜리 집에 산다.

일층은 여러개의 주거 공간으로 나뉘어 있고, 집세만 낼 수 있으면 누구든 들어올 수 있다. 방 하나짜리 집에는 부엌과 거실, 침실이 한 공간에 들어 있다. 어쨌든 건물은 이미 다 찼다. 날다가 지친 새는 아무 데고 가까운 나무에 앉는 법이니까.

건물 바깥 주변에는 에소, 셸, BP, 칼텍스, 모빌 오일, 아지프, 토털 같은 외국계 석유회사 소유의 주유소들이 즐비하다. 거기서 조금 벗어난 무랑아 로에는 조리하지 않은 음식과 조리한 음식을 파는 가판대가 여럿 있다.

마라로 하우스는 교차로에 자리 잡고 있다. 그래서 차들의 소음 때문에 제대로 잠을 자기가 힘들다. 특히 잠깐 머무는 경우엔 더더욱.

하지만 와링가는 소음 같은 건 개의치 않는다.

이제 그 소음에는 익숙해졌는데, 차의 소음으로 그녀가 먹고살기 때문에 그렇다.

오, 와링가, 더욱 열심히 하여 이 땅을 발전시켜주길!

이 와링가는 우리가 이년 전에 보았던 그 와링가가 아니다. 다른 사람을 위해 타자를 치는 것 말고는 자신이 할 수 있는 일이 아무것도 없다고 생각했던 그 와링가가 아니다. 다른 사람들의 마음에 들도록 피부색을 바꿔보려고 앰비와 스노우파이어로 몸을 지지곤 했던, 삶의 질곡에서 벗어나는 길은 오직 자살밖에 없다고 생각했던 그 와링가가 아니다.

그렇다. 이 와링가는 그 와링가와는 전혀 다른 사람이다.

오늘의 와링가는 앞으로 다른 사람을 위한 꽃이 되어 사는 일은 절대 하지 않을 거라고 결심했다. 남의 집의 문이나 창문, 식탁 등을 꾸며주다가 젊고 빛나던 몸이 시들자마자 쓰레기통에 처박히는 그런 존재 말이다. 오늘의 와링가는 고군분투하는 인생살이의 한가운데로 뛰어들어 자신의 진정한 힘을 발견하고 자신의 진정한 인간성을 깨달을 수 있도록 언제나 자립적으로 살기로 결심했다.

깨끗해지려면 몸을 씻어야 한다. 영웅은 오직 전장에서만 알아볼 수 있고, 훌륭한 춤꾼은 오직 춤판에서만 알아볼 수 있는 법.

노력하는 우리의 주인공 와링가여, 영웅적인 삶은 오직 고군분투하는 삶을 통해서만 찾을 수 있으리니……

예를 들어 오늘 같은 토요일, 와링가는 아주 일찍 일어나 휴대용 석유난로에 풀무질하여 불을 붙인 뒤 주전자를 얹어 찻물을 끓인다. 그리고 물이 끓을 동안 세수를 하고 거울 앞에서 머리를 매만지는데, 머리는 네가닥으로 굵게 땋는다. 그녀의 긴 머리는 흑단같이 검고 윤기가 흐른다. 내가 뭐랬나? 오늘의 와링가는 머리를 펴기 위해 달궈진 쇠 빗으로 머리를 태우는 일 같은 건 그만둔 지 오래다. 자, 이제 머리에 스카프를 쓴다. 그리고 물 빠진 청색 진과 카키색 셔츠를 입는다. 저걸 보라고! 옷이 얼마나 멋지게 어울리는지, 마치 입고 태어난 것처럼 보이는걸.

와링가가 벽장으로 간다. 거기서 일이 끝난 뒤에 갈아입을 옷과 일요일인 내일 입을 옷을 골라 작은 여행 가방에 담는다. 왜냐하면 오늘 일을 끝내고 부모님을 만나러 일모로그에 갈 것이기 때문이다. 그리고 내일은 다시 가투이리아의 부모님을 만나러 나쿠루에도 갈 것이다.

하지만 그런 여행을 앞두고 있다고 해서 일에 집중을 못하는 건 아니다. 오늘 그녀는 차의 엔진을 교체할 예정이고, 그것도 1시 전에 그 일을 끝내야 한다.

와링가, 우리의 기술자 영웅!

그녀가 차를 다 마셨다. 이제 손가방을 뒤지며 필요한 걸 다 챙겼는지 확인한다. 머리빗, 영양 크림, 손거울, 손수건…… 그리고 작은 스패너. 왜 스패너가 가방 안에 들어가 있지? 어쩌다 잘못해서 집어넣은 모양이다. *예스*, 무투리가 가지고 있으라고 준 총 역시 그 안에 있다. 와링가가 그걸 두고 다닌 적은 한번도 없다. 그 총은 얼마나 자그마한지 총을 잘 모르는 사람이 보면 애들 장난감이라고 생각할 정도다. 나갈 준비가 되었다. 문간에 섰을 때 *전류 측정기*를 창가에 놔두고 왔다는 게 문득 떠올랐다. 그걸 가지러 다시 들어간다. 그녀는 보통 그것을 펜처럼 셔츠 주머니에 걸고 다닌다. 한시도 떼놓고 다니지 않아서, 심지어 작업장에서 다른 도구들과 함께 두는 적도 없다. 마치 *전류 측정기*와 권총이 그녀에게 가장 중요한 두개의 보호막이라도 되는 것처럼.

자, 이제 와링가가 나간다! 응가라 로를 따라 걸어간다. 샨 극장 앞으로 이어지는 길로 들어서서 나이로비 강 너머로 간 다음 그로

건 밸리를 따라 쭉 걸어 올라간다. 이제 강변로에 접어들어 톰 음 보야 가와 강변로 사이, 무뉴아 로 근처에 있는 정비소 쪽으로 걸어간다.

와링가가 걸어갈 때면 사람들은 걸음을 멈추고 그녀를 쳐다본다. 물 빠진 청색 *진*과 카키색 셔츠, 그리고 역시 색이 바랜 청색 조끼가 이렇게 잘 어울릴 수가 없다. 하지만 이 옷만 그런 것이 아니다. 요즘 와링가에게는 모든 옷이 나무랄 데 없이 아주 잘 어울린다. 옷을 맞추기도 하고 기성복을 사기도 하는데, 무엇이 되었든 아름다운 몸의 선과 색과 움직임에 완벽하게 잘 맞는다. 이제는 옷을 어떻게 입을지를 다른 사람들의 모습이나 취향에 따라서가 아니라 자기 몸에 맞춰 결정하기 때문이다.

하지만 지금 와링가를 이렇게 멋지게 보이게 하는 건 단지 차림새만이 아니다.

이제 와링가는 목적의식을 가지고 힘차게 걸어다닌다. 검은 두 눈동자에는 내면의 담대함이 발산하는 빛, 삶의 확고한 목적을 지닌 사람들의 용기와 빛이 뿜어져 나온다. 그렇다, 남에게 기대지 않고 독립적으로 뭔가를 성취한 사람들에게서 보이는 단호함과 용기, 믿음 말이다. 자기 나라에서 주눅이 들어 축 늘어진 채 다닐 필요가 뭐가 있단 말인가? 와링가, 검은 보석! 삶의 여정과 조화를 이루며 리듬에 맞춰 걸어가는 두 손과 몸, 정신과 마음을 지닌 와링가! 노동자 와링가!

그녀를 잘 아는 사람이 아니라면, 이 젊은 여성이 자동차 엔진과 다른 내연기관을 전문적으로 다루는 기계 기술자라는 사실을 바로 알아차리지 못할 수도 있다. 우리 여성들의 정신과 지능과 능력을 얕잡아보기 좋아하는 사람들은 와링가가 또한 금속을 깎고 맞추고 벼리고 용접하는, 그러니까 여러가지 용도에 맞춰 금속의 모양을 바꾸는 일에서도 전문가라는 사실을 믿지 못할 것이다.

사람들은 여성들이 할 수 있는 일이라고는 요리하고 침대를 정리하고, 사랑을 사고파는 시장에서 다리를 벌리는 일밖에 없다고 말하면서 우리 여성들의 총명함과 지적 능력을 폄하하곤 한다. 내 허벅지는 내 것이고, 내 머리도 내 것이고, 내 손도 내 것이고, 내 몸도 내 것이므로 내 모든 기능이 적합한 시간과 장소에 그 본연의 역할을 하도록 해야지, 어느 한 부분이 다른 모든 부분을 잡아먹듯이 인생을 결정하는 유일한 지배자가 되게 해서는 안된다는 생각을 가지고 오늘의 와링가는 그 모든 편견을 거부했다. 오늘의 와링가가 *보스* 키하라 같은 인간들을 위해서, 그러니까 여자 직원은 술을 진탕 마시고 오분간 재미를 보게 해줘야 한다는 것을 고용 조건으로 내거는 그런 *보스*들을 위해 타자를 쳐주는 일은 이제 절대 안하겠다고 맹세하며 비서 일에 *굿바이*를 고한 것도 바로 그 때문이다.

그래서 와링가는 *나쿠루 데이 쎄컨더리*의 학생이었을 때, 그러니까 응고리카의 돈 많은 노인네가 그녀의 삶에 침범하여 사냥꾼과 사냥감 놀이를 처음 알려주기 훨씬 이전에 자신이 항상 꿈꾸어왔던 바로 그 공학 과정을 공부하기 위해 *폴리테크닉*에 진학했다. 와링가는 기계 *작업실*에 들어갈 때마다, 사방으로 불꽃을 튀기며 돌아가는 드릴에 자신의 몸 전체가 함께 떨리는 걸 느낄 때마다, 거대한 용광로에서 이미 제련된 철을 망치로 두들길 때마다, 이를테면 쇠를 녹여 인간 삶을 풍요롭게 하는 물건을 만들어내는 일처럼 자연과 맞서 싸울 때 정신과 몸이 뿜어내는 힘을 지켜보는 사람이 맛보는 벅찬 기쁨으로 온몸이 가득 차오르는 것을 느꼈다.

하지만 그녀에게 최고의 짜릿함을 선사하는 기술은 내연기관을 해체하고 다시 조립하는 그녀의 능력이었다. 디젤이나 휘발유가 타는 냄새도 그녀에게는 가장 매혹적인 향수 같았다. 작업실의 기계 돌아가는 소리, 쇠가 쇠를 뚫고 들어가고, 쇠로 쇠를 깎고, 쇠로 쇠를 두들기는 소리, 금속과 금속이 부딪치며 울리는 그 소리를 뚫고 노동자들이 목청껏 서로 얘기하는 소리, 이 모든 소음이 와링가에게는 최고의 합창단이 부르는 천상의 노랫소리처럼 들렸다.

현대의 공장에서 울리는 음악! 그게 얼마나 좋은지!

와링가가 *폴리테크닉*에 다닌 지 이년이 되었다. 일년만 더 다니면 전과정을 끝낼 수 있다.

첫해가 와링가에게는 가장 힘들었다. 처음에 반의 남학생들은 그녀를 비웃었다. 그러나 그녀가 자신들과 똑같이 무거운 철제 도구를 들고 씨름하는 걸 보면서, 그들과 똑같이 이글거리는 용광로 앞에서 땀을 뻘뻘 흘리고 어떤 어려운 일도 피하지 않고 해내는 걸 보면서, 그들이 비웃는 일은 점점 줄어들었고 조롱하는 말을 밖으로 내뱉는 일도 줄었다. 하지만 그런 조롱과 비웃음이 단번에 사라진 것은 바로 첫 학기의 시험 성적이 공개되고 와링가가 반 학생 스물다섯명 중에서 사등을 했을 때였다. 그 이후로 비웃음은커녕 점점 그녀를 존중하는 태도를 보였고, 힘겨운 삶의 과정을 함께하는 동료로서 그녀를 받아들이기 시작했다.

그녀에게는 재정적인 문제도 있었다. *폴리테크닉*의 학생들 대부분은 고용주가 학비와 다른 모든 비용을 대주는 식으로 그들을 지원하고 있었다. 하지만 와링가에게는 그런 후원자가 없었으므로 스스로 모든 비용을 대야 했다. 챔피언 건설회사에서 비서로 일하며 모아두었던 돈으로는 학비와 집세, 생활비를 충당하기에 모자랐다.

가투이리아가 학비와 집세를 보태주겠다고 했지만 와링가는 거절했다. 가투이리아든 다른 누구든, 그녀는 선심에 대한 고마움 때문에 의무감을 갖게 되는 건 원치 않았다. 자립은 자립이어야 했다. 그래서 와링가는 *뷰티 쌀롱*에서 머리 손질을 한다든지, 가투이리아가 대학에서 얻어다주는 연구논문이나 학위논문의 타자 일 등 온갖 종류의 잡다한 일을 하면서 어떻게든 꾸려나갔다.

첫해에는 제대로 쉴 시간도 없었다. 학교에 있지 않을 때는 책에 머리를 박고 있었고, 책에 머리를 박고 있지 않을 때는 돈을 벌기 위해 여기저기서 잡다한 일을 하느라 바빴고, 그런 일들을 하지 않을 때는 응가라 구역의 케냐 무술 도장에서 유도와 가라테를 배웠다. 와링가는 모든 면에서 스스로를 지키고 혼자 힘으로 서야겠다고 마음을 먹었던 것이다.

이태째에는 재정적인 문제가 좀 나아졌다. 무뉴아 로 근처 음위호토리 키완자니 정비소에서 독자적인 기계공으로 일할 기회를 얻게 된 것이 바로 그때였기 때문이다.

처음 야외 정비소 앞을 지나치던 그날을 와링가는 절대 잊지 못할 것이다. 금요일 오후 2시경이었다. 그녀는 무척 배가 고팠다. 그래서 사람들이 차를 고치고 있는 것을 보자, 그 일을 도와주고 푼돈이라도 벌 수 있을지 물어봐야겠다는 생각이 불현듯 들었다. 그녀의 얘기를 들은 기계공들은 배꼽을 잡고 웃어댔다. 대형 화물차의 엔진 뚜껑을 열고 그 아래 몸을 박고 있던 한 기계공이 몸을 세우더니, 어떤 말을 해야 그녀에게 제대로 상처를 줄 수 있을까 머리를 굴리며 가증스럽다는 듯이 그녀를 쳐다보았다. "이봐, 술집에 가서 술이나 팔지그래? 여긴 주크박스 옆에 기대서 치마를 흔들어대며 남자를 꼬시는 그런 곳이 아니라고." 구걸하는 처지에 모욕적인 말을 들을 때마다 파르르 성을 낼 수는 없는 노릇이었으므로 와링가는 치미는 분노를 눌러 삼켰다. 목마른 놈이 우물 파는 거지 우물이 저절로 찾아와주는 법은 없으므로 끝까지 해보기로 했다. "치마를 흔들어대거나 남자나 꼬시려고 여기 서 있는 게 아니에요." 그녀가 대꾸했다.

다른 대형 트럭 아래 누워 있던 다른 기계공이 일어나더니 거기 있는 사람들 다 들으라고 일부로 큰 소리로 빈정댔다. "그럼 이리 와서 하루 종일 우리 골치를 썩이는 이 엔진을 빼내서 분리해보지 그래? 그러곤 문제가 뭔지 한번 얘기해보라고."

와링가가 마음을 단단히 먹었고, 그러자 바로 용기가 온몸으로 퍼져나갔다. 서 있던 자리에 그대로 선 채, 와링가는 엔진을 분해할 필요가 없다고 말했다. "그냥 시동을 걸어봐요." 그녀가 위엄 있게 지시했다. 시동이 걸리자 와링가는 그쪽으로 걸어가서 한 일분동안 계속 들여다보기만 했다. 그때쯤 거기 있던 다른 기계공들은 물론이고 심지어 지나가던 행인 몇몇까지 하던 일을 멈추고 대형 트럭 주변으로 모여들어, 뭔 여자가 감히 남자의 성역을 넘보나 지켜보고 있었다. 와링가는 엔진에서 눈을 떼더니 뭔가를 찾는 듯 트럭이 서 있는 주변의 땅바닥을 둘러보았다. 긴 자루가 달린 숟가락처럼 생긴 나뭇조각을 하나 찾아내 주워 들더니, 돌에다 두드려 흙을 털어내었다. 그러고는 의사가 환자의 가슴에 *청진기*를 대고 심장박동을 듣듯이 나뭇조각 한쪽 끝을 엔진에, 다른 한쪽 끝은 귀에 대었다. 숟가락 모양 나무 끝을 엔진 여기저기에 대보며 그녀는 귀를 기울였다. 주변의 구경꾼들은 그녀가 도대체 뭘 하는 건지 알 수가 없었다. 문득 와링가가 움직임을 멈추더니 세번째 썰린더가 돌아가면서 내는 이상한 소리를 집중해서 들었다. 그러곤 이 엔진을 고치고 있던 남자를 불러 나뭇조각을 건네주고는 들어보라고 했다. 그가 시키는 대로 했다. 구경꾼 몇몇은 그를 비웃었고, 또다른 사람들은 남자가 되어가지고 정신 나간 여자의 유치찬란한 일을 시키는 대로 따라 하느냐고 빈정댔다. 나뭇조각으로 자동차 엔진의 문제를 찾아내는 그런 정신 나간 일을 본 적이 있느냐면서 말이다.

들어보니 어떠하냐고 와링가가 물어보았다. 남자가 곧 대답했다. "찌그러진 금속 조각이 서로 계속 갈리며 돌아가는 소리밖에는 안 들리는데."

와링가가 물었다. "그럼 문제가 뭐겠어요?" 그러자 모든 사람들이 숨을 죽인 채 조용히 대답을 기다렸다.

방금 전까지 전문가인 양 행세하던 그 남자는 이제 사람들에게 도움을 청하듯이 주변을 마구 둘러보았다. 자신의 시험을 도와줄 사람을 찾지 못하자 눈을 내리깔더니, 울컥하며 목이 막히는 듯 그가 더듬거렸다. "모르겠는데."

그 듣기 싫은 소리는 연접봉과 크랭크축을 조여주는 나사가 헐거워졌기 때문에 생기는 거라고 와링가가 말해주었다. 주변에 있던 사람들이 박수를 쳤다. 몇몇은 자리를 뜰 때 고개를 절레절레 흔들며 이렇게 말하기도 했다. "정말이지, 저보다 놀라운 광경이 또 있겠어? 우리나라 여자들이 이제 저렇게 많이 배웠단 말인가!" 그렇게 해서 다른 노동자들이 함께 일하자고 그녀를 받아들였고, 그녀가 자신의 공구 일체를 살 수 있을 때까지 자기들 것을 쓰도록 해주었다.

그날 이후로 와링가와 다른 노동자 사이에는 깊은 우정이 자리

잡았다. 와링가가 일을 하는 모습을 지켜보고 그녀가 어떤 일도 가리지 않음을 알게 되면서 그들은 더욱 그녀를 존중하게 되었다.

어느날은 한 남자가 와서 자동차 검사를 해달라고 했다. 와링가가 차의 엔진 뚜껑을 열자 그는 잔뜩 의구심을 가졌다. 하지만 곧 와링가가 아주 미인임을 알고는 거리낌 없이 집적대기 시작하더니 가슴을 만지는 것이었다. 와링가가 고개를 들고 웃음기라고는 전혀 없는 시선으로 그를 똑바로 바라보면서, 희롱기도 분노도 찾아볼 수 없는 목소리로 차분하고도 단호하게, 집적대지 말라고 경고했다. "난 노동자예요. 내가 하는 일에 따라 나를 존중할 수도 있고 경멸할 수도 있습니다. 하지만 내 가슴은 이 일과는 관련이 없어요. 내가 예쁘든 못생겼든 그건 내가 하고 있는 일과는 아무런 관련도 없다고요." 그 남자는 이러한 반응을 여자들이 으레 남자들을 유혹하기 위해 기분 나쁜 척하는 일종의 도발로 이해했다. 그래서 와링가가 작업을 하려고 다시 몸을 굽히자 그녀의 엉덩이를 주무르기 시작했다.

분명히 말하건대, 와링가가 그 남자를 얼마나 호되게 혼내주었는지, 그는 아마 어디를 가든 절대 잊지 못할 것이다. 와링가가 번개처럼 몸을 돌려 눈 깜짝할 사이에 유도 발차기와 가라테 당수를 수도 없이 날렸기 때문에 한동안 그의 눈앞에 별이 보였다. 유도 발차기에 결국 쓰러진 뒤에야 그는 그만하라고 빌었다. *"아임 쏘리."* 그가 일어나 차 열쇠를 받아 들고는 시동을 걸더니 말 그대로 먼지를 날리며 횅하니 내빼버렸다.

와링가의 명성이 도시 전체에 자자해졌다. 다른 노동자들이 갈수록 그녀에게 경의를 표하게 되었고, 그녀의 부지런함과 끈기와 용기를 입 모아 칭찬했다.

이레기 반군의 딸 와링가!

노동자들은 일하고 받은 댓가를 각자 챙겼다. 하지만 매달 말이면 정해진 금액을 갹출하여 공동 기금을 만들어 거기에서 나이로비 시의회에 내는 정비소 임대료와 다른 공동 경비를 충당했다. 그리고 누구라도 뜻하지 않은 문제가 생기면 필요에 따라 공동 기금의 돈을 빌려 쓸 수 있었다. 이 노동자 공동체에서 다른 사람의 땀으로 먹고사는 사람은 하나도 없었다. 모두가 자신의 능력과 명성, 일하는 속도에 따라 댓가를 받았다. 한 사람에게 손님이 너무 몰리면, 그는 일이 적은 사람에게 그 일을 나눠주어 혜택을 함께 누릴 수 있게 했다. 그렇게 해서 부자가 될 수는 없겠지만 그런 식의 자영업으로 의식주는 분명 해결할 수 있었다. 그들의 꿈은 언젠가 바로 그 자리에 공동소유의 현대식 정비소를 짓는 것이었다. 그들의 대표가 시의회와 협의를 해서 그 장소를 약속받은 바 있었다.

그래서 이년차의 와링가는 *폴리테크닉*에서 수업을 듣거나, 응가라의 자기 방에서 숙제를 하느라 도면을 그리거나, 아니면 음위호토리 키완자니 정비소에서 일을 하거나 했다.

이 토요일, 와링가가 일모로그로 여행을 떠나기 전에 일을 마저 끝낼 마음으로 향하는 곳이 바로 그 정비소다. 와링가는 정비소 근처 호텔로 들어간다. 거기 자신의 작업복과 공구 상자를 맡겨두기 때문이다. 아침에 커피를 마시러 호텔에 오는 노동자들은 대부분 그녀를 안다. 그들은 남녀와 관련한 주제를 포함하여 이런저런 농담과 대화를 기분 좋게 주고받는다. 그렇게 던지는 장난스러운 말이나 야한 농담은 다 서로에 대한 기본적인 예의에 기반한다. 그녀가 자신들과 같은 사람이라고, 그들과 같은 편이라고 보는 것이다.

와링가는 기름때가 묻은 작업복으로 갈아입는다. 여행 가방과 손가방은 호텔에 안전하게 맡겨놓는다.

와링가는 밖으로 나가 길을 건넌다.

길 건너에 정비소가 있다.

심장박동이 빨라지기 시작한다. 왜 노동자들이 다들 나와서 마치 가족을 잃은 사람 같은 표정을 하고 말없이 모여 있는 거지? 이렇게 이른 시간에 왜 저렇게 걱정스러운 표정들을 하고 있지?

서둘러, 와링가! 더 빨리, 와링가! 빨리 가보라고, 와링가!

"왜들 이렇게 표정이 안 좋아요?"

"아무것도 묻지 마세요, 친구."

"아니요, 말해줘요!"

"우리 정비소 자리가 지금 막 팔렸어요."

"누가 팔았단 말이에요?"

"당연히 시의회죠."

"누구한테요? 우리가 받은 이 땅이 누구한테 팔렸어요?"

"*보스* 키하라랑, 미국과 독일과 일본 출신의 외국인 패거리한테요."

"*보스* 키하라요?"

"그가 나이로비를 거의 다 차지했어요. 이 자리에 커다란 관광호텔을 지을 거래요."

"우리 여자들이 외국인들한테 몸을 팔 수 있는 장소라도 만들겠다는 건가요!"

"아예 까놓고 현대판 창녀촌을 만들 거라고 왜 얘길 못하는 거야!"

"그 말이 맞아요. 그 관광호텔이라는 게 사실 창녀와 하인, 요리사, 구두닦이, 침대 정리하는 하녀와 짐꾼의 나라를 뜻하죠……"

"한마디로 외국인들의 비위를 맞춰줄 하인들을 양성하는 거라고요."

보스 키하라, 악마의 향연, 외국인, 금융회사…… 이젠 관광사업까지? 이런 생각이 와링가의 마음속에서 널을 뛴다. 그러다가 불현듯 무투리와 왕가리와 학생 대표가 머리에 떠오른다. 그들이 풀려날 수나 있다면, 도대체 그게 언제가 될까? 와링가는 치솟는 분노로 인해 숨이 막힐 것만 같다.

"고사리를 완전히 없애버린 땅에서는 보통 무화과나무가 자라기 시작하는데, 둘 다 땅에는 좋지 않아요. 비를 피하러 처마 밑에 들어왔더니 구렁이가 있는 꼴이지 뭐야!" 노동자 한 사람이 마치 혼잣말을 하듯이 중얼거린다.

"우리 손을 잘라내겠다고 달려드는 건데 거기 맞서 싸우지도 않는다면 정말 끔찍한 일이겠죠!" 와링가가 그 노동자에게 대답이라도 하듯이 눈물을 삼키며 말한다.

하지만 그녀의 마음은 저항군의 용기로 활활 타오른다.

3

같은 토요일 오후. 와링가와 가투이리아는 일모로그로 가는 길이다. 가투이리아가 빨간색 토요타 코롤라를 몰고 있다. 그들은 일모로그에서 밤을 보내고 내일 아침 나쿠루로 향할 예정이다.

그들은 각자의 부모님께 자신들이 결혼하기로 했다고 알릴 생각이다.

가투이리아는 회색 바지에 흰 셔츠, 그리고 갈색 가죽 웃옷을 입고 있다. 와링가는 오늘 아침 응가루에서 입었던 *진* 대신 다른 옷으로 갈아입었다. 지금은 빨간색과 흰색의 꽃무늬가 있는 긴 키텡게 원피스 차림이다. 이 사람이 오늘 아침 *진*을 입고 있던 그 와링가라는 걸 어떻게 알아볼 수 있을까? 오늘 아침 기름때 묻은 작업복을 입고 있던 그 와링가임을 누가 알아볼 수 있을까? 그리고 이 아름다운 여성이 유도와 가라테 유단자라는 걸 누가 과연 짐작이나 할까? 이 손이 총만 쥐었다 하면 번개보다 빨리 움직인다는 걸 누가 상상이라도 할 수 있을까?

가투이리아가 슬쩍 와링가를 훔쳐본다. 그녀의 아름다운 모습은 아무리 봐도 질리지가 않는다. 그의 내면의 목소리가 그에게 말한다. 몇달만 있으면 이 사랑스러운 여인은 와링가 와 가투이리아가 될 거야. 그런 생각이 문득 떠오를 때면 가투이리아의 몸 한가운데가 어떤 격렬함에 사로잡힌다. 날개가 돋아나 날아갈 듯 가슴이 너무나 벅차오른다. 사랑의 피가 몸 전체에 퍼지며 몸이 따뜻해진다. 그러면 그의 마음이 노래를 부른다. 사랑하는 이가 적의 공격을 물리치고 승리하여 나라를 지키고 돌아오는 길에 대문에서 자신의 이름을 소리 높여 부를 때 그이의 목소리에 따라 가슴이 방망이질 하는 여자는 행복하여라. 사랑하는 이가 물을 긷거나 나물을 캐어 계곡에서 돌아오는 길에 자신의 이름을 부를 때 그 목소리에 맞춰 가슴이 쿵쿵 뛰는 남자는 행복하여라. 밤에 함께 누각에 올라앉아 좁쌀 이삭에서 새를 쫓을 때 가슴이 서로의 박동에 맞춰 함께 뛰는 남녀는 행복하여라. 젊은 피가 그들의 온몸을 돌 때 서로에게 "사랑하는 이여, 당신에 대한 사랑으로 나 이렇게 무력해졌으니 내가 할 수 있는 게 뭐가 있겠어요?"라고 가슴으로 외치는 남녀는 행복하여라.

그럴 때 말하는 이는 자신이 기산디 공연자의 시처럼 아름다운 시를 읊고 있는 기분이고, 듣는 이는 사랑하는 이의 말이 자신의 마음속에 박힌 하프의 금빛 줄을 뜯는 듯한 기분이리라. 서로에게 사랑의 수수께끼를 던지며 일모로그로 여행하는 지금 가투이리아와 와링가가 그러하다.

가투이리아는 음악에 대해 얘기하는 중이다. 악마의 향연이 끝난 직후 가투이리아는, "내일 하리라"라고 외치는 자는 절대로 오지 않을 아침을 하염없이 기다리는 것일 뿐이므로 이제 탐색기는 끝내겠다고 마음을 먹었다. 수백개의 악기가 합주하고 수백명의 사람들이 목소리를 합쳐 합창하는 민족적 가극을 작곡하는 일을 완수하기 전까지 그에 대해 이러쿵저러쿵 떠드는 일은 절대 하지 않겠다고 그때 결심했더랬다. 또 자신이 마음먹은 작곡을 성공적으로 이룰 때까지 결혼 얘기를 꺼내거나 와링가를 부모님께 소개하는 일도 절대 하지 않겠다는 작정도 했다.

이년 동안 가투이리아는 일에만 전념했고, 악상이 떠오를 때마다 말 그대로 서재에 처박혀 나오지 않았다. 그럴 때는 아무도 그의 서재에 들어갈 수 없었다. 자신의 임무에 완전히 몰두하지 않을 때만 그것이 버거운 짐으로 다가오는 법이다.

가투이리아는 이제 음악적 위업을 이루었다. 또 와링가의 마음도 얻었다. 와링가가 그의 청혼을 받아들이자 그는 즉시 아버지에게 편지를 보내, 수년간의 방황 끝에 이 가투이리아가 사랑하는 여인과 자신이 이룬 음악적 성취를 가지고 집으로 돌아가고 싶다고 전했다.

그러자 아버지도 즉시 답신을 보내왔다. "나의 외동아들아, 집에 돌아와 이 아비의 축복을 받고 싶다고 하니 훌륭한 결심을 했구나. 산처럼 쌓인 나의 재산은 여전히 현대적인 전문 지식을 지닌 경영자를 애타게 바라고 있다. 속히 돌아오너라. 최고의 옷을 입혀주고 손에 반지를 끼워주고 살진 송아지를 잡아줄 테니. 네가 죽었다가 다시 살아난 셈이니, 널 잃어버렸다가 다시 찾은 셈이니, 잔치를 벌여 함께 먹으며 즐기자꾸나. 너의 약혼녀도 데리고 오너라. 몸과 마음으로 우리가 함께 기뻐할 수 있게. 우리가 진심으로 올린 애타는 기도를 하느님이 들어주셨구나!"

"그래서 내일 살진 송아지가 당신 때문에 죽게 생겼군요!" 와링가가 가투이리아에게 말한다.

"한마리가 아니에요." 가투이리아가 웃으며 대답한다. "아버지 편지를 보면 내가 먼 길을 떠났다가 방탕한 삶과 음악, 창녀에 빠져 가진 걸 다 날리고 돌아오는 성경의 탕자라도 되는 것 같다니까요. 아버지가 기도를 엄청 열심히 하셨을 게 분명해요. 내가 인생의 진주를 돼지한테 던져주는 일을 그만두고 집에 돌아오게 해달라고 하느님께 간청하셨겠죠."

"당신의 소중한 진주를 돼지한테 던져주는 일을 그만둔 게 아니란 걸 아시게 되면 어떻게 될까요?"

"걱정 안해요. 내가 뭘 가지고 왔는지를 보시면 아버지 가슴이 기쁨으로 벅차오를걸요."

"나 말이에요, 작곡한 음악 말이에요?" 와링가가 웃음기 가득한 눈으로 묻는다.

"당신의 아름다움을 어떻게 한낱 악보에 비교할 수가 있어요!" 가투이리아가 짐짓 화를 내듯이 말한다. "당신은 정말 아무것도 모르는 것 같아요. 악마의 향연 이후에 당신은 완전히 달라졌어요. 몸과 마음이 다요. 새카맣고 윤기가 흐르는 당신의 피부는 가장 값비싼 향유보다도 더 부드럽고 매끈해요. 검은 눈은 밤하늘의 별빛보다 더 찬란하고요. 두 뺨은 잘 익은 산딸기보다 더 탐스럽죠. 흑단 같은 머리카락은 어찌나 보드랍게 하늘거리는지 뭇 남자들이 모두 햇빛을 피해 그 그늘에서 쉬고 싶어한다니까요. 그리고 천가지 악기보다 더 달콤한 목소리를 가졌죠. 사랑하는 와링가, 당신은 내 인생의 음악이에요."

그의 말에 갑자기 와링가는 가슴이 덜컹 내려앉는다. 얼굴에 그늘이 내려앉고 눈에서도 웃음기가 사라진다. 이년 전에 들었던 말이 어떻게 지금 가투이리아의 입에서 나올 수가 있지? 이년 전에 꿈속에서 들었던 말…… 와링가는 불현듯이 자신을 사로잡은 두려움에 대해 가투이리아에게 말하고 싶지 않다. 또 그가 자신의 아름다움에 대해 계속 읊어대는 것도 바라지 않는다. 그래서 화제를 돌리려고 애쓴다.

"가극 얘기를 해봐요." 와링가가 말한다. "솔직히 말하면, 무슨 음악 하나 작곡하는 데 이년이란 시간이 걸릴 줄은 생각도 못했어요."

"자기 나라의 이야기를 하는 음악인데도요? 수백개의 악기가 연주하고 수백명의 사람들이 합창하는 음악인데도요? 게다가, 생각해봐요. 각 악기와 각 합창단이 언제 어떻게 들어올지도 다 지시해줘야 한다고요. 이것 봐요, 그냥 보통의 음악이 있는가 하면 음악 자체라 할 정말 중요한 음악이 있어요. 노래의 경우도 마찬가지고요. 사실 당신을 만나 당신의 눈을 들여다보지 못했다면, 그래서 사랑이 내 마음에 날개를 달아주지 않았다면, 과연 이 음악을 완성시킬 수 있었을지 정말 모르겠어요. 서재에 틀어박혀 있을 때면 당신의 사랑스러운 얼굴이 내게 손짓하고, 이렇게 말하며 나를 독려했거든요. 어서 끝내요, 내 사랑. 그래야 우리가 함께 멀리 떠나죠. 이일을 끝마쳤을 때 당신이 받게 될 선물은 아주 특별한 거예요……"

그리고 바로 그 때문에 가투이리아는 자신이 작곡한 음악을 와링가의 약혼반지로 삼겠다고 결심했던 것이다. 음악을 완성하면 나쿠루의 부모님 앞에서 와링가에게 그것을 바치겠다고 그는 결심했다. 또 자신들의 결혼식 때 그 첫 공연을 하겠다고 마음먹었다. 내일은 그들의 마음이 하나로 결합되는 과정의 첫번째 단계가 될 것이다. 내일 축하 예식 때 가투이리아는 자신이 이년 동안 마음을 바쳐 노력한 결과인 이백쪽의 악보를 그녀에게 바칠 생각이다……

"당신 음악에 대해서 물어본 거지 내 얼굴에 대해 물어본 게 아니잖아요." 어떻게든 얘기를 딴 데로 돌리려 애쓰며 와링가가 말한다.

가투이리아는 자신이 음악을 작곡하는 동안 마주했던 온갖 어려운 문제들을 마음속에 떠올려본다. 이백쪽에 달하는 작품을 어떻게 몇 마디 말로 설명할 수 있을까 생각한다. 완성하기까지 이년이란 시간이 걸린 작품을 어떻게 이분 만에 요약할 수 있을 것인가?

물론 서로 다른 목소리와 서로 다른 악기 소리를 조화롭게 섞어낸 그 모든 과정을 마음속으로는 다 재구성해낼 수 있다. 어디서 어떻게 목소리들이 만나는지, 어디서 어떻게 목소리들이 갈라져 각자 제 갈 길을 가는지. 그리고 어디서 어떻게 다시 만나 마침내 서로 다른 그 목소리들이 화음을 이루며 흘러가는지. 드넓은 평원을 가로질러 바다로 흐르는 티리리카 강처럼 모든 목소리들이 무지개의 일곱 빛깔을 이루며 하나로 섞이는지. 악기도 마찬가지였다. 가투이리아는 악기들이 어디서 한데 모여 하나의 소리를 내는지, 어디서 서로 갈라지고 어디서 각자의 주제를 이어가는지를 마음속에서 다 들을 수 있다. 하지만 모든 목소리와 악기 들이 서로 화음을 이루며 단 하나의 합창으로 함께하는 장면이 무엇보다 뚜렷하게 그의 귀에 들려온다. 때로는 관객들의 마음을 환희의 절정으로 끌어올리기도 하고 때로는 바다 모를 슬픔의 심연으로 내동 댕이치기도 하면서. 가투이리아의 눈앞에는 관객이 무리 지어 공연장을 빠져나갈 때 민족의 영혼을 외국인에게 팔아넘긴 자들에 대해 분노하고 외국인에 의한 노예적 삶으로부터 민족의 영혼을 구해낸 사람들의 업적에 대해 즐겁게 떠들어대는 광경이 그려지기까지 했다. 무엇보다 그가 바라는 것은 그의 음악이 사람들의 마음에 케냐에 대한 애국심을 불어넣는 것이다.

이 모든 것들이 가투이리아의 마음속에서 들끓기 시작한다. 하나의 음악적 이미지에 이어 다른 음악적 이미지가 쫓아 나오는 품이, 가투이리아의 생각과 상상 속에서 주도적인 자리를 차지하려고 서로 겨루는 듯하다. 빨간색 토요타를 몰고 일모로그로 가는 길에 가투이리아의 귓가에는 그를 부르는 사람들의 목소리와 악기 소리가 들리기 시작한다……

1악장

영국 제국주의가 쳐들어오기 전, 과거로부터의 목소리

기산디 조롱박

한줄 현악기

북, 피리

딸랑이, 뿔피리

현악기

관악기

타악기

춤춘다	**우리 여성들**	숲을 개간한다
수수께끼를 낸다	**우리 남성들**	덤불을 없앤다
이야기를 들려준다	**우리 아이들**	땅을 판다
기도한다	**젊은 남성들**	흙덩이를 잘게 부순다
다툼을 해결한다	**젊은 여성들**	씨를 뿌린다
제례에 참여한다	**남자아이들**	기장에서 새를 쫓는다
출산	**여자아이들**	수확한다
두번째 출산	**무리 지은 사람들**	가축에게 풀을 먹인다
성년식	**군중**	집을 짓는다
결혼		철기로 일을 한다
장례		도자기를 굽는다

그리고 가축 우리에서 움직이는
발걸음,
이 땅의 자산을
외국의 적들로부터 지키려 애쓰는 소리.
다른 사람들이 생산한 것들을
그들이 먹어치우지 못하게 하는 청년들의 소리.
창과 방패의 소리.
애국자들의 소리.

2악장

외국인들이 떠드는 소리

제국주의의 목소리

북

나팔

우리 땅을 **외국인들** 그들의 목표:

우리 노동력을 **그리고** 우리 자산

노예를 **그들의 군대** 우리 가축

이 땅의 모든 우리 수확물

그림자들을 우리 산업

차지하려 한다 우리 창조물

외세에 대항한 투쟁.

애국자들의 목소리.

나팔

북

피리

외세가 후퇴하는 소리.

애국자들이 부르는 승리의 노래.

와이야키, 코이탈렐, 메 키틸릴리,

가쿤주[58]의 노래……

58 케냐의 민족주의자들.

3악장

위선의 기름기가 줄줄 흐르고 겉만 번지르르한 외국인의 목소리
북
피리
피아노, 오르간
기독교 합창단

외국인에게 충성을	**외국인들**	그들의 목표:
약속한 이들:	**성직자들**	재산
족장들	**교육자들**	그 목표를 이루기 위한 수단:
주교들	**행정가들**	분할통치
봉건주의자	**무장 군인들**	영혼을 빼앗기
민족의 영혼을		
팔아먹는 자		

제국주의의 깃발

문화투쟁.
포로로 잡힌 사람들.
분할된 민족.
혁명적 행위들은 추방되었다.
일부 젊은이들은 무기를 내려놓았다.
이제 무기라곤 없다.
제국주의 군인들의 목소리.

우리 민중에게 채워지는 족쇄 소리.
손에 채워진 족쇄,
발에 채워진 족쇄.

4악장

노예의 목소리
피아노
기타
쌕소폰
북과 나팔
찻잎을 따는 민중의 목소리.
커피 열매를 따는 민중의 목소리.
면화를 따는 민중의 목소리.
밀을 수확하는 민중의 목소리.
공장에서 일하는 노동자의 목소리.

5악장

민족의 영혼을 구하기 위한
새로운 투쟁의 소리와 목소리.
뿔피리
북

피리

부활의 목소리.

우리 영웅들의 목소리.

마우마우의 목소리.

혁명의 목소리.

노동자와 농민에게서 나오는 혁명적 단결의 목소리……

가투이리아는 부분별로 서로 다른 목소리와 악기 소리를 와링
가에게 설명하려 애쓴다. 노동자와 농민이 제국주의적 노예제로부
터 민족의 영혼을 구하는 모습을 재현하기 위해 어떤 악기를 이용
하는지 설명해보려 한다. 아프리카 음악은 표기법이 아직 충분히
발달하지 않았고 유럽 음악의 악보 표기법과는 다르기 때문에 악
보로 옮기기가 어렵다는 얘기도 한다.

그런데 가투이리아는 와링가의 생각이 딴 데 가 있음을 문득 알
아챈다. "왜 그래요?" 그가 묻는다.

"노동자와 농민 얘기를 하니까, 무투리와 왕가리 생각이 나네요.
또…… 그……"

"학생 대표요?"

"아, 예, 학생 대표요."

"그 삼위일체를 어떻게 잊어버려요?" 가투이리아가 묻는다.

"노동자와 농민, 애국자의 삼위일체." 와링가가 대답하고는, 잠
시 침묵하다가 말을 잇는다. "그래, 맞아요. 한번도 잊은 적 없어요.
그들이 법정에 섰던 장면을 한번도 잊은 적이 없어요. 맙소사, 그
삼위일체의 재판을 난 절대 잊지 못할 거예요……"

4

그 재판을 보러 일모로그 사람들이 몽땅 왔다고 해도 과언이 아니었다. 일모로그 법정은 두 부류의 참관인들로 완전히 들어찼다. 키하후와 가테사라든지 기투투와 가탕구루, 은디티카와 응군지, 키멘데리와 카뉴안지처럼 악마의 향연에 참석했던 사람들이 한쪽 자리를 차지했다. 다른 한쪽에는 노동자와 농민, 학생, 소상인 등등이 무리를 이루어 앉았다. 판사는 백인이었고 핏빛 판사복을 입었다. 법원 서기가 번역을 해가며 정신없이 적어내려갔다.

피고석에는 무투리와 왕가리, 학생 대표가 교도관과 경찰의 감시하에 앉아 있었다. 그들의 죄목은 *개인 사업가*들이 모임을 갖는 중에 일모로그 골프장에 몰려와 공공의 평화를 훼손하고 그 과정에서 일곱명의 사망자가 발생하게 한 책임이 있다는 것이었다.

일모로그 경찰서에서 가투이리아와 와링가를 소환했고, 그들을 취조한 뒤 검찰 측의 증인이 되어주겠냐고 물었더랬다. 그들은 거절했다. 그래서 검찰 측 증인은 이제 기투투나 키하후 같은 인물들과 경찰들로 채워졌다. 하지만 검찰 측의 주요 증인은 마타투 마타타 마타무 모델 T 포드, 차 번호 MMM 333의 *오너 드라이버*인 로빈 음와우라였다.

음와우라는 어느 토요일 나이로비에서 왕가리와 무투리, 두명의 승객을 태웠다고 법정에서 진술했다. 그러나 처음부터 자신은 왕가리와 무투리가 믿을 만한 사람이 못된다는 걸 알 수 있었다고 했다. 심지어 왕가리는 가슴을 두드려대며 케냐에서는 모든 게 공짜여야 한다고 주장하더니 차비도 내려 하지 않았다. 그런 그녀의 차비를 무투리가 대신 내준 걸 보면 그가 왕가리와 한편인 게 분명하다. 무투리와 왕가리는 나이로비를 출발해 일모로그까지 가는 내내 떠들어댔는데, 하는 얘기라고는 전부 노동자와 농민의 단결, 그리고 대학생들이 지지하는 그런 종류의 공산주의가 필요하다는 것이었다. 왕가리가 어떻게 나이로비와 일모로그의 경찰들을 속이고 동굴의 행사가 도둑과 강도 들의 단합 대회라도 되는 양 믿게 만들어 그 행사를 망칠 것인지 떠벌리는 걸 자기 귀로 똑똑히 들었다고 했다. 음와우라는 또한 무투리가 챔피언 건설회사의 관리자에 의해 해고당한 데 대한 복수를 하기 위해 노동자와 농민 들을 모아 그 잔치를 망쳐버리겠다고 큰소리치는 것도 들었다고 했다.

그러더니 음와우라는 그 두 사람이 분명 음위레리 와 무키라이라는 자와 한통속임이 분명하다고 진술했다. 음위레리가 일모로그로 오는 동안 말이 별로 없기는 했다. 하지만 그렇게 입을 닫고 있었던 건 순전히 계획적인 것이었다. 왜냐하면 일모로그에 거의 다 왔을 때 왕가리와 무투리에게 그 행사의 초대장을 준 것이 바로 그였기 때문이다. 저 두 피고인과 계획한 난동이 곧 벌어질 것임을 알고 음위레리 와 무키라이는 교묘하게도 동굴을 떠나 그 밤에 집으로 돌아가겠다고 음와우라의 마타투를 빌렸으나 불행하게도 키네니에서 차가 뒤집히고 말았다. 음위레리는 그 자리에서 즉사했다. 차는 폐차를 해야 할 정도로 망가졌는데, 음와우라 자신은 구사일생으로 목숨을 건졌다고……

음와우라가 그런 얘기를 한참 늘어놓고 있는데 쪽지 한장이 검사에게 전해졌다. 검사는 쪽지를 읽어보더니 판사석으로 가서 판사의 귀에 대고 뭔가를 속삭였다. 그러자 바로 판사는 피고인에 대한 고소가 모두 철회되었으므로 무투리와 왕가리와 학생 대표는 자유의 몸이라고 선언했다. 사람들은 형법상 어떤 조항에 의해 피고인들이 풀려나게 된 건지는 들으려 하지도 않았다. 노동자와 농민과 학생 들이 기쁨의 함성을 질렀다.

와링가는 왕가리와 무투리, 학생 대표를 끌어안으려고 법정 밖으로 뛰어나갔다.

그 순간 그녀는 너무 놀라 거의 정신을 잃을 뻔했다. 총과 방패, 곤봉으로 무장한 군인들이 법정을 완전히 둘러싸고 있었다. 왕가리와 무투리와 학생 대표가 법정을 나서자마자 총과 사슬이 그들을 맞았다.

무투리와 왕가리와 학생 대표가 구금되었다는 사실을 사람들이 알게 된 건 두주가 지나서였다. 그리고 그로부터 한달 뒤 음와우라는 완전 신형 버스 세대를 사서 마타투로 개조했다. 그가 세운 회사의 이름은 마타투 마타타 마타무 현대식 운송회사였다. 그 행사의 사회자가 회사의 이사 중 하나였고, 다른 이는 키멘데리 와 카뉴안지였고……

5

"아직 살아 있을까요?" 와링가가 무투리에게 묻는다. "그들이 응공 힐로 끌려갔을지도 모른다는 생각이 간혹 들어요."

"누가 알겠어요?" 가투이리아가 빨간색 토요타를 계속 운전하며 말한다. "12월 12일을 기다려보자고요. 다른 일반 죄수들과 함께 사면될 수도 있어요."

"아멘!" 와링가가 진심을 다해 기도한다. "그렇게 되면 내 영혼에 진짜 음악이 울릴 텐데!"

제11장

1

겉보기에 우리의 일모로그는 그다지 변한 게 없다. 악마의 향연 이후 이년이 지난 지금 일모로그에는 예전과 마찬가지로 분리된 구역이 있다. 골든 하이츠는 계속 팽창해갔다. 돈이 넘쳐나는 그 지역의 거물들이 여전히 그 돈을 들여 금촛대로 치장된 벽에, 바닥엔 페르시아산 카펫이 깔린 거대한 저택들을 짓고 있다. 금은으로 만든 침대도 마찬가지다. 이런 유의 것이 너무나 일상적이고 흔한 일이 되어 다른 구역에 사는 사람들이 그런 모습을 보고 놀랄 수 있겠다는 생각조차 그들에게는 떠오르지 않게 되었다. 외국계 기업, 특히 미국과 캐나다, 서독, 프랑스, 영국, 이딸리아, 일본의 기업들이 늘어났다. 차를 보면 외국자본이 어느 정도로 우리의 삶을 지배하게 되었는지를 잘 알 수 있다. (사실을 말하자면 오늘날 토요타니 닷선, 마쯔다, 혼다, 스바루, 포드, 캐딜락, 복스홀, 피아뜨, 뿌조, 롤스로이스, 벤틀리, 재규어, 알파로메오, 메르세데스 벤츠, BMW 그리고 그밖에 다른 온갖 차들까지, 일모로그의 도로에서 볼 수 없는 브랜드는 하나도 없다.) 사람들의 돈을 긁어모으는 외국계 금융회사와 그 지점들, 자칭 금융회사와 은행이라고 부르는 그런 곳들이 말 그대로 일모로그에 넘쳐난다. 가장 최근에는 시카고와 뉴욕에 본점을 둔 두개의 미국 은행이 환전을 주된 업무로 삼는 지점을 이 풍요로운 땅의 중심부에 세웠다.

은제루사 역시 팽창했다. 판지로 만든 집들, 오수가 가득 찬 도랑, 외국계 공장에서 나온 쓰레기와 똥오줌 등으로 은제루사도 약간 팽창했다. 심지어 와링가의 부모님이 살던 응가인데이티아 같은 외곽 마을까지 집어삼켜버렸다. 노동자와 실업자, 극빈자, 불법으로 술을 팔거나 오렌지와 만다지[59]를 파는 사람들, 몸을 파는 사람들 등 모두가 거대한 은제루사의 슬럼 구역에 빽빽이 들어찼다. 은제루사에는 또한 고기와 계란, 수쿠마 위키, 소금, 맥주, 후추, 양파, 밀가루 등을 파는 구멍가게들도 있다.

이 가게들과 슬럼의 판잣집은 골든 하이츠에 사는 사람들 소유다. 직접 은제루사에 와서 *집세*와 이자 등을 거둬가는 사람들도 있지만 보통은 불량배를 고용해서 *집세*를 거둬오게 한다. 심지어 *데블스 에인절스*도 일모로그에 지점을 열었다.

와링가의 부모님은 은제루사에 산다. 하지만 그들은 아직도 자신들의 동네를 응가인데이티아 마을이라고 부른다. 와링가가 비서로 일할 때 돈을 보태서 집을 넓혔기 때문에 부모님의 집은 다른

---

59 작게 튀긴 빵으로 도넛과 비슷하다.

집들보다 약간 크다. 얼마 안되지만 정비소에서 버는 돈으로 또한 학비와 생활비 등을 보탰다.

가투이리아와 와링가가 맨 처음 들를 곳은 바로 일모로그 은제루사의 옹가인데이티아 마을이었다.

2

토요일 오후 5시경이다. 와링가의 아버지는 집에 안 계신다. 와링가의 딸 왐부이와 다른 형제들은 은제루사로 산책을 나갔다. 하지만 모두 잘 있다. 어머니는 집에 계신다.

와링가와 가투이리아는 자신들이 결혼을 해서 다른 사람들처럼 살림을 차릴 계획이라고 와링가의 어머니에게 말씀드린다. 와링가의 어머니가 목을 가다듬는다. 그녀는 나이가 많은데도 도대체 나이를 먹지 않는 그런 부류의 사람이다. 다소 색이 바래기는 했지만 흑백의 꽃무늬 앞치마가 그녀에게 썩 잘 어울린다. 그녀는 침을 가슴에 발라 그들의 앞길을 축복해주지만, 딱 하나만은 물어봐야겠다고 생각한다.

"너한테 이거 하나는 물어봐야겠다, 와링가. 그리고 그 질문은 이 청년 앞에서 할 거야. 그래야 그도 네 대답을 들을 수 있을 테니까. 요즘 처녀들 마음은 도대체 알 수가 없어서 말이지. 거의 성년식을 치를 나이가 된 딸이 네게 있다는 말을 이 청년에게 한 거니? 그러니까, 예전처럼 할례를 받는 그런 성년식을 한다면 말이지."

"제 어린 딸 왐부이가 벌써 여자라고 말씀하시는 거예요?" 와링가가 웃으며 물었다. "왐부이는 숨기거나 할 그런 존재가 아니에요. 가투이리아에게 다 얘기했어요. 게다가 지난번에 여기 왔을 때 보기까지 한걸요. 이년 전 잔치 때 말이에요. 하지만 왐부이와 가투이리아가 혈연관계가 아니라고 생각할 사람도 없을 거예요. 둘이 많이 닮지 않았어요? 쌍둥이라고 해도 될 정도라니까요! 가투이리아가 나이가 좀 많긴 하지만요."

"정말 그래." 와링가의 어머니가 전혀 머뭇거리지 않고 동의한다. "둘이 참 많이 닮았어."

"혈연관계가 뭔데요?" 가투이리아가 약간 불편한 기색으로 묻는다. "사람이 닮고 안 닮고가 뭐가 중요해요? 애들은 그냥 애들이죠. 우리 모두는 케냐라는 하나의 자궁에서 태어났어요. 자유를 위해 흘린 피가 이 종족이니 저 종족이니, 이런 국적이니 저런 국적이니 하는 차이들을 모두 말끔히 씻어 없앴다고요. 이제는 루오라든지 기쿠유, 캄바, 기리아마, 루히야, 마사이, 메루, 칼렌진, 투르카나 같은 건 없어요. 우리 모두는 한 어머니의 자식이에요. 우리 어머니는 바로 케냐, 모든 케냐 사람들의 어머니지요."

"말 한번 잘했네, 젊은이!" 와링가의 어머니가 대답한다. "자네가 항상 비옥한 땅을 경작할 수 있도록 신께서 축복하시기를. 요즘 우리 처녀들은 남자 친구한테 버림받지 않으려고 아기를 변소에 던져버리거나 쓰레기통에 버릴 생각밖에 안한다니까."

"저도 거의 자살할 뻔했잖아요." 와링가가 말한다. "단지 돈 많은 노인네한테 버림받았다는 이유만으로요. 맙소사! 무투리와 다른 사람들을 억류한 그런 부류의 인간 때문에 내가 기차에 몸을 던지려 했다니!"

"어리석은 사람만이 죽은 엄마의 젖을 빠는 법이지." 와링가의 어머니가 말한다. "젊은 시절엔 간혹 그렇게 어리석은 짓을 할 때가 있는 거야."

"포겟 잇!" 와링가가 그 문제를 다시 꺼내지 못하게 가투이리아가 막는다. "다 지나간 일이에요."

"돌이킬 수 없는 일 때문에 밤잠을 못 이루거나 하는 일은 이제 안해요." 와링가가 웃으며 말한다. "내가 가슴에 털이 숭숭 난 와이고코랑 결혼이라도 했다면 당신같이 멋진 청년을 어떻게 만났겠어요? 하지만 요즘 들리는 얘기에 따르면, 와이고코는 돈으로 가슴의 털을 말끔히 밀었다던데요. 돈이야말로 현대의 젊은이지요."

"돈으로 인생을 살 수는 없지." 와링가의 어머니가 말한다. "늙은 남자든 젊은 남자든, 중요한 건 한 사람이 이 땅에서 해온 일로부터 생겨나는 행복인 거다. 와링가, 내가 저녁 준비를 하는 동안 가투이리아랑 일모로그를 돌며 산책을 좀 하지 그러니? 그렇게 다니다가 돌아올 때쯤 되면 아버지도 와 계실 거다. 그때 너희 결혼 계획을 말씀드리렴."

"그거 좋은 생각이네요, 어머님." 가투이리아가 일어서며 말한다. "그때 잔치 이후로 일모로그를 둘러보지 못했거든요……"

3

다시 한번 와링가와 가투이리아는 시원하고 상쾌한 공기를 들이마시며 골든 하이츠 쪽으로 향한다. 저녁 무렵, 일모로그 공원의 푸른 잔디는 푹신푹신하다. 나무들은 잎이 무성한 가지를 넓게 펼쳐 마치 우산을 쓴 것 같다.

두 사람 다 푸른 잔디를 밟으며 나무 사이를 걷고 싶었기 때문에 가투이리아는 토요타를 길가에 세운다. 그들은 언덕배기에 올라 아래쪽 평원을 내려다본다. 텡에타 양조장 소유의 밀과 보리 농장이다.

이런 게 벅찬 기쁨이겠지. 젊음의 피가 저 아래 사랑의 계곡으로 함께 어우러져 흘러가는 것. 와링가와 가투이리아는 서로 어깨를 맞대고 나란히 서서 아래편의 평원과 저 멀리 언덕을 바라본다.

"우리가 함께 집에 갔을 때 당신이 한 얘기를 떠올리면 언제나 기쁜 마음이 들어요." 와링가가 말을 꺼낸다.

"내가 무슨 말을 했죠?" 가투이리아가 묻는다. "한 얘기가 워낙 많아서."

"여자가 임신을 했다고 해서 부끄러울 건 하나도 없다고요. 결혼을 하기 전에 애를 낳았다고 그게 병은 아니라고요." 와링가가 바로 대답한다.

"지나간 일은 잊어버리라고 하지 않았어요?" 가투이리아가 말한다. "오늘하고 내일은 그냥 행복하게 지내자고요. 우리는 지금 우리 앞길의 장애물을 하나 뛰어넘은 거예요. 당신 어머님이 허락하시고 우릴 축복하셨잖아요. 난 기뻐서 가슴이 터질 것 같다고요. 나만 한 행운아가 또 어디 있겠어요? 내가 창작해내길 내내 꿈꿔왔던 음악을 완성했겠다, 게다가 이젠 어떤 미인에게도 비할 바 없는 미인이라는 특별한 선물을 얻었잖아요."

"일모로그에서 도둑들과 강도들이 하던 것과 똑같은 종류의 발언을 하고 있네요!" 와링가가 웃으며 말한다. "그런 찬사를 바치는 사람이 또 있는지 두고 봐야겠는걸요!"

"하지만 난 진심을 말하는 거예요. 기쁨에 가득 차서 찬사를 바치는 거라고요. 이제 하나만 더 있으면 벅차오르는 이 기쁨이 정말로 둑을 허물며 넘쳐흐를 텐데, 그게 뭔지 알아요?"

"당신 마음에 밀봉되어 있는 편지를 내가 어떻게 읽겠어요." 사무실에서 *보스 키하라*가 했던 말이 떠올라 웃음기를 지우며 와링가가 말한다. "기다리고 있는 게 뭔지 말해봐요. 그래야 당신 기쁨이 둑을 허물고 넘쳐흐를 때 거기 휩쓸리지 않게 강둑으로 뛰어올라가죠."

"내일 나쿠루에서 우리 부모님이 축복해주시길 기대하고 있어요." 가투이리아가 대답한다.

"부모님은 어떤 분이세요?" 와링가가 느닷없이 묻는다. "엄마를 닮았어요, 아빠를 닮았어요?"

와링가가 이런 종류의 질문을 하는 걸 가투이리아는 한번도 들어본 적이 없다. 그래서 어떤 식으로 답을 해야 할지 알 수가 없다. 부모님이 유럽의 문화를 하느님의 문화와 동일시하며 늘 외국의 관습을 몸에 걸치고 살기 때문에 가투이리아는 언제나 부모님이 창피스러웠다. 내일 부모님이 와링가를 어떤 식으로 받아들일지 가투이리아는 확신할 수가 없다. 특히 와링가에게 결혼 전에 낳은 아이가 있다는 사실을 알았을 때 말이다. 하지만 그는 한가지 점에 있어서만은 결심이 확고하다. 부모님이 어떻게 나오시든 와링가는 자신의 신부가 되리라는 것. 한편 더 중요하게는, 와링가가 자신의 부모님을 어떻게 받아들일지도 알 수가 없다. 내일 부모님의 행동을 보면 그들을 경멸하게 될까? 외국의 관습에 대해 자신과 자주 얘기를 나누며 비난하곤 했는데 정작 그런 관습이 부모님의 집에 깊숙이 뿌리박혀 있는 걸 보면 자신에 대한 마음도 변하게 될까?

바로 이러한 의혹들 때문에, 부모님이 가투이리아와 그의 약혼녀를 환영하는 다과회에 오라고 지인들에게 보낸 초대장을 와링가에게 보여주지 않았던 것이다. 무엇보다 가투이리아는 아버지가 스스로 지어 붙인 새 이름을 와링가가 알게 되는 게 싫다. 초대장은 금박으로 글씨를 박아넣고 가장자리는 금색 꽃으로 장식되어 있다. 하지만 하객들에게 이러이러한 옷을 입으라고 초대장에 적어놓은 것보다 더욱 가투이리아에게 남부끄럽게 느껴졌던 건 어느 상점에서 선물을 사야 하는지 그 목록을 적어놓았다는 점이다.

잔치! 잔치!

응고리카 천상의 과수원

히스파니오라 그린웨이 기타히 부부가
_____ 일요일 정각 2시에
아들인 가투이리아 기타히 선생과 그 약혼녀를
환영하는 다과회에
_____ 부부/양/박사/교수/의원님/님을
초대합니다.

복장:
남성―짙은 정장
여성―긴 드레스, 모자, 장갑
선물을 가져오실 생각이라면 아래의 VIP 상점에서
구입하시기 바랍니다.
신사 숙녀용 런던 숍, 일모로그.

빠리 스타일 숍, 나이로비.
로마의 여성 VIP 숍, 나쿠루.

회신 바람: H. G. 기타히 부부
응고리카 천상의 과수원
사서함,
나쿠루, 케냐, EA
전화번호: HCOV 1000 000

나의 도움이 어디서 올까 하여 내가 눈을 들어 산을 보리라.
──다윗이 지은 순례자의 노래, 시편

이 초대장이 떠오를 때마다 가투이리아는 거의 울고 싶은 마음
이다. 외국의 관습을 심지어 씹지도 않고 통째로 삼켜버린 사람들
만큼 끔찍한 모습은 없다. 그런 사람들은 그저 앵무새나 다름없으
니까. 와링가에게 초대장을 보여줄 수 없게 만든 바로 그 불안한
마음 때문에 지금 와링가가 묻는 말에 어찌 대답할지 몰라 주저하
는 것이다.

"부모님이 어떻게 생기셨는지 잊어버린 거예요? 왜 묻는 말에
대답을 안하고 가만있어요?" 와링가가 재촉한다.

"내일 오후 2시까지 눈을 감고 있다 생각해요." 가투이리아가 애
써 아무렇지 않은 말투로 대답한다. "그러다 눈을 딱 뜨면, 자, 앞에
누가 있게요! 가투이리아의 부모님이지요! 그러니 보라, 와링가의
모든 의혹이 말끔히 씻겨나갈 것이니."

가투이리아가 말을 하며 와링가의 허리에 팔을 두르고, 와링가

396

는 가투이리아의 어깨에 머리를 기댄다.

"아…… 내일. 빨리 새벽이 와서 새들과 함께 일어날 수 있으면 좋겠네요." 와링가가 한숨을 쉰다. 그 목소리가 마치 저 멀리서 들려오는 듯하다.

아침 해가 떠오를 때 잘 익은 과일의 매끈한 껍질 위로 이슬이 맺혀 구르듯이, 와링가의 양쪽 볼로 눈물이 주르륵 흘러내린다. 지금 골든 하이츠에는 해가 지고 있을 뿐인데.

"왜 그래요? 뭔데 그래요?" 가투이리가가 걱정스럽게 묻는다. "갑자기 왜 그렇게 마음이 무거워진 거예요? 화난 거예요? 내가 농담만 해서 그래요?"

4

"그런 거 아니에요." 와링가가 대답한다. "내 눈물에는 신경 쓰지 마요. 가끔씩 아무 이유도 없이 울고 싶어질 때가 있어요. 오늘 음위호토리 정비소 자리를 떠나야 한다는 통지를 받았다는 얘기 했던가요?"

"그곳을 떠야 한다고요? 옮기는 거예요? 누가 그 자리를 차지한 거예요?"

"보스 키하라와 그의 새 회사요. 관광객의 천국 개발회사."

"자기랑 잠자리를 하지 않는다고 당신을 해고시킨 그자요?"

"그래요. 그와 그의 외국인 친구들이 대낮에 우리를 발가벗겨버렸죠." 와링가가 말한다. 그러고는 음위레리 와 무키라이가 들려줬던 우화가 떠올라, 신부님이 설교하듯 덧붙인다. "그래서 예언자의 말씀이 이루어질 것이니, 그가 말씀하시길, 가진 사람은 더 많이 받아 풍성하게 될 것이나……"

"……없는 자는 남아 있는 것마저 빼앗기게 될 것이다." 가투이리아가 마찬가지로 신부님 말씀처럼 그 문장의 뒷부분을 읊는다.

가투이리아와 와링가가 함께 웃는다. 그러다 동시에 웃음을 뚝 그치고서 잠깐 두 사람은 각자의 생각에 빠진다. 와링가가 한숨을 쉰다.

"저번에 은제루사에서 내가 *나쿠루 데이 쎄컨더리* 학생일 때 꾸었던 꿈에 대해서 얘기했었는데, 기억해요?"

"누더기 옷을 입은 사람들이 악마를 십자가에 매다는 꿈 말이에요?"

"그래요. 그리고 사흘째 되는 날 짙은 양복을 입고 넥타이를 맨 사람들이 와서 악마를 다시 십자가에서 내렸죠."

"그러고는 그 앞에 무릎을 꿇고 '호산나! 호산나!'라고 외쳤다는 거요? 그럼요, 그런 얘기 했던 거 기억해요. 하지만 내가 뭐라고 했는지 생각나요? 벽과 창문에 그런 그림과 벽화가 있는 교회는 아주 많아요. 그런 그림들을 보고 나면 악몽을 꾸기 십상이죠. 근데 그건 왜요?" 가투이리아가 와링가의 얼굴을 살피며 묻는다.

"왜냐하면 어제 같은 꿈을 또 꿨거든요. 그리고 알겠지만 난 요즘 교회엔 거의 가지 않잖아요. 그런데 어젯밤 꿈은 예전 것과 좀 달랐어요. 어젯밤 꿈에선 넥타이를 맨 남자들이 아예 사흘도 기다리지 않는 거예요. 게다가 몰래 십자가에 다가가지도 않았어요. 어젯밤 꿈에서는 악마가 십자가에 매달리자마자 넥타이를 맨 남자들이 왔어요. 장갑차에 거대한 총을 매달고 왔죠. 악마를 내리더니, 장갑차들로 사방을 빙 둘러막은 채 악마를 찬양하는 노래를 부르는 거예요."

"그럼 누더기를 걸친 사람들은요?" 가투이리아가 묻는다. "악마를 매단 그 사람들은 어떻게 했어요?"

"정확히는 모르겠어요. 하지만 다들 흩어져서 숲 속으로 들어가거나 산으로 올라갔던 것 같아요. 한번도 못 들어본 노래를 부르면서요. 중간에 잠에서 깨버렸거든요."

"괜히 그런 악몽 때문에 심란해하지 마요." 가투이리아가 와링가의 기운을 북돋아주려 애쓴다. "이년 전에 무투리와 그 동료들의 재판에 참관하려고 법정에 왔던 노동자며 농민이며 학생들을 장갑차가 몰아냈을 때, 그 자리에서 그 광경을 지켜봤다는 사실을 잊지 마요. 오늘 일모로그에 올 것을 당신 머리가 알고 있었기 때문에 그런 장갑차 꿈을 꾼 거예요. 증명 끝."

"그런 것 같네요." 마음이 좀 가벼워진 듯 와링가가 대답한다. "훌륭한 역술가가 되겠는걸요! 아예 자리를 깔고 나서서 사람들 꿈풀이를 해주는 게 어때요? 돈도 좀 벌 수 있을 텐데."

"그럼 꿈과 악몽을 해석해주는 *프로페서* 가투이리아라고 간판을 내거는 거죠. '병이란 병은 다 치료할 수 있는 약초가 필요하시다면, *프로페서* 가투이리아를 찾아오십시오! 사랑의 묘약이 필요하시다면, 내게 오십시오! *이전의 업적*으로는…… 아침에 해가 뜨면 하루가 시작되고 저녁에 해가 지면 하루가 끝난다는 걸 처음으로 예언한 사람이 바로 저였습니다!'"

와링가와 가투이리아가 함께 웃는다.

5

사랑을 하면 두려울 게 없다는 말은 사실이다. 사랑을 하면 괴로움도 심란함도 악몽도 모른다는 말 역시 사실이다. 사랑은 어제도 그제도 모른다. 사랑이 아는 것이라고는 오직 내일과 모레, 영원한 행복의 시작뿐이다. 가투이리아와 와링가의 미래가 내일 시작될 것이고······

"하지만 우리가 정비소 자리에서 쫓겨나고 악몽을 꾸고, 그 두 가지 일 때문에 눈물이 난 건 아니에요." 와링가가 가투이리아에게 설명한다.

"그럼 눈물을 닦아요." 가투이리아가 대답한다.

"이 눈물은 오늘 다 닦아 없앨 수 없어요." 와링가가 말한다. "왜 냐하면 슬픔과 기쁨이 섞여서 생겨난 눈물이거든요."

"무슨 얘기예요?"

"스스로 목숨을 끊으려 했던 그때 이후로 한번도 나쿠루에 다시 발을 들여놓지 않았어요. 나쿠루는 내 슬픔의 근원이라고 속으로 생각해왔거든요. 근데 내일 바로 그 나쿠루에서 기쁨이 시작될 거 잖아요."

"그게 어때서요?" 가투이리아가 묻는다. "내일의 나쿠루가 어제의 나쿠루에게 복수를 하는 거예요." 가투이리아가 와링가의 마음의 짐을 덜어주려 애쓴다.

"그래요, 바로 그거예요. 나쿠루에서 눈물과 웃음이 둘 다 솟아나는 거죠."

"아멘." 가투이리아가 말한다. "그러니 눈물을 닦아요. 나쿠루에서 기적이 생겨나니까요. 슬픔에서 기쁨을 만들어내잖아요. 눈물을 닦으라니까요. 자, 내가 사랑으로 닦아줄게요."

"이런, 거짓말 대장!" 와링가가 소리치며 가투이리아를 손으로 밀어내지만, 딱히 그럴 마음이 있는 건 아니다. "이렇게 서양식으로 입 맞추는 건 어디서 배웠어요? 외국 관습을 완전히 버리지 못했다고 고백해요!"

"흑인의 입맞춤을 좋아한다고 고백해요!" 가투이리아가 웃으며 대꾸하고는 와링가에게 다가간다. 와링가가 몸을 뒤로 빼는 중에도 그들은 계속 말을 주고받는다. "사랑의 침실 속 입맞춤과 속삭임." 가투이리아가 말하고는 무퉁구시 가락을 노래하기 시작한다.

가투이리아   내가 이렇게 당신을 안으면
        내가 이렇게 당신을 안으면
        너무 꽉 안는 것처럼 느껴지나요?

와링가   지금 그렇게 나를 안으면
        지금 그렇게 나를 안으면,
        너무나 편안하고 좋아요.
        그대여, 꽉 안고 놓지 마세요.

가투이리아   춤을 춰요, 그리고 함께 집으로 가요.
        춤을 춰요, 그리고 함께 집으로 가요,
        내 사랑.
        이 추운 바깥에서 내가 떨며 기다리게 하진 않겠죠.

마지막 가락을 노래하면서 그가 와링가를 와락 끌어안는다.
"무퉁구시 노래와 춤은 어디서 배웠어요?" 와링가가 묻는다.

"전에 얘기했던 그 노인한테서요. 악령에게 영혼을 팔아 껍데기만 남게 되었다는 은딩구리 얘기를 들려줬던 나쿠루 바하티 출신의 그분." 가투이리아가 대답한다.

"하지만 어스름이 내려앉는 언덕배기에서 음흉한 마음을 먹고 그 노래를 이용하란 얘기까지 그분이 하신 건 아니겠죠?"

"캄캄한 데서는 몸치도 자신 있게 춤을 출 수 있다는 얘기 못 들어봤어요?

　여기 이 위에서 나는 춤을 추리니,
　여기 이 위에서 나는 춤을 추리니,
　오, 와링가,
　아래편 계곡은 주인이 따로 있으니……"

"저리 가요, 이런 음흉한 남자 같으니!" 와링가가 웃으며 말한다. "잔디에 벌써 이슬이 맺히고 사위가 어두워진 거 안 보여요?"

"이리 와요, 내 사랑!" 가투이리아가 그녀를 땅으로 눕히며 귀에 대고 속삭인다. "잔디는 마음대로 쓰라고 하느님이 우리에게 주신 침대이고, 어둠은 하느님이 주시는 이불이에요!"

제12장

1

일요일 아침 가투이리아가 와링가를 데리러 와보니, 와링가는 채비를 다 마쳐 머리끝부터 발끝까지 아름답게 치장을 하고 있었다. 가투이리아는 처음에는 와링가를 알아보지 못하고 놀라서 입을 떡 벌린 채 쳐다만 보았다.

와링가는 기쿠유식으로 옷을 입었다. 위에 약간 주름을 잡은 갈색 천을 왼쪽 겨드랑이 아래쪽으로 돌리고, 왼쪽 어깨는 그대로 드러낸 채 천의 양끝을 오른쪽 어깨 위에 모은 뒤 두개의 꽃 모양 옷핀으로 고정했다. 옷은 길어서 발목까지 내려왔다. 가장자리는 오른편에서 모아 옷핀으로 고정했다. 허리에는 흰색 양털로 짠 띠를 둘렀는데, 그 두 끝 역시 길게 늘어져 발목까지 내려왔다. 신발은 표범 가죽 쌘들을 신었다. 흰색과 빨간색과 파란색의 구슬로 엮은 목걸이를 목에 걸어, 그것이 가슴 위로 아름답게 늘어져 있었다. 귀에는 은요리 스타일의 귀걸이를 했고, 새카만 머리는 부드럽고 매끈했다.

와링가가 걸어가는 모습은 마치 모든 아름다운 것의 어머니이자, 우아함과 아름다움이라는 쌍둥이를 창조한 창조자인 미美가 지금 막 빚어낸 자식처럼 보였다.

"그냥 단순한 옷감이 이렇게 아름다울 수도 있는 건가요?" 이것이 가투이리아가 정신을 차리고 꺼낸 첫마디였다.

"나보다 옷감이 더 아름답다는 얘긴가요? 그렇다면 당장 이걸 벗어버려야겠네요!" 와링가가 명랑하게 말했다.

"향유를 바르면 매끄러운 몸을 만들 수 있지만," 가투이리아가 마찬가지로 장난기 섞인 말투로 말했다. "아름다운 몸에서 향유가 나오지는 않지요. *여자에게 옷이 날개라 해도…… 옷이 내 여자인 건 아니에요.*[60]"

"내 몸을 치장하는 것에 대해 죄의식이 들 때가 가끔 있어요." 와링가가 약간 슬픈 말투로 말했다.

"왜요?" 가투이리아가 물었다.

"지금은 목걸이나 향수로 몸을 치장할 때가 아니잖아요." 와링가가 대답했다. "우리의 몸과 마음을 단단히 준비해야 할 때죠."

"무슨 준비……?"

"앞으로 있을 투쟁 말예요."

"그럴 날이 금방 올 거예요." 가투이리아가 곧바로 대답했다. "하지만 오늘은 오늘이에요. 그 옷을 벗지 마요. 민족문화를 지켜

---

60 (스와힐리어) Mke ni nguo…… Lakini nauo Si mke.

내는 싸움도 여전히 중요하니까."그가 말을 끊고 노래를 부르자
와링가도 함께 불렀다.

가투이리아   하느님의 천국이 가까이 왔다면
             여성들에게 소송을 걸겠네.
             하느님이 기꺼이 당신들에게 주신 아름다운 몸—
             왜 그것을 미백 크림으로 망쳐놓는단 말인가?
와링가   청년들이여, 서두르라! 서두르라! 우리가 갈 것이니!
             달려라 달려! 더 빨리! 우린 천국의 법정으로 간다!
             하느님이 기꺼이 당신들에게 주신 눈,
             오, 백성들이여, 왜 그 눈은 외국 것만 봐야 좋아한단
             말인가?

즐거운 마음으로 그들은 모든 의구심을 없애고 토요타에 올라
타 나쿠루로 향했다.

가투이리아가 곁눈으로 와링가를 훔쳐보면서 그녀의 차림새와
장신구에 대해서 계속 칭찬을 해댔기 때문에 와링가는 마침내 그
에게 경고하지 않을 수 없었다. "이보세요, 운전에 신경 쓰라고요.
마타투 마타타 마타무처럼 가다가 뒤집히고 싶은 거예요?"

"이승의 삶은 그저 스쳐가는 구름일 뿐이에요."가투이리아가
대답했다. "지금 차가 뒤집힌다면 그것만큼 행복한 일이 없겠죠.
당신이 지금 그 모습으로 천국의 문 앞에 서면 열쇠를 가진 천사들
이 서로 문을 활짝 열어주겠다고 앞다투어 몰려올 테니까요. 당신
이 들어갈 때 죄인인 나 역시 천국에 들어갈 기회를 얻을 거고, 그
러면 거기서 주님과 당신과 함께 영원히 살 수 있겠죠."

"이승이 내 집이에요. 그냥 스쳐 지나가는 곳이 아니라고요. 그렇게 서둘러 하늘나라에 갈 생각은 없으니까 운전이나 조심해서 해요."

"당신 말이 맞아요. 하지만 당신의 이승이 내 천국이니까 당신을 자꾸 바라볼 수밖에 없는걸요. 이렇게 아름다운 모습을 딱 한번 보고 만족할 사람이 누가 있겠어요."

2시까지는 아직 시간이 남아 있었기 때문에 그들은 나이바샤와 길길 같은 곳에 잠깐씩 들러 차나 음료를 마셨다. 그 옷을 입고 그런 목걸이와 귀걸이를 하고 한쪽 어깨에 가방을 메고 발뒤꿈치를 슬쩍슬쩍 드러내며 걸어가는 와링가의 모습을 보며 그의 마음이 기쁨으로 터질 것만 같았다. 가투이리아만 그런 게 아니었다. 몇몇 사람들이 지나가다가 와링가를 보고는 발걸음을 멈추었다.

"오, 정말 멋진 여성인걸." 그렇게 말하는 사람도 있었다.

또 어떤 사람들은 이렇게 말했다. "보라고, 잘 발전시키지 못할 전통은 없는 거야. 저 젊은 여성이 가는 곳마다 사람들은 그 아름다움에 경의를 표하겠지."

차로 돌아와서 가투이리아는 사람들이 하던 얘기에 덧붙여 말했다. "저 사람들 얘기가 정말 옳아요. 우리 케냐 국민들이 더 발전시키고 확장시키지 못할 민족적 전통은 없다고요. 우리 건축도 그렇고, 우리 노래나 노래를 부르는 방식, 우리 연극이나 문학, 우리 기술과 경제, 모두 다요. 음위레리 와 무키라이가 다른 사람들이 생산한 것을 먹어치우는 체제 자체를 부정하지는 않았지만 그가 한 얘기 중에는 맞는 말이 있어요. 그가 주장한 바의 골자는 사실 맞는 얘기였죠. 항상 외국 것만 쫓아다니고, 다른 사람들 뒤꽁무니를 쫓아가고, 누군가 이미 지어놓은 노래만 부르고, 다른 나라의 독주자들이 연주하는 노래의 합창이나 해주고, 그래서는 안된다는 거죠. 우리 자신의 노래를 작곡하고 우리 자신의 가수를 배출하고 우리끼리 노래를 부를 수 있으니까요."

"당신이 작곡한 곡을 통해 케냐 음악에 혁명이 일어날 수 있을 거예요." 와링가가 가투이리아에게 말하고는 웃으며 덧붙였다. "가투이리아 최고!"

"내가 무슨 정치가도 아니니 내 재능에 대해 입에 발린 말은 그만둬요." 가투이리아가 말했다. "그런데, 혁명이라고요? 그 말을 들으니 러시아 작곡가인 이고르 스뜨라빈스끼가 자신의 책 『음악의 시학』에서 했던 말이 생각나네요. 음악에 진정한 의미의 혁명이라는 건 없다고 했죠. 각 작곡가들은 다른 작곡가들이 예전에 했던 것에 그냥 뭔가를 덧붙일 뿐이라고요. 하지만 당신의 생각에도 동의해요. 우리 케냐의 젊은이들은 우리나라가 발전해갈 새로운 길을 밝히는 횃불이 되어야 해요.

예를 들어 당신이야말로 내가 하려는 얘기의 아주 좋은 본보기죠. 당신처럼 기계를 고치고 깎고, 금속을 녹여 주조하는 기계공학을 배우는 것이 아주 중요한 첫걸음이거든요. 다른 젊은 여성들에게도 그들의 능력과 잠재력을 알려주는 일종의 신호탄이라 할 수 있죠."

잠시 가투이리아의 목소리가 와링가의 귀에서 멀어지더니, 내연기관, 특히 자동차 엔진의 작동 원리에 대해서 강연하는 *폴리테크닉* 강사의 목소리가 들려왔다……

"자동차에는 그것을 작동시키는 몇개의 부품들이 있습니다. 차를 움직이는 힘은 연료를 태우는 내연기관에서 나옵니다. 차에 있어서 엔진은 사람에게 있어 심장이라 할 수 있죠. 공기와 연료의 혼합물을 차를 움직이는 힘으로 전환시키는 것이 바로 엔진입니다. 내연기관에는 디젤과 휘발유, 두종류가 있지만, 오늘은 휘발유 기관만 설명하도록 하겠습니다. 엔진에는 네개, 혹은 여섯개의 씰린더가 들어 있는 통이 있습니다. 각 씰린더에는 연접봉에 의해 크랭크축과 연결된 피스톤이 있고요. 피스톤은 공기와 휘발유를 섞어 찧는 절굿공이와 같습니다. 각 씰린더에는 두개의 밸브가 있는데, 하나는 공기와 휘발유가 들어가는 곳이고 다른 하나는 배기가스가 나가는 곳이죠. 각 씰린더에는 점화플러그가 있습니다. 휘발유와 공기가 기화기 안에서 섞이는 겁니다.

　연소는 흡입, 압축, 점화, 배기라는 중요한 네 단계를 거쳐 이루어집니다. 그 작동 방식을 살펴보기 위해 씰린더 하나를 봅시다. 자, 시동모터를 켜면 차에 시동이 걸립니다. 크랭크축이 돌기 시작합니다. 피스톤이 씰린더의 바닥으로 내려갑니다. 흡입밸브가 열리고, 공기와 휘발유의 혼합물이 씰린더 안으로 들어와 빈 공간을 채웁니다. 이제 씰린더의 바닥에 있던 피스톤이 위쪽으로 움직이면서 공기와 휘발유의 혼합물을 압축하고 흡입밸브는 닫힙니다. 점화플러그가 불꽃을 일으키고 압축된 공기와 휘발유의 혼합물이 폭발합니다. 자, 들어오고 나가는 밸브가 모두 닫혀 있으므로 폭발에서 생긴 힘이 피스톤을 아래로 밀어 내립니다. 크랭크축이 돌아갑니다. 피스톤이 다시 위로 올라가기 전에 배출하는 밸브가 열리고, 배기가스가 밖으로 배출되는 거죠. 엔진에서 나온 힘이 클러치와 기어 박스, 구동축으로 전해지고, 그것이 차축으로 가고, 그것은 다시 바퀴로 전해집니다. 이 과정을 나중에 다시 자세히 배우게 될 겁니다. 오늘 한 얘기는 앞으로 배우게 될 대단한 것들의 시작이라고 봐야죠……"

　옛날 생각에 빠져 있던 와링가는 가투이리아가 불현듯 비난조로 얘기하는 바람에 퍼뜩 정신이 들었다. "……그런데 오늘의 상황은 어떤가요? 우리 여성들의 능력과 잠재력이 타자기나 술집 아니면, 관광객들이 한껏 즐기도록 나라 구석구석에 짓고 있는 저 호텔의 침대에서 다 낭비되고 있잖아요. 우리 여성들이 그저 외국 관광객들의 침대나 꾸며주는 꽃 취급을 받는다는 게 민족의 자존감을 얼마나 손상시키는 일이에요? 그들은 자기들 나라로 돌아가서 우리 여자들이 침대에서 얼마나 후한지 칭찬을 해대겠죠. 그게 진짜 칭찬이기나 한가요, 아니면 경멸에 가까운가요?"

"잘못이 외국인들에게만 있는 건 아니에요." 와링가가 대답했다. "케냐 남자 자신들도 여자들이 할 수 있는 일이란 게 밥해주고 자기들 몸이나 주물러주는 거 말고는 없다고 생각하잖아요. 얼마 전에 청년들이랑 얘기를 하다가 내 꿈은 시골 여성들의 짐을 덜어줄 수 있는 간단한 기계를 고안해서 제작하는 거라는 얘기를 했어요. 이 땅의 가장 커다란 에너지자원인 태양열을 이용한 간단한 기계 말이에요. 그랬더니 어쨌게요? 사람들이 마구 웃는 거예요. 사람들은 영국 제국주의에 대항해서 싸우던 마우마우 봉기 때 케냐 여자들이 총을 만들었다는 사실은 어쩜 그렇게 다 잊어버린 거예요? 남자들이 다 수용소에 붙잡혀 있을 때 마을의 여성들이 얼마나 많은 일들을 해냈는지 기억이 안 나는 거예요? 찬양의 노래는 집에서부터 시작되는 거잖아요. 당신들 케냐 남자들이 그렇게 여성들을 업신여기고 억압하지 않는다면, 당신이 그렇게 할 말이 많은 외국인들도 우리를 멸시하지 않을 거라고요."

"알겠어요! 알겠어요![61]" 가투이리아가 곧장 와링가를 달랬다.

---

61 (스와힐리어) Haidhuru! Haidhuru!

"지금 여기서 더 나은 것들이 시작될 거라는 점에 대해서는 같은 생각이잖아요." 상황이 달라지리라는 확신에서 나온 낙관적인 마음으로 그가 덧붙였다.

그러다가 가투이리아는 문득 오늘 축하 파티의 초대장과 손님들한테 옷을 어떻게 어떻게 입으라고 지시한 그 내용이 떠올랐고, 부모님이 와링가의 차림새인 몸에 두른 천과 구슬 목걸이, 은요리 스타일의 귀걸이를 보면 얼마나 기겁을 할지 생각하면서 입을 다물었다.

그는 속으로 웃었다. 와링가에게 초대장을 보여줄까 하다가 그만두었다.

"앞으로 오게 될 새롭고 더욱 생산적인 것들의 새벽이죠." 와링가에게라기보다 자신의 기분을 북돋기 위해 스스로에게 하듯이 그가 다시 말했다.

"그렇게 희망을 갖자고요!" 와링가가 말했다. 그러나 잠깐 있다가 자기가 한 말을 취소했다. "아니, 그냥 희망하는 걸로 만족하면 안돼요. 그런 일이 저절로 생기려니 하며 마냥 기다려서는 안되겠죠. 바라는 그런 일이 일어나도록 우리가 애쓸 수도 있잖아요?"

"그럼 그렇게 해냅시다." 가투이리아가 말했다.

"그렇게 해내자고요." 와링가가 따라 말했다.

"이레기 반란군의 혁명!"

"새로운 땅의 새로운 시작!" 와링가가 말했다.

"그렇게 될지어다!" 가투이리아가 오른발로 가속기를 힘차게 누르며 소리쳤다……

2

정말이지 나쿠루로 가는 그들의 여정은 즐거웠다.

라넷[62]을 지나칠 때도 즐거웠고, 빨간색 토요타를 타고 갈림길에서 응고리카로 향하는 길로 접어들었을 때도 그랬다.

그리고 히스파니오라 그린웨이 기타히 부부가 사는 *응고리카 천상의 과수원*으로 차를 몰고 들어갈 때까지도 그들은 즐겁게 여행을 했던 것이다……

그 자리에 있었던 당신들인데, 내가 더 할 말이 뭐가 있겠는가?

3

가투이리아와 와링가가 농장의 정문을 지나 걸어갔을 때도 그들은 즐거웠다. 마당으로 들어가 키하후 와 가테사, 기투투 와 가탕구루, 은디티카 와 웅군지, 키멘데리 와 카뉴안지를 비롯하여 이년 전 일모로그에서 있었던 악마의 향연 때 보았던 다른 많은 사람들이 그들의 눈에 들어왔을 때조차도 그랬다. 자신의 최신식 자동차에 몇몇 외국 하객을 모시고 오느라 마타투 마타타 마타무 현대식 운송회사의 로빈 음와우라 역시 그 자리에 있었다.

와링가는 자신의 눈으로 보면서도 도저히 믿을 수가 없었다. 하지만 눈이 잘못된 게 아니었다. 와링가의 이모와 이모부도 그 자리

---

62 나쿠루 외곽의 마을.

에 있는 게 아닌가……

4

뭐라고? 그런 일은 있을 수가 없다고? 나로 하여금 이 이야기를 하게 만든 분이시여, 내게 힘을 주소서. 입담과 표현할 수 있는 말을 주소서……

5

이때 벌어진 일은 수도 없이 거듭해서 얘기가 되었으나 그 자리에 있지 않았다면 너무나 믿기 힘든 그런 일이다. 내게 입담을 주소서…… 이 이야기를 하도록 내게 명령한 분이시여, 내게 힘을 주소서. 어떻게 얘기해야 할지 알려주소서……

6

가투이리아와 와링가가 안뜰로 들어서자, 줄무늬 바지에 짙은 연미복 제복을 입고 긴 모자를 쓰고 하얀 장갑을 낀 하인들이 그들을 맞았다. 그러곤 가투이리아와 와링가를 특별실로 안내했는데, 거기에서 가투이리아의 아버지가 몇몇 중요한 어른들만을 모시고 그들을 맞이하기 위해 기다리고 있었다. 가투이리아의 아버지가 아들의 신붓감을 맞아 누구보다 먼저 그녀를 어루만질 수 있도록 준비가 다 되어 있었다. 현대식 전통에 따르면 외아들의 신붓감은 집안의 가장이 제일 먼저 맞이해야 했다.

가투이리아와 와링가가 지나가자 하객들이 양쪽으로 늘어서서 박수를 쳤다.

남자들은 짙은 양복에 주름 달린 셔츠를 입고 나비넥타이를 맸다. 여자들은 갖가지 색깔의 아주 비싸고 고급스러운 옷을 입고 있었다. 모두들 모자를 쓰고 흰 장갑을 꼈다.

멀찌감치 가장자리에서는 외국인 하객들과 관광객들이 화창한 날에 어울리게 아주 가볍고 간단한 차림으로, 자신들이 수행한 문명화라는 포교에서 나온 우스꽝스러운 결과물을 연구라도 하는 양 앞에서 펼쳐지는 드라마를 재미있다는 듯 바라보고 있었다.

와링가는 밀려드는 의구심을 떨치기 위해 이모와 이모부 쪽을 보았다. 그런데 그들이 고개를 돌리며 시선을 피하는 것이었다. 와링가는 그저 자신이 이렇게 옷을 입은 것이 창피해서 그런가보다 했다……

특별실로 들어가는 입구에 빨간 융단이 깔려 있었다. 특별실 마루는 두께가 10쎈티미터는 되어 보이는 녹색 융단으로 덮여 있었다. 천장에는 유리로 된 과일이 주렁주렁 매달린 듯 샹들리에가 걸려 있었다.

가투이리아의 아버지는 색색의 쿠션들이 가득한 높은 의자에 앉아 있었다. 그의 양쪽에는 친한 어른들이 자리하고 있었는데, 그들의 의자는 조금 작달 뿐 그의 것과 비슷했다.

집 떠난 외아들이 돌아온다는 소식이 마을 구석구석까지 다 퍼졌고, 그래서 사람들은 오늘 잔치에 구름같이 몰려들었다. 그렇다,

잃어버린 줄만 알았던 아들이 아버지와 가까운 어른들의 축복을 받기 위해 돌아온다는 소식은 정말이지 사방팔방으로 퍼졌다.

와링가는 마치 영화의 주인공이라도 된 듯한 기분이었다.

그것이 바로 빨간 융단에 올라섰을 때 그녀에게 든 느낌이었다.

그것이 바로 특별실로 들어가 녹색 융단 위에 섰을 때 든 느낌이었다.

그것이 바로 그 방을 죽 둘러보았을 때 든 느낌이었다……

그러다 불현듯 그녀의 시선이 가투이리아 아버지의 시선과 마주쳤다.

가투이리아의 아버지라고? 아, 말도 안돼!

와링가의 시선이 마주친 것은 응고리카의 돈 많은 노인네의 시선이었고, 바로 그가 그녀를 맞이하기 위해 높은 의자에 올라앉아 있었던 것이다.

가투이리아의 아버지라고? 왐부이의 아버지가?

7

"아버지, 이쪽은──" 가투이리아가 와링가를 소개하려고 말을 꺼냈다. 그의 아버지가 손을 흔들어 말을 막았다. 그는 나이는 들었지만 체격은 건장했다. 양쪽으로 갈라진 흰머리 사이 정수리의 민머리가 불빛에 반짝였다.

그의 표정은 전혀 흔들림이 없었다.

시아버지와 며느리가 서로를 알 수 있도록 아들의 약혼자와 따로 얘기를 나눌 시간을 갖고자 하니 가투이리아를 포함해서 다들 잠깐 나가 있으라고 말할 때의 목소리에서도 흔들림은 전혀 느껴지지 않았다.

"가투이리아, 가서 네 어머니께 인사를 드려라. 그리고 여기 손님들을 다른 손님들이 계신 곳으로 모셔다드려라. 나갈 때 문을 닫아줬으면 좋겠구나. 그리고 네 어머니께 *절대 방해하지 않았으면* 고맙겠다고 하고."

손님들이 와링가에게 음흉한 시선을 던지며 방을 나서기 시작했다. 이렇게 혼잣말을 하는 사람도 있었다. "요즘 젊은 것들은 정말 보기 좋다니까! 늙는다는 건 얼마나 끔찍한 일인지!"

모든 게 계획대로 진행되고 있다고 다들 생각했다. 전혀 예상치 못한 일이 발생했다는 사실은 아무도 몰랐다. 그러니까 와링가와 가투이리아의 아버지만 빼고는.

가투이리아의 아버지라고? 왐부이의 아버지가?

8

웅고리카의 돈 많은 노인네의 손이 떨리고 있었다. 그가 팔을 뻗어 앞쪽 테이블 위에 놓인 성경책에 손을 얹었다. 그런데 그러는 내내 시선은 와링가의 얼굴에 고정되어 있었다. 그의 입술도 떨리기 시작했다. 그는 어떻게 말을 시작해야 할지 몰랐다.

말이 마치 벌겋게 달아오른 장작이라도 되는 양, 그는 어디에도 손을 댈 수가 없었다.

와링가는 전혀 겁먹지 않고 돈 많은 노인네의 시선을 똑바로 받아내며 그 자리에 서 있었다. 가방을 오른쪽 어깨에서 왼쪽으로 바꿔 맸다.

"좀 앉으려무나" 돈 많은 노인네가 일어나 의자 하나를 그녀 쪽으로 밀어주며 말했다.

하지만 와링가는 꼼짝도 않고 그대로 서 있었다. 한마디도 입 밖에 내지 않았다.

응고리카의 돈 많은 노인네가 여전히 와링가의 얼굴에 시선을 둔 채 자기 자리로 돌아가 앉았다. "너는…… 너는 가투이리아가 내 아들인 걸, 내 외아들인 걸 알았던 거냐?"

와링가가 고개를 저었다.

'돈 많은 노인네'가 다시 일어서더니 와링가에게 말했다. "함께 무릎을 꿇고 기도하자꾸나."

와링가는 어깨를 한번 으쓱하고는 그대로 서 있었다.

"플리즈, 이렇게 부탁할 테니, 우리에게 길을 인도해달라고 함께 하느님께 기도하자꾸나."

와링가는 꼼짝도 하지 않았다. 돈 많은 노인네가 와링가 앞쪽에서 융단 위에 무릎을 꿇었다.

와링가는 마치 전혀 뉘우치지도 않으면서 자비를 베풀어달라고 간청하는 죄수를 바라보는 판사처럼 그를 물끄러미 바라보았다.

돈 많은 노인네는 기도를 하려고 애썼지만 입 밖으로 한마디도 낼 수가 없었다.

웃음이라도 터뜨릴 듯 와링가의 입술이 살짝 떨어졌지만 웃지는 않았다.

돈 많은 노인네가 눈을 뜨고 와링가를 올려다봤는데, 그의 눈에 들어온 것은 비웃음과 조롱으로 가득한 그녀의 눈이었다.

돈 많은 노인네의 입술이 떨렸다. 기도하려는 노력을 접고는, 일어나서 뒷짐을 진 채 융단 위를 이리저리 서성거리기 시작했다. 하지만 매번 몇발자국도 못 가 자신이 앉았던 의자나 테이블 앞에서 걸음을 멈추곤 했다.

와링가는 한시도 그로부터 시선을 떼지 않았다.

그가 갑자기 서성거리는 일을 멈추더니 와링가 앞에 섰다.

"이건 우리에게 내린 시련이야." 마치 물에 빠진 사람이 말하는 듯한 목소리였다. 와링가의 얼굴을 똑바로 보고 싶지 않은 듯 눈을 내리깐 채 그가 같은 어조로 말을 이었다. "가투이리아와 네 계획이 이젠 모두 허사가 되었다는 건 알겠지?"

와링가는 여전히 아무 말 없이 그를 바라보기만 했다.

매끈거리는 그의 민머리 부분에 땀방울이 송글송글 맺혔다.

그러자 문득 와링가는 그가 불쌍하다는 생각이 들었다. 뭔가 말을 하려다가 멈췄다. 하지만 연민이라는 뾰족한 화살촉이 그녀의 가슴에 깊숙이 꽂힌 뒤였다.

돈 많은 노인네는 분위기가 약간 달라졌음을 감지했다. 빈틈없던 매정한 마음의 벽에 금이 살짝 간 것을 알아차리고는 말로 어떻게든 그 틈을 넓혀보려 했다.

"자신타! 와링가! 지금 내가 못해줄 건 하나도 없다…… 정말이야, 네가 이 짐만 내게서 없애주면 너에게 못해줄 건 하나도 없다고. 플리즈, 자신타, 너를 만드신 그분의 이름으로 내가 이렇게 간청한다! 내 행복과 지위와 믿음과 재산과 인생, 내 모든 게 지금 너한테 달렸어. 오직 이 짐에서 벗어나게만 해줘!"

와링가는 웃음이 터질 것만 같았다. 폐부를 찔렀던 연민도 온데간데없이 사라졌다. 하지만 그녀는 처음으로 입을 열어 한마디 말을 뱉었다. "어떻게요?"

웅고리카의 돈 많은 노인네가 와링가의 목소리를 들은 것은 정말이지 너무나 오랜만이었다. 와링가의 그 한마디가 창처럼 그의 가슴에 꽂히기라도 한 듯 그가 즉시 눈을 들어 그녀를 보았다. 와링가의 검은 눈동자를 뚫어지게 보며, 연민에서 생겨난 틈을 넓히는 데 성공했다고 믿고서 빠르게 말을 쏟아놓기 시작했다.

"가투이리아와 헤어져. 갠 내 외아들이다. 좀 제멋대로라서 내 뒤를 이으려 하지 않고 독자적인 길을 가겠다고 저러고 있기는 하지만 난 걔를 정말 아끼고 사랑해. 게다가 어떻게 보면 가투이리아는 너의 자식이라고도 할 수 있잖아. 그러니 내가 살아 있는 한 너희의 계획은 절대 이루어질 수 없어. 그건 엄마랑 아들이 결혼하는 것이나 마찬가지니까. 내가 멀쩡히 살아 있는데 내 아들이 내 아내와 결혼하는 거랑 똑같지. 그 수치스러움을 안고는 일가친척과 하느님 앞에서 단 하루도 살 수가 없을 거다.

내 가정도 완전히 결딴날 거야. 재산을 관리할 사람도 없게 되겠지. 인생이 산산조각 나는 거야. 자신타, 나 좀 살려줘!"

"어떻게요?"

그러자 또 한번 돈 많은 노인네는 와링가의 목소리에 소스라치게 놀랐다. 그는 다시 융단 위를 왔다 갔다 하기 시작했다. 두세발자국을 가다가는 걸음을 멈추고, 차분함을 유지하려 애를 썼다.

"네가 가투이리아와 헤어졌으면 좋겠구나."

"어떻게요?"

"함께 나이로비로 돌아가라. 나이로비에 도착하거든 이제 관계를 끝내자고 얘기해. 갠 그저 철없는 애야. 별 상처도 안 받을 거다."

"그럼 저는요?"

말로 와링가를 제압하곤 했던 그 옛날의 기분이 그의 안에서 불현듯 되살아났다. 온몸에 피가 끓어오르면서 다시금 고개를 드는 과거 수컷의 기운이 느껴졌다. 그는 와링가의 어깨에 손을 얹으려는 듯 팔을 뻗다가 이글거리는 와링가의 눈빛을 마주하고는 재빨리 팔을 양옆으로 내렸다. 하지만 마음먹었던 말은 어쨌든 꺼냈다.

"내 여자가 되는 거지. 생각해봐, 넌 예전에 내 거였잖아. 아무것도 모르는 여자애였던 너를 성숙한 여성으로 바꿔놓은 게 바로 나였다고 믿는다. 게다가 넌 내 자식을 낳았잖아. 비록 내가 한번도 본 적은 없지만서도."

"그럼 가투이리아의 어머니인 당신 부인은 어쩌고요?"

돈 많은 노인네는 와링가의 매력에 사로잡혀 꼼짝할 수가 없었다. 욕정이 그를 사로잡았다. 별 힘도 안 들이고 입에서 감언이설을 술술 내뱉었다. 그가 그녀에게 살짝 다가갔다. 그의 말은 *보스 키하라*의 말과 단어 하나까지 똑같았다. 마치 여자 꼬시기 수업을 둘이 같이 들었거나, 아버지가 딸에게 보내는 수백가지 연애편지가 실린 책이라도 함께 읽은 것만 같았다.

"자신타, 걔 엄마는 신경 쓸 필요가 없어. 냄새 다 빠진 묵은 향수를 바르는 사람이 어디 있나. *플리즈*, 내 예쁜 아가씨, 향기로운 내 과일, 내 말 들어봐. 오늘의 이 수치스러운 상황에서 나를 구해줘. 그리고 내 여자가 되면, 나이로비든 몸바사든 아무 데고 네가 원하는 곳에 집을 얻어줄게. 여기 이 집에 있는 것과 똑같은 가구와 융단으로 집을 꾸며주고 홍콩이나 *토오꼬오*, *빠리*, 런던, 로마, 뉴욕 할 것 없이 세계 각지에서 수입한 침대니 커튼이니 온갖 다른 물건들을 들여놔줄게. *말만 해, 바로 다 사줄 테니까.* 이 천조각 같은 옷이며 마른 옥수숫대로 만든 목걸이와 귀걸이 같은 건 다 벗어던지고 유럽에서 들여온 옷과 보석으로 치장하게 해줄게. *쇼핑용*

*자동차*도 사주지. 쇼핑할 때 몰고 다닐 수 있게 토요타나 코로나, 닷선 16B, 알파수드, 무엇이든 네가 원하는 걸로 말이야. 자신타, 내 사랑, 향기로운 과일, 내 오렌지, 나한테 다시 돌아와서 네 인생의 문제를, 내 가정과 내 자식의 문제도 다 해결하자꾸나!"

"어떤 자식요?"

"당연히 가투이리아지!"

"그럼 왐부이는요? 걘 당신 자식 아닌가요?"

"네가 생각하는 것처럼 내가 그렇게 꽉 막힌 사람은 아니야. 기쿠유가 말씀하시길, 암소가 미우면 그 거죽도 밉다고 했잖아. 그 말을 바꿔서 나는 암소가 사랑스러우면 그 송아지도 사랑스럽다고 말해줄 수 있지."

"제가 당신의 꽃이 되는 걸, 그래서 당신의 노년을 즐겁게 해주는 걸 거절하면 어쩌겠어요?"

응고리카의 돈 많은 노인네는 곰곰이 생각해보는 듯 잠시 말이 없었다. 그의 얼굴이 어두워졌다. 와링가의 말에 화가 치밀어오른 것이다. 그가 목을 가다듬더니, 한번도 자신의 말이나 바람을 거절당해본 적이 없는 사람의 거칠고 매서운 말투로 말을 하기 시작했다.

"우화를 들어서 설명하도록 하지. 아주 옛날에 사탄(혹은 악마)은 하느님이 끔찍이 아끼던 천사였어. 그때는 루시퍼라고 불렸어. 그런데 어느날 악령에 사로잡혀서는 하느님의 오른팔 자리를 탐내게 된 거야. 알겠지만, 거긴 하느님의 외아들의 자리잖아. 그래서 하느님이 루시퍼를 어떻게 했게? 이 땅에 사는 하느님의 추종자인 우리들에게도 하느님의 바람을 완수할 방법이 있어. 너도 갓난아기는 아니니까 그게 무슨 말인지 설명할 필요는 없겠지. 난 일모로그에서 열렸던 잔치에 가지는 않았다. 하지만 거기 음위레리 와 무키라이라는 이름을 가진 자가 있었던 건 알고 있어. 그 잔치에 초대된 유명 인사 중 하나였지. 그래서 다른 사람에게 돌릴 초대장을 엄청 많이 받았다고 들었어. 하지만 그는 자기 배를 채울 만큼 다 채우고 나더니 하느님을 헐뜯고 하느님을 따르는 사람들을 경멸하기 시작했어. 이 땅의 율법을 따르지 않겠다고 한 거야. 한때는 상당히 존경받는 유명 인사였을지 모르겠지만, 지금은 어떻게 되었는지 알아?"

"키네니의 리무루 근방에서 마타투 마타타 마타무, 차 번호 MMM 333의 운전자 로빈 음와우라에게 살해되었죠."

웅고리카의 돈 많은 노인네가 화들짝 놀랐다.

"그걸 알고 있었어? 그럼 뭐 숨길 필요도 없겠네. 음와우라는 *데블스 에인절스*라는 집단의 우두머리였지. 아마 들어봤을지도 모르겠군. 이 땅에서 하느님의 역사가 이루어지는 걸 방해하는 자들을 없애버리는 게 그들의 임무야. 지금 당장 내가 입만 벙긋하면 넌 길 길까지 갈 수도 없을걸…… 아니, 우리가 지금 무슨 얘기를 하는 거지, 자신타? 얘기가 옆길로 샜구먼. 네가 바보가 아니라는 건 알아. 부자가 되는 걸 마다하지 않으리라는 것도. 리프트 밸리에 농장이 하나 있는데 나이로비나 몸바사에서 전화로 그걸 관리하고 싶다면, 그것도 좋아. 원하는 게 있으면 얘기만 해. 바로 다 들어줄 테니."

"그럼 밖에 있는 사람들은요? 뭐라고 얘기할 건데요?"

"그건 내가 다 알아서 하마."

"*미스터* 기타히, 도대체 당신이 다른 사람들의 삶에 대해서 잠깐이라도 생각해본 적이 있는지 알 수가 없네요. 뭐 하나 물어봐도 돼요?"

"물론이지. 뭘 물어봤다고 잡아가는 법은 없으니까."

"저와 가투이리아의 사랑을 끝냈으면 하는 거죠?"

"그렇지."

"좋아요. 그럼 저랑 결혼할 건가요? 그러니까 저랑 결혼식을 올려서 저를 두번째 아내로 맞을 건가요?"

"*플리즈*, 자신타. 그렇게 아무것도 모르는 척 좀 하지 마. 난 교회 다니는 사람이야. 그냥 네가 내 여자였으면 한다고. 내가 알아서 너를 찾아가도록 할게. 예전처럼 말이야. *기억 안 나?* 플리즈, 나 좀 살려줘! 내 명예를 지킬 수 있게 해달라고! 내 아들의 명예도 그렇고! 자신타, 내 가정의 명예를 지켜주면 그에 대한 보답은 정말 확실하게 해주지."

그러고는 기적 같은 일이 일어났다. 와링가를 가만히 바라보던 돈 많은 노인네에게, 그녀의 아름다움이 얼마나 찬란하게 빛나는지가 갑자기 확 와닿았던 것이다. 와링가의 젊음에 그의 몸과 마음이 다 타버리는 것 같았다. 완전히 자제력을 잃은 그는 와링가 앞에 무릎을 꿇고 애원하기 시작했다. "이렇게 눈부시게 빛나는 아름다움은 지금껏 본 적이 없어. 날 좀 살려줘!"

그가 와링가의 무릎을 그러쥐었고, 그의 입에서는 홍수로 범람하는 강물처럼 온갖 말들이 쏟아져나왔다.

와링가는 처음 이 방에 들어와 멈춰 섰던 그 자리에 여전히 서 있었다. 민중의 재판관이 판결을 내리듯, 그녀가 말을 하기 시작했다.

"당신은 다른 사람들의 삶을 강탈했어요! 예전에 함께했던 놀이 기억해요? 사냥꾼과 사냥감 놀이 말예요. 사냥감이 사냥꾼이 되는 날이 올 수도 있다는 생각은 전혀 안했나요? 엎질러진 물을 주워 담을 수는 없어요. 당신을 살려주지 않을 거예요. 당신 대신 다른 많은 사람들을 살리겠어요. 감언이설에 인생을 망칠 수도 있을 다른 사람들을요."

돈 많은 노인네가 와링가의 말을 막으며 끼어들었다. "네가 이렇게 해줄 줄 알았어! 내가 너무나 사랑하는 이 예쁜 것! 향기로운 과일, 내 오렌지, 내 노년을 즐겁게 해줄 나의 꽃!"

자기 말에 정신이 팔린 채 계속 떠드느라 그는 와링가가 가방을 여는 것을 보지 못했다. 와링가가 권총을 꺼내는 것도. "날 봐요!" 와링가가 심판자의 목소리로 명령했다.

가투이리아의 아버지 눈에 총이 들어왔고 그의 말이 뚝 멈췄다.

9

밖에서 기다리던 사람들에게 총성이 들렸다. 그들이 방으로 몰려갔을 때, 가투이리아의 아버지는 여전히 와링가의 무릎을 부여안은 채 무릎을 꿇고 앉아 있었다. 그러나 총알 세발이 그의 몸에 박혀 있었다.

"이게 무슨 일이에요? 도대체 무슨 일이에요, 와링가?" 가투이리아가 물었다.

"여기에 진드기, 이, 바구미, 벼룩, 빈대가 무릎을 꿇고 있어요! 이자는 다른 사람들의 나무에서 수액을 빨아먹고 사는 기생식물이에요!"

10

와링가가 방을 나섰다. 사람들이 그녀에게 길을 열어주었다. 문 밖에서 그는 키하후 와 가테사와 기투투 와 가탕구루를 마주쳤다. 그러자 갑자기 왕가리와 무투리와 학생 대표가 떠오르면서, 정신 적 노예 상태에서 자신을 빼내준 그 사람들이 떠오르면서, 기타히 를 죽였을 때는 느낄 수 없었던 분노가 솟아올랐다.

"당신도, 그리고 당신도!" 그러면서 그녀는 키하후와 기투투의 다리에 총을 쏴 무릎을 날려버렸다.

사람들이 비명을 지르며 사방으로 도망쳤다. 걸음아 날 살려라 도망치면서 "저 여자 체포해! 붙잡아! 저 여자 미쳤어!"라고 외치 는 사람도 있었다.

두 사람이 그녀를 잡겠다고 달려들었다가 유도 발차기와 가라 테 당수를 맞고 나가떨어졌다. 사람들이 멀찍이서 바라보는 동안 와링가는 차분히 걸어서 사라졌다.

여전히 뛰어 돌아다니는 사람은 응군지 와 은디티카밖에 없었 는데, 그는 넘어질까봐 거대한 배를 두 손으로 받쳐든 채 로빈 음 와우라를 소리쳐 부르고 있었다. "어디 있어? 너랑 네 부하들 다 어 디 있는 거야?" 하지만 음와우라는 이미 차에 시동을 걸고 쏜살같 이 내빼버린 뒤였다.

가투이리아는 뭘 어떻게 해야 할지 몰랐다. 아버지의 시신을 처 리해야 하는 건지, 가서 어머니를 위로해드려야 하는 건지, 아니면 와링가를 쫓아가야 하는 건지 알 수가 없었다. 그래서 아무 도움도 되지 않는 음악이 마음속에서 울려대는 것을 들으며, 그저 하릴없이 마당에 서 있을 뿐이었다.

말을 어떻게 하는지, 팔다리는 어떻게 쓰는지 잊어버린 사람처럼 그는 그렇게 마당에 서 있었다.

와링가는 뒤 한번 돌아보지 않고 계속 걸었다.

하지만 자신의 인생에서 가장 고된 싸움이 앞길에 놓여 있음을 그녀는 절절히 느낄 수 있었다……

풍자로 버무려진 탈식민주의

1

아프리카 출신의 탈식민주의 작가 가운데 하나인 응구기 와 티옹오는 1938년 케냐 카미리투에서 태어나 제임스 응구기라는 서양식 이름으로 세례를 받았다. 당시 케냐는 여전히 영국의 식민지 배하에 있었고, 1952년에서 시작되어 1959년까지 계속된 마우마우 봉기에는 그의 가족들도 연루되어 형제 중 한명이 직접 반군이 되어 싸웠으며 어머니는 민병대에게 붙잡혀 고문을 받기도 했다. 영국이 긴급조치를 발령하고 군대를 동원해 봉기는 진압되고 그에 대해 처참한 보복이 가해졌지만, 곧 직접통치 정책은 중단되고 케냐인들의 직접선거를 통해 1964년 케냐공화국이 설립된다.

응구기는 식민지 케냐의 일류 고등학교였던 얼라이언스를 졸업한 뒤 우간다의 마케레레 대학에서 영문학을 전공했고 이후 영국의 리즈 대학에서 공부했다. 그동안『울지 마, 아이야』(*Weep Not, Child*, 1964),『샛강』(*The River Between*, 1965),『한톨의 밀알』(*A Grain of Wheat*, 1967)을 발표한다. 그때까지도 그는 독실한 기독교 신자로서 자유주의적 개인주의를 중요시했고, 작품에서도 로런스(D. H. Lawrence)나 콘래드(Joseph Conrad) 등 서구 문학의 영향을 많이 찾아볼 수 있다. 따라서 초기 소설에서는 식민지 케냐의 현실을 다루면서도 모순적 상황에 놓인 인물의 갈등과 딜레마, 그로부터 요구되는 도덕적 결단 등이 중심을 이룬다.

이후 파농(Frantz Fanon)의 반제국주의 사상과 맑시즘을 접하면서 그의 작품은 내용과 형식 모두에 있어 급진적 방향으로 전환한다. 이미『한톨의 밀알』에서부터 마우마우 봉기가 민족 해방 투쟁에서나 이후 독립국가의 건설에 핵심적인 사상이자 사건으로 나타난 바 있지만, 오년 만에 완성한『피의 꽃잎들』(*Petals of Blood*, 1977)을 비롯한 후기 작품에서는 노동자 농민 계급이 단결하여 진정한 의미의 독립을 이뤄야 한다는 사회주의적이고 탈식민적인 주장이 전면에 나서게 된다. 또한 제임스라는 이름을 버리고 케냐 전통의 응구기 와 티옹오라는 이름을 사용하며 영어가 아닌 자신의 모국어인 기쿠유어로 창작 활동을 시작한다. 1977년 자신의 고향에 카미리투 문화교육센터를 세우고 대중들을 교육하기 위한 공연 활동을 시작한 일은 그의 사상적·문학적 변화를 보여줌과 동시에 이후 그의 작품에서 중요한 요소를 이루게 된다. 이제 그에게 문학의 임무란 신식민주의의 실상을 알리고 진정한 독립을 위해 민중들이 함께할 수 있도록 교육하는 일이므로, 민중들이 실제로 사용하는 언어로 작품을 써야 한다는 것은 어찌 보면 당연한 결론이었다. 또한 공연이란 형식은 기쿠유어로 쓰였더라도 글을 읽을 줄 몰라 작품을 접할 수 없는 사람들까지 포괄할 수 있는 직접적인 교류의 장이 된다. 이후 카미리투 문화교육센터에서 기쿠유어 연극인 「결혼은 내가 하고 싶을 때 한다」(Ngaahika Ndeenda, 1977)를 공연하지만 정부가 그 정치성을 문제 삼으면서 공연은 중단되고 응구기는 교도소에 갇힌다. 이 수감 생활 동안 교도소의 화장지 위에 집필한 것이 바로 『십자가 위의 악마』(Caitaani mũtharaba-Inĩ, 1980)이다.

『십자가 위의 악마』는 그가 기쿠유어로 쓴 첫번째 소설로서 1980년에 발표되었고 1982년에 영어 번역본이 출간됐다. 파농의 사상을 접하면서 그는 제국주의 지배의 핵심이자 동시에 피지배 민족에게는 가장 해로운 면이 바로 정신의 식민지화이며, 정신의 식민지화에서 가장 핵심적인 부분이 언어임을 깨닫는다. 언어와 식민지 지배의 관계에 대한 고찰은 『정신의 탈식민화』(Decolonizing the Mind: The Politics of Language in African Literature, 1986)에서도 잘 나타난다. 그는 자신의 학교생활을 돌아보면서 영국 제국주의가 학생들의 기쿠유어 사용을 얼마나 악랄하게 막았는지를 설명한다. 자신이 진급하고 대학에 갈 수 있었던 것은 영어 실력이 좋았기 때문이며, 영어를 뺀 다른 모든 면에서 자신보다 뛰어났던 친구가 결국 공부를 계속하지 못했다는 사실도 떠올린다. 제국주의가 이렇게 모국어의 사용을 막고 영어를 우선시하도록 강요하는 것은 단지 편의를 위해서가 아니라, 언어가 그 민족의 전통과 정신과 역사를 유지하는 핵심이기 때문이다. 이는 일본 제국주의를 겪은 우리에게도 내선일체나 창씨개명 같은 민족말살정책이라는 이름으로 아주 익숙한 사실이다. 따라서 『십자가 위의 악마』에서 노동자 농민 계급의 사회주의적 의제는 민족의 전통을 지키고 독자적인 경제 발전을 이루는 일과 결부된다. 응구기가 보기에는 자본주의의 근간인 개인주의가 케냐의 전통적인 공동체적 삶을 파괴하고 무엇보다 민중들이 자본주의와 외세의 폭력에 무방비로 당할 수밖에 없게끔 만든다. 함께 돕고 생활하는 마을 공동체와 그를 통해 윗세대에서 아랫세대로 이어지는 고유의 전통과 문화가 유지되는 한 외세를 몰아내고 독립하겠다는 의지는 꺼지지 않을 것이다. 따라서 응구기는 『십자가 위의 악마』와 『마티가리』(*Matigari*, 1986)를 단지 기쿠유어로 쓰는 데 그치지 않고 그 형식이나 내용에 있어서 기쿠유 종족의 민담이나 설화, 노래나 가극 등을 적극적으로 활용한다.

국제사면위원회의 도움을 받아 풀려난 뒤 응구기는 케냐를 떠나 미국의 여러 대학에서 강의를 했다. 어린이를 위한 소설이나 신식민지 지배에 대한 사상서를 주로 쓰다가 2004년에 『까마귀의 마법사』(*Mūrogi wa Kagogo*)라는 소설을 출간하고 자서전적인 두권의 저서를 발표했다.

2

『십자가 위의 악마』는 일제의 식민지 지배와 이후 미국 주도의 개발 과정을 겪은 우리에게도 아주 친숙하게 느껴지는 작품이다. 그럴 법도 한 것이, 이 작품이 다루는 내용은 제2차세계대전 이후 독립한 제삼세계 나라들에게서 거의 공통적으로 벌어진 과정이기 때문이다. 차이가 있다면 케냐는 독립이 늦었고 매판자본과 손잡은 외국자본의 지배가 거의 전면적이었기 때문에 우리나라처럼 온 국민을 동원하여 수출 주도의 경제 발전을 추구하지 못했다는 점을 들 수 있겠다. 그럼에도 이 소설이 나온 당시의 케냐는 해방 후 한국과 그리 다른 모습이 아니었다. 해방도 되고 자국민의 손으로 독립적인 정부도 세웠지만, 독립투사들이 아니라 식민지 시절 제국주의 세력에 빌붙어 호의호식하던 자들이 그대로 식민주의자의 자리를 차지하게 된다. 그뿐만 아니라 전과 달리 전면에 나서지 않을 뿐, 여전히 세계열강이 개발이나 투자라는 명목으로 나라의 경제를 좌우하고 매판자본가들을 살찌움으로써 민중의 삶은 더욱 피폐해진다.

이 작품은 독립 후 케냐를 배경으로 도둑놈이며 강도 들인 매판자본가들과 그로 인해 핍박받는 민중 간의 대결 구도를 그리고 있다. 주인공이라 할 와링가의 이야기로 시작하여 다시 이년 뒤 그녀의 이야기로 끝남으로써 와링가의 개인사가 일종의 틀을 이루고, 일모로그에서 벌어지는 '도둑질과 강도질 경연 대회'가 중간 허리 부분을 차지하며, 그에 앞서 마타투를 타고 일모로그로 가는 여정이 또 한 부분을 차지한다. 와링가를 중심으로 보자면 이 작품은 일종의 성장기라고 할 수 있다. 처음에 등장한 그녀는 성적·경제적으로 줄곧 착취당하면서도 그것을 사회적인 문제로 바라보지 않고 개인적으로 절망하여 삶을 포기하고 싶은 마음밖에 없다. 그러던 그녀가 일모로그로 가는 길에 마타투에서 여러 사람들을 만나 얘기를 나누고 '도둑질과 강도질 경연 대회'와 그곳에서 벌어지는 자본가와 민중의 싸움을 목격하면서 자신의 문제를 사회의 문제로 인식하고 새로운 삶을 살게 되는 것이다. 그렇게 보면 한 인물의 성장기라는 전형적인 서구적 서사 구조를 차용하는 듯 보이지만,

기산디 공연자가 이야기를 들려주는 형식으로 소설이 시작되는 점이나 경연 대회를 중심으로 하는 중반의 사건 등은 기쿠유 전통문화를 풍부하게 이용하는 독특한 형식을 보여준다.

노동자 농민을 중심으로 한 민중과 자본가의 대립 구도가 핵심임에도 비서 일을 하는 젊은 여성을 주인공으로 삼은 것은 그녀에게 여러겹의 모순이 중첩되어 있기 때문이다. 마지막에 '보스 키하라'가 소유한 건설회사가 나이로비의 땅을 대거 사들여 사실상 매춘을 조장하는 관광호텔을 짓기로 한 것에서도 알 수 있듯이, 우선 외국자본과 매판자본의 결탁에서 중요한 부분을 차지하는 것이 케냐 여성에 대한 성적 착취라는 점을 들 수 있다. 하지만 '돈 많은 노인네'와 와링가의 관계나 그녀가 보스 키하라에게 당한 일, 그리고 경연 대회의 참가자들이 떠벌리는 이야기처럼 케냐의 여성들을 성적으로 학대하고 착취하는 것은 그 누구보다 케냐의 남성들이며, 이는 비단 돈 많은 남성만의 문제도 아니다. 마지막으로 와링가 자신의 문제도 있는데, 화자가 처음 와링가를 소개하는 부분에서 그녀는 자신의 '흑인적인' 몸을 미워하고 백인이 되고 싶어한다. 이는 인종주의가 조장하는 전형적인 자기혐오로서, '주인님'으로 받드는 외국 자본가들을 맹목적으로 모방하는 자본가들만이 아니라 많은 민중들 역시 스스로 내면화하는 태도다.

이렇게 자기혐오에 찌들고 어디에도 기댈 곳 없는 절망적 상황에 빠진 와링가는 일모로그로 가는 마타투 안에서 조금씩 주변과 자신이 사는 사회에 대해 생각하게 된다. 왕가리와 음와우라가 말하듯이 마타투는 사람들이 모여 자유롭게 떠들 수 있는 일종의 장터 같은 공간으로, 모르는 사이끼리 한자리에 모여 서로 애환을 나누기도 하고 세상 돌아가는 얘기도 전해 듣는 일시적인 공동체와도 같다. 이곳에 성적으로 착취당하는 여성인 와링가를 비롯하여 일을 빼앗긴 노동자 무투리와 땅을 빼앗긴 농민 왕가리, 진보적 의식을 지닌 지식인 가투이리아, 자본가 음위레리 그리고 비밀 청부 살인 조직에 속한 운전사 음와우라가 모여 일시적인 작은 사회를 이루게 되는 것이다.

경연 대회가 자본가들의 사고방식과 계략을 알 수 있는 자리라면 마타투는 억압받는 자들이 자신들의 상황을 따져보고 그에 대한 해결책을 공감하는 자리다. 노동자인 무투리가 누구보다 명확하게 노동자 계급의 사상을 개진하지만, 어린 시절 독립운동에 참가했던 왕가리와 민중의 시각에서 케냐의 역사를 담은 음악을 창작하고 싶어하는 가투이리아 또한 각자의 방식으로 함께 논의에 참가한다.

이때 등장하는 악마의 존재에 대한 논쟁은 이 소설의 제목과도 연결되는 중요한 모티프라 할 수 있다. 십자가에 달린 악마는 작품 초반 이미 와링가의 꿈을 통해 등장하는데, 알레고리와도 같은 이 장면에서 악마는 서구 제국주의를, 추종자는 케냐의 매판자본가들을 의미한다. 민중이 악마를 십자가에 못 박았지만 곧 추종자들이 악마를 다시 내리는 것은 식민지 지배를 끝장내고 독립을 이룬 뒤에도 매판자본가들에 의해 다시 들어온 외국자본이 여전히 신식민지 지배를 이어가는 것을 의미한다. 동시에 식민지 지배에서 기독교가 행사하는 영향력을 나타내기도 하는데, 음위레리의 설교나 경연 대회의 연설에서 나타나듯이 기독교는 식민지 지배를 정당화하고 복종적·체념적 세계관을 심어주는 역할을 하기 때문이다.

다른 한편, 마타투 안에서의 악마 논쟁은 비사실적인 이 소설의 특성과도 연관된다. 가투이리아는 바하티 노인에게서 옛날이야기를 듣고 이야기의 사실성을 어디까지, 혹은 어떻게 믿어야 하는지 의구심을 갖는데, 사실 이 소설에서 벌어지는 일에 대해서도 독자들은 똑같은 의구심을 가질 수 있다. 바하티 노인의 말에 따르면, 옛날이야기든 요즘 이야기든 다 같은 이야기일 뿐이고 그 내용은 모두 인간에 대한 것이다. 즉 구체적인 역사적·사회적 배경이 다르더라도 좋은 이야기는 인간에 대한 진실을 담고 있으므로, 시대적인 차이나 비현실적이고 환상적인 내용에도 불구하고 항상 현재의 우리에 대한 얘기일 수 있으며 우리의 미래를 말해줄 수도 있다는 것이다. 악마가 실제로 존재한다는 무투리의 주장 역시 이와 크게 다르지 않다. 옛날이야기에 나오는 뿔 달린 악마가 정말 존재하는가 하는 문제는, 그 사실성을 따지는 것이 아무런 의미가 없다. 무투리가 보기에 남의 노동을 착취하여 호의호식할 뿐 아니라 갈수록 더 지독하게 착취할 방안을 찾기 위해 골몰하는 외세와 매판자본가는 뿔이 달렸든 안 달렸든 악마이기 때문이다. 마찬가지로 사람의 피를 마시고 살을 먹는 존재라는 옛날이야기 속의 표현도 그 사실성과 별개로 케냐 자본가 계급의 본성을 정확히 표현한다고 할 수 있다.

음위레리는 자본가임에도 어쩌다보니 마타투에 함께 타게 되는데, 이는 소설의 전개를 위해 그가 다른 사람들에게 경연 대회의 초대장을 주어야 할 필요가 있어서이기도 하지만, 그가 외세에서 벗어난 토착적 자본주의를 주장한다는 점에서 대부분의 자본가와는 다르기 때문이기도 하다. 일종의 민족주의적 자본가라 할 수 있는 이러한 유형은 제삼세계 나라에서 쉽게 찾아볼 수 있다. 외세와 결탁한 다른 자본가들이 사고를 위장하여 그를 죽이는 것도, 외국 자본가의 심사를 거슬려서 자신들의 사업에 문제가 생길까 두려워

벌인 일이지만 현실적인 논리상으로도 적확한 서술이라 할 수 있다. 식민지 경영에서부터 이미 시작되었듯이, 자본의 지배는 국경과 상관없이 전지구적인 차원에서 이루어지므로 한 나라에 국한된 자본이 살아남기란 거의 불가능하기 때문이다.

이년 후의 와링가의 이야기로 다시 돌아오는 작품의 결말은 어떻게 봐야 할까? 와링가는 일모로그의 사건들을 겪은 뒤 완전히 다른 사람이 되어, 화자가 감탄하듯이 '우리의 노동자'이자 '기술자 영웅'으로 변모했다. 더이상 자기혐오에 사로잡혀 백인을 따라 하지도, 관습적인 여성성의 틀에 갇혀 있지도 않다. 하지만 현실적인 상황은 나아지기는커녕 오히려 더 나빠지기만 한다. 협동조합처럼 자치적으로 운영해오던 정비소의 땅이 팔린 것에서 알 수 있듯 자본의 지배력은 점점 확장되고 있는 것이다. 또한 앞서 군데군데 암시되었던 바와 같이 가투이리아가 돈 많은 노인네의 아들임이 밝혀짐으로써 개인적인 행복 역시 산산이 부서지고 만다. 돈많은 노인네를 총으로 쏴 죽이고 다른 두 자본가의 다리에 부상을 입히고 떠난 와링가의 이후 삶이 어떻게 될 것인지는, 화자의 말대로 "인생의 가장 고된 싸움이 자신의 앞길에 놓여 있다"는 사실 이상으로는 얘기할 수가 없다. 중요한 것은 일종의 복수가 개인적인 차원으로 이루어졌다는 점인데, 돈 많은 노인네를 죽이는 이유가 분노가 치밀어서가 아니라 "다른 많은 사람들을 살리기 위해서"라는 점은 사실 이 복수가 개인적 차원이 아님을 말해준다. 키하후와 기투투의 다리에 총을 쏠 때는 갑작스러운 분노 때문이었지만 그것 역시 무투리와 왕가리, 나아가 그들이 대표하는 민중을 대신해서였다.

계급 간의 투쟁에서 폭력이 불가피하거나 필요하다는 응구기의 생각은 작품 여기저기서 암시된다. 지배계급의 폭력이 일상화되어 있는 상황에서 피지배계급의 저항만 폭력으로 치부되어 단죄되고, 기독교는 폭력에 폭력으로 맞서서는 안된다는 교리를 설파함으로써 저항의 싹을 잘라버린다. 무투리는 노동자 농민이 생산한 것이 거꾸로 그들을 착취하고 억압하는 데 사용되는 역설을 언급하는데, 그런 점에서 무투리를 쏘려 했던 키하후와 가테사의 총이 무투리를 거쳐 와링가에게 건네지고 결국 돈 많은 노인네를 죽였다는 사실은 의미심장하다. 피지배계급은 항상 폭력에 노출되면서도 그에 폭력으로 맞서면 도덕적 기반을 상실하는 이중의 족쇄에 묶여 있다. 응구기는 그 족쇄에서 벗어날 필요도 있다고 말하는 것이다.

3

앞서 작품의 내용을 되짚으며 중요한 허리 부분이라 할 '경연 대회'를 언급하지 않은 이유는, 사실주의적 서사와 전통적 서사가 어우러져 있는 이 작품에서 '경연 대회' 부분은 특히 구전문학이라는 형식과 떼어놓고 얘기하기가 힘들기 때문이다. 응구기가 『오적』을 포함한 김지하의 시를 읽고 영감을 받았다는 사실은 잘 알려져 있다. 그는 『오적』을 읽고 판소리라는 전통적인 구전문학의 형식과 풍자적 문체를 어떻게 효과적인 정치적 도구로 사용할 수 있는지를 보았다고 하는데, 경연 대회 장면이 바로 그 영향이 직접 나타나는 부분이다.

이 작품은 우선 기산디 공연자가 이야기를 들려주는 서술 방식에서부터 구전문학을 활용한다. 기산디라는 기쿠유 전통문화는 우리의 탈춤이나 마당놀이와 비슷한 면이 있다. 기산디 공연자는 마을과 시장 등을 돌며 자신의 뛰어난 재담으로 옛날이야기를 들려주는 직업적 이야기꾼으로, 악기를 연주하면서 노래도 부르고 춤도 추고 사설도 늘어놓기 때문에 일종의 종합예술인이라고도 할 수 있다. 또한 그는 '정의의 예언자'로, 그래서 와링가의 어머니가 찾아와 사람들에게 진실을 알려달라고 애원하는 것이다. 그런데 그가 정의의 예언자인 이유는 사실 그가 민중들의 소리를 들을 수 있고 그 소리를 다시 민중들에게 전해줄 수 있기 때문이다. 이 책에서 자신타 와링가가 겪은 일의 진상을 사람들에게 널리 알리는 것처럼 말이다.

다음으로 들 수 있는 구전문화적 특성은 노래와 민담, 속담 등이 풍부하게 담겨 있다는 점이다. 앞서 언급한 바하티 노인의 옛날이야기가 그 대표적인 예이지만 그외에도 화자를 비롯한 작품 속의 인물들은 대화를 하는 중에 속담이나, "기쿠유께서 말씀하시기를……"로 시작되는 격언을 자주 인용한다. 이 속담이나 격언은 옛날부터 내려오는 삶에 대한 해석이나 지혜로서 민중이 자신들의 삶을 이해하고 서로 소통하는 데 있어서 중요한 도구가 된다. 노래도 빼놓을 수 없다. 무투리와 왕가리, 가투이리아와 와링가가 부르는 노래들은 작품 전반에 걸쳐 기산디 공연자의 공연 같은 분위기를 부여한다. 실제로 웅구기가 이 작품을 민중들 앞에서 낭송하고자 했고, 그때 직접 노래를 불렀을 것임을 생각하면, 그 과정이 말 그대로 기산디 공연자의 공연과 비슷했을 것임을 짐작할 수 있다.

앞서 언급했지만 악마라는 존재도 이에 해당하는데, 악마는 옛날이야기 속의 존재에 그치지 않고 와링가의 꿈에 목소리로 등장한다. 흥미로운 점은 이때의 악마가 감언이설로 와링가를 속이기보다는 현실을 있는 그대로 보여주면서 와링가를 유혹하고, 이로써 오히려 민중의 편에 서겠다고 결심하는 데 일조한다는 것이다. 어떤 감언이설이나 기만이 아니라 압도적인 자본의 지배라는 상황 자체가 변혁에 대한 의지를 꺾는 오늘날의 상황을 생각하면, 이 역시 초현실적인 방식을 통한 현실의 반영이라 할 수 있다. 우리 사회에서 흔히 찾아볼 수 있는, '문제라는 건 알지만 그게 현실이니 어쩌겠어'라는 식의 사고방식이야말로 어쩌면 가장 강력한 악마의 유혹인 셈이다.

김지하 『오적』의 영향을 구체적으로 찾아볼 수 있는 경연 대회 장면은 형식에 있어서나 내용에 있어서나 이 작품의 핵심이라 할 만하다. 매판자본가를 비롯한 지배계급을 아예 대놓고 도둑이라고 지칭하는 점이나 그들의 외모를 묘사할 때 동물과 비교하는 등의 과장을 사용하는 점, 풍자적인 말투 등에서 『오적』의 영향이 드러난다. 웅구기가 『오적』의 판소리 형식에서 영감을 받은 이유는 그 형식이 민중이 이해하기 쉬운 민중들의 담론이자 조롱과 풍자로 재미를 주면서도 민중을 교육시키기에 적합해 보였기 때문이다. 외국자본이 지배하는 수탈적 자본주의의 현실을 일깨우기 위해서 맑스의 『자본』(*Das Kapital*, 1867)이나 레닌의 『제국주의론』(*Империализм*, 1917)을 읽힐 수는 없으니 말이다. 반면 과장되고 비현실적으로 보일 수도 있는 경연 대회의 풍자적 서술은 민중들에게 재밌고 쉽게 다가갈 뿐 아니라 신식민주의적 자본주의의 핵심을 짚어주는 역할도 한다.

첫번째 참가자인 기투투 와 가탕구루가 돈을 번 방식은 땅을 통해서이다. 농경 사회에서는 일반적으로 땅에 대한 애착이 강한데, 해방 후 그는 외국인을 등에 업고 민중들의 땅에 대한 열망을 이용하여 엄청난 부를 축적한다. 어떻게 보면 엄밀한 의미의 자본주의적 경제라고 보기 힘든 땅과 집을 통한 투기가, 특히 해방 후 개발이라는 이름으로, 왜곡된 경제체제를 지닌 제삼세계 나라들에서 부의 편중에 얼마나 큰 역할을 했는지를 잘 보여주는 대목이다.

두번째 참가자인 키하후 와 가테사는 교육에 대한 민중의 열망을 이용하여 돈을 번 인물이다. 식민지배에서 벗어난 뒤에도 제삼세계 국민들은 서구 제국주의는 우수하고 자신들은 열등하다는 의식과 서구를 모방하려는 강한 열망을 가지고 발전이라는 이름으로 서양식 교육에 엄청난 돈을 쏟아붓게 된다. 21세기의 한국과 1970년대의 케냐는 너무나 다른 상황이겠지만, 이 부분에서 오늘날 한국에서 벌어지는 천문학적인 규모의 주택 담보대출과 부동산 투기, 그리고 역시 천문학적인 돈을 쏟아붓는 영어 교육을 떠올릴 수 있다면 여기서 우리는 서구 자본이 주도하는 전지구적 자본주의의 전반적인 작동 방식을 볼 수도 있을 것이다.

다음 참가자인 은디티카 와 응군지와 키멘데리 와 카뉴안지의 얘기는 앞으로 자본이 넓혀갈 영역과 관련된다. 돈 많은 사람들이 가난한 사람들과 똑같은 신체, 비슷한 수명밖에 가질 수가 없다는 사실이 억울해 인공 심장을 비롯한 인공 신체 기관을 개발해야 한다는 그의 주장에서는 빈부 격차에 따라 의학의 혜택이 근본적으로 달라지고 유전공학과 인공 장기 등의 연구가 유망한 분야로 떠오른 요즘의 추세가 떠오르지 않을 수 없다.

앞선 세 사람의 이야기가 기본적으로 현실적인 상황이나 계획을 나타낸다면, 노동력을 추출하는 공장을 만들겠다는 키멘데리의 계획은 자본주의 경제의 핵심을 보여주려는 의도를 담고 있다. "노동자의 피를 빨아먹고 땀을 짜내고 머릿속의 생각을 먹어치우는" 자본주의의 기본적인 의무를 과학적인 근거에 기초해서 수행하려는 계획이다. 노동자들이 그렇게 착취를 당하면서도 그 사실을 인식하지 못하도록 하기 위해 종교와 교육, 문화생활과 오락, 술, 언론 등을 동원하겠다는 계획은 전두환 정부 시절의 3S 정책과 같이 우리에게도 익숙한 우민화정책이다.

과장되고 우스꽝스러워 보이는 경연 대회는 이렇게 응구기가 생각하는 사회의 모순을 정확히 짚어주고, 비현실적으로 보이지만 사실 너무나 현실적이기 때문에 섬뜩한 느낌을 주기도 한다. 기쿠유의 구전 문화를 현대에 맞게 적극 활용하여 현재 사회의 모순을 전달하는 이런 방식은 쉽게 다수 민중에게 다가가 효과적으로 그들의 의식을 깨울 수 있다. 다른 한편 구전 문화는 윗세대에서 아랫세대로 그것을 직접 전해줄 수 있는 지속적인 공동체 생활을 전제한다. 직장에서 해고되고 셋집에서도 쫓겨난 와링가에게, 혹은 비슷한 처지의 카렌디들에게 어디에 가서 누구에게 의지할 수 있을지 계속 묻는 것에서 알 수 있듯이, 전통적 공동체를 해체하고 모든 사람을 개인으로 쪼개놓는 자본주의적 근대는 특히 힘없는 사람들을 무력한 상태로 만든다. 그런 상황에서 응구기의 공연 활동이나 『십자가 위의 악마』같은 소설은 파편화된 개인들을 공동체로 묶어주는 하나의 구심점이 될 수도 있는 것이다.

작품이 발표된 1980년대에도 이미 전지구적 자본주의가 공고화된 상황이었으므로 전통을 살리고 공동체를 세우고자 하는 노력이 시대착오적인 것으로 보일 수도 있다. 하지만 대안이란 체제 전체를 바꾸기 위한 것만이 아니다. 여전히 곳곳에서 공동체적 실험이 이루어지는 이유는 반자본주의적 열망이 존재한다는 의미이고, 그 것을 모아낸 작은 성공들은 체제에 구멍을 내고 체제 바깥을 상상할 수 있는 기반을 마련한다. 오히려 지금에 와서 봤을 때 시대착오적인 점이 있다면, 무투리의 발전론과 인간 중심주의를 들 수 있겠다. 동물까지 아우른 자연을 오로지 정복하고 이용하는 대상으로 보고 거기서 노동하고 생산하는 인간의 위대함을 끌어내는 무투리의 주장과 작가 사이의 거리감이 별로 느껴지지 않기 때문이다. 물론 맑시즘과 사회주의에 담긴 일종의 발전 지상주의가 당시에는 심각하게 문제시되지 않았고, 발전이 지상 과제였던 당시 제삼세계의 상황을 감안하면 이를 시대적 한계로 볼 수도 있을 것이다. 하지만 박정희식 개발 지상주의가 아직까지도 한국 사회에서 보수와 진보를 막론하고 그 위력을 발휘하고 있는 것을 생각하면, 어쨌든 이에 대한 비판적 읽기는 필요하리라고 본다.

『십자가 위의 악마』가 이렇게 자본가와 노동자 농민 사이의 계급 갈등이나 사회적 착취와 억압이라는 심각한 문제를 다루고 있긴 하지만, 독자들이 이 책을 읽을 때는 무엇보다 구전문학에서 끌어온 풍자적 문체를 즐겼으면 하는 바람이다. 바로 그 점에 있어서 응구기가 우리의 문학으로부터 영감을 받았다고 하는데 정작 우리 자신은 그런 풍자의 전통을 많이 상실한 게 아닌가 싶다. 지금까지도 떨쳐버리지 못하는 70, 80년대식 엄숙주의나, 비판적 사고라고 하면 주로 엄중하고 심각한 분위기를 가정하는 우리의 경향을 생각하면 그런 아쉬움은 더하다. 요즘 인터넷 매체 덕에 희화화를 통한 비판은 흔해졌지만, 재미를 줄 뿐 아니라 촌철살인처럼 정곡을 찌르는 풍자는 희화화와 다를 수 있다. 풍자라는 건 비판해야 할 대상에 대해 감정적으로 휘둘리지 않는 거리를 유지하면서 때로 자신까지 대상으로 포함하는 객관적인 시각을 요구하기 때문이다. '각자도생'이라는 말이 삶의 지침처럼 되어버린 말도 많고 탈도 많은 우리 사회에서, 스스로를 너무 불행하게 만들지 않으며 동시에 '각자도생'과는 다르게 살 수 있는 방도를 바로 그런 태도에서 찾을 수 있지 않을까.

정소영(영문학자)

작가연보

1938년 1월 5일 케냐 키암부 지역의 카미리투에서 출생. 제임스 응구기라
는 세례명을 받음.

1962년 우간다의 마케레레 대학에서 영문학을 공부하며 희곡 「흑인 은둔
자」(The Black Hermit)를 써서 무대에 올림.

1963년 같은 대학에서 영문학 학사를 받음.

1964년 첫 소설 『울지 마, 아이야』(Weep not, Child) 출간. 영국의 리즈 대학
에 다니는 동안 쓴 작품으로, 동아프리카 출신의 작가가 영어로 쓴
첫번째 소설.

1965년 역시 리즈 대학에 다니는 동안 썼던 작품 『샛강』(The River Between)
출간. 마우마우 봉기를 배경으로 불행한 로맨스를 그린 소설로 케

냐의 국립 고등교육 과정에 포함됨.

1967년   대표작 『한톨의 밀알』(*A Grain of Wheat*) 출간. 이후 제임스라는 세
례명을 버리고 응구기 와 티옹오라는 본래의 케냐식 이름으로 바꾼
뒤 영어 대신 기쿠유어와 스와힐리어로 작품 활동을 하게 됨.

1973년   로터스 문학상 수상.

1976년   카미리투 커뮤니티 교육문화센터를 건립하는 데 기여하고 그 지역
의 아프리카 전통극을 활성화하기 위해 노력함.

1977년   「결혼은 내가 하고 싶을 때 한다」(Ngaahika Ndeenda)를 무대에 올
려 상업적으로 성공하지만 6주 만에 정부에 의해 공연이 중단되
고 최고의 경비 시설을 갖춘 카미티 감옥에 수감됨. 수감 기간 동안
기쿠유어로 쓰인 최초의 현대소설인 『십자가 위의 악마』(*Caitaani
mũtharaba-Inĩ*)를 화장실 휴지 위에 집필함.

1980년   『십자가 위의 악마』 출간.

1981년   『수감되어: 한 작가의 옥중 수고』(*Detained: A Writer's Prison Diary*)
출간.

1982년   『십자가 위의 악마』(*Devil on the Cross*) 영어본 출간.

1986년   『정신의 탈식민화: 아프리카 문학에서 언어의 정치학』(*Decolonising
the Mind: The Politics of Language in African Literature*) 출간. 이 책
에서 신식민지의 잔재를 없애고 진정한 아프리카 문학을 건설하기
위해서는 유럽의 언어가 아닌 토착어로 문학 활동을 해야 한다고
주장함. 기쿠유 설화를 끌어와 쓴 풍자소설 『마티가리』(*Matigari*)
출간.

1989년   『마티가리』 영어본 출간.

1992년   뉴욕 대학의 비교문학과와 공연학과 교수로 임용.

1993년   『중심 옮기기: 문화적 자유를 위한 싸움』(*Moving the Center: The*

Struggle for Cultural Freedom) 발표.

1998년   『펜촉과 총부리와 꿈』(*Penpoints, Gunpoints and Dreams*) 출간.

2001년   노니노 국제문학상 수상.

2004년   『까마귀의 마법사』(*Mūrogi wa Kagogo*) 출간.

2006년   『까마귀의 마법사』(*Wizard of The Crow*) 영어본 출간.

2009년   『찢어진 새로운 것: 아프리카 르네상스』(*Something Torn and New: An African Renaissance*) 출간. 아프리카의 잊힌 역사를 다시 기억해내기 위해 아프리카 언어의 중요성을 역설함.

2010년   자전적 저서 『전시의 꿈: 어린 시절의 회고』(*Dreams in a Time of War: A Childhood Memoir*) 출간.

2012년   자전적 저서 『통역사의 집에서』(*In the House of the Interpreter: A Memoir*) 출간. 전미도서비평가협회상 수상.

고전의 새로운 기준, 창비세계문학

오늘날 우리는 인간의 존엄과 개성이 매몰되어가는 시대를 살고 있다. 물질만능과 승자독식을 강요하는 자본주의가 전지구적으로 확산되면서 현대사회는 더 황폐해지고 삶의 질은 크게 훼손되었다. 경제성장만이 최고의 선으로 인정되고 상업주의에 물든 문화소비가 삶을 지배할수록 문학은 점점 더 변방으로 밀려나고 있다. 삶의 본질을 성찰하는 문학의 자리가 위축되는 세계에서는 가진 자와 못 가진 자 할 것 없이 모두가 불행할 수밖에 없다.

이 시대야말로 인간답게 산다는 것의 의미가 무엇인지 근본적인 화두를 다시 던지고 사유의 모험을 떠나야 할 때다. 우리는 그 여정에 반드시 필요한 벗과 스승이 다름 아닌 세계문학의 고전이라는 점을 강조한다. 고전에는 다양한 전통과 문화를 쌓아올린 공동체의 경험이 녹아들어 있고, 세계와 존재에 대한 탁월한 개인들의 치열한 탐색이 기록되어 있으며, 새로운 세상을 꿈꾸는 아름다운 도전과 눈물이 아로새겨 있기 때문이다. 이 무궁무진한 상상력의 보고이자 살아 있는 문화유산을 되새길 때만 개인의 일상에서 참다운 인간적 가치를 실현하고 근대적 삶의 의미와 한계를 성찰하는 지혜를 얻을 수 있을 것이다.

'창비세계문학'은 이러한 문제의식에서 출발한다. 세계문학의 참의미를 되새겨 '지금 여기'의 관점으로 우리의 정전을 재구성해야 할 필요성이 그 어느 때보다 절실하다. '정전'이란 본디 고정된 목록으로 존재하는 것이 아니라 그때그때 주어진 처소에서 새롭게 재구성됨으로써 생명을 이어가는 것이다. 우리는 먼저 전세계 문학들의 다양성과 차이를 존중하면서 국가와 민족, 언어의 경계를 넘어 보편적 가치에 기여할 수 있는 가능성에 주목하고자 한다. 근대를 깊이 성찰한 서양문학뿐 아니라 아시아와 라틴아메리카, 중동과 아프리카 등 비서구권 문학의 성취를 발굴하고 재평가하는 것 역시 세계문학의 지형도를 다시 그리려는 창비의 필수적인 작업이 될 것이다.

여러 전집들이 나와 있는 세계문학 시장에서 '창비세계문학'은 세계문학 독서의 새로운 기준이 되고자 한다. 참신하고 폭넓으면서도 엄정한 기획, 원작의 의도와 문체를 살려내는 적확하고 충실한 번역, 그리고 완성도 높은 책의 품질이 그 기초이다. 독서시장을 왜곡하는 값싼 유행과 상업주의에 맞서 문학정신을 굳건히 세우며, 안팎의 조언과 비판에 귀 기울이고 독자들과 꾸준히 소통하면서 진정 이 시대가 요구하는 세계문학이 무엇인지 되묻고 갱신해 나갈 것이다.

1966년 계간 『창작과비평』을 창간한 이래 한국문학을 풍성하게 하고 민족문학과 세계문학 담론을 주도해온 창비가 오직 좋은 책으로 독자와 함께해왔듯, '창비세계문학' 역시 그러한 항심을 지켜 나갈 것이다. '창비세계문학'이 다른 시공간에서 우리와 닮은 삶을 만나게 해주고, 가보지 못한 길을 걷게 하며, 그 길 끝에서 새로운 길을 열어주기를 소망한다. 또한 무한경쟁에 내몰린 젊은이와 청소년 들에게 삶의 소중함과 기쁨을 일깨워주기를 바란다. 목록을 쌓아갈수록 '창비세계문학'이 독자들의 사랑으로 무르익고 그 감동이 세대를 넘나들며 이어진다면 더없는 보람이겠다.

2012년 가을
창비세계문학 기획위원회
김현균 서은혜 석영중 이욱연 임홍배 정혜용 한기욱

창비세계문학 51

십자가 위의 악마

초판 1쇄 발행 / 2016년 10월 10일

지은이 / 응구기 와 티옹오
옮긴이 / 정소영
펴낸이 / 강일우
책임편집 / 권은경·홍상희
펴낸곳 / (주)창비
등록 / 1986년 8월 5일 제85호
주소 / 413-120 경기도 파주시 회동길 184
전화 / 031-955-3333
팩시밀리 / 영업 031-955-3399 편집 031-955-3400
홈페이지 / www.changbi.com
전자우편 / lit@changbi.com

한국어판 ⓒ (주)창비 2016
ISBN 978-89-364-6451-6 03890